Romy Herold

Ritter Sport

Ein Traum von Schokolade

Romy Herold

Ritter SPORT

Ein Traum von Schokolade

Roman

blanvalet

Dies ist ein historischer Roman. Er basiert auf der
Unternehmensgeschichte von Ritter Sport.
Zahlreiche tatsächliche Abläufe und handelnde Personen
sind jedoch so verändert und ergänzt, dass Fakten und
Fiktion eine untrennbare künstlerische Einheit bilden.
Das Werk wurde nicht im Auftrag der Firma Ritter Sport verfasst,
insbesondere besteht keine wie auch immer geartete Lizenzbeziehung.
Die Verwendung des Firmennamens erfolgt ausschließlich aus
beschreibenden und nicht aus markenmäßig-kennzeichnenden Gründen.

FSC
www.fsc.org
MIX
Papier | Fördert
gute Waldnutzung
FSC® C014496

Penguin Random House Verlagsgruppe FSC® N001967

Originalausgabe 2025 by Blanvalet in der
Penguin Random House Verlagsgruppe GmbH,
Neumarkter Str. 28, 81673 München
Redaktion: René Stein
Umschlaggestaltung: Johannes Wiebel | punchdesign,
unter Verwendung von Motiven von stock.adobe.com
(ogurechka; everettovrk; andersphoto; Abbies Art Shop);
Richard Jenkins Photography und Schriftzug von
Alfred Ritter GmbH und Co. KG
Fotos Umschlag-Innenseiten: Alfred Ritter GmbH und Co. KG
DK · Herstellung: DiMo
Satz: Vornehm Mediengestaltung GmbH, München
Druck und Bindung: GGP Media GmbH, Pößneck
Printed in Germany
ISBN 978-3-7341-1232-4

www.blanvalet.de

»Nichts ist wertvoller als ein guter Freund,
außer ein guter Freund mit Schokolade.«

Charles Dickens

Prolog
Mai 1888

Schokolade! Das sanft-bittere Aroma von Kakao war unter einer wunderbaren Süße deutlich zu schmecken. Obwohl das braune Stückchen beim Abbeißen geknackt hatte, wirkte die Masse jetzt während des Kauens leicht sahnig und zerging förmlich im Mund.

»Das ist sooo lecker«, schwärmte Clara Göttle überwältigt.

Das zehnjährige Mädle öffnete ihre Augen und sah in das freundlich lächelnde Gesicht des gepflegt wirkenden Wanderers, der vorhin im Gasthof ihrer Eltern zum Mittagessen eingekehrt war. Clara hatte ihm einen von ihrer Mutter Louise zubereiteten Zwiebelrostbraten aus der Küche in die Wirtsstube gebracht, dann war sie von dem gesprächigen Herrn in ein Schwätzle verwickelt worden. Der schlanke Vollbartträger mit den gutmütigen Augen mochte etwa dreißig Jahre alt sein und hatte sich ihr bei seinem Eintreffen sogar mit Namen vorgestellt, das taten hier die wenigsten Gäste. Hugo Gerstmann hieß er und roch wunderbar angenehm, es musste ein Rasierwasser sein oder edle Seife. So etwas fiel auf dem Göttle-Hof, wo es oft nach Dung stank, sofort auf. Derart gut dufteten die Menschen hier in Tomerdingen eher sonntags für den Kirchgang und bei größeren Festen. Herr Gerstmann war Süßwarenfabrikant aus dem fernen Leipzig, was Clara unglaublich aufregend fand.

Vom dortigen *Café français* hatte er ihr erzählt – und dass man darin schon seit fünfzig Jahren bei einer Tasse heißer Schokolade plaudern konnte. In Frankreich, Italien und Spanien sei das sogar schon länger Mode. Schokolade zum Trinken – wie wunderbar das schmecken musste!

Es hatte ihn ins kleine Tomerdingen verschlagen, weil er unterwegs zur sagenumwobenen Blautopf-Quelle in Blaubeuren war. Deren Wasser leuchtete bei Sonnenschein in auffälligem Blaugrün – das wusste Clara von einem Ausflug mit ihrem Lieblingsonkel Franz. Herr Gerstmanns Reise war nicht ungewöhnlich, viele der Wanderer, die hier bei der Familie Göttle im Wirtshaus Lamm einkehrten, hatten dasselbe Ziel. Doch es war noch nie einer dabei gewesen, der Clara Schokolade zum Probieren gegeben hatte. Sie war heute zum ersten Mal in den Genuss dieser Köstlichkeit gekommen, da würde sie ihren Geschwistern nachher was zu erzählen haben!

»Sie stellen etwas ganz Wunderbares her, Herr Gerstmann«, schwärmte das Mädchen.

Von draußen war neben dem allgegenwärtigen Gebimmel der Kuhglocken und dem gelegentlichen Muhen indes leichtes Donnergrollen zu hören. Clara sah aus dem Fenster und bemerkte, dass eine bedrohlich düstere Wolkenwand heranzog. Hoffentlich würde dieser freundliche Gast nachher nicht im ersten Gewitter des Jahres nass werden, dachte die Landwirtstochter.

»Vielen Dank, Fräulein Göttle.«

Das Mädchen kicherte über Herrn Gerstmanns Anrede. Er schien gern Scherze zu machen, das mochte sie. Der Fabrikant nahm einen Schluck von seinem Bier, das neben dem fast leer gegessenen Teller auf dem Holztisch stand. Da es wegen des heranziehenden Unwetters ganz dunkel in der Gaststube geworden war, entzündete Clara eine Petroleumlampe für ihn.

In diesem Augenblick warf jedoch ein Blitz von draußen gleißendes Licht in den Raum, unmittelbar danach krachte der Donner, und zwar so erschreckend laut, als bräche ein Baumstamm entzwei.

»Oh, das ist jetzt ganz nah, es …«, setzte der Fabrikant zu kommentieren an, als polternd die Haustür aufgestoßen wurde. Von der Diele aus traten daraufhin zwei Gestalten auf die Schwelle der Gaststube – durch einen weiteren grellen Blitz beleuchtet. Die eine war recht klein, die andere etwas höher gewachsen. Im Schein der Petroleumlampe konnte Clara eine schlanke Frau mit einem etwa fünfjährigen Mädchen erkennen. Die Dame mochte Mitte zwanzig sein, und ihre edle Kleidung ließ auf eine eher städtische Herkunft schließen.

»Guten Tag«, sagte sie und sah sich kurz um.

Ihr Blick blieb interessiert an Herrn Gerstmann hängen, der die junge Frau anstrahlte wie Claras kleine Geschwister ein neues Spielzeug. »Auch Ihnen einen guten Tag.«

»Grüß Gott«, machte Clara auf sich aufmerksam, während die Fremde sich an den Tisch neben dem des Schokoladenherstellers setzte.

Die Wirtstochter ging zu den Neuankömmlingen und bemerkte, dass die beiden sogar noch besser dufteten als Herr Gerstmann. Nach Veilchen und Vanille! Clara lächelte der Kleinen zu, die sie mit ihren dunklen Löckchen ein wenig an ihre jüngste Schwester Amalie erinnerte.

»Draußen der Wauwau – der wird nass«, sagte das Kind und deutete mit ernster Miene auf das Fenster.

»Das ist unser Bello«, erklärte die Landwirtstochter.

Der Welpe war ein Nachkomme ihres alten Wachhundes Fido und eigentlich viel zu verspielt und vertrauensselig, um vor bösen Buben zu warnen oder diese gar in die Flucht zu schlagen. »Wenn es regnet, geht er von selbst in seine Hütte.

Da ist es trocken«, beruhigte Clara das kleine Mädchen und wandte sich dann an dessen Mutter: »Was darf ich bringen?«

»Haben Sie Kakao?«, erkundigte sich die Dame, während draußen mit Tosen und Rauschen der befürchtete Regenguss einsetzte.

Clara schüttelte bedauernd den Kopf. »Leider nicht. Aber unsere Mutter hat Erdbeerlimonade gemacht – mein ältester Bruder Marcus wird morgen vierzehn, das hat er sich gewünscht.«

»Trinken wir ihm dann nicht das Geburtstagsgeschenk weg?«, gab die Frau zu bedenken, deren Stimme im Gegensatz zum Sächsischen des männlichen Gastes eine leicht hessische Färbung aufwies.

Die Wirtstochter schüttelte den Kopf. »Wir sind sechs Geschwister – deshalb macht meine Mutter sowieso immer ganz, ganz viel Limonade, damit es für alle reicht.«

»Dann probieren wir das sehr gern«, entgegnete die Dame. Ihre kleine Tochter war indes aufgestanden und spielte beim Kleiderständer neben der Tür mit einem Regenschirm, als sei er das Schwert eines Ritters. Ein Gast hatte ihn in der Woche zuvor hier vergessen.

»Kakao wäre an sich eine großartige Wahl gewesen, gnädige Frau«, wandte sich der Leipziger an die Städterin am Nebentisch, während Clara zur Theke ging, um die Limonade aus einer großen Kanne in zwei Gläser zu schütten.

»Als Schokoladenfabrikant habe ich täglich damit zu tun«, erklärte er. »Hugo Gerstmann mein Name. Auf dem Weg vom schönen Leipzig zum noch schöneren Blautopf.«

»Angenehm, Gottliebie Veith«, stellte daraufhin auch sie sich vor.

»Was führt Sie und die junge Dame denn auf die Alb hinauf?«, fragte er.

»Wir sind aus Stuttgart und müssen heute noch weiter nach Ulm«, antwortete sie, »aber etwas an unserer Kutsche ist gebrochen. Mein Gemahl ist beim Hufschmied, der kümmert sich darum. Ich wollte so lange mit meiner Jüngsten hier Schutz suchen, der Himmel hat vorhin schon so bedrohlich ausgesehen.« Dann lächelte sie. »Täglich mit Kakao zu tun zu haben, das stelle ich mir ganz wunderbar vor.«

Clara platzierte die beiden mit Erdbeerlimonade gefüllten Gläser auf Frau Veiths Tisch.

»Goethe hat einmal gesagt, dass eine Tasse Trinkschokolade genug Kraft gibt, einen ganzen Tag auf der Reise durchzuhalten«, erwiderte Gerstmann mit einem Lächeln.

»Unser großer Dichter war wohl ein Leckermäulchen.« Die junge Dame schmunzelte und nippte an der Limonade.

Von diesem Herrn Goethe hatte Clara schon ihr Onkel Franz erzählt, der ihr viel mehr beibrachte, als sie in der Schule lernte. Dort ging es ja nur um Lesen, Schreiben und Rechnen – und für die Mädchen um Handarbeit. Oft mussten Clara und ihre Geschwister aber schwänzen, weil sie auf dem Feld oder im Stall oder im Gasthaus helfen sollten. Jeden Tag die acht Göttles satt zu bekommen, das war eben wichtiger als das kleine Einmaleins!

Clara hörte, wie draußen auf der Diele erneut die Tür geöffnet wurde. Wahrscheinlich hatten das Gewitter und der Starkregen ihren Vater oder ihre älteren Geschwister von der Feldarbeit ins schützende Innere des Gebäudes getrieben. Sie nahm den leer gegessenen Teller und das Besteck von Herrn Gerstmanns Tisch, der unentwegt auf die hübsche Frau Veith einredete. Er schien sie wirklich sehr zu mögen.

»Goethe bekam den Ratschlag über die Kraft der heißen Schokolade angeblich von Alexander von Humboldt. Der berühmte Naturforscher selbst hat wohl einst gesagt: Kein zweites Mal hat die Natur eine solche Fülle von wertvollen Nährstoffen auf so kleinem Raum zusammengedrängt wie gerade bei der Kakaobohne.«

»Eine heiße Schokolade ist wirklich wunderbar belebend«, stimmte die hübsche Gottliebie zu.

»Wenn Goethe auf Reisen war, hat er seine Frau per Brief gebeten, ihm seine Lieblingssorte zu schicken. Die Köstlichkeit stammte vom Süßwarenhersteller Jean George Riquet – und der war mein Vorgänger in unserer Firma.«

Clara merkte deutlich, wie stolz Herr Gerstmann auf diese Tatsache war. Sie hatte inzwischen begonnen, den Teller und das Besteck abzuspülen.

»Mit Riquet führte der Dichterfürst einen regen Schriftverkehr über den guten Einfluss der Schokolade auf die Gesundheit. Wussten Sie, dass die lange Zeit nur in Apotheken verkauft wurde?«

Diese Aussage erstaunte Clara sehr. Sie hatte ihren Lieblingsonkel Franz öfter in die Löwenapotheke im zwölf Kilometer entfernten Ulm begleitet – dort gab es doch nur bittere Medizin! Der Bruder ihrer Mutter war Arzt und kannte viele Apotheker. Nie hatte Onkel Franz von dort Schokolade mitgebracht.

»Ja, das habe ich schon gehört, früher galt diese Süßigkeit als Stärkungsmittel«, bestätigte Gottliebie. »Außerdem muss sie anfangs wohl sehr, sehr teuer gewesen sein. Das hat mir meine Mutter erzählt. Deshalb konnten sich die Leckerei wohl nur der Adel und die wohlhabenden Bürger leisten.«

Kein Wunder also, dass ich bisher keine Schokolade bekommen habe, dachte Clara.

Gerstmann nickte. »Da hat Ihre Frau Mama völlig recht. Der hohe Preis kam unter anderem durch die Zölle und Steuern auf Kakao zustande. Die haben die Obrigkeiten inzwischen aber zum Glück in fast allen deutschen Ländern gesenkt oder abgeschafft. Trotzdem ist er manchen offenbar immer noch nicht billig genug. Bei uns im Reich sorgen derzeit die Kölner Gebrüder Stollwerck für Furore. Haben Sie schon von ihrem *Dr. Michaelis' Eichel Cacao* gehört?« Er betonte den Namen abfällig und mit angewidertem Gesichtsausdruck. »An das südamerikanische Original reicht der in keinster Weise heran.«

»Kakaoersatz aus Eicheln?« Gottliebie Veith schien ebenso verwundert wie Clara. Eicheln bekamen bei ihnen auf dem Hof die Schweine zum Fressen!

»Ja, man nennt ihn Racahout. Zum Glück haben wir Schokoladenfabrikanten vor zehn Jahren in Dresden einen Verband gegründet. Wir achten vor allem darauf, was alles da reinkommt. Man sollte nicht glauben, was schwarze Schafe ihrer sogenannten Schokolade so alles beimischen: Kreide, Ziegelsteinpulver oder sogar Gips!«

Clara schüttelte sich. Wie konnte man bloß so etwas Ekliges da reintun!

»Widerlich!«, fand auch Gottliebie Veith. »Da ist es gut, wenn ehrenwerte Fabrikanten wie Sie zusammenhalten. Schokolade ist ja so beliebt, Ihre Geschäfte gehen gewiss sehr gut?« Sie sah ihm tief in die Augen.

Er nickte geschmeichelt. »Für uns deutsche Hersteller war ausgerechnet der Krieg gegen Frankreich ein Gewinn. Danach sind die hervorragenden französischen Süßwaren für einige Zeit vom Markt verschwunden – die Lücke konnten wir besetzen. Und dann waren da ja auch noch die Reparationszahlungen, durch die ist bei uns die gesamte Wirtschaft aufgeblüht. Außerdem hat man seither den Handel zwischen den deutschen Ländern erleichtert. Für uns Schokoladenhersteller ist es natürlich auch von Vorteil, dass man Zucker nicht mehr teuer importieren muss.«

Zum Glück habe der Chemiker Achard 1801 herausgefunden, wie man ihn aus Rüben gewinnen könne, berichtete Gerstmann weiter. Nur die Kakaobohnen, die müsse man natürlich weiterhin einführen.

»Bei den Azteken waren sie früher sogar Zahlungsmittel. Für zweihundert davon gab es einen Truthahn.«

Clara musste bei der Vorstellung kichern, und Frau Veith schmunzelte ihrerseits. »Ich habe in der *Gartenlaube* gelesen, dass wir den Azteken auch das Wort Schokolade verdanken.«

»Das stimmt«, bestätigte der Süßwarenhändler, »*Xócoc* bedeutet bitter, und *atl* ist das Wort für Wasser, *xocóatl* heißt also Bitterwasser. Und die Kakaobohne ist von Natur aus ja wirklich bitter. Erst durch die Zugabe von Zucker wird Schokolade zu dem süßen Genuss, den wir heute kennen.«

Bei den Worten Wasser und Zucker erinnerte sich Gottliebie wieder an ihre Tochter. »Sofie, jetzt trink doch endlich deine Limona…«

Sie unterbrach sich selbst, und Clara folgte Frau Veiths bangem Blick. Ihr kleines Töchterchen war verschwunden!

Die Dame erhob sich von ihrem Stuhl und sah sich panisch um. »Sofie, Sofie, wo bist du?«

In diesem Augenblick wurde Clara bewusst, dass vorhin wohl niemand durch die Haustür *herein*gekommen war, sondern das kleine Mädchen *hinaus*geschlüpft sein musste. Ein Blick zum Kleiderständer bestätigte ihren Verdacht: Der Regenschirm war verschwunden!

»Ich glaube, ich weiß, wo Sofie ist«, sagte Clara. »Warten Sie kurz!«

Sie eilte aus der Gaststube auf die Diele hinaus zur Haustür, ignorierte den Regen und lief um das Gebäude herum. Das kleine Mädchen kniete mit dem aufgespannten großen

Regenschirm über dem Eingang der Hundehütte und streichelte Bello.

Clara fiel ein Stein vom Herzen. »Sofie, deine Mutter macht sich große Sorgen um dich. Wenn es blitzt, ist es draußen zu gefährlich. Dann geht auch der Bello in seine Hütte.«

»Aber da tropft es rein, mit Schirm ist es noch besser für den Wauwau«, rechtfertigte die Kleine ihr Ausbüxen.

»Das stört den nicht, komm, wir gehen zurück ins Haus!«

»Darf der Bello mitkommen?«

»Nein, dann schimpfen meine Eltern. Der hat in der Gaststube nichts zu suchen, sagen sie. Du kannst ihm nachher ein Stück Wurst bringen.«

Sofies Mutter wartete bereits an der Haustür und seufzte erleichtert auf, als die beiden Mädchen um die Ecke kamen.

»Ich habe dir doch gesagt, dass es draußen gefährlich ist, wenn es blitzt und donnert«, rügte die Dame ihr Töchterchen auf dem Rückweg in die Gaststube, bevor sie sich an Clara wandte: »Wieso wusstest du, wo die Kleine ist?«

»Ich habe gesehen, wie sie beim Kleiderständer mit einem Schirm zugange gewesen ist. Und sie hatte ja Angst, dass unser Bello im Regen nass wird«, antwortete die Wirtstochter. »Ich lasse auch meine kleinen Geschwister nie aus den Augen. Das haben mir meine Eltern beigebracht. Anderthalb Jahre bevor ich geboren bin, hat es hier nämlich ein schreckliches Unglück gegeben – wegen ein paar Kindern, auf die hat damals niemand aufgepasst.«

»Was ist geschehen?«, fragte Sofies Mutter neugierig.

»Drei Buben haben am Pfingstsonntag 1876 gezündelt, in der Neuen Straße, daraus ist dann ein schreckliches Feuer geworden. Bis zum Hahnenweiler draußen war danach alles in Schutt und Asche, fast fünfzig Häuser kaputt.«

»Stimmt, ich habe vorhin ein paar Ruinen gesehen im Ort –

und das, obwohl der Brand ja wohl schon elf Jahre her ist. Kein Wunder, dass die Bevölkerung hier besonders auf ihre Kinder aufpasst«, meinte der Schokoladenfabrikant.

Clara verschwieg, dass es für ihre eigenen Eltern noch einen weiteren Grund gab, stets besorgt um ihre Sprösslinge zu sein. Zwei ihrer Söhne hatten sie nämlich bereits verloren: Ihr viertes Kind, Alexander, war im Sommer 1876 nur neun Tage nach seiner Geburt gestorben. Und Claras zwei Jahre jüngerer Bruder Anton hatte eigentlich einen Zwilling namens Franz gehabt, der jedoch im Alter von nur einem halben Jahr plötzlich tot in seinem Bettchen gelegen hatte. Noch heute sah Claras sonst so resolute Mutter Louise deswegen manchmal ganz traurig aus.

Der Händler beugte sich nun zur kleinen Sofie hinunter und reichte auch ihr ein Stück Schokolade. »Magst du mir versprechen, dass du deiner Mutti künftig keinen solchen Schrecken mehr einjagst? Wirst du ihr von Stund an mitteilen, wo du hingehst – und bei Gewitter stets Schutz in Häusern suchen?«

Mit sehnsüchtigem Blick auf das verlockende braune Stückchen in seiner Hand nickte das Kind eifrig. Er reichte es ihr, und sie schob es sich sogleich in den Mund.

»Wie sagt man?«, wurde Sofie daraufhin von ihrer Mutter erinnert.

»Danke schön«, piepste das Mädchen und entblößte bei einem Lächeln seine schokoladenverschmierten Zähnchen.

»Sehr freundlich von Ihnen, mein Herr«, wandte sich Frau Veith daraufhin an den Fabrikanten. Dann deutete sie mit leicht besorgtem Blick auf die Zeitung, die neben ihm auf dem Tisch lag. »Steht etwas darüber drin, wie es dem Kaiser inzwischen geht?«

Gerstmann nickte. »Sein Zustand scheint stabil zu sein.«

Clara war darüber ebenfalls erleichtert, denn wie wohl fast alle im Reich bangte auch sie um den geschwächten Monarchen. Ihr Onkel Franz war in einem schlimmen Krieg gegen Frankreich gewesen, und bei all den Feinden in der Welt da draußen brauchte Deutschland ja einen starken Anführer! Kaiser Friedrichs Vorgänger und Vater, Kaiser Wilhelm I., hatte am 9. März im Alter von fast einundneunzig Jahren in Berlin sein Leben ausgehaucht. Doch auch dessen Sohn war schwer krank. Er litt laut Claras Onkel Franz an Kehlkopfkrebs und war angeblich unfähig zu sprechen.

»Wie sehr die Journalisten gehalten sind, Friedrichs Zustand zu beschönigen, weiß man natürlich nicht«, gab Gerstmann zu bedenken. »Es kann gut sein, dass wir auch ihn bald verlieren.« Er sah mit Bedauern in der Miene auf seine goldene Taschenuhr und blickte aus dem Fenster. »Ich denke, der Regen hört gleich ganz auf. Man erwartet mich in Blaubeuren, ich muss leider aufbrechen. Zu gern hätte ich noch länger mit Ihnen geplaudert, meine verehrte Frau Veith, das war sehr anregend.«

»Mich hat es auch gefreut.« Die Hessin strahlte, und Clara dachte bei sich, dass die Tomerdinger Mütter nie so nett zu fremden Männern waren.

Der Fabrikant wandte sich an die Wirtstochter. »Möchten Sie Ihre Frau Mama zum Bezahlen holen, Fräulein Clara?«

»Die backt gerade einen Kuchen für meinen Bruder. Aber ich darf auch abkassieren«, erklärte sie und griff in die Tasche ihrer weißen Schürze, um den großen Geldbeutel herauszuholen, den ihre Mutter ihr vorhin gegeben hatte.

Gerstmann sah die Zehnjährige verblüfft an. »Also gut. Ich hatte ein Glas Most, den Zwiebelrostbraten mit Spätzle – ach ja, und das Bier natürlich.«

Wie aus der Pistole geschossen nannte ihm Clara den Betrag, den er zu bezahlen hatte.

»Sie sind aber gut im Kopfrechnen«, stellte der Schokoladenfabrikant anerkennend fest.

»Das sagt der Herr Lehrer auch immer. Die Buben sind ein bissle neidisch darauf«, räumte die Landwirtstochter verlegen ein.

»Dann sollten *Sie* es sein, die das Gasthaus Ihrer Eltern irgendwann übernimmt«, meinte Gerstmann.

»Ich würde lieber Schokolade verkaufen wie Sie«, gestand Clara mit einem scheuen Lächeln.

Der Mann aus Leipzig gab ihr ein großzügiges Trinkgeld. »Vielleicht wird das ja die erste Anzahlung für Ihren eigenen Süßwarenladen, wer weiß.«

Natürlich musste Clara auch das zusätzliche Geld der Mutter geben, aber die Vorstellung eines eigenen Lädles gefiel ihr sehr. Sie dachte an die hübsch verpackten Schokoladentäfelchen, Bonbons und Pralinen, die ihr Herr Gerstmann vorhin in seiner Tasche gezeigt hatte – und wie sie die Leckereien dereinst liebevoll im eigenen Geschäft drapieren und an Kundschaft aus aller Herren Länder verkaufen würde.

»Ich will da mitspielen«, meldete sich die kleine Sofie Veith zu Wort. »Als Vorkosterin.«

Die beiden Erwachsenen lachten, und auch Clara musste schmunzeln. Der Gedanke an das eigene Schokoladenlädle ging ihr allerdings nicht aus dem Kopf.

Teil 1

1897 bis 1903

1. Kapitel

Am Samstag, dem 13. März 1897, stand Clara Göttle noch zu später Stunde allein in der Küche des Gasthauses Zum Lamm in Tomerdingen. Ihre Familie hatte sich längst zur Ruhe begeben, aber die braun gelockte junge Frau war hellwach. Sie gab Puderzucker in eine Bratpfanne – und Kakaopulver! Diese wertvolle Zutat hatte Clara am 2. Dezember des vorangegangenen Jahres von ihrem Lieblingsonkel, dem Mediziner Franz Merkle, zum neunzehnten Geburtstag geschenkt bekommen – dank seiner Freundschaft zu einem Ulmer Kolonialwarenhändler war ihr Oheim an die exotische Rarität gelangt.

Jetzt fügte seine Nichte dem vermengten Pulver in der Pfanne Kuhmilch hinzu, erhitzte die Mischung, bis sie zu köcheln begann, und rührte sie für mehrere Minuten. Schließlich nahm sie die Pfanne vom Herd und fügte ein wenig Honig und das Mark einer Vanilleschote hinzu, welches sie zuvor mit einem kleinen Messer vorsichtig ausgekratzt hatte.

Als Nächstes gab sie Butter dazu und rührte die sämige und verführerisch duftende Masse, bis sie gleichmäßig und ohne Verklumpungen war. Vorsichtig steckte Clara den rechten Zeigefinger in die entstandene Mischung und leckte ihn ab. Ja, das schmeckte tatsächlich nach Schokolade, stellte sie zufrieden fest.

Eigentlich fühlte sie sich in der Küche nicht gerade heimisch, sie kümmerte sich lieber um Abrechnungen sowie die Bestell- und Verkaufslisten von Hof und Gasthaus. Den Kalender immer im Blick, wurde neues Saatgut dank ihr nie zu spät geliefert. Wer wissen wollte, welcher Wochentag war oder welches Datum, der brauchte bloß Clara zu fragen, sie hatte alles stets im Kopf.

Auch bei ihrem Schokoladenexperiment ging sie nicht planlos, sondern nach Rezept vor. Am Weihnachtsfest nach dem Besuch des Leipziger Fabrikanten Gerstmann hatte Onkel Franz seiner Nichte einen wahren Schatz geschenkt: ein Buch über Schweizer Schokolade, in dem ein Chocolatier namens Rudolf Lindt erwähnt wurde. Der war nicht nur Süßwarenhersteller, sondern auch ein wichtiger Erfinder. Anfang des Jahrhunderts hatten die Menschen Kakao noch hauptsächlich als Getränk konsumiert, denn feste Schokolade herzustellen, war damals noch äußerst mühsam gewesen. Die Bestandteile mussten mit Mahlmühlen vermengt werden. Schon 1826 hatte Lindts Landsmann Philippe Suchard den sogenannten »Mélangeur« konstruiert, eine Maschine, mit der sich Zucker und Kakaopulver einfach vermengen ließen. Doch im Dezember 1879 gelang Rudolf Lindt eine weitere, entscheidende Verbesserung – durch die Konstruktion einer Maschine, die als »Conche« bezeichnet wurde. Vorher hatte Schokolade eine brüchig-sandige Konsistenz gehabt, sie war bitter im Geschmack gewesen und nicht auf der Zunge geschmolzen. Durch die Restfeuchtigkeit der Mélange kristallisierte nämlich der gelöste Zucker teilweise wieder und bröckelte. Indem der Schweizer die Rohmasse aber mit der Conche bei großer Hitze gründlich durchgerührt hatte, war ihm eine wunderbar zart schmelzende Schokolade gelungen. Durch langes Conchieren verflüchtigten sich nicht nur Wasseranteile, sondern auch Geruchs-, Bitter- und andere

Aromakomponenten, die nicht da reingehörten. In dem Buch aus der Schweiz befanden sich zusätzlich zum geschichtlichen Abriss sogar einige Rezepte zur Schokoladenherstellung ganz ohne Maschinen. Deshalb war Clara die Idee gekommen, es einmal selbst zu versuchen.

Zu guter Letzt goss sie den braunen Brei in eine flache Schale. Nun musste das Ganze gut auskühlen. Da die Nächte derzeit für Mitte März ungewohnt mild waren, ging die Göttle-Tochter in den kühlen Vorratskeller des Gasthauses. In einem der dortigen Regale stellte sie die Schale mit der selbst gemachten Schokolade ab und begab sich danach hinauf in das Zimmer, das sie sich mit ihrer zweieinhalb Jahre älteren Schwester teilte. Marie schlief leider schon friedlich, zu gern hätte Clara ihr noch von dem süßen Experiment erzählt.

Sie freute sich dermaßen darauf, ihren Onkel Franz mit ihrer Kreation zu beeindrucken, dass sie kaum Ruhe fand und auch am nächsten Morgen schon sehr früh wieder erwachte.

Da sie wusste, dass der Arzt Frühaufsteher war und auch sonntags oft schon vor der Dämmerung nach seinen beiden Pferden sah, beschloss Clara, ihn die Schokolade gleich probieren zu lassen.

Sie wusch sich ausgiebig und zog ihren schönsten Sonntagsstaat an. Als fromme Katholiken würden sämtliche Mitglieder der Familie Göttle später natürlich in den Gottesdienst gehen. Doch bis dahin war noch genug Zeit, Onkel Franz die Schokolade probieren zu lassen, die sie nun aus dem Keller holte und mit einer Gabel aus der Schale kratzte. Die Stückchen verstaute sie schließlich in einer Papiertüte.

Als sie aus dem Haus trat, war am Horizont zwar bereits das rötliche Licht zu sehen, das die Morgendämmerung ankündigte, doch die Nacht hatte sich noch nicht gänzlich geschlagen gegeben.

Während Clara durch das dunkle Tomerdingen in Richtung der Ordination ihres Onkels lief, dachte sie daran, dass die Heimatliebe ein zweischneidiges Schwert war. In einem kleinen Bauerndorf wie dem ihren würde sie sich den Kindheitstraum vom eigenen Schokoladenlädle nie erfüllen können, für so etwas gab es hier zu wenig Kundschaft. Fortgehen kam jedoch nicht infrage, denn für das, was sie anbauten und ernteten, hatten die Eltern dank Onkel Franz' Verbindungen inzwischen Abnehmer bis nach Ulm. Daher brauchten sie jede Hand, und Clara durfte die Familie keinesfalls im Stich lassen.

Am Ortsrand kam sie an einem der zerstörten Häuser vorbei, die einundzwanzig Jahre zuvor dem Feuer zum Opfer gefallen waren. Die Familie, die es einst bewohnt hatte, war angeblich nach dem Brand nach Ulm gezogen. Claras älterer Bruder Marcus hatte es immer »das Spukhaus« genannt und in seiner Jugend dort mit seinen Freunden »Gespenster jagen« gespielt. Aber nur tagsüber. Nachts, so hatte er zugegeben, würden ihn »keine zehn Pferde« dort hineinkriegen. Auch Clara war beim Anblick der im Dunkeln liegenden Ruine äußerst mulmig zumute. Sie hatte das unheimliche Gefühl, beobachtet zu werden, und beschleunigte ihre Schritte. Irgendwo rief ein Käuzchen, und ein kalter Schauer lief ihr über den Rücken. Sie sah zur Mariae-Himmelfahrt-Kirche hinauf und stellte erleichtert fest, dass darin schon Licht brannte. Der Priester war wohl bereits dabei, den Gottesdienst vorzubereiten. Diese Vorstellung beruhigte sie jedoch nur vorübergehend, denn plötzlich entdeckte sie beim Gotteshaus im Halbdunkel eine untersetzte Gestalt, die nur aus schwarzem und weißem Tuch zu bestehen schien. Um ein Haar hätte die Göttle-Tochter bei diesem Anblick aufgeschrien, doch da war die geisterhafte Erscheinung auch schon vollends im Dunkel verschwunden.

Clara bemerkte zu ihrer Verwunderung, dass ein Korb auf der Treppe zur Kirche abgestellt worden war, aus dem nun der Schrei eines Säuglings ertönte. Wer ließ denn so ein wehrloses Menschlein ganz allein in der Morgendämmerung vor der Kirche zurück?

Ihrer Angst vor der unheimlichen Gestalt zum Trotz eilte Clara zu dem Korb. Tatsächlich lag darin ein in Leinen gewickeltes Kleinkind, das sich bei ihrem Anblick etwas zu beruhigen schien. Claras Gedanken rasten. Was sollte sie tun? Den Säugling auf den Arm nehmen? In diesem Augenblick wurde die Kirchentür aufgerissen, und Pfarrer Weber kam herausgestürzt. Der hagere Geistliche starrte Clara und den Korb mit dem Kind darin verblüfft an, wodurch ihr bewusst wurde, wie missverständlich die Situation auf den Geistlichen wirken musste. Mein Gott, er dachte bestimmt, *sie* habe den Säugling loswerden wollen!

»Guten Morgen, Hochwürden, ich war gerade auf dem Weg zu meinem Onkel, da hab ich das Kind gehört«, beeilte sie sich deshalb zu erklären.

»Wer hat es hier abgestellt?«, fragte Pfarrer Weber.

»Ich habe im Dunkeln eine kleine, ziemlich dicke Gestalt gesehen«, erläuterte Clara. »Genau erkennen konnte ich sie aber nicht, sie war vermummt.«

»Ob es gesund ist?«

Auf diese Frage des Geistlichen hin nahm die Gastwirtstochter den Säugling aus dem Korb, beruhigte ihn und öffnete vorsichtig seine Windeln.

»Es ist ein Junge, scheint kräftig und gesund zu sein«, war ihr erster Eindruck. »Aber vielleicht sollte ihn mal mein Onkel untersuchen – zur Sicherheit?«

»Gut, Mädle, aber wart, ich schließ nur kurz ab, dann komme ich mit«, meinte der Priester. »Es ist wohl offensichtlich, dass jemand den Jungen in die Obhut der Kirche geben wollte, da trägt unsereins dann ja die Verantwortung.«

Vor dem Häuschen ihres Oheims sahen der Priester und Clara eine junge Frau mit blondem Haar, die gerade den Türklopfer betätigen wollte.

»Anna«, erkannte Clara hocherfreut ihre ehemalige Nachbarin und Schulkameradin. Sie stellte den Korb ab, und die beiden jungen Frauen fielen sich in die Arme. Seit Anna Markert, die inzwischen Brökel hieß, vor drei Jahren zu ihrem Mann in den Nachbarort Bollingen gezogen war, sahen sich die Freundinnen viel zu selten.

Sie waren schon an der Schule ein ungleiches Paar gewesen: die propere, kräftige Clara mit ihren roten Bäckchen und den braunen Locken an der Seite des knapp zwei Jahre älteren, hageren Blondschopfs Anna. Wie oft hatten sie einander aus der Patsche geholfen! Einmal war Anna sogar auf die waghalsige Idee gekommen, dem Lehrer heimlich den Rohrstock zu klauen und zu verbrennen, weil er Clara damit zum wiederholten Mal schlimm geschlagen hatte.

»Guten Morgen, Hochwürden«, grüßte sie nun auch den Priester.

»Was führt dich denn so früh nach Tomerdingen?«, erkundigte sich Clara.

»Ich wollte zu deinem Onkel, mein Schorsch hat wieder seine schlimmen Kopfschmerzen«, erklärte Anna. »Ich soll beim Doktor Merkle nach einem Schmerzmittel fragen.«

»Und dafür schickt er dich allein drei Kilometer durch die Nacht?«, fragte Clara empört.

Statt einer Antwort wandte sich Anna liebevoll dem Säugling im Korb zu. »Wer ist denn eigentlich das süße Würmchen?«

»Es ist ein Bub. Wir wissen noch nicht, zu wem er gehört«,

antwortete Clara. »Jemand hat ihn gerade in einem Korb auf der Treppe vor der Kirche abgestellt.«

»Was? Wer tut denn so was?«, rief Anna entsetzt.

Etwas verstimmt rief sich nun Pfarrer Weber ins Gedächtnis zurück. »Das wissen wir nicht. Wenn wir dann mal Doktor Merkle konsultieren könnten?«

»Natürlich«, sagte Anna schuldbewusst und betätigte endlich den Türklopfer.

Fräulein Hummel öffnete. Die Haushälterin des Arztes machte ihrem Namen keine Ehre. Sie war hochgewachsen und dürr mit einer spitzen Nase, und Clara fand, dass ihre Bewegungen stets eckig wirkten.

»Hochwürden«, erkannte sie erstaunt.

»Wir müssten dringend Doktor Merkle sprechen«, erläuterte der Priester. »Es geht um diesen Bub hier.«

Claras Onkel Franz, ein grauhaariger Fünfundfünfzigjähriger mit einem Kneifer auf der Nase, kam aus dem Behandlungszimmer. Eigentlich war Anfang Februar ein neuer Orts- und Armenarzt namens Dr. Oskar Sonntag nach Tomerdingen gekommen, doch an den hatten sich die Bewohner noch nicht gewöhnt, daher suchten viele weiterhin Claras Onkel auf. Er lächelte seinen drei frühen Besuchern mit dem Kleinkind freundlich zu. »Guten Morgen zusammen. Was fehlt dem Menschlein denn?«

»Zunächst mal die Eltern«, antwortete seine Nichte. »Ich war gerade auf dem Weg zu dir, da hat jemand den Buben in einem Korb auf die Treppe zur Kirche gestellt.«

»Ein Moses ohne Schilf und Wasser sozusagen«, entgegnete der Arzt. »Na, dann schauen wir uns den kleinen Mann doch einmal genauer an. Kommt mit in die Ordination!«

Während Dr. Franz Merkle den Säugling eingehend untersuchte, schwiegen Clara, Anna und Pfarrer Weber gespannt.

Schon Franz' Vater Johann Nepomuk Merkle war medizinisch tätig gewesen. Allerdings hatte er nicht wie sein Sohn in Tübingen studiert, sondern war Wundarzt gewesen. Alles, was es dazu bedurfte, hatte er von einem Bader erlernt. Dennoch war Johann wohl sehr geübt gewesen im Verarzten und Verbinden von Wunden sowie im Umgang mit Naturheilmitteln und hatte gerade deshalb in Tomerdingen hohes Ansehen genossen. Clara besaß keine Erinnerung an ihren Großvater, der bereits im Juni 1878 gestorben war, da war sie noch nicht mal ein Jahr alt gewesen. Doch seinen Sohn, ihren Onkel Franz, hatte sie schon oft in Aktion erlebt.

Soeben hob er den Säugling empor. »Also, körperlich scheint ihm der ersten Untersuchung nach nichts zu fehlen«, meinte Franz. »Ich denke, der Bub ist nicht älter als eine Woche. Der Nabel ist noch nicht ganz verheilt. Wer auch immer ihn abgelegt hat, wollte ihn *schnell* loswerden.«

»Was tun wir denn jetzt bloß?«, fragte der Priester hilflos.

»Wenn Sie erlauben, werden meine Haushälterin und ich uns zunächst um den Kleinen kümmern, ich hätte ihn noch gern eine Weile unter Beobachtung. Morgen melde ich es den Behörden in Ulm. Was meinen Sie, Fräulein Hummel?«

»Ich meine, dass Ihre Gutmütigkeit eh siegt, egal, was ich jetzt sage«, entgegnete sie mit einem amüsierten Funkeln in den Augen. »Und ansonsten meine ich, wir haben uns so oft um Ihre vielen Neffen und Nichten gekümmert, wenn die Mama im Wochenbett gelegen ist – wir sind wohl ganz gut darin geworden.«

»Das kann ich nur bestätigen«, sagte Clara lächelnd.

»Ich werde ihm gleich mal ein Fläschchen machen«, kündigte Fräulein Hummel an. »Bitte, mich kurz zu entschuldigen.«

Anna und Clara sahen voller Zuneigung auf den Säugling im Arm ihres Onkels.

»Wenn die leiblichen Eltern ihn so schnell loswerden wollten, steht zu befürchten, dass er nicht getauft wurde«, mutmaßte Pfarrer Weber mit gefurchter Stirn. »Das müsste dringend nachgeholt werden. Aber dazu bräuchte er erst mal einen Namen.«

»Wie wäre es mit Victor?«, schlug der sehr belesene Dr. Franz Merkle nach kurzem Überlegen vor. »Nach Victor Hugo, dem französischen Autor. In seinem berühmten Roman *Der Glöckner von Notre Dame* geht es ja um ein Findelkind.«

»Victor ist ein akzeptabler Vorname«, meinte der Geistliche gnädig.

Anna Brökel streichelte liebevoll über das winzige Händchen des Jungen. »Süßer kleiner Victor.« Dann sah sie zu den Erwachsenen auf. »Wenn sich die leiblichen Eltern nicht finden, ob Schorsch und ich …? Wir versuchen es schon so lange, aber …«

Anna war seit drei Jahren mit Georg Brökel verheiratet, der von allen aber nur Schorsch genannt wurde. Er hatte eigentlich Lehrer werden wollen, war dann aber zum Schreiber des Bollinger Bürgermeisters Knab geworden. Anfangs war Clara recht angetan von dem arbeitswütigen jungen Mann gewesen und hatte Anna zugeraten, auf sein Werben einzugehen. Mittlerweile fand sie Brökel viel zu kühl für die gutmütige und herzliche Freundin. Als liebevollen Vater konnte sich Clara ihn auch nicht vorstellen. »Meinst du wirklich, Schorsch wäre bereit, ein Kind anzunehmen, über das so wenig bekannt ist?«

»Ich bekomme ihn schon überzeugt«, meinte Anna. »Sie könnten mir helfen, die Laune meines Mannes zu bessern, Doktor Merkle. Haben Sie noch das Pulver gegen seine Migräne?«

»Na, wenn das dem kleinen Victor ein neues Zuhause verschafft, natürlich«, erwiderte Franz.

Clara wusste von ihm, dass es Schorschs Krankheit schon sehr lange gab und sie sehr quälend sein konnte. Angeblich hatte sogar Julius Caesar an Migräne gelitten!

Als Anna mit dem Schmerzmittel nach Bollingen aufgebrochen war und man dem Priester beim Abschied versichert hatte, einander beim Gottesdienst wiederzusehen, durfte Clara dem Säugling das von Fräulein Hummel zubereitete Fläschchen geben.

»Wieso wolltest du eigentlich in aller Herrgottsfrühe zu mir?«, erkundigte sich Franz bei seiner Nichte.

Clara schlug sich mit der flachen Hand gegen die Stirn. »Gott, jetzt hätt ich's fast vergessen!«, rief sie, stellte Victors Fläschchen ab und griff in ihre Tasche. »Ich habe es nicht bis zur Kirche ausgehalten, wollte, dass du gleich nach dem Aufstehen meine erste Schokolade kostest. Schließlich verdanke ich dir die wichtigste Zutat.« Sie überreichte ihrem Onkel stolz die Papiertüte mit den süßen braunen Stückchen darin.

Er probierte sogleich eines. »Hm, ist das köstlich. Dafür lohnt es sich wirklich, früh aufzustehen. Ich muss dir wohl bald mal wieder Kakaopulver mitbringen.«

»Du sollst dich aber nicht für mich in Unkosten stürzen«, meinte Clara.

»So teuer ist es gar nicht mehr – dank Kaiser Wilhelms Machtgier. Der träumt doch schon länger von deutschen Kolonien und meint, uns steht ein Platz an der Sonne zu – wie den Engländern«, erklärte der Onkel abfällig. Seit seinen schrecklichen Erlebnissen als Feldarzt im Deutsch-Französischen Krieg war ihm gewaltsame Unterwerfung anderer Völker zuwider. »1889 kamen die ersten fünf Säcke Kakao aus Kamerun hier an, heute sind es jedes Jahr mehrere Tausend Zentner. Das braune Pulver wird in Zukunft wohl immer besser verfügbar werden – und damit auch noch billiger.«

In diesem Augenblick machte der Säugling mit einem Seufzer auf sich aufmerksam, und Clara setzte erneut das Fläschchen an. Sie fragte sich, ob man seine Eltern jemals finden würde.

2. Kapitel

Einige der fünfundzwanzig Pralinen hatte sie, dem Rezept in ihrem Buch entsprechend, mit Fruchtcreme gefüllt – aus Erdbeeren und Himbeeren; andere enthielten Vanille, Mocca, Nüsse, Pistazien oder Nougat. Am kommenden Donnerstag, dem 10. Juni 1897, wollten Clara Göttles Eltern Silberhochzeit feiern, und aus diesem Anlass sollte in ihrem Gasthof ein fulminantes Fest für das ganze Dorf stattfinden. Für jedes Ehejahr ihrer Eltern hatte sie eine Praline gefertigt – als Geschenk für deren Jubiläum. Clara betrachtete gerade zufrieden ihr Werk, da vernahm sie auf dem Hausflur die näher kommende Stimme ihres Onkel Franz. Und sie erschrak, als daraufhin auch die ihrer Mutter zu hören war. Sie stürzte zur Küchentür, deren Griff Louise Göttle bereits herunterdrückte, und stellte sich der kräftigen Matriarchin in den Weg.

»Mama, du kannst jetzt nicht da rein, sonst siehst du meine Überraschung für Donnerstag«, rief Clara aufgebracht.

»A Überraschung geit's, heilig's Blechle.« Ein kurzes Schmunzeln huschte über das kantige Gesicht ihrer Mutter, die ihr braunes Haar zu einem strengen Knoten zusammengebunden trug. Sie bestimmte: »Na, musch halt *du* m Fränzle a Wurschtbrot macha.«

»Das bekomme selbst ich hin«, entgegnete Clara.

Sie ließ Franz in die Küche und überzeugte sich noch davon, dass ihre Mutter tatsächlich das Weite suchte.

Der Onkel betrachtete durch seinen Kneifer anerkennend die Pralinen auf dem Tisch. »Selbst gemacht?«

Clara nickte. »Mit deinem Kakao, und nach Rezept aus dem Schweizer Buch. Aber anstrengend war es schon, und es hat auch nicht auf Anhieb geklappt. Sie zu essen, macht da mehr Spaß.«

Sie begann damit, ihm eine Scheibe Brot vom Laib abzuschneiden.

Doch Franz deutete grinsend an, sie solle ihm das Messer geben. »Komm, Clärle, das mache ich selbst. Verpack du besser mal die hübschen Pralinen, bevor dein Vater auch noch hier reinwill.«

Sie lächelte ihn liebevoll an. »Danke, Onkel Franz.«

In diesem Augenblick sah sie beim Blick durchs Fenster eine schlanke Frau mit Kinderwagen auf das Gasthaus zukommen. Sie trug einen Hut mit Schleier, weshalb Clara sie erst nach genauerem Hinsehen erkannte. »Das ist ja die Anna«, freute sie sich und fügte lachend hinzu: »Wieso trägt sie denn bei dem schönen Wetter so einen seltsamen Trauerhut?«

Da hörte sie ein Klappern am Hauseingang. Erwartungsvoll öffnete sie die Tür zur Diele – Anna hatte einen Brief durch den Schlitz in der Tür geworfen, sich aber seltsamerweise nicht bemerkbar gemacht. Clara eilte zur Haustür, riss sie auf und rief nach der Freundin.

Anna zuckte erschrocken zusammen, und statt der gewohnten herzlichen Umarmung unter Freundinnen drehte sie sich nur sehr zögerlich um. Dadurch fiel etwas Sonnenlicht auf ihr Gesicht, und trotz des schwarzen Schleiers erkannte Clara erschrocken, dass Annas rechtes Auge dunkel umrandet war. »O Gott, was ist dir denn passiert?«

Als nun auch noch ihr Onkel mit einem »Grüß dich, Anna« aus dem Haus trat, senkte sie rasch den Blick und murmelte verschüchtert: »Ich Tollpatsch bin auf der Kellertreppe ausgerutscht und gestürzt«, beantwortete sie schließlich peinlich berührt Claras Frage.

»Du Arme«, sagte diese mitleidsvoll. »Was ist das für ein Brief, den du eingeworfen hast?«

»Schorsch und ich werden übermorgen leider doch nicht zur Feier kommen können«, sagte Anna unwillig und wirkte, als wäre sie vor Scham am liebsten im Boden versunken. »Er hat für den Bürgermeister zu tun, und ich muss auf den Kleinen aufpassen.«

Franz kam näher und sah mit liebevollem Lächeln auf den schlafenden Säugling, um den sich im März eine Weile seine Haushälterin gekümmert hatte.

Clara bedauerte die Absage der einst so engen Freundin, zumal es nicht das erste Mal war, dass Anna eine Verabredung abblies, seit ihrer Heirat war es öfter vorgekommen. Sich nun die Silberhochzeit der früheren Nachbarn entgehen zu lassen, passte allerdings überhaupt nicht zu Anna. Und man merkte an der Art, wie sie Claras Blick auswich, dass ihr die Absage unangenehm war. »Oh, das tut mir aber leid, meine Eltern hätten euch sicher gern dabeigehabt.«

»Ich komme einfach so mal mit dem Kleinen vorbei und stoße mit Louise und Michael an«, behauptete Anna. »Ich muss dann auch schon weiter. Sonst macht sich Schorsch noch Sorgen.«

Clara war irritiert und auch ein wenig verletzt darüber, dass sich ihre Freundin so unnahbar gab. »Gut, ich richte es den Eltern aus. Sag du deinem Mann schöne Grüße.«

Als Anna nun mit dem Kinderwagen davonging, fiel Clara auf, dass Franz der jungen Frau noch besorgter nachsah als sie selbst.

»Den Blick kenne ich, Onkele«, raunte sie ihm zu. »Du denkst bestimmt dasselbe wie ich.«

Er sah sie fragend an. »Was denken wir denn?«

»Dass Annas blaues Auge nicht von einem Treppensturz stammt«, antwortete Clara ernst.

Franz nickte. »Da kann ich dir aus ärztlicher Sicht nur recht geben.«

Mit leiser Stimme sprach seine Nichte eine schon länger gehegte Befürchtung aus. »Glaubst du, ihr Schorsch verprügelt sie ganz schlimm?«

»Das kannst du sicher eher beurteilen, du bist ja mit ihr befreundet«, entgegnete der Arzt.

Ihr Vater Michael käme Gott sei Dank niemals auf die Idee, der Mutter auch nur ein Haar zu krümmen, da war sich Clara völlig sicher. Er liebte Louise auch wegen ihres klugen Kopfes und hatte oft betont, dass es sich immer lohne, auf die Einfälle seiner Gattin zu hören, und seien sie auch noch so eigenwillig.

Einige der Bauern im Dorf hatten ihre Frauen hingegen bereits in Claras Beisein geohrfeigt – doch Annas blaues Auge ließ darauf schließen, dass Schorsch sie weitaus brutaler verprügelte. »Vor anderen Leuten ist er nett zu ihr und dem Kleinen. Aber seit einer Weile zieht Anna sich immer mehr zurück, sagt fast alle Treffen ab. Manchmal wirkt sie regelrecht verängstigt. Ich habe sie auch schon gefragt, ob etwas nicht stimmt.«

»Und?«

»Sie hat es darauf geschoben, dass seit drei Monaten das Findelkind bei ihnen lebt.«

»Der kleine Victor ist so zauberhaft, ich habe seine Gegenwart nie als Belastung empfunden«, meinte Franz. »Außerdem haben die beiden so lange vergeblich versucht, eigenen Nachwuchs zu bekommen. Du darfst es nicht weitersagen, Clärle, aber ich denke, dieser Georg Brökel ist ein recht eitler

Mann. Es liegt nämlich an ihm, dass sie keine Kinder bekommen haben. Ich habe ihn zu einem Spezialisten in Tübingen geschickt, der fand dann heraus, dass mit ihm was nicht stimmt. Schorsch hat Anna aber gezwungen, zu erzählen, es sei *ihr* Körper, der eine Schwangerschaft verhindert – sein Vater bedrängt ihn nämlich ständig, endlich für einen Stammhalter zu sorgen. Mit so einem Findling gibt Schorschs Vater sich nie zufrieden.«

»Ich habe keinerlei Zweifel, dass Anna gut für Victor sorgen wird«, meinte Clara. »Und Schorsch geht ja zumindest fleißig arbeiten. Ich hoffe bloß, dass er den Kleinen nicht übermäßig schlagen wird. Er war mit der Adoption ja nur einverstanden, nachdem Anna mit Engelszungen auf ihn eingeredet hat.«

»Außerdem musste ich mehrfach versichern, dass dieses Findelkind keinerlei ausländisches Blut in sich hat«, verriet Franz. »Sonst wäre eine Adoption für ihn nie infrage gekommen.«

»Kann man das denn überhaupt sicher wissen – ohne die leiblichen Eltern zu kennen?«, wunderte sich Clara.

»Natürlich nicht«, entgegnete Franz. »Ich konnte trotzdem mit bestem Gewissen sagen, dass an dem Kind nichts Undeutsches ist – weil der Natur unsere Ländergrenzen sowieso völlig egal sind. Den deutschen Körper gibt es nicht.«

»Ich habe so ein schlechtes Gewissen«, gestand Clara. »Anna hat damals gezweifelt, ob sie Georgs Werben erhören soll. Und ich habe ihr zugeraten. Ich befürchte, meine Menschenkenntnis ist miserabel.«

»Mach dir keine Vorwürfe! Schorsch ist ein Choleriker, und die verstehen es oft bestens, zeitweise sehr liebevoll zu wirken.« Franz furchte besorgt die Stirn. »Gerade deshalb müsste man überprüfen, ob das Wohl des kleinen Buben in Gefahr ist.«

»Vielleicht sollte ich Anna einen unangekündigten Besuch

abstatten. Dann könnte ich mir einen unverfälschten Eindruck von ihrem Heim verschaffen«, schlug Clara vor.

»Gute Idee«, fand Franz, »je früher, desto besser. Noch ist die Adoption ja nicht rechtskräftig, aber als Schreiber beim Bollinger Bürgermeister bekommt Georg Brökel das sicher schneller als üblich über die Bühne.«

»Stimmt. Ich gehe gleich morgen am frühen Nachmittag mal vorbei. Da wird ihr Göttergatte noch in der Amtsstube sein. Ich habe noch ein paar Versucherle von den Pralinen übrig, die können Anna und ich kosten und dabei schwätzen. Wie früher, als sie noch unsere Nachbarin war.«

Die Sonne brannte heiß vom Himmel, als sich Clara tags drauf auf den Weg ins drei Kilometer entfernte Bollingen machte, um ihrer Freundin den geplanten Überraschungsbesuch abzustatten. Am Ortsausgang kam sie wieder am Spukhaus vorbei. Jetzt um die Mittagszeit fand Clara das Gebäude gar nicht so unheimlich. Vielmehr strahlten seine teilweise mit Moos und Efeu zugewachsenen Mauern die Zuversicht aus, dass manches sowohl einem verheerenden Feuer als auch der Zeit trotzen konnte. Vielleicht würde das Haus eines Tages ja sogar instand gesetzt werden und wieder mit Leben erfüllt sein?

Auch Bollingen, dem Clara sich nach einer guten halben Stunde Fußmarsch näherte, wurde von einem verfallenen Gebäude bewacht. Auf dem hohen Schlossberg am Rande des Kiesentales südwestlich des Örtchens befanden sich Geländespuren und Reste von zwei schmalen Halsgräben einer hochmittelalterlichen Burg. Clara hatte dort als Kind mit ihren Geschwistern Ritter und Burgfräulein gespielt. Im Heimatkundeunterricht war ihnen beigebracht worden, dass es sich dabei um den einstigen Stammsitz des Patriziergeschlechts Roth von Schreckenstein handelte. Eine Zeit lang hatten die Göttle-Sprösslinge sich deshalb die Schreckensteiner genannt.

Wie so oft war auch dabei ihre Spielkameradin Anna an ihrer Seite gewesen. Clara würde nicht zulassen, dass ihre Freundschaft derart litt!

Inzwischen hatte sie das Häuschen in der Nähe der St.-Stephanus-Kirche erreicht, in dem Georg und Anna Brökel lebten.

Sie trat vor die Eingangstür und hörte von innen, wie Anna beruhigend auf das schreiende Kind einredete. Als Clara jedoch angeklopft hatte, öffnete zu ihrer Enttäuschung nicht ihre Freundin, sondern deren Ehemann Schorsch, ein drahtiger Mann mit breiten Schultern und weizenblondem Seitenscheitel.

Er sah sie befremdet an. »Clara, was führt dich hierher?«

»Ich … ich war in der Gegend und wollte mich ein bisschen mit Anna unterhalten«, stammelte sie. Wieso war er nicht auf Arbeit? »Ich wollte nicht stören.«

»Sie hat keine Zeit«, entgegnete er gereizt. »Victor zahnt wohl ungewöhnlich früh, da braucht er viel Fürsorge.«

»Ähm … also gut. Aber vielleicht …«, setzte sie an, da fiel er ihr auch schon ins Wort: »Ich richte ihr aus, dass du da warst. Anna kann sich ja bei Gelegenheit melden, wenn sie in Tomerdingen ist. Dir noch einen schönen Tag.«

»Euch auch …«

Weiter kam sie nicht, da hatte er ihr die Tür bereits vor der Nase zugeknallt.

Nach der ersten Verwirrung wurde Clara wütend darüber, derart abgewimmelt worden zu sein. Sie beschloss, nicht so schnell aufzugeben – sie wollte herausfinden, wie es um die Ehe der beiden stand. Im Garten gab es eine Stelle, wo sie von innen nicht zu sehen war, man jedoch hören könnte, was in der Kinderstube gesprochen wurde.

»Weshalb hast du sie weggeschickt?«, war Annas Stimme zu vernehmen.

»Aus demselben Grund, aus dem ich dir verbiete, morgen auf diese Silberhochzeit zu gehen. *Du* wolltest dieses Kind. Deshalb wirst du dich auch darum kümmern – und zwar so, dass noch genug Zeit bleibt, für mein Wohlbefinden zu sorgen.«

»Aber ich kann meine Freunde doch nicht völlig vergraulen«, gab seine Frau verzweifelt zu bedenken.

»Das hättest du dir vorher überlegen müssen«, brüllte er so zornig, dass Clara Angst um Anna bekam. »Erst das ständige Gebrüll von dem Balg und dann noch dein Gejammer, das ertrag ich nicht. Hör auf damit, sonst setzt es wieder was!«

Also doch! Clara stieß entrüstet die Luft aus.

»Und jetzt sorg dafür, dass der Kleine still ist, mir platzt gleich der Kopf!«, hörte sie ihn bellen. »Ich mache drei Kreuze, wenn die Handwerker im Rathaus fertig sind und ich wieder ohne das unentwegte Geplärr schaffen kann.«

Jetzt war das Zuschlagen einer Tür zu vernehmen – und danach Annas leises Schluchzen.

Clara wusste, dass es keinen Sinn hatte, erneut zu versuchen, ins Hausinnere zu gelangen, um die Freundin zu trösten. Würde Schorsch sie dabei erwischen, hätte die Ärmste gewiss noch mehr zu leiden. Sie beschloss, mit ihrem Onkel über die schwierige Lage zu sprechen. Vielleicht wusste er Rat.

»Beata!«

Clara stieß einen erfreuten Schrei aus, als sie wenig später bei ihrer Ankunft am elterlichen Gehöft eine junge Nonne erblickte, die mit ihrem kleinen Köfferchen von einem Fuhrwerk stieg und sich beim Kutscher bedankte.

Als die Frau im Habit sich umdrehte, war sich Clara vollends sicher: Es handelte sich in der Tat um die älteste, nunmehr sechsundzwanzigjährige Göttle-Tochter Mathilde Balbine. Seit ihrem achtzehnten Lebensjahr war sie Franziskanerin im Kloster Heiligenbronn im Schwarzwald und wurde Schwester Beata genannt. Dass auch sie zur Silberhochzeit anreisen würde, hatte Clara nicht zu hoffen gewagt.

»Clärle«, rief die Nonne lächelnd, da war die Jüngere auch schon bei ihr und drückte sie an sich. »Wie schön, dass du gekommen bist. Die Eltern werden jubeln vor Freude.«

»Unsere Schwester Oberin war sofort einverstanden«, berichtete Beata. »Es geschehen noch Zeichen und Wunder.«

Die erstgeborene Tochter der Göttles war freiwillig einem Konvent beigetreten, der sich um blinde und schwerhörige Kinder kümmerte, eine Aufgabe, die Beata sehr liebte. Die äußerst gläubigen Eltern hatten nachgehakt, ob sie auch ganz sicher sei, diesen Weg gehen zu wollen – und waren dann sehr stolz über den Entschluss der Tochter gewesen. Nach den ersten Monaten hatte Beata kurz gezweifelt und war ausgebüxt, doch dann war ihr Heimweh nach den Mitschwestern und ihren Zöglingen so groß geworden, dass sie wieder ins Kloster zurückgekehrt war – und dieses Mal endgültig.

»Komm, ich trage deinen Koffer«, bot Clara nun an, und die beiden Schwestern gingen auf das Haus zu.

»Es wird gewiss sehr voll werden bei der Feier«, mutmaßte Beata lächelnd.

»Ja, ich glaub, Mutter und Vater haben sehr viele eingeladen. Ich habe gar keinen Überblick mehr, wer kommt«, entgegnete Clara, und dann verdunkelte sich ihr Gesichtsausdruck. »Ich weiß allerdings, wer sicher *nicht* dabei sein wird.«

Beata sah sie fragend an. »Wer denn?«

»Unsere alte Freundin Anna.«

»Wieso das nicht?«

Und so erzählte Clara von Annas Absage, dem blauen Auge und dem vorhin belauschten Gespräch.

Beata wusste um die Situation bei den Brökels und blickte sehr ernst drein. »Ich habe Neuigkeiten, die Annas Situation komplett ändern könnten.«

»Wieso das?«

»Ich weiß jetzt, wer die Eltern des kleinen Victor sind«, verkündete die Nonne.

Clara sah ihre Schwester ungläubig an.

3. Kapitel

Wenig später saßen die beiden Göttle-Schwestern mit ihrer Mutter und deren älterem Bruder Franz in der geschlossenen Gaststube des Wirtshauses. Louise war ganz außer sich gewesen über das unerwartete Wiedersehen mit ihrer Erstgeborenen.

Jetzt lauschte auch sie mit ernster Miene, als Beata von der Herkunft des kleinen Victor zu erzählen begann: »Erinnert ihr euch noch an meine Mitschwester Elisabeth?«

»Natürlich«, sagte Clara. Die lebenslustige und dralle junge Frau stammte ebenfalls aus Tomerdingen und war ein Jahr vor Beata Nonne in Heiligenbronn geworden. »Sie hat dich doch damals erst auf die Idee gebracht, ins Kloster zu gehen.«

»Genau. Im März ist Elisabeth für einige Tage ausgerissen. Nach ihrer Rückkehr hat sie behauptet, sie habe eine kranke Tante in Ulm besucht.«

»Und das hat nicht gestimmt?«, mutmaßte Onkel Franz.

Seine älteste Nichte schüttelte den Kopf. »Nein, sie war in Wirklichkeit dort, um ein Kind zu entbinden.«

»Was?«, stieß Clara hervor. »Aber wie …? Habt ihr im Kloster gewusst, dass sie … guter Hoffnung ist?«

»Nein. Es ist ja bei uns Christusbräuten nicht gerade an der Tagesordnung. Wir dachten, Elisabeth hat einfach noch mehr zugenommen.«

»Dann ist der kleine Victor ... das Kind einer Nonne«, wiederholte Clara verblüfft. So oft hatte sie sich vorgestellt, was das wohl für ein Mensch war, der einen hilflosen Säugling einfach aussetzte. Eine Mitschwester Beatas wäre ihr dabei niemals in den Sinn gekommen. »Aber wer ist der Vater?«

»Elisabeth hat der Mutter Oberin letzte Woche alles gestanden. Ein Maurer aus Frankreich hat sie voriges Jahr umworben, er war bei Arbeiten am Kloster eingesetzt. Sein Name ist René Bourgeois. Im Juni hat er sie dann verführt, und sie hat sich mit ihm der Sünde hingegeben.«

Clara fragte sich, was für eine Strafe einer Nonne nach einem solchen Bruch ihres Keuschheitsgelübdes drohte. Ob sie derart befleckt überhaupt im Kloster bleiben durfte?

Beata fuhr mit ihrer Erzählung fort. »Sie hat es bitter bereut und wollte ihn nicht mehr wiedersehen – obwohl sie sehr verliebt in ihn war. Er hat vor Sehnsucht angeblich Höllenqualen ausgestanden und ist deshalb nach Ulm, um dort eine Anstellung zu finden – damit er sie nicht mehr jeden Tag sehen und leiden musste. Er hatte wohl gehofft, sie gebe für ihn ihr Leben im Konvent auf, und war sehr enttäuscht, als sie sich geweigert hat. Er fand das umso schlimmer, weil sie ja genauso verliebt war. Dass sie ein Kind erwartet, hat sie wohl erst vier Monate vor der Geburt bemerkt. Sie wollte sich dann auf die Suche nach René machen und fand heraus, dass er an der Ulmer Straßenbahn mitgearbeitet hatte. Doch die war schon fertiggestellt – und er in seine Heimat zurückgekehrt.«

»Hat der Kerle denn erfahra, dass er Vater gworda isch?«, erkundigte sich Louise.

Wieder schüttelte ihre Erstgeborene den Kopf. »Elisabeth hatte keine Möglichkeit, in Frankreich nach ihm suchen zu lassen. Der Arbeitgeber auf der Baustelle wusste nur, dass René irgendwo aus den Ardennen stammt, eine genaue Heimatanschrift hatte er nicht von ihm. Das ist natürlich viel zu ungenau, um ihn zu finden. Elisabeth hat ihr Kind dann heimlich bei irgendeinem Kurpfuscher in Ulm entbunden.«

»Und warum hat sie den Bub dann ausgerechnet hier in Tomerdingen abgestellt?«, wollte Onkel Franz wissen.

»Sie kannte unseren Pfarrer Weber ja aus ihrer Jugend, hat sich noch daran erinnert, wie fürsorglich er Kindern gegenüber immer gewesen ist«, antwortete Beata.

»Was bedeutet das jetzt für Anna?«, fragte Clara voll Sorge um ihre Freundin. »Wird diese Elisabeth das Kloster verlassen und sich Victor zurückholen?«

»Das kann sie nicht.« Beatas Stimme stockte, und in ihren Augen schimmerte es feucht. »Als sie der Mutter Oberin alles gestanden hat, lag Elisabeth auf dem Sterbebett. Durch die Entbindung bei dem Kurpfuscher war sie sehr krank geworden, wir haben sie vorigen Dienstag beerdigt.«

Franz, Louise und Clara sahen sich betreten an. Was für eine tragische Geschichte!

»Darf Anna den Kleinen denn trotzdem adoptieren?«, brach Clara schließlich das Schweigen. »Man weiß ja jetzt, dass irgendwo ein lebender Vater existiert.«

»Die Mutter Oberin möchte den Bischof überzeugen, eine Suche in Auftrag zu geben. Aber so groß sein Einfluss auch ist, viel Hoffnung gibt es nicht, diesen Herrn Bourgeois zu finden.«

»Trotzdem wird die arme Anna ab jetzt in schrecklicher Unsicherheit leben«, meinte Clara. »Wenn er doch noch auftaucht, kann er ihr den Bub doch jederzeit wieder wegnehmen.«

»Es könnte auch Gefahr von anderer Seite drohen«, gab Dr. Franz Merkle zu bedenken. »Georg Brökel war es doch so wichtig, dass Victor auf keinen Fall ausländisches Blut in sich hat. Wenn er von der Herkunft des Vaters erfährt, bläst er die Adoption bestimmt doch noch ab.«

»Zuzutrauen wäre es ihm«, bestätigte Clara voller Bitterkeit. »Wir müssen auf jeden Fall zuerst mit Anna sprechen. Bloß ob man sie allein erwischt? Zurzeit wird im Bollinger Rathaus gebaut, deshalb arbeitet Schorsch zu Hause.«

»Aber dienstags ist er immer mit den Männern von den Deutschlandfreunden im Hahnen in Dornstadt, Karten spielen«, wusste ihre Mutter Louise vom dortigen Wirt.

Clara nickte entschlossen. »Gut, wenn sich vorher keine Möglichkeit bietet, werde ich Anna am Dienstagabend warnen.«

Am Tag der Silberhochzeit von Michael und Louise Göttle herrschte im heimatlichen Tomerdingen wahres Kaiserwetter. Schon im Morgengrauen hatte Clara prüfend aus dem Zimmerfenster gesehen. Dabei hatte sie die Nachbarn Markert, das waren Annas Eltern, beobachtet, wie sie nach altem Brauch heimlich einen Kranz mit der Zahl Fünfundzwanzig an der Haustür der Göttles aufhängten. Später würden Freunde und Bekannte des Jubelpaares zur Beschwörung weiteren Eheglücks silbernes Besteck aus dem Fenster werfen, auch das war in der Gegend Tradition.

Die Eltern hatten die Wirtschaft bereits um elf Uhr vormittags geöffnet, und es herrschte ein stetes Kommen und Gehen von Gratulanten, Onkel Franz war natürlich der erste gewesen. Clara und ihre beiden älteren Schwestern Beata und Marie nahmen Mutter Louise an diesem Tag sämtliche Arbeiten in Küche und Wirtsstube ab, sodass sie sich ganz den Gästen widmen konnte. Auch ihr Gatte Michael hatte den Rücken frei, da ihr ältester Sohn Marcus sich mit Knecht Korbinian um die Tiere kümmerte. Schon gegen ein Uhr nachmittags hatte der Land- und Gastwirt mit so vielen Gratulanten angestoßen, dass er recht fröhlich war und etwas lauter sprach als sonst. Für gewöhnlich war ja eher seine Frau Louise die Wortführerin. Claras jüngere Schwestern mussten an diesem Festtag nicht mithelfen. Das siebenjährige Nesthäkle Josephine, die von allen nur Jósephe mit Betonung auf dem »o« genannt wurde, steckte jedem Gast ein Blümchen ins Haar, auch der gutmütige Pfarrer Weber ließ es über sich ergehen. Die fünfzehnjährige Amalie wollte sich das Sonntagskleid nicht verschmutzen und betonte immer wieder, dass sie deshalb unmöglich aushelfen könne, und heute ließ man ihr das ausnahmsweise durchgehen. Die Geschickteste war sie ohnehin nicht. Die Fünfzehnjährige war mal wieder voller Verzweiflung auf der Suche nach ihrem Tagebuch, das der Mittelpunkt ihres Lebens zu sein schien. Ansonsten hielt sie sich selbst für den außergewöhnlichsten Mittelpunkt der Welt, was, wie Clara sich noch erinnerte, in diesem Alter durchaus gewöhnlich war. Deshalb gab es für Amalie nicht den geringsten Zweifel an der Tatsache, dass jedes noch so kleine Ereignis ihres Lebens von allerhöchster Bedeutung war und festgehalten werden musste.

»Für den Jüngling im Alter zwischen dreizehn und fünfzehn Jahren ist die erste Zigarre ein erstrebenswertes Ziel – mit allen gesetzlichen und ungesetzlichen Mitteln«, meinte Onkel Franz jetzt. »Ein Mädle in dem Alter sehnt sich nach längeren Kleidern, der Anrede ›Sie‹ und – nach einem Tagebuch!«

Clara schmunzelte. Amalies Journal war ein einfaches schwarzes Notizbüchle mit kariertem Papier. Der seidig glänzende Umschlag war aus einem Material, das Wachstaffet genannt wurde. Das wusste die gesamte Familie, da Amalie schon von jedem verlangt hatte, sich an der verzweifelten Suche zu beteiligen, wenn sie es einmal mehr verlegt hatte.

»Ja, in dem Alter hält man alles für niederschreibenswert«, erinnerte sich der freundliche Kolonialwarenhändler Karl Gaissmaier aus Ulm, ein alter Freund von Claras Onkel und Abnehmer der elterlichen Kartoffeln, Mohrrüben, Beeren, Nüsse, Obst und vielem mehr. Der wohlhabende Kaufmann hatte dem Jubiläumspaar einen Geschenkkorb mit allerlei Köstlichkeiten mitgebracht. Darin erspähte Clara Cognac sowie Käse aus Frankreich, Südfrüchte und zu ihrer besonderen Faszination belgische Schokolade, die bestimmt himmlisch schmeckte! Sie würde die Eltern bitten müssen, davon kosten zu dürfen. Der freundliche Mittvierziger mit dem Schnauzbart stand mit einem Glas Sekt bei ihrem Onkel Franz, und gemeinsam beobachteten sie mit mildem Lächeln die hagere Amalie, die immer hysterischer nach ihrem Tagebuch suchte.

»Das mag daran liegen, dass wir in dem Alter so viele Dinge zum ersten Mal erleben und tun. Da fühlt sich jeder wie ein Pionier«, fuhr Gaissmaier fort.

»Ich habe ihr das Tagebuch vorige Weihnachten geschenkt. Sie war ganz außer sich vor Freude, weil es ein kleines Vorhängeschloss mit einem goldenen Schlüssel hat«, erzählte Franz. »›Göttlich, Onkele, ganz famos göttlich!‹, das waren ihre Worte. Sie hat es an einer abgedankten Kneiferschnur von mir befestigt und trägt es jetzt um den Hals.«

»Der Schlüssel ist mir schon aufgefallen. Ich habe mich gefragt, wofür er wohl sein mag«, entgegnete Gaissmaier schmunzelnd.

»Der ging schon am Weihnachtsabend das erste Mal verloren. Und seither passiert es ihr ständig«, berichtete Clara.

Der Onkel nickte mit leidgeprüftem Gesichtsausdruck.

»Wie oft Amalie nach diesem vermaledeiten Tagebuchschlüssel sucht – das spottet jeder Beschreibung. Es gibt bald kein Fauteuil und keinen Schrank mehr im ganzen Haus, worunter sie nicht mit dem halben Leib gesteckt hat. Sie fährt bis an die Ellbogen in die Polsterung der Lehnsessel und wühlt dadrin wie ein Schatzgräber.«

Clara schmunzelte. »Es liegt aber nicht immer nur an ihrer Schusseligkeit. Meine Brüder Marcus und Anton spielen ihr oft übel mit«, räumte sie zu Amalies Verteidigung ein.

In der Tat schlichen die beiden des Öfteren hinter die Besitzerin, wenn sie darin schrieb, sahen ihr über die Schulter zu und lasen dann laut und mit übertrieben gefühlvoller Betonung daraus vor, wobei es ihnen königliches Vergnügen zu bereiten schien, wenn Amalie sie daraufhin wie eine Wildkatze ansprang und vergeblich versuchte, ihnen die Augen auszukratzen. Doch damit nicht genug. »Sie stehlen und verstecken den Schlüssel und das Buch unaufhörlich. Gemeinerweise lassen sie sich dann oft Lösegeld in Form von Essbarem geben, bevor sie's wieder herausrücken.«

»Ja, das hat ihr leidgeprüftes und oft geschröpftes Onkele auch mitbekommen«, bestätigte Franz grinsend.

Clara und Karl Gaissmaier lachten.

In diesem Augenblick wandte sich der stämmige Joseph Zeller, der gemeinhin Sepp genannt wurde, an Amalie. Er war zwei Jahre älter als sie, und Clara hatte schon öfter mitbekommen, wie er ihre zweitjüngste Schwester geneckt hatte. Der fröhliche Sepp war der Sohn des Dorfmetzgers und brachte es nach der Lehrzeit im elterlichen Betrieb auf fast zwei Zentner Körpergewicht. Infolge seiner mehr als stattlichen Erscheinung wurde der von den Eltern sehr wohlgelittene und wirklich nette junge Mann von Amalie schlecht behandelt und nur der »eklige Dicki« genannt.

»Suchst du ein schwarzes Tagebuch?«, vergewisserte er sich nun mit scheinheiligem Grinsen.

»Ja«, rief Amalie aufgebracht. »Hast du es gesehen?«

»Da lag eins auf meinem Stuhl, bevor ich mich darauf niedergelassen habe«, meinte Sepp. »Aber ich mag mich im Augenblick nicht erheben, ich sitze gerade so bequem.«

»Sofort stehst du auf, Dicki!«, donnerte die junge Memoiren-Schreiberin erhitzt.

»Sonst was?«, fragte er mit Unschuldsmiene.

»Anton!«, rief Amalie etwas schrill nach ihrem Bruder, der wie Sepp Zeller siebzehn Jahre alt, im Vergleich zu diesem aber eher schmächtig war.

Mit gelangweiltem Gesichtsausdruck kam er herbeigetrottet. »Was ist los?«

»Der eklige Dicki weigert sich aufzustehen, dabei sitzt er auf meinem Tagebuch«, brachte Amalie ihre ungeheuerliche Anklage vor.

»Na und? So bleibt es jedenfalls schön warm. Riecht vielleicht etwas streng nachher«, entgegnete Anton achselzuckend und trottete unverrichteter Dinge wieder davon.

Clara und ihr Onkel mussten spontan lachen, während Amalie ihrem Bruder empört nachsah. Da hielt ihr Sepp plötzlich das Objekt ihrer Begierde hin.

»Hier hast du es«, erklärte er jovial. »So eine schöne Feier muss ja für die Nachwelt erhalten werden.«

»Allzu genau kann ich es gar nicht beschreiben. Mein Tagebuch ist nämlich beinahe voll«, seufzte Amalie und fügte mit Seitenblick auf ihren Onkel den kaum misszuverstehenden Wink hinzu: »Ich habe keine Ahnung, wo ich ein neues herbekommen soll!«

Der Onkel schenkte sich ein frisches Glas Wein ein und meinte mit Unheil verkündender Gleichgültigkeit: »Ich auch nicht!«

»Soll ich dir eins schenken?«, fragte nun Sepp.

»Von deinen Schulden, oder was?«, fragte Claras Schwester patzig zurück.

»Amalie!«, ermahnte die Mutter strafend.

»Nein – ernsthaft!«, sagte der Metzgerssohn milde. »Unter einer Bedingung schenke ich dir ein unsagbar schönes, neues Tagebuch …«

»Und die wäre?«, stieß Amalie lebhaft hervor.

»Dass du mich das alte lesen lässt!« erwiderte Sepp so leichthin, als ahnte er die schaurige, unermessliche Größe der geforderten Gegenleistung nicht einmal!

Amalie stand einen Augenblick lang sprachlos da. Dann maß sie den Unverschämten mit einem Blick, der vor wahrhaft erhabener Verachtung nur so troff.

»Dich?«, kiekste sie schließlich niederschmetternd und in der Haltung einer Tragödin, »dir ist's wohl nicht ganz recht im Oberstüble!«

Sepp lächelte kühl. »Wenn du nicht willst, dann lässt du's natürlich bleiben, ich will nur sagen, dass ich in Ulm ein prachtvolles Tagebuch gesehen habe – dunkelblaues Leder, weich wie Butter – extra Schloss, Goldschnitt, Papier, so dick wie dein kleiner Finger – kurz: einfach großartig!«

Amalie schien mit sich zu ringen.

»Aber eine Hand wäscht die andere!«, schloss Dicki und erhob sich von seinem Stuhl. »Buch gegen Buch – Verschwiegenheit Ehrensache! Na, wie sieht's aus, Amalie?«

»Eher werfe ich mein Tagebuch ins Meer, da, wo es am tiefsten ist!«

Sepp grinste. »Das wird aber ein etwas mühseliges Unterfangen, so weit entfernt, wie unser Tomerdingen vom nächsten Meer ist.«

»Dir werd ich was …!«, erwiderte Amalie daraufhin mit zornig blitzenden Augen und ließ den jungen Nachbarn mit dieser etwas vagen Drohung stehen.

Genau wie ihr Onkel und dessen Freund Karl Gaissmaier musste Clara erneut über die Neckereien des Metzgersohnes schmunzeln. Sie ging davon aus, dass er ihre Schwester trotz ihrer Kratzbürstigkeit sehr mochte und sein Angebot, ihr ein kostbares neues Tagebuch zu schenken, durchaus ernst gemeint war. Es war recht gemein von Amalie, ihn wegen seiner Stämmigkeit zu verspotten. Clara selbst hatte sich immer bemüht, höflich zu bleiben, wenn ein Junge sich für sie interessierte – auch wenn sie bisher solche Gefühle noch nie erwidert hatte. Sie widmete sich eher mit Leib und Seele Haus, Hof und Wirtsstube.

In diesem Augenblick flog die große Tür auf – und Clara glaubte, ihren Augen nicht trauen zu können. Da betrat in schönstem Sonntagsstaat und selbstgefällig grinsend Schorsch die Gaststube, mit einer Flasche Wein in der Hand. Nachdem er seiner Frau verboten hatte, zur Silberhochzeit der Göttles zu kommen, besaß er selbst die Unverschämtheit, der aufgezwungenen Absage zum Trotz ohne sie hier aufzutauchen! Und dann wurde Clara gewahr, was das bedeutete: Anna war allein zu Hause. Eine Chance, die Freundin zu warnen! Allerdings konnte sie die Feier der Eltern ja nicht einfach verlassen. Oder doch?

4.
Kapitel

Während der Abend voranschritt, wurde Clara zunehmend unruhiger. Am Dienstag war Schorsch ja aller Voraussicht nach beim Kartenspielen, erst dann würde sie ihre Freundin Anna wegen der Neuigkeiten bezüglich des Findelkinds Victor warnen können. Doch bis dahin waren es noch fünf Tage. Was, wenn Schorsch in der Zwischenzeit erfuhr, dass der Junge Halbfranzose war oder gar der leibliche Vater erreicht werden konnte? Eigentlich durfte man doch gar keine Zeit mehr verlieren!

Inzwischen spielte die Dorfkapelle, und als Schorsch auch noch dauerhaft und schamlos eng mit der hübschen Tochter von Polizeidiener Kilian Mack tanzte, hielt es Clara nicht länger aus und nahm aufgewühlt ihre Mutter zur Seite.

»Mama, bitte erlaube mir, dass ich nach Bollingen gehe und Anna warne«, bat Clara. »Ich weiß, heute ist euer großer Tag, und es sind viele Gäste, aber …«

Louise Göttle sah mit gefurchter Stirn in Richtung des tanzenden Schorsch. »Und der Anna hat er verbota, herz'komma, des isch so bees. Gang no, Mädle, gang! Mit dem wird dui nie glücklich. I schwätz me'm Vatter. Und nemm ebbes rechts zum Essa mit für des arme Deng.«

Das ließ sich Clara nicht zweimal sagen. Sie eilte in die

Küche und füllte einen Korb mit Leckereien, von denen sie wusste, dass Anna sie mögen würde: Kuchen, Brot, Käse, Wurst, etwas Butter, Milch, Erdbeeren und eine Flasche Most. Damit hetzte sie auf den Flur und dann zur Tür des Wirtshauses hinaus. Während der Feier hatte ein leichter Sommerregen eingesetzt, doch Sonnenstrahlen zwischen den dunklen Wolken sowie ein prächtiger Regenbogen ließen auf ein baldiges Ende des Schauers hoffen. Clara setzte sich ihre rote Haube auf, um ihr heute kunstvoll aufgestecktes braunes Haar zu schonen. Zu gerne hätte sie das Fahrrad ihres Vaters genommen, um auf dem Weg nach Bollingen Zeit zu sparen, nur war es für Frauen durchaus verpönt, sich selbst auf ein Zweirad zu setzen. Aber mit Korsett und mehreren Unterröcken kam man ohnehin nicht gut voran, das wusste Clara aus eigenen, missglückten Versuchen, die sie in aller Heimlichkeit unternommen hatte. So lief sie lieber zu Fuß – so schnell sie konnte. Trotz der Eile, in der sie sich befand, und der Ernsthaftigkeit ihrer Mission musste sie kurz schmunzeln bei dem Gedanken daran, dass sie mit dem Korb und ihrer Kopfbedeckung ein wenig an Rotkäppchen auf dem Weg zur Großmutter erinnern mochte. Vor Wölfen oder erfundenen bösen Märchengestalten hatte Clara in ihrer Kindheit und Jugend jedoch keine Angst gehabt. Dank Polizeidiener Schegg und seinem Nachfolger Mack, die mit der schmucken Uniform und nicht zuletzt ihrem Säbel immer so viel Sicherheit verströmt hatten, war ihr nie sonderlich bang gewesen. Und der Wald stellte für sie durch die Märchen einen eher anziehenden als beängstigenden Ort dar. Trotz der bösen Hexe darin hatte sie die Geschichte von Hänsel und Gretel stets begeistert: Im tiefen dunklen Tann ein Haus voller leckerer Süßigkeiten zu finden, das war eine wunderbare Vorstellung.

Völlig außer Puste, kam sie schließlich in Bollingen bei Schorsch Brökels Häuschen an und klopfte lautstark.

Anna kam nicht sofort an die Tür, stattdessen öffnete sie ein Seitenfenster und sah prüfend hinaus.

»Clara«, erkannte sie erstaunt, »was machst du denn hier? Deine Eltern feiern doch heut.«

»Ich finde es so ungerecht, dass du gar nichts von dem leckeren Essen haben sollst, da hab ich dir was mitgebracht«, erklärte die Wirtstochter und hob den Korb an. »Darf ich kurz reinkommen?«

»Ja, natürlich«, erwiderte Anna – nicht, ohne sich prüfend umzusehen.

»Keine Angst, ich bin gerannt«, beruhigte Clara sie mit gesenkter Stimme. »Schorsch schafft es so schnell nicht hierher, selbst wenn er gleich nach mir losgegangen wäre. Aber das hat er sicher eh nicht getan, er ist viel zu sehr beschäftigt, mit der Tochter von Polizeidiener Mack zu tanzen.«

»Schorsch ist ... ist bei euch, auf eurer Feier?«, fragte Anna ungläubig und fügte dann verletzt hinzu: »Mir hat er gesagt, er müsste noch Unterlagen im Rathaus sichten.«

»Ja, es tut mir leid«, sagte Clara aufrichtig. »Aber deshalb bin ich nicht hier. Ich habe leider beunruhigende Nachrichten für dich. Meine Schwester Beata ist aus dem Kloster zur Feier gekommen – und sie hat einiges über Victor berichtet.«

Kurz darauf saß Clara bei Anna am Küchentisch, die dem kleinen Victor das Fläschchen gab. Die einstige Nachbarin hatte Tränen in den Augen, da sie nunmehr über die Herkunft des Kindes – und die damit verbundenen Gefahren – Bescheid wusste.

»Ich habe ein Gespräch von dir und Schorsch belauscht, als er mich gestern nicht zu dir lassen wollte«, gestand Clara schließlich behutsam. »Mir kam der Verdacht, dass er dich schlägt – schlimm schlägt.«

Anna bekam keinen Ton heraus, doch das war Antwort genug für die Freundin.

»Bist du denn überhaupt noch glücklich mit ihm?«

Anna schüttelte den Kopf und erklärte dann verzweifelt: »Er ist so schrecklich anders als vor der Hochzeit. Da war er lieb und hat sich sehr um mich bemüht. Davon ist nichts mehr übrig, er ist ein ganz anderer Mensch. Trotzdem kann ich ihn ja nicht verlassen – dann klappt es doch mit der Adoption nicht. Wenn ich meinen kleinen Engel nicht mehr sehen darf, dann überlebe ich das nicht.«

»Aber ob es sich lohnt, dafür mit einem Mann das Leben zu verbringen, der so brutal zu dir ist und vor dem man Angst haben muss?«, gab Clara zu bedenken. »Vor allem kann Schorsch dir ja gar keine Sicherheit bieten, dass der Kleine wirklich bei euch bleibt. Wenn der leibliche Vater aus Frankreich tatsächlich gefunden wird, könnte er Victor jederzeit wegholen.«

Anna drückte das Kind an sich. »Was mache ich bloß, Clara, was mache ich bloß? Ich kann ja auch nicht mit dem Bub fortlaufen. Wovon sollen wir denn dann leben?«

Clara dachte nach, doch auf Anhieb fiel ihr keine Lösung ein.

In diesem Augenblick hörten sie ein Klopfen an der Haustür und gerieten in helle Aufregung.

»Ist das Schorsch?«, flüsterte Clara angstgelähmt. Aber der hatte doch selbst einen Schlüssel!

»Annale! Bisch drhoim?«, rief eine schrille Stimme von draußen.

»Das ist unsere Nachbarin Elfriede Scheiffele. Wenn das Lästermaul erfährt, dass du hier warst, erzählt sie es Schorsch brühwarm«, wisperte Anna besorgt.

»Ich geh durch die Hintertür«, schlug Clara vor und griff nach dem inzwischen geleerten Weidenkorb.

»Ich komme gleich, Elfriede!«, rief Anna laut, bedankte sich im Flüsterton bei ihrer Freundin und drückte ihr einen Abschiedskuss auf die Wange. Während sie dann zum Vordereingang eilte, um zu öffnen, entwischte Clara durch die Tür zum Garten. Es musste dringend eine Lösung gefunden werden, dachte sie. Wenn Schorsch schon sie derart in Angst versetzen konnte, wie sehr musste dann erst die bedauernswerte Anna unter ihrer Situation leiden?

Als Clara zum Gasthaus zurückkehrte, standen ihre Mutter Louise und deren Bruder Franz gerade davor, um den Ulmer Kolonialwarenhändler Karl Gaissmaier zu verabschieden.

»Wie geht es Anna?«, erkundigte sich Claras Onkel sogleich.

»Sie ist schon so weit, Schorsch mit dem Bub zu verlassen. Aber sie weiß nicht, wovon sie dann leben sollten.«

»Ich würde ihr ja eine Arbeitsstelle als Handelsmamsell in meinem Geschäft anbieten, es sind Posten frei«, mischte sich zu Claras Erstaunen Gaissmaier ins Gespräch. Offenbar hatte ihr Onkel den Feinkosthändler eingeweiht. »Zwei meiner besten Angestellten werden mich nämlich demnächst verlassen, sie möchten beide heiraten. Aber wenn die Ziehmutter bei mir im Geschäft anfängt – wer soll auf das Kind aufpassen?«

»Tagsüber könnten schon meine Haushälterin und ich uns wieder um den Victor kümmern«, bot Franz zögerlich an. »Aber die Ziehmutter kann ja nicht jeden Tag von Ulm hin und zurück fahren – dann sieht sie den Kleinen ja auch kaum.«

Claras Mutter rieb sich das Kinn. Das tat sie immer, wenn sie nachdachte, und oft wartete sie danach mit einer erstaunlichen Idee auf. »Hol mal die Marie in die Küche, ich will da gleich mit euch beiden schwätzen«, wandte sie sich an ihre Tochter.

Die verabschiedete sich von Herrn Gaissmaier und machte sich auf dem Weg, ihre Schwester wie gewünscht aus der Gaststube zu holen. Clara ärgerte sich darüber, dass Schorsch immer noch mit der Polizeidienertochter tanzte – und dies so eng, dass man es nur frivol nennen konnte.

»Was Mutter wohl von uns will?«, wunderte sich die zweiundzwanzigjährige Marie, als sie sich in die Küche zurückgezogen hatten. »Es muss ja wirklich dringend sein, wenn sie dafür sogar die Gäste an der eigenen Silberhochzeit vernachlässigt.«

»Ich denke, es hat etwas mit Anna zu tun«, mutmaßte Clara, die Marie diesbezüglich rasch auf den neuesten Stand gebracht hatte.

Kurz darauf betraten Mutter, Vater und Onkel mit ernster Miene den Raum.

Die Matriarchin atmete durch und begann dann zu sprechen: »Ihr wisset ja, dass mir der Anna gern helfen wellet, damit se vom Schorsch loskommt und trotzdem den gloena Victor ned hergeba muss.«

Die beiden Töchter nickten.

»Eurer Mutter isch ebbes oig'falla, wie mir des derra ermöglicha kennet …«, fuhr ihr Vater fort.

»… und gleichzeitig euch beide en alta Wunsch erfülla«, ergänzte seine Frau Louise.

»Was meint ihr?«, fragte Marie verwirrt.

»Ha, d'Clara träumt ja seit faschd zeah Johr, dui süße Sacha em a eigena Lädle z'verkaufa – und du wolltesch am liebschda in Ulm schaffa. Des hend mir ned vergessa«, erklärte die Mutter.

Clara und ihre Schwester sahen einander erstaunt an.

»Herr Gaissmaier wäre bereit, euch beide als Handelsmamsell in seinem Geschäft anzulernen«, offenbarte Onkel Franz schließlich zu ihrer großen Verblüffung. »Sogar ein Zimmer in Ulm hätte er für euch.«

Das war ja eine unfassbar aufregende Möglichkeit, die sich da plötzlich vor ihnen auftat! Clara wollte sich jedoch lieber nicht zu früh freuen. »Aber … aber der Hof, die Wirtsstube … Könnt ihr uns denn entbehren?«

»Mir dädet dr Anna obieta, an eurer Stell bei uns z' schaffa – im Fall, se däd sich von ihrm Mohle trenna wella«, berichtete ihr Vater Michael.

»Frau Hummel und ich wären bereit, uns tagsüber um den kleinen Victor zu kümmern«, fügte Franz hinzu. »Falls ich mich dafür verbürge, könnte Anna den Kleinen auch allein adoptieren. Und das wird sie müssen. Wenn wir Brökel offenbaren, dass Victor Halbfranzose ist, wird er nichts mehr von dem Kind wissen wollen, ganz gleich, ob Anna ihn nun verlässt oder nicht. Georgs Großvater ist nämlich in derselben Schlacht gefallen, in der ich auch gekämpft habe. Nie im Leben wird Schorschs Vater irgendwas Französisches in seinem Hause dulden. Wir wollen Anna am Dienstagabend unseren Vorschlag unterbreiten. Da ist ihr Mann ja Karten spielen. Und wenn sie zustimmt, könnt ihr schon im nächsten Monat in Ulm Delikatessen an den Mann bringen.«

Clara und ihre Schwester nahmen sich strahlend bei den Händen.

»Ihr müsstet euch keine Sorgen um uns machen«, versicherte die jüngere Clara, und Marie bestätigte: »Wir werden immer auf uns aufpassen in der Stadt.«

»Auf a gute Ehe ko sich ned a jede verlassa«, betonte Louise. »I han mit oirm Vader Glück g'hed, aber viele Fraua goht's anders, des sehet mr ja an dr arma Anna. Deswega sollat ihr uf oigene Fiaß standa – und a bissle meh von derra Welt seha als mir zwoi Alte.«

Clara ahnte, dass es kein einfacher Schritt für ihre Eltern war, den beiden Töchtern das Verlassen des sicheren Nestes zu erlauben. Sie konnte es kaum erwarten, zu erfahren, wie sich Anna entscheiden würde.

Claras Herz pochte wild, als sie mit ihrer Mutter am Dienstagabend auf dem Fuhrwerk der Göttles saß, das von Onkel Franz um sieben Uhr abends in Richtung Bollingen gelenkt wurde.

Der Arzt schien die große Anspannung seiner Nichte zu bemerken und versuchte, sie ein wenig von der Sorge um Anna und das Kind abzulenken: »Vorgestern hat deine Schwester Amalie einen Brief an mich unter unserer Haustür durchgeschoben.«

»Was stand darin?«, erkundigte sich Clara, obwohl sie die Antwort bereits ahnte.

»Am Anfang alltägliche Belanglosigkeiten. Dass sie am Tag nach der Silberhochzeit einen toten Maulwurf gefunden habe – und dass sie jetzt unter Wasser schwimmen könne. Daher hält sie sich wohl für bestens geeignet, eine tüchtige Stütze im Haushalt zu werden. Am Schluss dann natürlich noch eine leicht und geschickt hingeworfene Erinnerung: Ihr Tagebuch sei übrigens bald voll – ein so schönes werde sie wohl nie wieder bekommen!«

Clara lachte. »Und? Kaufst du ihr eins?«

»Habe ich eine Wahl?«, fragte der Onkel. »Ich bin morgen bei einem Kollegen in Tübingen. Dann werde ich nach einem schauen.«

Clara hatte schon mitbekommen, dass ihre zweitjüngste

Schwester in der Zwickmühle war. Sepp blieb bei seiner Bedingung, ihre Aufschriebe lesen zu dürfen, der Metzgerssohn kam folglich nicht als Spender für das ersehnte neue Journal infrage. Vater Michael hatte mit verletzender Derbheit die ganze Tagebuchschreiberei als Spinnerei gebrandmarkt, Clara selbst hatte sich als höchsten Beweis des Mitgefühls bereit erklärt, Amalie die Rückseiten alter Rechnungen und Lieferscheine als Schreibmaterial zu stiften. Dieser Vorschlag war von ihr jedoch voller Empörung als entweihend abgelehnt worden. Vor die schreckliche Möglichkeit gestellt, ihre Gefühle und Gedanken unbestimmte Zeiträume hindurch für sich behalten zu müssen, hatte sie zu einem letzten verzweifelten Mittel gegriffen und ihrem Onkele einen scheinbar ganz unbefangenen Brief geschrieben. Dies geschah sonst nur zu Neujahr und Geburtstagen, als Quittung für dankend erhaltene Gaben und noch dazu meist unter Ächzen und Murren, da der frühere Arzt Tomerdingens erklärtermaßen Wert auf gerade und anständige Schrift legte.

Schließlich hielt er das Fuhrwerk vor dem Häuschen der Brökels, stieg ab und machte das Pferd fest. Augenblicklich wurde Clara wieder unruhig. Franz ging mit ihr und Louise zur Eingangstür. Wie würde die Freundin auf das Angebot der Göttles reagieren? Davon hing ja nun auch Claras eigene Zukunft und die ihrer Schwester ab.

Sie hörten von innen das Kind schreien, doch zu ihrer Beunruhigung reagierte Anna nicht auf ihr Klopfen.

»Ob der Schorsch vielleicht ausg'rechnet heut s Kartaspiel ausfalla lässt und das Mädle dro hindert, uns ufz'macha?«, befürchtete Louise Göttle.

»Ich schau mal durch das Seitenfenster«, flüsterte Clara und ging um das Haus herum.

Zunächst konnte sie beim Hineinspähen niemanden erblicken. Weshalb ließ Anna ihren Sohn schreien? War vielleicht auch sie fortgegangen? Aber sie würde den kleinen Victor doch niemals freiwillig zurücklassen. Besorgt wagte es Clara, etwas näher an die Glasscheibe heranzutreten. Da entdeckte sie, dass ihre Freundin leblos am Boden lag.

5. Kapitel

»Schwerste Prellungen und Blutergüsse, gebrochen ist zum Glück nichts«, resümierte Onkel Franz, nachdem er Anna untersucht hatte, die sich auf dem Sofa erholte.

Clara war erleichtert. Als sie durch die zum Glück nur angelehnte Hintertür in die Wohnstube gekommen waren, hatte Anna zunächst einen schlimmeren Eindruck auf sie gemacht.

»Worom hod der Deifl di wiedr grün und blau gschla?«, erkundigte sich Louise zornig, während sie, den kleinen Victor in ihren Armen wiegend, auf und ab ging.

»Seine Migräne hat ihn fast wahnsinnig gemacht. Ich wollte aber unbedingt zu euch, ein nachträgliches Geschenk für die Silberhochzeit vorbeibringen«, erzählte Anna mit schmerzverzerrtem Gesicht. »Als Schorsch mir auch das verboten hat, ist mir der Kragen geplatzt. Ich habe ihm gesagt, dass ich von seinem Besuch bei eurer Feier weiß. Wie ungerecht ich es finde, dass er mich dazu zwingt, euch mit der Absage vor den Kopf zu stoßen, und selbst heimlich hingeht. Da ist er in wilde Raserei verfallen und hat mich schlimmer verhauen als je zuvor. Als ich am Boden lag, hat er gesagt, er müsse jetzt gehen – sonst werde er mich noch umbringen.«

»Du musst fort von dem«, brachte Clara entschlossen hervor.

Ihre Freundin sah hilflos auf Victor. »Aber …«

»Irgendwann wird Schorsch herausfinden, dass der Kleine Halbfranzose ist. Seit dem Tod seines Großvaters hasst der Kerl dieses Land. Wenn Victor noch länger bei euch bleibt, wird die Trennung umso schlimmer für den Bub. Dann hat er sich schon an euch gewöhnt, und Schorsch würde ihn bestimmt trotzdem fortgeben.«

»Wir täten dich bei uns als Hilfe einstellen, Marie und Clara wollen nach Ulm zum Schaffen, dann hättest du auch eine Kammer in unsrem Häusle«, erklärte Louise der nun völlig verdutzten Anna.

»Aber getrennt von Schorsch darf ich den Kleinen ja nicht behalten«, gab sie zu bedenken.

»Ich würde mich für euch verbürgen, dann darfst du ihn auch ohne Ehemann adoptieren«, verkündete Franz. »Frau Hummel und ich passen auf ihn auf, während du arbeitest.«

Anna bejahte mit nachdenklichem Blick.

»Mein Vorschlag wäre, dass ich euch jetzt nach Tomerdingen bringe und dann umgehend in den Hahnen in Dornstadt fahre«, fuhr der Onkel fort. »Da werde ich Georg mitteilen, dass er im Begriff ist, ein französisches Kind zu adoptieren. Wir bieten ihm an, den Kleinen aufzunehmen, bis der Bischof den leiblichen Vater ausfindig gemacht hat.«

»Er wird mir *nie* erlauben zu gehen«, befürchtete Anna.

»Ich würde mich auf kein Gespräch mehr mit ihm einlassen. Stell ihn vor vollendete Tatsachen!«, sagte Clara entschieden. »Schreib ihm doch einen Brief, dass du ihn verlässt, weil du Angst vor ihm hast. Dann bist du schon fort, wenn er nach Hause kommt.«

»Und so oiner hat au koi Arecht uf d'Wahrheit. Sag oifach, du hädsch a Stell in Schdurgert gfonda«, riet Louise. »No sucht dr Schorsch erschtmol woanderschd.«

Clara sah, wie es im Kopf der einstigen Nachbarin arbeitete – und dass ihr die vorgebrachten Ideen durchaus zu gefallen schienen. »Was denkst du, Anna?«

»Dass ich nicht weiß, ob ich zuerst schreiben oder unsere Sachen packen soll.«

»Ich fange schon mal an, deine und Victors Kleidung zusammenzusuchen, dann kannst du gleich anfangen zu schreiben«, schlug Clara vor.

Wenig später waren sie und ihre Mutter mit dem Packen schon recht weit, und Anna gab ihnen den Brief zu lesen, den sie an ihren Gatten geschrieben hatte.

Schorsch,
ich halte es bei Dir nicht mehr aus. Wenn nur noch Angst regiert, wo Liebe sein sollte, ist es Zeit zu gehen. Ich weiß nun, dass unser kleiner Victor ohnehin nicht mehr lange bei uns bleibt, wir werden ihn hergeben müssen, und daher fällt diese gemeinsame Aufgabe in Zukunft weg. Du hast immer wieder gesagt, dass ich Dich nicht verdient habe, dass Du viel zu gut für mich bist und unter Stand geheiratet hast. Daher gebe ich Dich nun frei. Ich werde künftig in Stuttgart von meiner eigenen Hände Arbeit leben – weit fort von Dir und aller Erinnerung an Victor.
Anna

»Hervorragend«, befand Clara, woraufhin der Onkel und ihre Mutter zustimmten.

Anna nickte entschlossen und sah sich ein letztes Mal in der Wohnstube um. Den Brief an Schorsch ließ sie liegen und erhob sich vom Tisch, was ihr sichtbare Schmerzen bereitete. Sie konnte ein leichtes Aufstöhnen nicht unterdrücken. Sollte sie noch irgendwelche Zweifel an dem Fluchtplan gehegt haben, diese Erinnerung an Schorschs Brutalität würde sie gewiss vertreiben, davon war Clara überzeugt.

Als sie kurz darauf das Fuhrwerk mit dem Gepäck für Anna und den kleinen Victor beluden, wandte sich Clara an ihren Oheim: »Onkel Franz, ich möchte dich nachher in den Hahnen begleiten.«

»Ist das nicht zu gefährlich, Clärle?«

»Vor seinen Skatkumpanen eine Frau schlagen? So weit geht nicht mal Schorsch«, gab sie sich überzeugt. »Was er Anna hinter verschlossenen Türen angetan hat, das weiß ja niemand außer uns. Nach außen will er doch immer hochanständig wirken. Und er wird sich auch dir gegenüber zurückhalten.«

»Ha, des hoff i doch«, richtete nun auch Louise das Wort an ihren acht Jahre älteren Bruder. »Du hasch so viele von denne Kerle gholfa, wenn se krank waret.«

Clara wollte dabei sein, wenn dieser unangenehme Mensch erfuhr, dass er einen Bastard vom Erzfeind bei sich aufgenommen hatte.

»Ja, Fränzle, was führt dich denn ins Dornstädtle?«

Als Clara mit ihrem Onkel das Gasthaus Zum Hahnen betreten hatte, sah Schorsch Brökel erstaunt von dem Stammtisch auf, an dem er mit fünf Kumpanen Karten spielte.

Ihr Onkel trat näher und nahm mit ernster Miene seinen Hut ab. »Ich wollte es dir unbedingt persönlich mitteilen. Es gibt Nachrichten über die Herkunft eures Findelkinds.«

Schorschs Augen verengten sich zu Schlitzen. »Ja?«

»Wir haben erfahren, dass er der Sohn einer Nonne aus Heiligenbronn und eines Franzosen ist.«

Clara bemerkte augenblicklich, wie sehr es Schorsch irritierte, dies in Gegenwart seiner Skatfreunde zu erfahren. »Was?«, stieß er verstimmt hervor.

»Die Mutter ist vor Kurzem gestorben. Der Vater war Maurer und ist jetzt zurück in seiner Heimat, den Ardennen«, fuhr der Onkel fort. »Er weiß nichts davon, dass aus der Verführung ein Kind hervorging, der Bischof lässt ihn aber suchen. Das tut mir nun sehr leid für dich und deine Anna.«

Clara fröstelte, als sie den Hass in Brökels Blick bemerkte. »Das muss es nicht. Der Franzmann kann seinen Bastard haben, ich will ihn nicht mehr.«

»Der kleine Victor kann ja aber nichts für seine Herkunft!«, fauchte Clara aufgebracht.

»Ich auch nicht«, entgegnete Annas Mann kalt. »Und ich werde gewiss nicht das Kuckuckskind von den Mördern meines Großvaters aufziehen.«

»Dann wirst du von der Adoption zurücktreten?«, fragte Franz und ließ dabei absichtlich den Blick über alle Skatbrüder schweifen. Die sahen ihren Kumpanen nun neugierig an.

»Selbstverständlich«, knurrte Schorsch, vor unterdrücktem Zorn bebend.

»Gut, dann werde ich Victor wieder zu mir nehmen, bis der Franzos ihn abholt«, entgegnete Franz mit gespielter Großzügigkeit.

»Das wäre nett, ja.«

»Wir sorgen dafür, dass du ihn nicht mehr sehen musst, versprochen«, presste der Onkel zwischen den Zähnen hervor, und Clara wusste, dass er größte Mühe hatte, seinen eigenen Zorn im Zaum zu halten.

Kaum waren sie jedoch vor der Tür der Schenke angekommen, platzte es aus ihm heraus. »Dem Dreckskerl ist der kleine Bub wirklich völlig egal!«

»Ich habe gemerkt, wie du mit dir kämpfst«, sagte Clara und tätschelte Franz beruhigend die Schulter. »So ist es das Beste für Anna. Dass sie darunter leiden würde, daran hat er keinen Augenblick gedacht. Sie darf nie wieder zu Schorsch zurück, das ist gewiss.«

Sie mussten es wirklich mit allen Mitteln verhindern!

Als sie wieder in Tomerdingen angekommen waren, dämmerte es bereits. Die orangefarbenen und violetten Bereiche des Abendrots verschwanden allmählich im Nachtblau, während Onkel und Nichte das Gepäck vom Fuhrwerk luden – vorhin hatten sie Anna, deren Ziehkind und Louise nur kurz abgesetzt, um noch möglichst früh mit Schorsch zu sprechen.

Zu ihrer Verwunderung kam in diesem Moment ein Reiter vor den Gasthof galoppiert, der es recht eilig zu haben schien. Wer mochte das zu solch später Stunde noch sein? Der Mann brachte sein Tier ganz knapp vor ihnen zum Stehen, und zu ihrem Entsetzen erkannte Clara nun, dass es sich um Georg Brökel handelte.

»Ich war gerade zu Hause, da lag ein Abschiedsbrief von Anna. Sie hat behauptet, sie werde mich verlassen und künftig in Stuttgart arbeiten!«

»Als wir das Kind abgeholt haben, hat sie dasselbe gesagt«, bestätigte Franz mit bewundernswerter Ruhe.

»Vielleicht wohnt sie dann bei ihrer Tante in Cannstatt. Aber wie soll sie es heute noch bis dahin schaffen?«, entgegnete Schorsch kühl. »Und unsere liebe Nachbarin Elfriede Scheiffele hat mir soeben erzählt, dass Anna mit euch im Fuhrwerk fortgefahren ist. Sie hat euch beobachtet.«

»Dem war auch so«, entgegnete Franz unbeeindruckt. »Aber

wir haben sie lediglich zur Kutsche von Karl Gaissmaier gebracht. Mit ihm war sie wohl verabredet.«

Schorsch stieg die Zornesröte ins Gesicht, und Clara begann aus Sorge um die Freundin zu zittern wie Espenlaub. Was, wenn er auf die Idee kam, in das Gepäck zu schauen und dort die Kleidung seiner Frau und des kleinen Victor entdeckte?

»Nun, wenn sie tatsächlich mit Gaissmaier fort ist, dann habt ihr ja sicher nichts dagegen, wenn ich mich ein wenig in eurem Haus umsehe.«

»Des könnt dir so passa. Nix da!«, stellte Louise augenblicklich mit barschem Tonfall klar. »Erscht dui dreischte Ondrstellung und na so a unverschämt Forderung. Wer in mei Haus kommt, des sag emmer no i selbscht. Schleich de!«

Wie um ihre Worte zu unterstreichen, trat nun der hünenhafte Knecht Korbinian hinzu und baute sich vor Brökel auf.

»Wir sehen uns noch«, knurrte Schorsch und ritt endlich davon.

Clara war zwar froh, dass er vorerst den Rückzug angetreten hatte, eine vage Sorge blieb jedoch bestehen.

»Was ist, wenn er morgen früh Karl Gaissmaier in Ulm aufsucht und dann erfährt, dass du gelogen hast?«, wandte sie sich an ihren Onkel.

»Georg Brökel kann ihn in Ulm gar nicht antreffen, er verbringt diese Woche bei seiner Schwägerin in Tübingen. Ich werde morgen dort hinfahren und Karl einweihen. Fürs Erste werden wir also Ruhe vor Annas Ehemann haben. Ich bin nur froh, dass der kleine Victor nicht angefangen hat zu schreien. Dann wäre meine Räuberpistole auf Anhieb geplatzt.«

Bei dem Gedanken lief Clara ein eisiger Schauer den Rücken hinab. »Nicht auszudenken.«

In diesem Augenblick kam, einem unerwarteten Wirbelwind gleich, Amalie mit glühenden Wangen und fliegendem

Zopf aus dem Gebäude gestürzt. Sie schlang ihre Arme um den völlig überrumpelten Franz und kiekste: »Onkele, Onkele, tausend Dank, dass du mir das heute in der Frühe auf den Stubentisch gelegt hast.« Mit diesen Worten präsentierte die bis zu Tränen beseligte zweitjüngste Nichte das gewiss schönste Tagebuch, welches jemals eine Tomerdinger Schülerin in ihren beglückten Händen gehalten hatte. »Es war zu reizend von dir, ich habe etwas für dich vorbereitet.«

»Was, ich? Ich habe aber gar kein …«

Amalie eilte voller Begeisterung ins Haus zurück, die Verwirrung des Onkels bekam sie nicht mehr mit.

Wenige Augenblicke später schoss sie, einen vollgekritzelten Zettel in Händen, wieder aus dem Gebäude. Ohne eine Reaktion ihres unfreiwilligen Publikums abzuwarten, begann sie zur Melodie des Schubert-Lieds *Am Brunnen vor dem Tore* einen offenbar selbst geschriebenen Text zu *singen*:

»Ein Büchlein auf dem Tische, ich sah's und glaubt es kaum:
Famoser als das alte, das neue i-ist ein Traum.
Ich schreib in seine Seiten so manches liebe Wort
über mein O-honkel-chen, bin daahankbar immerfort.«

»Danke, liebe Amalie«, kommentierte Franz nach dem eher höflichen Schlussapplaus für das nicht so feine, aber kleine Dankesständchen seiner Nichte. »Jetzt muss ich hier allerdings ehrlich zu dir sein: Bis gerade eben wusste ich von keinem neuen Tagebuch, und ich habe auch keines für dich auf den Tisch gelegt, das schwöre ich.«

Man sah der armen Amalie an, dass sie auf diese überzeugend vorgebrachte Aussage hin am liebsten vor Scham im Erdboden versunken wäre.

»Aber von wem ist es dann?«, fiepste sie völlig überfordert.

Clara hatte da so einen Verdacht, wurde aber abgelenkt, denn nun ritt erneut Schorsch auf seinem Pferd herbei, diesmal im Schritttempo, denn neben ihm lief Amts- und Polizeidiener Kilian Mack – in Uniform und mit Säbel bewehrt. Selbst Amalie schien zu begreifen, dass es nun bitterernst wurde, sie trat verängstigt hinter ihre Mutter Louise.

»Kilian, was führt di zu uns?«, fragte die Matriarchin mit fester Stimme, als der Uniformierte vor ihr stand.

»Louise, ich muss dein Haus durchsuchen. Der Herr Brökel sagt, ihr entzieht ihm sein Eheweib«, erklärte der Polizist und deutete auf Schorsch, der mit triumphierendem Blick vom Pferd stieg. »Ich kann das nicht verweigern, so ist das Gesetz.«

Clara wusste, dass er recht hatte. Ein Mann durfte ehebrechen und das Geld durchbringen, konnte Frau und Kind halb totschlagen – trotzdem waren sie sein Eigentum.

Kilian Mack sah Louise fast flehend an, die nickte schließlich und trat einen Schritt zur Seite.

»Bitte«, sagte sie und gab Knecht Korbinian ein Zeichen, die Haustür freizugeben.

Der Polizeidiener ging hinein. Schorsch schickte sich an, ihm zu folgen, doch Louise versperrte ihm den Weg. »Du ned – nur über mei Leich gohsch du je wieder in onser Haus nei!«

Clara konnte nicht fassen, dass ihre Mutter den Polizisten in das Gebäude gelassen hatte. »Das geht doch nicht, Herr Mack!«, rief sie und eilte ihm hinterher.

Der Beamte sah wirklich ganz genau in jedem Raum nach. Früher oder später würde er Anna und das Kind entdecken.

Und tatsächlich – als er die Küchentür aufriss, saß dort zu Tode erschrocken ihre Freundin. Sie gab Victor gerade das Fläschchen und starrte den Polizisten mit seinem Säbel in blankem Entsetzen an. Für einen Augenblick schien die Zeit stillzustehen, dann eilte der Beamte wieder zu Schorsch.

Clara folgte ihm verzweifelt. »Herr Mack, bitte nicht!«

»Herr Brökel«, rief er, während er wieder vors Haus trat.

Schorsch sah ihn erwartungsvoll an.

»Keine Spur von einem schlechten Eheweib«, sagte Kilian Mack nun zu Claras unendlicher Erleichterung. »Ich muss Sie bitten, zu gehen und künftig jedwede Unterstellung gegen die Göttles zu unterlassen. Es sind unbescholtene Bürger.«

Schorsch stieg mit düsterer Miene auf sein Pferd und gab ihm die Sporen.

In diesem Augenblick begann der kleine Victor zu quäken. Clara hielt vor Panik den Atem an. Doch Georg war zum Glück bereits zu weit entfernt, und das Geräusch der Hufe übertönte noch zusätzlich das Säuglingsgeschrei.

»I dank dir, Kilian«, sagte Louise Göttle und nickte dem Amtsdiener anerkennend zu. Offenbar war sich Claras Mutter die ganze Zeit sicher gewesen, wie ihr alter Freund reagieren würde, und hatte ihn deshalb ins Haus gelassen.

»Der unverschämte Gockel«, meinte Kilian. »Hat seine Frau halb totgeschlagen und scharwenzelt um meine Tochter rum. Der soll die arme Anna und den Bub nie wieder in die Finger bekommen, sonst kriegt er's mit mir zu tun!«

»Isch recht, Kilian, grüß dei Agnes und das Mädle von mir«, sagte Louise und drückte seine Hand.

»Gute Nacht zusammen«, verabschiedete er sich, nickte in die Runde und ging dann davon.

»Na kommt, Mädle«, sagte der Onkel und legte den Arm um seine Nichten. »Bringen wir der bedauernswerten Anna ihre Sachen. Sie hat heute wieder Schlimmes erleben müssen. Hoffentlich zum letzten Mal.«

Dem konnte Clara nur zustimmen. So recht konnte sie jedoch nicht daran glauben, dass so ein mieser Kerl wie Brökel seine Frau unbehelligt ein neues Leben beginnen lassen würde.

Am Mittwoch, den 30. Juni 1897, war es so weit. Onkel Franz hatte sich bereit erklärt, Clara und ihre Schwester Marie an diesem Tag nach Ulm zu fahren. Dort sollten sie ihre Kammern beziehen und am Folgetag ihre Ausbildung zur Handelsmamsell antreten. Clara war in aller Herrgottsfrühe aufgestanden, um sich gründlich zu waschen und zu frisieren. Bei ihrer Ankunft in der großen Stadt wollte sie die sauberste junge Frau der Welt sein. Marie war bei ihrer Mutter, um sich einen Knopf annähen zu lassen, als es an der Kammertür klopfte.

»Herein.«

Anna betrat das Zimmer, ihren vergnügt glucksenden Ziehsohn auf dem Arm. »Guten Morgen, Clärle, hier möchte sich jemand von dir verabschieden. Ich dachte mir, wir beide machen das besser hier drinnen, nicht, dass Schorsch noch zufällig vorbeikommt und uns vor dem Haus sieht.«

Clara nahm den Säugling auf den Arm und küsste ihn auf die Stirn. »Ich werd dich vermissen, kleiner Mann.« Dann sah sie ihre Freundin an. »Und dich erst recht.«

Anna wischte sich die Tränen aus den Augen. »Danke, dass du mich nicht aufgegeben hast, ohne dich hätte ich keine Hoffnung gehabt. Ich weiß nicht, wie ich je vergelten soll, was du und deine Familie mir Gutes getan habt.«

Glücklicherweise hatte Anna in den zwei Wochen nach ihrer Flucht Ruhe vor ihrem brutalen Ehemann gehabt. Er war weder bei den Göttles noch bei Onkel Franz aufgetaucht, um nach ihr zu suchen. Clara hoffte inständig, dass es so bleiben würde – ihre Mutter hatte alle auf dem Göttle-Hof darauf eingeschworen, kein Sterbenswörtchen darüber zu verlieren, dass Anna nun bei ihnen lebte. Vielleicht war Schorsch ja bereits auf der Suche nach einer neuen Frau? Spätestens dann würde er der ersehnten Scheidung oder gar einer raschen Annullierung zustimmen.

Vor einigen Tagen hatte Anna ihren Eltern verraten, dass sie bei den Göttles untergekommen war. Anfangs war ihr Vater alles andere als begeistert gewesen, dass sie Georg verlassen wollte. Doch nachdem sie ihm ihre blauen Flecken gezeigt hatte, war er nur mit Mühe davon abzuhalten gewesen, es Schorsch mit gleicher Münze heimzuzahlen.

»Wenn das Fräulein Hummel und Doktor Merkle mal keine Zeit haben, bring uns einfach den Buben rüber«, hatte ihre Mutter Creszentia angeboten.

Es beruhigte Clara, ihre Freundin und deren Ziehsöhnchen in guten Händen zu wissen.

»Ich habe dir zu danken«, antwortete sie Anna, nun selbst mit den Tränen kämpfend. »Wenn du uns hier nicht ersetzt hättest, wären Marie und ich nie in die Stadt gekommen. Außerdem war ich dir sowieso noch etwas schuldig. Obwohl du fast zwei Jahre älter bist als ich, hast du mich immer ernst genommen in der Schule. Und als du fertig warst, hast du mir immer das erklärt, was mir entgangen ist – wenn ich wegen der Arbeit auf dem Feld und im Gasthaus mal wieder gefehlt habe.«

Anna lächelte bei der Erinnerung an jene Tage. »Das lag daran, dass du mich gefragt hast. Deine Geschwister hat das Rechnen und all das nicht so begeistert wie dich, du kannst wirklich gut mit Zahlen umgehen.«

»Jetzt, wo Marie und ich endlich im Verkauf arbeiten dürfen, wird mir das bestimmt helfen«, meinte Clara.

»Vielleicht kommst du in Ulm ja deinem Kindheitstraum etwas näher«, sagte Anna. »Das eigene Schokoladengeschäft … Ich wünsche es dir.«

Schließlich luden Marie und Clara ihr Gepäck in die Kutsche des Onkels. Für die Verabschiedung hatten sich dort außer ihren Eltern auch Annas Mutter Creszentia und das Metzgerehepaar Zeller eingefunden. Während Marie sich mit ihnen unterhielt, ging deren Sohn Sepp auf Amalie zu, und Clara wurde Zeugin ihres Gesprächs.

»Wo warst du denn die ganze letzte Woche?«, erkundigte sich Amalie gespielt beiläufig. »Das war ja der reinste Segen hier ohne dich.«

»Ich war auf Besuch bei meinem Oheim in Stuttgart. Hast du deinen lieben Sepp denn gar nicht vermisst?«, fragte er mit gespielter Enttäuschung.

»Lieber Sepp, pah!«, stieß sie abfällig hervor. »Ich mag dich kein bisschen leiden – jetzt nicht und niemals, und wenn ich achtzig Jahre alt werde! Ich finde dich grässlich, dass du's weißt!«

»Na,« sagte der Nachbarsjunge und schmunzelte, »da gib mir nur das neue Tagebuch wieder! Das habe ich dir nämlich vor meiner Abreise geschenkt, und von einem so schändlichen Menschen wirst du ja wohl nichts annehmen wollen.«

Amalie stand einen Augenblick starr. »*Du* hast mir das hingelegt?«, brachte sie dann mühsam hervor. »Das himmlische Tagebuch? Und das hast du gar nicht gesagt? Dicki, du bist entzückend – und ich danke dir tausendmal! Jetzt bin ich dir aber wirklich riesig gut, denn das war famos anständig von dir!«

»So?«, erwiderte Sepp. »Nun, das ist mir ja eine wahre Beruhigung, dass du mit dem Gutsein nicht warten willst, bis du achtzig Jahre alt bist. Da kriege ich am Ende auch das Tagebuch ja vielleicht doch noch mal zu lesen – und du hörst auf, mich ekliger Dicki zu nennen.«

»Ab jetzt sollst du darin der famos anständige Seppi sein«, gelobte die junge Memoiren-Schreiberin mit gütigem Lächeln, und Clara freute sich, noch vor ihrer Abreise das Ende des Gezänkes der beiden zu erleben.

Nun wurden sie und Marie von ihren Eltern umarmt, und Clara kämpfte zum wiederholten Mal an diesem Tag mit den Tränen.

»Wir passen auf uns auf«, versprachen die Schwestern wie im Chor zum wer weiß wievielten Male.

Als Onkel Franz die Pferde lostraben ließ, winkten Familie und Nachbarn den Göttle-Töchtern noch nach. Anna tat dasselbe vom Fenster aus. *Was auch immer uns in der großen Stadt erwartet*, versprach sich Clara, *die Lieben daheim werde ich nie vergessen.*

6. Kapitel

Wenn man auf Ulm zufuhr, war das dortige Münster schon von Weitem zu sehen. Mit über hundertsechzig Metern war sein Kirchturm der höchste der Welt. Man hatte ihn erst vor sieben Jahren fertiggestellt, doch insgesamt, so wusste Clara, hatten die Menschen ein halbes Jahrtausend an dem Gotteshaus gebaut. Wie schon bei früheren Besuchen in der Donaustadt war die Gastwirtstochter beeindruckt von der unfassbaren Größe und der ausnehmend schönen gotischen Fassade des Gebäudes. Wie viel Arbeit musste es gekostet haben, ein solches Meisterwerk der Baukunst zu erschaffen?

Der Onkel lenkte den Pferdewagen in Richtung Innenstadt, deren Straßen voller Leben waren. Die Menschen wuselten emsig umher wie Ameisen, einige fuhren mit Droschken, andere mit dem Fahrrad. Auf der Donau und der Blau waren Boote und Kähne unterwegs. Anders als zu Hause in Tomerdingen drängte sich hier allenthalben Haus an Haus, gebaut aus Stein und Fachwerk mit roten Dachziegeln, die in der Julisonne leuchteten. Franzens Gefährt passierte zahlreiche Geschäfte, Wirtsstuben und Cafés. Clara freute sich auf alles, was sie in dieser betriebsamen Stadt noch sehen und erleben würde. Und schließlich kam ihr künftiger Arbeitsplatz in Sicht. Das bereits seit fast einem Vierteljahrhundert bestehende Feinkostgeschäft stand in bester Lage in der Ulmer Kramgasse an der Ecke zum Südlichen Marktplatz, ganz in der Nähe des Münsters. Der Eingang zum Laden, über dem auf einem großen Schild »Karl Gaissmaier« prangte, befand sich direkt an der Ecke des Gebäudes, das auf beiden Seiten im Erdgeschoss mehrere Schaufenster aufwies. Als Claras Onkel seine Kutsche davor anhielt, trat der Besitzer aus dem Geschäft heraus, um die Tomerdinger zu begrüßen.

»Grüß Gott, Fränzle!«, rief der Kolonialwarenhändler und umarmte seinen alten Freund überschwänglich. »Was hab ich mich auf dich und deine lieben Nichten gefreut.«

»Das ging den beiden nicht anders, die konnten vor Aufregung kaum schlafen«, verriet der Onkel schmunzelnd.

»Kein Grund, hier werden alle nett zu euch sein«, versprach der Kaufmann und schüttelte den jungen Frauen die Hand. »Willkommen in der Welt von Karga!«, kürzte er den Namen des Geschäfts ab. Die beiden bedankten sich, und Claras Blick fiel auf die geschmückten Schaufenster.

Von Mehl, Zucker und Gewürzen, Spirituosen, Süßigkeiten über Bohnenkaffee bis hin zu Petroleum und Kolonialwaren wie Kaffee, Tee, Kakao, Reis, Bananen und Tabak bekamen Genießer und Feinschmecker hier alles, was das Herz begehrte. Es gab auch Obst und Gemüse von den Bauern der umliegenden Dörfer. Deshalb hatte der Onkel das Fuhrwerk mit Johannisbeeren, Himbeeren, Erdbeeren, Brombeeren und Kirschen aus der Juni-Ernte des Göttle-Hofs beladen lassen.

»Rettich, Spargel, Kohlrabi, Erbsen und Gurken sind auch dabei«, verkündete Franz und hob die Plane an, um die Gemüsekisten zu präsentieren, woraufhin Gaissmaier zufrieden lächelte. Er riss die Ladentür auf und rief hinein: »Konrad! Fräulein Vera!«

Sogleich erschien ein kleiner, aber kräftig gebauter Mann

mit Schnauzbärtchen und weißer Schürze, gefolgt von einer etwas grimmig dreinblickenden Mittdreißigerin mit hochgestecktem dunklem Haar.

Gaissmaier wies den blonden Lehrjungen an, das Fuhrwerk zu entladen, dann stellte er den Schwestern die Frau vor: »Das ist das Fräulein Vera Schädler, unsere Standortleiterin. Sie steht mir schon seit neun Jahren treu zur Seite. Fräulein Vera, das sind Marie und Clara Göttle. Zeigen Sie den beiden ihre Kammern?«

Die Nichten umarmten nun zum Abschied ihren Onkel, und obwohl er selbst verdächtig feuchte Augen hatte, bestimmte er: »Kein Grund für Tränen! Tomerdingen ist ums Eck, und ich bin sowieso öfter in Ulm. Ihr seid also nicht aus der Welt.«

»Kommt, ihr zwei!«, sagte Fräulein Vera und führte die beiden Neuankömmlinge durch eine zweite Gebäudetür in ein nach Bohnerwachs und Mittagessen duftendes Stiegenhaus.

Als sie etwas außer Puste im Dachgeschoss angekommen waren, schloss Vera Schädler eine von mehreren Holztüren auf und gewährte den Blick auf eine geräumige und doch gemütliche Kammer. Dort standen zwei schlichte Holzbetten und ein Kleiderschrank, dazu ein Waschtisch mit Spiegel. Die Wand war mit einer Blumentapete verziert, was bei Zimmern für Verkaufspersonal alles andere als üblich war. Das Beste jedoch war der Ausblick durch das Gaubenfenster. »Wie schön man das Münster von hier sieht«, schwärmte Clara.

»Ihr möchtet jetzt sicher in aller Ruhe auspacken«, mutmaßte Fräulein Vera.

Doch Clara schüttelte den Kopf. »Ich würde am liebsten gleich alles über das Geschäft und unsere Arbeit erfahren, wenn ich darf. Auspacken können wir ja auch heute Abend noch«, meinte sie unternehmungslustig, woraufhin ihre

Schwester Marie eifrig nickte. »Das geht mir genauso. Ich platze vor Neugier.«

Fräulein Vera zuckte mit den Schultern. »Na, voll genug ist es heute, Hilfe können wir brauchen. Dann kommt mal mit!«

Am frühen Nachmittag war die Filialleiterin mit der Führung für Clara und Marie fertig, bei der ihnen auch Gaissmaiers Söhne Karl junior, Hermann und Guido sowie die übrigen Verkäuferinnen vorgestellt worden waren. Der jüngste Sohn, Leopold, schaffte noch nicht im Laden.

Nach dem Rundgang durchs Haus erzählte Fräulein Vera den beiden Neulingen noch eine Menge über die Firmengeschichte. So habe 1874 der Seniorchef mit einem ganz kleinen Lebensmittelgeschäft in der Donaustraße angefangen, da sei er erst sechsundzwanzig gewesen. Er hatte sich aber schon bald für eisernen Fleiß und außerordentliche kaufmännische Begabung einen hervorragenden Ruf erworben. Seine Frau unterstützte ihn eifrig.

»Die ist auch klug – und recht forsch. Ida heißt sie, eine geborene Weissenbach. Immer mehr Kunden sind gekommen und haben bei ihnen eingekauft. Der Laden war schon bald zu eng, deshalb musste der Betrieb verlegt werden. Vor sechs Jahren hat der Seniorchef das Grundstück hier erworben, drei Jahre später ein zusätzliches Lagerhaus am Nördlichen Münsterplatz.« Fräulein Vera machte eine ausladende Handbewegung. »Hier stand übrigens vor Jahrhunderten ein Kloster. Das Kontor ist in einem städtischen Gebäude untergebracht, dem historischen Schuhhaus.«

Herr Gaissmaier senior trat an seine Filialleiterin und die beiden Göttle-Schwestern heran. »Na, hat euch das Fräulein

Vera all ihr wertvolles Wissen in die Schädel geschaufelt?«, scherzte er. »Wenn ihr wollt, dürft ihr jetzt die nächsten Kunden bedienen. Vielleicht gehen wir nach dem Alter vor, dann wärest du als Erste dran, Marie.«

Die beiden Schwestern blickten durch die Schaufenster hinaus und sahen einen Mittdreißiger in feinstem Anzug auf das Geschäft zusteuern. Seine Weste, der doppelreihige Gehrock mit knielangem Schoß sowie die enge, bis zu den Knöcheln reichende Hose waren modisch geschnitten und aus feinstem, dunklem Stoff gefertigt. Zu seinem blütenweißen Hemd mit hohem Kragen trug er eine Krawatte, auf dem Kopf einen Zylinder. Auf Clara wirkte er wie ein Mann, der alles bekam, was er wollte.

Ihre Schwester Marie zeigte sich begeistert. »Was für ein unfassbar schöner Mensch«, hauchte sie geradezu ergriffen.

Gaissmaier schmunzelte. »Leider ist er vergeben, aber du darfst ihn gleich bedienen. Das ist Hermann Magirus, die Familie gehört zu unseren besten Kunden. Sein Vater Conrad ist vor zwei Jahren leider verstorben, er war der Erfinder der fahrbaren Feuerwehrleiter. Dessen Vater war übrigens auch Kolonialwarenhändler. Dementsprechend ist die ganze Familie Magirus recht anspruchsvoll, was kulinarische Genüsse betrifft.«

»Guten Tag, Herr Gaissmaier«, grüßte Hermann Magirus, nachdem er, vom Glöckchen über der Tür angekündigt, den Laden betreten hatte.

Der Händler erwiderte sein Lächeln. »Grüß Gott, Herr Magirus. Heute bedient Sie unsere neue Mitarbeiterin, das Fräulein Marie.«

»Freut mich«, entgegnete Magirus und musterte Claras ältere Schwester, woraufhin deren Gesicht die Farbe eines Feuerwehrautos aus dem Unternehmen seiner Familie annahm.

»Womit kann ich Ihnen dienen?«, brachte sie kaum hörbar hervor.

»Ich soll für den Geburtstag meiner Tante eine Tafel Schweizer Milchschokolade besorgen«, erläuterte der Firmenerbe.

Clara bekam mit, wie sich ihre Schwester hilflos umsah. Sie hatten diese Köstlichkeit vorhin beim Rundgang gezeigt bekommen. Aber für sie war es leichter als für Marie, sich zu merken, wo sich die Schweizer Spezialität befand, da sie darüber bereits einiges in ihrem Buch gelesen hatte.

»Wir haben die Gala-Peter-Schokolade da«, half Clara ihrer Schwester aus der Patsche und brachte dem Magirus-Erben eine Tafel zur Ansicht.

»Ja, die Sorte hatte mein Vater erwähnt. Da soll ja angeblich Milch von Eseln drin sein«, glaubte er sich zu erinnern.

»Bei der hier nicht«, klärte sie ihn auf, und Gaissmaier schaute verblüfft drein. »Die Erfinder der allerersten Milchschokolade haben dafür vor siebzig Jahren tatsächlich neben Kakao und Zucker Eselsmilch verwendet. Einfach, weil sie in der Stadt leichter verfügbar war als Kuhmilch. Das war das Unternehmen Jordan und Timaeus aus Dresden. Aber diese Sorte hier stammt vom Schweizer Daniel Peter.« Clara deutete auf die Langtafel, über die sie dank ihres Buches bestens Bescheid wusste. Sie erzählte, was noch in dem Buch gestanden hatte – dass Peter zuerst jahrelang mit Milch in Pulverform geforscht habe. Der Durchbruch war ihm vor zwölf Jahren gelungen, da hatte er eine Schokolade entwickelt, die aus Kakao, Zucker und Kondensmilch von Kühen bestand.

»Diese Variante wurde bei den Leuten zu einem riesigen Erfolg«, schloss Clara. »Sie ist auch besonders fein und einfach köstlich.«

»Dann nehme ich mal besser drei Tafeln«, entgegnete Hermann Magirus lächelnd. »Es gibt ja immer einen Anlass für ein köstlich-süßes Geschenk.«

»Eine wunderbare Idee«, freute sich Clara und bemerkte im Augenwinkel den anerkennenden Gesichtsausdruck ihres neuen Arbeitgebers.

Marie hatte anscheinend neuen Mut gefasst. »Haben Sie gesehen, dass unser original französischer Cognac im Sonderangebot ist?«, wandte sie sich an Magirus. »Mit so einem edlen Tropfen besticht man die Herren Geschäftsfreunde, wenn auf einen Abschluss angestoßen wird.«

Magirus junior schmunzelte. »Ja, den kenne ich bereits. Das könnte tatsächlich ein Schnäppchen sein. Dann nehme ich davon auch eine Flasche mit.«

»Kommen Sie mit zur Kasse, Herr Magirus, ich pack es Ihnen ein«, schlug Vera Schädler vor.

Während die Filialleiterin mit dem Erben zur Zahltheke ging, sah Marie dem Herrn bewundernd nach.

»Nicht schlecht fürs erste Mal. Verkaufen kann das Mädle schon«, sagte Gaissmaier. »Sie waren beide sehr gut.«

Die beiden Schwestern lächelten einander zufrieden zu. Das hatte ja vielversprechend begonnen!

Die Sonne stand hoch am Himmel, als Clara Göttle aus der Mittagspause zurückkehrte und die Ladentür des Kolonialwarengeschäfts öffnete. Der Geruch von Kaffee, Gewürzen und exotischen Früchten, der sie umfing, als sie den Verkaufsraum betrat, war ihr schon wohlvertraut. Dabei war es erst knapp zwei Wochen her, seit sie und ihre Schwester Marie bei Gaissmaier angefangen hatten.

Clara liebte die Stimmung im Laden. Die anderen Verkäuferinnen waren von Anfang an nett zu den Göttle-Schwestern gewesen, und die Kunden sorgten für Abwechslung.

Sie half Filialleiterin Fräulein Vera, die gerade dabei war, eine neue Lieferung indischer Tees einzusortieren. Marie bediente indes den schrulligen Schulrat Deuschle, der jeden Tag kam und nur eine einzige Praline kaufte. Sein Zylinder saß wie immer etwas windschief.

Karl Gaissmaier verabschiedete gerade einen rundlichen Hotelkoch, der sich mit den exotischsten Gewürzen eingedeckt hatte.

»Der Herr Irslinger will die ganze Welt in seiner Küche vereinen«, kommentierte ihr Chef mit einem zufriedenen Lächeln, da klingelte es erneut an der Ladentür.

Clara zuckte vor Schreck zusammen, als sie den Mann erkannte, der nun den Verkaufsraum betrat.

»Herr Brökel, guten Tag«, grüßte Karl Gaissmaier Annas Ehemann und wirkte dabei seinerseits ein wenig erschrocken.

Seit ihrer Ankunft waren so viele neue Eindrücke auf sie eingestürzt, dass Clara völlig vergessen hatte, ihren Arbeitgeber zu fragen, ob Schorsch bereits hier gewesen war, um die Aussage ihres Onkels zu überprüfen.

»Gott zum Gruße«, entgegnete Brökel. Er musste Clara erkannt haben, würdigte sie jedoch keines Blickes, sondern wandte sich direkt an Gaissmaier. »Es geht um mein Weib! Sie ist seit fünf Wochen verschwunden. Die Familie Göttle hat behauptet, Sie, werter Herr Gaissmaier, hätten sie nach Stuttgart zu einer neuen Anstellung gebracht. Und das sagen Annas Eltern auch.«

»Stimmt aber nicht«, entgegnete der Feinkosthändler zu Claras Entsetzen. Hatte der Onkel ihn etwa doch nicht eingeweiht?

»Ich habe Ihre Gattin nach Cannstatt gebracht. Von einer

neuen Anstellung hat Anna mir nichts gesagt«, behauptete Gaissmaier nun jedoch zum Glück.

Georg Brökel musterte den Kaufmann argwöhnisch, doch der erwiderte seinen Blick unbeeindruckt.

»Und sie hat sich seither nicht mehr bei Ihnen gemeldet?«, fragte er Schorsch gespielt arglos. »Hat sie wirklich nicht die geringste Andeutung einer möglichen Arbeitsstelle gemacht?«

Gaissmaier schüttelte den Kopf. »Anna sagte lediglich, dass man ihr ein Mündel entzogen hat, das sie an Kindes statt annehmen wollte. Deshalb hatte sie Trost bei Verwandten im Raum Stuttgart gesucht. Und das war auch der Grund, warum ich mich bereit erklärt habe, sie dorthin mitzunehmen.«

»Es gibt nur ihre Tante Meta in Stuttgart«, konterte Brökel mit einem kalten Grinsen. »Bei der ist sie aber nie angekommen. Die hat ihre Nichte seit ihrem sechzigsten Geburtstag vor vier Jahren nicht mehr gesehen. Haben Sie dafür eine Erklärung?«

Claras Arbeitgeber zögerte. Damit, dass Brökel Franzens Geschichte zuvor bei Annas Tante in Cannstatt überprüfen würde, hatte er wohl nicht gerechnet – und wusste daher jetzt keine Antwort.

»Die habe ich«, mischte sich Clara daher in das Gespräch, das mehr einem Verhör gleichkam.

Nun sah Schorsch ihr direkt in die Augen, und es war ein Blick, der ihr eine Heidenangst einjagte.

»Anna wollte ihre Tante da nicht mit hineinziehen. Sie verrät absichtlich niemandem, wo sie wirklich wohnt und arbeitet. Aus Angst vor dir! Sie will nicht, dass du jemandem in ihrem Umfeld ein Leid zufügen wirst. Das hat sie mir selbst gesagt.«

»Wieso sollte sie auf einen solchen Unfug kommen? Ich werde die Suche nicht aufgeben«, kündigte Brökel an. »Und wenn ich herausfinde, dass ihr irgendjemand geholfen hat, dann werde ich dieser Person in der Tat Leid zufügen. Großes Leid.«

Jetzt wurde es Karl Gaissmaier zu bunt. »Verlassen Sie sofort mein Geschäft! Niemand droht hier meinen Verkäuferinnen!«, blaffte er Bröckel außer sich vor Wut an.

Schorsch sah abfällig grinsend an ihm herunter, ging dann aber endlich.

»Du hast ihm die Stirn geboten«, staunte Marie. »Das hätte ich mich nie getraut.«

»Trotzdem wird er Anna irgendwann finden«, sagte Clara verzweifelt. »Sie wohnt und arbeitet ja nur drei Kilometer von Bollingen entfernt. Irgendwann wird sich jemand verplappern, oder Schorsch und sie laufen sich zufällig in die Arme.«

»Im Grunde sind Männer, die Frauen schlagen, Feiglinge«, versuchte Karl Gaissmaier, sie zu beruhigen. »Und Anna wird sich ihm ja nie wieder allein ausliefern.«

Clara hoffte, dass ihr neuer Arbeitgeber recht hatte.

Teil 2

1908
bis
1919

7. Kapitel

Vor Weihnachten herrschte im Kolonialwarenladen Karl Gaissmaier stets Hochbetrieb. Clara Göttle, die vor zwei Tagen ihren einunddreißigsten Geburtstag gefeiert hatte, liebte es, wenn nach Allerheiligen Lebkuchen, Marzipan sowie weihnachtliche Schokoladenhohlfiguren ins Sortiment genommen wurden und die Adventszeit einläuteten. Der Handelsmamsell war es an diesem Freitag, dem 4. Dezember 1908, noch nicht vergönnt gewesen, in die wohlverdiente Pause zu gehen. Erst als nach dem sehr betriebsamen Morgen gegen zwei Uhr nachmittags endlich einmal keine Kunden im Laden waren, atmete Clara durch. Sie sah hinaus auf den verschneiten Südlichen Marktplatz, wo sich ein junges Paar am Maroni-Stand eine Tüte voll dampfender Esskastanien kaufte. Danach gingen sie Arm in Arm an den Schaufenstern des Kolonialwarenladens vorbei. Clara fand, dass die beiden sehr verliebt wirkten. Sie fragte sich, ob sie eine solche Zweisamkeit wohl auch einmal erleben durfte – oder wie Filialleiterin Fräulein Vera als alte Jungfer enden würde. In den elf Jahren, in denen Clara nun bereits bei Gaissmaier arbeitete, hatte ihr zwar der eine oder andere Kunde ausnehmend gut gefallen, doch allzu oft waren besagte Herren auf der Suche nach »ebbes Schönem fürs Fraule« gewesen. Und bei den Ledigen wusste Clara nicht, auf welche Weise sie im Falle von Gefallen selbigen bekunden sollte. Sie hatte keine Übung in derlei Dingen. Außerdem war ihr die furchtbare Ehe ihrer Freundin Anna unangenehm im Gedächtnis geblieben. Am Anfang hatte die ihren Schorsch auch für einen liebenswerten Mann gehalten, der ihr die Welt zu Füßen legen wollte, doch schon bald nach dem Ja-Wort hatte sie vor den Trümmern ihres Ehebundes gestanden. Die Verbindung zu ihrer Freundin war in all den Jahren nicht abgebrochen. Mal erfuhr sie durch Onkel Franz von den Neuigkeiten in Annas Leben, mal trafen sie sich, wenn Clara in der alten Heimat zu Besuch war. Zum Glück hatte Brökel damals rasch eine andere Frau gefunden und es tatsächlich geschafft, die Ehe mit Anna wegen »Nichtvollzug« annullieren zu lassen. Ihr Nachname lautete nun also wieder Markert, und Adoptivsohn Victor hatte sich unter ihrem Einfluss und dem von Claras Onkel zu einem klugen elfjährigen Buben entwickelt. Franz hatte ihm sogar das Gymnasium ermöglicht. Zu Annas Erleichterung war sein leiblicher Vater in all den Jahren nicht aufgetaucht. Es gab keinen Mann in ihrem Leben, und sie war im Alter von zweiunddreißig Jahren endlich wieder glücklich.

Claras Schwester Marie hatte sich durch dieses Beispiel nicht abschrecken lassen und den Kunden, die ihr gefielen, oft unverblümt gezeigt, dass sie interessiert war. Besonders einer hatte es ihr angetan: ein schmucker Heizer aus Geislingen namens Ferdinand Kuhn. Der war im Winter 1902 immer wieder aus der etwa dreißig Kilometer entfernten Stadt angereist – mit immer neuen, teils abenteuerlichen Erklärungen.

»Allmählich ruinieren ihn seine Alibi-Einkäufe«, hatte Karl Gaissmaier irgendwann mitleidsvoll festgestellt. »Das mag gut fürs Geschäft sein, aber ich kriege so langsam ein schlechtes Gewissen. Geh doch mit dem armen Herrn Kuhn einmal einen Kaffee trinken!«

Dieses Stelldichein war nicht ohne Folgen geblieben, im Herbst 1903 hatte Marie Göttle ihren Ferdinand geheiratet und war zu ihm gezogen. Statt ihrer hatte kurz darauf Claras jüngste Schwester Jósephe eine Anstellung als Lehrmädel bei Gaissmaier erhalten.

Das Mädchen war in ein immer weiter aufblühendes Geschäft gekommen, und Ableger gab es inzwischen in der Hirschstraße hier in Ulm, in Göppingen und gleich zwei in der Residenzstadt Stuttgart. Der Betrieb hatte sich zum Großhandel gemausert, die bisherigen Lagerräumlichkeiten waren nicht mehr ausreichend. Die Gaissmaiers planten, hier in Ulm beim Blaubeurer Tor ein fünftausend Quadratmeter großes Grundstück zu erwerben, auf dem ein dreistöckiges Lagerhaus inklusive geräumigen Kellern entstehen sollte – mit eigenem Gleisanschluss, um die Ware schneller und günstiger umschlagen zu können. Außerdem war eine Sauerkrautfabrikation errichtet worden, bis zu fünftausend Zentner Kraut lagerten in großen Bottichen in den dortigen Kellerräumen.

Der Senior war mittlerweile aus dem Betrieb ausgeschieden. Vor vier Jahren hatte er in Nonnenhorn am Bodensee ein prächtig gelegenes Landhaus errichten lassen. 1905 war er nach einem arbeitsreichen Leben endgültig zur Ruhe und Erholung ans Schwäbische Meer gezogen, die Führung des Betriebes wusste er bei seinen vier Söhnen in besten Händen.

Überschattet wurde das gute Geschäft der vergangenen Tage durch die Tatsache, dass seit einer Weile Ware aus dem Laden zu verschwinden schien. Fräulein Vera und die Verkäuferinnen hatten immer wieder bemerkt, dass etwas fehlte, obwohl es niemand gekauft hatte: Schokoladentafeln, Käsestücke, eine Flasche Wein, Cognac, Südfrüchte … Bisher hatte es der Juniorchef nicht ausgesprochen, doch es lag natürlich auch der hochnotpeinliche Verdacht in der Luft, dass es einen Dieb in den eigenen Reihen gab – obwohl Clara ein solches Fehlverhalten keinem ihrer Kollegen zutraute.

In diesem Augenblick riss das Klingeln des Glöckchens über der Ladentür sie aus ihren Gedanken. Zwei Frauen betraten das Geschäft: Die eine war etwa Mitte zwanzig und höchst modisch angezogen, hatte welliges dunkles Haar und ein verschmitztes Lächeln. Das Kleid unter ihrem schwarzen Mantel war aus lachsfarbener Seide und wirkte, als käme es aus Fernost. Die andere Dame war etwas schlichter und dunkel gekleidet, Mitte vierzig, blond – und kam Clara seltsam bekannt vor.

»Guten Tag, meine Damen«, begrüßte sie die beiden. »Was kann ich für Sie tun?«

»Haben Sie Marzipanfiguren?«, fragte die Blonde. »Mein jüngster Neffe liebt die sehr, und ich würde ihm gern eine zum Nikolaustag schenken.«

Als Clara die leicht hessische Färbung in der Sprache der Dame bemerkte, fiel ihr schlagartig ein, an wen diese sie erinnerte.

»Ja, wir haben verschiedene Köstlichkeiten aus dem Hause Herden in Lübeck hier«, antwortete sie und präsentierte die Marzipanfigur eines Knaben, der seinen Hut in den Händen hielt.

»Zauberhaft«, kommentierte die blonde Kundin. »Genau das Richtige. Schau mal, Sofie.«

Clara wagte es nun, sich bei der älteren der beiden Damen zu erkundigen: »Entschuldigen Sie die Frage, aber heißen Sie zufällig Gottliebie Veith?«

Die Frau sah sie verblüfft an. »Inzwischen heiße ich Beutle, mein erster Mann ist verstorben. Kennen wir uns?«

»Ach, Sie erinnern sich bestimmt nicht mehr, meine Familie hat ein Gasthaus in Tomerdingen auf der Alb droben. Sie waren im Dreikaiserjahr mit ihrer Tochter bei uns – während eines schlimmen Gewitters. Die Kleine hatte unserem Hund aus Sorge einen Regenschirm rausgebracht. An dem Tag war auch ein Schokoladenhersteller aus Leipzig im Lokal.«

»Oh doch, natürlich. Der schöne Herr Gerstmann. Wir haben damals parliert, während mein erster Gatte im Ort das Fuhrwerk reparieren lassen hat«, fiel der Hessin ein.

»Und ich erinnere mich an die leckere Erdbeerlimonade«, mischte sich nun die Jüngere ins Gespräch – zweifellos die Tochter, die im Gegensatz zu ihrer Mutter mit leicht schwäbischem Einschlag redete. »Ich war damals noch nicht mal fünf, aber ich weiß noch, dass Sie ein eigenes Schokoladengeschäft eröffnen wollten. Und ich habe mich als Vorkosterin angedient.«

Clara sah die modische junge Dame verblüfft an. »Sie sind das Mädchen von damals?«

Im Augenwinkel bemerkte sie, dass eine weitere Kundin das Geschäft betreten hatte, Ende zwanzig, mit pelzbesetztem Mantel und einem ebensolchen Hut. Clara war froh, dass ihre Schwester Jósephe aus dem Hinterzimmer kam, wo sie neu gelieferte Ware gelistet hatte, und sich um die Kundin kümmerte. Sie selbst konnte nämlich die Antwort der jungen Frau aus Stuttgart kaum erwarten.

»Ja, ich bin die kleine Sofie Veith. *Tempus fugit*, stimmt's? In zwei Wochen werde ich schon fünfundzwanzig.« Sie sah sich in dem Geschäft um. »Richtig schön habt ihr es hier. Du hast dir also deinen Traum erfüllt.«

Clara war ein wenig konsterniert, dass die Vierundzwanzigjährige die bloße Namensnennung als Aufforderung zu verstehen schien, die zwanglosere Anrede Du zu verwenden. Diese Form der Nähe fühlte sich eher unpassend für sie an.

»Du verkaufst Süßwaren.«

»Nicht nur die, wir haben natürlich auch sehr schöne andere Leckereien im Sortiment«, erläuterte Clara, die beschloss, nicht auf der Anrede »Sie« zu bestehen. Sie würde die junge Dame nach dem heutigen Besuch ja wahrscheinlich ohnehin nie wiedersehen. »Und mir gehört der Laden auch nicht.«

»Das kommt bestimmt noch«, entgegnete Sofie mit einem zuversichtlichen Lächeln. Unvermittelt wandte sie sich daraufhin an die dritte Kundin im Geschäft, die zu Verkäuferin Jósephe gesagt hatte, sie wolle sich nur umsehen: »Sag mal, Madame, die Apfelsinen möchtest du aber schon noch bezahlen, gell?«

Die Frau mit der Pelzmütze zuckte erschrocken zusammen. Sie wirkte ertappt und eilte weiter Richtung Ladentür, doch unerwartet flink war Sofie Veith bei ihr und packte sie am Arm. »Ganz langsam!«, rief sie.

Die Beschuldigte versuchte, sich loszureißen, und Clara eilte zu den beiden Frauen, die nun fast schon miteinander rangen. Doch die Diebin war nicht gewillt, klein beizugeben, und wehrte sich, indem sie der armen Sofie Veith mit voller Wucht die Faust ins Gesicht schlug, noch bevor Clara eingreifen konnte. Das Überraschungsmoment und den plötzlichen Schmerz nutzte die Orangenräuberin blitzschnell, um sich von der Jüngeren loszureißen und durch die Ladentür zu entwischen. Dabei hätte sie beinah das aus der Mittagspause zurückkehrende Fräulein Vera umgeworfen.

»Was war denn mit *der* los?«, kommentierte die Filialleiterin verstimmt, ehe sie bemerkte, dass Clara bei einer jungen Kundin stand, die sich eine Hand vor das schmerzverzerrte Gesicht hielt.

»Fräulein Veith, tut es sehr weh?«, fragte Clara besorgt, während Gottliebie Beutle entsetzt zu ihrer Tochter eilte: »Kind, o Gott. Wieso hast du die Frau denn festhalten wollen?«

»Ich habe gesehen, wie sie zwei Apfelsinen in ihren Manteltaschen hat verschwinden lassen«, erläuterte die verärgerte Sofie, der vor Schmerz Tränen übers Gesicht rannen, während ihre Nase leicht blutete. »Als wir uns unterhielten, hat sie sich wohl unbeobachtet gewähnt. Und als sie, statt zu bezahlen, in Richtung Tür gehen wollte, dachte ich, die lässt du nicht entkommen.«

»Das war sehr tapfer von Ihnen«, lobte Fräulein Vera und wandte sich an Claras Schwester. »Josephine, holen Sie doch bitte ein Tuch und kaltes Wasser aus dem Waschraum.« Dann richtete die Filialleiterin das Wort wieder an Sofie. »Die Firma Gaissmaier ist Ihnen zu großem Dank verpflichtet. Wollten Sie die kaufen?« Sie deutete auf die Marzipanfigur in Claras Hand.

»Ja, für meinen Cousin«, erläuterte Sofie.

»Die geht aufs Haus«, verkündete Fräulein Vera und inspizierte das Gesicht der jungen Kundin, die sich mit einem Taschentuch das Blut von der Nase wischte. »Das gibt wohl ein Veilchen, Sie Ärmste. So tapfer wie Sie schreiten bei Unrecht nur wenige ein.«

»Hat nur leider nichts genutzt«, entgegnete Sofie Veith bitter. »Am Ende ist sie ja doch entwischt.«

»Der Firma Gaissmaier haben Sie sehr wohl geholfen«, erklärte die Filialleiterin. »Die feine Dame hat hier in letzter Zeit nämlich schon öfter etwas mitgehen lassen. Ich hab sie eben an ihrer Narbe unterm Auge wiedererkannt. Neulich hat sie vorgegeben, guter Hoffnung zu sein. Sie trug vermutlich ein Kissen unter dem Mantel. An dem Tag ist ein großer italienischer Schinken verschwunden. Wahrscheinlich hat sie ihn sich unter die Kleidung gestopft, um ihn unbemerkt hier herauszuschaffen. Dass jemand von außen über einen längeren Zeitraum Lebensmittel stiehlt, ist sehr ungewöhnlich –

deshalb haben wir schon befürchtet, der Dieb käme aus den eigenen Reihen. Dank Ihnen können wir das glücklicherweise ausschließen. Und was die Dame betrifft – nachdem die jetzt entlarvt wurde, werden wir sie hier hoffentlich nicht wiedersehen.«

Jósephe brachte eine Schüssel mit kaltem Wasser und ein feuchtes Handtuch, mit dem sich Sofie dankbar den Wangenknochen kühlte.

Clara fragte sich indes, warum es eine Dame mit so edlem Mantel und Pelzmütze riskierte, durch Diebstahl von Feinkost ihren Ruf und ihre Freiheit zu gefährden; doch bevor sie länger darüber nachdenken konnte, sagte Fräulein Vera: »Sie dürfen auch in die Mittagspause gehen, Clärle, sind ja ganz bleich vor Schreck.«

»Oh, wo verbringen Sie die denn?«, erkundigte sich Sofie Veith zu Claras Verwunderung.

»Ich glaube, ich werde mir nach der Aufregung irgendwo eine heiße Schokolade und ein Stück Kuchen gönnen«, antwortete sie.

»Ich wollte einen Tee im Café Tröglen auf dem Münsterplatz trinken«, verriet Sofie, »meine Mutter trifft sich mit einer Freundin aus ihrer Jugendzeit in Hessen, und da möchte ich nicht stören.«

»Wenn es dir nach dem Schlag ins Gesicht zu schlecht geht, können wir auch gleich nach Stuttgart zurückfahren«, bot Gottliebie Beutle ihrer Tochter an.

»Ach was! Wo mir das Gesicht wehtut, ist doch egal. Deine Schulfreundin brennt gewiss darauf, endlich mehr über den schönen Bahnwärter zu erfahren, den du dir geangelt hast. Geh nur ruhig zu ihr!« Sie wandte sich wieder an die Verkäuferin. »Möchtest du mir vielleicht Gesellschaft leisten?«

Und Clara musste nicht lügen, als sie der quirligen jungen

Dame antwortete: »Es wäre mir ein Vergnügen, mit Ihnen zu plaudern.«

»Wunderbar«, freute sich Sofie, aus dem feuchten Handtuch hervorlächelnd. »Und dann sagen wir endlich beide Du.«

Wie von Clara erwartet, nahm Sofie Veith auch während des Gesprächs im Café Tröglen kein Blatt vor den Mund. Sie erzählte ihre komplette Lebensgeschichte.

»Ich bin 1883 in einem kleinen Ort in Hessen geboren worden. Ober-Wöllstadt liegt idyllisch zwischen Taunus und Vogelsberg, war mir aber viel zu verschlafen. Zum Glück sind wir irgendwann nach Stuttgart gezogen, ich selbst lebe und arbeite aber inzwischen in Cannstatt. Geburtstag hab ich ausgerechnet drei Tage vor Heiligabend. Natürlich gibt es so kurz vor Weihnachten weniger Geschenke, als wenn man zum Beispiel im Mai geboren ist – wie meine ältere Halbschwester Pauline. Das ist mir als Kind schnell aufgefallen. Vielleicht hasse ich deshalb Ungerechtigkeiten so sehr.«

Clara lächelte. »Das kann ich nachvollziehen. Ich hab am 2. Dezember, und ich finde, dass es da auch schon weniger Geschenke gibt.«

»Ich hatte eine noch ältere Halbschwester, Anna Friederike, ihr Geburtstag war am 15. Dezember, gleiches Problem also«, berichtete Sofie und wurde dann ernst, »aber leider ist sie kurz vor meiner Einschulung im Mai 1889 gestorben, bei einem Kutschenunfall in Höpfigheim. Da war sie erst zwölf.«

»Das tut mir leid, so etwas ist furchtbar traurig.« Clara stellte fest, dass die fünf Jahre jüngere Sofie Veith das Talent besaß, durch ihre ehrliche und unverblümte Art auch ihr Gegenüber offener sprechen zu lassen. So kam es, dass sie der Kundin verriet: »Vor meiner Geburt hatten meine Eltern zwei Buben, die sind beide gestorben. Deshalb waren sie bei der Aufsicht von uns verbliebenen Kindern immer besonders vorsichtig. Diese ständige Sorge um alle Familienmitglieder hat ein wenig auf mich abgefärbt. Aber irgendwann mussten sie uns natürlich in die Welt entlassen. Beata ist seit ihrem achtzehnten Lebensjahr im Kloster, ich bin schon über zwölf Jahre hier in Ulm bei den Gaissmaiers, meine Schwester Marie hat früher mit mir im Laden gearbeitet, 1904 ist sie aber in den Hafen der Ehe eingelaufen und weggezogen. Seither absolviert unser Nesthäkle Jósephe hier eine Lehre. Mein älterer Bruder Marcus hat 1901 im Mai seine Verlobte Walburga Graner geheiratet, der lebt jetzt bei ihrer Familie in Westerstetten.«

»Und bei dir selbst? Kein Ehekandidat in Sicht?«, erkundigte sich Sofie mit verschwörerisch gesenkter Stimme.

Clara schüttelte den Kopf. »Ich glaube, ich bleibe für immer ein Topf ohne Deckel.«

»Das haben schon viele gesagt.«

»Aber ich bin über dreißig.«

»Das war auch noch nie ein Hinderungsgrund.«

»Und was ist mit dir?«, wagte Clara die Gegenfrage.

»Ich hatte längere Zeit einen Liebsten in Frankfurt«, erwiderte Sofie seufzend. »Er war Musikstudent, dank ihm durfte ich zum ersten Mal in die Oper. Wunderschön war das! Aber irgendwann hab ich rausgefunden, dass er nicht nur wegen der Musik da hinwollte – er hat eine der jungen Opernsängerinnen mehr geliebt als mich und mir den Laufpass gegeben. Da hatte ich erst mal genug von den Männern. Nur die Liebe zur Oper, die ist geblieben. Aber zurzeit sehe ich manchmal einen wunderschönen Herrn in Cannstatt umherlaufen, und er hat mich auch schon angelächelt. Das geht einem durch und durch, kann ich dir sagen. Leider weiß ich noch nicht mal, wie er heißt. Meine Halbschwester Pauline hatte da mehr Glück. Sie will im Mai heiraten, hat sich einen schnieken Schneider in Bad Nauheim geangelt.«

»Du sagst Halbschwester – hatte deine Mutter vor deinem Vater schon einen Mann?«

»Mann ja, verheiratet nein«, antwortete Sofie geradeheraus. »Meine Schwestern waren unehelich. Über deren Vater spricht Mama nicht gern, von ihm weiß ich wenig. Er muss wohl kurz nach Anna Friederikes Geburt verschwunden sein.«

»Wie kann man das seinen eigenen Kindern nur antun? Uneheliche Kinder haben es in allem schwerer. Sie werden verspottet und benachteiligt«, wusste Clara aus Erzählungen von Annas Adoptivsohn Victor.

»Ja, ganz zu schweigen davon, wie die Gesellschaft in solchen Fällen die Mütter behandelt«, ergänzte Sofie. »Meine Mutter meint immer, wenn die Leute um dich herum zu kleingeistig sind, schau in die weite Welt. Es ist alles viel schöner, bunter und vielfältiger auf dieser großen Erdkugel als in den Köpfen der Engstirnigen. Ich selbst war übrigens auch unehelich – aber nur für ein paar Tage«, erzählte Sofie.

»Oh«, entfuhr es Clara, die gerade an ihrer heißen Schokolade nippte.

Sofie stellte ihre Teetasse ab und holte etwas weiter aus. »Als meine Mutter sechsundzwanzig war, musste sie arbeiten gehen, um meine Halbschwestern zu ernähren, ihr leiblicher Vater wollte die beiden ja nicht anerkennen. Sie war in Ober-Wöllstadt als Dienstmagd bei der Witwe Katharine Veith in Stellung. Die hatte einen sehr gut aussehenden Sohn namens Simon, er war von Beruf Schreiner. Es kam, wie es kommen musste. Mama war bald guter Hoffnung. Ich kam etwas zu früh zur Welt, aber als meine Eltern Mitte Januar 1884 geheiratet haben, wurde ich rückwirkend als ehelich anerkannt.«

Sofies offene Art gab Clara den Mut, sich nach dem Ableben von Gottliebie Veiths erstem Mann zu erkundigen: »Deine Mutter hat angedeutet, dass dein leiblicher Vater verstorben ist?«

Die Schreinertochter nickte ernst. »Ja, Anfang 1899 – er ist vom Baugerüst gefallen, der Ärmste wurde nur dreiundvierzig. Ich bin froh, dass meine Mutter sich ein Jahr nach seinem Tod neu verliebt hat, sie war davor monatelang ganz schwermütig gewesen und hat sich abgekapselt.«

»Und wie ist dein Stiefvater so?«

Sofie schmunzelte. »Jung. Bei der Hochzeit war Mama dreiundvierzig, ihr Tobias erst neunundzwanzig. Er ist Stellwärter in Stuttgart und sieht sehr gut aus. Zum Glück kümmert sich Mama ja nicht um das Gerede der Leute und hat ihn erhört – er tut ihr nämlich sehr gut. Aber lass uns nicht bloß von meiner Familie sprechen. Wie geht es deiner? Haben deine Eltern das Gasthaus Lamm noch?«

So erzählte Clara von ihren sechs Geschwistern, von der Nonne Beata, von der inzwischen sechsundzwanzigjährigen Amalie, die 1905 den Metzgerssohn und Tagebuchspender Sepp Zeller geheiratet hatte, und vor allem vom quirligen Nesthäkle Jósephe, ihrer jüngsten Schwester, die im Herbst neunzehn geworden war und nie ein Blatt vor den Mund nahm. »Aber gerade deshalb mögen wir sie alle. Ehrlich gesagt seid ihr beide euch ein wenig ähnlich.«

»Das ist ein liebes Kompliment«, befand Sofie lächelnd und rührte noch etwas Zucker in ihren Tee. »Denkst du eigentlich noch heute manchmal daran, wirklich ein eigenes Schokoladengeschäft zu eröffnen?«

»Ehrlich gesagt ja«, gestand Clara. »Es reizt mich mehr denn je. Seit ein paar Jahren kommt ja so viel Kakao aus Kamerun zu uns, dass sich immer mehr Leute Schokolade leisten können. Es gibt …«

Weiter kam sie nicht, denn plötzlich fuhr Sofie beim Blick durch das Schaufenster empört von ihrem Stuhl hoch. »Das gibt es ja wohl nicht! Da ist sie!«

Clara folgte ihrem Blick und sah, dass draußen auf dem verschneiten Münsterplatz eine Dame mit Pelzmütze an der Seite eines wohlhabend wirkenden, hochgewachsenen Herrn im edlen Lodenmantel vorbeilief. Die beiden plauderten angeregt und lachten miteinander. Kein Zweifel – bei dieser Frau handelte es sich um die Ladendiebin!

8. Kapitel

»Was machen wir jetzt?«, fragte Clara aufgeregt.

Die Diebin schlenderte zwar ganz entspannt an der Seite des schnieken Herrn, würde aber dennoch bald außer Sichtweite sein.

»Wir müssen ihr unauffällig folgen, vielleicht bekommen wir aus dem Gespräch mit ihrem Begleiter heraus, wie sie heißt«, haspelte Sofie und sprang von ihrem Stuhl auf. »Geh du den beiden schon mal rasch hinterher. Ich begleiche die Rechnung und versuch dann, euch einzuholen.«

»Wart, ich geb dir das Ge…«, setzte Clara an, doch Sofie fiel ihr sofort ins Wort: »Für schwäbische Pfennigfuchserei haben wir gerade keine Zeit, lass mich jetzt bezahlen, du jagst schon mal die mysteriöse Lady – sie hat euch bestohlen, vergiss das nicht!«

Clara war einverstanden und stürzte aus dem gemütlichen Café hinaus auf den Münsterplatz, wo ihr die kalte Winterluft entgegenschlug.

Sie erspähte den Pelzhut der diebischen Elster in der Menge der Passanten und eilte ihr und deren Begleiter hinterher. Schließlich war Clara einerseits dicht genug, um Teile des Gesprächs mitzubekommen, anderseits nicht so nah, dass die beiden sich sofort verfolgt fühlen würden.

»Ich müsste noch nach einem neuen Kleid für unseren Besuch bei den Schwenks schauen«, sagte die Dame eben. »Schließlich kann ich nicht in dem Aufzug erscheinen, den ich bei ihrer letzten Feier getragen hab.«

»Ach, der Carl würde das nicht merken. Der hatte beim letzten Mal ohnehin nur die Probleme mit seinem Zementwerk in Mergelstetten im Kopf.«

»Aber seiner Frau würde es auffallen«, gab sich die Pelzträgerin überzeugt. »Marie Schwenk ist eine sehr modebewusste Dame, die schaut genau hin.«

Clara wusste aufgrund dieser wenigen Gesprächsfetzen augenblicklich, bei wem das Paar bald zu Besuch sein würde. Und beim nächsten Satz des Herrn wurde ihr sogar klar, aus welcher Familie die Diebin stammte.

»Ach, Hildchen, mir gefällt alles, was du trägst«, schmeichelte ihr Galan. »Aber wen wundert es, dass die Tochter von Thekla Schwab etwas von Mode versteht, deine Mutter ist schließlich bekannt für ihr strahlendes Auftreten.«

Und dann wurde Clara Zeugin, wie »Hildchen« Schwab die gestohlenen Apfelsinen aus ihren Manteltaschen hervorkramte – und achtlos in einen Kuttereimer warf, der unter einer Gaslaterne stand.

Zunächst reagierte Clara empört. Wie konnte jemand solch wertvolle Südfrüchte stehlen – um sie dann einfach wegzuwerfen? In dem Augenblick erinnerte sie sich an etwas, das Onkel Franz ihr kürzlich erzählt hatte, und auf einmal glaubte sie, eine mögliche Erklärung für das seltsame Verhalten der Diebin gefunden zu haben.

Sie blieb stehen, und ganz außer Atem kam Sofie angehetzt. »Clara, warum lässt du sie entkommen?«

»Weil wir ihr nichts nachweisen könnten. Die Apfelsinen hat sie grad in den Kuttereimer geworfen, was für eine Schande.«

»Was? So eine Frechheit«, empörte sich Sofie. »Und andere hungern.«

»Aber ich weiß jetzt, wer sie ist. Ihr Name lautet Hildegard Schwab. Sie gehört zu einer sehr wohlhabenden Ulmer Familie, die stellen in ihrer Zuckerwarenfabrik Bonbons her. Sie und ihr Begleiter sind bei Kommerzienrat Schwenk eingeladen. Er hat ein Vermögen mit Zement gemacht.«

»Aber das ergibt doch keinen Sinn«, wunderte sich Sofie. »Wieso sollte eine Frau aus der besseren Gesellschaft ihren Ruf riskieren und klauen? Sie kann sich doch alles leisten!«

»Es gibt eventuell einen ganz bestimmten Grund dafür«, begann Clara nun, ihren Verdacht zu erläutern. »Bei uns im Nachbarort wohnt eine Frau, die hat oft völlig sinnloses Zeug geklaut, dabei war sie aus einer ganz reichen Familie. Mein Onkel meinte, sie leidet an einer seelischen Erkrankung, wegen der ist man wohl süchtig danach, immer wieder zu stehlen, kann sich gar nicht gegen den Drang wehren.«

»Eine *Krankheit*? Wie soll die heißen?«, hakte Sofie ungläubig nach.

»Das habe ich vergessen, irgendwas mit Manie am Ende«, sagte Clara. »Es geht den Betroffenen eher um den Nervenkitzel, nicht um das, was sie klauen. Das ist oft nur von ganz geringem Wert – oder es wird eben sogar nach der Tat weggeworfen.«

Sofie nickte nachdenklich. »Das würde ja wirklich passen wie die Faust aufs Auge. Aber wie soll man da jetzt vorgehen? Denn du hast natürlich recht: Wenn Madame Schwab alles weggeworfen hat, gibt es keinen Beweis für ihre Schuld.«

»Die Frage ist ja auch, ob man ihr das Leben ruinieren will, wenn sie wirklich nur wegen ihrer Krankheit stiehlt«, ergänzte Clara und bedeutete Sofie, dass sie zurück in Richtung Geschäft musste. »Eigentlich sollte sie ja eher Hilfe von einem Arzt bekommen, der etwas davon versteht.«

»Das stimmt natürlich«, bestätigte Sofie. »Vielleicht weiß dein Onkel Rat?«

»Ich werde ihn fragen, wenn er wieder bei uns im Geschäft vorbeischaut«, kündigte Clara an. »Dem Juniorchef und Fräulein Vera muss ich gleich Bescheid geben, dass die Schwab das wohl immer wieder machen wird.«

Sofie atmete schwermütig durch, als sie sich dem Kolonialwarenladen näherten. »Schade, dass wir uns schon trennen müssen. Es war richtig aufregend mit dir.«

»Das finde ich auch«, bestätigte Clara. »Ich muss dir noch das Geld für den Kakao und den Kuchen …«

»Ach was«, unterbrach Sofie sie. »Dann lädst du mich eben beim nächsten Treffen ein.«

»Seid ihr denn öfter in Ulm?«

»Eigentlich nicht«, gab Sofie zu. »Ich arbeite als Sekretärin in einer Korsettfabrik und habe selten frei. Bist du denn manchmal in Cannstatt – oder in Stuttgart?«

Die Handelsmamsell schüttelte bedauernd den Kopf. »Da war ich noch nie.«

Es war seltsam, Clara hatte wirklich das Gefühl, als kannten sie und Sofie Veith einander schon sehr lang, und sie musste sich eingestehen, dass sie die quirlige junge Dame gern öfter um sich gehabt hätte.

Der kam eine Idee: »Aber ich könnte dir ja schreiben – wenn ich darf. Zu deinen Händen an eure Ladenanschrift?«

»Das würde mich freuen«, sagte Clara aufrichtig.

Unvermittelt drückte Sofie sie zum Abschied an sich. »Dann auf bald, meine Liebe.«

Sie kannten sich zwar kaum zwei Stunden, doch Clara fand, dass sich diese Nähe jetzt trotzdem sehr passend anfühlte.

Obwohl es durch das hohe Kundenaufkommen zur Vorweihnachtszeit eine Menge Ablenkung gab, ertappte sich Clara Göttle jeden Morgen bei der stillen Hoffnung, der Postbote habe vielleicht einen Brief von Fräulein Veith aus Cannstatt für sie dabei. Im Nachhinein bedauerte sie es, dass sie sich nicht Sofies Anschrift hatte geben lassen. Nun lag es allein in deren Händen, ob sie je wieder voneinander hören würden.

Ihrer jüngsten Schwester Jósephe war nicht verborgen geblieben, wie sehnsüchtig Clara täglich auf die zugestellte Hauspost starrte. Tröstend legte sie ihr die Hand auf die Schulter, als der Briefträger auch eine Woche nach dem Besuch von Sofie und deren Mutter wieder nur Firmenpost an Fräulein Vera übergab. »Sie wird schon noch schreiben.«

»Ich weiß gar nicht genau, weshalb ich Sofie so schätze«, gab Clara zu. »Eigentlich haben wir uns ja nur ganz kurz gesehen, aber sie war mir trotzdem so seltsam vertraut.«

»Ich kann dir sagen, weshalb«, behauptete Jósephe. »Weil Sofie so ist wie du, nur auf eine für dich ganz neue, erfrischende Weise.«

Das verstand Clara nun nicht, sie selbst war doch alles andere als so forsch und draufgängerisch wie die junge Cannstatterin. »Wie meinst du das denn?«

»Du hast immer auf uns Jüngere aufgepasst, damit Mama nicht allein damit dasteht. Und diese Sofie ist auch eine, die sich um andere kümmert. Sie erträgt es nicht, wenn jemand Unrecht erleidet. In der Hinsicht passt ihr gut zusammen – aber sie ist frecher und wagt auch mal was. Das findest du spannend, und es macht dich neugierig.«

Clara war verblüfft, wie sehr das Gesagte mit dem übereinstimmte, was sie über sich selbst dachte. »Donnerwetter, normalerweise durchschaut nur Onkel Franz mich so gut.«

Jósephe lächelte. »Ich hab eben vom Besten gelernt.«

»Ah, fast hätte ich es vergessen«, wurden die Göttle-Schwestern in diesem Augenblick vom Postboten unterbrochen, der vor die ältere hintrat und dieser nun doch noch einen Brief überreichte. »Heute ist auch etwas für Sie dabei, Fräulein Clara.«

»Von *ihr*, oder?«, mutmaßte Jósephe.

Clara blickte auf die Rückseite des Umschlags und strahlte. »Sofie Veith, Markstraße, Cannstatt.«

Sie blickte fragend in Fräulein Veras Richtung, die auffordernd nickte. »Lies ruhig, ich übernehme die nächste Kundin.«

Clara öffnete das Kuvert und entfaltete den Brief mit der geschwungenen, schönen Schrift.

Cannstatt, im Dezember 1908

Meine liebe Clara,
der Grund, aus dem ich Dir heute schon schreibe, ist ein ganz besonderer, aber der Reihe nach.

Wie von Eurer Filialleiterin befürchtet, ziert seit der Rückkehr nach Cannstatt ein blaues Auge mein Gesicht. Mutter hatte mir das bereits im Zug mitgeteilt, und die Blicke der Menschen auf dem Weg zu meiner kleinen Wohnung waren erschrocken neugierig bis mitleidig.

Doch bereut habe ich unseren Ausflug nach Ulm trotzdem nicht, schließlich habe ich eine waschechte Kleptomanin getroffen – ich habe den Namen der Krankheit jetzt herausbekommen: Kleptomanie. Und außerdem durfte ich Dich kennenlernen, meine Liebe. Dafür ist ein Veilchen weiß Gott kein zu hoher Preis.

Doch jetzt zu den guten Nachrichten! Auf der

Zugfahrt nach Hause ist mir etwas eingefallen: Neben meinem Metzger in Cannstatt gab es bis vor Kurzem ein Schokoladen- und Zuckerwarengeschäft. Jetzt steht es leer. Ich habe meinen Metzger, Heinrich Lachenmaier, gefragt, was damit ist. Er hat mir erklärt, dass er die Geschäftsräume an Emil Indlekofer verpachtet hatte, der das Schokoladengeschäft mit seiner Frau Marie führte. Es lief wohl so gut, dass sie sich vergrößern konnten, sie eröffnen jetzt einen Laden in Stuttgart in der Hohenheimer Straße. Deshalb steht das Lädle in Cannstatt nun leer. Es liegt direkt bei mir in der Marktstraße, die Lage ist großartig. Kein Wunder, dass die Geschäfte der Indlekofers so gut gegangen sind! Cannstatt ist ja eine Heilbäderstadt, bei uns verkehren die vornehmen Leute, um zu kuren – und Schokolade ist mittlerweile sehr in Mode gekommen bei den stolzen, wohlhabenden Herrschaften, glaub mir.

Ich habe Herrn Lachenmaier überredet, ausnahmsweise die Vermietung an zwei junge Frauen zu erwägen. Er zweifelt noch, ob ihr beide das mit dem Geschäft allein hinbekommt, aber ihr seid ja sehr überzeugend. Der veranschlagte Mietzins erscheint mir auch etwas zu hoch, da müsste man wohl noch nachverhandeln. Die Räumlichkeiten sind ab April bezugsfähig, bis dahin läuft der Kontrakt mit Indlekofer noch. Anschauen dürftest Du den Laden schon vorher, er steht ja bereits leer.

Was meinst Du dazu, liebe Clara? Magst Du die Räume noch vor Weihnachten mit mir besichtigen? Wer weiß, vielleicht ist dieser Zufall kein Zufall, sondern ein Weihnachtsgeschenk des Schicksals an Dich.

Erfülle Dir doch diesen lang gehegten Traum! Wenn Du kommen magst, schick mir ein Telegramm, dann vermittle ich einen Termin.

Ich würde mich kolossal freuen.

Herzlichst,

Deine Sofie

»Schlimme Nachrichten?«, fragte Jósephe besorgt. »Du siehst ganz bleich aus.«

»Im Gegenteil«, stieß Clara aufgeregt hervor. »Sofie schickt der Himmel!«

Sie reichte ihrer Schwester den Brief, den diese rasch überflog. »Das ist ja großartig«, freute sie sich.

»Meinst du, ich soll wirklich einen Besichtigungstermin mit dem Vermieter vereinbaren?«

»Natürlich«, erwiderte Jósephe im Brustton der Überzeugung. »Erst wenn du die Räume gesehen hast, solltest du entscheiden, ob sich der Aufwand lohnt, alles mal genauer durchzurechnen.«

»Aber das kann ich doch allein gar nicht.«

»Das musst du auch nicht. Natürlich begleite ich dich. Und nicht nur jetzt. Wenn du später deine Idee wirklich umsetzt und Hilfe dabei brauchst, bin ich auch an deiner Seite. Ich bin ja längst ausgelernt.«

Clara sah ihre jüngste Schwester in großer Dankbarkeit an.

Aufgeregt blickten die Göttle-Schwestern aus dem Fenster des in den Bahnhof der Oberamtsstadt Cannstatt einfahrenden Zuges, um nach Sofie Veith zu sehen, die hoffentlich wie verabredet am Gleis wartete.

»Da ist sie!«, rief Jósephe aufgeregt und machte sich mit Clara auf den Weg zur Waggontür.

Sofie Veith war wieder sehr modisch und extravagant gekleidet, trug eine eng geschnittene, dunkelgrüne Rock- und Mantelkombination mit einem großen Hut in derselben Farbe. Sie umarmte die Schwestern herzlich. »Wie schön, dass es geklappt hat«, rief sie erfreut.

»Das ist ja wirklich sehr geschickt mit der Eisenbahn«, fand Jósephe.

»Ja, die hundert Kilometer von Ulm vergehen wie im Flug«, stimmte Sofie zu. »Cannstatt verfügt schon seit Oktober 1845 über den Bahnhof, noch bevor man Stuttgart ans Schienennetz angeschlossen hat. Damals ist die Eisenbahn erst mal bloß nach Untertürkheim gefahren. Kommt, Herr Lachenmaier wartet schon, die Ladenräume sind gar nicht weit von hier.«

»Wie geht es dir denn?«, erkundigte sich Clara, während sie zusammen durch die in der Luft tänzelnden Schneeflocken gingen.

»Ich bin vielleicht ein bisschen angeschickert, wir haben vorhin in der Korsettfabrik ein, zwei Sektle getrunken. Mein Chef Sigmund Lindauer hatte Freunde von der Bettfedernfabrik Straus zu Besuch. Die zwei Unternehmen gibt es bald schon ein halbes Jahrhundert. Beide werden von Juden geleitet, die Chefs haben heute besprochen, wie sie ab dem 18. Dezember zusammen Chanukka feiern – und schon mal ein bisschen geübt.«

Da es auch beim Gaissmaier in Ulm einige jüdische Kunden gab, wusste Clara, dass es sich dabei um das Lichterfest handelte und es heuer vom 18. bis 26. Dezember gefeiert wurde.

»Gibt es auch eine Synagoge in Cannstatt?«

Sofie nickte eifrig. »Ja, schon seit über dreißig Jahren. Mittlerweile gehören hier fünfhundert Personen zur jüdischen Gemeinde, sagt der Herr Lindauer.«

Inzwischen waren sie vor dem leer stehenden Geschäft neben der Metzgerei im Erdgeschoss des Gebäudes Marktstraße 61 angekommen. Über der Schaufensterscheibe hing noch das alte Schild *Emil Indlekofer, Schokolade- und Zuckerwarengeschäft.*

In den umliegenden Häusern gab es eine Eisenwarenhandlung, einen Friseur, eine Konditorei sowie die Kronapotheke. Viel Laufkundschaft wäre ihnen also gewiss, dachte sich Clara. Innen im Schokoladengeschäft brannte Licht. Sofie klopfte gegen die Schaufensterscheibe, da kam ein strohblonder Herr in Claras Alter an die Tür und schloss ihnen auf.

»Sie müssen Clara und Josephine Göttle sein, Heinrich Lachenmaier mein Name, ich habe das Häusle hier geerbt und vermiete ein bissle was«, sagte er und musterte die beiden jungen Frauen genauer. »Also, meine lieben Damen, ich hoffe, Sie wissen, dass so ein Unterfangen kein Pappenstiel ist.«

»Sonst würde es uns nicht reizen.« Jósephe erwiderte seinen prüfenden Blick trotzig.

»Hier in Cannstatt gibt es schon etablierte Süßwarenhändler, die können auf große Erfahrung zurückgreifen«, gab er zu bedenken.

»Herr Lachenmaier, wir haben jahrelang erfolgreich als Handelsmamsells beim Kolonialwarenhändler Gaissmaier gearbeitet«, betonte Jósephe. »Wir kennen alle Kniffe beim Verkaufen. Außerdem kennt sich Clara in Gelddingen besser aus als die meisten Männer.«

»Die Konkurrenz schläft aber nicht, und davon gibt es hier wirklich sehr viel.«

»Trotzdem waren unsere Vorgänger mit ihrem Lädle genau hier sehr erfolgreich«, konterte Clara.

»Ja, Herr Indlekofer hatte aber auch einen hervorragenden Ruf.«

»Sie werden sehen, dass auch wir rasch einen guten Leumund haben werden«, prophezeite Jósephe selbstbewusst.

»Schaffen das zwei junge Frauen allein? Sie werden Gegenwind bekommen!«

»Wir sind Schwestern! Wir beide ergänzen uns bestens und können uns blind aufeinander verlassen. Gemeinsam sind wir stark. Wir schaffen das«, beharrte Jósephe im Brustton der Überzeugung.

»Na, dann will ich das mal so glauben«, meinte Lachenmaier und gab sich erst mal zufrieden.

Er führte die drei jungen Frauen ins Ladengeschäft. Clara freute sich, dass es dort noch Einbauregale und eine Kassentheke gab. Die gelbe Farbe an den freien Wänden sagte ihr jedoch nicht zu; außerdem prangten dort, wo wahrscheinlich Bilder oder Reklameschilder gehangen hatten, nunmehr dunkle Trauerränder. Man würde in jedem Fall neu streichen oder tapezieren müssen.

»Sehen Sie sich gern in aller Ruhe um«, bot der Vermieter an und erläuterte: »Hinten befinden sich noch ein Lager, ein kleines Kontor und die Waschräume.«

Clara fühlte sich in dem noch leeren Laden auf Anhieb wohl. Die Regale regten ihre Fantasie an. Sie stellte sich vor, wie sie wieder mit Schokoladenspezialitäten gefüllt wären: Pralinen, Trüffel, Tafeln, Kugeln, alles in ansprechenden Verpackungen, sie konnte den verführerischen Duft von Kakao und Vanille schon förmlich riechen und lächelte bei dem Gedanken, in welch schönem Ambiente man die Kunden hier mit verlockenden Kreationen begeistern würde.

Durch die Schaufenster sah sie auf die weihnachtlich geschmückte Marktstraße hinaus. Passanten schlenderten oder eilten vorbei, suchten vielleicht nach Geschenken oder genossen einfach nur die festliche Stimmung. Das Läuten der Glocken und der Gesang eines Kinderchors waren zu hören. Clara wollte diesen Laden zu einem Ort machen, an dem die Kunden ein wenig Glück finden konnten, etwas Besonderes, das sie nirgendwo anders bekommen würden. Das hatte auch ihr Onkel einst gesagt: Erfolgreich waren immer jene, die etwas Neuartiges erfanden. Hier, in diesem Geschäft, würde ihr bestimmt irgendwann die Idee für etwas ganz Außergewöhnliches kommen, das spürte sie!

Ein Seitenblick zu ihrer Schwester Jósephe ließ keinen Zweifel daran offen, dass sie ähnlich begeistert war.

»Es sind wirklich wunderbare Räume«, schwärmte Clara.

»Ich möchte Ihnen auch ein Geheimnis verraten, etwas, das den Laden einzigartig machen könnte«, sagte Heinrich Lachenmaier verschwörerisch.

»Was ist es?«, fragte Jósephe neugierig.

»Schauen Sie!« Er öffnete eine versteckte Tür hinter dem Tresen und zauberte die Abbildung einer Kanne aus Marzipan hervor, die eine Armlänge hoch war.

»Das ist die Abendmahlkanne aus dem Cannstatter Wappen«, erkannte Sofie.

»Was bedeuten die Großbuchstaben darauf – IHS?«, fragte Jósephe.

»Die stellen das Jesus-Monogramm dar, die Abkürzung kommt wohl aus dem Griechischen«, meinte Sofie.

Die Tropfen, die auf dem Fahnenmotiv vorne aus der Kanne schäumten, waren hier aus Schokolade.

»Oh, wie schön. Stammt das von den Vormietern?«, erkundigte sich Clara fasziniert.

Lachenmaier nickte. »Das haben die Indlekofers dagelassen, weil sie in ihren beiden Läden in Stuttgart drüben ja den

Bezug zu Cannstatt nicht mehr haben. Mit der Marzipankanne hatten sie das Fenster geschmückt. Und hiermit das Ladeninnere!«

Als Nächstes holte der Hausbesitzer eine fast einen Meter große Schokoladenlangtafel aus dem Schrank. Sie sah verblüffend echt und appetitanregend aus, erst bei genauerem Hinsehen erkannte man, dass es sich um braun lackiertes Holz handelte.

»Dekoration hat Ihnen der Vorgänger also schon dagelassen, jetzt fehlen nur noch Ihre eigenen Kreationen«, erklärte Herr Lachenmaier.

Clara fand die Kanne und die Schokoladenattrappe zwar eine schöne Idee, fühlte sich durch Sofies freundliche Begeisterung jedoch ein wenig unter Druck gesetzt. Sie wusste doch noch gar nicht, ob sie für diesen Traum überhaupt genügend Geld würde aufbringen können. In den letzten zwölf Jahren hatte sie zwar eisern gespart, aber gewiss würde jene Summe hierfür nicht genügen. Herr Lachenmaier schien ihre Bedenken zu wittern. Er reichte ihr ein Blatt Papier. »Hier sind alle Posten aufgelistet.«

Clara warf einen prüfenden Blick auf die Pacht- und Nebenkostenabrechnung und erschrak. Die Zahlen tanzten vor ihren Augen, sie spürte schon jetzt den unerträglichen Druck, den ein derart hoher Mietzins auf ihr zukünftiges Geschäft ausüben würde. Sie wusste, dass sie jetzt geschickt argumentieren musste, um die Belastung zu mildern, sonst wären sie von vorneherein zum Scheitern verurteilt.

»Herr Lachenmaier, ich will ehrlich zu Ihnen sein, unser Geschäft kann nicht von Tag eins an riesige Gewinne abwerfen«, gestand sie. »Ich verstehe, dass Sie Ihre Kosten decken müssen, und dafür werden wir sorgen, aber wir brauchen anfangs ein wenig Spielraum, um uns einen Namen zu machen.«

»Die Preise sind ortsüblich, junge Dame. Ich kann nicht einfach unter Wert vermieten.«

»Davon sind Sie weit entfernt«, wusste Clara. »Verstehen Sie mich nicht falsch, Herr Lachenmaier. Ich schätze sowohl Lage als auch Ausstattung Ihrer Räumlichkeiten. Aber vielleicht könnten wir eine gestaffelte Mietzahlung vereinbaren, die mit unserem Umsatz steigt? So könnten wir die Anfangsbelastung besser stemmen. Wenn wir zu Beginn weniger zahlen, haben wir die Möglichkeit, mehr in Ausstattung und Reklame zu investieren. Mietzins, Mobiliar, Schreib- und Bürowaren, Versicherungspolicen, Kasse und natürlich das Süßwarensortiment, da käme bis zu einer Eröffnung im Mai einiges zusammen. Später können wir Sie am Erfolg beteiligen – indem wir dann mehr als üblich zahlen.«

»Ein gestaffelter Mietzins?«, wiederholte der Metzger unwillig. »So was hat mir noch niemand vorgeschlagen.«

»Es hat aber auch kein anderer den Laden nach der Besichtigung wirklich angemietet«, erinnerte ihn Clara. »Fräulein Veith hat uns von den vielen Absagen erzählt. Wir meinen es ernst, deshalb lügen wir Sie nicht an. Wenn unser Geschäft wächst, profitieren Sie mit uns. Und wir sind bereit, hart zu arbeiten und unser Bestes zu geben.«

Er zog seine Stirn in Furchen. »Und wie weit, meinen Sie, soll ich denn konkret runtergehen?«

Sie schrieb eine Zahl auf den Zettel.

Er strich sie durch und schrieb eine höhere hin.

Das ging noch zweimal hin und her, schließlich blieb Clara aber hart und schrieb nur noch dieselbe Zahl immer wieder aufs Papier.

»Niemals«, knurrte Lachenmaier entschlossen.

»Gut, dann wünsche ich Ihnen schon mal frohe Weihnachten«, erwiderte Clara schulterzuckend und schloss ihren Mantel. »Wir werden nur mieten, wenn wir damit Erfolg haben können.« Sie wandte sich an Sofie und Jósephe, die erschrocken dreinblickten. »Kommt, ihr beiden!«

Zögerlich folgten ihr Freundin und Schwester.

Der Vermieter seufzte hörbar. »Bleiben Sie hier!«, rief er Clara hinterher. »Ich lasse mich ja drauf ein – auch, wenn ich es wahrscheinlich mein Lebtag bereuen werde. Geben Sie mir bitte spätestens nach Dreikönig Bescheid, ob Sie alles zusammenkriegen! Der 7. Januar ist ein Donnerstag.«

»Selbstverständlich«, entgegnete Clara rasch. »Sie brauchen ja Gewissheit.«

»Isch recht. Ich muss dann auch wieder rüber in die Metzgerei.«

»Danke, Herr Lachenmaier«, sagte Jósephe, woraufhin ihre Schwester hinzufügte: »Und frohe Weihnachten!«

»Mensch, Clara, du gewitzte Geschäftsfrau«, lobte Sofie, als sie vor dem Haus standen. »Jetzt könnt ihr mit eurem Lädle im neuen Jahr unser Cannstatt beglücken.«

»Danke.« Einerseits freute sich Clara, dass ihre Freundin so sehr an ihren Traum glaubte. Nun, da dessen Erfüllung plötzlich in greifbare Nähe rückte, bekam sie jedoch selbst ein wenig Angst vor ihrer eigenen Courage. Obwohl sie den Mietzins hatte drücken können, würde es mit all den zu tätigenden Anschaffungen am Anfang ein Überlebenskampf werden.

9.
Kapitel

Nach dem Gespräch mit Herrn Lachenmaier lud Sofie Jósephe und Clara noch zum gemeinsamen Besuch bei einer ihrer Freundinnen ein, die ebenfalls in Cannstatt wohnte.

»Die müsst ihr einfach kennenlernen. Johanna Koch ist so eine interessante Frau, eine hochbegabte Malerin – und sie versucht geduldig, mir etwas beizubringen. Bisher leider vergeblich«, meinte Sofie auf dem Weg dorthin und erklärte, dass Johanna neben viel Talent auch eine sehr gute Ausbildung genossen habe. Der Rektor der Höheren Töchterschule in Cannstatt habe sie an seinen älteren Bruder Gustav Conz weitervermittelt, Maler und Professor am Stuttgarter Königin-Katharina-Stift. »Er hat Johanna in Freilichtmalerei und Figurenzeichnen unterrichtet. Danach durfte sie an die Königliche Kunstschule.«

Clara wusste, dass zur Bildung des bürgerlichen Nachwuchses auch die Kunst gehörte. Die Mädchen wurden in den Höheren Töchterschulen in Zeichnen und Malen unterrichtet, zwei Fähigkeiten, die zu erlernen den Göttle-Schwestern mit ihrem landwirtschaftlichen Hintergrund freilich nie vergönnt gewesen war. Umso neugieriger war Clara, diese für sie neue Welt kennenzulernen.

Plötzlich zuckte Sofie erschrocken zusammen. »O Gott, da

ist er.« Sie wies errötend auf einige Passanten, die ihnen entgegenkamen.

»Wen meinst du?«

»Der schöne Mann, von dem ich dir erzählt habe«, zischte Sofie, die Clara noch nie so aufgeregt erlebt hatte. »Schaut nicht so auffällig hin!«

Doch nun lächelte ein sportiver Herr freundlich. Er war hochgewachsen und trug einen feinen braunen Anzug sowie ein Oberlippenbärtchen. Seine Augen funkelten unternehmungslustig, als er vor Sofie den Hut zog. »Einen schönen Tag, die Damen.«

»Ihnen auch«, krächzte Sofie mit belegter Stimme.

»Der war ja wirklich hübsch«, befand Jósephe und drehte sich noch mal nach dem Herrn um.

»Nicht!«, fauchte Sofie. »Der kriegt doch mit, dass wir über ihn reden.«

»Nein, er ist schon weiter«, stellte Jósephe fest. »Und du weißt wirklich gar nichts über ihn?«

»Leider nein. Dem Anzug nach zu urteilen, wird er ein Geschäftsmann sein«, mutmaßte Sofie.

Sie blieb nun stehen, da sie offenbar das Haus mit Johanna Kochs Wohnung erreicht hatten. Als ihnen diese auf ihr Klingeln hin die Tür öffnete, zeigten sich die Schwestern von der japanischen Seidenrobe begeistert, die sie trug. Kunstvoll gestempelte Blumenornamente schmückten den Stoff. Aus einem Buch ihres Onkels wusste Clara, dass man ein solches Kleidungsstück »Kimono« nannte.

»Herzlich willkommen, Sie müssen die Schokoladenschwestern sein«, sagte Johanna Koch mit schwäbischer Sprachfärbung, die ihrer fernöstlichen Aufmachung spottete. Beim Blick in ihr offenes Gesicht mit den Lachfältchen war Clara ein wenig erstaunt. Hatte sie bei Vermieter Lachenmaier einen wesentlich älteren Mann erwartet, so war sie bei Sofies Freundin von einer Frau in deren Alter ausgegangen. Die brünette Johanna Koch befand sich jedoch gewiss bereits in ihren Vierzigern. »Kommt herein!«

Die Künstlerin führte sie durch ihren Wohnungsflur, an dessen nachtblau tapezierten Wänden drei mit Landschaftsmotiven verzierte Fächer hingen.

»Sind die schön«, staunte Jósephe.

»Die hat sie selbst bemalt«, berichtete Sofie Beifall heischend.

Johanna lenkte rasch von sich ab. »1894 hat unser WMV eine ganze Ausstellung mit Fächern organisiert.«

»WMV?«, hakte Jósephe nach.

»Württembergischer Malerinnen-Verein, uns gibt es schon seit fünfzehn Jahren«, erläuterte Johanna und bot den drei jungen Frauen Platz auf einladenden Ohrensesseln in ihrer Wohnstube an, die von Gemälden nur so strotzte – nicht nur an den Wänden, sondern auch am Boden und auf Staffeleien waren Werke in verschiedenen Arbeitsstadien zu sehen. »Und wir sind mittlerweile über zweihundert Frauen.«

Sofie ließ sich als Erste mit einem zufriedenen Seufzer in einem der gemütlichen Sitzmöbel nieder. »Johanna ist bei uns im Verwaltungsausschuss und im Begutachter-Kreis tätig.«

»Und ihr malt zusammen?«, vergewisserte sich Clara, nachdem auch sie Platz genommen hatte.

»Nicht nur«, antwortete die Gastgeberin. »Der Verein veranstaltet gesellige Zusammenkünfte, bei denen können wir Frauen uns austauschen. Vor zwei Jahren haben wir ein eigenes Vereinshaus in der Eugenstraße gekauft. Manchmal gibt es auch Vorträge oder gemeinsame Exkursionen.«

»Und ganz wichtig: Die Vereinsfrauen nehmen an überregionalen Ausstellungen teil – München, Wien, Dresden und auch in Berlin«, ergänzte Sofie Beifall heischend. »Außerdem veranstalten wir regelmäßig eigene Ausstellungen in Stuttgart. In der Staatsgalerie, die hat König Wilhelm II. eröffnet, außerdem in Königin Charlottes Kunstverein. Dort hat Johanna auch schon ausgestellt.«

Clara und Jósephe sahen sich genauer um: Johanna Kochs Bilder deckten die verschiedensten Motive ab – von der Porträtmalerei über Figuren in der Natur bis hin zur reinen Landschaftsmalerei.

»Wunderschön sind die«, schwärmte Jósephe.

»Johanna wird, wie ihre Lehrer, zu den sogenannten schwäbischen Impressionisten gezählt«, erklärte Sofie, der man deutlich anmerkte, wie stolz sie auf die Freundschaft zu der gut zwanzig Jahre älteren Künstlerin war.

»Was sind denn Impressionisten?«, hakte Jósephe nach.

»Sie gehören zu einer revolutionären Kunstbewegung«, erläuterte Sofie, »die haben im letzten Jahrhundert eine neue Ära in der Malerei eingeläutet. Man hat oft im Freien gemalt und Licht und Bewegung betont. Die Kunstrichtung ist nach einem Gemälde benannt: *Impression, Soleil levant* von 1872. Das hat der Franzose Claude Monet gemalt.«

»Sein Kollege Pierre-Auguste Renoir hingegen versteifte sich nicht nur auf Landschaften, sondern malte auch gesellige Anlässe«, ergänzte Johanna. »Seine Werke strahlen Sanftheit und Fülle aus, sie sind sehr sinnlich. Die Impressionisten betonen nicht nur … hm, das, was wir sehen, sondern vor allem die Stimmungen, die ein Künstler beim Betrachten eines Motivs empfindet.«

Claras Blick blieb am Bild des Kopfes einer alten Frau hängen – es erinnerte sie ein wenig an ihre Mutter Louise.

»Das ist eine so fein empfundene und prächtig ausgeführte

Studie«, lobte Sofie das Gemälde. »Johanna ist immer originell, sie erinnert nie an jemand anders als an sich selbst.«

»Jetzt ist's aber genug«, winkte die Kunstmalerin lächelnd ab. »Du weißt doch, was wir Schwaben sagen: Ned gschimpft isch g'nug g'lobt. Jemand Lust auf einen Jasmintee und etwas Gebäck?«

Alle drei bejahten, und die Kunstmalerin verschwand in der Küche.

Clara folgte dem faszinierten Blick ihrer Schwester, die ein weiteres Bild betrachtete, auf dem eine vorzüglich gemalte Frau in der fahlen Beleuchtung des ersten Morgengrauens ruhte. Wie viel Frieden diese Figur ausstrahlte!

»Was für ein Liebreiz!«, befand Jósephe, die ganz verträumt klang.

»Es heißt *Schlafende Psyche*«, wusste Sofie. »Man merkt der wirklichkeitsgetreuen Anatomie an, dass Johanna heimlich das Aktzeichnen gelernt hat. Eigentlich sind Frauen an der Akademie davon ausgeschlossen, aber sie bringt uns anderen Vereinsmitgliedern trotzdem auch solche Proportionsstudien bei. Dafür hat sie höchstpersönlich einen Muskelmann beschafft, der bereit war, Modell bei uns Damen zu stehen.«

Jósephe kicherte etwas verlegen.

Kurz darauf brachte die Gastgeberin den angekündigten Tee mit Gebäck herein und erläuterte die Ziele ihres Vereins: »Uns geht es auch um die Gleichstellung der Werke von Frauen und Männern. Ein Mann schwingt den Pinsel, und alle erstarren in Ehrfurcht, aber das Bild einer Frau verschwindet gleich auf dem Dachboden.«

»Damenmalerei, pah!«, stieß Sofie verstimmt hervor. »Wenn ich das schon höre! Das klingt von vorneherein abfällig. Aber wenn ich mir einige Bilder von den Herren der Schöpfung so ansehe, die wären lieber Anstreicher geworden.«

»Verdienen lässt sich mit der Damenmalerei natürlich auch kaum was, das ist zum Sterben zu viel, zum Leben zu wenig«, fügte Johanna leidgeprüft hinzu. »Von Zeit zu Zeit veranstalten wir Bilderlotterien, Ausstellungen und Bälle – damit wenigstens ein bissle Geld reinkommt.«

»Die Maskenbälle im Februar sind jedes Mal spektakulär«, schwärmte Sofie. »Da müsst ihr unbedingt mal mitkommen. Sie stehen immer unter einem künstlerischen Motto.«

»Unser bisher größtes Maskenfest war vor dreizehn Jahren«, erinnerte sich Johanna. »Das war der Rembrandt-Ball. Zu diesen Festivitäten haben Männer keinen Zutritt, und weibliche Gäste müssen von Mitgliedsfrauen eingeführt werden. 1895 waren insgesamt vierhundert Damen da. Ein Höhepunkt auf unseren Maskenbällen ist immer das Nachstellen von Gemälden. Auf dem Rembrandtball haben wir natürlich seine berühmte *Nachtwache* inszeniert. Alle Männerrollen haben dabei Frauen übernommen.«

»Dieses Jahr haben sie auch ein Bild von Johanna nachgestellt«, fügte Sofie hinzu.

»Aber jetzt zu euch«, sagte die Künstlerin und stellte ihre Teetasse ab. »Sofie hat mir erzählt, ihr wollt ganz ohne Männer ein eigenes Schokoladengeschäft eröffnen?! Das finde ich großartig.«

»Ja«, entgegnete Clara zögerlich, »aber selbst wenn wir all unsere Ersparnisse zusammenlegen, fehlen uns noch gut fünfhundert Mark.«

»Ihr habt ja noch bis nach Weihnachten Zeit, mit einer Bank zu sprechen«, schlug Sofie zuversichtlich vor.

»Auf die Herren in den Kreditinstituten würde ich nicht unbedingt setzen«, zeigte sich Johanna etwas skeptischer. »Eine Freundin von mir hat versucht, eine Buchhandlung zu eröffnen. Sie hatte die besten Voraussetzungen, aber ihr wurde gesagt, sie solle mit einem Ehemann wiederkommen, dann gäbe man ihr vielleicht eine Chance.«

»Das ist so ungerecht«, erboste sich Sofie. »Wieso soll's für erfolgreiche Geschäftsführung ein Schniedele brauchen?«

Die anderen drei Frauen lachten.

»Wenn ihr euer Geschäft mit Gemälden oder Zeichnungen schmücken wollt, helfe ich euch gern«, bot Johanna an. »Ohne Bezahlung – und ohne Schniedel.«

Erneut kicherte Jósephe, und Clara lächelte dankbar. Sofie, Metzger Lachenmaier und Johanna – was für hilfsbereite Menschen sie hier in der Stuttgarter Schwesterstadt am Neckar hatte kennenlernen dürfen! Der liebe Gott schien es wirklich gut mit ihrem Vorhaben zu meinen.

Der Heilige Abend führte die Familie Göttle auch 1908 wieder zusammen. Jósephe und Clara waren von Vater Michael mit dem Fuhrwerk in Ulm abgeholt worden. Lediglich Schwester Beata zelebrierte den Geburtstag des Herrn in ihrer klösterlichen Gemeinschaft, und Marie feierte mit der Familie ihres Mannes in Geislingen, ansonsten kamen nach dem Weihnachtsgottesdienst in der Tomerdinger Kirche alle in der Gaststube vom Lamm zusammen. Neben Mutter Louise saß auch Onkel Franz im Schein des festlich geschmückten Christbaums. Er hatte den elfjährigen Victor mitgebracht, der wegen der bevorstehenden Bescherung schon recht aufgeregt war. Seine Adoptivmutter Anna Markert, die seit über elf Jahren für die Familie arbeitete, war selig, dass der Junge mit dabei war. Darüber, dass sein leiblicher Vater in Frankreich niemals gefunden werden konnte, war die gesamte Familie Göttle erleichtert.

Zunächst ließen es sich alle bei einem üppigen Mahl gut gehen, nach einer Flädlesuppe servierten Anna und Matriarchin Louise Weihnachtsgans mit Rotkraut und Klößen sowie zum Nachtisch Bratäpfel mit Vanillesoße. Alles mundete ganz wunderbar, und nach dem Essen sah sich Clara zufrieden unter ihren Familienmitgliedern und ihren Gästen um. Der ältere Bruder Marcus war mit seiner Frau Walburga aus Westerstetten zu Besuch, und während der mittlerweile achtundzwanzigjährige Anton Ziehharmonika spielte, himmelte Amalie, inzwischen sechsundzwanzig, ihren Gatten an, den ebenfalls anwesenden Metzgerssohn Sepp. Ihre einstige Liebe zum Tagebuchführen hatte Leseratte Victor geerbt. Er schrieb während der nun eingeläuteten Bescherung fleißig mit, wer was bekam.

Clara konnte die Einträge über die Schultern des Jungen bestens mitlesen:

- *Mein Ersatzopa: Buch* Die Traumdeutung *von merkwürdigem österreichischen Seelenarzt, Sigmund Freund oder so, für das bin ich angeblich noch zu jung. Von wegen! Werde das Ding lesen! Fränzle hat sich jedenfalls sehr über den Wälzer gefreut.*
- *Tante Louise: einen edlen neuen Wintermantel. Ihr Kommentar: »Des isch doch viel z teuer für d Arbeit uffm Feld. Den ko i bloß in d Kirch ozieha.«*
- *Onkel Michael: Zigarren (will endlich auch mal eine rauchen!).*
- *Marcus: teurer Wein. Versteh gar nicht, wie man das Zeug runterbekommt.*
- *Seine Frau Wally: ein schicker Hut vom Marcus, Parfüm von der Familie.*
- *Anton: Angel mit Zubehör.*

- *Amalie: ein neues Sonntagskleid von der Familie, ein teures Parfüm von ihrem Sepp.*
- *Sepp: eine Flasche Champagner. Merveilleux!*

So, liebes Tagebuch, gleich bin ich selbst dran, drück mir die Daumen!

Victor bekam zu seiner großen Freude ein wirklich schönes neues Tagebuch im kunstvollen Seideneinband geschenkt, dazu einen modernen Füllfederhalter. Der junge Autobiograf war selig! Amalie warf in Erinnerung an ihre eigenen Tagebuchjahre ihrem Sepp ein verschwörerisches Lächeln zu.

Erst jetzt fiel Clara auf, dass Onkel Franz, der die Regie beim Geschenkeverteilen übernommen hatte, Jósephe und sie selbst bisher außen vor gelassen hatte. Ansonsten war er ja nach absteigendem Alter vorgegangen.

»So, liebe Josephine, liebe Anna Clara«, sprach der Familienälteste sie nun äußerst feierlich mit ihren vollständigen Taufnamen an. »Der Familienrat hat getagt. Wir wissen, dass ihr mindestens fünfhundert Mark braucht, um bei dem Lädle in Cannstatt zugreifen zu können. Wir haben deshalb alle zusammengelegt. Und es gibt ein wenig Anzahlung auf euer Erbteil an meinem Vermögen.«

Er überreichte seinen verblüfften Nichten je einen Umschlag, den diese verblüfft entgegennahmen.

»Da senn für euch boide dreihundert Mark dren«, erklärte Louise.

»Ich hab auch was von meinem Taschengeld gegeben«, ergänzte Victor stolz. »Ich liebe euer Schokoladengeschäft nämlich schon jetzt. Süßigkeiten machen glücklich, und glückliche Menschen werden weniger krank. Wenn ich später mal Arzt werde, hab ich dann weniger zu tun.«

Clara wusste, dass der Junge größtes Interesse am Beruf seines Ersatz-Opas Franz hatte und sich von ihm schon jetzt allerlei medizinische Fachbegriffe erklären ließ. Dass selbst er sie bei ihrem Traum vom eigenen Geschäft unterstützte, rührte sie beinahe zu Tränen.

Sie war aber auch ein wenig besorgt. War es verantwortungsbewusst, einen so großen Teil ihrer Verwandtschaft mit hineinzuziehen? Für sich selbst hatte sie zwar jeden Glauben an eine Heirat bereits aufgegeben, aber Jósephe? Sollte Clara es wirklich zulassen, dass ihre Schwester ihre gesamte Mitgift in einen Laden mit unsicherer Zukunft einbrachte?

Ihre Mutter Louise schien Claras Gedanken zu erraten und griff nach ihren Händen. »Mädle, du bisch a Käpsele und a guate Geschäftsfrau, du brengsch des no. Und d'Jósephe stoht dir treu zur Seit. Da waret mir ons elle ganz sichr.«

»Genau. Das ist kein Geschenk, sondern eine Investition«, erklärte Victor, der es liebte, Fremdwörter zu benutzen.

Für den Rest des Abends wurde noch fröhlicher gefeiert, und selbst bei der stets vorausschauenden und vorsichtigen Clara sickerte allmählich die Vorfreude auf ihr großes Schokoladenabenteuer durch.

Allerdings fiel ihr auf, dass ihr Onkel viel ernster dreinblickte als sonst, und wenn er lächelte, wirkte es seltsam wehmütig.

Als er schließlich allein in die Küche ging, folgte sie ihm, um ihn auf seine Stimmung anzusprechen. Sie fand ihn auf einem Stuhl am wärmenden Herd vor, bleich und nachdenklich.

»Onkel Franz?«

Der Angesprochene zuckte erschrocken zusammen.

»Du wirkst heute so ernst und geistesabwesend«, kam sie gleich zur Sache. »Und Mama hat erzählt, dass du in letzter Zeit ungewöhnlich oft bei deinen Ärztekollegen in Tübingen bist.«

Franz zögerte kurz, sagte jedoch schließlich: »Vielleicht. Ich bin wohl nicht gesund. Was es ist, müssen die Doctores erst noch herausfinden, aber es könnte sein, dass ich nicht mehr lange zu leben habe.«

Clara schluchzte auf und fühlte sich, als würde ihr der Boden unter den Füßen weggezogen. Sie hatte einen sauren Geschmack im Mund, und ihr wurde leicht schwindelig.

»Nein, mein Clärle, daran ist nichts Trauriges«, sagte der Onkel und nahm sie in den Arm. »Ich habe ein langes und erfülltes Leben geführt, außerdem hab ich mich über so viele Nichten und Neffen freuen dürfen. Und dein Schokoladengeschäft wird ein später Höhepunkt für mich: nämlich die Erinnerung daran, dass Träume wahr werden können. Ich wollte dir nicht das Weihnachtsfest verderben, verzeih mir, Kleines. Aber ich erzähle dir, und nur dir, aus gutem Grund schon jetzt von meiner möglichen Krankheit. Es ist ja noch nicht sicher, aber sollte es mir bald schlechter gehen, so bitte ich dich, Cannstatt nicht aufzugeben, um herzukommen. Deine Mutter weiß ebenfalls Bescheid, sie wird für mich da sein. Und Victor ist ja zum Glück aus dem Gröbsten raus.«

»Aber wie soll es werden ohne dich?«, hauchte Clara, der beinahe die Stimme versagte.

»Das habe ich meine Großmutter auch einmal gefragt«, erwiderte Franz schmunzelnd. »Und sie sagte: Egal, wie gescheit einer ist, irgendwann muss auch er Platz für die nächste Generation der Familie machen. Natürlich fehlt mir das Selbstvertrauen meiner Großmutter, mich für gescheit zu halten, aber im Grunde hat sie natürlich recht gehabt.«

Nun gelang auch Clara unter ihren Tränen ein schwaches Lächeln. Onkel Franz zuliebe.

»Wie gesagt, noch ist es nicht sicher«, wiederholte er. »Und falls ich doch gehen muss, denk daran: Meine vielen schönen Jahre mit euch kann mir keiner mehr nehmen. Und in jedem Fall möchte ich noch erleben, wie du dein großes Abenteuer beginnst.«

10. Kapitel

»A Fräulein ganz alloi? Noi, des geit bloß Ärger.«

Wütend äffte Clara Göttle den vernichtenden Satz des Hausbesitzers nach. Der hatte ihr vorhin die bereits zugesicherte Besichtigung einer Wohnung in der Badstraße an diesem Freitagmorgen, dem 2. April 1909, abgesagt, nachdem sie ihm von ihrer geplanten Geschäftseröffnung erzählt hatte. Und er war beileibe nicht der Erste, für den die Vorstellung eines ledigen Fräuleins mit eigenem Geschäft etwas Anrüchiges hatte. Es war zum Verzweifeln!

Daher war ihre Laune denkbar schlecht, als sie die Tür zu ihrem Lädle neben der Metzgerei Lachenmaier aufschloss.

Sie hatte nicht damit gerechnet, dass es als alleinstehende Frau schwieriger wäre, eine Wohnung zu ergattern, als eine Ladenfläche. Doch bisher war ihre Suche erfolglos geblieben, was sie dazu zwang, im Hinterzimmer des Geschäfts zu nächtigen. Sofie Veith hatte ihr zwar angeboten, vorübergehend bei ihr einzuziehen, aber zu zweit in Sofies kleiner Bleibe – das wollte sie der gutmütigen Freundin nun wirklich nicht zumuten. Wenn Träume Wirklichkeit wurden, hatten sie offenbar wesentlich mehr Ecken und Kanten als zuvor in der eigenen Vorstellung. So hatte Karl Gaissmaier junior beispielsweise gebeten, dass nicht beide Göttle-Schwestern auf einmal ihm und Ulm den Rücken kehrten. Sie seien zwei seiner besten Handelsmamsells und mögen ihm doch Zeit geben, würdigen Ersatz zu finden. Auch wegen der schwierigen Wohnsituation in Cannstatt hatte Jósephe dann schweren Herzens zugestimmt, vorerst in der Donaustadt zu bleiben. Diese Entscheidung bedeutete allerdings, dass sich Clara allein mit den Handwerkern herumschlagen musste, die dafür sorgen sollten, dass bis zur geplanten Eröffnung am 7. Mai alles komplett eingerichtet war.

Kaum hatte sie ihr Geschäft betreten, klopfte jemand an die Schaufensterscheibe, und die frisch gebackene Ladenbesitzerin erkannte Sofie Veith, die sich in Begleitung einer etwas altbacken, aber teuer gekleideten grauhaarigen Dame befand.

»Guten Morgen, Clara, ich möchte dir jemand vorstellen: Das ist Freifrau Stephanie Schertel von Burtenbach, Gutsbesitzerwitwe und ein herzensguter Mensch. Ich habe eben auf dem Markt mit ihr geplaudert und von deiner Misere erzählt. Sie weiß vielleicht Rat.«

»Ja, also, ich residiere mittlerweile über dem bekannten Photographen Kleiber in der Königstraße drüben«, erläuterte die Freifrau und betonte dabei den Namen des Lichtbildners, als müsste man ihn unbedingt kennen. »Tja, und wie es der Zufall so will, gibt es in der Nachbarschaft eine Pensionswirtin, die Marie Bäder – sie hat gerade ein Zimmer frei in der Nummer 68, da ist unten das Kurzwarengeschäft Brandt drin.«

Clara kannte besagtes Haus, es war nur dreihundert Meter von ihrem Lädle entfernt, deshalb sagte sie hastig: »Das hört sich ganz wunderbar an, Frau Baronin. Könnten Sie mich mit der Dame bekannt machen?«

»Frau Bäder war vorhin ebenfalls auf dem Markt und meinte, sie müsse heute Morgen erst einmal das Durcheinander beseitigen, das der Vormieter des Zimmers hinterlassen habe. Sie dürfte also zu Hause sein. Gehen Sie doch einfach gleich vorbei«, schlug die Witwe vor, »und richten Sie ihr einen Gruß von mir aus. Es ist ja nur ein Katzensprung.«

Jetzt gleich? Machte es nicht einen schlechten ersten Eindruck, ohne Vorankündigung bei jemandem zu klingeln? Sofie bemerkte Claras zweifelnden Blick und reagierte prompt. »Das machen wir jetzt einfach, Clara! Wer zuerst kommt, mahlt zuerst.«

»Na ja, die Maler, die ich angeheuert hab, gehören jedenfalls nicht zu dieser Sorte«, entgegnete Clara. »Wahrscheinlich kommen sie eh wieder nicht vor zehne, und wenn, dann müssen eben ausnahmsweise mal die auf mich warten. Also, gehen wir von mir aus gleich rüber.«

Marie Bäder erwies sich als dürre Person mit spitzer Nase, grau-braunem Haarknoten und erstaunlich großen Händen. Sie wirkte fahrig, als sei alles eilig und dringend. Sie war nicht im Geringsten pikiert darüber, dass Sofie unangekündigt bei ihr geklingelt hatte. Die hatte Clara umgehend als erfolgreiche Handelsmamsell aus Ulm vorgestellt. »Sie eröffnet im Mai einen Süßwarenladen für gehobene Ansprüche und ist auf Empfehlung der Baronin von Burtenbach wegen des freien Zimmers hier.«

»Das Haus gehört eigentlich dem Herrn Haller, mein Mann und ich vermieten aber die Zimmer für ihn und dürfen auch die Auswahl treffen«, haspelte die Pensionswirtin außer Atem, während sie die beiden jungen Damen eilends von ihrer eigenen Wohnung in der Beletage zum freien Zimmer im vierten Stock hinaufführte. »Ich habe mich noch nie in den Mietern getäuscht, Architekt Wittmann in der zweiten Etage, der Kaufmann Meth bei Ihnen auf dem Gang, das sind beide Herren von tadellosem Ruf. Hat man keinerlei Ärger mit. Aber

Ihrem Vormieter mussten wir kündigen. Sie können sich nicht vorstellen, wie das hier aussah.« Mit diesen Worten schloss sie die Wohnungstür auf.

Nach der Begeisterung über die Ladenräume im Dezember waren Clara und Sofie jetzt angesichts des kleinen Kämmerchens, dessen Abort sich auf dem Hausflur befand, jäh ernüchtert. Clara konnte sich kaum vorstellen, dass der bisherige Mieter hier gern logiert hatte, das Zimmer war nämlich recht schäbig und kleiner als jenes, das sie sich mit ihrer Schwester im Dachstuhl des Hauses Gaissmaier geteilt hatte. Aber alles war besser, als weiterhin in einer Baustelle zu schlafen! Daher verkündete Clara zu Sofies Erstaunen: »Ich würde es nehmen. Die Nähe zu meinem Schokoladengeschäft ist einfach unschlagbar. Wenn es Sie nicht stört, dass ich arbeite …«

Marie Bäder lachte auf. »Na, im Gegenteil. Ich fände es eher verdächtig, wenn Sie eine Wohnung anmieten möchten, *ohne* einer Beschäftigung bei Tageslicht nachzugehen.«

Clara musste schmunzeln. »Dann möchte ich Sie schon jetzt zur Eröffnung am 7. Mai einladen. Wann könnte ich denn einziehen?«

»Wie gesagt, ich darf entscheiden. Mit dem Putzen bin ich hier gerade fertig geworden – also können wir sofort einen Kontrakt unterzeichnen, und ich gebe Ihnen dann den Schlüssel. Allerdings müssen sie den April in dem Fall komplett und im Voraus bezahlen.«

»Selbstverständlich«, sagte Clara rasch.

Endlich war eines ihrer Probleme gelöst – und das schon so früh am Tag. »Ich gehe nur eben das Geld holen und lasse die Maler ins Geschäft.«

»Ich bin hier«, meinte die Pensionswirtin.

Kurz bevor Sofie und Clara bei ihrem Lädle angekommen waren, ereignete sich etwas, das Onkel Franz immer »Déjà-vu« nannte. Wie nach ihrer Ladenbesichtigung im Dezember kam ihnen auch an diesem sonnigen Aprilmorgen ausgerechnet Sofies Schwarm entgegen, der hochgewachsene Mittzwanziger mit dem Oberlippenbärtchen! Und da ihre Freundin erneut – völlig entgegen ihrer Natur – kein Wort herausbrachte, reagierte Clara aus Dankbarkeit für die neuerliche Hilfe ihrerseits recht untypisch. In einer Offenheit, die man sonst nur Sofie zugetraut hätte, sprach sie den Fremden an: »Guten Morgen, mein Herr. Entschuldigen Sie die Störung, ich heiße Clara Göttle, und das ist Fräulein Sofie Veith. Dank ihrer Vermittlung eröffne ich hier am 7. Mai eine Schokoladen- und Zuckerwarenhandlung.«

Der schöne Herr war erstaunt, aber lächelnd stehen geblieben.

Sie deutete auf das noch verhängte Schaufenster. »Wenn Sie Süßes mögen, möchte ich Sie herzlich dazu einladen.«

»Danke sehr. Wer sagt zu einem guten Stück Schokolade schon Nein?«, meinte er mit angenehm dunkler Stimme und sah dabei der errötenden Sofie tief in die Augen.

»Vielleicht mögen Sie uns für die Gästeliste Ihren Namen verraten?«, bat Clara.

»Gewiss doch, wie unhöflich von mir: Ich heiße Hermann Mannheimer«, stellte er sich vor und fügte hinzu: »Ich komme wirklich gern.«

»Hermann Mannheimer«, ließ sich Sofie seinen Namen schwärmerisch auf der Zunge zergehen, als er seinen Hut gezogen und außer Hörweite gegangen war. »O mein Gott, ich kriege kein Auge zu bis zu deiner Eröffnung«, hauchte sie. Dann fiel sie der Freundin um den Hals. »Danke, Clara!«

Am Freitag, dem 7. Mai 1909, war es so weit: Fräulein Clara Göttle eröffnete wie geplant ihre Schokoladen- und Zuckerwarenhandlung neben der Metzgerei Lachenmaier in der Cannstatter Marktstraße. Zum Glück waren die Schreiner und Maler gnädig gewesen! Auch die bestellten Süßwaren waren rechtzeitig geliefert worden.

Claras jüngste Schwester Jósephe hatte bereits zwei Tage zuvor beim Gaissmaier in Ulm freibekommen, um helfen zu können, alles vorzubereiten und die Leckereien ansprechend im fein ausstaffierten Geschäft zu präsentieren. Bei der heutigen Eröffnung würde sie beraten und verkaufen, damit die Gastgeberin alle Neuankömmlinge in Ruhe gebührend begrüßen konnte. Beide Schwestern hatten vor Aufregung kaum schlafen können, daher waren sie schon in aller Herrgottsfrühe in den Laden gegangen, um noch einmal alles zu überprüfen.

In Gläsern lockten Bonbons in verschiedenen Geschmacksrichtungen und Farben. Ob fruchtig, minzig oder karamellig – sie würden sich hoffentlich großer Beliebtheit bei den Kunden erfreuen. Figürchen aus Fondant, Esspapier und Zuckerstangen warteten ebenso verführerisch wie die Kuchen, Kekse und Torten vom Konditor um die Ecke. Auch Marzipanfiguren, -riegel und -konfekt waren bei den Schwestern im Angebot. Clara selbst hatte mehrere kleine Kannen nach dem großen Vorbild der vorherigen Pächter aus der süßen Mandelmasse geformt. Das große Original stand neben vielen verlockenden Süßwaren im Schaufenster. Selbiges war bisher noch mit Packpapier zugehängt, auf dem lediglich das Eröffnungsdatum stand. Die große Schmuckschokolade des Vorgängers hing an einer festen Schnur von der Decke.

Und natürlich gab es jede Menge echte Schokolade – von Tafeln über Kugeln bis hin zu Riegeln wurde sie in den verschiedensten Sorten und Formen angeboten. Einige Pralinen waren selbst gemacht – Claras heiß geliebtes, inzwischen schon etwas abgegriffenes Buch über Schweizer Schokolade mit all seinen Rezepten hatte sie natürlich auch hierherbegleitet.

Die einstmals gelben Wände waren nun türkisfarben gestrichen und an einigen Stellen auch tapeziert. Von Johanna Koch hatte Clara als Wandschmuck ein Gemälde des Cannstatter Kursaals bekommen, jedwede Bezahlung war von der Kunstmalerin hartnäckig verweigert worden. »Es ist ein Geschenk. Ich komme einfach im Gegenzug immer mal wieder zum Naschen vorbei.«

Und schließlich war es so weit: Sie rupften das Packpapier vom Schaufenster. Bevor sie mit einem tiefen Atemzug und einem Stoßgebet den Blick auf ihren Laden der Träume freigab, wurde Clara noch einmal von schrecklichen Zweifeln geplagt. *O mein Gott, was habe ich getan? Wieso habe ich die sichere Arbeit bei Gaissmaier aufgegeben und bin so ein Risiko eingegangen?* Gewiss, sie hatte für teures Geld eine Zeitungsannonce mit dem Datum der »großen Eröffnung mit kostenlosen Leckereien« geschaltet, und Sofie hatte in ihrem großen Bekanntenkreis ihrerseits fleißig geworben. Aber was, wenn dennoch keiner kam?

Doch gleich als das erste Stück Packpapier weggerissen war, trauten Clara und Jósephe ihren Augen kaum: Draußen vor dem Laden drängelte sich eine Menschentraube, die ihre kühnsten Erwartungen übertraf.

Dank der Annonce und Sofie Veiths Mundpropaganda musste sich die Nachricht von dem neuen Lädle wie ein Lauffeuer in Cannstatt verbreitet haben. Kaum hatte Clara die Ladentür aufgeschlossen, drängten gut gekleidete Damen und Herren herein; besonders schnell flitzten deren Kinder zwischen den Beinen der Erwachsen in das Ladenlokal, wo sie sich mit großen Augen umsahen. Zu Claras und Jósephes

Freude war unter den ersten Eröffnungsgästen keine Geringere als die patente Ulmer Filialleiterin Fräulein Vera, von der sie im Lauf der Jahre im Kolonialwarengeschäft so viel gelernt hatten. Nach der herzlichen Begrüßung krempelte sie sogleich die Ärmel hoch. »Sieht so aus, als könntet ihr Mädle heute Hilfe brauchen«, meinte sie. »Die Juniorchefs haben ausdrücklich erlaubt, dass ich euch im Notfall unter die Arme greife. Der Guido Gaissmaier leitet ja unsere Filiale hier in Cannstatt, der will nachher sowieso noch persönlich vorbeikommen.«

Bald ging es zu wie in einem Bienenstock, die Kasse hörte gar nicht mehr auf zu klingeln. Jósephe und Fräulein Vera mussten mehrfach Nachschub aus dem Hinterzimmer holen. Clara befürchtete, dass einige der noblen Gäste gesellschaftliche Persönlichkeiten waren, die man kennen müsste. Daher war sie äußerst dankbar, als Sofie Veith eintraf, die konnte ihr bestimmt verraten, wer wer war. Warum die Freundin etwas später als angekündigt kam, sah man ihrem Äußeren an. Sie trug ein eng anliegendes, knöchellanges Seidenkleid in einem satten Dunkelblau, das im hereinströmenden Sonnenlicht schimmerte. Das edle Stück betonte ihre Taille mit einem engen Gürtel, der mit einer goldenen Schnalle verziert war. Der V-Ausschnitt zeigte einen Hauch von Dekolleté, ohne ordinär zu sein, an ihrem Hals hing ein goldenes Medaillon an einer feinen Kette. Die Ärmel des Kleides waren dreiviertellang und leicht gepufft, was ihm einen Hauch von Romantik verlieh. Ihre weißen Spitzenhandschuhe reichten bis zu den Ellenbogen. Die braunen, glänzenden Haare trug Sofie in einem tiefen Chignon am Hinterkopf, der von einem goldenen Haarkamm mit funkelnden Steinen in Form gehalten wurde; ihre Ohren zierten Perlenohrringe. Ein paar lockere Strähnen umrahmten Sofies Gesicht und verliehen ihr etwas Mädchenhaftes. Was war ihre Freundin doch für ein eleganter Hingucker, dachte Clara. Natürlich war ihr klar, dass Sofie sich vor allem in der Hoffnung auf ein Wiedersehen mit Herrn Mannheimer so schön herausgeputzt hatte.

»Ich bin so stolz auf dich, es sieht alles ganz wunderbar aus«, raunte die Freundin Clara beim Begrüßungskuss zu, die erwiderte: »Und mit dir kann man heute besonders schön angeben.«

Wie erhofft wusste Sofie bei den meisten Anwesenden, um wen es sich handelte, und flüsterte es Clara vor der jeweiligen Begrüßung zu.

Für besonders viel Gemurmel unter den Gästen sorgte die Ankunft einer Mittdreißigerin mit schmalem Gesicht und dunklen Haaren, die sich in Begleitung eines gut aussehenden jungen Mannes befand, der bestimmt zehn Jahre jünger war als sie.

»Das ist unsere berühmte Opernsängerin Anna Sutter, stammt ursprünglich aus der Schweiz«, flüsterte Sofie Clara zu, »der Schöne neben ihr ist Albin Swoboda Junior, singt auch hier am Stuttgarter Haus. Die beiden sind zusammen, darf aber keiner wissen, Madame Sutter ist nämlich offiziell noch mit dem königlich württembergischen Hofkapellmeister Hermann Obrist liiert.«

»Frau Sutter, es ist uns eine Ehre«, konnte Clara nun selbstbewusst bei der Begrüßung sagen. »Herr Swoboda, es freut mich sehr.«

Dennoch war sie froh, dass Sofie die übrige Konversation bestritt, die hatte nämlich das letzte gemeinsame Stück des heimlichen Paares gesehen und konnte deren Sangeskunst fundiert loben.

Die nächsten Gäste, die eintrafen, bedurften ohnehin keiner Vorstellung: Aus Tomerdingen waren Claras Eltern angereist, und selbst ihre Schwester Beata hatte aus dem besonderen Anlass das Kloster im Schwarzwald für einen Tag verlassen dürfen. Ganz besonders freute sich Clara, dass sogar ihr Onkel Franz den Weg von der Schwäbischen Alb auf sich genommen und ihre Freundin Anna sowie deren Adoptivsohn Victor mitgebracht hatte. Gerührt fiel die frischgebackene Geschäftsinhaberin ihren Lieben um den Hals.

»Danke, dass ihr es alle geschafft habt«, sagte sie mit feuchten Augen.

»Jemand muss das Ganze doch für die Nachwelt aufschreiben«, meinte der zwölfjährige Victor und hob stolz sein neuestes Tagebuch mitsamt edlem Füllfederhalter in die Höhe.

»Ich bin auch gekommen, weil ich Neuigkeiten habe, die wollte ich dir nicht vorenthalten«, raunte ihr der Onkel zu.

Claras Magen kribbelte vor Nervosität. In ihren Postkarten und Briefen hatte sie bisher nicht gewagt, Onkel Franz nach dessen Zustand zu befragen. Solange sie die Antwort nicht kannte, konnte sie sich einreden, es stünde nicht so schlimm um ihn, wie anfangs erwartet. Mit dieser Verdrängungstaktik hatte sie sich durch die vergangenen hektischen Monate gemogelt.

»Geht es um … die Krankheit?«, wisperte sie.

Er nickte.

11. Kapitel

Clara sah ihren Onkel in banger Erwartung an. Nun gab es kein Zurück mehr. Gleich würde sie wissen, wie es um ihn stand.

Immerhin – Franz Merkle lächelte.

»Ich bin zwar erkrankt, aber nicht an der tödlichen Variante. Es mag ab und zu unangenehm sein, aber nach Auffassung der Tübinger Kollegen sind mir wohl noch ein paar Jahre vergönnt. Manchmal gehen solche Untersuchungen eben auch bei uns Senioren gut aus.«

Ein Gefühl von unendlicher Erleichterung durchströmte Clara. Erst jetzt wurde ihr bewusst, wie sehr sie wegen der unterschwelligen Befürchtung gelitten hatte, jeder an den neuen Laden adressierte Brief könne die Nachricht bergen, Dr. Franz Merkle liege im Sterben oder sei bereits tot. Was für wunderbare Neuigkeiten waren ihr stattdessen geschenkt worden! Mit einem Mal erschien ihr der eigene Laden noch schöner, das Lächeln der Kunden noch strahlender.

»Ist das dein berühmter Onkel Franz?«, fragte Sofie, die neugierig herangetreten war.

Und endlich konnte Clara ihrer besten Freundin die anwesenden Familienmitglieder sowie Anna Markert und deren Adoptivsohn vorstellen.

»Clara hat mir erzählt, wie tapfer Sie um Ihren Victor gekämpft haben«, wandte sich Sofie an die Magd der Göttles. »Er ist ein prächtiger Junge geworden und sieht sehr zufrieden aus. Sie können stolz auf sich sein.«

In der Tat musste sie größten Respekt vor Anna haben, dachte Clara, war sie doch eine der wenigen, die Sofie nicht auf Anhieb duzte.

»Danke«, erwiderte die Adoptivmutter und errötete geschmeichelt, »aber Doktor Merkle und meine Eltern haben sehr viel geholfen.«

Während des Gesprächs hatte Sofie die ganze Zeit die Eingangstür im Blick gehabt. Gewiss wartete sie auf ihren schönen Schwarm. »Oh«, rief sie nun.

Clara folgte ihrem Blick und sah einen kleinen Anzugträger um die fünfzig mit Schnauzbart und freundlichen Grübchen, der soeben das Geschäft betreten hatte.

»Da ist mein Arbeitgeber, der Herr Lindauer«, freute sich ihre beste Freundin. »Er ist tatsächlich gekommen. Lass uns rübergehen, den muss ich dir unbedingt vorstellen. Alle Damen Cannstatts kaufen bei ihm ein – oder zumindest diejenigen, die etwas auf sich halten. Vielleicht darfst du mal mit zu ihm, er hat eine wunderschöne Villa gegenüber vom Kurpark.«

Sigmund Lindauer erwies sich als freundlicher und äußerst humorvoller Mann. »Sie werden gewiss großen Erfolg haben, Fräulein Göttle«, meinte er, nachdem Sofie sie einander vorgestellt hatte. »Über das, was man bei Ihnen kauft, darf die Damenwelt jedenfalls offen sprechen. Ich frage mich immer wieder, wie es meinem Vater Salomon gelungen ist, weltweit so viel Geld mit etwas zu verdienen, was man doch eher hinter vorgehaltener Hand diskutiert.«

»Ich finde an der Korsagen-Herstellung überhaupt nichts Anrüchiges«, rief Sofie so laut, dass Clara kurz zusammenzuckte,

»und Sie sind doch ein sehr angesehener Bürger. Sonst wären Sie ja wohl kaum sechs Jahre lang im Cannstatter Gemeinderat gewesen, mein lieber Herr Lindauer.« Sie wandte sich wieder an Clara. »Er interessiert sich wirklich für die Belange von uns Angestellten, ein wunderbarer Arbeitgeber.«

»Na ja, das kann ich alles nur, weil meine Brüder Max und Julius mich so gut unterstützen.«

»Dank seiner Familie kommen bequemere Zeiten auf uns Frauen zu«, beharrte Sofie. »Sein Schwiegersohn hat vor fünf Jahren eine Bruststütze ohne Unterteil entwickelt.«

Bei dem Wort »Bruststütze« hielten zu Claras Schrecken einige Kunden im Gespräch inne und sahen empört herüber.

Sigmund Lindauer schmunzelte. »Unsere offenherzige Sofie. Sie tritt nicht in Fettnäpfchen, sie hat Fritteusen an den Füßen.«

Sofie lachte nun über sich selbst. »Tut mir leid, Clara.«

»Ich werde jetzt Ihren Umsatz ankurbeln und jede Menge süßen Trost erstehen«, kündigte Lindauer an. »Meine Gattin musste nämlich leider zu Hause bleiben, dabei hatte sie sich schon so gefreut. Unglücklicherweise hat sie einen schlimmen Schnupfen. Aber sie wird hier vorbeischauen, sobald es ihr besser geht.«

Plötzlich versteinerte sich Sofies Gesichtsausdruck beim Blick auf die Tür. Auch ihre Freundin sah nun, wer da den Laden betreten hatte: Sofies Schwarm Hermann Mannheimer! Vergeblich hatte sie im letzten Monat versucht, herauszufinden, wo dieser Herr arbeitete und ob er gebunden war. Leider schien diese Frage nun auf für sie sehr enttäuschende Weise beantwortet zu werden: An Mannheimers Seite befand sich eine dunkelhaarige Frau, ebenfalls Anfang zwanzig – und atemberaubend schön.

»Er ist vergeben, ich habe mich vor ihm zum Narren gemacht«, flüsterte Sofie Clara mit brechender Stimme zu.

Zu allem Übel hatte er sie nun erblickt und kam lächelnd mit der Dame an seiner Seite auf sie zu.

»Ich kann das nicht …«, hauchte Sofie und verschwand im Hinterzimmer.

Clara sah der Freundin voller Mitleid nach, holte tief Luft und ging Mannheimer und dessen Begleiterin entgegen. Doch dann war es an ihr, zu erstarren: In der Menge der Gäste entdeckte sie Hildegard Schwab – die Kleptomanin, die im letzten Winter ihre Langfinger beim Gaissmaier nicht bei sich hatte behalten können! Entsetzt hielt sie sich eine Hand vor den Mund. Wieso war sie hier? Sie wohnte doch in Ulm, und Sofie hatte sie ganz gewiss nicht auf die Liste der wichtigen Stadtgrößen gesetzt, die eine schriftliche Einladung bekommen mussten. Wie sollte Clara sich nun um ihre Gäste kümmern und gleichzeitig darauf achten, dass diese diebische Elster nichts von den Süßigkeiten stahl?

In ihre Gedanken hinein wurde sie von Herrn Mannheimer begrüßt: »Fräulein Göttle, danke für die Einladung. Ihr Geschäft ist wirklich wunderschön geworden, ich gratuliere. Darf ich Ihnen Rosa Adler vorstellen? Sie ist meine jüng…«

»Herzlich willkommen, Frau Adler, willkommen, Herr Mannheimer«, unterbrach Clara ihn hastig, und ihr war bewusst, wie unhöflich hektisch sie gerade war – doch die Kleptomanin Hildegard Schwab kam gerade einem Regal mit kunstvoll gestalteten Marzipanfiguren gefährlich nah. »Sehen Sie sich in aller Ruhe um, ich bin gleich wieder bei Ihnen.«

Mit diesen Worten ließ sie Herrn Mannheimer mit seiner Rosa stehen und hielt auf die Diebin zu.

»Guten Abend, Frau Schwab«, begrüßte sie diese. »Wie schön, dass Sie eigens aus Ulm angereist sind.«

Die Kleptomanin schien ein wenig erstaunt zu sein, namentlich begrüßt zu werden. »Danke sehr. Sie hatten in unserer Fabrik ja Bonbons bestellt und freundlicherweise meinen Onkel zur Eröffnung eingeladen. Er ist leider erkältet, ich hoffe, es ist in Ordnung für Sie, dass ich ihn vertrete.«

»Ich freue mich über Ihr Kommen. Genießen Sie gern unsere kostenlosen Probiererle.« Bei diesen Worten deutete die Ladeninhaberin mit der rechten Hand auf ein Tablett mit Gratis-Leckereien, die ihre Schwester Jósephe verteilte. Dabei warf sie ihrem Onkel einen angespannten Blick zu und winkte ihn mit einer diskreten Bewegung der Linken zu sich. »Wenn Ihnen etwas besonders gut mundet oder Sie etwas in den Auslagen interessiert, können Sie natürlich auch etwas für sich und die Lieben daheim *kaufen*.«

In diesem Augenblick war Dr. Franz Merkle herangekommen, und sie stellte die beiden einander vor. Da Clara ihrem Onkel einst ausführlich von der Kleptomanin berichtet hatte, nickte er beim Namen Hildegard Schwab wissend. Seine Nichte ging davon aus, dass er die Dame ab jetzt im Auge behielt, sie selbst musste sich ja um die anderen Gäste kümmern. In diesem Augenblick betrat beispielsweise Guido Gaissmaier den Laden. Noch bevor Clara bei ihm angekommen war, um ihn zu begrüßen, hatte er auch deren jüngste Schwester Jósephe herbeigewunken.

»Meine lieben Fräuleins Göttle, ich habe gute Neuigkeiten für Sie. Mein Bruder hat es geschafft, zwei neue Verkaufsmamsells für Ulm zu finden. Die beiden werden im Spätsommer anfangen. Das heißt, spätestens ab Herbst könnten Sie Ihrer Schwester in diesem wunderschönen Laden hier unter die Arme greifen, Fräulein Josephine.«

Clara war angesichts des großen Andrangs begeistert von dieser Entwicklung. Wenn es weiterhin so gut lief wie heute, würde sie Jósephes Hilfe gut brauchen können. Die Göttle-

Töchter strahlten einander an. Getrübt wurde die Freude über diese schöne Nachricht nur durch die Tatsache, dass soeben Dr. Franz Merkle auf Hildegard Schwab zuschritt und sie am Arm festhielt. Sie hatte doch tatsächlich versucht, eine Marzipanfigur in ihrer Tasche verschwinden zu lassen. Er führte die glücklicherweise nur schwach protestierende Dame vor die Ladentür, wo er begann, auf sie einzureden. War nur zu hoffen, dass die Kleptomanin ruhig blieb und sich ein Skandal vermeiden ließ.

In diesem Augenblick hörte Clara in ihrem Rücken Sofie ihren Namen flüstern und drehte sich zu ihr um. Sie hatte sich endlich aus dem Hinterzimmer hinausgewagt, sah jedoch alles andere als glücklich aus.

»Herr Mannheimer ist gerade in ein Gespräch mit deiner Schwester Beata vertieft«, erklärte die Freundin und deutete mit dem Kinn in Richtung der Nonne, die sich am Schaufenster angeregt mit Sofies Schwarm und dessen Begleiterin unterhielt. »Ich lasse dich nur ungern an deinem großen Tag im Stich, das weißt du. Es ist kindisch von mir, und ich kenne mich so gar nicht – aber ich möchte ihm wirklich nicht gegenübertreten und diese Schönheit vorgestellt bekommen …«

»Du würdest gern gehen, bevor ihr einander in die Arme lauft«, konstatierte Clara.

Sofie nickte und senkte mit betretener Miene den Blick. »Nur, wenn du mich dann nicht hasst!«

»Ich könnte dich nie hassen. Und schon gar nicht nach allem, was du für diese Eröffnung hier getan hast. Ohne dich hätte ich weder die Ladenräume, noch wären so viele Gäste gekommen. Ich gehe kurz mit dir vor die Tür. Dann fällt es nicht so auf, wenn du dich aus dem Staub machst. Wir können ja morgen alles besprechen.«

Sofie hauchte Clara dankbar einen Kuss auf die Wange. Sie

drängelten sich durch die noch größer gewordene Menge der Gäste in Richtung Tür. Nachdem sie ihre Freundin verabschiedet hatte, stellte sie erstaunt fest, dass ihr Onkel nunmehr ohne Hildegard Schwab auf dem Gehsteig stand.

»Du hast sie aber nicht der Polizei übergeben, oder?«, erkundigte sie sich.

»I wo, ich habe ihr nur von ihrer Krankheit erzählt und wie diese schon den Ruf und die Existenz vieler Betroffener zerstört hat«, berichtete Franz. »Außerdem habe ich ihr die Adresse eines Kollegen in Ulm gegeben. Er befasst sich wie Sigmund Freud mit den verschiedenen seelischen Erkrankungen. Wenn sie ihn wirklich aufsucht, wird er ihr helfen können. Sie hat zum Glück gewirkt, als habe sie ernsthaft vor, ihn zu konsultieren. Es scheint schon ein gewisser Leidensdruck vorhanden zu sein.«

In diesem Moment traf Johanna Koch mit einem guten halben Dutzend Mitgliederfrauen des WMV vor dem Lädle ein – es würde nun endgültig aus allen Nähten platzen.

»Fräulein Göttle?«, fragte an der Eingangstür Herr Mannheimer, nachdem Clara die Kunstliebhaberinnen begrüßt und ins Ladeninnere bugsiert hatte. Er sah sich enttäuscht um. »Ist das Fräulein Veith schon gegangen?«

»Ja, sie … sie hat sich nicht wohlgefühlt.«

»Schade«, sagte Mannheimer bedauernd, während seine Begleitung Frau Adler keine Miene verzog. »Ich hätte mich zu gern einmal mit ihr unterhalten. Wir sind uns sehr oft begegnet und waren uns sympathisch. Irgendwann haben wir deshalb begonnen, uns zu grüßen.«

»Das … hat sie erzählt«, gab Clara zu und wunderte sich, dass die Frau an seiner Seite kein Fünkchen Eifersucht über sein Interesse an Sofie zu zeigen schien.

»Aber da geht momentan wohl was um«, sagte er schließlich.

»Meiner Schwester Rosa ist auch nicht gut. Wir werden unsere Zelte hier leider abbrechen müssen.«

Schwester! Clara wäre Sofie am liebsten hinterhergerannt, um sie zurückzuholen. Zumal Hermann Mannheimer deutlich gemacht hatte, sich ebenfalls nach einem Gespräch mit ihr zu sehnen. Sie wollte ihn gerade fragen, wo man ihn erreichen könnte, da hielt eine Kutsche vor dem Gebäude, und ein imposanter Brillenträger mit Kinn- und gezwirbeltem Oberlippenbart stieg aus der Kabine.

»Oh, das ist ja Heinrich von Gauß, der Schultheiß von Stuttgart«, erkannte Guido Gaissmaier beeindruckt, der soeben aus dem Laden gekommen war, um eine Zigarre zu schmauchen.

Tatsächlich erkannte auch Clara den Gemeindevorsteher der Residenzstadt aufgrund einer Photographie, die sie kürzlich in der Zeitung gesehen hatte. Die Oberamtsstadt Cannstatt, die auf beiden Seiten des Flusses Neckar lag, war am 1. April 1905 mit der Residenzstadt Stuttgart vereinigt, dieser aber nicht eingemeindet worden. Wie um alles in der Welt war es Sofie nur gelungen, dass selbst von Gauß zur Eröffnung eines so kleinen Schokoladengeschäfts kam?

»Auf welche Weise begrüßt man bloß so einen hohen Herrn?«, fragte sich die junge Ladenbesitzerin überfordert.

»Kommen Sie, Fräulein Clara, ich stelle Sie ihm vor, mich kennt er bereits«, bot zu ihrer Erleichterung Gaissmaier junior an. Vor lauter Aufregung vergaß sie glatt, Hermann Mannheimer um dessen Anschrift zu bitten.

Gegen neun Uhr abends war die Eröffnungsfeier schließlich beendet, und eine erschöpfte, aber glückliche Clara spülte und trocknete mit ihren Schwestern Jósephe und Beata die Gläser, die sie vom Weinhändler Karl Cantz aus der Nachbarschaft ihres Lädles geliehen hatte.

»Cantz' Lehrling holt die Transportkisten morgen früh freundlicherweise mit der kleinen Karre ab«, sagte Clara, während sie für alle drei heiße Schokolade zubereitete.

»Bist du zufrieden mit deiner Eröffnung?«, fragte Beata und ließ sich auf dem Sofa nieder, auf dem sie später nächtigen würde, um dann in aller Frühe vom Bahnhof aus die Reise zurück in den Schwarzwald anzutreten.

Clara strahlte. »Und wie. Ich frage mich immer noch, wie es Sofie geschafft hat, dass der Schultheiß von Stuttgart zu so einer Ladeneröffnung in Cannstatt kommt.«

»Das kannst du sie direkt fragen«, meinte Jósephe und deutete durchs Schaufenster hinaus, »sie kommt gerade über die Straße.«

»Schließt du ihr auf?«, bat Clara ihre jüngste Schwester und holte erfreut eine weitere Tasse aus dem Schränkchen.

Kurz darauf saßen die vier Frauen zwischen den Süßwaren und genossen ihre heiße Schokolade.

Sofie seufzte. »Nochmals Entschuldigung, im Nachhinein komme ich mir so lächerlich vor.«

Clara wollte mit einer Beichte das schlechte Gewissen gegenüber ihrer besten Freundin erleichtern. »Es war so viel los, sonst wäre ich zu dir gerannt und hätte dich zurückgeholt. Diese Rosa Adler ist nämlich Hermann Mannheimers *Schwester*!«

Sofie sah sie ungläubig an. »Was?«

»Ja, und er wirkte ganz traurig darüber, dass du schon gegangen warst.«

»Ich blöde Kuh.«

»Seiner Schwester ging es nicht so gut, deshalb sind sie schon kurz nach dir gegangen«, fuhr Clara mit ihrem Bericht fort. »Ich wollte ihn noch fragen, wo er lebt und was er so macht, aber dann kam der Schultheiß von Stuttgart.«

Nun huschte ein triumphierendes Lächeln über Sofies Gesicht. »Ich hatte Herrn von Gauß einfach geschrieben und ihn in dem Einladungsbrief geduzt, so als würden wir uns von früher kennen. Offenbar hat ihn das neugierig gemacht.«

»Aber jetzt konntest du gar nicht mit Herrn Mannheimer sprechen«, bedauerte Clara.

»Ja, und du hast ihn wegen dem hohen Herren nicht ausfragen können«, ergänzte ihre beste Freundin bitter.

»Einiges habe *ich* aber in Erfahrung gebracht«, meldete sich Beata zu Wort.

Sofie sah die Nonne hoffnungsvoll an. »Du?«

»Ja, ich habe mich länger mit ihm und seiner Schwester unterhalten.«

»Worüber?«

»Seltsamerweise wurde es recht schnell sehr persönlich«, erzählte Beata. »Rosa Adler hat letztes Jahr ihren Mann verloren, er war gerade mal zweiundvierzig.«

»Die Ärmste«, flüsterte Sofie betroffen.

»Sie steht jetzt mit seinem Betrieb allein da, er war wohl Schrotthändler«, fuhr die Nonne fort. »Deshalb ist Hermann mit seinem Bruder Heinrich öfter in Cannstatt, sie greifen ihr ein wenig unter die Arme.«

Sofie beugte sich gespannt nach vorn. »Und welchen Beruf hat er selbst?«

»Darüber haben wir nicht gesprochen. Aber ich weiß, wo die Familie herkommt. Aus Oedheim bei Heilbronn, dort gehören sie zur jüdischen Gemeinde.«

»Oh, er ist jüdisch, wie spannend.« Clara wusste, dass ihre Freundin eine große bunte Welt erleben wollte und diese Enthüllung gewiss sehr interessant fand.

»Hermann und Rosa haben noch vier Schwestern und vier Brüder«, erinnerte sich Beata.

»Himmel, die Familie ist ja größer als unsere«, staunte Jósephe.

»Ihr Vater Raphael ist Mitte sechzig, die Mutter ist eine geborene Oppenheimer und heißt Adelheid.« An dieser Stelle ihrer Erzählung verdunkelte sich der Gesichtsausdruck der Nonne. »Sie ist sechsundfünfzig und leider sehr krank. Die Geschwister haben große Angst, dass sie bald das Zeitliche segnet.«

»Der Ärmste«, meinte Sofie bestürzt.

»Mir tat Rosa sehr leid«, entgegnete Beata. »Erst verliert sie ihren Mann, und jetzt ist ihre Mutter sterbenskrank.«

»Das muss schrecklich sein«, murmelte Clara. Sie hatten solches Glück, dass ihr Onkel Franz von der befürchteten tödlichen Krankheit verschont geblieben war.

Sofie seufzte. »Ich würde Hermann so gern helfen, aber dazu muss ich erst mal rausfinden, wo er jetzt lebt. In Oedheim oder dauerhaft hier bei seiner Schwester.«

»Er hat angedeutet, dass er nur gelegentlich in Cannstatt ist«, erzählte die Nonne. »Aber wenn du ihn erst mal gefunden hast, wirst du ihm bestimmt eine große Freude sein – so sehr, wie du ihn magst.«

Sofie drückte gerührt ihre Hand. »Danke, Beata.«

»Ich denke, die Eröffnung war ein voller Erfolg«, resümierte Jósephe. »So viele wichtige, bekannte Persönlichkeiten, und jeder war zufrieden. Dass Anna Sutter und ihr junger Kollege ein Duett für uns gesungen haben, fanden alle besonders schön.«

»Ich war froh darüber, wie behutsam Onkel Franz mit der Kleptomanin umgegangen ist«, sagte Clara. »Wenn sie wirklich Hilfe sucht, kommt sie ja vielleicht zur Besinnung.«

Jósephe nickte. »Das hoffe ich auch.«

Eine Weile hingen die vier stumm ihren Gedanken nach und nippten an ihrem Kakao. Beata sah hinaus auf das nächtliche Treiben auf der Marktstraße und sagte in das Schweigen hinein: »Ich beneide euch ein wenig um euer Leben in der Stadt. Natürlich liebe ich den Frieden im Kloster und helfe den gehörlosen und blinden Kindern bei uns von Herzen gern. Aber bei euch geschehen so viele aufregende Dinge, so viele spannende Geschichten.«

»Du weißt, ich habe außer Rechnungen und Bestandslisten noch nie gern geschrieben, aber wenn du willst, springe ich über meinen Schatten und schicke dir immer mal wieder einen Brief mit den Neuigkeiten aus der Cannstatter Schokoladenwelt«, bot Clara an.

»Unsere Tagebuchschreiber Amalie und Victor wären stolz auf dich«, meinte Jósephe und klopfte ihrer Schwester auf den Rücken.

»Mich würde es sehr freuen, eure Neuigkeiten zu lesen«, sagte Beata.

»Ich hoffe, das erste Kapitel handelt davon, wie ich erfolgreich Hermann Mannheimer ausfindig mache und ihm in seiner schwierigen Lebensphase helfen kann«, scherzte Sofie.

»Ich möchte in der Geschichte gern als deine Unterstützerin auftauchen«, kommentierte Jósephe, woraufhin Clara ergänzte: »Und ich erst recht.«

12. Kapitel

Cannstatt, den 16. Juli 1910

Liebe Beata,
endlich komme ich dazu, Dir zu schreiben. Das Wichtigste und zugleich auch das Schrecklichste zuerst: Du erinnerst Dich doch noch an die Opernsängerin Anna Sutter, die bei der Ladeneröffnung mit ihrem jungen Begleiter für uns gesungen hat. Vor zwei Wochen ist der ehemalige Hofkapellmeister Aloy Obrist in die Wohnung der beliebten Kammersängerin eingedrungen und hat erst sie und dann sich selbst erschossen. Ihr siebenundzwanzigjähriger Geliebter, der Opernsänger Albin Swoboda, war ebenfalls in der Wohnung, konnte die grässliche Tat aber nicht verhindern. Anna Sutter hatte wegen Swoboda die zweijährige Liaison mit Obrist beendet, das hat der Herr Hofkapellmeister nicht verwunden. An der Beerdigung der hochverehrten Künstlerin haben über zehntausend Trauergäste teilgenommen, unsere Sofie war auch dabei. Ist das nicht furchtbar?

Ohnehin war die Stimmung in letzter Zeit so unheimlich. Den Vorbeiflug des Halley'schen Kometen vor zwei Monaten habt ihr ja bestimmt auch in Heiligenbronn mitbekommen. Irgendein Forscher hatte kurz zuvor Blausäure im riesigen Schweif des Wandersterns nachgewiesen. Und weil die Erde ja wohl ein bisschen von dieser Aura abbekommt, sind einige in große Angst verfallen. Seltsame Kometen-Pillen wurden verkauft, angeblich zum Schutz vorm Blausäure-Schweif, außerdem hatten Gasmasken Hochkonjunktur. Einige haben sich auch über die Ängste lustig gemacht. Ein Photograph hat auf einer Postkarte »Momentphotographien vom Weltuntergang« angeboten. »Sofort nach dem Untergang zu haben«, stand auf seinem Werbeplakat, »nur gegen Vorauszahlung«.

Aber manche unserer Kunden glaubten ernsthaft, die Welt könne untergehen. Josephine und ich haben das keinen Augenblick gedacht. Der Komet fliegt ja alle sechsundsiebzig Jahre an uns vorbei, und da ist nichts über schlimme Schäden überliefert.

Stattdessen sind wir auf die Idee gekommen, bei uns »süße Kometen« anzubieten. Dafür haben wir einfach die Ausstechform für den Stern von Bethlehem benutzt – und einen Lebkuchenteig mit einer Schicht aus rot gefärbtem Marzipan darüber.

Sie verkauften sich wirklich gut. Aber als der Komet dann ab 22. Mai am Abendhimmel zu sehen sein sollte, welch große Enttäuschung: ein matter Nebelfleck mit kaum sichtbarem Schweif!

Dafür gibt es endlich gute Neuigkeiten bei unserer Suche nach Sofies Schwarm Hermann Mannheimer! Der Hinweis kam von der Kunstmalerin Johanna Koch. Sie hat herausgefunden, dass sein Name auf der Gästeliste einer Einweihung für einen neuen Brunnen in den Kursaalanlagen am Königsplatz steht. Diese Veranstaltung soll morgen stattfinden, und ich werde Sofie mit Josephine dorthin begleiten. Mit etwas Glück gelingt diesmal, was unserer Sofie bei unserer Eröffnung letztes Jahr nicht vergönnt gewesen war: ein Gespräch mit dem Mann ihrer Träume.

Ich selbst konnte mich letzten Herbst übrigens vor lauter Herren auf Freiersfüßen in unserem Schokoladenlädle kaum retten. Viele baten mich um ein Rendezvous und machten Anspielungen, dass es doch nicht sein könne, dass so eine süße Süßwarenverkäuferin noch keinen Mann an ihrer Seite habe. Ich habe mich ziemlich über den Andrang gewundert, gewiss lag es nicht an meinem zarten Alter von inzwischen zweiunddreißig Jahren. Einer der Herren hat mir schließlich offenbart, woher er wusste, dass es in meinem Laden nicht nur leckere Schokolade gibt, sondern auch eine unverheiratete Inhaberin. Im August 1909 war wohl ein Zusatzband zum jährlichen Stuttgarter Adressbuch erschienen, da gab es dann den folgenden ersten Eintrag über mich:

Göttle,
- Klara, Fräulein, Königstr. 68, 4. Cannstatt. Schokolade= u. Zuckerwarenhdlg. Marktstr. 61. p. Cannstatt.
Ich verstehe nicht, weshalb man »Fräulein« dazuschreiben und jedem verdeutlichen musste, dass ich unverheiratet bin.

Was für seltsame Herren mir plötzlich den Hof machten! Ein großer Schlaksiger mit einem Pickel auf der Stirn meinte stolz, er sei ein von und zu. Was war ich froh, als der auf und davon war. Und dann war da so ein schöner Schnösel, der hat sich während des Gesprächs unentwegt selbst im Spiegel bewundert. Einmal kam ein echter Tattergreis ins Geschäft, der mir geschworen hat, dass er für die körperliche Liebe besser ausgestattet sei als ein ganz junger Zuchtbulle. Ach, Schwesterle, wenn ich unter solchen Gockeln auswählen muss, bleibe ich lieber ein Topf ohne Deckel.

Sofie hat den zuständigen Herren bei der Stadtverwaltung aufgesucht und ein Donnerwetter losgelassen. Mit Erfolg! Im Adressbuch für dieses Jahr fehlt der Eintrag »Fräulein«, und wir haben jetzt nur noch Kunden, die wegen unserer Süßigkeiten hier sind – und nicht auf der Suche nach einer guten Partie mit eigenem Geschäft.

Und wo wir gerade beim Thema Suche sind, liebes Schwesterchen, Josephine und ich haben endlich eine größere Wohnung gefunden. Dass sie bald frei wird, haben wir durch einen Stammkunden erfahren, den freundlichen Buchhändler Erwin Hageloh, der unser Marzipan liebt. Er weiß, dass wir in dem viel zu kleinen Pensionszimmer hausen, und letzte Woche hat er uns mitgeteilt, dass etwas in dem Haus frei wird, in dem er und seine verwitwete Mutter im dritten Stock wohnen. Es befindet sich in der Pfeifferstraße 8 auf der anderen Seite der Wilhelmsbrücke über den Neckar. Im September können wir dort in die Beletage ziehen, wir haben die geräumige Wohnung am vorigen Samstag bereits besichtigt. Unten im Haus befindet sich zwar eine Metallgießerei, aber wenn wir abends aus dem Laden kommen, ist alles ruhig. Unsere Etagennachbarn im ersten Stock sind der Walzmeister Gottfried Martini und ein Magaziner namens Xaver Weidenauer, beides sehr freundliche Herren. Das gilt auch für den Kaufmann Maximilian Radau, der im Stockwerk über uns bei den Hagelohs wohnt. Zum Glück macht er seinem Nachnamen wohl keine Ehre, soll ein ganz ruhiger Zeitgenosse sein. Ich bin froh, dass ich unserem Nesthäkle nicht mehr zumuten muss, so beengt bei mir in der Pension zu hausen.

Wenn es nach uns geht, wird Josephine ohnehin bald ihre eigene Filiale leiten können. Die Geschäfte gehen derart gut, dass wir auf der Suche nach geeigneten Ladenräumen sind, nach Möglichkeit noch näher am Bahnhof. Dort käme dann keiner mehr an uns vorbei, der hierher zum Kuren oder auf den Wasen möchte.

Liebe Beata, ich hoffe, Du, Deine Mitschwestern und Eure Schützlinge befinden sich wohl. Drück unserer treuen Sofie die Daumen, dass ihr nach der über einjährigen Verzögerung das ersehnte Gespräch mit Hermann Mannheimer gelingt.

Deine Schwester Clara

Nachdem sie den Brief an Beata, den sie in der gestrigen Mittagspause verfasst hatte, ein letztes Mal durchgelesen hatte, faltete sie ihn zusammen und schob ihn in den Umschlag. Sie würde den Brief am morgigen Montag zusammen mit der Geschäftspost der Schokoladenhandlung aufgeben. Am heutigen 17. Juli waren Clara, Sofie und Jósephe mit Johanna Koch zur Einweihung des neuen Junobrunnens am Kursaal verabredet – in der Hoffnung, dass Hermann Mannheimer nicht nur auf der Gästeliste stand, sondern in der Tat auch persönlich erscheinen würde. Die drei jungen Damen hatten sich im sonntags für den Verkauf geschlossenen Laden getroffen, um von dort aus gemeinsam den fünfzehnminütigen Spaziergang zum Kursaal anzutreten. Da es für die Jahreszeit recht kühl war, trugen sie alle statt luftiger Sommerkleidung ihre Wintermäntel.

Die Gäste hatten sich von den niedrigen Temperaturen nicht abschrecken lassen, eine stattliche Menschenmasse tummelte sich bereits rund um den neuen Brunnen. Zunächst konnten Sofie und die Schokoladenschwestern weder Johanna noch Mannheimer in der Menge ausmachen. Sie beschlossen, die Rede des einundvierzigjährigen, in Cannstatt geborenen Bildhauers Emil Kiemlen abzuwarten und sich erst danach genauer unter den Gästen umzusehen. Der Bildhauer erklärte, er habe zur Vereinigung seiner Heimatstadt mit Stuttgart im Jahr 1905 einen persönlichen Beitrag zur Verschönerung des Stadtbildes leisten wollen. Aus diesem Anlass sei von ihm der Junobrunnen erschaffen worden. Die Schwesterstadt Stuttgart hatte, so wusste Clara aus der Zeitung, zuvor die Sanierung der Cannstatter Kuranlagen und des Kursaals finanziert.

»Nach der Vereinigung von Cannstatt und Stuttgart soll Juno, die römische Göttin der Ehe, symbolisch dafür sorgen, dass die nunmehr verheirateten Städte in Frieden und Eintracht miteinander leben«, sagte Kiemlen feierlich, was mit Applaus und Pfiffen quittiert wurde. In diesem Augenblick gesellte sich lächelnd Johanna Koch zu den Freundinnen, die sie gerade entdeckt hatte.

Clara sah sich den Brunnen genauer an: Auf einer Säule thronte die nahezu unbekleidete römische Göttin Juno mit einem Pfau. Zu den Füßen der Säule ritten vier Putten auf vier Delfinen, jenen Tieren, die laut Johanna in der griechischen

Mythologie Demeter zugeordnet waren, der Göttin der Fruchtbarkeit. Hier am Brunnen dienten ihre Mäuler als Wasserspeier, die Kinder hielten eine Meeresschnecke, eine Getreidegarbe, einen Obstkorb und Weintrauben in den Händen. Gewiss symbolisierten sie Cannstatts Naturgaben Fischfang, Obst- und Weinbau. Den Fuß der Säule umgab das runde Brunnenbecken.

Der Unterbau, das sogenannte Postament, trug die Inschrift: *Errichtet vom Verschönerungs-Verein Cannstatt 1910/ec. E. Kiemlen.*

Nach der Betrachtung des Brunnens ließ Clara erneut ihren Blick über die Zuschauer schweifen. Es fuhr ihr kurz vor Freude in den Magen, als sie Hermann Mannheimer erspähte, der ihr freundlich zulächelte. Sofort stupste sie Sofie an, die ihrem Blick folgte und dann erschrocken und hörbar die Luft einsog. Diesmal winkte ihr Schwarm sogar herüber, und er wirkte sehr glücklich dabei.

Als Bildhauer Emil Kiemlen seine Rede beendet und Schultheiß Heinrich von Gauß das um den Brunnen gewickelte rote Band feierlich durchgeschnitten hatte, brandete Applaus auf, und der gesellige Teil des Einweihungsfestes konnte beginnen. Johanna ging sogleich zum Bildhauer, mit dem sie befreundet war, um ihm zu seinem Erfolg zu gratulieren.

Hermann Mannheimer, der heute ohne seine Schwester unterwegs war, kam zu Sofie und ihren beiden Begleiterinnen herüber.

»Fräulein Veith, die Fräuleins Göttle, wie schön, Sie wiederzusehen. Mich plagt ein richtig schlechtes Gewissen, ich wollte immer mal wieder bei Ihnen im Laden vorbeischauen, aber wegen meiner Mutter musste ich viel Zeit in Oedheim verbringen.«

»Wie geht es ihr denn jetzt?«, erkundigte sich Sofie mitfühlend.

»Sie ist leider vor Kurzem von uns gegangen«, entgegnete

Hermann gefasst. »Wir vermissen sie sehr, vor allem für meinen Vater ist es schlimm. Die beiden haben sich immer sehr aufeinander verlassen. Aber für Mutter selbst war es wohl eine Erlösung.«

»Mein Beileid«, sagte Sofie, Clara und Jósephe taten es ihr gleich.

»Wie läuft es denn mit Ihrem Schokoladengeschäft?«, erkundigte sich Mannheimer bei den Göttle-Schwestern.

»Sehr gut. Wir müssen expandieren«, gab Jósephe an, bevor Clara zu Wort kam. »Das bedeutet, dass wir einen zweiten Laden aufmachen.«

»Danke für die Erklärung«, sagte Hermann schmunzelnd und wandte sich an Sofie. »Und Sie helfen auch bei den Göttles mit?«

»Nur in meiner freien Zeit«, stellte sie rasch richtig. »Ich arbeite bei Lindauer und Companie in der Buchhaltung.«

Mannheimer lachte begeistert auf. »Ach, beim Korsagen-Sigmund? Die Welt ist ein Dorf.«

Das Wort Korsagen löste eine ähnliche Reaktion bei den Umstehenden aus, wie sie Sofie bei der Ladeneröffnung im Mai vorigen Jahres provoziert hatte. Clara unterdrückte mit Mühe ein Lachen. Eines schienen ihre beste Freundin und deren Schwarm schon mal gemeinsam zu haben: Sie pfiffen auf gesellschaftliche Tabus.

»Sie kennen Herrn Lindauer?«, hakte Sofie erstaunt nach.

Mannheimer nickte. »Er ist ja auch in der jüdischen Gemeinde hier in Cannstatt.«

Sofie schüttelte lächelnd den Kopf. »Hätte ich gewusst, dass ich einfach meinen Chef fragen müsste, wie ich Sie erreichen kann, wäre mir viel Nachgrübeln erspart geblieben.«

Hermann war sichtlich geschmeichelt. »Sie wollten mich erreichen?«, fragte er schmunzelnd.

Sofie lief puterrot an. »Ja, meine Freundin Clara sagte, Sie äh … Sie hätten sich gern mit mir darüber unterhalten, dass wir uns in Cannstatt ständig über den Weg laufen. Leider sind wir uns danach ja aber nicht mehr zufällig begegnet.«

»Das lag daran, dass ich in letzter Zeit so oft in Oedheim war. Jetzt bin ich zwar wieder ununterbrochen hier in Cannstatt, aber wir beide müssen unsere Treffen ja sowieso nicht länger dem Zufall überlassen, nicht wahr?«

Just als diese Unterhaltung so spannend wurde, kam Johanna Koch von ihrem Gespräch mit dem Bildhauer zurück und lenkte Claras und Jósephes Aufmerksamkeit auf sich.

»Ihr beiden, kommt mal mit, ich möchte euch Emil Kiemlens Zigarrenhändler vorstellen«, verkündete die Kunstmalerin.

Clara vermutete zunächst, dass sie damit Sofie und Mannheimer ein Gespräch unter vier Augen ermöglichen sollte, doch der wirkliche Grund war noch viel erfreulicher.

»Das ist Wilhelm Stern. Er wird nächsten Monat den Zigarrenladen von Jakob Mai in der Bahnhofstraße 20 übernehmen«, stellte Johanna ihnen einen dürren Anzugträger mit Hut vor. »Herr Stern, darf ich vorstellen: Clara und Josephine Göttle.«

»Angenehm. Ich kenne das Geschäft von Herrn Mai«, erinnerte sich Clara. »Es war doch neben der Gastwirtschaft von Wilhelm Sigmund und diesem kleinen Süßwarenlädchen gleich beim Bahnhof.« Sie hatte den Konkurrenzbetrieb sogar einmal besucht. Die Inhaberin Frida Otto, die sich mit ihrem Sortiment auf Bonbons spezialisiert hatte, war eine freundliche und verbindliche Person.

»Genau um dieses Zuckerwarengeschäft geht es«, erläuterte Johanna.

»Also, die Frau Otto wechselt zu einem Standort in Stuttgart drüben«, ergänzte Herr Stern. »Spätestens im Herbst möchte sie dort eine Schokoladen- und Bonbonhandlung in der Gartenstraße eröffnen. Die Dame meint, für sie sei das einfach geschickter. Ihre Wohnung befindet sich nämlich auch in der Innenstadt, in der Hegelstraße.«

Jósephe horchte auf. »Das heißt, die Räumlichkeiten werden frei. Und die Kunden sind es schon gewohnt, dort ein Schokolädle für unterwegs zu erstehen.«

»Das wird *dein* Geschäft«, freute sich Clara und wandte sich an den Zigarrenhändler. »Wen müssten wir fragen, um es anzumieten?«

»Unser gemeinsamer Vermieter ist der Gastwirt Willi Sigmund, ihm gehört das Haus. Ich kann Ihnen den Herrn gern vorstellen.«

Clara konnte nicht fassen, wie wunderbar sich die Dinge entwickelten: Eine Filiale, eine neue Wohnung – und ihre beste Freundin unterhielt sich endlich mit deren Traummann. Doch als sie ihren Blick erneut über die gut gelaunten Einweihungsbesucher schweifen ließ, hielt sie erschrocken inne. Obwohl sie ihn seit Jahren nicht gesehen hatte, erkannte sie ihn sofort: Unter ihnen befand sich Anna Markerts einstiger Ehemann Georg Brökel! Was um aller Welt hatte der bloß hier in Cannstatt zu suchen? Er unterhielt sich mit einem braun gebrannten Herrn um die vierzig mit pechschwarzen Locken und ebensolchem Oberlippenbart. Sie starrte etwas zu lang in Schorschs Richtung, er musste es bemerkt haben, denn nun sah er genauer her und erkannte sie.

Clara erschrak, und zu ihrem Entsetzen entschuldigte er sich bei seinem Gesprächspartner und kam mit eisiger Miene auf die beiden Göttle-Schwestern zu.

13. Kapitel

»Um Himmels willen, diese süßen Schnittchen sind ja grässlich«, stellte Sofie kichernd fest. »Nächstes Mal sollten die lieber meine Freundin Clara mit der Zuckerwaren-Verkostung betrauen. Sie hat die besten Lieferanten.«

»Stimmt, bei ihrer Eröffnung hat alles ganz hervorragend gemundet«, bestätigte Hermann Mannheimer.

Ach, dieses Lächeln und diese kleinen Grübchen – und die Fältchen um die Augen, schwärmte Sofie. Wie männlich er für seine vierundzwanzig Jahre aussah!

»Wie geht es denn Ihrer Schwester Rosa?«, erkundigte sie sich.

»Viel besser. Sie vermisst ihren Falk natürlich immer noch, aber so langsam wird sie wieder lebenslustiger.«

»Und um die Firma kümmern Sie und Ihr Bruder Heinrich sich?«

»Ja, wir verdanken unser Geschäft einer extravaganten Idee unseres Schwagers. Er fing 1905 an, mit Pferd und Wagen Schrott zu sammeln und weiterzuverkaufen. Tja, und nur drei Jahre später ist er dann ja leider unerwartet gestorben. Meine große Schwester Rosa war als Witwe allein nicht in der Lage, das Geschäft weiterzuführen. Heinrich und ich möchten ihr die Firma baldmöglichst abkaufen. Zu einem angemessenen

Preis, ohne Familienrabatt – schließlich soll Rosa in Zukunft gut versorgt sein.«

»Was kostet denn so ein … Schrottunternehmen?«, fragte Sofie zögerlich.

»Etwa fünfundneunzigtausend Goldmark«, antwortete Hermann.

»Oh, rechnet sich das denn?«, fragte Sofie verblüfft ob der horrenden Summe.

»Ja, wir verdienen mit dem Schrott- und Metallhandel besser, als die meisten erwarten würden, in geringerem Umfang verkaufen wir auch Nutzeisen. In jedem Fall habe ich genug Geld, nächste Woche die aufregendste Dame Cannstatts an einem Abend ihrer Wahl zum Essen einzuladen. Sofern sie einverstanden ist.«

»Kenne ich sie?«

Hermann schmunzelte. »Sehr gut, würde ich meinen, das Fräulein sieht Ihnen sogar recht ähnlich.«

»Nun, ich könnte mir schon vorstellen, dass besagte Dame einem solchen Rendezvous nicht abgeneigt wäre«, entgegnete Sofie.

Oje, wie sollte sie nur dieses dümmlich-erfreute Grinsen wieder aus ihrem Gesicht bekommen?

»Was hast *du* denn hier zu suchen?«, wandte sich Schorsch ohne Begrüßung an Clara. Jósephe erkannte er natürlich nicht, die war bei ihrem letzten Aufeinandertreffen vor über zwölf Jahren ja noch ein Kind gewesen.

»Wir sind mit einer Bekannten des Bildhauers befreundet«, antwortete Clara einsilbig. Von ihrem Laden wollte sie ihm keinesfalls erzählen. »Und du?«

»Ich bin auf persönliche Einladung des Bauleiters hier«, entgegnete Schorsch. »Inzwischen weiß ich übrigens, dass ich damals recht hatte. Du und deine Sippschaft, ihr habt gelogen. Anna war in Wirklichkeit die ganze Zeit über mit dem Franzosenbastard bei *euch*, nicht in Stuttgart.«

Clara glaubte trotz seines maskenhaften Grinsens Hass in Brökels Augen funkeln zu sehen.

»Das kann dir doch egal sein, du hast die Ehe ja schnell annullieren lassen und eine neue Frau gefunden«, erwiderte sie trotzig.

»Minna«, sagte er verbittert. »Sie ist tot. Treppensturz. Seit ihr Anna gegen mich aufgehetzt habt und sie verschwunden ist, hat bei mir ein Unglück das nächste gejagt. Aber jetzt kann ich mich endlich revanchieren.«

Wie sehr Clara sein ständiges Selbstmitleid und die unverschämten Vorwürfe satthatte! »Niemand hat Anna aufgehetzt. Das hast du ganz allein hinbekommen«, brachte sie verärgert hervor.

»Wenn hier einer dem anderen das Leben schwer gemacht hat, dann waren Sie das bei Anna«, machte nun auch Jósephe ihrem Ärger Luft.

Schorsch würdigte die jüngste Göttle-Tochter keiner Antwort, stattdessen blickte er nur kurz abfällig an ihr herunter. Dann ging er, ohne sich von ihnen zu verabschieden, zu seinem bisherigen Gesprächspartner zurück.

In diesem Augenblick kam Sofie zu den beiden Schwestern.

»Du strahlst ja wie ein Honigkuchenpferd«, stellte Clara fest und sah sich um. »Wo ist Mannheimer hin?«

»Er musste in die Schrottfirma, trifft sich dort mit seinem Bruder Heinrich«, erläuterte Sofie. »Aber wir sind nächsten Dienstag zum Abendessen verabredet.«

»Ach, wie wunderbar«, freute sich ihre Freundin mit ihr.

Sofie folgte Claras unruhigem Blick. »Was schaust du denn immer so nervös zu den beiden Männern?«

»Der eine von ihnen ist Georg Brökel, mit dem Anna Markert mal verheiratet war«, erklärte Jósephe.

»Habt ihr nicht gesagt, dass er Franzosen hasst?«, wunderte sich Sofie.

»Ja, wieso?«

»Na, der Mann neben ihm ist der Bauleiter der Sanierungsarbeiten am Kurpark hier, und der stammt aus Frankreich. Das weiß ich von Johanna. René Bourgeois heißt er.«

Bei der Nennung des Namens erschrak Clara. »Dann hasst Schorsch unsere Anna nach all den Jahren immer noch – das ist Victors leiblicher Vater. Weiß der Himmel, wie er den aufgespürt hat!«

»Meinst du, er spekuliert darauf, dass Bourgeois seinen Sohn zurückfordern wird?«, fragte Sofie erschrocken.

Clara nickte, sie befürchtete tatsächlich das Schlimmste. »Sonst würde er sich nicht freiwillig mit einem Franzosen abgeben. Wenn man nur hören könnte, was die beiden da besprechen.«

»Nichts einfacher als das«, entgegnete ihre Freundin. »Ich geselle mich mal unauffällig zu Johanna, die unterhält sich in Hörweite.«

Clara und Jósephe folgten ihr mit den Blicken, als Sofie sich neben Kunstmalerin Johanna Koch stellte, um Schorsch und den französischen Bauleiter zu belauschen. Leider schüttelte Bourgeois nach nur wenigen Wortwechseln Brökels Hand und ging davon.

Sofie stellte Johanna noch eine Frage, dann kam sie zu den Göttle-Schwestern zurück.

»Und was hat Schorsch gesagt?«, fragte Clara gespannt.

»Dass er wohl einen Privatdetektiv angeheuert hat, nachdem er Anna neulich zufällig in Tomerdingen mit Victor gesehen habe. Er nannte ihn Bourgeois gegenüber den gestohlenen Sohn! So eine Frechheit! Der Mistkerl hat betont, dass er den Franzosen ja binnen weniger Wochen gefunden habe. Man könne also unterstellen, dass man sich bisher bei der Suche nach dem Kindsvater nicht wirklich Mühe gegeben habe, hat er gesagt. Bestimmt habe die Adoptivmutter ihn gar nicht wirklich finden wollen.«

Es war also, wie Clara es befürchtet hatte: Schorsch hetzte den Kindsvater gegen Anna auf! »Wahrscheinlich stellt er sie auch als Flittchen oder so etwas dar, für die Erziehung völlig ungeeignet.«

»Leider hat Bourgeois sich dann recht schnell verabschiedet«, schloss Sofie ihren Bericht. »Er und Georg Brökel sind wohl morgen für einen gemeinsamen Ausflug verabredet.«

»Ich fresse einen Besen, wenn das Schwein den Franzosen dann nicht nach Tomerdingen bringt, damit der Anna und Victor überrumpeln kann«, sprach Jósephe das aus, was ihre Schwester ebenfalls befürchtete. »Ein Telegramm zur Warnung können wir ja aber leider erst morgen früh nach Tomerdingen schicken, wenn das Amt aufhat.«

»Ich würde so gern persönlich hinfahren und Anna, Victor und Onkel Franz beistehen. Aber ich kann ja das Geschäft nicht allein lassen.«

»Doch, tu das!«, widersprach ihre jüngste Schwester. »Ich kenne mich doch jetzt wirklich gut genug aus und komme einen Tag gut ohne dich zurecht.«

Clara küsste Jósephe dankbar auf die Wange. Sie hoffte inständig, dass René Bourgeois nicht versuchen würde, den dreizehnjährigen Victor aus seiner gewohnten Umgebung zu reißen, gerade jetzt, wo er mit großer Freude das Gymnasium in Ulm besuchte.

»Und ich nehme mir frei, damit ich dich begleiten kann«, bot Sofie an, während sie aufmunternd die Hand der Freundin drückte.

»Hier bist du also aufgewachsen.«

Gemäß Clara Göttles Wunsch in ihrem Telegramm an Dr. Franz Merkle hatte dieser seine Nichte und deren Freundin Sofie Veith mit seinem Fuhrwerk am Montag um die Mittagszeit am Ulmer Bahnhof abgeholt und nach Tomerdingen gebracht.

Als sie vor dem Gasthaus Lamm angekommen waren, sah Sofie sich um. »Ich erinnere mich noch ganz dunkel, ich war damals ja erst fünf. Es ist wirklich idyllisch, du musst eine behütete Kindheit gehabt haben.«

Wie Clara Göttle es von jeher gewohnt war, hörte man in der ländlichen Gemeinde an sonnigen Tagen wie dem heutigen das Summen der Bienen und anderer Insekten, das Bimmeln der Kuhglocken, das gelegentliche Blöken von Schafen und ab und zu das Gackern eines Huhns. Der Sommerwind rauschte in den Bäumen und Sträuchern. Es roch nach frischem Gras und Blumen – und ein klein wenig nach Mist und Dung.

»Victor sagt, dass er sein Zuhause liebt, auch wenn er jetzt in Ulm aufs Gymnasium geht«, bestätigte Franz, dem man die Sorge um das Auftauchen des leiblichen Vaters deutlich im Gesicht ablesen konnte. »Im Augenblick hat er schulfrei, deshalb wartet er zusammen mit seiner Adoptivmutter in der Gaststube. Ich habe ihn schon gleich nach deinem Telegramm vorgewarnt, er weiß also, dass sein Erzeuger nach ihm sucht.«

»Wie hat er es aufgenommen?«, erkundigte sich Clara.

»Eigentlich ganz gut. Er ist eher neugierig als beunruhigt«, antwortete Franz, während er das Pferd festmachte. »Ganz im Gegensatz zu Anna. Die ist seit deiner Nachricht voller Angst. Sie meint, wenn Schorsch den Franzosen beeinflusst hat, werde der bestimmt voller Hass auf sie und unsere Familie hier eintreffen.«

»Davon ist wohl leider wirklich auszugehen«, stimmte Sofie zu, die Brökel ja bereits im Gespräch mit Bourgeois erlebt hatte. Als Clara mit dem Onkel und ihrer Cannstatter Freundin die Gastwirtschaft der Göttles betrat, wurden sie herzlich von ihrer Mutter Louise und Anna Markert begrüßt. Die Adoptivmutter Victors drückte ihre Freundin verzweifelt an sich. »Gut, dass du da bist, Clara.«

Franz sah sich beunruhigt um. »Wo ist der Junge?«

»Er wollte kurz mit Bello raus«, erklärte Anna.

»Das ist aber nicht der Hund, den ich damals mit dem Regenschirm schützen wollte?«, hakte Sofie verwundert nach.

Clara schüttelte mit einem wehmütigen Lächeln den Kopf. »Nein, das ist einer seiner Enkel, sieht ihm aber sehr ähnlich.«

»Glaubt ihr, Victors leiblicher Vater wird uns den Jungen wegnehmen?«, fasste Anna Markert nun die Sorge zusammen, die sie alle umtrieb.

»Das werden wir gleich erfahren«, kam es nun von Sofie, die zum Fenster deutete. Tatsächlich hatte vor dem Wirtshaus eine Kutsche gehalten, und René Bourgeois war ausgestiegen!

Alle gerieten in helle Aufregung.

»Ist Schorsch dabei?«, rief Anna in Panik und stürzte zum Fenster.

»Nein, er kommt allein«, stellte Clara fest. Immerhin etwas, dachte sie.

Wenige Augenblicke später wurde die Tür zur Gaststube geöffnet, Bourgeois trat ein und grüßte in die Runde.

Anna zitterte vor Angst, und auch Dr. Franz Merkle war kreidebleich. Angesichts der Hilflosigkeit der beiden entschied sich Clara für die Flucht nach vorn. Sie ging dem Mann entgegen, streckte die Hand aus und reichte sie ihm. »Mein Name ist Clara Göttle, guten Tag, Herr Bourgeois.«

»Sie kennen mich?«, fragte er verwundert, während er ihre Rechte drückte.

»Kennen wäre zu viel gesagt. Aber ich habe Sie gestern bei der Brunneneröffnung mit Georg Brökel gesehen und weiß, weshalb Sie heute hier sind. Ich bin mit Victors Adoptivmutter befreundet. Sie haben sicher eine Menge Fragen. Nehmen Sie doch Platz!« Sie führte ihn zum großen Stammtisch und stellte die Anwesenden vor: »Meine Mutter Louise Göttle, sie ist hier die Wirtin, meine Freundin Sofie Veith aus Cannstatt, Victors Adoptivmutter Anna Markert und mein Onkel, Doktor Franz Merkle.«

»Was darf ich Ihnen bringen?«, fragte die Matriarchin der Göttles bemüht in gestelztem Hochdeutsch.

Der Mann aus den Ardennen bestellte in fließendem Deutsch, aber mit deutlichem französischem Akzent einen Weißwein und ein Käsebrot, woraufhin Louise in Richtung Küche verschwand.

»Wie geht es dem Jungen?«, fragte René Bourgeois anschließend argwöhnisch in die Runde.

»Sehr gut«, entgegnete Franz. »Er besucht das Gymnasium in Ulm.«

»Wir lieben ihn alle sehr«, sagte Anna mit schwacher Stimme.

Renés Gesichtsausdruck entspannte sich ein wenig. »Wie haben Sie von seiner Herkunft erfahren?«

»Meine Schwester Beata ist in demselben Kloster wie Ihre frühere … Bekannte, die Nonne Elisabeth«, erläuterte Clara.

»Man hat mir von dieser Mitschwester erzählt«, sagte René.

»In Heiligenbronn hat Elisabeth auf dem Totenbett gestanden, dass sie das Kind in ihrer Verzweiflung in Tomerdingen vor der Kirche abgelegt hat«, fuhr Clara fort. »Weil der leibliche Vater nicht auffindbar war, hat Anna Markert den kleinen Victor dann adoptiert.«

»So weit deckt sich das mit den Aussagen von Herrn Brökel«, bestätigte René Bourgeois.

»Wollten Sie den nicht ursprünglich mitbringen?«, erkundigte sich Sofie.

»Das ist korrekt, aber ich habe mich entschieden, früher loszufahren – und ohne ihn«, entgegnete Victors leiblicher Vater. »Ich wollte meinen Sohn gern ohne Monsieur Brökels Einmischung kennenlernen. Der kann seine Ressentiments gegen uns Franzosen nämlich nur schlecht verbergen.«

Dieser Satz machte Clara ein wenig Hoffnung. Wenn René Bourgeois Georg Brökels politische Einstellung durchschaute, würde er ihm vielleicht auch seine Lügen bezüglich Anna Markert und Claras Familie nicht unbedingt glauben.

»Haben Sie wirklich versucht, mich zu finden?«, fragte der Franzose mit gefurchter Stirn.

Clara nickte. »Sogar der Bischof hat nach Ihnen suchen lassen.«

»Ich kann nicht verstehen, warum Elisabeth unseren Sohn lieber vor einer Kirche abgelegt hat, als mich um Hilfe zu bitten«, murmelte er, und es klang verletzt.

Er fühlte sich bestimmt betrogen und hintergangen, mutmaßte Clara. Sie nahm die verstorbene Kindsmutter in Schutz: »Elisabeth hat sehr wohl versucht, Sie zu finden. Aber es hieß, Sie seien schon wieder in Frankreich – und damit für eine Nonne unerreichbar. Sie darf das Kloster ja immer nur für kurze Zeit verlassen«, erläuterte Clara.

»Haben *Sie* denn versucht, mich zu finden?«, verlangte René nun von Adoptivmutter Anna Markert zu wissen.

»Mir selbst fehlte dazu auch die Möglichkeit«, gab sie zu. »Ich war zu der Zeit … ich war auf der Flucht vor meinem damaligen Mann Georg Brökel.«

»Wir waren aber in ständigem Austausch mit meiner Nichte im Kloster«, mischte sich nun Dr. Franz Merkle ins Gespräch. »Hätten die Kirchenbehörden Sie in den Ardennen ausfindig gemacht, uns wäre sofort eine Nachricht aus Heiligenbronn übermittelt worden.«

»Ich war aber gar nicht in meiner Heimat«, stellte René richtig. »Ich hatte direkt nach der Trennung von Elisabeth einen Auftrag in Straßburg bekommen, und dort bin ich geblieben, bis ich letztes Jahr in Cannstatt auf der Baustelle im Kurpark begonnen habe.«

»Das erklärt, warum die kirchlichen Nachforschungen in Frankreich nichts ergeben haben«, kombinierte Sofie. »Aber wie kommt es dann, dass Georg Brökel Sie so schnell gefunden hat?«

»Pures Glück!«, sagte René. »Er hat ja erst vor Kurzem einen Detektiv in Stuttgart mit der Suche nach mir beauftragt. Der hatte dann nicht viel Arbeit, ich wurde dort als Bauleiter für den Cannstatter Kurpark in der Zeitung genannt.«

»Warum kann Schorsch mich nach all den Jahren nicht endlich in Ruhe lassen?«, stieß Anna verzweifelt hervor. »Er wollte Victor nicht mehr, als man ihm gesagt hat, dass der Junge Halbfranzose ist. Und jetzt heuert er jemanden an, nur damit mir der Bub weggenommen wird. Weshalb hasst der Kerl mich bloß so sehr?«

»Weil seine Frau gestorben ist und er eine Schuldige für das sucht, was in seinem Leben schiefgeht«, mutmaßte Sofie.

René Bourgeois wandte sich an Victors Adoptivmutter. »Sie

sagten vorhin, Sie waren damals auf der Flucht vor Georg Brökel. Wieso?«

Anna zögerte. »Weil … weil …«

»Weil er sie immer wieder krankenhausreif geschlagen hat«, vollendete Clara mit Bitterkeit in der Stimme den Satz.

»Außerdem hätte Mutter mich verloren, wenn sie bei diesem Brökel geblieben wäre«, meldete sich, noch ein wenig im Stimmbruch, Victor von der Tür aus zu Wort. »Der Mistkerl hat sich ja geweigert, mich zu adoptieren, weil rausgekommen war, dass ich Halbfranzose bin.«

René Bourgeois starrte überwältigt seinen Sohn an, der mit den dunklen Locken aussah wie ein jüngeres Ebenbild von ihm. Hund Bello III. raste von Victors Seite aus auf Clara zu, um sie, vor Freude winselnd und mit dem Schwanz wedelnd, anzuspringen.

Der Junge durchquerte indes die Gaststube und streckte seinem leiblichen Vater die Hand entgegen. »Ich bin Victor.«

»René«, sagte der Franzose mit schwacher Stimme. Er erhob sich und ergriff die Hand. »Ich bin …«

»*Tu es mon père, je le sais*«, ergänzte Victor zu Renés Verblüffung und hieß ihn in ebenso perfektem Französisch willkommen: »*Bienvenue dans ma village!*«

»Du sprichst meine Sprache?«

»Mein Ersatzgroßvater hier hat darauf bestanden«, erklärte Victor und lächelte dem gerührten Franz zu. »Er hat als Feldarzt im Deutsch-Französischen Krieg viel Schlimmes gesehen. Er liebt den Frieden und will, dass ich meine Wurzeln kenne.«

»Mein Vater war damals auch an der Front«, erklärte René. »Er hat sich bis an sein Lebensende gewünscht, dass der Frieden niemals endet.«

»Ich habe eine Einladung bekommen«, berichtete nun Franz. »Am 4. Dezember soll ich mit vielen Hundert ehemaligen

Kameraden in Stuttgart das Eiserne Kreuz verliehen bekommen. Von König Wilhelm von Württemberg persönlich. Nach fast vierzig Jahren wird plötzlich wieder an dieses schlimme Gemetzel erinnert. Ich weiß nicht, ob ich dahin soll. Ich fühle mich nicht als Held, und einen militärischen Orden will ich gar nicht haben.«

»Sie können getrost zu dieser Veranstaltung gehen«, meinte René. »Ihr König sieht diese Ordensverleihung bestimmt nicht als militärischen Akt, sondern als Feier unseres vierzigjährigen Friedens. Ein hoher Stuttgarter Regierungsbeamter hat mir erzählt, dass König Wilhelm im Gegensatz zum gleichnamigen deutschen Kaiser mit Militarismus nichts anfangen kann. Das liegt an seinen eigenen Erfahrungen als junger Leutnant im Preußisch-Österreichischen Krieg. Damals ist er wohl in einen feindlichen Kugelhagel geraten. Ein Offizier direkt neben ihm ist tödlich getroffen vom Pferd gefallen, der damalige Prinz muss völlig geschockt gewesen sein. Er war danach heilfroh, als er sein Jurastudium fortsetzen konnte und nichts mehr mit Schlachtfeldern zu tun hatte.«

Franz sah den Franzosen angenehm überrascht an. »Danke, dass Sie mir das erzählt haben.«

»Setz dich doch wieder, Papa!«, sagte Victor.

Clara sah es feucht in Renés Augen schimmern. Das Wort »Papa« rührte ihn offenbar sehr. Seine Finger krallten sich um den Tischrand, und er setzte sich zeitgleich mit seinem Sohn.

»Wie mein Leben wohl verlaufen wäre, wenn ich früher von dir gewusst hätte?«, murmelte René nachdenklich.

»Das weiß ich nicht. Aber vielleicht hilft es dir, zu wissen, dass ich es immer sehr gut hier hatte«, meinte Victor. »Und wenn du willst, lernen wir uns eben jetzt kennen. Es ist ja kein Krieg mehr. Ich will aber nicht dauerhaft fort. Hier ist mein Zuhause.«

»Ich würde dich niemals hier herausreißen«, versicherte René.

Anna schluchzte vor Erleichterung auf. »Tausend Dank, wir waren so in Sorge.«

»Wenn sich jetzt einer Sorgen machen sollte, dann ist es Monsieur Brökel«, knurrte René. »Er hat mir die schlimmsten Dinge über Sie erzählt. Und ich bin mir sicher, das alles war gelogen.«

Gewiss würde das nächste Aufeinandertreffen der beiden Männer ganz anders verlaufen, als Brökel sich das erhoffte, dachte Clara. Aber sein Hass auf ihre Familie und Anna Markert würde dadurch nicht weniger werden. Im Gegenteil!

14. Kapitel

Am Sonntag nach dem Treffen mit René Bourgeois in Tomerdingen waren Clara und Jósephe um elf Uhr mit dem Gastwirt Willi Sigmund verabredet, um sich den von ihm vermieteten, inzwischen leer stehenden Süßwarenladen am Cannstatter Bahnhof anzuschauen. Bei ihrer Ankunft vor Sigmunds verschlossener Schenke stand dort jedoch niemand. Auch als sie die Klingel seiner Wohnung betätigten, gab es keine Reaktion.

»Das ist aber seltsam, er hat so zuverlässig gewirkt«, wunderte sich Jósephe.

In diesem Augenblick sahen sie einen angetrunkenen Mann, der auf beiden Seiten von zwei hübschen jungen Frauen gestützt wurde, aus Richtung des Bahnhofs herantorkeln. Sein Haar hing ihm wirr ins Gesicht. Erst als eine Strähne zur Seite rutschte, erkannte Clara: »Das ist ja Herr Sigmund! Er sieht aus, als wäre er seit gestern Abend nicht mehr zu Hause gewesen.«

Neben dem Wirt und den beiden Grazien ging ein weiterer Mann. Der braunhaarige Herr im Anzug sah aus wie Mitte zwanzig und, so befand Jósephe schwärmerisch, »wie ein Filmschauspieler!«.

Bei der Suche nach seinem Schlüssel stolperte Sigmund leicht nach vorn.

»Vorsicht, Willi!«, mahnte eine der beiden leichten Mädchen kichernd.

Der Vermieter hatte schließlich seinen Bund aus seiner Jackentasche hervorgekramt, sah auf – und bemerkte erst jetzt die auf ihn wartenden Schwestern.

»Ah je, die Fräuleins Göll… Götter… Göttle. Sie habe ich völlllig vergessen«, lallte der Wirt.

»Wir wollten das Geschäft besichtigen«, erinnerte ihn Jósephe verstimmt.

»Ich bin untrösss… Es tut mir leid, das Geschäft issschon vergeben«, erklärte er nun bedauernd.

»Aber wir hatten eine mündliche Abmachung!«, empörte sich Jósephe, und auch Clara war nun verärgert.

»Ich weiß, aber der Herr Ludwig Weidenmann hier, der issss Kaum… Kau… Kaufmann, und der hatte so überzeugende Ideen für das Geschäft. Und es war der schönse Abend seit Langem. Da bin ich ein bisschen … schwach geworden. Ich …«

Plötzlich riss er die Augen auf und drehte sich würgend um. Die zweite Nachtschwärmerin kiekste angewidert und versuchte, sich von dem sich auf sie stützenden Wirt loszumachen.

»Sie haben ihn ganz bewusst betrunken gemacht«, fauchte Jósephe den milde lächelnden Schönling an.

»Ich habe ihm einen netten Abend gemacht«, entgegnete Weidenmann mit einem nonchalanten Lächeln. »Und er hat unterschrieben.« Der Kaufmann hob zufrieden einen Bierdeckel empor, auf den etwas gekritzelt war.

»Dadrauf? Das soll gültig sein?«, rief Clara spöttisch.

»Worauf eine Vereinbarung geschrieben ist, dürfte unwichtig sein. Unterschrift bleibt Unterschrift.«

Jósephe schüttelte den Kopf. »Wollen Sie mich auf den Arm nehmen?«

»Nein, dafür such ich mir nicht so eine Kratzbürste!«, erwiderte der gut aussehende Kaufmann grinsend.

Sie ignorierte die Provokation und sah zu dem sich übergebenden Wirt. »Sie haben Herrn Sigmund bestochen – mit Alkohol und weiblichen Reizen!«

Weidenmann zuckte mit den Schultern. »Hätten Sie doch auch versuchen können.«

»Mit so etwas würde *ich* niemals jemand überreden«, rief Claras jüngste Schwester entrüstet.

Er sah an ihr herab und nickte mit Schalk in den Augen. »Hm, ja, ich befürchte, Sie haben recht.«

»Komm, Clara, wir gehen«, sagte Jósephe bemüht kühl. »Je mehr Männer ich kennenlerne, desto lieber sind mir Hunde.«

»Jetzt übertreiben Sie aber, meine Gnädigste, gute Männer gibt es doch an jeder Ecke«, sagte er und deutete lächelnd auf die Häuserecke, an der er lehnte.

»Schade nur, dass Gott die Welt rund geformt hat«, erwiderte Jósephe und marschierte mit ihrer Schwester davon.

Clara ärgerte sich nicht nur über den zynischen Weidenmann, sondern erst recht über den unzuverlässigen Willi Sigmund. Und dafür hatten sie nun den Sonntagsgottesdienst verpasst.

In ihrem Ärger hatten die Göttle-Schwestern noch ihre Freundin in deren kleiner, aber hübsch eingerichteter Wohnung aufgesucht, um sich über den unverschämten »Ladenräuber« Ludwig Weidenmann zu echauffieren. Zu ihrem Erstaunen erklärte Sofie, den Kaufmann zu kennen.

»Eigentlich ist er sehr nett, hat bei uns öfter Korsagen für seine Geschäfte gekauft.«

»Oder für seine Gespielinnen«, entgegnete Jósephe bissig.

»Einer wie der behandelt Frauen doch wie Sternschnuppen. Heute Stern und morgen schnuppe.«

»Jetzt bist du aber ungerecht«, fand Sofie. »Du kennst Ludwig doch gar nicht. Er wusste ja nicht, wem er da die Chance auf das Ladengeschäft nimmt.«

»Anfangs nicht«, meinte Clara, »aber als wir es ihm dann gesagt haben, ist er nicht von seinem Bierdeckelvertrag zurückgetreten. Stattdessen hat er sich über Jósephes Zorn lustig gemacht.«

»Ja, Ludwig ist manchmal ein bisschen frech, das stimmt«, räumte Sofie ein. »Aber ihr könnt jetzt natürlich seinen Rat ernst nehmen und eurerseits Sigmunds Schwäche für Frauen ausnutzen – ihn damit überzeugen, vom Bierdeckelvertrag zurückzutreten.«

Jósephe setzte bereits an zu protestieren, doch die Freundin hob die Hand und fuhr fort: »Ich meine nicht irgendeine Frau, sondern die zwei, für die er die allergrößte Schwäche hat – dessen Gattin und seine Mutter. Das Geld für das Haus mit der Bahnhofschenke und den Läden stammt nämlich von der Frau Mama. Und dass er gerne in der Damenwelt herumpoussiert, ärgert seine Ehefrau schon länger.«

»Du meinst, wir sollen ihn verpetzen?«, vergewisserte sich Clara, der die Vorstellung unangenehm war, derart in das Privatleben des Vermieters einzudringen.

»Ihr erzählt denen ja nichts, was sie nicht schon wissen. Der gutmütige Willi Sigmund ist dafür bekannt, bei weiblichen Gästen bisweilen etwas zu gastfreundlich zu sein. Und sonntagmorgens schläft er öfter mal seinen Rausch aus, während Frau und Mutter in der Kirche sind.«

»Deshalb hat vorhin in der Wohnung niemand aufgemacht«, kombinierte Clara. »Seine Frau war beim Gottesdienst. Aber selbst wenn er wirklich in seiner Kneipe ist und sie mittlerweile in der Wohnung: Es fühlt sich nicht richtig an, Herrn Sigmunds Schwäche auszunutzen.«

»Es ist aber auch nicht richtig, dass er im Suff von seiner mündlichen Zusage zurücktritt«, erinnerte Sofie ihre Freundin. »Ludwig Weidenmann hat genug Verkaufsmöglichkeiten, der braucht den Standort am Cannstatter Bahnhof nicht so dringend wie ihr. Kommt, wir schauen mal bei der lieben Frau Sigmund vorbei.«

Tatsächlich öffnete sich diesmal ein Fenster im ersten Stock, nachdem Clara zehn Minuten später erneut die Klingel der Familie Sigmund betätigt hatte. Eine etwas altbacken gekleidete Frau um die dreißig starrte argwöhnisch auf die drei jungen Damen auf dem Trottoir herab.

»Was isch?«, verlangte sie zu wissen.

»Grüß Gott, liebe Frau Sigmund, mein Name ist Sofie Veith. Entschuldigen Sie die Störung am Tag des Herrn. Meine Freundinnen Josephine und Clara Göttle hier hatten mit Ihrem Gatten vereinbart, dass sie die Nachfolge der lieben Frida Otto im Schokoladengeschäft antreten.«

»Das hat er erzählt, ja«, bestätigte Frau Sigmund zögerlich, und eine weitere Dame, grauhaarig und etwas mollig, schob sich neugierig in den Fensterrahmen.

»Die beiden haben heute früh eigens den ihnen so wichtigen Sonntagsgottesdienst geschwänzt, um die Räumlichkeiten zu besichtigen, aber Ihr Mann hatte bei seinem verspäteten Eintreffen … etwas … wie soll ich sagen … Schlagseite«, rief Sofie – absichtlich so laut, um das Interesse der Nachbarschaft zu wecken. »Seine zwei weiblichen Begleiterinnen mussten ihn stützen.«

»Dieser Mist …«, setzte die Gastwirtsgattin an zu schimpfen, wurde jedoch von ihrer Schwiegermutter angestoßen. »Entschuldigen Sie die Unannehmlichkeiten«, setzte diese an zu beschwichtigen, doch Sofie sprach unbeirrt weiter: »Ja, nun, das Problem ist, Ihr Gatte hatte heute Morgen nicht nur die zwei … jungen Damen dabei. Auch einen Kaufmann namens Weidenmann aus Aldingen. Dem hat er heute Nacht angeblich in feucht-fröhlicher Stimmung das Geschäft schriftlich zugesagt – auf einem Bierdeckel.«

Jósephe stieg auf Sofies Strategie ein und schauspielerte nun ihrerseits. »Ihr Mann Wilhelm Sigmund genießt in der Gemeinde einen so hervorragenden Ruf. Deshalb dachten wir, es handelt sich bei diesem Vertrag mit Weidenmann gewiss nur um einen bierlaunigen Scherz. Und wenn er wieder … ausgeschlafen wäre, würde er zu seinem Ehrenwort als Christenmensch stehen, das er uns gegeben hat. Deshalb sind wir jetzt noch einmal gekommen.«

»Da haben Sie völlig recht«, presste die Mutter des Vermieters zwischen den Zähnen hervor. »Von diesem Bierdeckelvertrag mit dem Kaufmann aus irgendwo wird mein Herr Schwiegersohn zurücktreten. Und natürlich steht er zu seinem Wort. Ich nehme an, er ist in der Schenke unten und schläft seinen … ruht sich aus. Ich werde gleich mit ihm sprechen.« Dann wandte sich Frau Sigmund senior an ihre Schwiegertochter: »Zeig du den drei Damen bitte so lange die Ladenräume.« Bevor sie das Fenster wieder schloss, rief sie noch nach unten: »Nur einen Augenblick Geduld bitte!«

Clara und Jósephe sahen Sofie voller Dankbarkeit an. Es bestand nun tatsächlich doch wieder Hoffnung, dass sie ihr ersehntes Bahnhofslädle bekommen würden!

Am Dienstag, dem 27. September 1910, hatten die Göttle-Schwestern den Schlüssel für ihr zweites Zuckerwarengeschäft überreicht bekommen. Gastwirt Sigmund war nach der Rüge durch Mutter und Ehefrau beim Händler Ludwig Weidenmann aus Aldingen zu Kreuze gekrochen und vom Bierdeckelvertrag zurückgetreten. Die Mietvereinbarung mit Clara war dann in nüchternem Zustand und auf ganz normalem Papier niedergeschrieben worden. Jetzt saßen die beiden Schwestern zufrieden im sonnendurchfluteten Verkaufsraum und stießen mit Kessler-Sekt aus der Region auf ihren Erfolg an. Dazu gönnten sie sich selbst gemachte Pralinen, die Clara aus ihrem ersten Geschäft in der Marktstraße mitgebracht hatte.

»Die sind dir wirklich wunderbar gelungen, das Pistazienmarzipan ist köstlich«, lobte Jósephe ihre Schwester und blickte dann nachdenklich auf den Schlüssel, der vor ihr auf der Theke lag. »Ich frage mich, wie dieser Weidenmann reagiert hat, als Willi Sigmund ihm abgesagt hat.«

»Das kannst du ihn wahrscheinlich gleich selbst fragen«, sagte Clara und deutete auf die Schaufensterscheibe.

Tatsächlich kam soeben Ludwig Weidenmann aus Richtung des Cannstatter Bahnhofs auf das Geschäft zu. Er klopfte mit einem erstaunlich fröhlichen Lächeln an die Scheibe.

»Hübsch sieht er ja aus, wenn er so vor sich hin strahlt«, stellte Jósephe fest. »Ein Donnerwetter wird's wohl trotzdem geben.«

Nach kurzem Zögern erhob sich Clara und schloss dem jungen Kaufmann die Ladentür auf.

»Guten Tag zusammen«, sagte er und zückte ein Stück Brot und eine Papiertüte mit Salz. »Ich wollte Ihnen zum Einzug alles Gute wünschen.«

»Oh, danke sehr. Treten Sie ein«, sagte Clara überrascht. »Darf ich Ihnen ein Glas Sekt anbieten?«

»Ah, der gute aus Esslingen«, erkannte er beim Blick auf das Etikett. »Gern.«

»Sind Sie uns denn gar nicht böse?«, wunderte sich Jósephe.

Er schmunzelte. »Natürlich nicht, ich bekomme auch anderswo schöne Räumlichkeiten. Nachdem ich Sie kennengelernt hatte, hätte ich nie auf der Einhaltung des Bierdeckelvertrags bestanden. Ein neues Schokoladengeschäft ist ja auch gewiss viel mehr im Sinne der Vormieterin Frida Otto.«

Jósephe musterte ihn streng. »Aber wieso haben Sie das denn nicht gleich gesagt?«

»Es war so schön, Sie ein bisschen zu necken«, gab er grinsend zu. »Aber bevor ich es auflösen konnte, sind Sie leider davongestapft.«

»Sie waren ja auch ganz schön frech«, erinnerte Jósephe ihn. »Was führt Sie denn heute nach Cannstatt? Suchen Sie neue Räumlichkeiten?«

Ludwig schüttelte den Kopf. »Meine Pläne für einen Laden habe ich in die Stuttgarter Innenstadt verlegt. Nein, ich war bis eben auf dem Volksfest hier auf dem Wasen.«

»Wie hat es Ihnen gefallen?«, fragte Clara. »Wir konnten noch gar nicht hin. Wenn es stattfindet, gibt es immer so viel Laufkundschaft bei uns.«

»Bei dem strahlenden Wetter war der Andrang natürlich besonders groß. Die Fahrgeschäfte werden immer riesenhafter«, erzählte der junge Kaufmann. »Besonders spannend fand ich das Trabwagenrennen, da waren Pferde aus aller Herren Länder dabei. Es ist immer schön, wenn verschiedene Nationalitäten friedlich aufeinandertreffen.«

»Das finde ich auch«, sagte Clara.

»Vielleicht sollten Sie erwägen, nächstes Jahr auch einen Stand auf dem Wasen zu mieten«, schlug Geschäftsmann Ludwig vor. »Dort hätten Sie unfassbar viel mehr Kundschaft für Ihre Schokolädle.«

Die beiden Schwestern sahen sich an und nickten einander in stummem Einverständnis zu.

»Das ist eine gute Idee, Herr Weidenmann«, gab Jósephe zu. »Wir müssten eben jemand für einen der Läden einstellen.«

»Allerdings sollten Sie auf dem Wasen nicht ohne männlichen Schutz am Zuckerstand stehen«, meinte Ludwig mit besorgtem Blick auf die zierliche Jósephe. »Wenn sie einen über den Durst getrunken haben, sind meine Geschlechtsgenossen nicht immer so harmlos wie Herr Sigmund neulich.«

Wie aufs Stichwort wurde in diesem Augenblick die Ladentür aufgerissen, und Georg Brökel trat ein. Einmal mehr verhieß sein Gesichtsausdruck nichts Gutes.

15. Kapitel

»Noch ein Geschäft?«, rief Schorsch abfällig, und seine Stimme ließ darauf schließen, dass er auf dem Wasen oder anderswo kräftig gebechert haben musste. »Ihr Göttles könnt den Hals wohl nie voll genug kriegen.«

Clara kam zu ihm an die Tür. »Ich muss dich bitten zu gehen, Schorsch. Dieses Geschäft eröffnet erst in ein paar Monaten.«

Ihre Worte ignorierend, drängte er an ihr vorbei in das Ladeninnere, wobei sie seine Fahne deutlich wahrnahm.

»Den Franzosen habt ihr ja schön um den Finger gewickelt«, rief er. »Typisch für die wankelmütigen Froschfresser – auf einmal will er nichts mehr mit mir zu tun haben, und er hält *mich* für den Buhmann.«

»Das liegt vielleicht daran, dass du der Buhmann *bist*«, entgegnete Jósephe. »Wer bezahlt eigens einen Ermittler, damit der ehemaligen Frau ihr Adoptivsohn entrissen wird?«

Mit aufblitzendem Zorn setzte Schorsch zu einer Antwort an, doch Clara kam ihm zuvor: »Was willst du hier?«

»Dass ihr Anna etwas ausrichtet«, schnauzte er. »Sie soll sich an das erinnern, was den Franzosen passiert ist: Der Sieg in einer Schlacht heißt noch lange nicht, dass man auch den ganzen Krieg gewinnt.«

»Das werden wir ihr ganz gewiss nicht ausrichten«, erwiderte Clara bestimmt. »Sie hat lange genug in Angst vor dir gelebt.«

»Daran tut sie auch gut«, platzte es nun erneut viel zu laut aus Brökel hervor.

»Schrei hier nicht so rum!«, konterte daraufhin Jósephe. »Männer sind wirklich wie Sparbüchsen: Den größten Lärm machen die, in denen am wenigsten drinsteckt.«

Ein fast irrer Hass funkelte in Brökels Augen, und er ging einen zornigen Schritt auf die zierliche Süßwarenverkäuferin zu. Sie wich erschrocken zurück, da wurde Brökel von Weidenmann am Arm gepackt.

»Komm, Kumpel, die beiden Damen wollen alleine feiern, siehst du doch«, sagte der Kaufmann und zerrte den stolpernden Betrunkenen mit sich.

»Ich bin nicht Ihr Kumpel!«, bellte Schorsch, der vergeblich versuchte, sich dem Griff des jungen Kaufmanns zu entwinden.

»Meine Damen, ich empfehle mich«, sagte Ludwig mit einer galanten Verneigung, ehe er Brökel mit sich aus der Tür zerrte. »Über eine Einladung zur Eröffnung freue ich mich. Herr Sigmund hat meine Anschrift.«

Erleichtert schloss Clara die Ladentür ab.

Durch das Schaufenster sahen sie Brökel fluchend davontorkeln, Ludwig Weidenmann folgte ihm etwas langsamer und winkte noch einmal.

Jósephe sah ihm mit einem geistesabwesenden Lächeln nach. Dann wandte sie sich mit flehendem Blick an Clara. »Den laden wir wirklich ein, oder?«

Clara lachte. »Du guckst wie vor zehn Jahren – als du Vati angefleht hast, das kleine Kätzchen behalten zu dürfen.«

Dann wurde sie wieder ernster. Schorsch hatte sich seinerseits noch mal umgedreht, und Clara ahnte, dass sie auch ihn nicht das letzte Mal gesehen hatten.

Am 4. Dezember 1910 fand auf dem Stuttgarter Schlossplatz der angekündigte Veteranenappell statt. An die zehntausend württembergische Teilnehmer am Deutsch-Französischen Krieg von 1870/71 sollten an diesem Adventssonntag an ihrem König Wilhelm vorbeimarschieren.

Clara und ihre jüngste Schwester hatten sich in die Menge der Schaulustigen begeben. Auch deren Mutter Louise und der dreizehnjährige Victor waren für den Anlass mit dem Onkel aus Tomerdingen angereist. Annas Adoptivsohn hatte sich hier einmal mehr mit seinem leiblichen Vater René Bourgeois verabredet, der für einen neuen Auftrag in Stuttgart geblieben war, damit sie einander öfter sehen konnten.

Dr. Franz Wilhelm Merkle stand indes inmitten der schier endlos wirkenden Reihe der Veteranen in ihren dunklen Wintermänteln, auf deren Revers unter anderem das frisch verliehene Eiserne Kreuz prangte. In ihren feierlichen, bisweilen auch gramerfüllten Gesichtern ließen sich die unterschiedlichsten Kriegserlebnisse ablesen. Wie viel Leid symbolisierten ihre Orden, dachte Clara, und wie viele ihrer damaligen Kameraden konnten heute nicht hier stehen, weil sie gefallen waren?

Die Reihe der württembergischen Kriegsveteranen reichte vom Alten Schloss, einer aus dem zwölften Jahrhundert stammenden ehemaligen Wasserburg, bis zum Neuen Schloss, einem Barockbau mit prächtiger Fassade, der auch »Klein Versailles« genannt wurde. Sie marschierten salutierend am zweiundsechzigjährigen König vorbei. Der Monarch, selbst im Rang eines Generals der Kavallerie, stand in hellem Mantel und mit Pickelhaube auf einem Podest vor dem prunkvollen Neuen Schloss zwischen dem Denkmal des Stauferlöwen und dem des Württemberg-Hirsches.

Als Dr. Franz Merkle nach dem Veteranenappell zu dessen Familie kam, fiel ihm seine jüngere Schwester Louise ergriffen um den Hals. »Des war so feierlich, Fränzle.«

»Ich glaube, der König hat auch gehofft, dass dieses Eiserne Kreuz der letzte Kriegsorden ist, der verliehen werden muss«, mutmaßte der solchermaßen Geehrte.

»Es darf auch keinen neuen Krieg mehr geben«, meinte Victor ernst. »Nachher zwingen die mich noch, meinem eigenen Vater mit der Waffe gegenüberzutreten.«

René legte gerührt den Arm um seinen Sohn. »Dazu lassen wir es nie kommen, mein Junge.«

Clara freute sich, dass der Franzose sich in ihrer Familie so wohlfühlte. Selbst Anna sah in ihm längst keine Bedrohung mehr, sondern eine Bereicherung.

»Wollen wir aufbrechen?«, fragte er nun unternehmungslustig.

Für heute nach dem Veteranenappell hatte Bourgeois angekündigt, seinen Sohn, Louise Göttle und deren Töchter sowie Ziehvater Franz in die neueste Attraktion der Residenzstadt einzuladen.

Am 26. November hatte in der Neckarstraße Stuttgarts erste Rollschuhbahn eröffnet – mit verblüffenden tausendfünfhundert Quadratmetern Lauffläche. René war beim Bau der Sport- und Vergnügungsstätte mit Weinrestaurant, Café und Musiktribüne beteiligt gewesen.

Wenig später machten es sich Louise und ihr älterer Bruder bei Kaffee und einem Stück Träubleskuchen auf der Empore gemütlich. Das Eiserne Kreuz hatte Franz in der Manteltasche verstaut, es passte seiner Meinung nach nicht in ein so fröhliches Etablissement.

Sofie Veith war mit ihrem Liebsten Hermann Mannheimer gekommen und stellte Louise und Franz ihr Opernglas zur Verfügung, damit sie das Geschehen auf der Bahn genauer beobachten konnten.

Das Paar selbst lieh sich wie Clara, Jósephe und Victor Rollschuhe und fuhr fröhliche Runden zu beschwingter Musik.

Clara fühlte sich ein wenig wie in ihrer Kindheit beim Schlittschuhlaufen auf dem Weiher bei Tomerdingen. Zufrieden beobachtete sie, wie glücklich Sofie und ihr Hermann aussahen, während sie untergehakt ihre Runden drehten. Wie gut, dass beide gleich nach ihrem gemeinsamen Abendessen zueinandergefunden hatten. Heiraten wollte Hermann in absehbarer Zeit zwar noch nicht, dafür fand er seine wirtschaftliche Lage zu unsicher, aber er war genauso vernarrt in Sofie wie sie in ihn.

Victor hatte sich indes voller Stolz von seinem leiblichen Vater René und der hübschen Jósephe in die Mitte nehmen lassen. Die Einundzwanzigjährige schien das strahlende Gesicht des Jungen an ihrer Seite jedoch gar nicht recht wahrzunehmen, sie sah sich ständig nervös unter den anderen Rollschuhfahrern auf der Bahn um.

Clara rollte neben die drei und fragte: »Suchst du nach jemand, Jósephe?«

Ihre Schwester senkte ein wenig verlegen den Blick. »Na ja, bis zur Eröffnung in der Bahnhofstraße dauert es ja noch ein bisschen. Und ich wollte nicht, dass Herr Weidenmann denkt, ich hätte ihn vergessen. Deshalb hab ich mir von Herrn Sigmund seine Adresse geben lassen und ihn für heute hierher eingeladen.«

»… worüber er sich sehr gefreut hat«, ertönte in diesem Augenblick Weidemanns Stimme hinter ihnen.

Clara, Jósephe, René und Victor drehten sich um – und sahen in das lächelnde Gesicht des jungen Kaufmanns, der ebenfalls Rollschuhe trug und sie beinah eingeholt hatte. »Guten Tag zusammen.«

Da ihre jüngste Schwester vor Wiedersehensfreude fast gestolpert und gestürzt wäre, schlug Clara mit einer Handbewegung vor, gemeinsam an den Rand der Bahn zu fahren.

»Wie schön, dass Sie es geschafft haben«, rief Jósephe an der Bande außer Atem. »Meine Schwester Clara kennen Sie ja bereits, das ist René Bourgeois mit Sohn Victor.«

»Freut mich sehr«, sagte Ludwig, doch es fiel auf, dass er den Blick immer nur für wenige Augenblicke von Jósephe lassen konnte. Und kurz darauf rollte sie bei ihm untergehakt davon, während Victor allein mit seinem Vater weiterfuhr.

Clara blieb mit einem etwas wehmütigen Lächeln am Rand stehen. Vor zwei Tagen hatten sie ihren dreiunddreißigsten Geburtstag gefeiert. Die Hoffnung, dass ihr selbst auch einmal die Liebe begegnen würde, hatte sie schon vor drei Jahren aufgegeben.

»He, Clara!«, rief Sofie und riss sie aus ihren Gedanken. Sie wandte sich um und sah die Freundin mit ihrem Liebsten Hermann auf sich zurollen. »Keine Müdigkeit vortäuschen!«

Mit diesen Worten nahmen Sofie und der Schrotthändler die Schokoladenverkäuferin in ihre Mitte und rollten mit ihr zurück ins Getümmel.

Am Montag, dem 17. Juli 1911, war Sofie Veith in ihrer Mittagspause im noch neuen Geschäft in der Bahnhofstraße zu Besuch, um ein wenig mit Clara Göttle zu plaudern. Jósephe war leicht erkältet, deshalb bediente sie heute in der ersten

Filiale in der Marktstraße, wo montags etwas weniger Kundenaufkommen herrschte. Sofie wollte gerade von den Einzelheiten ihrer Verlobung mit ihrem Hermann berichten, als ein Mann in Claras Alter mit Nickelbrille den Laden betrat.

»Guten Tag, mein Name ist Heinkel«, stellte er sich vor und sagte dann ein wenig verlegen: »Ich habe ein etwas ungewöhnliches Anliegen.«

Clara stellte fest, dass sie das Funkeln seiner Augen hinter der Brille mochte. »Ja?«

»Ich wollte fragen, ob Sie bis Mittwoch eine größere Anzahl von Flugzeugen aus Schokolade herstellen könnten. Da veranstalte ich einen Probeflug mit Publikum.«

Ein Pilot? Clara wollte gerade nach Einzelheiten des Auftrags fragen, als ihre beste Freundin ins Gespräch platzte: »Wir kennen uns! Sie sind Heinrich Heinkel, der Ingenieur aus Grunbach. Ich bin Sofie Veith. Erinnern Sie sich?«

»Ja, also, wir sind uns schon begegnet«, meinte Heinkel zögerlich und errötete. Clara vermutete, dass er Zeit gewinnen wollte, da er die junge Dame nicht einzuordnen wusste.

»Genau, das war vor zwei Jahren in Frankfurt«, erinnerte ihn Sofie. »Auf der ersten Internationalen Flugschau in Deutschland. Ich war mit meiner Mutter und meiner Schwester dort.«

»Aber natürlich. Sie sagten damals, dass Sie davon träumen, eines Tages selbst zu fliegen«, erinnerte sich Heinkel und schien erleichtert darüber, dass ihm das wieder eingefallen war.

»Wie sollen die Schokoladen-Flugzeuge denn aussehen?«, lenkte die Ladenbesitzerin etwas eifersüchtig die Aufmerksamkeit wieder auf sich.

Der Ingenieur deutete auf die Marzipanfigürchen in der Auslage. »Etwa so groß sollen sie sein.« Dann kramte er einen Zettel aus seiner Tasche. Darauf befanden sich mehrere Bleistiftzeichnungen. »So sieht mein Flugapparat aus, der am

Mittwoch getestet wird. Ich habe ihn von vier Seiten gezeichnet, damit Sie es leichter haben. Bei der Konstruktion habe ich mich an den Doppeldeckern von Henri Farman orientiert.«

Sofie nickte wissend, Clara hatte jedoch keine Ahnung, wer das war.

Heinkel sah sie fragend an. »Meinen Sie, Sie bekommen das in nur zwei Tagen hin?«

»Wie viele Figuren bräuchten Sie denn?«, fragte Clara, die ihren Feierabend mit Jósephe und deren Verlobtem Ludwig schon dahinschwinden sah.

»Hm, ich denke, es werden ein paar Mitglieder meiner Stuttgarter Burschenschaft kommen, der Ghibellinia«, dachte Ernst Heinkel laut nach. »Dann die Geldgeber … Sagen wir: vierzig?«

Auweia, dachte Clara. Die Vernunft hätte geboten, diesen aufwendigen Auftrag abzusagen. Aber sie wollte Heinkel nicht enttäuschen, außerdem gefiel ihr die Vorstellung viel zu gut, ihn wiederzusehen.

»Das dürften wir hinbekommen«, behauptete sie also kühn und hoffte inständig, dass Jósephe ihr trotz der Erkältung helfen würde.

»Hach, ich liebe es ja, bei so etwas zuzuschauen«, schwärmte Sofie, die offenbar auf eine Einladung zu der Veranstaltung spekulierte. Clara konnte sich nicht erklären, weshalb, aber zum ersten Mal störte sie die offene Art der Freundin, die nun voller Begeisterung fortfuhr: »Da oben muss die Freiheit wohl grenzenlos sein.«

»Wenn man für ausreichend Sicherheit sorgt. Das Ganze sollte technisch ausgeklügelt genug sein«, schränkte Heinkel ein. »Die Idee, mich genauer mit Flugapparaten zu beschäftigen, kam mir ausgerechnet nach einem Unglück.«

Clara, die sich mit dem Thema Fliegen noch nicht so durchdringend beschäftigt hatte, hakte nach: »Welches Unglück meinen Sie?«

»Haben Sie vom Absturz des Zeppelins LZ 4 gehört – am 5. August vor drei Jahren in Echterdingen bei Stuttgart?«

Das hatte sie in der Tat. »Ja, meine Schwester und ich waren damals zwar noch in Ulm, aber das stand in der Zeitung. Es muss schlimm gewesen sein«.

Clara erinnerte sich noch an den Inhalt des Artikels: Damals hatte das Luftschiff LZ 4 wegen eines Motorschadens südlich von Stuttgart bei Echterdingen notlanden müssen. Vor den Augen Zehntausender Schaulustiger hatte eine Gewitterbö das Luftschiff aus seiner Verankerung gerissen, sodass es abgetrieben und beim Aufprall auf dem Boden in Flammen aufgegangen war. Es hatte zwar glücklicherweise keine Todesopfer gegeben, aber die Havarie war dennoch als »nationale Katastrophe« bezeichnet worden und hatte die Schlagzeilen beherrscht.

»Ich war damals Augenzeuge«, berichtete Ernst Heinkel. »Nach dem Vorfall wollte ich helfen, so etwas künftig zu verhindern – und habe mich deshalb dem Flugmaschinenbau gewidmet. Zum Glück gibt es an der Technischen Hochschule in Stuttgart drüben auch Vorlesungen zum Flugzeugbau.«

»Stimmt ja, dort haben Sie 1907 ein Maschinenbaustudium angetreten. Das hatten Sie uns damals in Frankfurt erzählt«, referierte Sofie Beifall heischend. »Zur Vorbereitung hatten Sie Praktika absolviert … bei einer Gießerei in Stuttgart Berg und einer Maschinenfabrik …«

»… in Bissingen, genau. Sie haben ein gutes Gedächtnis«, sprach Heinkel das erhoffte Lob aus. »Das Studium habe ich dann aber immer mehr vernachlässigt und stattdessen an Entwürfen gearbeitet – für meinen ersten eigenen Flugapparat. Und der ist jetzt fertig.«

Clara hatte wie immer die finanzielle Seite im Blick. »Ich stelle mir so etwas schrecklich kostspielig vor. Wie haben Sie denn das Geld für so ein Unterfangen aufgetrieben?«

»Anfangs mit Bittbriefen an Firmen, Institutionen und Privatpersonen«, erklärte Heinkel, »zeitweise hat auch meine Familie mit Geld ausgeholfen, mein Vater kann sich als renommierter Flaschner vor Aufträgen kaum retten. Den Motor hat Fritz Münz besorgt, das ist der Besitzer unserer Konstruktionshalle.«

»Und wann geht der Probeflug am Mittwoch los?«, erkundigte sich Clara.

»Wir treffen uns um zehn Uhr morgens auf dem Wasen drüben an der Artillerieschanze, da steht unser Hangar.«

»Dann komme ich etwas früher und bringe die süßen Flugzeuge vorbei«, schlug Clara vor.

Der Ingenieur sah sie durch seine Brillengläser an und lächelte verbindlich. »Das wäre kolossal. Möchten Sie dann vielleicht bleiben und zuschauen?«

Clara nickte eifrig. »Oh, das wäre bestimmt aufregend.«

»Aber nur, wenn Fräulein Göttle ihre beste Freundin mitbringen darf«, mischte sich nun die flugbegeisterte Sofie wieder ins Gespräch.

Heinkel schmunzelte. »Selbstverständlich darf sie das.«

16. Kapitel

Am Mittwoch, dem 19. Juli 1911, trafen die Göttle-Schwestern in Begleitung von Sofie Veith todmüde, aber pünktlich um Viertel vor zehn Uhr morgens an der Artillerieschanze auf dem Cannstatter Wasen ein. Dort stand Heinkels selbst gebautes Doppeldeckerflugzeug bereits vor der Halle. Jede der beiden Schwestern hatte einen Karton mit jeweils zwanzig der süßen Nachbildungen des Flugapparates dabei. Die letzten zwei Nächte hatten Clara und Jósephe, deren Erkältung zum Glück nachgelassen hatte, wenig geschlafen, um die Leckereien für die Gäste des Probefluges fertigzustellen.

Etwa ein Dutzend junge Männer waren ebenfalls schon zugegen, wahrscheinlich handelte es sich um die angekündigten Verbindungsstudenten, mutmaßte Clara. Einige von ihnen pfiffen und machten anzügliche Bemerkungen über die drei Frauen.

»Haltet mal die Klappe, Jungs!«, rügte der aus dem Hangar kommende Heinkel. »Guten Morgen, meine Damen.«

Clara zeigte ihm eines der Flugzeuge. Es war aus Schokolade, Marzipan, Hippe und Zuckerstangen gefertigt.

»Wunderschön«, freute sich der Konstrukteur. »Meine Zuschauer werden begeistert sein.«

»Dieses hier geht aufs Haus«, erklärte Clara. »Als Glücksbringer. Die restlichen vierzig sind in den beiden Kartons.«

»Dann darf es mich beim Flug begleiten, bevor ich es koste«, schlug Ernst vor.

Wenig später sah Clara zum ersten Mal in ihrem Leben, wie ein Flugzeug vom Boden abhob. Ihr Herz schlug schneller bei dem unglaublichen Anblick.

»Heinkel fliegt«, rief sie begeistert. »Er fliegt wirklich.«

»Komm, schau durch mein Fernglas!«, bot ihr Sofie an. »Ich habe so etwas ja schon öfter gesehen.«

»Danke.« Durch das Okular konnte Clara sogar Ernst Heinkel mit seiner Schutzbrille erkennen.

»Er fliegt Richtung Untertürkheim«, meinte ihre Freundin.

Clara wurde mulmig zumute, denn durch das Fernglas konnte sie sehen, wie das Flugzeug merkwürdig wackelte. »Da stimmt was nicht.« Und dann schrie sie entsetzt auf. Ernst Heinkel stürzte mit seinem Flugapparat wie ein Stein vom Himmel. »O Gott, er war doch bestimmt noch zwanzig Meter über dem Boden.«

»Das war noch höher«, murmelte einer von Ernsts Freunden mit Grabesstimme.

Am Donnerstagmorgen konnte sich Clara kaum auf die Kundenwünsche in der Filiale am Cannstatter Bahnhof konzentrieren. Aus Sorge um Ernst Heinkel hatte sie nachts kein Auge zugetan und war völlig erschöpft. Da gefiel ihr einmal ein Mann, und dann stürzte er buchstäblich vom Himmel! Zu allem Übel war es unerträglich heiß, und sie musste sämtliche Ventilatoren aus dem Hinterzimmer holen, damit die Schokolade nicht schmolz.

In der Mittagspause klopfte Sofie Veith aufgeregt an die

Scheibe. Als Clara ihr geöffnet hatte, verkündete ihre Freundin: »Ich habe endlich Neuigkeiten über Heinkel.«

Bitte, Gott, es müssen gute Nachrichten sein, dachte Clara.

»Mein Hermann verkauft öfter Eisen an den Besitzer einer Werkstatt für Feinmechanik und Maschinenbau. Dieser Kunde, Fritz Münz heißt er, hat Ernst Heinkel mit Material und einem Arbeitssaal in der Werkstatt unterstützt«, fuhr Sofie etwas umständlich fort. »Münz hat Hermann erzählt, dass Heinkel in Untertürkheim aus dreißig Meter Höhe abgestürzt ist. Er hat schwere Verletzungen und Verbrennungen, wird aber durchkommen.«

Clara atmete erleichtert auf, und ihre Laune besserte sich augenblicklich. Sie küsste ihre beste Freundin auf die Wange. »Danke, dass du hergekommen bist, um mir das mitzuteilen.«

»Ehrensache – wo dir der Ernst doch so am Herzen liegt«, antwortete Sofie mit einem wissenden Lächeln.

Als sie sich wieder auf den Weg in die Korsettfabrik gemacht hatte, betrat ein junger Kunde das Geschäft. Er war Mitte zwanzig, trug einen modischen Oberlippenbart und einen adretten Anzug. Eine widerspenstige Strähne des braunen Haars hing ihm ins Gesicht. Was Clara auf Anhieb auffiel, war sein gutmütiger Blick.

Er sah sich ganz genau um in ihrem Lädle, sie hatte das Gefühl, als suche er nichts Bestimmtes, vielmehr schien er ihr Sortiment zu überprüfen.

Sie trat an ihn heran und fragte lächelnd: »Kann ich Ihnen helfen, mein Herr?«

»Guten Tag, Frau Göttle«, grüßte er sie freundlich. »Mein Name ist Alfred Ritter, ich möchte hier in Cannstatt eine Süßwarenmanufaktur eröffnen. Ab der Adventszeit wird es Leckereien in bester Qualität und großer Menge aus dem Hause Ritter geben. Vielleicht haben Sie ja Lust, meine Ware auch in Ihren beiden Geschäften zu vertreiben? Ich hätte hier eine Liste meines Angebots.«

Ein solch junger Mann, der eine eigene Fabrik aus dem Boden stampfen wollte? Hoffentlich hatte er alles gut durchdacht!

»Die Konkurrenz ist hier in der Gegend nicht gerade klein«, gab Clara zu bedenken und nahm die angebotene Liste entgegen.

»Da haben Sie natürlich recht«, räumte Ritter ein. »Gleich nebenan in Untertürkheim gibt es die alteingesessenen Süßwaren-Firmen Moser-Roth, Haller und Eszet.«

»Ja, und drüben in Stuttgart Waldbaur und Schokobuck«, fügte Clara hinzu. »Man spricht ja sogar vom ›Schokoladenstädtle‹.«

»Andererseits verkehrt hier natürlich auch viel mehr Kundschaft als in Backnang«, hielt er dagegen. »Da ist seit zwei Jahren meine kleine Konditorei, aber am 8. April habe ich in Saarbrücken die Meisterprüfung abgelegt, ich finde, jetzt ist es Zeit für neue Ufer.«

Clara studierte die Liste. Das angebotene Sortiment war bunt gemischt: Bonbons aus den verschiedensten Beeren und Früchten, Pralinen mit Füllungen aus Marzipan oder Creme, Figürchen und Wappen, Hochzeitstorten, Plätzchen, gefüllte Schokoladen- und Krokantstangen, Streuselkuchen, Weinbrandbohnen mit Kruste …

»Das ist ein beeindruckendes Sortiment«, befand Clara. »Tatsächlich wäre eine maschinelle Produktion manchmal hilfreich. Gerade hatte ich einen eiligen Auftrag über vierzig Flugzeuge aus Marzipan, Schokolade, Zuckerstangen und Hippe, das hat meine Schwester und mich viele Stunden Schlaf gekostet.«

»Bei so etwas wäre die Firma Alfred Ritter Ihnen in Zukunft gern behilflich«, bot er an.

»Wie haben Sie denn von uns erfahren?«, erkundigte sich Clara.

»Ehrlich gesagt habe ich einfach das neueste Stuttgarter Adressbuch nach Zuckerwarengeschäften durchgeschaut«, gab er zu.

»Ach so«, entgegnete Clara und lächelte über seine entwaffnende Ehrlichkeit.

Sie erinnerte sich noch, wie zufrieden sie und Jósephe im Frühjahr gewesen waren, als sie ihren Eintrag in der 1911er-Ausgabe des Verzeichnisses gesehen hatten:

Göttle
– Josephine, Schokoladegeschäft. Bahnhofstr. 20. p. Cannstatt. Wohnung Pfeifferstr. 8. 1. Cannstatt.
– Klara, Schokolade= u. Zuckerwarenhandlung. Marktstr. 61. p. Cannstatt. Wohnung Pfeifferstraße 8. 1. Cannstatt.

»Ich bin froh, dass diesmal der Zusatz Fräulein gefehlt hat, im Gegensatz zum ersten Eintrag vor drei Jahren. Nachdem der erschienen war, kamen einige Heiratswillige in den frisch eröffneten Laden – und die waren sicher enttäuscht bei meinem Anblick«, scherzte Clara.

»Ich glaube nicht, dass irgendein Heiratswilliger bei Ihrem Anblick enttäuscht wäre, Fräulein Göttle«, erwiderte Alfred Ritter mit einem charmanten Lächeln. »Ich hätte Sie mir ehrlich gesagt älter vorgestellt, also auch Ihr Geschäft. Wenn Sie erst vor drei Jahren begonnen haben, wie haben Sie es dann geschafft, so rasch ein zweites Lädle zu eröffnen?«

»Ich denke durch Reklame und Mundpropaganda. Meine beste Freundin Sofie Veith kam auf die Idee, neben Annoncen in der Zeitung Probiererle unter den wohlhabenden Damen zu verteilen, die hier in Cannstatt auf Kur sind. Und bei wichtigen Ereignissen.«

»Mit Reklame kenne ich mich nicht so gut aus«, gestand Ritter. »Was würden Sie als Expertin mir denn raten, um meine Manufaktur nach der Eröffnung bekannt zu machen?«

Sie überlegte. »Na ja, Probiererle wären auch in Ihrem Fall hilfreich. Ich würde als Abnehmerin eher etwas in mein Sortiment aufnehmen, was ich selbst zuvor geschmacklich überprüfen konnte. Und auf Ihrer Liste sollten Sie auch ansprechende Bilder zeigen. Wir arbeiten mit dem Photographen Kleiber in der Königstraße drüben zusammen. Er kann auch sehr gut zeichnen. Ach ja, und dass Sie Meister sind, das würde ich auch auf Ihrer Warenliste vermerken, der Titel schafft Vertrauen in Ihre Firma.«

Er strahlte sie an. »Tausend Dank für diese wertvollen Ratschläge. Ich werde meine Liste überarbeiten. Wenn ich darf, komme ich dann noch mal bei Ihnen vorbei – und bringe dann Probiererle mit.«

»Ich freue mich darauf«, sagte Clara ehrlich. Als Expertin hatte sie bisher noch niemand bezeichnet.

Im Gehen fiel sein Blick auf die Ventilatoren. »Das Wetter ist für unsereins natürlich eine Katastrophe.«

»Ja, es ist anstrengend. Außerdem haben die Kunden bei der Hitze erfahrungsgemäß weniger Lust auf Schokolade.«

»Haben Sie mal überlegt, Gefrorenes anzubieten? Eiscreme für Kinder – und größere Kinder?«, erkundigte sich Alfred Ritter.

»Bisher habe ich die Anschaffung einer Eismaschine gescheut. Ich wüsste auch nicht damit umzugehen.«

»Vielleicht zeige ich es Ihnen eines Tages«, meinte er und öffnete die Ladentür, woraufhin sofort die Backofenhitze zu spüren war, die draußen herrschte. »Auf bald, liebes Fräulein Göttle.«

Am Montag, dem 28. August 1911, betrat kurz vor Ladenschluss ein Mann mit mehreren Verbänden und auf Krücken das Geschäft.

»Herr Heinkel!«, erkannte Clara erleichtert und eilte zu ihm, um ihn herzlich zu begrüßen. »Sie sind aus dem Spital entlassen! Wie schön!«

»Ja, seit zwei Tagen, und ich wollte gleich heute die Gelegenheit nutzen, Ihnen zu danken.«

»Mir? Aber wofür denn?«, fragte Clara verwundert.

Er zückte das etwas ramponierte kleine Flugzeug, das sie ihm vor seinem Testflug als Glücksbringer geschenkt hatte. »Hierfür, vielleicht hat mir diese Leckerei das Leben gerettet. Ärzte und Flugexperten sagen zumindest, es sei ein kleines Wunder, dass ich den Absturz überlebt habe. Ich möchte es Ihnen deshalb zurückgeben, damit es in Zukunft *Sie* beschützt!«

»Aber wieso? Sie brauchen das Glück doch viel dringender als ich …«

»Ich will weiterhin Flugzeuge bauen. Aber ich habe beschlossen, dass ich selbst nie wieder fliegen werde.«

»Oh, Gott sei Dank«, platzte Clara erleichtert heraus.

»Dieser Absturz hat mir die Augen geöffnet. Als ich dachte, gleich schlägst du am Boden auf, und dann ist vielleicht alles vorbei, habe ich mir selbst ein Versprechen gegeben. Das wird dein letzter eigener Probeflug sein! Mir hat ja das Entwerfen immer am meisten Spaß gemacht, und damit darf ich bald meinen Lebensunterhalt bestreiten. Am 1. Oktober trete ich eine Stelle als Konstrukteur bei der LVG an.«

Clara sah ihn hilflos an, woraufhin er erklärte: »Das ist die Luft-Verkehrs-Gesellschaft. Sie arbeiten da an zwei Flugzeugtypen, die auf Farman-Doppeldeckern beruhen.«

»Das freut mich für Sie«, sagte Clara, während erneut das Glöckchen am Eingang klingelte.

Heinkel machte trotz seiner Krücken einen Schritt zur Tür, um sie einer hübschen jungen Frau mit Kinderwagen aufzuhalten. Sie lächelte erst ihm, dann der Ladenbesitzerin zu. »Guten Tag.«

»Ich möchte Ihnen eine Person vorstellen, die Ihnen ebenfalls sehr dankbar ist«, erklärte Ernst Heinkel. »Das ist meine Paula. Sie war noch eben Milch für den Kleinen kaufen. Paula, das ist Fräulein Göttle, von der ich dir erzählt habe.«

»Ich muss Ihnen für den Glücksbringer danken«, sagte die junge Dame mit gewinnendem Lächeln. »Vielleicht hat er meinen Ernst wirklich gerettet. In jedem Fall will er sein Glück jetzt nicht mehr aufs Spiel setzen.«

Clara schluckte. Dass es eine Frau an seiner Seite gab, hatte der Flugzeugkonstrukteur nie erwähnt. Aber natürlich war er dazu ja auch keineswegs verpflichtet gewesen – wahrscheinlich hatte er gar nichts von ihrer kleinen Schwärmerei geahnt. Zum Glück fing sie sich rasch wieder und deutete mit einem tapferen Lächeln in Richtung Kinderwagen: »Und wie heißt das süße Würmchen?«

»Karli«, erklärte Heinkel mit merklichem Vaterstolz. »Ist jetzt dreizehn Monate alt.«

»Wie niedlich«, lobte sie pflichtbewusst, und tatsächlich handelte es sich um einen recht ansehnlichen kleinen Jungen.

In diesem Augenblick klingelte es erneut über der Ladentür. Ein junger Mann kam mit einem Koffer herein.

»Herr Ritter«, erkannte sie ihn erfreut.

»Grüß Gott, Fräulein Göttle«, sagte der junge Konditor

fröhlich, stellte seinen Koffer ab und brachte dann noch eine kleine Maschine in den Laden.

Clara war ihm unendlich dankbar für die Gelegenheit, dem ihr unangenehmen Gespräch mit Heinkel und dessen Paula zu entkommen. Das Lächeln war auf Dauer einfach schwer aufrechtzuerhalten, wenn der eigene Schwarm unerwarteterweise Frau und Kind dabeihatte.

»Sie entschuldigen mich«, bat sie den Konstrukteur. »Es steht eine Geschäftsbesprechung an. Ich danke Ihnen für den Glücksbringer, Herr Heinkel, den werde ich in Ehren halten. Ich wünsche Ihnen weiterhin rasche Genesung – und alles Gute auch für Ihre Familie.«

»Bis bald einmal, Fräulein Göttle«, verabschiedete sich Ernst Heinkel und verließ mit seiner Paula und dem kleinen Karli das Geschäft.

Clara wandte sich an Herrn Ritter, der erklärte: »Ich habe Ihre Vorschläge befolgt.« Mit diesen Worten wuchtete er den Koffer auf die Verkaufstheke. Dann gab er ihr eine völlig neu gestaltete Warenliste, die nunmehr auch Zeichnungen enthielt.

»Großartig«, lobte sie. »Da bekommt man ja schon vom Hinschauen Appetit.«

»Bestens, diesmal habe ich nämlich auch Probiererle dabei«, verkündete er stolz und hob eine Schicht Butterbrotpapier an. Darunter befanden sich einige der Leckereien, die auf seinem Sortimentsverzeichnis beworben wurden.

Auf Ritters Wunsch hin begann Clara, die Back- und Zuckerwaren aus seinem Koffer zu kosten. Es war wirklich alles sehr lecker. Und – das musste sie sich eingestehen – einiges schmeckte wesentlich besser als das, was sie von ihren bisherigen Lieferanten im Sortiment hatte. »Großartig, Herr Ritter.«

»Dann werden wir uns handelseinig?«, vergewisserte er sich.

»Wenn meine Fabrik eröffnet ist, darf ich also auf Bestellungen von Ihnen hoffen?«

Clara lächelte. »Sie dürfen.«

»Das freut mich sehr, vor allem, weil wir uns dann noch öfter wiedertreffen«, sagte er lächelnd. »Ich kann Ihnen auch verraten, dass noch mehr Abnehmer angebissen haben – dank Ihrer Vorschläge mit der Liste und den Probiererle.« Er deutete auf das Gerät mit Kupferkessel und Kurbel, das neben ihm stand. »Und deshalb habe ich Ihnen dieses kleine Dankeschön mitgebracht.«

Clara staunte über seine Großzügigkeit. »Eine Eismaschine – für mich?«

»Genau, und jetzt zeige ich Ihnen, wie man Schokoladeneis macht«, schlug er vor. »Wenn Sie möchten.«

»Das wäre wunderbar, aber macht das nicht zu viele Umstände?«

»A wa, das macht Spaß. Werden Sie schon sehen.«

Während Alfred Ritter unter ständigem Rühren einer gekochten Mischung aus Milch, Milchpulver, Zucker und Maisstärke geschmolzene Schokolade hinzufügte, fragte Clara: »Wo haben Sie das alles denn gelernt?«

»Eigentlich waren bei uns in der Familie die meisten Tierärzte, mein Großvater, mein Vater – und mein Onkel Albert ebenfalls. Ursprünglich sollte ich ebenfalls Veterinär werden«, erzählte Alfred. »Ich war aber immer ein eher schwächliches Kind. ›Der Bub zieht nie ein Kalb aus der Kuh‹, hat meine Mutter immer gemeint. Deshalb haben meine Eltern beschlossen, dass ich nicht studieren sollte. Nach langem Überlegen kam ihnen eine Idee – eine Lehre in der fürstlich Hohenzollerischen Hofkonditorei Seelos in Sigmaringen.«

»Das klingt edel«, befand Clara.

»Ich wusste schnell, dass ich meinen Traumberuf gefunden

hatte«, erinnerte sich Alfred. »Wie sind Sie selbst eigentlich auf die Idee gekommen, ein eigenes Schokoladengeschäft zu eröffnen?«

»Das war schon im Dreikaiserjahr, damals war ich erst zehn Jahre alt«, erinnerte sich die Ladeninhaberin. »Da ist ein gewisser Hugo Gerstmann bei uns im Gasthaus Lamm in Tomerdingen eingekehrt. Er war ein Süßwarenfabrikant aus Leipzig, und von ihm habe ich die erste Schokolade meines Lebens probiert. Mit seinen Geschichten hat er den Wunsch in mir geweckt, so etwas Schönes eines Tages selbst zu verkaufen.«

»Dann ist er heute bestimmt sehr stolz, dass Sie sich diesen Traum erfüllt haben«, mutmaßte Alfred Ritter.

»Ich habe ihn leider nie wiedergesehen. Er war damals auch nur auf der Durchreise nach Blaubeuren, wollte dort die berühmte Karstquelle besichtigen.«

»Ach, den Blautopf«, rief der Konditor begeistert. »Den wollte ich auch schon immer mal anschauen. Meine Mutter hat mir oft von seiner besonderen blaugrünen Farbe im Sonnenlicht vorgeschwärmt. Ich bin ja in Gammertingen aufgewachsen – aber obwohl es von dort nur sechzig Kilometer bis Blaubeuren sind, habe ich es bisher nie dorthin geschafft.«

»Dann zeige ich Ihnen den Blautopf irgendwann. Wenn Sie mögen.«

»Na, und ob ich mag!«

Schließlich erzählte Clara ausführlich von Sofie Veiths Vermittlung der ersten Ladenräume. Während ihrer Ausführungen rührte Alfred Ritter Sahne in die abgekühlte Mischung. Die solchermaßen entstandene Masse gab er schließlich in die Eismaschine, um sie nach den Anweisungen des Herstellers einzufrieren. Als Clara die fertige Creme probieren durfte, war sie begeistert.

»Himmlisch«, schwärmte sie.

»Glauben Sie, die nächste Portion bekommen Sie selbst hin?«, fragte er, während sie sich gemeinsam an der Eiscreme gütlich taten.

»Ich habe jeden Arbeitsschritt mitgeschrieben«, bestätigte Clara. »Aber ich kann die Maschine doch nicht einfach behalten.«

»Das müssen Sie sogar«, erwiderte Alfred. »Ich habe eh noch eine neuere Variante in Backnang stehen. Ich würde mich spätestens bei Ihnen melden, wenn ich lieferfähig bin.«

Clara lächelte mild. »Ich freue mich sehr darauf.«

Tatsächlich tat ihr die Gesellschaft dieses stets gut gelaunten Herrn Alfred Ritter sehr gut. Wäre sie ein halbes Jahrzehnt jünger, sie hätte sich für ihn erwärmen können. In jedem Fall war ihr die Vorstellung äußerst angenehm, noch öfter mit ihm zu tun zu haben.

17. Kapitel

Cannstatt, Montag, den 13. November 1911

Meine liebe Beata,
nun haben wir uns seit der Hochzeit unseres kleinen Bruders Anton im Januar in Tomerdingen nicht mehr gesehen, und schon viel zu lange habe ich es versäumt, Dir ausführlicher zu schreiben. Aber Du kannst Dir nicht vorstellen, wie unglaublich viel Kundschaft wir inzwischen haben. Ich hatte es ja schon auf meiner Postkarte erwähnt; die Geschäfte übertreffen mittlerweile unsere kühnsten Erwartungen.

Gleich nachdem wir im September in Tomerdingen zusammen mit Dir Onkel Franz' siebzigsten Geburtstag gefeiert haben, fand hier in Cannstatt das jährliche Volksfest auf dem Wasen statt. Wir haben den Rat von Josephines Ludwig befolgt und waren erstmals mit einem eigenen Stand vertreten. Man merkt, dass er Kaufmann durch und durch ist, denn er hat recht behalten: Unsere kleine Süßwarenbude hat sich als wahre Goldgrube erwiesen. Wir wären bald hoffnungslos ausverkauft gewesen, hätte uns nicht der nette Herr Alfred Ritter mit seiner kleinen Konditorei unterstützt. Ich hoffe wirklich, er findet bald geeignete Räume für seine geplante Zuckerwarenmanufaktur, nachdem sich sein erster Standortwunsch zerschlagen hat. Dann kann er noch viel mehr und an viel mehr Kunden liefern. Er ist nämlich wirklich ein Genie, was das Erschaffen von Leckereien betrifft.

Auf dem Wasen hat sich gezeigt, dass Josephines Verlobter auch in einem anderen Punkt recht hatte: Auf dem Volksfest trinken die Leute zuweilen, als gäbe es kein Morgen mehr, und einige von ihnen werden etwas zudringlich. Mehrere Servierdamen aus den Bierzelten haben mir ihr Leid darüber geklagt. Zum Glück hatte unser Victor entschieden, für die Dauer des Volksfests die Schule in Ulm zu schwänzen und bei uns am Stand zu helfen. Er ist ziemlich in die Höhe geschossen, und obwohl er ja erst Anfang nächstes Jahr fünfzehn wird, ist er schon jetzt eine imposante Erscheinung.

Der Höhepunkt des Volksfests war ein Umzug zur Entwicklung des Fuhrwesens. Von der Rokokokutsche und einem Reisewagen aus der Zeit unseres Dichterfürsten Goethe über Nutzfahrzeuge aller Art bis hin zu den modernsten Automobilen war alles dabei. Das war wirklich sehr beeindruckend!

Liebe Beata, zum Abschluss meines Briefes möchte ich Dir etwas anvertrauen. Seit mir unsere Josephine gestanden hat, dass sie im Frühjahr ihren Ludwig heiraten und den Beruf aufgeben will, spiele ich mit dem Gedanken, die Filiale in der Marktstraße zu schließen. Ich bin jetzt an einem Punkt angelangt, wo ich mich entscheiden muss: Verkleinere ich mich wieder – oder wachse ich nach Josephines Heirat so sehr, dass ich zwei Gehilfen in Anstellung nehme? Nur so können die beiden Läden zuverlässig weiter betrieben werden, falls ich mal krank wäre.

Bete für mich und eine richtige Entscheidung, meine liebe große Schwester!

Deine Clara

Seufzend faltete sie den Brief zusammen. Die Mittagspause war nun gleich vorüber, da hieß es, sich erneut dem Kundenansturm zu stellen. Zu ihrer Überraschung wartete vor der Ladentür bereits kein Geringerer als ihr einstiger Arbeitgeber Guido Gaissmaier, der für seinen Vater die Kolonialwaren-Filialen in Stuttgart und Cannstatt leitete.

»Ja, guten Tag, Herr Gaissmaier, was führt Sie denn zu mir?«

»Ich habe heute Morgen in Ihrer anderen Filiale Ihre Schwester getroffen«, erklärte er. »Sie hat mir erzählt, dass sie bald heiraten wird. Da wollte ich nicht versäumen, Ihnen ein Angebot zu machen.«

»Ach?«

»Mir mangelt es im Augenblick an kompetenten Verkaufsdamen, auch die Leiterin von Cannstatt ist zur Konkurrenz gewechselt. Sollte Ihnen also alles über den Kopf wachsen, würde ich Sie mit Kusshand wieder einstellen. Sie waren eine unserer besten, das wissen Sie ja.«

Das Glöckchen über der Ladentür klingelte, und Alfred Ritter betrat das Geschäft, wie gewohnt lächelte er freundlich.

Clara begrüßte ihn herzlich, woraufhin Guido Gaissmaier ihr diskret einen Briefumschlag reichte. Er hatte wohl bereits damit gerechnet, ihr sein Angebot in Anwesenheit wartender Kundschaft unterbreiten zu müssen.

»Hierin finden Sie einen großzügigen Entlohnungsvorschlag«, raunte Guido ihr zu. »Denken Sie drüber nach! Bis nächsten Montag wünsche ich mir eine Antwort.«

»Danke für Ihr Vertrauen, Herr Gaissmaier, die bekommen Sie.«

Als er gegangen war, fragte der Konditor mit verschwörerisch gesenkter Stimme: »War das einer von denen?«

»Von *denen*?«, fragte die Süßwarenverkäuferin verwirrt.

»Na, von den Heiratswilligen?«, präzisierte Ritter.

Sie lachte. »Nein, das war mein ehemaliger Arbeitgeber, ein Kolonialwarenhändler aus Ulm. Ihm ist zu Ohren gekommen, dass meine Schwester heiratet und ich ab nächstem Sommer ohne sie dastehen werde. Er hat mir angeboten, Verkaufsleiterin in der Gaissmaier-Filiale Cannstatt zu werden – für den Fall, dass ich meine Geschäfte aufgeben will.«

»Das werden Sie aber nicht tun, oder?«, fragte Alfred ein wenig erschrocken. Wahrscheinlich machte er sich Sorgen um einen seiner Abnehmerbetriebe, mutmaßte Clara.

»Wenn ich weitermache, muss ich mindestens zwei neue Mitarbeiter anstellen. Ich will ehrlich sein … davor hab ich ganz schön Manschetten«, gab sie zu. »Ich traue meiner Menschenkenntnis nicht so ganz. Vor vielen Jahren habe ich einer Freundin einen Ehemann empfohlen – und der hat sich später als Ungeheuer entpuppt.«

»Wenn Sie wollen, helfe ich Ihnen gern«, bot Alfred an. »Ich lag mit meinem Gespür für … nun ja, sagen wir für Menschen, die Böses im Schilde führen, immerhin schon zweimal richtig.«

Clara wurde neugierig. »Mögen Sie mir davon erzählen?«

»In der Konditorei, in der ich meine Lehre gemacht habe, ist mal bei großem Gedränge eine ganz besonders teure Torte gestohlen worden. Mein Lehrherr hatte einen Bettler im Verdacht, der hat bei uns öfter nach altem Brot gefragt. Mir war aber ein gut gekleideter, seltsam nervöser Herr aufgefallen. Es hat sich rausgestellt, dass er von der Konkurrenz war. Der wollte unsere beliebteste Torte verkosten und hinter ihr Geheimnis kommen, ohne dafür zu bezahlen.«

»So etwas ist bei uns im Kolonialwarenladen in Ulm auch einmal passiert. Die Diebin war eine wohlhabende Dame, die man nie im Leben verdächtigt hätte. Aber sie leidet an einer seltenen Krankheit: Kleptomanie.«

»Ah, davon hat mir mein Vater einmal erzählt«, wusste Ritter. »Das ist doch diese krankhafte Sucht, zu stehlen.«

»Genau. Und wann haben Sie zum zweiten Mal einen Menschen durchschaut?«

»Mein Vater Karl ist ja wie gesagt Tierarzt in Gammertingen auf der Schwäbischen Alb«, erklärte Alfred. »Eines Tages kam ein Mann zu ihm und hat um Hilfe gebeten. Allerdings nicht für ein Tier, sondern für sich selbst. Er hatte sich schwer am Fuß verletzt – an einer Harke, hat er behauptet. Aber ich hab gespürt, dass er lügt. Später ist er als lang gesuchter Wilderer überführt worden, der Grasdaggl war in seine eigene Falle getappt. Von wegen Harke!«

»Gut, dass er gefasst wurde«, kommentierte Clara. »Solche Tierfallen lassen einem ehrenhaften Jägersmann das Herz bluten, hat mein Großvater immer gesagt. Die Tiere leiden unnötig.«

»Genauso ist es«, bestätigte Ritter.

»Also gut, wenn ich neue Mitarbeiter einstelle, ziehe ich Sie gern zurate«, erklärte Clara. Da fiel ihr auf, dass sie den jungen Konditormeister noch gar nicht gefragt hatte, warum er diesmal zu ihr in den Laden gekommen war. »Womit kann ich Ihnen denn heute dienen?«

»Ich wollte Sie fragen, ob Sie Donnerstag Abend zufällig Zeit haben«, offenbarte er. »Ich habe zwei Karten für ein Stück im Friedrichsbautheater in Stuttgart drüben geschenkt bekommen.«

»Was wird denn gezeigt?«, erkundigte sich Clara, die bisher noch nie ein Theater besucht hatte – es war einfach immer zu viel zu tun gewesen.

»*Die Schöne und das Tier*«, erklärte der Konditor. »Das stammt von einer französischen Autorin, die wohl im April vor zweihundert Jahren geboren wurde. Wegen dem Jubiläum ist das Stück gerade im Programm. Es handelt von einer Frau, die sich in ein Ungeheuer verliebt.«

»Wie meine Freundin Anna damals«, meinte Clara bitter, fügte dann aber lächelnd hinzu: »Herzlichen Dank für die Einladung. Ich begleite Sie sehr gern. Wann beginnt es denn?«

»Um acht Uhr«, antwortete er. »Es dürfte also gut reichen, wenn ich Sie hier so gegen Ladenschluss abhole.«

»Wunderbar, ich freue mich.«

Clara stellte fest, dass vor lauter Vorfreude auf dieses Treffen ihr Bauch kribbelte. Endlich passierte ihr das auch einmal. Ihr erstes Rendezvous – und das mit fünfunddreißig! Aber durfte das sein? Alfred Ritter war doch allenfalls Mitte zwanzig.

»Jetzt bin ich fast etwas böse mit dir.«

Sofie Veith hatte ihre beste Freundin Clara Göttle am späten Donnerstagnachmittag in deren Filiale in der Cannstatter Marktstraße besucht, um ihr ein Kleid für den geplanten Abend im Friedrichsbauvarieté zu leihen. »Ich habe schon so oft versucht, dich zu einem Besuch im Theater oder der Oper zu überreden, aber du hattest immer zu tun, du fleißiges Lieschen. Und dieser Herr Ritter schafft es auf Anhieb? Aber in Wirklichkeit freue ich mich viel zu sehr, dass sich so ein feiner Mann in dich verliebt hat.«

»Verliebt? Ach was!« Clara winkte ab. »Ich bin eher eine

große Schwester für ihn, mit der er sich von Zeit zu Zeit beratschlagt. Er ist doch fast sieben Jahre jünger als ich. Was soll der mit so einer alten Jungfer wie mir?«

»Und seit wann hindert ein Altersunterschied die Menschen daran, sich zu verlieben?«, warf Sofie ein und seufzte plötzlich entzückt auf. »Oh Himmel, hat der sich für dich in Schale geworfen.« Beim Blick durch die Schaufensterscheibe hatte sie Alfred Ritter erblickt, der gerade aus der Kutsche gestiegen war und nun auf das Geschäft zuhielt. Tatsächlich war er heute sehr edel gekleidet: schwarze Lackschuhe, Frack, weißes Hemd mit Stehkragen und weißer Fliege, Wintermantel und auf dem Kopf ein edler Zylinder. Pure Eleganz!

»Oje, hoffentlich bin ich jetzt nicht viel zu trampelig, um an seiner Seite im Theater aufzutauchen«, sagte Clara nervös und ging zur Tür, um ihm aufzuschließen.

»Na, hör mal, das Kleid ist von mir, da kann gar nichts schiefgehen. Von wegen Trampeltier: Du siehst zauberhaft aus«, betonte ihre beste Freundin mit Blick auf die mintgrüne Robe, die aus wunderbar leichtem Chiffon und Seide gefertigt war. Sie sorgte für eine schmale Silhouette und war mit aufwendigen Stickereien und Spitze verziert. Tatsächlich hatte sich Clara vorhin beim Blick in den Spiegel im Hinterzimmer des Ladens äußerst gut gefallen, doch beim Anblick des edel gewandeten Alfred fand sie sich trotzdem völlig unzureichend gekleidet.

Kaum hatte sie ihm die Tür aufgehalten, strahlte er sie begeistert an. »Fräulein Göttle, Sie sehen absolut zauberhaft aus.«

»Na, und Sie erst«, entgegnete sie eingeschüchtert. Dann fiel ihr Sofie wieder ein, und sie löste sich aus seinem liebevollen Blick. »Herr Ritter, das ist meine beste Freundin, Fräulein Sofie Veith.«

Er reichte ihr die Hand. »Freut mich sehr, ich habe nur Gutes über Sie gehört.«

Sofie erwiderte sein Lächeln und drückte seine Rechte. »Gleichfalls. Dann bleibt mir wohl nur noch, euch beiden einen wunderbaren Abend zu wünschen.«

Draußen vor dem Geschäft wehte ein ungewöhnlicher Wind. Schon den ganzen Tag über waren seltsame schwefelgelbe Wolkengebilde am Himmel zu sehen gewesen, die auch jetzt nach Einbruch der Dunkelheit noch im fahlen Mondlicht zu erkennen waren.

Nach der Verabschiedung von der Freundin und dem Verschließen des Ladens hielt der Konditor Clara die Tür zur Kabine der Kutsche auf.

»Mein Nachbar hat mir den Anzug und den Zylinder geliehen«, gab Alfred zu, nachdem der Kutscher losgefahren war. »Ich gehe abends eigentlich so gut wie nie aus, gesellschaftliche Ereignisse liegen mir nicht besonders. Ich bin auch kein leidenschaftlicher Tänzer, hab eher zwei linke Füße. Da erfinde ich lieber neue Leckereien in meiner Backstube.«

»Das geht mir ganz ähnlich«, bestätigte Clara. »Aber ich bin schon gespannt auf das Theaterstück. Sofie meinte, das Ende sei ganz und gar rührend. Das kann ich mir bei einem Ungeheuer gar nicht vorstellen.«

Alfred grinste. »Ihre Freundin scheint sehr selbstbewusst zu sein.«

Clara musste kichern. »Sie hatte jedenfalls noch nie Hemmungen, ihre Meinung kundzutun.«

»Ich habe den Eindruck, dass man sich mit ihr besser nicht anlegen sollte.«

»Keine Angst, Sie sind nicht gefährdet, Herr Ritter. Ich habe Sofie genug Gutes von Ihnen erzählt. Nur eine Sache hat sie gestört.«

Fast ein wenig erschrocken sah er sie an. »Was denn?«

»Dass Sie gern auf die Jagd gehen. Sie ist ja größtenteils in der Stadt aufgewachsen und vermutet, das sei ungerecht den Tieren gegenüber.«

»Aber die Jäger übernehmen doch Verantwortung für die Hege und Pflege der Natur und der Wildtiere«, protestierte er.

»Das habe ich Sofie auch gesagt. Ohne die Jagd würden die Wildbestände überhandnehmen, dann könnte man den Verbiss-Schäden in Wald und Flur überhaupt nicht mehr Herr werden. Hat mir mein Vater schon erklärt, als ich noch ein Kind war«, erinnerte sich Clara.

»Genau«, bekräftigte Alfred Ritter. »Früher haben Wolf und Luchs dafür gesorgt, dass es nicht zu viel Wild gibt, nach ihrem Verschwinden springen jetzt wir Menschen ein. Außerdem schießt kein Jäger aus purer Freude am Töten. Es geht vielmehr darum, den Wald und die Tiere für den Menschen nutzbar zu machen. Wenn einzelne Tiere getötet werden, ist die gesamte Art noch lange nicht bedroht.«

»Und im Gegensatz zu Wilderern können Jäger die Tiere so erlegen, dass sie nicht unnötig leiden müssen«, ergänzte Clara. »Sie sind ja entsprechend ausgebildet.«

»Genauso ist es«, bestätigte der Konditor lächelnd. »Die Jäger wollen keine Tiere quälen. Danke, dass Sie mich bei Ihrer Freundin verteidigt haben.«

»Auf Sie lasse ich nichts kommen«, versicherte Clara.

Das Friedrichsbau Varieté in Stuttgart war vor knapp zwei Jahrzehnten als Jugendstil-Gebäude in der Nähe des Schlossplatzes errichtet worden und beherbergte im ersten Stock einen achthundert Personen fassenden Theatersaal mit samtbezogenen Sitzen.

Wie von Sofie angekündigt, war Clara am Ende des Stückes

zu Tränen gerührt. Sie hatte das »Tier« im Verlauf des Abends derart ins Herz geschlossen, dass sie still dafür gebetet hatte, die »Schöne« möge rechtzeitig kommen, um das Ungeheuer zu retten. Dass das Tier überlebte, hatte die Schokoladenverkäuferin zutiefst erleichtert. Die Verwandlung in einen schönen Prinzen am Ende wäre Claras Meinung nach gar nicht nötig gewesen.

Ob ihres verweinten Gesichts etwas verlegen, sah sie ihren Begleiter an. Erleichtert stellte sie fest, dass seine gewohnt gutmütigen Augen ebenfalls feucht schimmerten.

»Das war sehr schön«, sagte sie auf dem Weg über die Treppe ins Erdgeschoss.

»Wirklich rührend«, stimmte er zu.

Beim Blick auf ihre Uhr erschrak sie ein wenig. Es war bereits kurz vor halb elf, mit Pause hatte das Stück länger gedauert als erwartet.

Plötzlich fuhr durch das gesamte Gebäude ein Stoß von solch ungeheurer Heftigkeit, dass Clara Halt suchend nach Alfreds Arm griff. Der Boden vibrierte, begleitet von einem brausenden Geräusch und unterirdischen Grollen, irgendwo klirrte etwas. Panik machte sich breit. Die Theatergäste rannten schreiend in Richtung Ausgang, Alfred wäre fast umgestoßen worden, hätte Clara ihn nicht spontan abgestützt.

Jemand rief in Todesangst: »Ein Erdbeben!«

Instinktiv griff Alfred nach Claras Hand und legte schützend den Arm um sie.

18. Kapitel

»Hoch soll sie leben, hoch soll sie leben, dreimal hoch!«

Clara starrte überwältigt auf die fünf Personen, die ihr Schokoladengeschäft in der Marktstraße am 2. Dezember noch kurz vor Ladenschluss betreten hatten, um ihr ein Ständchen zu singen: Ihre Mutter Louise mitsamt Onkel Franz, Victor, dessen Vater René und Sofie Veith.

»Ja, wo kommt ihr denn her?«, rief sie überwältigt.

»Ich habe alle angeschrieben«, gab Sofie zu. »Es geht doch nicht, dass du deinen vierunddreißigsten Geburtstag so gar nicht feiern willst.« Dann deutete sie zufrieden lächelnd auf die Schaufensterscheibe. »Und da kommt auch schon der Tortenlieferant.«

Von außen näherte sich Alfred Ritter durch das Schneegestöber, in den Händen trug er einen Pappkarton. Clara wurde etwas nervös, weil er nun auch schon kam. Eigentlich war sie mit dem Konditormeister erst in einer Stunde verabredet. Dann wollte sich ihr erstes Lehrmädchen vorstellen, und er hatte zugesagt, dabei zu sein.

Mit all den unerwarteten Gästen würde es vielleicht etwas angespannt werden?

Doch wie so oft waren bei Alfreds Anblick alle Grübeleien wie weggefegt. »Von Herzen alles erdenklich Gute zum

Geburtstag, liebes Fräulein Göttle«, sagte er beim Eintreten, stellte den Karton auf den Tresen und hob den Deckel an.

Ein beeindruckender dreistöckiger Kuchen war nun zu sehen. »Vanillebuttercreme und Träuble«, verkündete er. Jeden Stock hatte der Konditor mit einer dünnen Schicht aus Zuckerguss bedeckt, die mit essbaren Blumen und Schmetterlingen verziert war. Um den unteren Teil der Torte war eine Schleife aus rosa Satinband gewickelt. Auf der Oberseite des Kuchens befanden sich vierunddreißig schmale rote Kerzen, die in einem Kreis angeordnet waren. Die Gäste applaudierten und gaben anerkennende Kommentare von sich, während Alfred nun die Lichter anzündete.

»Das wäre doch nicht nötig gewesen«, sagte Clara gerührt.

»Jetzt dürfen Sie die Kerzen auspusten und sich etwas wünschen, wenn Sie mögen«, schlug der Konditor vor, nachdem er die Anwesenden begrüßt hatte.

Es gelang ihr tatsächlich, alle vierunddreißig Lichter auszublasen. Ihr stummer Wunsch war, dass die lieben Menschen in ihrem Leben gesund und munter blieben. Und wie sehr freute sie sich, sie alle zu sehen! Zwar war sie am frühen Morgen von ihrer jüngeren Schwester und Mitbewohnerin mit einem opulenten Geburtstagsfrühstück überrascht worden, doch heute nach Ladenschluss war Jósephe erstmals bei ihren künftigen Schwiegereltern in Altdingen eingeladen. Clara hatte sich also bereits darauf eingestellt, Alfred Ritter ihren Geburtstag zu verschweigen und den Abend nach dem gemeinsamen Vorstellungsgespräch allein zu verbringen. Aber Sofies Variante gefiel ihr deutlich besser!

Erneut wurde geklatscht, und Alfred reichte Clara ein Messer, damit sie die Torte anschneiden konnte. Er schien sich mit Sofie abgesprochen zu haben, denn die zauberte nun Porzellanteller und Gäbelchen aus ihrer Tasche.

Es gab viel Lob für Herrn Ritter, auch Clara sagte aus vollem Herzen: »Köstlich!«

»Mach dir keine Sorgen wegen des Gesprächs nachher«, beruhigte Sofie sie. »Alfred hat mir schon erzählt, dass sich heute ein Mädle vorstellt. Wir schwätzen dann ganz leise, damit ihr im Büro hinten eure Ruhe habt.«

Alfred! Ihre Freundin schaffte es wirklich bei jedem, ihn binnen kürzester Zeit zu duzen.

»Hat man das Erdbeben vor zwei Wochen auch bei euch gespürt?«, erkundigte sich Victor, während er sich vom Konditor ein zweites Stück Torte geben ließ.

»Oh ja, an dem Abend waren Herr Ritter und ich im Friedrichsbautheater«, bestätigte Clara. »Wir sind alle auf die Straße geflüchtet und da dann ganz aufgeregt beieinandergestanden. Zum Glück ist trotz der ganzen Drängelei nichts passiert.«

»Wir haben dann einfach eine Droschke zurück nach Cannstatt genommen«, erläuterte Alfred Ritter. »Aber einige waren etwas überängstlich, sie sind aus lauter Angst vor Nachbeben draußen geblieben und haben da dann sogar campiert. Das Zentrum des Bebens war wohl in der Schweiz, da sind auch Gebäude beschädigt worden. Opfer gab es aber zum Glück nirgends zu beklagen.«

In diesem Augenblick betrat ein schüchtern wirkendes zierliches Mädchen von sechzehn Jahren das Geschäft. Sie hatte ausdrucksstarke braune Augen und braunes welliges Haar. Auf ihrer Wollmütze und in ihrem Schal hingen Schneeflocken. Als sie bemerkte, dass sie offenbar in eine Feier geplatzt war, errötete sie verlegen. »Entschuldigung, ich komme wegen der Lehrstelle.«

»Ah, Fräulein Elise Pfisterer«, erkannte Clara und reichte ihr die Hand. »Schön, dass Sie es trotz des Wetters geschafft haben.«

»Ja, deshalb bin ich etwas zu früh«, erklärte das Mädchen. »Ich dachte, ich würde vielleicht länger brauchen für den Weg von Untertürkheim hierher. Es tut mir leid, dass ich in Ihre Feier geplatzt bin.«

»Das verzeihen wir Ihnen nur, wenn Sie auch ein Stück Kuchen probieren«, feixte Alfred.

Elise ließ sich von Sofie einen Teller reichen und kostete mit dem Gäbelchen von dem Tortenstück. »Hm, sehr lecker.« Sie sah auf die Anzahl der Kerzen und fragte: »Wer feiert denn seinen vierunddreißigsten Geburtstag?«

Clara hob die Hand. »Das wäre dann wohl ich.«

»Oh, herzlichen Glückwunsch und alles Gute«, beeilte sich Elise Pfisterer zu sagen. »Mit zwei so schönen Läden sind Sie sicher sehr zufrieden.«

Clara sah sich um. »Ja, das stimmt.«

»Bist du von Untertürkeim gelaufen?«, fragte Victor bewundernd. »Das ist ja ganz schön weit bei dem Wetter.«

»Ich schätze fünf Kilometer«, meinte die Bewerberin. »Bloß der Schnee war unangenehm, ich wollte ja nicht vollkommen durchnässt beim Vorstellungsgespräch eintreffen.«

»Ich glaube, hier hat keiner einen schlechten Eindruck bekommen«, entgegnete Victor schmunzelnd.

Clara hob erstaunt eine Augenbraue. Schäkerte Annas Adoptivsohn etwa mit der hübschen Lehrstellenanwärterin? *Selbst der noch nicht mal ganz Fünfzehnjährige stellt sich darin besser an als ich*, befand sie konsterniert.

Nachdem Elise ihr Stück mit gutem Appetit aufgegessen hatte, fragte die Ladeninhaberin: »Sollen wir dann mal ins Kontor?«

»Natürlich«, sagte das Mädchen hastig und ließ sich von Sofie den Teller abnehmen.

Clara nickte Alfred Ritter zu, und zu dritt gingen sie ins

Hinterzimmer, wo sie zusammen am großen Schreibtisch Platz nahmen.

Die Inhaberin lächelte die merklich nervöse Bewerberin aufmunternd an und eröffnete das Gespräch. »Es ist schön, Sie kennenzulernen, Elise. Was hat Sie denn dazu bewogen, sich um eine Lehrstelle in einem Süßwarenladen zu bewerben?«

Die Bewerberin zögerte einen Moment, bevor sie antwortete. »Mein Großvater hat mir vor zehn Jahren ein Marzipanschwein für Weihnachten versprochen, da standen wir vor dem Schaufenster von Frida Otto, das war Ihre Vorgängerin. Aber er hat es vergessen. Ich war so enttäuscht, dass ich beschlossen habe, irgendwann selbst mit Süßwaren zu arbeiten und zu lernen, wie man sie herstellt. Ich habe auch gleich angefangen, Bücher darüber zu lesen, und alle Nachbarsfrauen über Rezepte ausgefragt. Im nächsten Jahr konnte ich dann selbst Marzipanschweinle für meine Familie und Nachbarn machen.«

Clara und Alfred schauten sich an. »Das ist eine bemerkenswerte Geschichte«, sagte er.

»Ich hab oft die Auslagen in Ihren beiden Geschäften bewundert«, fuhr Elise fort. »Und dann ist mir Ihre Annonce aufgefallen.«

»Was machen Ihre Eltern denn beruflich? Wären sie mit der Lehre bei Fräulein Göttle einverstanden?«, hakte Alfred nach.

»Meine Mutter ist gestorben, als ich erst zwei war«, erzählte die junge Bewerberin. »Mein Vater arbeitet bei Daimler in Untertürkheim, er ist einverstanden.«

»Ich verstehe«, sagte Clara. »Und was ist mit Ihrem Großvater? Lebt er noch?«

»Er ist Nachtwächter in Esslingen«, antwortete Elise. »Der wäre stolz, wenn ich hier arbeite, glaube ich.«

»Was würden Sie tun, wenn ein Kunde einmal sehr unfreundlich und wütend wäre?«, erkundigte sich Alfred.

»Ich würde selbst ganz ruhig bleiben. Vielleicht bekomme ich raus, warum die Person traurig und unzufrieden ist. Oft hatten die Kunden ja einfach nur einen schlechten Tag oder sorgen sich um etwas. Reden hilft bei allem«, meinte die Bewerberin.

»Woher wissen Sie so etwas?«, fragte Clara erstaunt.

»Ich helfe manchmal auf dem Gemeindefest im Ausschank mit«, erklärte Elise. »Da hat man auch öfter mit Leuten zu tun, die ständig rummeckern.«

Clara sah fragend in Alfreds Richtung, und der nickte. Daher wandte sie sich an die Bewerberin: »Ich denke, wir können Ihnen eine Chance geben. Wir suchen nach jemand, der die Kunden ernst nimmt und bereit ist, zu lernen und fleißig mitzuschaffen. Kommen Sie am Montag probeweise, vor Weihnachten ist am meisten los.«

Elise strahlte vor Freude. »Vielen, vielen Dank! Ich werde mein Bestes geben, das verspreche ich!«

Clara erwiderte ihr Lächeln. »Ich bin sicher, dass Sie das tun werden.«

»Und jetzt feiern Sie noch ein wenig mit uns, wenn Sie möchten«, schlug Alfred Ritter dem überglücklichen Mädchen vor. »Ich werde Sie nachher mit dem Fuhrwerk nach Untertürkheim bringen, darauf bestehe ich.« Elise wollte protestieren, doch er insistierte: »Zu Fuß lassen wir Sie nicht gehen, der Schneesturm da draußen wird ja immer schlimmer.«

Clara lächelte ihm dankbar zu, Alfred hatte ihre Gedanken gelesen, sie harmonierten trotz des Altersunterschieds einfach wunderbar zusammen.

Nach einer wirklich schönen Feier hatten sich Louise, Onkel Franz und Victor zu René Bourgeois in dessen Cannstatter Bleibe aufgemacht, wo sie übernachten wollten; Sofie war in die Wohnung ihres Hermann gefahren, die sie hütete, während er seine Familie in Hessen besuchte. Clara hatte Alfred Ritter in dessen Fuhrwerk nach Untertürkheim begleitet, um ihr neues Lehrmädchen zu Hause abzusetzen. Inzwischen schneite es nicht mehr. Clara bat Alfred, sie bei der Neckarbrücke abzusetzen, die zu dem Haus führte, in dem sie sich mit Jósephe die Wohnung über einer Metallgießerei teilte.

»Sind Sie sicher? Ich fahre Sie gern auch bis direkt vor die Haustür«, sagte der Konditor und wirkte dabei ein wenig besorgt.

»Keine Angst, es sind wirklich nur ein paar Schritte. Ich liebe es, nachts spazieren zu gehen, wenn der Schnee alles in dieses rötliche Licht taucht«, entgegnete sie. »Danke für die Hilfe beim Bewerbungsgespräch – und den schönen Abend.«

»Ich habe zu danken«, sagte er.

Sie schüttelten sich noch lächelnd die Hände, dann stieg sie von der Droschke und machte sich auf den Heimweg.

Beim Blick auf die verschneite Neckarlandschaft bemerkte Clara im Schein der Gaslaternen einen sehr jungen Schäferhundwelpen, der auf das Eis des Flusses sprang – und dann in das kalte Wasser stürzte! Er winselte verzweifelt bei dem Versuch, wieder auf das Eis zu kommen. Ohne Hilfe musste das Tier ertrinken oder erfrieren, befürchtete Clara.

Sie rannte los und kletterte die Böschung zum Ufer hinab. Dort legte sie sich flach auf den Bauch und kroch vorsichtig über das Eis auf den ertrinkenden Hund zu, bekam ihn am Halsband zu packen und zog ihn auf die vermeintlich rettende Fläche. Doch dann brach unter dem gemeinsamen Gewicht von Mensch und Tier das Eis, Clara sank mit dem Gesicht voraus ins Wasser, die Eiseskälte stach wie tausend Nadeln und raubte ihr den Atem. Der Welpe benutzte indes ihren Körper wie ein Sprungbrett, um aus dem Fluss zu kommen.

Die Kleidung sog sich augenblicklich voll und zog Clara gefühlt nach unten. Verzweifelt versuchte sie, zurück auf das Eis zu gelangen, was ihr auch teilweise gelang, bevor sie wieder bis zum Hals in den bitterkalten Fluss rutschte. So ging es fünf oder sechs Mal, und mittlerweile fühlte ihr Körper sich an wie in einem eisernen Schraubstock, ihre Kräfte schwanden.

Nach zwei oder drei Minuten im eisigen Neckar, die Clara Göttle wie Ewigkeiten vorkamen, schaffte sie es endlich ans Ufer, doch damit war die Tortur noch nicht vorüber. Sie kam vor Erschöpfung nicht mehr die Böschung hinauf. Jeden Moment konnte sie das Bewusstsein verlieren, und wenn das geschah, würde sie in ihrer triefnassen Kleidung erfrieren!

Da hörte sie eine vertraute Stimme ihren Namen rufen. Wenige Augenblicke später war Alfred Ritter bei ihr. Als er sie hinaufgezogen hatte, konnte Clara kaum atmen, ihre schlotternden Knie gaben nach. Nur auf den Konditor gestützt, schaffte sie es schließlich die Böschung hinauf.

»W-w-wieso s-s-sind Sie n-n-noch hier?«, fragte sie mit klappernden Zähnen.

»Ich bin ein Stück weitergefahren, hab dann aber kehrtgemacht«, gab er etwas verlegen zu. »Habe mir doch zu große Sorgen gemacht. Verzeihen Sie.«

»Ich b-b-bin ja f-f-froh darüber«, bibberte Clara.

»Sie müssen jetzt schnellstens nach Hause und trockene Kleidung anziehen. Die Droschke hab ich gleich da vorne abgestellt, ich hole sie geschwind.« Er sah auf den Hund, der ebenfalls zitterte wie Espenlaub. »Und den Kleinen nehmen wir auch mit.«

19. Kapitel

Eine halbe Stunde später saßen Clara und Alfred in der Stube ihrer Wohnung in gemütlichen Ohrensesseln vor dem wärmenden Kohleofen. Sie trug inzwischen ihr Nachthemd und einen Morgenmantel, war aber derart froh, endlich aus der nassen Kleidung heraus zu sein, dass sie sich vor dem Konditor nicht wegen ihres Aufzugs genierte. Beim Umziehen in ihrem Schlafzimmer hatte sie blaue Flecken an ihren Beinen bemerkt, die von den Versuchen herrührten, auf das Eis und die Böschung hinaufzukommen. Ein kleiner Preis dafür, den süßen Hund gerettet zu haben!

Der Welpe hatte instinktiv Vertrauen zum gutmütigen Herrn Ritter gefasst und war auf dessen Schoß eingeschlummert.

»Ich werde gleich am Montag Zettel in unseren Schaufenstern aufhängen«, kündigte Clara an. »Hoffentlich findet sich der Besitzer.«

»Falls nicht, behalte ich den Kleinen«, schlug Ritter vor. »Sie sind ja von früh bis spät im Laden. Natürlich können Sie ihn sich dann jederzeit ausborgen.«

»Das wäre lieb.«

»Für den Fall sollten wir ihm einen Namen geben«, meinte er mit nachdenklichem Blick auf das Tier.

»Vielleicht Frederick. Nach dem ersten Menschen am Nordpol«, scherzte Clara. »Ein mutiger Eisforscher ist der Kleine ja auch.«

Alfred schmunzelte. »Ganz sicher ist es ja nicht, dass Frederick Cook vor drei Jahren wirklich ganz am Nordpol war, er konnte wohl gar nicht mit dem Sextanten umgehen. Ein Jahr später war der Amerikaner Robert Peary dort, und der hat es auch nachgewiesen.«

»Ich finde aber, Freddy passt besser zu dem Kleinen als Robert«, sagte Clara. »Und wenn Cook sein Ziel vielleicht gar nicht erreicht hat, gibt es ja sogar einen Grund mehr. Der Welpe ist ja auch auf dem Eis gescheitert und im Wasser gelandet.«

»Mir klingt Freddy ehrlich gesagt zu sehr nach Alfred«, entgegnete er grinsend. »Wie wäre es mit Rex? Das bedeutet König und ist ein echter Klassiker für Schäferhunde.«

»Das finde ich auch in Ordnung«, sagte sie und bemerkte, dass Alfreds Tasse leer war. »Noch eine heiße Schokolade?«

»Gern«, entgegnete er. »Ich kann aber auch selbst …«

Sie erhob sich kopfschüttelnd. »Wir wollen Rex doch nicht wecken.«

Wie gemütlich es mit ihren beiden Gästen in der Wohnstube war, dachte Clara, während sie in der Küche die heiße Schokolade zubereitete. Schade, dass sie in dieser Samstagnacht die erste Kerze am Adventskranz noch nicht anzünden durfte, dieses Licht hätte wunderbar zu der heimeligen Stimmung gepasst.

Als sie mit der dampfenden Tasse ins Wohnzimmer zurückkehrte, war Alfred Ritter im Sessel eingeschlafen. Sie stellte den Kakao auf das Tischchen neben ihn und deckte ihn und das Hundle zu, wobei sie dem Impuls widerstand, diesem so vertraut gewordenen jungen Mann einen Gutenachtkuss auf die Stirn zu geben. Schließlich ging sie in ihr Schlafzimmer. Als sie dort das Licht gelöscht und sich unter den Daunen vergraben hatte, ertappte sie sich bei dem Wunsch, Alfred möge morgen früh noch da sein.

»Clärle, wach auf! Da schläft ein junger Herr mit Hund in unserem Wohnzimmer.«

Am frühen Adventssonntag wurde die Ladeninhaberin von ihrer jüngsten Schwester geweckt. Die Nachricht, dass der Konditor noch da war, freute Clara.

»Oh, dann mache ich für uns alle Frühstück«, meinte sie und richtete sich hellwach in ihrem Bett auf. »Wie war es bei Ludwigs Eltern?«

»Wir haben es gar nicht hingeschafft, zu viel Schnee. Die Kutsche ist stecken geblieben. Wir haben dann bei einem Freund von ihm in der Nähe des Westbahnhofs übernachtet. Ich habe kaum ein Auge zubekommen. Aber jetzt lenk nicht ab! Wer ist der Mann in der Wohnstube?«

»Das ist Alfred Ritter, er war mir gestern dabei behilflich, ein Lehrmädchen anzustellen, du wirst sie mögen«, berichtete Clara, während sie aufstand und zu ihrem Waschtisch ging.

»Ah, dann lerne ich ihn also endlich auch mal kennen«, entgegnete Jósephe grinsend. »Wenn du von ihm erzählst, leuchten deine Augen immer so. Und deine Wangen werden ganz rot … wie jetzt.«

Ihre Schwester sah prüfend in den Spiegel über dem Waschtisch. Stimmte das?

»Wieso schläft er denn eigentlich auf meinem Lieblingssessel?«, erkundigte sich Jósephe.

»Ach, das hat mit dem Hund zu tun«, erklärte Clara hastig und begann, ihr Haar zu kämmen. »Eine komplizierte Geschichte, ich war da etwas unvorsichtig.«

»Wenn du wirklich unvorsichtig gewesen wärest, würde er nicht auf dem Sessel nächtigen«, feixte Jósephe mit Blick auf das Bett ihrer Schwester, auf dem sie saß. »Aber wann immer ein Herr bei einer Dame in der Wohnung über Nacht bleibt, ist der Grund in Wirklichkeit meist gar nicht so kompliziert, wie behauptet wird.«

Clara sah das Nesthäkle fragend an. Was unterstellte sie da? »Aha?«

»Na, es ist etwas zwischen den beiden – oder es bahnt sich zumindest an.«

»Hoffentlich unterstellen das die Nachbarn nicht auch«, fiel Clara in einem Anflug von Sorge ein. »Nicht dass man unseren Vermieter noch der Kuppelei bezichtigt.«

»So etwas würden unsere netten Hausbewohner nie tun«, meinte Jósephe. »Und du lenkst schon wieder ab! Gib schon zu, dass du wegen Alfred Schmetterlinge im Bauch hast.«

»Selbst wenn es so wäre – ich bin fast acht Jahre älter als er«, gab Clara einmal mehr zu bedenken. »So ein junger Mann will doch eine Frau in seinem Alter – und irgendwann auch Kinder.«

»Na, das würdest du auch noch hinbekommen. Du bist doch keine Greisin«, meinte Jósephe.

»Um Himmels willen, ich und eigener Nachwuchs, das gäbe was«, stieß Clara hervor.

Als Mutter konnte sie sich selbst nun wirklich überhaupt nicht vorstellen. Sie war so lang allein gewesen, dass ihr Schokoladengeschäft wie ein Kind für sie geworden war – und sie liebte es sehr. Und dann all die Kunden, denen die Süßigkeiten ein Lächeln auf die Gesichter zauberten! Glückliche Kinderaugen würde es in Claras Leben immer geben. Und diese Freude teilte sie mit Alfred Ritter! Jósephe verstand ihre Gefühle einfach falsch. Kein Wunder, schließlich hatte am 30. Januar letzten Jahres ihr gemeinsamer Bruder Anton in Tomerdingen seine Verlobte Zizilie geheiratet, und die jüngste Göttle-Tochter selbst stand kurz vor der Hochzeit mit ihrem Ludwig. Doch Clara ging nicht davon aus, dass dieses Heiratsfieber in ihrer Familie auch sie treffen könnte.

»Frühstücke mit uns, dann wirst du sehen, dass wir einfach bloß wunderbare Geschäftspartner sind«, schlug sie ihrer Schwester vor.

Doch Jósephe schüttelte lächelnd den Kopf. »Ich muss wirklich Schlaf nachholen. Und egal, was du dir einredest: Zu dritt mit dem Hundle wird dir dieses Frühstück wesentlich mehr Freude machen als mit einem menschlichen Anstandswauwau.«

»Als der würdest du dich auch schlecht eignen«, erwiderte Clara. »Mit deinen ständigen Anspielungen und Aufmunterungen.«

Jósephe küsste ihre ältere Schwester auf die Wange und machte sich dann gähnend auf den Weg in ihr Schlafzimmer. Nachdem Clara das Frühstück zubereitet und alles auf dem Tisch in der Wohnstube gerichtet hatte, wurde Alfred Ritter vom Duft des gerade gebrühten Kaffees und der frisch gebackenen Brötchen geweckt. Er blinzelte verwirrt, als er Clara sah, die am Adventskranz die erste Kerze anzündete.

»Oh, Entschuldigung, ich muss eingenickt sein«, stellte der Konditor verlegen fest.

»Kein Problem, Herr Ritter«, antwortete Clara mit einem Lächeln. »Ich habe mich mit zwei Beschützern im Nebenzimmer sehr geborgen gefühlt.«

Der Hund begann augenblicklich zu winseln, als er bemerkte, dass sein neues Herrchen wach war.

»Er muss bestimmt dringend austreten«, befürchtete Alfred.

»Ich gehe kurz mit ihm vor die Tür, wenn Sie sich frisch machen möchten. In der Küche liegen beim Waschbecken ein Gästehandtuch, Ägyptische Himmelsseife von Douglas, eine neue Zahnbürste und diese neuartige Chlorodont-Zahnpaste aus Dresden, mit Pfefferminze, sehr erfrischend. Ich schließe mich Ihnen dann gleich zum Frühstück an, wenn ich darf.«

»Na, das will ich doch hoffen. Es sieht köstlich aus«, meinte Alfred mit dankbarem Blick auf den gedeckten Tisch und erhob sich vom Sessel. »Ich verschwinde dann mal kurz im ägyptischen Himmel.«

Was für ein schöner erster Advent, freute sich Clara, als sie mit dem kleinen Rex, dessen Hals in einer Paketschnur steckte, die es vorerst als Hundeleine tun musste, in die verschneite Neckarlandschaft hinaustrat. Die kühle Luft war frisch, die Sonne ließ den Schnee glitzern und funkeln.

Über allem thronte auf einem Hügel Schloss Rosenstein mit seinem an das alte Griechenland erinnernden Säulen-Vorbau. Das als Sommerresidenz geplante Palais war nie dauerhaft bezogen worden, hatte Clara gelesen, es beherbergte aber seit gut drei Jahrzehnten die bedeutende Gemälde- und Skulpturensammlung des württembergischen Königs.

Nachdem Rex sein Geschäft verrichtet hatte, winselte der Welpe erneut. Er sehnte sich wohl nach der Wärme der Wohnung, nach Futter – und vielleicht auch nach seinem neuen Herrchen. Clara musste sich eingestehen, dass es ihr ähnlich erging. Es war ihr aufgefallen, wie verdächtig glücklich es sie machte, Alfred schon kurz nach dem Aufwachen zu sehen und seine lieb gewonnene Stimme zu hören.

Als sie mit dem Hund in ihre Wohnung über der Metallgießerei in der Pfeifferstraße zurückkehrte, kam Alfred Ritter gerade gekämmt und lächelnd aus der Küche.

»Hm, es duftet nach Pfefferminz«, scherzte Clara.

»Und nach den frischen Weckle«, ergänzte er lächelnd. »Haben Sie die gebacken?«

»Ja, den Teig hatte ich allerdings schon gestern vorbereitet.«

Als sie kurz darauf zusammen in der Wohnstube am Esstisch saßen, blickte Clara nachdenklich auf den Hund, der es sich mit einer von ihr spendierten Wurst vor dem Kohleofen gemütlich gemacht hatte. »Ich frage mich, ob sich die Besitzer melden, wenn der Aushang eine Weile in den Schaufenstern zu sehen war.«

»Auf jeden Fall ist der Kleine schon stubenrein, das ist für sein Alter nicht selbstverständlich«, meinte Alfred. »Ich nehme also an, dass er kein Streuner ist, der hat bestimmt irgendwo ein liebevolles Zuhause.«

»Die Chancen stehen gut, dass die Besitzer den Aushang sehen«, meinte Clara. »In der Adventszeit wollen ja besonders viele Kunden Süßes.«

»Da haben Sie recht. Das wird auch die wichtigste Zeit des Jahres sein, wenn es mit meiner Süßwarenmanufaktur endlich klappen sollte.« Er sah sich um. »Wie gemütlich Sie es haben, Fräulein Clara. Und Ihre Weckle und die Marmelade sind köstlich.«

»Die Stärkung ist mehr als verdient, schließlich haben Sie mich gestern die Böschung raufgewuchtet …«

»Das war nicht schwer«, sagte er und wurde dann ganz ernst. »Schlimm war es, zuzuschauen, wie Sie sich verzweifelt ans Ufer gekämpft haben. Ich hatte eine Heidenangst, ehrlich gesagt. Sie sind mir nämlich wirklich sehr ans Herz gewachsen.« Er griff über den Tisch nach Claras Hand und drückte sie liebevoll, was sich aufregend und wunderbar anfühlte.

»Das geht mir auch so«, sagte sie heiser.

Wie sollte sie nun reagieren? Ihr fiel auf, dass seine Tasse leer war. »Noch einen Kaffee?«, fragte sie und griff nach dem Trinkgefäß, die Bewegung war aufgrund ihrer Nervosität jedoch so hektisch, dass sie versehentlich ein Brötchen vom Tisch stieß. Rex sah neugierig auf. Clara und Alfred bückten sich gleichzeitig nach dem Weckle, und plötzlich waren sich ihre Gesichter ganz nah – diesmal gab Clara dem inneren Drang nach, ihn zu küssen. Er erwiderte es derart zärtlich, dass sie alles um sich herum vergaß. Wider Erwarten fühlte es sich so an, als sei endlich alles so, wie es sein sollte!

Tomerdingen, 6. April 1912

Liebste Beata,
es ist Ostersonntag, ich liege in meinem alten Zimmer in unserem Haus in Tomerdingen, und viele schöne Kindheitserinnerungen werden wach – wie immer, wenn ich hier bin. Schade, dass Du beim heutigen Osterfest nicht bei uns sein konntest. Aber natürlich verstehe ich, dass die Auferstehung des Herrn für Euch im Kloster besonders wichtig ist. Alfred Ritter wollte über die Feiertage zu unserer Familie, um nach Mutter nun auch Vater kennenzulernen. Unsere Josephine unterstellt deshalb natürlich gleich wieder, dass »der gutmütige Konditor« (so nennt sie ihn immer, ganz schön frech geworden, unser Nesthäkle) heimlich um meine Hand anhalten möchte. Davon habe ich heute aber nichts gespürt. Vater hat ihn bloß auf die Jagd mitgenommen, da kennt Alfred sich ja auch aus. Ich glaube, die beiden verstehen sich

wirklich gut. Sie mussten sich warm anziehen, denn bisher gab das diesjährige Wetter wenig Anreiz zu einem Osterspaziergang. Gestern hat es gestürmt und auch ein bisschen geschneit!

Unser Welpe Rex begleitet uns ständig, auf die Aushänge in den beiden Läden hat sich in den letzten fünf Monaten niemand gemeldet.

Natürlich denke ich schon selbst auch öfter daran, wie es wäre, bei Alfred zu leben. Die Wohnung in der Pfeifferstraße wird nach Jósephes Auszug für mich allein zu groß werden. Und Alfred wohnt sehr hübsch. Er logiert in der Beletage in der Badstraße 29a über dem Hausbesitzer, Bauunternehmer Paul Schempp. Mit der Nachbarin Heinrike Bertsch, die den ersten Stock im Nebenhaus 29b bewohnt, verstehen wir uns sehr gut. Sie ist Witwe und hat eine eigene Nudelfabrikation. Ich könnte mir sehr gut vorstellen, dort zu leben, sollte es doch einmal zu einem Antrag kommen.

Wir haben außer der Liebe zum Süßen wirklich viel gemeinsam. Auch er hat viele Geschwister – sieben an der Zahl, eine Schwester verschied bereits im Alter von nur zwei Jahren. Und stell dir vor, auch er hat eine Verwandte, die ihr Leben Gott gewidmet hat: Seine Tante Sophie ist im Kloster Sießen, dort wird sie Mutter Kostka genannt.

Morgen früh fahren Alfred und ich zum Blautopf, den wollte er endlich mal besichtigen. Wir planen, dort trotz des wechselhaften und kühlen Wetters ein kleines Picknick zu genießen, und natürlich ist unser Hundle auch mit dabei.

Liebe Beata, ich hoffe, Du, Deine Mitschwestern

und Eure kleinen Schutzbefohlenen befinden sich wohl.

Es übersendet Dir die allerbesten Wünsche
Deine kleine Schwester Clara

Clara legte den am Vorabend verfassten Brief an Beata in den Umschlag zurück und sah im Licht der Kerze zum leeren Bett ihrer zweitgeborenen Schwester. Marie war nun schon fast acht Jahre lang mit dem Heizer Ferdinand Kuhn aus Geislingen verheiratet. Die Zeit schien nur so dahinzufliegen. Im Nachhinein empfand Clara die Kindertage als eine Zeit großer Geborgenheit. Natürlich hatte es hier in Tomerdingen auch schlimme Phasen gegeben, etwa, als ihr Bruder Fränzle im Alter von nur einem halben Jahr gestorben war, die bangen Monate, wenn die Familie nach einer Missernte zu wenig zu essen gehabt hatte, der Tod ihrer Großmutter Theresia vor neunzehn Jahren – doch insgesamt standen für Clara die glücklichen Momente und der Zusammenhalt im Vordergrund. Obwohl es erst fünf Uhr in der Früh war, beschloss sie, aufzustehen und die Zutaten, die sie gestern Abend bereits mit ihrer Mutter Louise vorbereitet hatte, für das geplante Picknick im Korb zu verstauen und zu warten, bis Alfred aufgewacht war.

Bei dem Gedanken daran, wie er nur ein Zimmer entfernt schlief, wurde ihr ganz warm ums Herz. Sie hatte nicht mehr damit gerechnet, dass sie eine solch wunderbare Liebe finden würde. Er stellte keinen Augenblick in Zweifel, dass sie ihre beiden Geschäfte auch jetzt behalten würde, nachdem sie ein Paar geworden waren. Er sprach stets von seiner geplanten Schokoladenmanufaktur *und* ihren Läden, da gab es kein Entweder-oder.

Clara freute sich, als sie nach der Morgenwäsche Alfred

wider Erwarten bereits in Wanderkleidung in der Wohnstube antraf, und begrüßte ihn mit einem Kuss. »Ja, was machst du denn schon hier?«

»Ich konnte nicht mehr schlafen, war zu aufgeregt«, gab er zu und deutete zum Fenster. »Ich glaube, das Wetter wird heute wieder kühl, aber immerhin sonnig.«

Clara sah hinaus. Die Sonne war zwar noch nicht aufgegangen, doch das nahezu wolkenlose Morgenrot ließ hoffen. Einige Vögel zwitscherten bereits.

»Ich bin auch aufgeregt«, sagte sie.

»Sollen wir vielleicht schon losfahren?«, schlug Alfred vor. »Wer weiß, wie lange sich das Wetter hält. Das Pferd habe ich vorhin schon fertig gemacht.«

Sie hob erstaunt eine Augenbraue. Er schien es ja wirklich sehr eilig zu haben heute, das war sonst gar nicht seine Art. »Dann lass uns gern aufbrechen!«

20. Kapitel

Alfred Ritter lenkte das Fuhrwerk über eine kurvige Waldstraße von der Albhochfläche ins Tal hinab. Für die etwa zwanzig Kilometer von Tomerdingen hierher hatten sie eine gute Stunde gebraucht.

Blaubeuren lag am Fuße von dicht bewaldeten und teilweise auch felsigen Höhen, so steil hatte Clara den Weg dorthin gar nicht mehr in Erinnerung gehabt. Wie erhofft, war es ein kühler, aber sonniger Aprilmorgen. Vorbei an den alten Fachwerkhäusern des Städtchens und dem im elften Jahrhundert gegründeten Kloster fuhren sie in Richtung der berühmten Karstquelle. Die in der zweiten Hälfte des fünfzehnten Jahrhunderts weitgehend neu erbaute Benediktinerabtei war nach der Reformation an die württembergischen Herzöge gefallen. Inzwischen beherbergten die Räumlichkeiten eine evangelische Klosterschule.

Sie passierten eine Mühle mit Wasserrad, das Hammerwerk, und kamen schließlich am Blautopf zum Stehen, der in einem tiefen Türkisblau in der frühen Aprilsonne leuchtete. Die Umgebung wirkte ruhig und friedlich, nur das Rauschen des Wassers war zu hören.

»Diese Farbe ist ja ganz unglaublich«, staunte Alfred, nachdem sie vom Fuhrwerk gestiegen und das Pferd an einem Baum festgemacht hatten. Fasziniert blickte er in die unergründliche Tiefe aus Blau- und Grüntönen hinab.

»Unser Lehrer meinte, die Quelle ist gut zwanzig Meter tief«, erklärte Clara und nahm Hund Rex an die Leine. »In dem Gebirge rundum befindet sich angeblich ein weitverzweigtes Höhlensystem. In dem sammeln sich große Wassermassen, und die drängen hier an die Oberfläche.«

»Wirklich ein malerischer Ort«, befand der Konditor und umfasste voller Zuneigung ihre Hand. In der anderen trug er den Picknickkorb. »Da hinten am Waldrand ist eine Bank, sollen wir um die Quelle herumgehen und dort frühstücken?«

»Gern.«

Während ihres Spaziergangs sah er immer wieder beeindruckt auf das Wasser. »Ich frage mich, wie diese außerordentliche Farbe entsteht.«

»Laut Onkel Franz durch Lichtstreuung«, erinnerte sich Clara. »Die Farbe hat aber schon immer die Fantasie der Menschen angeregt. Früher glaubte man, dass täglich ein Fass voll Tinte in die Quelle geschüttet wird.«

»Ja, meine Großmutter hat mal behauptet, der Blautopf sei bodenlos«, erzählte Alfred. »Wann immer jemand mit einem Bleilot seine Tiefe ermitteln will, stiehlt angeblich eine Nixe das Gewicht und verhindert es.«

»Stimmt, wegen dieser Sage gibt es hier in der Nähe einen Felsen mit dem Namen Klötzle Blei«, fiel Clara wieder ein.

Und als sie nun den dazugehörenden schwäbischen Zungenbrecher zu zitieren begann, stimmte Alfred, der ihn ebenfalls noch aus der Kindheit auswendig zu kennen schien, mit ein: »'S leit a Kletzle Blei bei Blaubeira glei, bei Blaubeira glei leit a Kletzle Blei.«

Beide wussten, was dies auf Hochdeutsch bedeutete: Es

liegt ein Klötzchen Blei gleich bei Blaubeuren, gleich bei Blaubeuren liegt ein Klötzchen Blei.

»Und dann ist da natürlich die Sage von der schönen Lau, die hat Eduard Mörike vor sechzig Jahren niedergeschrieben. Mein Onkel Franz hat sie mir erzählt«, sagte Clara.

»Da ging es doch auch um eine Nixe«, überlegte Alfred und rieb sich nachdenklich das Kinn.

»Ja, sie war die Frau eines Wasserkönigs. Man hat sie in den Blautopf verbannt, weil sie nicht lachen konnte und nur tote Kinder zur Welt gebracht hat. Von dem Fluch wurde sie erst befreit, als sie mit der Wirtin vom Nonnenhof wieder das Lachen gelernt hat.«

»Ich lache am liebsten mit der Tochter vom Lämmerwirt in Tomerdingen«, sagte er und küsste sie sanft auf den Mund.

Inzwischen waren sie an der Bank mit Blick auf Quelle und Kloster angekommen. Sie setzten sich, Rex machte es sich zu ihren Füßen gemütlich.

Als Clara den Picknickkorb öffnete, war sie überrascht, darin auf den von ihr verstauten Leckereien ein kleines Törtchen zu finden.

»Oh, hast du das dazugetan?«, wunderte sie sich.

Zu ihrem Erstaunen wirkte er etwas verlegen, als er nun nickte und riet: »Du solltest es ganz vorsichtig mit der Kuchengabel probieren, ich habe mir besondere Mühe gegeben.«

»Da bin ich aber gespannt.« Neugierig legte sie das Törtchen auf einen mitgebrachten Porzellanteller, den sie auf ihrem Schoß platziert hatte. Wie es wohl schmecken würde? Von Natur aus ein Feinschmecker und Genießer, verstand es Alfred ja bestens, hervorragende und äußerst köstliche Süßwaren zu fertigen. Doch gerade als sie dem Törtchen mit der Kuchengabel zu Leibe rücken wollte, hüpfte Hund Rex an ihr hoch, schnappte nach dem Küchlein und klaute es ihr mit einem Happs direkt vom Teller.

Alfred sprang erschrocken auf. »Oh nein!« Er versuchte vergeblich, Rex das Törtchen zu entreißen, der bereits schmatzte.

»Wenn der das Ding schluckt, muss ich warten und alles untersuchen, was hinten aus ihm rauskommt.«

Schließlich gelang es dem Konditor, Rex' Maul zu öffnen, doch von dem Törtchen war nichts mehr zu sehen.

»Du Unglückstier«, seufzte Alfred resigniert.

Clara sah einen kleinen, runden Gegenstand vor den Pfoten des Hundes in der Morgensonne blinken. »Da liegt etwas«, stellte sie fest und hob das Objekt auf, das Rex aus dem Maul gefallen zu sein schien. »Ein Ring?«

Alfred lächelte erleichtert und ging in die Knie. »Das war knapp. Ja, das gute Stück hat meiner Großmutter gehört. Ich dachte, es wäre romantisch, den einzubacken. Wo uns beide doch die Süßigkeiten zusammengeführt haben.«

Zunächst etwas verwirrt, betrachtete Clara das gelbgoldene Schmuckstück mit seinem großen Ringkopf aus Silber, der opulente Ornamente aufwies und leicht gewölbt war. Für ein zartes Funkeln sorgten fünf winzige Diamanten in Rosen- und Achtkantschliff. Auch seitlich des Ringkopfes befanden sich ornamentierte Zierelemente, die einen sanften Übergang zu der feinen Ringschiene aus Gelbgold schafften.

Erst jetzt wurde ihr klar, dass Alfred sich nicht zu Hund Rex niedergekniet hatte, sondern sie erwartungsvoll anlächelte. Hieß das etwa, dass er gestern auf dem Jägerstand doch bei ihrem Vater um ihre Hand angehalten hatte?

Seine nun folgenden Worte ließen jeden Zweifel verschwinden:

»Clara Göttle, möchtest du mir die größte Ehre erweisen und meine Frau werden?«

Hier war sie gemeint! Es kam ihr vollkommen unwirklich vor, und doch wusste sie beim Blick in Alfred Ritters gutmütiges Gesicht, dass es nur eine Antwort auf seine Frage geben konnte.

»Das ich das noch erleben darf!«

Nach Louise Göttle fiel auch deren Bruder Franz seiner Nichte glücklich um den Hals und schüttelte dann überschwänglich Alfred Ritters Hand. Zusammen mit Victor und dessen Adoptivmutter Anna Markert war er am Spätnachmittag in der Gaststube der Göttles zu Besuch. Ein wenig verlegen, aber auch sehr glücklich hatte Clara ihnen mitgeteilt, dass sie nunmehr verlobt war.

Auch Anna umarmte ihre Freundin, und selbst der fünfzehnjährige Victor wirkte gerührt. »Ich gratuliere euch ganz herzlich.«

»Na hol i mol en Seggd zum Astoßa usm Kellr«, schlug Matriarchin Louise vor.

Alfred begann, mit Onkel Franz über die neuerliche Kriegsgefahr zu diskutieren – das Deutsch Reich zürnte, weil Frankreich mit der Besetzung von Fès und Rabat in Marokko eine Krise heraufbeschworen hatte.

Clara wurde indes von ihrer alten Freundin Anna in ein Gespräch verwickelt. »Ich freue mich so für dich. Man merkt ganz deutlich, wie gut Alfred dir tut.«

»Danke. Nur den Besuch bei seiner Familie am kommenden Wochenende muss ich noch hinter mich bringen. Hoffentlich geht alles gut«, sagte Clara. »Leider habe ich Georg damals nicht so gut eingeschätzt wie du jetzt meinen Alfred. Ich habe heute noch ein schlechtes Gewissen, dass ich dir damals zugeraten habe, Schorschs Antrag anzunehmen.«

»Ach, im Nachhinein denke ich, alles hat seinen guten Grund«, winkte Anna ab. »Ohne Schorsch hätte ich mich niemals getraut, Victor zu adoptieren. Und ohne ihn hätte ich wiederum seinen Vater nicht kennengelernt.«

Die Art, wie sie nun mit verlegenem Lächeln den Blick senkte, ließ Clara stutzen. »Heißt das etwa, dass du und René …?«

Anna nickte. »Es ist noch ganz am Anfang, aber wir sind sehr glücklich.«

Clara drückte die Hand der Freundin. »Das freut mich so für euch. Und Schorsch? Lässt er dich in Ruhe?«

»Ja, zum Glück«, antwortete Anna. »Er arbeitet jetzt tatsächlich als Lehrer an der Schule in Dornstadt. Das war ja sein ursprünglicher Berufswunsch. Die Kinder können einem leidtun, der bläut ihnen bestimmt mit dem Rohrstock seinen Hass auf die Franzosen ein.«

Clara verschwieg Anna lieber, dass Onkel Franz die Kriegsgefahr zwischen Deutschland und Frankreich als sehr groß ansah. Nicht auszudenken, wenn René ausgerechnet jetzt zurück in seine Heimat müsste – und womöglich nie wieder herkommen dürfte.

Am Samstag nach Ostern traf die Kutsche, die morgens um sechs in Cannstatt losgefahren war, gegen drei Uhr nachmittags in der preußisch-hohenzollerischen Oberamtsstadt Gammertingen auf der Schwäbischen Alb ein. Die beiden Pferde bewegten sich in leichtem Trab voran, die Räder rollten durch den stellenweise schlammigen Boden. Clara saß neben Alfred, ihr Herz klopfte vor Aufregung. Es war das erste Mal, dass sie seine Eltern traf – die letzte Hürde vor der Hochzeit.

Die Stadt lag malerisch im Tal der Lauchert, einem Nebenfluss der Donau. Die Fachwerkhäuser mit ihren blumengeschmückten Fenstern säumten die Straßen. Alfred hatte Clara unterwegs erzählt, dass seine Familie 1897 hergezogen war, damals sei er zwölf Jahre alt gewesen. Ein Jahr nach seiner Geburt 1885 in Stetten am kalten Markt waren die Ritters zunächst nach Sigmaringen umgesiedelt, wo Vater Karl als Amtstierarzt und Fleischbeschauer gearbeitet hatte. Nach einem kurzen Aufenthalt in Untermarchtal sei ab 1891 Langenenslingen für sechs Jahre der Wohnort der Familie gewesen. Und jetzt war Patriarch Karl also der Tierarzt von Gammertingen.

Die Kutsche hielt gegenüber dem imposanten dreistöckigen Schloss vor dem Haus der Ritters in der Hohenzollernstraße 6. Alfred half Clara aus der Kutsche, und sie standen Hand in Hand vor dem Gebäude. Der Fuhrmann kündigte an, im Gasthof Zum goldenen Hirsch einzukehren und am nächsten Vormittag nach dem Gottesdienst für die Rückfahrt zur Verfügung zu stehen. Kaum war er abgefahren, öffnete sich die Tür, und Alfreds Eltern traten heraus. Karl Ritter, ein stattlicher Mittfünfziger, und seine hübsche Frau, Endvierzigerin Mathilde, begrüßten ihren Sohn Alfred und dessen Verlobte sehr herzlich.

Kurz darauf saßen sie im gemütlichen Wohnzimmer, wo ein verlockender Duft von gerade aufgebrühtem Kaffee und frisch gebackenem Kuchen durch den Raum wehte. Clara saß aufrecht an der festlich gedeckten Tafel, ihre Hände leicht nervös ineinander verschränkt. Karl und seine Frau Mathilde hatten mit dem siebenjährigen Adolf an den Stirnseiten Platz genommen, während Alfreds ein Jahr jüngerer Bruder Otto und seine rothaarige Verlobte Márie Brodbeck auf der gegenüberliegenden Seite hockten. Otto, so erklärte Alfred bei der Vorstellung, sei Aufseher des Hofguts Örlingen bei Ulm und habe dort seine Márie gefunden.

Mathilde goss Kaffee in Claras Tasse. »Wie habt ihr beiden euch eigentlich kennengelernt?«

»Es war in einem von meinen beiden Schokoladenläden in Cannstatt. Alfred hat mir sein Sortiment vorgestellt«, erklärte Clara, und ihr Verlobter fügte hinzu: »Ich habe wertvolle Ratschläge von ihr bekommen – und ihr zum Dank eine Eismaschine geschenkt. Damit konnte ich ihr zeigen, wie man Schokoladeneiscreme macht – und nicht bloß die ist an dem heißen Tag dahingeschmolzen.«

Ottos Verlobte Márie zog skeptisch eine Augenbraue hoch. »Eine ledige Frau mit zwei eigenen Geschäften? Finden das die Cannstatter nicht anrüchig?«

Clara erschrak über die Feindseligkeit. Márie musste doch ahnen, wie unsicher sie sich beim ersten Treffen mit den Schwiegereltern fühlte. Doch die abfälligen Blicke der gertenschlanken, schönen Frau waren Clara von Anfang an aufgefallen.

»Das scheint niemanden zu stören, der Umsatz ist gut …«, entgegnete sie.

»Der Kundschaft ist eben der gute Geschmack der Waren wichtiger als die Frage, ob die Geschäftsleitung Hosen oder Kleider trägt«, ergänzte Alfred mit strengem Blick in Richtung seiner jungen Schwägerin in spe. Die setzte mit verstimmter Miene zu einer Antwort an, wollte womöglich noch mehr Öl ins Feuer gießen. Um Márie gar nicht erst wieder zu Wort kommen zu lassen, wandte sich Clara rasch an Alfreds Eltern. »Und wie haben *Sie* einander kennengelernt?«

»Ich war damals achtundzwanzig und habe in Stetten am kalten Markt praktiziert«, erinnerte sich Alfreds Vater Karl. »Eines Tages im Winter war ich auf einem Ausflug in Eibingen. Da hab ich ein wunderschönes Schneewittchen mit dunklem Haar gesehen, eine ganz und gar zauberhafte Frau um die zwanzig. Die war mit einem älteren Herrn im Pferdeschlitten unterwegs. Ich war so gebannt von ihrer Schönheit, dass ich dem Gefährt hinterhergerannt bin. Als Mathilde mit ihrem Stiefvater in der Linde eingekehrt ist, bin ich hinterher und habe sie angesprochen. Es stellte sich heraus, dass wir beide in Krauchenwies aufgewachsen sind, uns da aber nie getroffen haben.«

»Dann ging alles recht schnell«, fügte Mathilde mit einem milden Lächeln hinzu. »Am 24. April 1884 haben wir geheiratet, die Hochzeitsreise ging nach Straßburg. Dort ist es wunderschön. Im August des folgenden Jahres kam dann unser zerbrechliches Alfredle zur Welt.«

»So zerbrechlich war ich auch wieder nicht«, erwiderte er mit gespielter Empörung.

In dem Moment betrat ein Mittzwanziger in Postbotenuniform die Stube. »Grüß Gott miteinander. Sie müssen Clara sein. Entschuldigen Sie meine Verspätung, ich hatte im Nachbarort noch die Post auszutragen.«

»Das ist mein frommer Bruder, unser Paul, Briefträger in verschiedenen Orten im Schwarzwald«, stellte ihn Alfred vor. »Er hat von uns Geschwistern zweifelsohne den besten Charakter. Paul gehört nämlich dem Dritten Orden des Franziskus an, sorgt für Kranke und steht ihnen seelsorgerisch bei. Weltlichen Vergnügungen wie Tanz und Kartenspiel hat er entsagt.«

Clara hatte schon von Beata gehört, dass sich neben den Brüdern und Schwestern, die das Armutsideal im Kloster zu verwirklichen suchten, auch weltliche Laien der franziskanischen Gemeinschaft anschlossen. Wie die Anhänger der Armuts- und Büßerbewegung des elften Jahrhunderts führten auch diese Männer und Frauen in ihren eigenen Häusern ein strenges Leben in Buße.

»Na ja, ein Stück Kuchen darf ich mir schon gönnen«, entgegnete Paul schmunzelnd, nahm seine Postbotenmütze ab und setzte sich auf einen freien Stuhl am Tisch.

»Alfred, ich soll dich ganz lieb von Waltraud Hanner grüßen«, fühlte sich Márie nun bemüßigt zu sagen. »Ich denke, sie wird sehr, sehr enttäuscht sein, dass du nun einer Bauerntochter und nicht ihr einen Antrag gemacht hast«, sagte sie mit kaltem Blick in Claras Richtung. »Waltraud ist die Nichte des berühmten Gammertinger Malers Constantin Hanner und meine beste Freundin. Sie hatte ein Auge auf unseren Alfred geworfen.«

Clara spürte, wie sie errötete – einerseits aus Wut über Máries unverschämtes Verhalten; andererseits war sie verletzt, dass Alfred ihr nie von dieser Waltraud erzählt hatte.

»Márie!«, stieß Alfreds Bruder Paul in diesem Augenblick streng hervor, und seine vorhin noch eher sanfte Stimme klang jetzt sehr scharf. »Es schickt sich nicht, Menschen nach ihrem Beruf oder irgendwelchem weltlichen Ruhm zu beurteilen. Vor Gott sind wir alle gleich. Du trägst den Namen der Heiligen Jungfrau, also lebe ihrer Güte entsprechend!«

»Außerdem arbeitest du doch selbst als Stütze auf einem Hofgut«, erinnerte Alfred das kratzbürstige Fräulein.

»Ich habe gehört, dass deine Schwester als Nonne blinden und gehörlosen Kindern hilft«, wandte sich Paul nun an Clara. »Und du selbst spendierst oft Schokolade an das Stuttgarter Waisenhaus. Da machst du deinem schönen Vornamen ja alle Ehre.«

Clara lächelte ihn dankbar an. Tatsächlich hatten ihre Eltern sie nach der heiligen Klara benannt. Ihr Onkel Franz wiederum verdankte seinen Namen der Verehrung der Großeltern für den heiligen Franziskus, der das große Vorbild der Klara von Assisi gewesen war und ihr seinerzeit das Armutsgelübde abgenommen hatte. Tatsächlich war die Hilfsbereitschaft ja sowohl Clara Göttle als auch ihrem Onkel ein wichtiges Anliegen.

In diesem Augenblick klingelte es, und kurz darauf führte die Dienstmagd einen uniformierten Schaffner herein, der einen grauen Mischlingshund bei sich hatte. Er nahm seine Mütze ab und grüßte verlegen: »Guten Tag zusammen. Entschuldigen Sie die Störung.«

»Sie stören nicht. Ihr Lieben, das ist Herr Schrade. Schaffner bei unserer Hohenzollerischen Landesbahn«, erklärte Karl. »Was fehlt dem Hundle denn?«

»Eine Zecke hat mein Hasso«, behauptete der Bahnbeamte verzweifelt. »Ich wollte sie rausziehen, aber sie sitzt so fest. Und weil mein Hundle sich so wehrt, kriege ich sie auch nicht ab.«

»Das ist kein Wunder«, erkannte Karl Ritter mit zuckenden Mundwinkeln, als er die vom Schaffner angedeutete Stelle am Bauch des Hundes inspiziert hatte. »Es ist nämlich keine Zecke, sondern eine Zitze!«

»Aber – er ist doch ein Rüde«, betonte Schaffner Schrade verwirrt.

»Ja, aber auch männliche Hunde haben Brustwarzen, genau wie wir Männer!«

»Herrje, zum Glück habe ich nicht fester dran gezogen«, murmelte Schrade erschrocken und errötete.

Clara musste kichern, während Alfred, Otto und deren Eltern sich amüsierte Blicke zuwarfen.

»Das war ja was, der arme Hasso. Aua!« Clara lachte bei der Erinnerung an Schaffner Schrades Gesichtsausdruck, während ihr Verlobter ihr vor dem Abendessen mit der Familie noch ein wenig das Städtchen zeigte.

»Ja, in Vaters Ordination gibt es öfter mal die kuriosesten Situationen«, entgegnete Alfred schmunzelnd. »Bei meinem letzten Besuch hier war der Herr Pfarrer zu Gast. Da wollte mein frommer Bruder Paul natürlich den besten Eindruck machen. Aber als der Gemeindehirt was sagen wollte, kam aus dem Nebenraum ein hysterisches Frauenlachen. So laut, dass der Ärmste schier zu Tode erschrocken ist.«

»Und wer war das?«, fragte Clara neugierig.

»Ein Graupapagei, den Papa gerade in Behandlung hatte. Der konnte das Lachen seiner Besitzerin täuschend echt nachahmen! Irgendwie hatte der Vogel sich auf die Stimme des Herrn Pfarrer eingeschossen. Wann immer der etwas sagte, gackerte der Papagei erneut los. Dem armen Paul war das schrecklich peinlich.«

»Den mag ich wirklich sehr«, betonte Clara. »Er spürt sofort, wenn jemand in Bedrängnis ist.«

»Ja, es tut mir wirklich leid, wie sich Ottos Márie dir gegenüber verhalten hat«, sagte Alfred bedauernd und drückte ihre Hand ein wenig fester. »Sie ist sehr stolz, dass sich die Nichte von Kunstmaler Hanner mit ihr abgibt. Die beiden eint die Liebe zu modischer Kleidung und zum Nähen. Dass sie in unsere Familie einheiratet, ist aber reines Wunschdenken von Márie. Waltraud und ich waren einander noch nie romantisch gewogen. Sie ist nett, aber einen Zuckerbäcker möchte sie gewiss nicht. Ich habe gehört, sie ist an einem Schneider in Ulm interessiert.«

Clara war erleichtert, beschloss aber, dass sie Márie niemals duzen würde und diese Person auch nicht bei ihrer Hochzeit dabeihaben wollte. Ihre Hochzeit! Im Gegensatz zu seiner künftigen Schwägerin hatten Alfreds Eltern ja keinerlei Einwände geäußert gegen seine Eheschließung mit einer Schokoladenverkäuferin. Sie würde auf ihre alten Tage also tatsächlich noch eine Braut werden!

21. Kapitel

An einem wechselhaften Tag Anfang Mai 1912 schlenderte Clara Göttle in ihrer Mittagspause durch die Straßen von Cannstatt. Das Wetter gerierte sich noch so, wie man es eigentlich dem April nachsagte. An ein und demselben Tag konnten die Menschen frieren und schwitzen, dann wurde man vielleicht von einem Schauer überrascht, auf Regen folgte Sonnenschein. Im Augenblick war die Luft erfüllt von Frühlingsdüften, die Blumen in den Beeten entlang des Weges blühten in den leuchtendsten Farben. Paare flanierten Arm in Arm, zwei junge Verliebte wagten im Überschwang der Gefühle einen heimlichen Kuss zwischen den Bäumen.

Clara schmunzelte über diese zärtlichen Gesten. So etwas zu sehen, versetzte ihr keinen Stich mehr – sie war ja nunmehr selbst verlobt. Die Vorstellung, mit dem fürsorglichen Alfred für den Rest ihres Lebens gemeinsame Ideen auszuhecken und umzusetzen, erfüllte sie mit Vorfreude und Glück.

Als sie eine düstere Wolkenwand bemerkte, die einen neuerlichen Schauer ankündigte, beschleunigte sie ihren Schritt.

Bei dem kleinen Laden in der Bahnhofstraße angekommen, atmete sie erfreut aus. Ihr Verlobter, der mittlerweile Schlüssel zu beiden Filialen besaß, wartete bereits auf sie, ein Lächeln im Gesicht. Er begrüßte Clara mit einem zärtlichen Kuss und deutete auf seine Bleistiftentwürfe für die Hochzeitstorte. Während draußen der befürchtete Regenschauer einsetzte, nahm sie die Zeichnungen neugierig entgegen und breitete sie auf dem Tisch aus. Die Skizzen zeigten einen mehrstöckigen Kuchen mit filigranen Verzierungen, Blumenmustern und kunstvollen Schnörkeln. Clara konnte sich bereits vorstellen, wie die Torte aussehen würde – ein Meisterwerk aus Zucker und Creme.

»Die Torte wird wunderschön«, war sie überzeugt. »Ich kann es kaum erwarten, sie zu sehen, wenn sie erst fertig ist.«

Alfred lächelte und strich ihr sanft über die Wange. »Du wirst die schönste Braut sein, Schatz. Und die Torte soll dazu passen.«

Clara spürte, wie sich ihr Herz vor Vorfreude zusammenzog, als Sofie Veith eintrat und sich den Regen aus ihrem dunklen Haar schüttelte. In ihren Händen hielt sie einen Katalog mit Hochzeitskleidern. »Clara!«, rief sie euphorisch. »Ich habe etwas für dich!« An Alfred gewandt, sagte sie: »Und du schaust bitte weg, das bringt Unglück!«

Sofie blätterte aufgeregt durch die Seiten des Katalogs. »Mein Chef Herr Lindauer ist mit einem Heiratsausstatter befreundet. Dieses Kleid hier, bei dem musste ich sofort an dich denken …« Sie zeigte auf eine Zeichnung. »Es ist wunderschön und passt perfekt zu dir, wir sollten es uns bald anschauen gehen.«

Clara betrachtete das abgebildete Kleid. Es war schlicht und doch elegant, mit einem langen Schleier und einer schmalen Taille. Die Ärmel waren kurz und mit Perlen bestickt. Ja, es war hübsch – aber irgendetwas fehlte. Sie konnte aber nicht ausmachen, was es war.

Erneut klingelte das Glöckchen über der Ladentür, und Clara wurde von Entsetzen gepackt, als sie sah, wer da gerade den Verkaufsraum betrat: Alfreds künftige Schwägerin Márie Brodbeck in Begleitung einer rothaarigen Schönheit mit großen grünen Augen.

»Márie! Waltraud«, erkannte Claras Verlobter, und auch er wirkte fast erschrocken.

Der zweite Name versetzte seiner Zukünftigen einen Stich. Das war also die ominöse Kunstmalernichte! Warum ließ sich die Dame von Ottos Liebchen Márie hierherschleppen, wenn sie nicht doch Interesse an Alfred hatte?

Waltraud Hanner wandte sich an den Konditormeister. »Márie meinte, du möchtest mich unbedingt wiedersehen, deshalb wollten wir dich vor unserem Einkaufsbummel in Stuttgart in der Cannstatter Badstraße besuchen. Gerade erspähe ich dich aber durch das Schaufenster hier, und ich sag zu Márie: ›Da ist er doch, der Alfred.‹«

»Ach tatsächlich? Mir hat meine liebe Schwägerin in spe erzählt, du wärest bestimmt enttäuscht, dass ich jetzt mit einer Schokoladenhändlerin verlobt sei«, entgegnete Alfred zerknirscht und blickte verärgert in Máries Richtung, die anscheinend nicht damit gerechnet hatte, dass ihre plumpen Kuppelversuche derart schnell nach hinten losgehen würden.

»Ja, und das hier ist Alfreds Verlobte: Clara Göttle, die großartigste Geschäftsfrau weit und breit«, mischte sich Sofie ins Gespräch ein, der die Freundin unmittelbar nach ihrer Rückkehr aus Gammertingen von der intriganten jungen Dame berichtet hatte. »Eine echte Traumfrau!«

»Ach so«, sagte Waltraud erkennend, und für einen Augenblick blickte auch sie verstimmt in Máries Richtung, fing sich aber sofort wieder und reichte Clara mit einem Lächeln die Hand. »Freut mich, Sie kennenzulernen, Fräulein Göttle. Schön, dass Alfred eine Gefährtin gefunden hat, und dann auch noch eine solch erfolgreiche.«

»Danke«, sagte Clara zögerlich, musste sich jedoch eingestehen, dass ihr die Künstlertochter wesentlich sympathischer war als Márie.

Waltrauds Blick fiel auf die Skizzen der Hochzeitskleider, die auf dem Tisch lagen. »Oh, wollen Sie das bei Ihrer Vermählung tragen?«

»Ich bin mir noch nicht ganz sicher«, antwortete die künftige Braut unschlüssig.

Die junge Schneiderin betrachtete Clara genauer, dann sah sie wieder zur Skizze. »Einige Grundelemente passen, aber … Haben Sie einen Bleistift?«

Clara reichte ihr jenen, den sie immer bei sich trug, und schon begann Waltraud mit flinken Fingern zu zeichnen. Vor den verblüfften Zuschauerinnen – Alfred durfte ja nicht hinschauen – entstand ihre Version des Hochzeitskleides. »Mehr Spitze hier, ein romantischerer Schnitt dort«, erklärte die Kunstmalernichte, während sie skizzierte. Ihr gelang es sogar, Claras Konterfei zu Papier zu bringen. »Und vielleicht ein paar Löckchen für den feierlichen Anlass«, sagte sie schließlich und zeichnete ebendies auf den Kopf von Claras Abbild.

Die künftige Braut selbst und deren Freundin Sofie waren gleichermaßen begeistert von Waltrauds Entwurf.

»Danke schön, Fräulein Hanner. Meine Freundin Anna kann gut schneidern, ich werde sie bitten, das Kleid umzunähen – Ihrem wunderbaren Entwurf entsprechend«, verkündete Clara. Und vielleicht, dachte sie, würde sie sich am Hochzeitstag tatsächlich ein paar Löckchen drehen lassen.

»Das freut mich«, antwortete die anfangs als Konkurrentin gefürchtete Frau, die sich jetzt jedoch auf solch schöpferische Weise für die Hochzeitsfeier von Clara und Albert eingesetzt hatte.

Márie wirkte darüber schwer enttäuscht. »Waltraud, wir

sollten gehen«, meldete sie sich gereizt zu Wort. »Wir haben noch Einkäufe zu erledigen.«

Die Angesprochene zuckte mit den Schultern und wandte sich dann lächelnd an Clara und Alfred. »Ich wünsche euch alles erdenklich Gute für die Zukunft. Möge euer gemeinsames Leben so süß sein wie eure Schokolade.«

Mit diesen Worten verließen sie und Márie das Geschäft.

»Grüß meinen Bruder Otto!«, rief Alfred ihnen noch nach.

»Diese Waltraud Hanner ist ja wirklich auf unserer Seite«, freute sich Clara.

»Ich denke, Márie steht Ärger ins Haus«, meinte Alfred. »Sie hat die Ärmste ja offenbar unter falschen Behauptungen zu mir in die Badstraße locken wollen.«

In diesem Augenblick betraten Jósephe und ihr Verlobter den Laden. Claras jüngere Schwester war merklich aufgeregt, als sie ihr mitteilte: »Ludwig und ich haben jetzt das Datum für unsere Trauung – sie ist am 15. Juli in Cannstatt! Ihr sucht ja noch nach einem freien Termin, deshalb habe ich einen grandiosen Vorschlag für euch: Machen wir doch eine Doppelhochzeit daraus!«

Clara fand diese Idee völlig verrückt. Typisch Jósephe! Doppelhochzeit – gab es so etwas überhaupt wirklich?

Zwei Bräute in Blütenweiß, zwei Bräutigame im dunklen Hochzeitsanzug! Der katholische Priester hatte bei den Vorgesprächen erläutert, dass dies für ihn eine Premiere sei – aber auch eine besondere Freude! »So ein doppeltes Eheversprechen gleich zum Wochenbeginn wird dem Herrgott bestimmt gut gefallen«, hatte er sich überzeugt gezeigt.

Somit stand die vierunddreißigjährige Clara am Montag,

dem 15. Juli 1912, nicht nur an der Seite ihres frischgebackenen Ehemanns Alfred Ritter vor dem Altar, sondern auch neben ihrer zweiundzwanzigjährigen Schwester Josephine sowie deren Verlobtem Ludwig Weidenmann. Im Gegensatz zu dem jüngeren Paar hatten Alfred und Clara standesamtlich bereits knapp zehn Tage zuvor geheiratet. Sowohl ihre zwei Läden als auch Alfreds soeben angemietete eigene, neue Süßwarenhandlung in der Brunnenstraße befanden sich seither in ihrer beider Besitz.

Clara trug das Kleid, das ihr Anna nach den Entwürfen der Kunstmalernichte umgeschneidert hatte, ebenso die mädchenhaften Löckchen wie auf der Zeichnung.

Als sie vorhin mit weichen Knien zum Altar geschritten war, hatte sie in den Bankreihen all ihre Freunde und Verwandten gesehen – und in deren Blick erkannt, wie sehr ihr ein jeder ihr Glück gönnte. Ihre gesamte Familie saß vollzählig in der Kirche. Sogar Beata hatte vom Kloster Heiligenbronn die Erlaubnis bekommen, hier bei der Hochzeit ihrer beiden Schwestern dabei zu sein. Neben etlichen Kunden waren zudem Anna, Victor und Sofie mit ihrem Liebsten Hermann sowie deren Freundin Johanna samt ihren Frauen aus dem Künstlerinnenbund anwesend.

Von Alberts Familie waren auch so gut wie alle angereist. Der gutmütige Paul war auf Claras Wunsch hin ihr Trauzeuge geworden, und zähneknirschend hatte sie sich auch dazu durchgerungen, den fünfundzwanzigjährigen Bruder Otto mit seiner intriganten Verlobten Márie einzuladen. Clara wollte einfach, dass Alfred rundum glücklich war an ihrem großen Tag, und da durfte Otto nicht fehlen. Sie behandelte Márie jedoch sehr distanziert, sprach nur das Nötigste mit ihr – und siezte sie hartnäckig.

Neben den Eltern Karl und Mathilde waren auch alle anderen Geschwister Alfreds anwesend: Maria – nicht zu verwechseln mit Ottos kratzbürstiger Verlobter –, Carl junior, Emmy, Hilde und das siebenjährige Nesthäkle Adolf.

Clara war so aufgeregt, dass sie kaum etwas von den einführenden Worten mitbekam, die der Geistliche über das Sakrament der Ehe sprach. Ihr Herz schlug immer schneller, als sie nun, wie durch Watte, den Schluss der Frage des Priesters an Alfred wahrnahm: »…, geborene Göttle, zu deiner rechtmäßig angetrauten Frau nehmen?«

Zu ihrem Entsetzen antwortete Alfred nun: »Nein, das will ich nicht.«

Getuschel und empörtes Raunen gingen durch die Menge. Clara fühlte sich wie in einem Albtraum. Das durfte einfach nicht wahr sein! Steckte etwa Márie dahinter?

Zu allem Übel grinste ihr Bräutigam nun breit, und Ludwig tat es ihm gleich. Als dann auch noch Jósephe zu kichern begann, ahnte Clara aber schließlich, was nicht stimmte. Sie vergegenwärtigte sich noch einmal die vollständige Frage des Priesters, die gelautet hatte: »So frage ich nun dich, Alfred Eugen Ritter, willst du die hier anwesende Josephine, geborene Göttle, zu deiner rechtmäßig angetrauten Frau nehmen?«

»Ich bin Josephine, heiraten will mich der da«, klärte Claras jüngste Schwester den verwirrten Geistlichen nun auf, wobei sie mit dem Finger auf Ludwig Weidenmann deutete.

»Und ich möchte mit dieser Dame vermählt werden, wenn's recht wär«, ergänzte Alfred, auf seine Angetraute deutend.

»Anna Klara, geborene Göttle?«, vergewisserte sich der Priester.

Sie nickte und lächelte nun ihrerseits erleichtert. Nach dieser kurzen Verwechslung durch den Geistlichen würde sie jetzt hoffentlich auch kirchlich eine Clara *Ritter* werden!

22. Kapitel

»Es tut mir schrecklich leid, dass ich so lange nicht mehr hier war.«

Es war Mitte Oktober 1912, und Sofie Veith suchte zum ersten Mal seit über drei Monaten das Geschäft in der Cannstatter Marktstraße auf, um dort ihre Mittagspause zu verbringen. »Und das sage ich nicht nur, weil Alfreds Pralinen der leckerste Nachtisch der Welt sind.«

Dem konnte und wollte die Schokoladenverkäuferin nicht widersprechen. Dass sie selbst im letzten Monat um die Hüften und um den Bauch herum erheblich zugelegt hatte, schob sie darauf, dass man bei Alfreds Leckereien viel zu oft kosten wollte. Sie hatte früh erkannt, dass ihre eigenen Kreationen geschmacklich nicht an die ihres Ehemannes heranreichten. Aber das war gewiss kein Manko, im Gegenteil. Es hatte sich nämlich rasch gezeigt, wie vorzüglich Clara und Alfred sich im Geschäft ergänzten. Alfred fühlte sich äußerst glücklich damit, alle kaufmännischen Angelegenheiten seiner Frau zu überlassen – sie verstand sich auf Zahlen und konnte bisweilen recht energisch sein. Dem einfallsreichen Konditormeister lag es hingegen weitaus mehr, neue Köstlichkeiten auszutüfteln, zu experimentieren sowie die Herstellung der Waren zu organisieren und zu überwachen.

Inzwischen hatten sie einen Lehrling für die Fabrikation angestellt, eine Zuckerbäckerin sowie zwei weitere Verkäuferinnen. Und das mittlerweile siebzehnjährige Lehrmädchen Elise Pfisterer machte sich ganz wunderbar.

»Ich weiß doch, wie viel ihr in eurer Korsettfabrik zu tun habt, seit Herr Lindauer diesen besonderen Büstenhalter herausgebracht hat«, beruhigte Clara ihre beste Freundin Sofie und genehmigte sich nach den Maultaschen mit schwäbischem Kartoffelsalat selbst eine von Alfreds neuesten Erfindungen als Nachtisch: eine Praline mit Kirschlikörfüllung.

»Ja, *Hautana* ist ein richtiger Kassenschlager«, bekräftigte Sofie. »Wir können uns vor Anfragen aus aller Welt gar nicht mehr retten.«

Hautana war der Markenname des revolutionären, neuen »hautnahen Büstenhalters« aus dem Hause Lindauer. Seit ihr Sofie eines der ersten Exemplare zur Hochzeit geschenkt hatte, wusste Clara, dass es sich um ein Modell aus Seidentrikot handelte, das ohne Versteifung direkt auf der Haut getragen wurde. Sie erinnerte sich sogar noch daran, unter welcher Nummer Sofies Arbeitgeber diesen ersten industriell in Serie gefertigten Büstenhalter beim Patentamt Stuttgart hatte registrieren lassen: 346. Eine Cannstatter Erfindung, die gerade um die Welt ging.

Clara fragte sich, ob es ihr und Alfred wohl irgendwann gelingen würde, auch etwas derart Einzigartiges zu erfinden. Etwas, das ein Patent wert sein würde? Sie hatten sich zwar schon Gedanken gemacht, doch bisher vergeblich.

In diesem Augenblick kam das Lehrmädchen aus dem Hinterzimmer und brachte eine Kanne mit frisch aufgebrühtem Kaffee.

»Vielen Dank, Elise«, sagte Clara, nachdem ihr eingeschenkt worden war.

»Hm, diese neuen Pralinen sind wirklich ganz und gar unglaublich«, schwärmte Sofie, die soeben eine weitere probiert hatte. »Wie macht dein Alfredle das bloß?«

Mit einem aufmunternden Lächeln blickte Clara in Richtung ihres Lehrmädchens. »Na, Elise, magst du dem Fräulein Veith verraten, was du über die Pralinenherstellung gelernt hast?«

Die dunkelhaarige Schönheit nickte. »Gern. Es gibt unterschiedliche Herstellungsverfahren. Ursprünglich hat man einfach Nüsse, Mandeln, Marzipanstückchen oder kandierte Früchte in Karamellsirup oder flüssige Schokoladenmasse getunkt.«

»Ah, aber gerade hat ein Belgier eine neue Methode erfunden«, erinnerte sich nun Sofie. »Das hat's Alfredle bei der Hochzeit erzählt.«

»Genau«, bestätigte Elise. »Der Belgier heißt Jean Neuhaus und besitzt eine bekannte Chocolaterie in Brüssel. Er gießt Metallförmchen mit flüssiger Schokolade aus, füllt sie mit gehackten Nüssen, mit Trockenfrüchten, Likör oder anderen Zutaten – und verschließt die dann mit einem Schokoladenplättchen. Dann lässt man alles erkalten und stürzt die fertigen Pralinen schließlich aus den Formen. Neuhaus arbeitet wohl gerade an einer Maschine, mit der das noch viel schneller geht als bisher. Neben den Belgiern verstehen sich aber auch die Schweizer auf Pralinenherstellung.«

»Na, und sicher bald auch Cannstatt«, scherzte Sofie.

In diesem Augenblick klopfte jemand an die Schaufensterscheibe.

»Onkel Franz!«, rief Clara. Sie hatte ihn seit der Hochzeit nicht mehr gesehen und freute sich sehr über den Überraschungsbesuch.

Nachdem seine Nichte ihm aufgeschlossen hatte, umarmte

der einstige Dorfmediziner sie herzlich und schüttelte Sofie ausgiebig die Hand.

»Ich war zu Besuch bei Guido Gaissmaier hier in seiner Cannstatter Filiale«, erzählte Franz. »Der ist immer noch ganz traurig, dass du ihm einen Korb gegeben und nicht wieder bei ihm angefangen hast. Dann dachte ich, schau doch mal beim Clärle vorbei.«

»Schön«, freute sich die. »Möchtest du auch von Alfreds Pralinen kosten?«

»Na, da sag ich gewiss nicht Nein«, entgegnete er voller Vorfreude, stutzte dann jedoch.

Clara bemerkte, dass ihr Onkel verblüfft an ihr herabsah. Sie folgte seinem Blick. »Habe ich einen Fleck auf der Schürze?«, fragte sie verunsichert. Aus leidiger Erfahrung wusste sie, dass selbst das kleinste Krümelchen Schokolade auf weißem Stoff verheerende Folgen haben konnte.

Statt ihr zu antworten, bat Franz: »Kann ich dich kurz unter vier Augen sprechen?«

»Natürlich, lass uns nach hinten gehen«, sagte sie und folgte ihm beunruhigt. Hatte sich sein Gesundheitszustand verschlechtert? Inzwischen war er ja einundsiebzig Jahre alt, wirkte aber weiterhin sehr agil.

Kaum hatte sie die Tür des Hinterzimmers verschlossen, fragte Franz zu ihrem Erstaunen: »Hast du in letzter Zeit morgens unter Übelkeit gelitten?«

»Nein, Ende August, als es so heiß war, da ist mir öfter ein bisschen schlecht gewesen, aber inzwischen geht es mir bestens«, entgegnete sie. Worauf wollte er hinaus?

»August, soso. Dann würde ich unterstellen, dass du etwa im dritten Monat bist«, sagte der erfahrene Arzt mit einem milden Lächeln.

Dritter Monat? Clara wurde flau im Magen. »Aber das kann

nicht sein«, stieß sie hervor. »Da waren Blutungen. Weniger als sonst, aber …«

»Die kann es auch geben, wenn man guter Hoffnung ist«, offenbarte ihr Franz. »Und dein kleines Bäuchle spricht eine eindeutige Sprache.«

»Aber bin ich nicht zu alt?«, gab Clara zu bedenken.

Er streichelte aufmunternd ihren Arm. »Nein, doch nicht mit vierunddreißig.«

Mit dieser Nachricht hatte sie nicht gerechnet. »Du liebe Zeit!« Vielleicht täuschte sich Onkel Franz ja auch? Doch eine innere Stimme sagte ihr, dass er recht hatte. Sie wurde Mutter! Alfred hatte immer betont, ihm sei wichtig, mit ihr zusammen sein zu dürfen, und wenn es wegen des Altersunterschieds zwischen ihnen für Nachwuchs zu spät sei, wäre er trotzdem glücklich mit ihr. So kinderlieb, wie er war, würde er sich jetzt aber bestimmt trotzdem kolossal freuen.

Die Abendsonne tauchte den kleinen Salon ihrer Wohnung in der Badstraße in warmes Licht, als Clara auf dem Sofa saß und ein Paar graue Säuglingsschühchen strickte. Zum ersten Mal kam ihr in den Sinn, dass der Handarbeitsunterricht aus der Schule doch nicht nur boshafte Gängelei gewesen war. Als das Geräusch des Schlüssels in der Wohnungstür ihren Ehemann Alfred ankündigte, kribbelte Claras Bauch vor lauter Vorfreude.

Er kam herein und küsste sie. »Du strickst?«, wunderte er sich. »Das sind ja ganz neue Moden.« Als er erkannte, was da gerade im Entstehen begriffen war, hob er erstaunt eine Augenbraue. »Ist unsere liebe Jósephe etwa schon guter Hoffnung?«

Clara spürte die Aufregung in der Brust, als sie seine Hand nahm und sie sanft auf ihren Bauch legte. »Nicht Jósephe.« Alfred sah seine Frau fragend an, und sie nickte lächelnd.

Seine Augen weiteten sich vor Freude, und dann kamen ihm die Tränen. »Ein Kind?«, brachte er hervor. »Unser Kind!«

Clara bejahte, und ihre Herzen schienen im selben Takt zu schlagen. »Wir werden eine Familie.«

Er zog sie in seine Arme, und sie spürte seine Liebe und Dankbarkeit. »Wann ist es so weit?«

»Onkel Franz schätzt, dass ich im dritten Monat bin. Darf ich mir den Namen aussuchen, falls es ein Junge wird?«

Alfred strich ihr liebevoll über den Bauch. »Natürlich, alles, was du dir wünschst, mein Schatz«, flüsterte er.

»Dann würde ich ihn gern Paul nennen. Nach deinem frommen und gutmütigen Bruder. Er hat mich am herzlichsten in eurer Familie willkommen geheißen – und Paul wäre auch ein guter Patenonkel für unseren Kleinen.«

»Da hast du recht«, sagte Alfred. »Und wenn es ein Mädchen wird?«

Clara lächelte. »In dem Fall darfst du entscheiden.«

»Dann soll sie Mathilde Louise Sophie heißen. Mathilde nach meiner Mutter, Louise nach deiner Mutter und Sophie nach deiner besten Freundin – aber mit ph, wegen meiner Tante, die ins Kloster gegangen ist.«

»Das ist eine sehr schöne Idee«, befand Clara. »Ich werde morgen mal bei meiner Kundin Frau Guckenberger vorbeigehen. Sie ist Hebamme und wohnt gleich um die Ecke in der Wilhelmstraße 29.«

»Ach die Dame, die so gern Schwarzwälder Kirschtorte mag«, erinnerte sich der werdende Vater.

»Genau die«, bestätigte seine Frau. Nie hätte Clara gedacht, dass sie die Dienste der freundlichen Schwäbin jemals selbst in Anspruch nehmen würde. Aber seit sie Alfred kannte, war ohnehin alles anders.

Clara hatte noch nie in ihrem Leben so laut geschrien wie an jenem Tag Anfang April 1913. An ihrem Bett wachte die rundliche Hebamme Friederike Guckenberger.

»Sie haben gelogen«, keuchte Clara, die verschwitzt und zu Tode erschöpft darniederlag, in der nächsten Wehenpause. »Ja, es ist wie Regelschmerzen, so weit haben Sie die Wahrheit gesagt, aber multipliziert mit tausend! Den Teil der Rechnung haben Sie vergessen zu erwähnen.«

Die Geburtshelferin lachte. Sie verstand aus langjähriger Berufserfahrung gewiss ganz genau, warum die Schokoladenverkäuferin gerade etwas ruppig war.

Und obwohl sie noch nie zuvor solche Schmerzen hatte erleiden müssen, fühlte Clara doch auch, dass sie sich mit jeder Wehe mehr dem ersehnten Moment näherte, in dem sie endlich ihr Kind in den Armen halten würde. Oh, es gab nichts, was sie sich mehr wünschte! Manchmal war sie deshalb ganz krank vor Sorge gewesen: Dem Kind, das in ihr heranwuchs, durfte keinesfalls etwas geschehen! Schon vor zwei Tagen hatte sich dann eine ungekannte, seltsame innere Unruhe in Clara breitgemacht, die sie vorher noch nicht von sich gekannt hatte. Obwohl sie erschöpft gewesen war, hatte sie nicht mehr richtig einschlafen können. Diese Nervosität und die pausenlose Grübelei waren laut der Hebamme ein Zeichen dafür, dass sich Körper und Seele auf die bevorstehende Geburt vorbereiteten. Und nun war es so weit!

»Pressen, pressen!«, rief Frau Guckenberger.

Clara spürte, dass das Köpfchen kam, der Zerreißschmerz

war unerträglich, aber irgendwann – sie war schon beinahe bewusstlos – hörte sie den erlösenden Schrei des Säuglings. Sie hatte es geschafft!

»Es ist ein Bub!«, rief die Geburtshelferin hocherfreut.

Nachdem sie die Nabelschnur durchtrennt und den Neugeborenen gewaschen hatte, wickelte sie ihn in eine große Windel und legte ihn seiner Mutter in die Arme. »Er ist wirklich ein gesunder und hübscher Kerle!«

»Oh ja, wunderschön«, hauchte Clara und war überglücklich, dass sie ihren Sohn endlich halten konnte. Ihr süßes, kleines Päule!

»Na, dann holen wir den jungen Vater doch mal rein«, meinte Frau Guckenberger. »Der hat sicher Todesängste um euch ausgestanden.« Sie riss die Tür auf. »Sie können reinkommen, Herr Ritter!«

Das ließ sich der frischgebackene Vater nicht zweimal sagen. Zunächst küsste er erleichtert seine Gattin, dann nahm er entzückt und ganz vorsichtig seinen Sohn auf den Arm, während Freudentränen über sein Gesicht rannen.

Sie schauten sich voller Dankbarkeit über ihr großes Glück in die Augen.

Die Hebamme half noch, die Laken zu wechseln, wegen des ungewöhnlich kalten Aprilwetters konnte man zwar nur kurz lüften, es fühlte sich aber dennoch alles rasch wieder frisch an.

»Ich kann es kaum erwarten, bis dein Bruder sein Patenkind sieht«, sagte Clara glücklich. Sie hatte mit Paul darüber gesprochen, ob er eines Tages auch Kinder haben wolle, und er hatte gesagt, er glaube für sich nicht daran. Umso mehr sei es ihm eine Ehre, der Pate seines kleinen Namensvetters zu werden.

»Spätestens bei der Taufe wird er ihn sehen«, versprach Alfred.

Clara wollte die Taufe des kleinen Paul nicht zu lange aufschieben, deshalb musste sie wohl oder übel am heutigen Sonntag das Wochenbett für mehrere Stunden verlassen. Zum Glück war ihre alte Freundin Anna derzeit aus Tomerdingen zu Besuch bei den Ritters, um der frischgebackenen Mutter beizustehen.

Nach der Kirche hatten Clara und Alfred alle Gäste zu sich nach Hause eingeladen, um den besonderen Tag zu feiern. Die Wohnung war mit Blumen geschmückt, und der Duft von frisch gebackenem Kuchen und Kaffee erfüllte den Salon.

Alle plauderten fröhlich miteinander, im Augenblick drehte sich das Gespräch um das viel zu kalte Wetter. Clara saß mit ihrer Freundin Sofie am Fenster und blickte auf die grauen Wolken, die den Himmel bedeckten.

»Es ist wirklich eisig draußen«, sagte Sofie und zog ihre Strickjacke enger um sich. »Ich kann es kaum erwarten, dass der Frühling endlich Einzug hält.«

Alfreds Bruder Paul mischte sich ein. »Die Berliner Wetterwarte hat vor zwei Tagen eine durchschnittliche Tagestemperatur knapp unter null Grad gemessen. Das war wohl der kälteste 11. April seit 1848!«

Clara lächelte und deutete von ihrem bequemen Sessel aus auf das Feuer im Kamin. »Na ja, wenigstens haben wir hier drinnen genug Wärme und Geborgenheit.«

»Ich schau mal, ob die Hauptfigur des heutigen Tages vor seinem Mittagsschläfle noch Hunger hat«, kündigte Anna an und verschwand in der Kinderstube.

Ein weiteres Gesprächsthema an diesem Mittag war die politische Lage. Der stets bestens informierte leibliche Vater Victors, René Bourgeois, wusste zu berichten, dass Prinzessin Viktoria Luise von Preußen angeblich eine Heirat mit dem Welfenprinzen Ernst August von Hannover plante – »das wäre gut für den Frieden«.

Da bemerkte Clara im Augenwinkel etwas Beunruhigendes: Anna kam kreidebleich aus der Kinderstube und wandte sich an Dr. Merkle, den pensionierten Arzt. »Franz! Du musst sofort nach dem kleinen Paul schauen, er atmet nicht!«

Claras Onkel sprang sogleich von seinem Sessel auf und eilte ins Kinderzimmer. Auch Clara erhob sich, die Schmerzen, die ihr dies so kurz nach der Entbindung noch bereitete, ignorierte sie. Alfred befand sich gerade in der Küche und bekam von alldem nichts mit.

Sie wollte nicht glauben, was sie da gehört hatte, doch eine böse Vorahnung raubte ihr den Atem. Ihre Mutter Louise, die heute wegen einer schweren Erkältung nicht dabei sein konnte, hatte ihr einst erzählt, wie sie ihr viertes Kind, Alexander, nur neun Tage nach dessen Geburt leblos in seinem Bettchen vorgefunden habe. Und jetzt fühlte Clara sich selbst genau wie in jener albtraumhaften Episode! »Was ist los, Anna? Was ist mit Paul?«, wisperte sie mit versagender Stimme.

Die Freundin sah sie jedoch nur apathisch an, als Clara die Kinderstube wie eine Schlafwandlerin betrat. Was sie dort sah, raubte ihr die letzte Hoffnung.

23. Kapitel

Montag, 29. Juni 1914

Meine liebe Beata,
bitte verzeih mir, dass ich mich all die Monate nicht bei Dir gemeldet habe. Aber Du weißt ja, Alfred und ich haben sehr lange um unseren kleinen Paul getrauert. Diesmal half mir auch die Flucht in die Arbeit nichts, immer wieder kamen die dunklen Gedanken zurück. Wir wissen, dass wir mit unserem Leid nicht allein sind. Viel zu häufig sterben Kinder, unsere liebe Mutter musste es ja sogar zweimal durchmachen. Und Waltraud hat erzählt, dass ihr Onkel, der Gammertinger Kunstmaler Constantin Hanner, alle fünf Kinder verloren hat! Egal, wie oft so etwas passiert, jedes einzelne Mal geht es um einen ganz besonderen Menschen. Wir haben unser Päule ja nur so kurz kennenlernen dürfen, und trotzdem vermissen wir ihn schrecklich. Wir werden nie erfahren, welchen Weg er für sich in dieser Welt gewählt hätte. Was und wen er geliebt hätte. Er ist viel, viel zu früh wieder fortgegangen. Unsere moderne Medizin hat keine Antwort darauf, warum so etwas immer wieder geschieht.

Onkel Franz war darüber sehr verzweifelt, und selbst Alfreds so frommer Bruder Paul hat kurz mit seinem Glauben gehadert und wie Hiob gelitten, weil ihm sein geliebtes Patenkind genommen wurde. Ich danke Dir, dass Du mit Deinen Schwestern für die Seele des Kleinen und uns gebetet hast. Inzwischen lebe ich in dem festen Glauben, dass unser kleiner Paul beim Herrn ist und wir uns eines Tages wiedersehen. Und es gibt ein großes Geschenk, mit dem Alfred und ich nicht gerechnet hätten: Ich bin erneut guter Hoffnung! Wir beten, dass diesmal kein Unheil geschieht. Würdest auch Du dasselbe für uns tun, liebste Schwester? Im Dezember wäre es wohl so weit.

Dir und Deinem Konvent nur die besten Wünsche von

Deiner Clara

Sie wischte sich die feuchten Augen und schloss den Briefumschlag. Zum ersten Mal seit einer Postkarte zu Ostern hatte Clara die Mittagspause genutzt, um ihrer Schwester im Kloster Heiligenbronn zu schreiben. Obwohl sie über fünfzehn Monate nach dem Tod ihres Kindes wieder in der Lage war, den Alltag zu bewältigen, ohne ständig an den Verlust zu denken, brach sie doch öfter in Tränen aus, wenn sie durch etwas oder jemand daran erinnert wurde. Außerdem kehrten in manchen Nächten die schrecklichen Bilder in Albträumen zurück, und gelegentlich erwachte sie von ihrem eigenen Schrei.

»Alles in Ordnung, Frau Ritter?«, fragte das mittlerweile neunzehnjährige Fräulein Pfisterer besorgt.

Das umsichtige Lehrmädchen war sehr einfühlsam und bemerkte Stimmungsänderungen sofort.

Clara schaffte ein Lächeln. »Ja, ich war gerade nur kurz in Gedanken.«

Elise würde demnächst erfolgreich ihre Lehre beenden. Sie war noch hübscher geworden, und in die Filiale hier in der Marktstraße kamen regelmäßig etliche Herren, die nur ihretwegen zu Stammkunden geworden waren.

In diesem Augenblick klopfte jemand an die Schaufensterscheibe.

»Oh, da ist ja Victor Markert«, erkannte Elise mit einem verdächtigen Strahlen im Gesicht.

Während Clara zur Ladentür ging, um dem Siebzehnjährigen aufzuschließen, bemerkte sie, dass er sich in Begleitung seines leiblichen Vaters René und ihres Onkel Franz befand.

Die drei Herren wurden herzlich begrüßt, doch es wurde sofort deutlich, dass sie nicht gerade bester Stimmung waren. Selbst Victor, der für gewöhnlich vor Freude stets völlig aus dem Häuschen war, wenn er auf die hübsche Elise traf, reagierte heute ein wenig verhalten.

»Ist etwas geschehen?«, fragte Clara.

Victor nickte ernst. »Papa denkt, dass der Mord am Thronfolger von Österreich-Ungarn zum Krieg führen wird – auch zwischen uns und Frankreich.«

Von den Schüssen auf Franz Ferdinand und dessen Frau am gestrigen Sonntag hatte Clara heute bereits in der Zeitung gelesen – aber wieso sollte das Attentat einen militärischen Konflikt mit deutscher und französischer Beteiligung auslösen? »Wie kommst du darauf?«

»Der Attentäter Gavrilo Princip ist ein serbischer Nationalist«, begann René zu erklären. »Sein Ziel ist die Befreiung Bosniens und Herzegowinas von der österreichisch-ungarischen Herrschaft – und die Schaffung eines gemeinsamen südslawischen Staates. Deutschland unterstützt in diesem Streit

Österreich-Ungarn, Russland ist auf der Seite von Serbien – und befindet sich auch in einem Bündnis mit Frankreich. Ich habe ja mehrere Freunde in politisch wichtigen Positionen, und alle befürchten, dass ein Krieg zwischen Österreich-Ungarn und Serbien zu einer Kettenreaktion führen kann. Zuerst zu einem Krieg zwischen Deutschland und Russland, was in der Folge …«

»… für eine Auseinandersetzung mit Frankreich sorgen würde?«, kombinierte Elise.

»Davon gehe ich aus«, bestätigte René. »Vom Kaiser bis zum kleinen Soldaten warten viele schon länger darauf, es dem Feind mal so richtig zu zeigen. Und das Attentat könnte der Funke sein, der endlich zur Explosion führt. Ich habe eine Tante in Zürich, ich werde deshalb vorerst zu ihr ziehen. Sollten sich die Wogen wieder glätten, würde ich natürlich sofort zurückkehren.«

»Dann bist du gekommen, um dich zu verabschieden?«, dämmerte es Clara nun.

Der Franzose nickte traurig. »Leider, ja.«

Die arme Anna, dachte Clara.

»Wenn ich einen Einberufungsbefehl bekomme, werde auch ich in die Schweiz gehen«, erklärte Victor zu Claras Erleichterung.

Was für eine gute Idee! Vielleicht würde Anna ihn dann ja sogar begleiten? Doch trotz dieser tröstlichen Möglichkeit stieg eine große Unruhe in Clara auf. Dort draußen drohte ein Krieg, ausgerechnet jetzt, nachdem sie und Alfred wegen des zweiten Kindes neue Hoffnung geschöpft hatten!

Am Freitag, dem 4. Dezember 1914, war es so weit. Clara Ritter lag zum zweiten Mal in den Wehen. Ihre beste Freundin Sofie Veith hielt sich auf Wunsch der werdenden Mutter in der Wohnung der Ritters auf, um dem vor Aufregung ganz aufgelösten Ehemann Alfred zur Seite zu stehen. Diesmal war nicht nur die Hebamme bei der Gebärenden im Schlafzimmer zugegen, sondern auch Louise Göttle. Es hatte Clara sehr beruhigt, dass ihre Mutter vor zwei Wochen von Tomerdingen angereist war, um ihr vor und nach der Niederkunft zur Seite zu stehen. Immerhin hatte die Sechsundsechzigjährige bereits acht Entbindungen hinter sich, eine davon sogar von Zwillingen. Sie hatte laut Clara sehr gelitten, als ihr mitgeteilt worden war, ihrer Tochter sei mit deren erstem Kind dasselbe widerfahren wie ihr selbst.

Für alle Fälle wartete Claras Onkel, der pensionierte Arzt Dr. Franz Merkle, in der Wohnstube nebenan. Ihm leistete neben Sofie und Alfred auch Victor Markert Gesellschaft, und natürlich der hochgradig nervöse Alfred.

Die bevorstehende Entbindung, so wusste Sofie von Clara, hatte ihn derart beunruhigt, dass er seine Frau zur Sicherheit am liebsten in einer Klinik mit einer Armada von medizinischem Personal untergebracht hätte. Doch wie hätte das ausgesehen? Nur die ärmsten Frauen aus der Unterschicht, Ledige oder Frauen ohne feste Bleibe gingen in die Gebäranstalt oder ein Spital.

Es war diesmal erstaunlich ruhig im Schlafzimmer, von Clara war kein Schreien oder Kreischen zu hören. Hoffentlich war das kein schlechtes Zeichen, dachte Sofie.

Da keiner ein Wort sprach, wandte sie sich an Victor: »Wie geht es denn deinem Vater in der Schweiz?«

»Gut, aber er denkt, der Krieg wird noch lange andauern«, erklärte der Gymnasiast. »Der deutsche Reichstag hat gerade in Berlin einen zweiten Kriegskredit in Höhe von fünf Milliarden Mark bewilligt – unter Zustimmung aller Parteien.«

»Nur der sozialdemokratische Abgeordnete Karl Liebknecht hat abgelehnt – als Einziger!«, ergänzte Franz.

»Jetzt werden die schlimmsten Großmachtfantasien ausgelebt!«, erboste sich Victor, der inzwischen politisch ebenso gut unterrichtet war wie Claras Onkel. »Reichskanzler Theobald von Bethmann Hollweg will das polnische Gebiet jenseits unserer bisherigen Ostgrenze von Deutschen besiedeln lassen – und die einheimische Bevölkerung dafür vertreiben. Man muss sich wirklich schämen.«

»Anfangs haben wir ja noch gehofft, der Krieg sei bis Weihnachten zu Ende«, murmelte Sofie resigniert, die höllische Angst hatte, auch ihr Verlobter Hermann könne bald eingezogen werden. »Davon ist jetzt keine Rede mehr.«

Franz schüttelte den Kopf. »Der Kaiser hat den sogenannten Landsturm zweiten Aufgebots zur Meldung aufgerufen. Vom 16. bis 20. Dezember sollen nach dem ersten Landsturm vom 15. August jetzt weitere Reservisten für den Kriegseinsatz mobilisiert werden.«

»Hoffentlich ziehen sie dich nicht doch noch irgendwann ein«, seufzte Sofie und streichelte Victor über dessen dunkle Locken.

»Dann würde ich in die Schweiz gehen«, erwiderte der siebzehnjährige Gymnasiast entschlossen. »Niemals schieß ich auf Papas Landsleute.«

Sofie wusste, dass Clara eine weitere Sorge plagte: Auch deren Mann Alfred war mit seinen neunundzwanzig Jahren noch im besten Alter, bei Fortdauer des Krieges eingezogen zu werden. Nicht auszudenken, was für eine Katastrophe dies für ihre Süßwarengeschäfte bedeuten würde. Und für ihre kleine Familie.

Die anfängliche Kriegsbegeisterung der Bevölkerung war im Herbst durch erste militärische Erfolge zunächst noch befeuert worden. Stolz hatte man die von Franzosen erbeuteten Kanonen im Hof des Neuen Schlosses in Stuttgart ausgestellt – ausgerechnet dort, wo Claras Onkel Franz und René Bourgeois im Dezember 1910 bei der Verleihung des Eisernen Kreuzes auf dauerhaften Frieden zwischen ihren Ländern gehofft hatten.

Da wurde die Schlafzimmertür geöffnet, und Louise Göttle linste strahlend heraus. Sie versuchte, sofort alle Sorgen zu zerstreuen. »Alfredle, du hasch an kerngsonda schöna Bua, ond au soiner Mutter goht's guat.«

Erst stürzte nur der überglückliche Vater in Begleitung von Dr. Merkle ins Schlafzimmer, dann durften auch Sofie und Victor hinein.

Alfred saß mit feuchten Augen glücklich bei seiner erschöpften, aber lächelnden Frau Clara am Bett und hielt das krebsrote Würmchen im Arm.

»Ein besonders hübscher Bub ist das«, urteilte die Hebamme.

»I fend, er sieht 'm Alfred recht ähnlich, dieselba Auga«, befand Großmutter Louise.

»Dann soll er auch so heißen«, beschloss ihre Tochter, während deren Mann den neuen Erdenbürger wieder und wieder zärtlich küsste. Sofie wusste, dass Alfred und Clara diesmal bewusst noch keine Namen ausgewählt hatten, nach dem Verlust des ersten Kindes waren sie wohl ein wenig abergläubisch geworden.

»Als Zweitname fänd' ich Otto kolossal gut«, erklärte Victor. »Weil er sich rückwärts und vorwärts gleich liest. Wie bei meiner Adoptivmutter Anna.«

»Na, *mein Bruder* Otto wäre auf jeden Fall stolz auf so einen Zweitnamen für seinen Neffen«, mutmaßte Alfred schmunzelnd.

»Hoffentlich steigt es seiner Verlobten Márie nicht zu Kopf«, gönnte sich die erschöpfte Clara eine kleine Spitze.

»Also: Alfred Otto Ritter. Bisch sicher?«, vergewisserte sich ihre Mutter.

»Ja, Alfred soll der erste Name sein und Otto der zweite«, wiederholte Clara überzeugt.

Als die Hebamme gegangen war, saßen Victor, Franz, Louise und Alfred bei Clara und dem Säugling.

»Wie es wohl ist, wenn man bei einer Geburt geholfen hat und dann allein nach Hause kommt?«, fragte sich Clara. »Frau Guckenberger ist ja schon seit längerer Zeit Witwe.«

»Ach, ich glaube, nach solchen Abenteuern ist man ganz froh über etwas Ruhe«, mutmaßte Franz und fügte dann bitter hinzu: »Immerhin muss sie sich um niemand Sorgen machen, der im Feld ist.«

Clara ahnte, dass ihr genau dies bald bevorstehen könnte.

24.
Kapitel

Seit 1915 besaßen die Ritters auch einen Postschließkasten. Ein Jahr zuvor hatten Alfred und Clara wie geplant das zusätzliche Geschäft in der Brunnenstraße übernommen. Sie hatten vorgehabt, den meisten Schriftverkehr über jenes Fach mit der Nummer 5952 abzuwickeln – in die nunmehr drei Filialen sollten nur noch Waren gehen und keine Briefe mehr. Doch dann war alles anders gekommen. Zu ihrer aller Entsetzen hatte man Alfred 1916 tatsächlich eingezogen. Seither diente der sonst so friedliebende Konditor im Landsturm des 126. Infanterieregiments, und die Kunden mussten auf seine beliebten Süßwarenkreationen verzichten. Alfred hatte zur Vorbereitung auf den Fronteinsatz zunächst in Asperg und Kirchheim unter Teck gedient, war dann aber in die Gegend von Verdun abkommandiert worden. Kurz nach ihm hatte man auch seinen Lehrburschen in Richtung Front beordert.

Aus Mangel an Material und weil wegen zunehmender Kriegsarmut das Kundenaufkommen nachgelassen hatte, war Clara gezwungen gewesen, bis auf den Laden in der Bahnhofstraße alle Geschäfte vorerst zu schließen. Dass in jener Filiale noch Betrieb herrschte, war unter anderem auch der am 25. November 1915 in Betrieb genommenen Eisenbahnbrücke über den Neckar zu verdanken, die eine schnelle Verbindung von der Residenzstadt Stuttgart zum Cannstatter Bahnhof bedeutete. In dem verbliebenen Laden hatte sich die Geschäftsfrau und Mutter auf Buchhaltung und Verwaltung spezialisiert, die sie im Hinterzimmer erledigte. Dort stand auch ein Gitterbettchen für ihren nunmehr zwei Jahre und zwei Monate alten Sohn Alfred junior, der von allen aber nur Fredi genannt wurde. Sie ließ ihn so gut wie nie aus den Augen. Von der bisherigen Belegschaft war allein ihre mittlerweile fertig ausgebildete Verkäuferin Elise Pfisterer übrig geblieben.

In der Mittagspause ging Clara oft mit ihrem Söhnchen auf das Postamt, um den Schließkasten zu leeren. So auch an diesem eiskalten Mittwoch, dem 7. Februar 1917, an dem sie Schwierigkeiten hatte, sich mit dem Kinderwagen durch den hohen Schnee zu kämpfen. Leider war mal wieder kein Brief ihres Mannes Alfred in der Firmenpost. Die Unsicherheit und das Warten waren sehr zermürbend – und ein Ende des weltweiten Gemetzels nicht zu erwarten. Inzwischen war die Euphorie über den Krieg erloschen, im Mai hatte die politische Linke auf dem Stuttgarter Karlsplatz gegen seine Fortsetzung protestiert. Auch in der restlichen Bevölkerung war die Stimmung allenthalben gekippt – ein großer Kontrast zur anfänglichen Begeisterung, als man die Männer in den Dörfern auf mit Blumen geschmückten Fuhrwerken zum Zug gefahren hatte und in den Städten reißerische Schriftzüge wie *Mit der Straßenbahn in den Krieg* zu lesen gewesen waren.

Allmählich wurde die Luft auch dünner für das deutsche Militär, man hatte sich definitiv mit zu vielen Nationen angelegt. Vor knapp einer Woche hatte das Deutsche Reich den uneingeschränkten U-Boot-Krieg in den Sperrzonen um Großbritannien und im Mittelmeer begonnen. Gleich am nächsten Tag hatte der US-amerikanische Präsident Woodrow Wilson die diplomatischen Beziehungen zu Deutschland abgebrochen und allen lateinamerikanischen Staaten sowie China den gleichen Schritt empfohlen. Ein Dampfer der USA war noch am selben Tag von einem deutschen U-Boot im Atlantik versenkt worden. Am 4. Februar hatten die Vereinigten Staaten dann auch die Schweiz, die Niederlande, Schweden, Dänemark und weitere neutrale Staaten aufgefordert, ihrerseits die diplomatischen Beziehungen zum Deutschen Reich abzubrechen.

Ein Lebenszeichen ihres Mannes Alfred brachte für Clara stets zumindest kurzfristig etwas Hoffnung, aber dies war ihr viel zu selten vergönnt.

Immerhin war heute ein Schreiben von Schwester Beata aus dem Kloster Heiligenbronn in der Post. Clara beschloss, den Umschlag zu öffnen und den Brief auf der Stelle zu lesen.

Heiligenbronn, Mariae Lichtmess 1917

Meine liebe Clara,
dies wird leider ein recht kurzes Lebenszeichen werden, denn nun ist der Krieg auch bis in unsere Klostermauern vorgedrungen, und wir haben sehr, sehr viel zu tun. Im neuen Flügel des hiesigen Gehörlosenheimes sind jetzt ein Lazarett und ein Soldatengenesungsheim einquartiert. Zum Glück wurden die Männer, die bei uns eintreffen, meist schon anderswo vorbehandelt; die ganz frisch Verwundeten von der Front blieben uns also bisher erspart. Die seelischen Verwundungen dieser bedauernswerten, teilweise sehr jungen Kerle sind allerdings oft noch viel schlimmer.

Es beruhigt mich sehr, dass es zumindest unserem lieben Alfred während seines Heimaturlaubs über Weihnachten so gut ging bei euch. Glaube mir, ich bete jeden Tag, dass es so bleibt. Ich hoffe, bei Euch in Cannstatt ist es etwas wärmer als hier, letzte Nacht hatten wir minus zwanzig Grad. Gib Deinem kleinen Fredi ein Küsschen von seiner ältesten Tante.

Ich denke an Euch!

Deine Schwester Beata

Als Clara mit dem im Wagen schlummernden Fredi zur Bahnhofsfiliale zurückkam, wartete davor ihre beste Freundin Sofie. Die mittlerweile Dreiunddreißigjährige sah erschöpft aus. Auch ihr Dauerverlobter Hermann Mannheimer und sein Bruder Heinrich waren eingezogen worden, weshalb »das elegante Fräulein Veith« in deren Schrott- und Eisenhandlung Falk Adler die Leitung übernommen hatte. In der Korsettfabrik Sigmund Lindauer hatte ohnehin wie in so vielen Betrieben Flaute geherrscht, und ihr Chef hatte sich nicht unglücklich über die Einsparung gezeigt, sosehr er seine quirlige Sekretärin auch schätzte.

»Ach, Clara, tut das gut, dich endlich mal wiederzusehen«, sagte Sofie und umarmte ihre Freundin. »Es ist viel zu lang her.«

»Ich freue mich auch«, sagte die und schloss das Geschäft auf. »Komm erst mal rein, hier draußen friert man ja fest.«

»Bei der Kälte stinkt's wenigstens nicht so saumäßig wie im Sommer«, entgegnete Sofie, lakonisch wie eh und je. »Seit so viele Gäul' an die Front müssen und die paar übrigen Tierle hier so wenig zu futtern kriegen, kommt die Müllabfuhr ja viel zu selten. Die Ratten freut's, mein Näsle dauert's!«

Clara lachte und schloss die Tür wieder hinter ihnen. Elise würde den Laden für die Kundschaft öffnen, sobald ihre Pause vorbei war.

Fredi ließ sich bereitwillig zu einem Mittagsschläfle hinlegen und sich dabei nicht von dem Kränzchen der Frauen stören. »So friedlich möchte ich auch mal wieder schlummern«, seufzte Sofie, als die beiden wenig später bei einer Tasse Tee im Hinterzimmer saßen. Kaffee war schon lange nicht mehr lieferbar, auch das Essen war knapp. Der fortwährende Regen im Sommer hatte die Kartoffelernte vernichtet, jetzt im Winter gab es tagein, tagaus nur Steckrüben. Die ärmere Bevölkerung hungerte und fror. Seit zwei Tagen hatte der Brennstoffmangel auch noch dazu geführt, dass Schulen, Theater, Museen und öffentliche Bäder vorübergehend geschlossen werden mussten. Sofie blickte auf das ahnungslose Kind. »Er weiß noch nicht, was da draußen in der Welt Schlimmes los ist.«

»Ja, und seinen Vater muss er bei jedem Heimaturlaub neu kennenlernen«, ergänzte Clara. »Das erspart ihm das Vermissen.«

»Wie war es denn, als Alfred über Weihnachten hier sein durfte?«, erkundigte sich Sofie.

»Sehr schön, aber an seinen Anblick in Uniform kann ich mich einfach nicht gewöhnen. Als er Mitte Dezember hier war, lag schon Schnee, da kam Alfred auf die verrückte Idee, im Hof Schlittschuh zu laufen. Seinen Humor hat er zum Glück nicht verloren. Fredi hat gequietscht vor Vergnügen«, erzählte Clara lächelnd. »Unser Nachbar, der Herr Ellwanger, war auch gerade auf Heimaturlaub. Er tauchte dann in seiner Feldwebeluniform auf der Veranda auf und hat Alfred begrüßt. Der wollte das militärisch-stramm erwidern. Doch dabei haben ihm die Schlittschuhe den Gehorsam verweigert, er ist ausgerutscht und unsanft auf dem Hintern gelandet. Seither weigert er sich, zu Hause in Cannstatt seine Uniform zu tragen.«

»Die passt auch wirklich nicht zu ihm«, entgegnete Sofie kichernd. »Er ist in seinem weißen Konditorkittel viel besser aufgehoben!«

»Hast du denn etwas von Hermann gehört?«, fragte Clara zögerlich.

Sofie schüttelte den Kopf. »Der letzte Brief kam kurz nach Neujahr. Die waren wohl der Auffassung, einem Juden müsse man zu Weihnachten keinen Heimaturlaub zugestehen.«

»Wie kommst du denn ohne ihn und seinen Bruder bei Falk Adler zurecht?«, fragte Clara.

»Ach, du kennst mich ja, ich wurstele mich immer durch, komme mir aber vor, als sei ich zum Steuermann ernannt worden – ausgerechnet, als das Schiff gerade in besonders wilder See unterwegs war. Ich sage immer zu den Arbeitern: Jetzt müsst ihr alle alles können, der Lohn bleibt bei uns auch in Kriegszeiten gut, fürs Nichtskönnen wird aber auch nichts bezahlt!«

Clara stellte sich amüsiert vor, wie ihre Freundin die gesamte Belegschaft der Schrott- und Eisenfirma duzte.

»Ich selbst bin auch oft bis spät in der Nacht dort«, fuhr Sofie fort. »Leider sieht Hermanns und mein Zuhause deshalb schrecklich aus. Seit seine Haushälterin im Ruhestand ist, müsste ich mich allein um die große Wohnung kümmern, aber ich komme einfach zu nichts.«

»Ich glaube, wenn er nach Hause darf, ist Ordnung das Letzte, woran Hermann denkt.«

»Da kennst du ihn aber schlecht«, unkte Sofie.

In diesem Augenblick klopfte es.

»Herein!«

»Schaut mal, wer hier ist«, kündigte Elise an, die fröhlich lächelnd ihren Kopf zur Bürotür hereinstreckte. Sie trat einen Schritt zur Seite, um eine blond gelockte Mittvierzigerin vorbeizulassen.

»Anna!«, rief Clara erfreut. »Was führt dich nach Cannstatt?«

»Ich besuche meinen Victor. Seit er im Herbst nach Stuttgart gezogen ist, vermisse ich ihn schrecklich«, gab Anna zu. »Da muss ab und zu einfach ein Besüchle sein.«

Ihr inzwischen zwanzigjähriger Adoptivsohn hatte nach seinem erfolgreichen Abitur in Ulm eine Stelle als Pfleger im Stuttgarter Katharinenhospital angetreten. Diese Tätigkeit sollte als Vorbereitung auf ein Medizinstudium in Tübingen dienen, das er sofort nach Kriegsende beginnen wollte. Auch ein Zimmer im Zentrum der Schwabenmetropole war Victor zur Verfügung gestellt worden. Clara wusste, dass sein Interesse an Medizin nicht der einzige Grund war, warum er diesen Arbeitsplatz gewählt hatte – er wollte in der Nähe ihrer einundzwanzigjährigen Verkäuferin Elise sein, mit der er letzten Sommer zusammengekommen war. Anna und Franz waren zwar froh darüber, dass ihr früherer Zögling nicht an die Front beordert worden war, aber Grund zur Sorge gab es offenbar auch in seinem neuen Wohnsitz: Am 22. September 1915 waren nämlich beim ersten Luftangriff auf Stuttgart in der Rotebühlkaserne unweit des Krankenhauses drei Soldaten und vier Zivilisten zum Opfer gefallen.

»Wie lieb, dass du dann auch gleich bei uns vorbeikommst«, freute sich Clara. »Möchtest du auch einen Tee?«

»Gern.«

Anna setzte sich, und während ihre einstige Nachbarin ihr eine Tasse hinstellte, ging Elise wieder in den Verkaufsraum hinaus.

Clara schenkte ein. »Ist zu Hause in Tomerdingen alles in Ordnung?«

Anna seufzte. »Na ja, deine Eltern haben ja einen Teil ihres Landes abgestoßen, weil außer Amalie und ihrer kleinen Familie niemand im Ort geblieben ist. Seither gibt es für mich nicht mehr viel zu tun. Das wenige, das übrig ist, würden Louise und

Michael mit dem alten Knecht im Grunde selbst hinbekommen. Ich bin auch schon auf der Suche nach einer Anstellung, die etwas näher bei Victor ist.«

»Verstehe«, meinte Clara. »Aber die Eltern behalten dich sicher gern, auch wenn du weniger Mühe als früher hast, du gehörst doch schon zur Familie.«

Anna senkte den Blick. »Es gibt noch einen anderen Grund, warum ich aus der Gegend wegmöchte.«

Clara verengte die Augen misstrauisch zu Schlitzen. »Schorsch?«

Die Freundin nickte betreten. »Er kommt sehr oft angetrunken aus Dornstadt rüber und bedrängt mich, wir sollten es noch mal miteinander versuchen. Er habe sich zu seinem Vorteil verändert in den letzten zwei Jahrzehnten, behauptet er. Manchmal hat er mich heimlich beobachtet, ohne etwas zu sagen. Das ist mir sehr unheimlich. Und inzwischen sind deine Brüder ja alle fort, da kann er mir allein auflauern.«

»Warum lässt dich der Mistkerl nicht endlich in Ruhe?«, zischte Clara aufgebracht.

»Ich hätte vielleicht eine Idee«, meldete sich Sofie zu Wort, die dem Gespräch bisher nachdenklich und schweigend gelauscht hatte. »Mein Verlobter Hermann Mannheimer und ich suchen hier in Cannstatt ganz dringend eine Haushälterin. Es wäre bei Bedarf auch eine Dachkammer bei uns im Haus mit dabei. Wenn es dir nichts ausmacht, für ein Schrotthändler-Pärle zu arbeiten.«

Anna strahlte über das ganze Gesicht und beeilte sich zu sagen: »Aber ganz und gar nicht!«

Am recht kühlen Montag, dem 12. März 1917, wurde unter starker Anteilnahme der Bevölkerung der vier Tage zuvor in Berlin verstorbene Graf Zeppelin auf dem Stuttgarter Pragfriedhof beigesetzt. Auch Clara Ritter war unter den Trauernden. Der Entwickler und Begründer des Starrluftschiffbaus hatte in Friedenszeiten den Glauben an eine wunderbare Zukunft voller technischem Fortschritt in der Bevölkerung genährt. Inzwischen leisteten die nach ihm benannten Luftschiffe jedoch ebenfalls Dienst an der Front.

Auch die Erfindungen von Claras einstigem Kunden Ernst Heinkel, der 1912 zu den Albatros Flugzeugwerken gegangen war und dort sein erstes eigenes Flugzeug entwickelt hatte, wurden längst von Militärs genutzt. Sein Aufklärer Albatros B. II war schon während des gesamten Kriegs im Einsatz. Inzwischen war Ernst laut Sofies Hermann sogar Werksdirektor der Hansa- und Brandenburgischen Flugzeug-Werke. Dort würde er gewiss weitere kriegstaugliche Flugzeuge entwickeln, dachte Clara traurig. Selbst der schöne, alte Traum vom Fliegen war nun Teil einer gigantischen Tötungsmaschinerie.

Hier bei Graf Zeppelins Beisetzung konnte man sich kaum gegen die Gefühle von Vergänglichkeit und Verlust wehren. König Wilhelm von Württemberg, der Gönner und Förderer des berühmten Verstorbenen, stand im Militärmantel an dessen Grab. Rechts von ihm saßen die Witwe des Grafen, Isabella, und die gemeinsame achtunddreißigjährige Tochter Helene; beide Damen hatten sich dunkle, kaum durchsichtige Schleier übergeworfen, die bis zum Boden reichten.

Während der Beisetzung kreisten über dem Friedhof zwei Zeppelinluftschiffe, die ihrem genialen Erfinder die letzte Ehre erwiesen, indem sie Blumen vom Himmel regnen ließen.

Clara musste plötzlich daran denken, dass sie vielleicht selbst bald am Grab ihres Mannes stehen würde. Auch sie brach nun wie so viele der anderen Trauergäste in Tränen aus.

»Oh nein, Sie hätten da doch nicht hingehen sollen.«

Ihre Verkäuferin Elise hatte größtes Mitgefühl, als sie bei Claras Rückkehr in die rittersche Bahnhofsfiliale deren verweinte Augen sah. »Hat es Sie so sehr mitgenommen?«

»Ach, man fühlt natürlich mit der Familie mit, aber man denkt auch an die eigenen Lieben, die man verloren hat – oder noch verlieren wird. Bei mir war es die Angst, dass es neben Päules Grab bald ein weiteres geben könnte«, gab die Geschäftsinhaberin zu und ließ sich von Elise ihren vergnügt lächelnden zweiten Sohn Fredi überreichen. Da klingelte das Glöckchen über der Ladentür. Anna Markert trat ein. Sie sah sehr aufgewühlt aus, und ihre Augen waren ebenso rot geweint wie die ihrer einstigen Nachbarin.

»Grüß Gott, Anna, warst du auch auf Graf Zeppelins Trauerfeier?«, fragte Elise ihre Schwiegermutter in spe, die seit Anfang des Monats Haushälterin bei den Veiths war.

Anna schüttelte den Kopf und reichte den beiden Frauen mit zitternden Fingern einen Brief. »Der wurde gerade gebracht.«

Clara und Elise lasen das Schreiben mit zunehmendem Entsetzen:

Sehr geehrtes Fräulein Veith,
ich habe die traurige Pflicht, Ihnen mitzuteilen, dass Ihr Verlobter, der Unteroffizier Hermann Mannheimer, seit den letzten schweren Kämpfen in den Argonnen vermisst ist. Meine Nachforschungen zu seinem Verbleib haben bisher keine Klarheit gebracht. Ich versi-

chere Ihnen, dass Sie sofort Nachricht erhalten werden, wenn das Schicksal Ihres Verlobten geklärt ist. Seine Kameraden und ich selbst sind in der Hoffnung, dass er doch noch lebt, in herzlicher Anteilnahme bei Ihnen. Ihr Verlobter hat im nun vierten Kriegsjahre großen Anteil daran gehabt, den Feind zurückzuschlagen, und sich hierbei um Kaiser und Vaterland verdient gemacht. Mögen Sie mit Gottes Hilfe die notwendige Kraft aufbringen, Ihr Schicksal zu tragen.

Mit aufrichtigem Gruße

Dr. Dietrich Bertram, Hauptmann.

»Ich habe ausdrückliche Anweisung von Sofie, Briefe von der Militärführung zu öffnen und ihr sofort Mitteilung zu machen«, erklärte Anna. »Aber ich traue mich nicht, allein mit dieser schlimmen Nachricht zu Falk Adler zu gehen.«

»Ich begleite dich natürlich«, bot Clara an, die noch gar nicht dazu gekommen war, den schwarzen Wintermantel auszuziehen. »Bitte pass gut auf Fredi auf, Elise!«

»Der bleibt jede Minute bei mir«, versprach die Verkäuferin. »Die Kunden lieben ihn.«

»Die Mami ist gleich wieder da«, sagte Clara und küsste den Bub auf die Stirn, bevor sie ihn an ihre Verkäuferin weiterreichte. Dann riss sie die Ladentür auf – und wäre um ein Haar mit einem Herrn um die dreißig mit sehr bleichem Gesicht und dunklem Schnauzbart zusammengestoßen.

Sie schrie auf, als sie ihn erkannte: »Alfred!«

25. Kapitel

Cannstatt, im April 1917

Meine liebe Beata,
Ich werde Dir auf ewig dankbar sein für Deine Gebete. Sie haben uns meinen Alfred zurückgebracht! Am Tag von Graf Zeppelins Beisetzung stand er plötzlich vor unserem Geschäft am Bahnhof. Er hatte sich eine seltene Nierenerkrankung zugezogen, die man erstmals im amerikanischen Bürgerkrieg beobachtet hat. Der diensthabende Arzt hat entdeckt, dass Alfred ohnehin zu schwache Nieren hat, und ihn für dauerhaft frontuntauglich erklärt! Nach wenigen Wochen Schützengraben durfte er also zurück in die Heimat. Zunächst sollte er als Landsturmmann bei der Pulverfabrik in Rottweil Wache schieben, doch schließlich wurde er – zum Glück – als Konditor bei der Stuttgarter Schokoladenfabrik Eszet dienstverpflichtet. Dort erlernt er die maschinelle Produktion von Schokolade, insbesondere wie man Cremeschokolade macht. Deren Riegel sind hohl und werden mit verschiedenen Arten von Füllungen versehen. Wenn wir irgendwann das Geschenk eines Friedens

bekommen, wollen wir uns auch Maschinen für so etwas anschaffen. Gerade in dieser Zeit braucht man seine Träume. Unser kleiner Fredi ist überglücklich, seinen Vater wiederzuhaben, und ich natürlich auch.

Leider kam an dem Tag von Alfreds Rückkehr auch die Nachricht, dass Sofies Verlobter Hermann im Argonner Wald im Nordosten Frankreichs verschollen ist. Die Hoffnung auf seine Heimkehr wird mit jedem Tag kleiner. Sie schlägt sich aber so tapfer, führt seine Schrott- und Eisenfirma weiterhin mit Herz und Verstand. Ich bin so unendlich stolz auf Sofie!

Victor und Elise wollen mit ihrer Hochzeit noch warten. Der Bub gibt die Hoffnung nicht auf, dass der Krieg demnächst enden wird und sein Vater René dann doch bei der Trauung dabei sein kann.

Liebe Beata, ich schließe Dich und Deine Schützlinge ein in mein Gebet, tue Du dasselbe nur weiterhin für uns, vor allem für Sofies Hermann.

Alles Liebe von Deiner Schwester

Clara

Sie faltete den Brief zusammen und schob ihn in einen Umschlag. Dann sah sie voller Liebe zu ihrem Sohn Fredi hinüber, der friedlich sein Mittagsschläfchen hielt. Sie hatte wirklich allen Grund, dankbar zu sein für ihre kleine Familie. Anderen war in diesen Tagen weitaus weniger Glück beschieden.

Vom Verkaufsraum hörte sie nun das Türglöckchen. Das kam in letzter Zeit beunruhigend selten vor, aber sie hatten ja auch kaum mehr etwas zu verkaufen. Clara hörte Elise kurz mit einem Mann sprechen, und dann wurde ohne Anklopfen die Bürotür aufgerissen. Mit aufgewühltem Gesichtsausdruck kam der Ziehsohn ihrer Freundin Anna herein.

»Mahlzeit, Victor!«

»Tante Clara, ich war gerade im Lazarett im Kursaal drüben, um Medikamente aus dem Katharinen vorbeizubringen. Da ist mir ein Patient begegnet, dem hatte man ein Bein amputieren müssen. Stell dir vor, er sah genauso aus wie Hermann Mannheimer!«

Clara zuckte zusammen. Eine Amputation? Das wäre ja schrecklich. Aber immerhin würde er dann noch leben. »Und – ist er es?«

»Als ich ihn angesprochen habe, hat er behauptet, ich verwechsle ihn«, berichtete Victor. »Er hatte zusätzlich zu dem amputierten Bein auch eine Wunde am Kopf und daher einen Teil seiner Haare abrasiert. Deshalb war ich dann wirklich kurz unsicher. Aber seine tiefe Stimme, die klang eben auch genau wie die von Herrn Mannheimer. Ich wollte Sofie keine falschen Hoffnungen machen. Aber kannst *du* dir den Mann nicht vielleicht mal anschauen? Du kennst ihn ja viel besser als ich, dich wird er sich nicht trauen anzulügen.«

Clara erhob sich entschlossen. »Und ob ich mir den anschaue!«

»Hermann!«

Der Schrotthändler saß auf seinem Krankenbett im Cannstatter Kursaal und sah sie freudlos an. »Grüß dich, Clara.«

Angesichts seines amputierten Beins und der Kopfverletzung fiel ihr das Sprechen schwer. »Wieso hast du Victor angelogen?«

»Weil ich nicht will, dass Sofie mich so sieht«, antwortete er und wich ihrem Blick aus.

»Aber früher oder später muss sie dich doch sehen, du bist ihr Verlobter«, erinnerte ihn Clara.

»Ich werde die Verlobung auflösen.«

»Wieso denn?«, rief sie aufgebracht. »Sofie hat so verzweifelt auf ein Lebenszeichen von dir gewartet. So fleißig hat sie eure Firma geleitet in all der Zeit.«

Er nickte, und als er ihr dann wieder ins Gesicht sah, bemerkte sie, dass ihm Tränen in den Augen standen. »Deshalb werde ich ihr ja meine Anteile auch überschreiben und zurück in meine Heimat ziehen.«

»Eine halbe Schrottfirma wird sie doch nicht trösten, wenn sie dich verliert!«, entgegnete Clara etwas zu laut. »Sie hat so sehr auf eine Zukunft mit dir gehofft.«

Er deutete an sich herunter und sagte abfällig: »Ja, aber sicher nicht *so eine* Zukunft! Sieh mich doch an!«

»Das ist sehr, sehr schlimm, und es tut mir unendlich leid für dich«, räumte Clara ein, jetzt leiser, jedoch nicht weniger eindringlich. »Aber viele Ehemänner sind in diesen Tagen zurückgekehrt und haben das gleiche Schicksal erlitten. Und wie die anderen Ehefrauen wird auch Sofie froh sein, dass du überlebt hast.«

»Es gibt aber nicht nur die Verwundungen, die man sieht«, knurrte Hermann. »Eine Zukunft mit mir hieße eine Zukunft ohne Kinder!«

Kurz stockte Clara, als sie begriff, was er meinte. Doch dann erwiderte sie: »Wenn ihr das wichtig wäre, würde sie doch bestimmt auch ein fremdes Mündel annehmen. Denk doch nur daran, wie sie das Findelkind Victor von Anfang an vergöttert hat.«

Doch Hermann schüttelte den Kopf. »Ich will ihr das alles

nicht aufzwängen. Du kennst sie. Sie würde aus Verantwortungsbewusstsein heraus trotzdem bei mir bleiben. Sie will doch allen immer helfen, dafür nimmt sie bestimmt sogar das Leben an der Seite eines zeugungsunfähigen Krüppels auf sich. Aber irgendwann würde sie ihr Mitleid bereuen.«

»Wieso Mitleid?«, fragte Clara verzweifelt. »Sie liebt dich doch! Über alles! Und ich dachte, das wäre bei dir auch so.«

Er nickte mit versteinerter Miene. »Ich liebe sie, genau. Und eben deswegen soll sie mich nicht mehr sehen müssen. Bitte sage ihr nicht, dass du mich gefunden hast. Ich werde ihr alles in einem Brief erklären, wenn ich das Rechtliche wegen meiner Firmenanteile geregelt habe. Du musst mir versprechen, dass du nichts sagst.«

»Das kann ich nicht«, sagte Clara und ging grußlos in Richtung Ausgang.

Eine Stunde später lief die Süßwarenhändlerin mit Anna eiligen Schrittes auf das Firmengebäude der Schrott- und Eisenhandlung Falk Adler zu. Nach dem enttäuschenden Gespräch mit Hermann Mannheimer hatte Clara zunächst seine und Sofies Wohnung aufgesucht, um Anna nach Rat zu fragen, die mittlerweile dort als Haushälterin arbeitete.

Die einstige Schulfreundin war nach Schilderung von Hermanns Aussagen derselben Meinung gewesen wie Clara: »Egal, was Hermann in seinem schlimmen Zustand für richtig hält: Wir müssen Sofie gegenüber loyal sein! Sie würde es uns nie verzeihen, wenn wir jetzt schweigen. Sie wünscht sich nichts sehnlicher, als ihren Hermann endlich wiederzusehen. Und sie wird ihm helfen wollen. Wir haben nicht das Recht, ihr das vorzuenthalten!«

Sie trafen Claras Freundin vor einem unfassbar hohen Schrotthaufen an, wo sie im angeregten Gespräch mit einem Arbeiter war. Unglaublich, wie viel Altmetall auch in Krisenzeiten wie diesen anfiel!

Als Sofie in die ernsten Gesichter ihrer besten Freundin und der Haushälterin sah, erstarb ihr Lächeln auf Anhieb. »Was ist passiert?«, fragte sie sofort.

»Hermann wurde ein Bein amputiert, aber er lebt«, offenbarte Clara direkt, um Sofie nicht in quälender Ungewissheit zu lassen. »Er ist in dem Lazarett im Kursaal und denkt, er wäre eine Zumutung für dich. Weil ihm das Bein fehlt – und er wohl auch keine Kinder bekommen kann. Deshalb wollte er dich per Brief freigeben und dir seine Firmenanteile überschreiben. Damit er das in Ruhe vorbereiten kann, sollte ich dir nicht verraten, dass ich ihn gefunden habe.«

»Ha, so ein Grasdackel!«, erboste sich Sofie, während ihr Tränen über die Wangen liefen. Sie wandte sich an den Arbeiter: »Sag der Belegschaft, dass ich heute wohl nicht mehr reinkomme, ich habe ein Hühnchen mit dem Chef zu rupfen!«

Der Mann mit dem sonnengegerbten Gesicht lächelte seinerseits. »Jawoll, Fräulein Veith. Wie gut, dass der Herr Mannheimer lebt.«

»Das sehe ich genauso«, entgegnete Sofie und wandte sich an Clara und Anna: »Kommt, Mädle, wir nehmen eins von den Fuhrwerken!«

Als wenig später ein mit Schrott voll beladener Einspänner mit drei hübschen Frauen auf dem Kutschbock vor dem Säulenrondell am Eingang des Großen Kursaals hielt, blickten einige Krankenschwestern, Pfleger und Patienten, die sich vor dem schlossartigen Gebäude in der Aprilsonne aufhielten, recht erstaunt drein.

Sofie machte das Pferd an einem Baum fest und ließ sich von Clara den Weg zum Bettensaal zeigen.

Hermann Mannheimer saß auf seinem Krankenlager und starrte seine Verlobte fassungslos an, als sie auf ihn zustürmte.

»Tut mir leid«, sagte Clara entschuldigend, die sich mit Anna im Hintergrund hielt.

»Ob das Leben mit dir für *mich* eine Belastung ist, entscheide ich bittschön selbst, mein Herr«, bellte Sofie statt einer Begrüßung. »Ich dachte, du bist dafür, dass Frauen frei über ihr Leben entscheiden dürfen. Hast du zumindest immer behauptet.«

»Natürlich«, stammelte Hermann, der mit vielem gerechnet hatte, aber gewiss nicht mit solcherlei Vorwürfen; bestimmt hatte er Entsetzen und Mitleid über seinen Anblick erwartet, ja befürchtet. Clara durchschaute, wie raffiniert es von Sofie war, stattdessen ihre eigene Stärke zu betonen und ihren Verlobten herauszufordern.

»Das will ich hoffen, Frauen von heute sind nämlich ein Problem für Männer von gestern, und ich hoffe, du bist ein Mann von heute!«, ließ sie ihn kaum zu Wort kommen. »Vorschlag zur Güte: Du lässt mich selbst entscheiden, ob ich stark genug bin für einen Mann ohne Bein, und du entscheidest selbst, ob deine Stärke für eine Frau mit eigenem Kopf reicht.«

»Aber das Leben mit mir …«, setzte er an zu protestieren, doch seine Verlobte fuhr ihm in die Parade: »… ist das einzige Leben, das ich will. Ich habe jahrelang nach dir gesucht, dann jahrelang in Sorge auf dich gewartet. Da lass ich mir von einer Amputation bestimmt keinen Strich durch die Rechnung machen. Hättest du es denn im umgekehrten Fall akzeptiert? Wenn *ich* durch diesen verfluchten Krieg verletzt worden wäre und deshalb für dich mitentschieden hätte, dass du besser ohne mich dran wärst? Wohl kaum! Also, wie sieht's aus – bist du stark genug, es mit einer starken Frau aufzunehmen?«

Sie war nun provozierend nahe an ihn herangekommen, und Clara sah, dass trotz ihrer harten Worte ihre Hände zitterten.

Hermann bemerkte es nicht, sondern murmelte nur: »Ja, ich bin stark nur mit dir.« Mit diesen Worten nahm er sie endlich in die Arme. Und dann erlaubten sich die beiden, ihren Tränen freien Lauf zu lassen.

Sicher, es würde nicht leicht werden. Die Verwundungen der Soldaten waren ja nicht nur körperlicher Natur, das wusste Clara. Aber sie wusste auch, dass Sofie Veith ein Dickkopf war und diesen Mann nicht aufgeben würde.

Clara und Anna zogen sich diskret zurück. Ihre Mission hier war erfüllt: Sofie und Hermann gaben einander wieder Halt.

»Siehst du, wir haben genau richtig entschieden«, sagte Anna, als sie durch den Kurpark zurück in Richtung des Cannstatter Bahnhofs gingen.

»Das haben wir in der Tat«, freute sich Clara. »Ich bin mir sicher, dass Hermann jetzt bei unserer Sofie bleibt. Sie werden in dieser schwierigen Zeit zusammenhalten.«

»Das sollte eine jede Frau auch tun, zu ihrem Mann halten«, hörten sie in diesem Augenblick viel zu dicht hinter sich eine vage bekannte Stimme, die sie erschaudern ließ. Die beiden Frauen blieben stehen und fuhren herum – nur um feststellen zu müssen, dass ihnen kein Geringerer als Georg Brökel gefolgt war. Einen Geringeren als Schorsch hätten sie freilich kaum treffen können, Clara war angewidert vom Anblick des mittlerweile Fünfzigjährigen.

»Leider hast du deinen Ehemann belogen und im Stich gelassen«, wandte sich Schorsch mit falschem Grinsen an Anna, aus deren Gesicht alle Farbe gewichen war. Angst stand in ihrem Blick.

»Wieso bist du in Cannstatt?«, verlangte Clara zu wissen.

»Weil sie hier einen guten Lehrer gesucht haben«, behauptete er.

»Lass mich endlich in Ruhe«, entgegnete Anna. »Ich bin nicht schuld an den Dingen, die nach unserer Trennung in deinem Leben passiert sind.«

»Ich habe vorhin deinen Franzosenbastard aus Claras Laden kommen sehen. Ist ja ein stattlicher Bursche geworden, Krankenpfleger, wie ich höre. Die braucht man doch eigentlich an der Front. Man fragt sich, ob die Behörden vergessen haben, ihn einzuziehen? Vielleicht sollte man ihrem Gedächtnis ein wenig auf die Sprünge helfen.«

Clara und Anna sahen sich voller Entsetzen über Schorschs Boshaftigkeit an. Sie mussten Victor so schnell wie möglich warnen und dafür sorgen, dass er einem möglichen Einberufungsbefehl zuvorkommen und zu seinem Vater in die Schweiz fahren würde. Diesen Gedanken schien auch Anna zu haben, denn sie wollte gleich loseilen. Völlig aufgewühlt machte sie einen unachtsamen Schritt auf die Straße – und wurde von einem Fahrradfahrer erfasst! Clara schrie schockiert auf. Selbst Schorsch stand die Bestürzung ins Gesicht geschrieben, als er auf seine leblos am Boden liegende einstige Ehefrau starrte.

26. Kapitel

Die Mitglieder der Familie Göttle trugen Trauerkleidung, als sie um die Mittagszeit im Gasthaus Lamm zum Leichenschmaus zusammenkamen. Bis auf den inzwischen dreiundvierzigjährigen ältesten Sohn Marcus, der mit seiner zweiten Ehefrau verreist war, hatten es am heutigen Mittwoch alle zur Beerdigung auf dem Friedhof von Tomerdingen geschafft. Selbst Beata war aus dem Kloster Heiligenbronn angereist, wo sie mit ihren Mitschwestern am Mittwoch der vorangegangenen Woche ihren fünfundvierzigsten Geburtstag gefeiert hatte.

»Gefällt Alfred seine Arbeit bei Eszet?«, erkundigte sich Franz während des ersten Gangs – es gab Flädlesuppe – bei seiner Nichte.

Clara schaute ihren fürsorglichen Onkel an, der mittlerweile auch schon sechsundsiebzig war. Sie vermutete, dass er sie mit der Frage ein wenig von ihrer Trauer ablenken wollte. »Er lernt wirklich viel dort. Die Firma Staengel und Ziller gibt es ja schon seit 1857«, antwortete sie. »Leider hat er heute nicht noch mal freibekommen. Er durfte ja schon letzten Monat bei Vaters Geburtstag dabei sein.«

Am Freitag, dem 5. April 1918, waren sie hier schon einmal alle zusammengekommen – aus Anlass des Achtzigsten von Familienoberhaupt Michael Göttle, der gemeinsam mit dem nachgeholten Wiegenfest seiner Frau gefeiert worden war; Louise war bereits am 10. Januar siebzig geworden.

»Es konnte ja keiner ahnen, dass wir nur etwas über einen Monat später auf Michaels Beerdigung müssen«, kommentierte Anna traurig. Ihre Arbeitgeber Sofie und Hermann hatten ihr die Teilnahme an der heutigen Trauerzeremonie bereitwillig genehmigt. Das Paar selbst war allerdings in der Firma unabkömmlich. Aufgrund des andauernden Krieges waren Roh- und Altstoffsammlungen im Deutschen Kaiserreich weit verbreitet, um die Importausfälle zumindest teilweise ausgleichen zu können. Eine besondere Form davon war eine Wertmetallsammlung, die sogenannte »Metallspende des deutschen Volkes«, und die Firma Falk Adler war schwer damit beschäftigt, bei deren Organisation in Cannstatt zu helfen. Deshalb konnten sie heute nicht in Tomerdingen dabei sein. Claras Vater Michael Göttle war am vergangenen Sonntag, dem 12. Mai 1918, an Altersschwäche verstorben.

Seine Frau Louise hatte sich ihre Trauer bisher kaum anmerken lassen, doch Clara blieb ihr ungewohnt nachdenklicher Blick nicht verborgen.

»Mama, alles in Ordnung?«, wandte sie sich sogleich besorgt an ihre Mutter.

Die Witwe nickte nun jedoch und sagte stoisch: »Mein Michael hat lange und zufrieden gelebt, achtzig ist ein gutes Alter. Und er durfte ohne Krankheit friedlich einschlafen.«

Claras Schwester Marie, mittlerweile zweiundvierzig Jahre alt, entgegnete: »Das ist tapfer von dir, das zu sagen, aber es tut uns allen doch trotzdem weh, dass Vater fort ist.«

Ihr fünf Jahre jüngerer Bruder Anton stimmte traurig zu: »Von mir aus hätte er hundert werden sollen.«

Clara traten wie so oft in den letzten beiden Tagen Tränen in die Augen. Ohne ihren festen Glauben an Gott wäre sie über den Verlust des geliebten Vaters völlig verzweifelt. Just in diesem Augenblick sagte Nesthäkle Jósephe, die inzwischen auch bereits achtundzwanzig Jahre alt war, etwas Tröstliches: »Vater war ein so gutmütiger Mensch – wenn einer zum lieben Herrgott in den Himmel kommt, dann er!«

Allein Amalie versteckte sich, ohne etwas zu essen oder zu trinken, hinter ihrem schwarzen Schleier und schwieg beharrlich. Ihr Ehemann Sepp Zeller hatte in der 10. Kompanie 3. Bataillon des Landwehr-Infanterie-Regiments Nr. 125 gedient, galt jetzt aber als »im Feld vermisst«. Es stand zu befürchten, dass die mittlerweile sechsunddreißigjährige Amalie bald mit ihrem zwölfjährigen Sohn Lorenz und der zwei Jahre jüngeren Tochter Lene allein dastehen würde.

Onkel Franz versuchte erneut, ein wenig von der allgemeinen Trauer um seinen Schwager Michael Göttle abzulenken. »Hast du deinen schrecklichen Ex-Mann inzwischen noch mal wiedergesehen?«, fragte er Anna.

»Nein, als ich letztes Jahr im April in Cannstatt wegen ihm mit dem Rädle zusammengestoßen bin und mir dabei die Hüfte angebrochen hab, da war er sehr schockiert. Ich glaube, danach hatte er wirklich ein schlechtes Gewissen. Zumindest hat er mich seither in Ruhe gelassen. Und bisher kam auch kein Einberufungsbefehl für Victor.«

Mit Schrecken dachte Clara an jenen Tag zurück. Auch sie hatte anfangs befürchtet, ihre Freundin sei nach dem Zusammenstoß mit dem Fahrradfahrer schwerer verletzt – dass ihnen das Schicksal Hermann zurückgegeben hatte und als Gegenleistung Anna nehmen würde. Zum Glück war es so nicht gekommen und ihre angebrochene Hüfte inzwischen bestens verheilt. Victor war dann offiziell zu den Ritters gezogen, damit seine Post dorthin kam, aber in Wirklichkeit hatte er wegen der drohenden Einberufung seinen Plan wahr gemacht, zu seinem Vater in die Schweiz auszuwandern, wo er das Ende des Krieges abwarten wollte. Sehr zum Leidwesen seiner Verlobten Elise, die seither mit ihrer Schwiegermutter Anna sehnsüchtig auf Victors Rückkehr wartete. Immerhin hatte er laut seiner Briefe inzwischen Arbeit im Universitätsspital Zürich gefunden. Anfangs hatten ihm Franz und Anna, deren Anstellung als Haushälterin bei den Mannheimers sicher und gut bezahlt war, noch Geld in die Schweiz geschickt. Sofie und Hermann machten mit ihrem Schrott- und Eisenhandel trotz des Krieges mehr Umsatz denn je. Clara fragte sich, ob Alfred und ihr mit dem Süßwarengeschäft ein solcher Erfolg irgendwann auch wieder vergönnt sein würde.

Cannstatt, den 30. September 1919

Meine liebe Beata,
außer der schnöden Weihnachtskarte im letzten Dezember und dem Geburtstagsgrüßle im Mai hast Du seit über einem Jahr nichts mehr von mir gehört, bitte verzeih mir das Unverzeihliche! Aber wie Du ja gewiss auch aus der Zeitung mitbekommen hast, haben sich in den Monaten nach dem Kriegsende die Ereignisse hier in Cannstatt und in Stuttgart drüben überschlagen! Die Revolution Anfang November war so schlimm, dass wir schon dachten, wir werden eine Sowjetrepublik wie Russland ein Jahr zuvor. Auch hier hatten sich Soldaten- und Arbeiterräte gebildet.

Anders als Kaiser Wilhelm II., der den 9. November im militärischen Hauptquartier im belgischen Spa verbrachte, hat unser König die Revolution hautnah miterlebt. An dem Tag haben hunderttausend Menschen auf dem Stuttgarter Schlossplatz protestiert. Die SPD hat »die soziale Republik« gefordert – mit geheimem und direktem Wahlrecht für alle. Obwohl der Redner zu Ruhe und Ordnung gemahnt hat, ist fast gleichzeitig mit der Demonstration auf dem Schlossplatz eine Menschenmenge in das Wilhelmspalais eingedrungen, den Privatwohnsitz unseres Königs. Man hat ihn zwar nicht behelligt, aber gegen seinen Willen auf dem Dach des Hauses die rote Fahne gehisst. Noch am selben Abend ist Wilhelm nach Schloss Bebenhausen geflohen, bevor er Ende November seinen Thronverzicht erklärt hat. Ich werde ihn vermissen, ehrlich gesagt. Er war bei seinen Spaziergängen in Stuttgart immer volksnah und gutmütig, hat Kindern so oft ein Bonbonle zugesteckt, dass sie ihn manchmal gefragt haben: »König, hasch mir nix?«

Dass erinnert mich sehr an meinen Alfred, der ist wegen seiner »Versucherle« und dem Schokoladenbruch auch äußerst beliebt bei den Nachbarskindern. In der warmen Jahreszeit steht er im weißen Arbeitskittel fast täglich im Hof zwischen Vorder- und Hinterhaus und macht Speiseeis. Mit der einen Hand dreht er die Kurbel und damit den in Eis und Viehsalz gebetteten Kupferkessel, und in der anderen hält er einen langen Holzlöffel in den Kessel und lässt den Fruchtsaft darüberlaufen, bis er verdickt. Wenn das Eis fertig ist, lässt er alle Kinder in der Nähe eine Untertasse holen. Dadrauf bekommt dann ein jedes eine Portion Eis.

Wir waren so froh, als er nach seiner Zeit bei Eszet bei uns die Produktion wieder aufnehmen konnte!

Seit Kriegsende ist der Umsatz unserer Zuckerwaren endlich wieder angestiegen, sodass die angemieteten Räume viel zu klein geworden sind. Bei uns daheim war alles derart beengt, weil der Hausflur als Warenlager dienen musste. Deshalb haben wir beschlossen, hier in Cannstatt ein Gebäude in der Wilhelmstraße 16 zu kaufen – mit großem Depot! Den Vertrag dafür hat Alfred am 27. Februar unterschrieben. Es handelt sich um ein Wohn- und Geschäftshaus mit Magazin und Hofraum samt Dunglege für unsere Transportpferde. Das Anwesen kostet stolze achtzigtausend Reichsmark, da wird einem ganz schwindelig. Ich war zunächst etwas skeptisch, weil es die Nachbarn zur Bedingung gemacht haben, dass auf diesem Grundstück kein Gewerbe betrieben werden darf, das zu Lärm oder auch »Erschütterungen, übermäßiger Rauch- und Rußentwicklung« führt. Aber wir haben es schwarz auf weiß im Kaufvertrag: »Die von den Käufern beabsichtigte Einrichtung einer Bonbonfabrik fällt nicht unter dieses Verbot.«

Nach all dem Aufruhr und dem Generalstreik ging der Belagerungszustand in Stuttgart im Frühjahr zum Glück zu Ende. Jetzt im September haben wir eine neue Landesverfassung bekommen – und endlich wieder Strom! Seitdem ist die Lage wohl stabil genug für Alfreds und meinen großen Neuanfang. Endlich keine Kisten mehr auf dem Flur!

Jetzt wollen wir es erstmals mit einer eigenen Schokoladenmarke versuchen. Einen Namen habe ich mir auch schon ausgedacht: Alrika (für Al-fred Ri-tter Ka-nnstatt).

Die »Alrika« ist keine Vollschokolade, sondern eine

Cremeschokolade, die mit Füllungen in verschiedenen Geschmacksvarianten (Orangen-, Himbeer- oder Rumcreme) zu Tafeln geformt und mit einer Schokoladenkuvertüre versehen wird.

Zusammen mit Sofie haben wir uns auch schon einen Reim für die Reklame ausgedacht: »Alrika isst die Frieda, der Dagobert, die Lina – sie alle essen 's gern!«

Apropos Sofie: Sie und ihr Hermann haben nun nach all den Jahren endlich einen Hochzeitstermin. Sie wollen sich am 1. Dezember auf dem Standesamt das Ja-Wort geben. So kann Hermann mosaisch bleiben und Sofie katholisch. Es ist wirklich eine Zeit der Hoffnung angebrochen.

Wer weiß, vielleicht wird unsere Alrika ja so etwas wie Hautana für das Haus Lindauer? Ein Erfolg über alle Grenzen hinweg. Man darf ja träumen!

Meine liebe Beata, ich hoffe, es geht Dir und Deinen Schützlingen gut.

Alles Liebe von Deiner Schwester
Clara

In der Mittagspause hatte sie es endlich geschafft, den Brief zu schreiben, der ihre Schwester auf den neuesten Stand bringen würde. Zufrieden machte Clara Ritter den Umschlag versandfertig und schloss dann die Bahnhofsfiliale für den Kundenverkehr auf. Inzwischen konnte sie selbst wieder im Verkauf arbeiten, ihr mittlerweile viereinhalbjähriger Sohn Fredi war ganz gut in der Lage, sich im Hinterzimmer mit seinen Spielsachen und Bilderbüchern allein zu beschäftigen.

Ein edel gekleideter Herr um die sechzig betrat das Geschäft. »Guten Tag, die Dame, ich bin auf dem Weg zu einem Cousin in Ulm und habe noch etwas Zeit, bis der Zug geht«, sagte er mit leicht sächsischem Einschlag. »Da würde ich mich gern einmal in Ihrem Sortiment umschauen, wenn's genehm ist.«

»Selbstverständlich, mein Herr«, entgegnete Clara und überlegte, weshalb ihr dieser Kunde so bekannt vorkam, der nun neugierig die Leckereien in den Auslagen musterte: gefüllte Schokoladen- und Krokantstangen, Streuselkugeln, Weinbrandbohnen mit Kruste. Besonders interessierten den Kunden die von Alfred Ritter erfundenen Pralinen mit Füllung, die sogenannten »Kremspatzen«.

»Selbst gemacht?«, fragte er.

»Die Füllungen sind aus eigener Herstellung«, erklärte Clara. »Die Schokoladenmasse beziehen wir bisher allerdings noch von anderen Firmen. Wir haben zwar im Frühjahr eine eigene Fabrik gekauft, aber …« Dann unterbrach sie sich selbst. »Jetzt weiß ich, weshalb Sie mir so bekannt vorkommen! Heißen Sie Gerstmann und sind vom Schokoladenhersteller Riquet in Leipzig?«

»Ja, das ist richtig«, bestätigte er erstaunt. »Kennen wir uns?«

»Ach, Sie werden sich bestimmt nicht mehr daran erinnern. Sie sind im Dreikaiserjahr einmal im Gasthof meiner Eltern in Tomerdingen eingekehrt. Damals waren Sie auf dem Weg zum Blautopf in Blaubeuren. Ich war erst zehn Jahre alt. Sie haben mich von Ihrer Schokolade probieren lassen. An dem Tag wurde mein Traum vom eigenen Süßwarengeschäft geboren.«

»Na, und ob ich mich erinnere!«, rief Hugo Gerstmann begeistert. »Das Mädchen, das so gut kopfrechnen konnte! *Sie* sind das?«

»Genau, ein bissle bin ich seitdem gewachsen«, antwortete sie schmunzelnd.

»Und mein Bart ist etwas grauer geworden. Wie ich sehe,

haben Sie sich Ihren Traum tatsächlich erfüllt«, freute sich Gerstmann.

»Ja, 1909 habe ich mein erstes Geschäft in der Cannstatter Marktstraße eröffnet, das hier kam zwei Jahre später dazu. Seit ich verheiratet bin, haben wir auch noch einen Laden in der Brunnenstraße. Während des Krieges war aber nur der hier am Bahnhof offen.«

»Sie haben ein schönes, vielseitiges Sortiment«, befand er.

Clara nickte. »Dazu kommen dann noch jeweils an die hundert Oster- und Weihnachtsartikel. Auch vieles aus Marzipan: Miniaturausgaben von Kartoffeln, Rettichen, Krautköpfen, Blumenkohl, Schinken, Salami, Hefekranz, Gugelhupf und Brezeln, möglichst naturgetreu bemalt. Die sind besonders zur Weihnachtszeit gefragt – für die Kinderkaufläden.«

»Und die Geschäfte gehen gut?«

»Der Krieg war natürlich ein herber Rückschlag, aber jetzt haben wir, wie gesagt, endlich ein Gebäude mit ausreichend großem Lager. In den drei Geschäften und der Manufaktur stehen zusammen zwanzig Menschen in Lohn und Brot«, berichtete Clara ein wenig stolz.

»In so kurzer Zeit und in Anbetracht des Großen Krieges ist das wahrlich sehr beachtlich«, lobte Gerstmann. »Riquet hat zwar fünfhundert Beschäftigte, aber wir feiern im nächsten Sommer ja auch schon das 175-jährige Firmenjubiläum. Sie sagten vorhin, dass Sie die Schokoladenmasse noch von außen beziehen? Wenn Ihnen die nötigen Maschinen für die eigene Herstellung fehlen, kann ich Ihnen vielleicht helfen. Wir mustern gerade ein paar alte Gerätschaften aus, weil wir die Schokolade zunehmend von der Schweizer Firma Philippe Suchard beziehen. Sie könnten die Maschinen kostenlos haben, es würden lediglich die Transportauslagen anfallen.«

»Was für ein großzügiges Angebot, lieber Herr Gerstmann.

Leider werden wir es nicht annehmen können«, sagte Clara mit großem Bedauern. »Unser neues Gebäude hat zwar ein größeres Lager, aber in den Produktionsräumen ist nicht genug Platz, um Maschinen zur Herstellung der Kuvertüre aufzustellen – oder gar Vollschokolade zu produzieren.«

»Verstehe. Dann lassen Sie uns aber Visitenkarten tauschen«, schlug Gerstmann vor. »Wenn Sie einmal in Leipzig sind, müssen Sie unbedingt unser Riquet-Haus besichtigen. Ganz leicht zu erkennen an den beiden Elefantenköpfen über der Tür!«

Clara lächelte. »Das mache ich sehr gern.«

Schließlich musste sich der Leipziger Schokoladenhändler zu seinem Bedauern verabschieden, der Zug würde nicht auf ihn warten. Er erstand noch eine Tüte Kremspatzen für die Fahrt und ließ nach einer herzlichen Verabschiedung seine schwäbische Kollegin sehr nachdenklich zurück. Waren die neuen Räumlichkeiten schon wieder zu klein? Waren die Ritters ohne Maschinen überhaupt konkurrenzfähig und in der Lage, mit ihrer Alrika am Markt zu bestehen?

In diesem Augenblick wurde sie durch das neuerliche Klingeln des Glöckchens über der Ladentür aus ihren Gedanken gerissen. Anna Markert betrat das Geschäft, sie wirkte äußerst aufgewühlt. »Grüß Gott, Clara, ist Elise da?«

»Sie bedient heute in der Marktstraße«, antwortete Clara und bemerkte, dass Anna einen Brief in ihren zitternden Händen hielt. »Was hast du denn da für ein Schreiben?«

»Es ist aus einem Schweizer Spital«, sagte Anna mit brüchiger Stimme.

Sie hatten sich größte Sorgen um Victor und dessen leiblichen Vater René Bourgeois gemacht, da sich die beiden in den letzten anderthalb Monaten bei niemandem gemeldet hatten. Ein Brief aus einem Krankenhaus konnte Schlimmes bedeuten, zumal es vor Kurzem lokale Generalstreiks in Basel und

Zürich gegeben hatte, bei denen das Militär eingegriffen hatte. Sogar Tote hatte es gegeben!

»Ich traue mich nicht, ihn allein aufzumachen«, gestand Anna.

»Dann tu ich es für dich«, bot Clara an.

Die Freundin reichte ihr den Brief, und sie zögerte kurz. Solange der Umschlag verschlossen war, bestand immer noch Hoffnung, dass es Victor und René gut ging. Schließlich riss sie ihn auf …

Teil 3

1929 bis 1954

27. Kapitel

Die Tomerdinger Mariae-Himmelfahrt-Kirche aus Marzipan!

»Großartig, Fredi«, lobte Alfred Ritter seinen bald fünfzehnjährigen Sohn, der viel von ihm gelernt und die süße Miniaturnachbildung hier in der Cannstatter Manufaktur selbst erstellt hatte. »Omis geliebtes Kirchle. Das ist wirklich ein schönes Willkommensgeschenk für sie.«

»Arg schee, Bub«, bestätigte auch Maschinenführerin Fräulein Else Kayser, die wie Ritter senior und junior einen Arbeitskittel trug und gerade an ihnen vorbeigegangen war. Von den Mitarbeiterinnen hier in der Produktion hatte Konditorsohn Fredi, der in Cannstatt die Realschule besuchte, schon oft Lob für seine selbst gemachten Leckereien bekommen.

Er nickte Frau Kayser mit einem dankbaren Grinsen zu, wobei ihm einmal mehr eine freche braune Haarsträhne ins Gesicht fiel.

Sein Vater nannte die weibliche Belegschaft immer »meine Schokoladendamen«, und sie hatten den Junior allesamt seit seiner frühesten Kindheit in ihr Herz geschlossen. Fredi wusste, dass sie sehr gern für die Ritters arbeiteten. Die Eltern ließen sich immer mal wieder etwas Neues einfallen, um ihre Arbeiterschaft bei Laune zu halten. Beispielsweise zeigte eine Photographie an der Wand der Produktionshalle Vater Alfred im Anzug, umrahmt von sechs seiner Schokoladendamen in kurzen Tanzkleidern, an die Banderolen mit dem Schriftzug *Ritter's Krem-Schokoladen Pralinen* geheftet waren. Dieser Text war ebenfalls an einigen ihrer Glockenhüte festgemacht und stand auch auf den Schildern, die sie in den Händen hielten. Fredi erinnerte sich, dass die ulkige Aufnahme am Fastnachtssamstag 1926 erstellt worden war – anlässlich des Küblerballs im Cannstatter Kursaal. In jenem Jahr hatten die Eltern ihren ersten Motor-Lastwagen für die Firma angeschafft, worüber sich der damals zwölfjährige Knabe schwer begeistert gezeigt hatte. Auf der Seite der Ladefläche prangten die Worte *Alrika Krem-Schokolade,* während die Plane von *Ritter's Dessertstangen* verziert wurde. Vorher war die Ware auf Fuhrwerken – zum Teil aber auch mit Handkarren – in die nicht weit entfernt gelegenen Geschäfte ausgeliefert worden. Die Sendungen für die auswärtigen Ritter-Kunden vor den Toren Stuttgarts hatte der befreundete Fuhrunternehmer Merz mit seinem Pferdewagen zur Verschickung zum Güterbahnhof gebracht. Die Stückzahlen gingen mittlerweile in die Hunderte, deshalb war die Anschaffung des Motorfahrzeugs nur folgerichtig gewesen.

Fredi hegte keinen Zweifel daran, dass seine eigene Zukunft nach dem Realschulabschluss im April kommenden Jahres hier im elterlichen Betrieb liegen würde. Er wollte zwar irgendwann auch noch bei anderen Schokoladenherstellern in fernen Städten etwas lernen, aber ein Beruf jenseits der Süßwarenproduktion war für ihn undenkbar.

Deshalb war ihm der Klavierunterricht, den ihm seine Eltern auf Anregung Tante Sofies hatten angedeihen lassen, schon in jüngeren Jahren sinnlos erschienen. Seinen geliebten Schäferhund Rex, ein Nachkomme des gleichnamigen Hundes, der von Clara einst aus dem Neckar gerettet worden war, hatte Fredi oft absichtlich nicht angeleint vorm Haus der Klavierlehrerin warten lassen, was meist für Gejaule und ein herrliches Durcheinander gesorgt hatte. Irgendwann hatten seine Eltern ein Einsehen gehabt, und es war Schluss gewesen mit dem von ihm so ungeliebten Geklimper.

In diesem Augenblick betrat seine Mutter Clara den Produktionsraum. »Es wird Zeit, Männer«, verkündete sie lächelnd.

Am heutigen Freitag, dem 29. November 1929, wollten sie zum Cannstatter Bahnhof, um die Großmutter vom Zug abzuholen. Seit Claras fünfzigstem Geburtstag im Dezember vor zwei Jahren war Louise Göttle nicht mehr in Cannstatt gewesen. Zuletzt gesehen hatte man sich im vergangenen Februar in Tomerdingen zur Beisetzung von Claras Onkel Franz Merkle. Er war im Alter von stolzen siebenundachtzig Jahren friedlich im Schlaf gestorben. Heute reiste die Göttle-Matriarchin aus Anlass von Claras Zweiundfünfzigstem an, der am kommenden Montag bevorstand.

Nun betrachtete auch Fredis Mutter dessen Marzipannachbildung der Tomerdinger Kirche genauer. »Wunderbar! Das wird deiner Omi viel zu schade zum Essen sein«, mutmaßte sie und fügte mit wehmütigem Lächeln hinzu: »Da auf der Treppe hab ich vor über zweiunddreißig Jahren das Körble mit unserem Victor gefunden.«

»Und jetzt ist er mit dem Studium in Tübingen fertig und eröffnet im Januar seine eigene Praxis hier in Cannstatt«, resümierte Fredi, der den Halbfranzosen seit jeher geschätzt hatte. Im Zuge des Züricher Streiks von 1919 hatten Anna Markerts Adoptivsohn und dessen leiblicher Vater René Bourgeois schwere Verletzungen erlitten, und alle Freunde und Verwandten waren sehr erleichtert gewesen, als man die beiden als geheilt aus dem dortigen Spital entlassen hatte. Nach dem Ende der Hyperinflation in Deutschland waren Victor und seine Elise 1924 endlich getraut worden, und Vater René hatte wie erhofft bei der Hochzeitsfeier mit dabei sein können. Kinder konnten die beiden wegen einer Eierstockschädigung der Braut nicht bekommen, aber die Mannheimers hatten ihnen ja vorgelebt, dass eine Ehe auch ohne Nachwuchs glücklich sein konnte.

»Der kleine Victor als Arzt, das kann man sich gar nicht vorstellen«, meinte Clara kopfschüttelnd.

»Die Anna ist bestimmt sehr stolz auf ihren Ziehsohn«, vermutete Alfred.

»Allerdings«, bestätigte sie. »Und ihre Arbeitgeber, die Mannheimers, wollen all ihre Freunde aus der jüdischen Gemeinde überreden, von ihrem bisherigen Hausarzt zu Victor zu wechseln.«

Kurz darauf trafen sie am Cannstatter Bahnhof ein. Eine Reklame auf einer kleinen Schautafel warb hier für die Alrika-Schokolade, die sich seit ihrer Einführung vor zehn Jahren zum regionalen Verkaufsschlager entwickelt hatte und sogar bis nach Frankfurt hinauf verkauft wurde:

ALRIKA KREM-SCHOKOLADE
U. DESSERTSTANGEN SIND QUALITÄTSWARE
Schokolade- und Zuckerwarenfabrik
Alfred Ritter Cannstatt.

Um die Ware auch über den Raum Stuttgart hinaus vertreiben zu können, war ein Handelsvertreter erforderlich geworden. Für die Landeshauptstadt hatte diesen Posten Hermann Dussling inne, dessen freundliche und heitere Art Fredi von Anfang an geschätzt hatte. Wegen des hohen Arbeitsaufkommens war ihm inzwischen noch der junge Herr Walker zur Seite gestellt worden. Kurz darauf waren für Ulm der Handelsvertreter Fendt und in Heidelberg Herr Kern hinzugekommen. Letzterer roch ständig nach den Zigarren, die er gern und oft rauchte, was Fredi sehr unangenehm fand. Nördlich des Neckars wurden nur zehn Artikel der Ritters über den Großhandel verkauft.

In Frankfurt versuchte Alfred Ritters jüngster Bruder seit dem vorigen Jahr, eine Ritter Sport Handelsvertretung aufzubauen. Die Anfänge in diesem »Null-Umsatz-Gebiet« waren wohl sehr schwer, doch Adolf wollte nicht aufgeben. Fredis Lieblingsonkel war nur zehn Jahre älter als der Junge selbst und sehr reiselustig.

Die tragende Säule der Firma war jedoch nach wie vor der Direktverkauf an Einzelhandelsgeschäfte in und rund um Stuttgart – auf Anregung der geschäftstüchtigen Clara zu Listenpreisen ohne Prozente und Nachlässe.

Auf dem Bahnsteig entdeckten die Ritters in den Qualm- und Rauchschwaden der Lokomotive schließlich Louise Göttle, die ein Köfferchen dabeihatte und einen warmen Mantel sowie einen Glockenhut trug.

Sie hatte – wie viele Menschen in Süddeutschland – durch Jodmangel einen Kropf entwickelt, war ihren achtundsiebzig Jahren zum Trotz ansonsten jedoch noch äußerst rüstig. Nach den herzlichen Umarmungen zur Begrüßung zeigte sich Louise wie erwartet völlig begeistert von der Marzipan-Kirche, die Fredi in einem Pappkarton mit zum Gleis gebracht hatte.

»Du hasch viel vom Vatter gelernt.« Sie musterte die Einzelheiten des Geschenks genauer. »Wie macht mr des bloß?«

»Das habe ich als Einzelstück von Hand nach einer Photographie geformt«, erklärte Fredi auf dem Weg zum Automobil, das sein Vater vor dem Bahnhofsgebäude abgestellt hatte. »Wenn man etwas mehrfach braucht, kann man ein Model herstellen, das ist eine Hohlform zum Wiederverwenden. In die presst man dann die Schokolade oder eben Marzipan. Die geformten Gebilde werden danach oft noch mit Lebensmittelfarbe bemalt.«

»Jetzt müsset ihr mir aber endlich amol eur Fabrik zeiga, wo ihr die scheene Sache elle machet«, befand die Greisin.

Stolz führte Fredi seine Großmutter eine halbe Stunde später durch das Cannstatter Werk und erklärte ihr alles, während seine Eltern weiterarbeiteten. Das eigentliche Fabrikgebäude war mittlerweile drei Stockwerke hoch, der Vorbau war das zweistöckige Wohnhaus, an dessen Seite sich ein weiterer Verkaufsladen der Ritters befand.

»Papa leitet die Produktion hier in der Manufaktur an. Nach der Schule darf ich mithelfen«, erläuterte Fredi.

»Ond wie wird zom Beispiel euer Alrika Cremeschokolad hergstellt?«, erkundigte sich seine Großmutter.

Fredi zeigte ihr die Arbeitsschritte, die gerade von den Arbeiterinnen erledigt wurden: »Man gießt die fertig gekaufte Kuvertüre mit Schöpflöffeln von Hand in die Formen, die sind für jeweils drei Tafeln. Danach wird die gegossene und ausgepuderte Cremefüllung mit den Fingern in die Form gedrückt. Dann muss man die Kuvertüre nachfüllen – und zuletzt streift man die Formen mit einem langen Messer ab.«

»Die Schokoladkuvertüre kaufet ihr außerhalb oi, weil euch für Maschina zur oigena Herstellung dr Platz fehlt?«, erinnerte sich Louise.

»Ja, dabei haben wir den Gebäudeteil hier schon um zwei Stockwerke erhöhen lassen, außerdem sind da inzwischen eine Zentralheizung und ein Aufzug eingebaut. Aber es reicht trotzdem vorn und hinten nicht. Die Eltern halten deshalb gerade nach größeren Fabriken Ausschau. Letzte Woche haben wir eine in Stuttgart-Kaltental besichtigt, die hat uns aber nicht so ganz überzeugt.«

»Isch des net riskant, grad jetzt a größere Fabrik z' kaufa?«, gab seine Omi zu bedenken. »Bei de Amerikaner drüba isch doch im Herbscht d' Börse zammakracht. Dui schreckliche Wirtschaftskrise hemmer doch inzwischa au hier.«

»Es stimmt schon, dass sich die Leute deshalb weniger Süßigkeiten leisten können«, räumte Fredi ein, »aber Mama sagt immer, man muss in größeren Zeiträumen denken. Selbst die schlimme Hyperinflation vor sechs Jahren war ja irgendwann wieder vorbei. Und durch die vielen Pleiten stehen gerade sehr viele Fabriken zum Verkauf. Morgen besichtigen wir die Kreuziger-Werke in Waldenbuch.«

»Waldabuch«, wiederholte Louise nachdenklich. »Des han i scho ml gehört. Wo isch des noml?«

»Im Schönbuch auf halbem Weg nach Tübingen. Das ist ein Städtchen mit etwa zweitausendfünfhundert Einwohnern«, antwortete Fredi. »Liegt im romantischen Aichtal.«

»Na, wenn dei Muddr secht, des däd Sinn macha, no stemmt des g'wiss«, meinte Louise. »Se leitet ja s' Büro ond hat d' Aufsicht über die drei Läda, no durchschaut se sicher elle Entwicklunga beschtns.«

Fredi nickte. »Ja, sie kümmert sich drum, was eingekauft und was verkauft wird – und um die Kundschaft im Lädle. Außerdem denkt sie sich die Reklame aus. Bei ihr helfe ich auch gern mit, das ist sehr interessant alles.«

»Ond dr Haushald ond s Kocha – had dei Muddr dafür überhaubd Zeid?«, hakte Louise nach.

»Das überlässt sie zwei treuen Hausangestellten«, gab Fredi zu.

»So isch's recht!«, betonte seine Großmutter zu seiner Freude. Genau deshalb hätten ihr Mann und sie Clara damals die Lehrstelle beim seligen Karl Gaissmaier verschafft. Und sie könne brauchen, was sie dort gelernt habe, betonte Louise. Wenn man einen guten Mann habe, der einen mit eigenem Kopf schaffen ließ, könne man an einem Strang ziehen. »Machet d' Sofie Mannheimer ond ihr Hermann des au no so?«

»Ja, die haben bei Falk Adler gemeinsam modernisiert«, bestätigte Fredi. »Vor fünf Jahren haben sie teure Pressen und Scheren für den Schrott angeschafft. Eigentlich bräuchten sie auch neue Arbeiter, aber wegen der Wirtschaftskrise sind sie natürlich vorsichtig.«

»Heiligs Blechle, isch des frisch!«

Es war ein eiskalter Winter, hoffentlich wurde er nicht so schlimm wie der vorangegangene. Anfang 1929 war der Neckar wochenlang bis auf den Grund zugefroren gewesen, und Schneereste hatten bis nach Ostern auf schattigen Flächen gelegen. Sofie Mannheimer war am frühen Samstagmorgen von ihrem Wohnhaus in der Kegelenstraße 1 allein auf dem Weg zur Firma Falk Adler, ihr Mann weilte derzeit bei seiner Familie in Hessen. Im Gehen knabberte sie als eiliges Frühstück an einer von Haushälterin Anna mit Butter bestrichenen Laugenbrezel und beobachtete dabei eine junge Frau, die ihren Kinderwagen durch den Schnee schob. Sofie dachte zum ersten Mal seit langer Zeit daran, dass ihr Mann und sie nie Nachwuchs bekommen würden. Sie war schon fünfundvierzig, und Hermann konnte wegen seiner Kriegsverletzung ohnehin keine Kinder zeugen. Nachdenklich sah sie auf die Spuren des Kinderwagens im Schnee und fragte sich, ob sie wegen ihrer Kinderlosigkeit das Gefühl hatte, dass irgendetwas in ihrem Leben fehlte. Aber wenn dem so wäre, würde sie dann nicht auch im Alltag öfter daran denken? Hätten sie und Hermann nicht eine Adoption in die Wege geleitet? Zumal sie mit ihrer Haushälterin Anna Markert und deren wunderbar geratenem Ziehsohn Victor ein Paradebeispiel dafür kannten, wie erfüllend so etwas sein konnte! Nein, dachte Sofie, sie war glücklich mit ihrem Hermann, und ihre Kinder waren die Firma sowie deren Arbeiter, die ihr sehr ans Herz gewachsen waren.

Allerdings mussten sie sich derzeit große Sorgen um ihre Belegschaft machen. Die Krise, in der sich die Weltwirtschaft seit dem Schwarzen Freitag an der US-Börse befand, machte der Firma Falk Adler schwer zu schaffen. Hermann Mannheimer hatte sich bereits größere Summen bei Freunden leihen müssen.

Als Sofie sich dem Gebäude näherte, bemerkte sie erstaunt, dass ihr neuester Angestellter, der vierundzwanzigjährige Gustav Gottschick, einen Teil der Außenwand neu strich.

»Guten Morgen, was machst du denn da, Gustav?«, erkundigte sie sich, und der gut aussehende braunhaarige Mann fuhr erschrocken herum.

»Morgen, Frau Mannheimer. Ich … ich entferne eine Schmiererei von der Wand«, stammelte er und wirkte, als hätte sie ihn bei etwas ertappt.

»Was denn für eine Schmiererei?«, hakte sie irritiert nach.

»Eigentlich wollte ich gar nicht, dass Sie und der Chef das sehen müssen«, gestand er. »Ich hab das gestern Nacht schon entdeckt. Und weil der Wachtmeister meinte, solche Schmierfinken kriegt man eh nicht gefasst, dachte ich, ich mache das gleich in der Früh weg.«

»Was stand denn da nun?«, verlangte Sofie ungeduldig zu wissen, da nur noch *en!* zu lesen war, den Rest hatte Gustav bereits übermalt.

»Saujuden!«, murmelte er kaum hörbar.

»Diese Dreckskerle von der NSDAP«, fluchte Sofie. »Das waren bestimmt welche von denen. Oder ihre Schlägerburschen von der SA.«

Die Sturmabteilung der NSDAP, kurz SA, hatte als paramilitärische Organisation die Aufgabe, politische Gegner und Juden zu terrorisieren. Vor sechs Jahren hatte NSDAP-Vorsitzender Adolf Hitler versucht, die Macht in München zu ergreifen, indem er eine Versammlung von rechtsgerichteten Politikern und Militärs stürmte. Er hatte die Reichsregierung für abgesetzt erklärt und eine »nationale Revolution« ausgerufen. Dann war er mit seinen Anhängern, darunter viele SA-Männer, in Richtung der Feldherrenhalle marschiert, dort hatte die Polizei die Putschisten jedoch zum Glück aufhalten können. Hitler war zu fünf Jahren Festungshaft verurteilt worden.

Nach dem gescheiterten Putsch hatte man die NSDAP verboten und die SA aufgelöst. Hitler hatte seine Haftzeit genutzt, um sein Buch *Mein Kampf* zu schreiben, in dem er seine Ideologie darlegte. Ende 1924 war er vorzeitig entlassen worden, und der wieder zugelassenen NSDAP war es dann 1928 erstmals gelungen, ein Dutzend Sitze im Reichstag zu ergattern. Ihr Schlägertrupp, die SA, war ebenfalls an Zahl und Stärke angewachsen und in Sofies Augen zu einer Bedrohung für die öffentliche Ordnung geworden.

Sie hatte Adolf Hitler schon mit eigenen Augen gesehen. Am 8. Mai 1927 war er zum sogenannten Gauparteitag nach Stuttgart gekommen, leider eine der wenigen Großstädte im Reich, in denen dem Schreihals noch kein Redeverbot erteilt worden war. Am Schillerplatz hatte er im offenen Wagen den Vorbeimarsch von rund zweitausend Parteigenossen abgenommen.

»Es ist sehr lieb von dir, Gustav, dass du uns den Anblick von so einer Schmiererei ersparen wolltest, die Farbe zahl ich dir natürlich.« Die Schrott- und Eisenhändlerin kniff ihren neuesten Mitarbeiter dankbar in die Wange. »Aber ich befürchte, von der B[illegible]rd noch Schlimmeres kommen.«

28. Kapitel

Am Samstagnachmittag hatten sich die Ritters frühzeitig von ihrer Cannstatter Belegschaft verabschiedet, um nach Waldenbuch zu fahren und die dortige Fabrik zu besichtigen. Auch Louise Göttle war mit von der Partie und saß mit ihrer Familie in Alfreds Automobil.

»D' Arbeiter waret heut ja b'sonders gut gelaunt«, stellte Fredis Großmutter während der Fahrt in Richtung Schönbuch fest. »Dui freuat sich wohl scho uf dr freie Sonndig.«

»Und auf ihr Putzgückle«, ergänzte Alfred senior.

»Was isch des?«, erkundigte sich die Großmutter.

»Samstags nach Arbeitsschluss gibt es eine Tüte mit Schokolade für jeden«, erklärte Fredi. »Das ist Tradition bei Ritter.«

Die Straßen waren heute von einem zarten Schleier aus Schnee bedeckt, der sich auch auf die Bäume gelegt hatte. Nach einer Fahrt durch das malerische Siebenmühlental lenkte Alfred den Wagen schließlich auf ihren Zielort zu.

Die Hauptstraße, die sich durch das Waldenbucher Städtle zog, war gesäumt von alten Fachwerkhäusern mit zum Teil recht windschiefen, schneebedeckten Dächern. Wegen der Kälte stieg aus den meisten der Schornsteine Rauch auf, und hier und da hing bereits Schmuck für das kommende Weihnachtsfest an Fassaden und Fenstern. Kinder bauten Schneemänner und bewarfen sich gegenseitig mit Schneebällen.

Auf einem Hügel über der Stadt thronte das Schloss Waldenbuch, ein imposantes Gebäude aus dem 16. Jahrhundert. Fredi hatte gelesen, dass es lange als Jagdschloss und dann zeitweilig als Militärhospital und Gefängnis gedient hatte. Ende des vorigen Jahrhunderts waren dort schließlich das Forstamt und einige Klassen der Waldenbucher Schule angesiedelt worden.

Ringsum konnte man den weißen Winterwald sehen, der sich bis zum Horizont erstreckte.

»Wie viele Wirtschaften es hier gibt«, wunderte sich Fredi, als sie in der Echterdinger Straße an den Gasthäusern Krone und Hirsch vorbeifuhren.

»Ja, das hat mir Herr Kreuziger schon erzählt«, berichtete sein Vater. »Man kann zwischen neunzehn Einkehrmöglichkeiten wählen. Die Einheimischen vespern da aber höchstens, gegessen wird zu Hause. Dafür trinken die Waldenbucher aber wohl jede Menge Bier – gibt ja immerhin zwei Brauereien hier im Ort.«

Die Aich, ein kleiner Fluss, schlängelte sich durch das Tal. Die Wassermühlen, die einst das Leben der Bewohner von Waldenbuch geprägt hatten, standen nun still und verlassen am Ufer. Ihre Räder waren von Eiszapfen überzogen, die im Sonnenlicht funkelten.

Am Ortsausgang, oberhalb der örtlichen Turnhalle und des Sportplatzes, standen die vor acht Jahren erbauten Kreuziger-Werke. Bei der Fabrik handelte es sich um ein lang gezogenes Gebäude aus rotem Backstein mit zweistöckigem Wohnhaus.

Alfred brachte das Automobil davor zum Stehen.

Fredi sah auf die Taschenuhr, die ihm sein Vater zum zwölften Geburtstag geschenkt hatte. »Es ist zwanzig vor viere, wir sind ein bisschen früh dran.«

»Des machd do nix, noh gugga mir uns eba scho mol dussa alloi um«, schlug Großmutter Louise unternehmungslustig vor.

Sie stiegen aus dem Automobil, und die kühle Winterluft trug den Duft von brennendem Feuerholz und Tannennadeln herbei.

Alfred sah sich zufrieden um. »Das Firmengelände ist groß genug, um die Anlage notfalls noch weiter auszubauen.«

Clara entdeckte einen Hühner- und Kuhstall, außerdem gab es einen Obst- und Gemüsegarten.

»Fast wie drhoim in Tomerdenga«, kommentierte ihre Mutter schmunzelnd.

»Hier könnten wir sogar die Erdbeeren und Johannisbeeren für die Fruchtfüllungen selbst anbauen«, freute sich Clara.

In diesem Augenblick traf sie ein herangeflogener Fußball so überraschend mitten im Gesicht, dass Louise vor Schreck aufschrie.

»Mama, alles in Ordnung?«, fragte Fredi besorgt.

»Ja, ja, nichts gebrochen.«

Während seine Mutter sich ein Taschentuch gegen die leicht blutende Nase presste, kam ein muskulöser Mittzwanziger in Fußballkleidung aus Richtung Sportplatz herangespurtet. Erschrocken bemerkte er, dass die jüngere der beiden Frauen offenbar den Ball abbekommen hatte.

»O Gott, das tut mir so leid«, rief er mit hochrotem Kopf. »Soll ich Verbandszeug aus der Turnhalle holen?«

»Nein, es geht schon«, winkte Clara zerknirscht ab.

»Sie müssen verzeihen, mein Kumpel hat ein bisschen zu fest draufgebolzt.«

»Könnet ihr Burscha ned a bissle besser aufpassa?«, schimpfte Louise.

»Wir dachten eigentlich, die Fabrik steht leer, und keiner kommt mehr her«, erklärte der Fußballer.

»Wir sind die Familie Ritter aus Cannstatt, und wir möchten das Fabrikareal vielleicht kaufen«, verkündete Fredi, der ein wenig Mitleid mit dem peinlich berührten jungen Mann hatte.

»Ich heiße Gustav Belge, mich nennen aber alle Gustel«, entgegnete der Fußballer. »Ich spiele hier im Turnverein mit.«

In diesem Augenblick kam ein Mann im Anzug auf die Fabrik zugefahren – obwohl noch nicht alle Wege von Schnee und Eis geräumt waren, auf einem Fahrrad! Sein Hinterrad drehte öfter mal durch, und er beschrieb leichte Schlangenlinien.

»Oh, das ist der Herr Kreuziger. Dann verschwinde ich mal besser«, meinte Gustel und hob hastig den Fußball auf. »Nichts für ungut, Frau Ritter, auf bald!« Mit diesen Worten machte er sich so schnell aus dem Staub, als sei der Leibhaftige hinter ihm her. Musste man vor Herrn Kreuziger etwa Angst haben?

Der Fabrikbesitzer erwies sich als schnauzbärtiger Mann fortgeschrittenen Alters und wirkte ein wenig angeschickert, als er kurz darauf vom Fahrrad stieg und die drei Ritters und Großmutter Göttle zackig und in breitem Schwäbisch begrüßte. Der Schnee allein war jedenfalls nicht der Grund für die Schlangenlinien gewesen.

Daraufhin geleitete er sie durch das Innere seiner stillgelegten Schokoladenfabrik, von deren Zustand die Ritters sich zunehmend begeistert zeigten. Als er sie zum Abschluss durch das dazugehörige zweistöckige Wohnhaus für die Fabrikantenfamilie führte, stieß der Unternehmer eine Warnung aus: »Eins müssen Sie aber wissen, vom Schultheiß Fischer und dem Waldenbucher Gemeinderat brauchen Sie keine Hilfe zu erwarten. Die Saublase auf dem Rathaus hat mir während der verdammten Inflation bloß das Leben schwer gemacht. Und deshalb muss ich jetzt verkaufen.«

»Was soll die Fabrik denn kosten?«, fragte Louise daraufhin geradeheraus.

»Hundertsiebzigtausend Reichsmark mit Inventar«, sagte Kreuziger.

Fredi sah ob dieser für ihn völlig astronomischen Summe seine Eltern erschrocken an.

»Keine Angst, den handeln wir schon noch runter«, kündigte Clara Ritter an, nachdem die Besichtigung beendet war und sie sich von Kreuziger mit der Zusicherung verabschiedet hatten, sich noch vor den Weihnachtsfeiertagen mit einer Entscheidung bei ihm zu melden.

Inzwischen war die Sonne hinterm Horizont versunken, und es war sogleich noch viel kälter geworden. Zum Leidwesen der Familie bekam nun Alfred sein Automobil nicht in Gang, und mit jedem vergeblichen Versuch froren sie noch mehr.

Schließlich kam Gustel Belge, der inzwischen sein Fußballtrikot gegen zivile Kleidung eingetauscht hatte, mit seiner Sporttasche und einem Fahrrad des Weges. »Darf ich helfen?«, fragte er.

»Bitte sehr«, sagte Alfred ratlos.

Der junge Waldenbucher fuhrwerkte am Motor herum. Fredi verstand nicht, was genau Belge tat, aber kurz darauf ratterte das Automobil wieder ganz vertraut. Sie würden also nicht im idyllischen Schönbuch erfrieren müssen, sondern heim in ihr gemütliches Haus in Cannstatt fahren können.

»Tausend Dank, Herr Belge«, sagte Alfred erleichtert. »Kennen Sie sich mit Automobilen aus?«

Der junge Fußballer nickte grinsend. »Ich arbeite an der Tankstelle vom Karl Müller. Die steht drüben beim Eisgalgen von seiner Brauerei. Da kriegt man das eine oder andere über die Kisten mit.«

Während sein Vater Gustel Belge ein paar Reichsmark zuschob, fragte sich Fredi voll unbändiger Neugier, was wohl ein Eisgalgen war.

Nachdem Alfred, Clara und Louise beschlossen hatten, noch im von Herrn Kreuziger empfohlenen Waldenbucher Gasthaus Krone zu Abend zu essen, kündigte Fredi an nachzukommen. Zuvor wollte er sich noch den von Gustel erwähnten Eisgalgen bei der Tankstelle der Brauerei Lamm anschauen, ehe es vollends dunkel wurde. Dort angekommen sah er neben der Tanksäule ein breites Holzgerüst, von dem große und schwere Eiszapfen herabhingen, die, teilweise mit Schnee bedeckt, bis zum Boden reichten. Das musste der Eisgalgen sein – ein Traumbild in Weiß. Er erinnerte den Sohn der Ritters an den Weihnachtsbaum mit den weißen Glaskugeln und Zapfen, nur viel größer und schöner.

»Na, Bub, gefällt dir mein Galgen?«

Fredi fuhr herum und erblickte einen Mann um die fünfzig mit buschigem Schnauzbart, der sein graubraunes Haar mit Pomade gebändigt hatte.

»Herr Müller?«, vergewisserte sich der Fabrikantensohn.

»Jawoll«, bestätigte der Brauer. »Was suchst du hier? Ein Bier, das dir deine Eltern verboten haben?«

»Nein, der Gustel Belge hat mir vorhin erzählt, dass es hier einen Eisgalgen gibt, den wollte ich mir anschauen. Ich heiße Alfred Ritter …«

»Ah, deine Eltern wollen die Kreuziger-Werke übernehmen«, wusste Karl Müller bereits. In dem Städtchen schienen sich Neuigkeiten schnell zu verbreiten.

Fredi nickte. »Ich habe noch nie einen Eisgalgen gesehen, deshalb war ich so neugierig.«

»Sieht schon beeindruckend aus, was? Und so ist es bequemer, als das Eis aus der Aich zu holen. Die Zapfen schlagen wir regelmäßig vom Galgen und bringen sie mit einem Fuhrwerk zur Nordseite des Schlossbergs. Da gelangen sie auf einer langen Rutsche in unseren Eiskeller. So können wir den ganzen Sommer über unser Bier kühlen.«

In Cannstatt ließ man sich Eis für teures Geld liefern, die Variante mit dem eigenen Galgen war natürlich wesentlich kostengünstiger.

»Wer in der heißen Jahreszeit ein kühles Bier trinken will, geht mit der Milchkanne zu uns und kauft es sich, frisch aus dem Fass im Eiskeller«, fuhr Karl Müller fort. »Meistens kommen die Leute am Wochenende, während der Arbeitswoche trinken sie ja eher vom eigenen, selbst gemachten Most, den nehmen sie in Steinkrügen auch auf das Feld und zur Waldarbeit mit. Möchtest du meine Brauerei auch besichtigen?«

»Wenn Sie gerade Zeit haben, gern«, entgegnete Fredi hastig.

Sie machten sich auf den Weg zur Brauerei, und der Wirt wies ihn unterwegs in einige Geheimnisse der Brauereikunst ein. »Unsere Bierfässer werden einmal jährlich ausgepicht.«

»Was bedeutet das?«, erkundigte sich Fredi.

»Da gießen wir heißes Pech in die Fässer, um sie abzudichten«, antwortete Karl Müller. »Echte Knochenarbeit, kann ich dir sagen – und nicht gerade ungefährlich.«

Als sie beim Brauereigebäude angekommen waren, öffnete er die Tür. »Unser Brauwasser beziehen wir vom Schlossbrunnen. Komm mal mit, Bub!« Der Braumeister deutete auf eine kleine eiserne Treppe, über die man zum Braukessel hinaufsteigen konnte. Dort schöpfte Müller etwas heißes Bier aus dem Kessel und wies Fredi an: »Trink!«

Der Junge tat wie ihm geheißen – es schmeckte fürchterlich.

»Ist sehr gesund, wenn du das regelmäßig trinkst, bleibt dir jede Erkältung erspart«, meinte Karl Müller, bevor er gleich noch hinzufügte: »Und bei Völlegefühl nach dem Essen hilft ein Schnaps. Auch den brennen wir hier – für Kundschaft außerhalb, aber auch für den Eigenbedarf im Lamm.«

Als sie wieder heruntergeklettert waren, fragte Fredi: »Wie lange haben Sie die Brauerei und das Wirtshaus denn schon?«

»Ich habe beides vor einem Vierteljahrhundert gekauft. Eigentlich komme ich aus Teinach. Von da musste ich jeden Tag bis nach Calw zur Schule laufen. Und weißt du, wer da mein Kamerad war? Hermann Hesse, den kennt ja heute jeder als Dichter! In Teinach haben meine Eltern den Gasthof Zum kühlen Brunnen geführt.«

»Meine Großeltern hatten auch ein Gasthaus Zum Lamm, in Tomerdingen auf der Alb, die hatten sieben Kinder zum Mithelfen«, erzählte Fredi.

Der Braumeister lachte. »Meine Frau Friederike und ich haben sogar neun. Sie ist die Tochter des Wirts vom Gasthaus Grüner Baum in Steinenbronn drüben, die kennt sich aus. Nächstes Jahr sind wir dreißig Jahre verheiratet. Gibt es euer Gasthaus Lamm denn heute noch?«

»Ja, manchmal macht es noch auf, aber nicht mehr so oft. Meine Tante Amalie ist seit dem Krieg Witwe und führt den Hof und das Gasthaus allein mit meiner Oma. Mein Opa ist 1918 an der Grippe gestorben.«

Nun wurde das Gesicht des Bierbrauers mit einem Mal ganz ernst. »Meinen Vater haben wir auch schon vier Jahre nach unserer Hochzeit verloren. Ganz mysteriös war das damals.«

Fredi fragte vorsichtig: »Was meinen Sie damit, mysteriös?«

»Anfang April 1904 war er von einem Tag auf den anderen plötzlich verschwunden. Erst im Juli haben ihn dann Heidelbeersammler im Wald unter einem Felsen gefunden. Die Verwesung war natürlich schon weit fortgeschritten – und die Todesursache nicht mehr zu ermitteln.«

»Vielleicht war es ein Raubmord?«, mutmaßte Fredi.

Doch Karl Müller schüttelte den Kopf. »Seine Uhr, die Kette und das Geld, alles war noch da. Es wird wohl für immer ein Geheimnis bleiben.«

Fredi sah durch das Fenster in den düsteren Wald und erschauderte.

Als er sich kurz darauf von dem Braumeister verabschiedet hatte, war es draußen noch kälter geworden – und stockdunkel. Müllers Geschichte vom Tod seines Vaters wirkte noch nach, das Dorf und der umgebende Wald wirkten jetzt ein wenig unheimlich auf Fredi. Nicht nur wegen der eisigen Temperaturen beschleunigte er seinen Schritt auf dem Weg zum Gasthaus Krone. Dass seine Familie bei der Konkurrenz eingekehrt war, hatte er dem Lämmerwirt lieber verschwiegen.

29. Kapitel

Im Gasthaus Krone hatte Fredi Ritter die gruselige Geschichte vom unaufgeklärten Todesfall in den Wäldern bei Teinach bald vergessen. Die Stimmung beim humorvollen Wirt Jakob Wagner war einfach zu fröhlich – und der Zwiebelrostbraten zu gut. Am Nebentisch saß bei einem etwas älteren Vollbartträger ein freundlicher Mittzwanziger, der tatsächlich bereits von ihrem Geschäft gehört hatte.

»Meine Mutter war schon öfter bei Ihnen in Cannstatt in dem Bahnhofslädle, sie hat mir so von Ihrer Erdbeercremeschokolade vorgeschwärmt, die muss ich unbedingt mal probieren. Vielleicht erinnern Sie sich an sie: Frau Neff.«

»Aber ja, dann sind Sie der Sohn von Paul Neff und stellen Gartenwerkzeuge und hauswirtschaftliche Maschinen her«, kombinierte Clara.

»Genau, ich bin der Willi Neff, eigentlich esse ich auch sehr gerne Süßes und wollte längst einmal vorbeischauen«, erklärte er. »Aber jetzt ziehen Sie ja vielleicht bald her.«

»Die Alrika bring ich Ihnen gern schon bei unserem nächsten Besuch mit. Unsere Haushälterin schwört übrigens auf Ihre Knet- und Nudelschneidmaschine Triumpf, und ich glaube, unsere Spätzlepresse ist auch von Ihnen.«

»Das kann gut sein«, meinte Willi grinsend.

»Und was machen *Sie* beruflich?«, wandte sich Clara nun an den vollbärtigen Biertrinker neben Neff junior.

»Ich bin der Oberholzhauer Müller«, stellte er sich vor.

»Na, bei dem üppigen Schönbuch um das Städtle herum, da haben Sie bestimmt viel zu tun«, mutmaßte Alfred Ritter.

Der Holzhacker nickte und wischte sich den Bierschaum vom Bart. »Im Sommer arbeiten die Waldenbucher Männer ja meist in der Landwirtschaft. Manche auch als Maurer, Steinhauer oder Gipser. Im Winter haben sie aber kein Auskommen, weil in der Zeit weder gebaut noch die Felder bestellt werden. Viele heuern dann beim Forstamt als Saisonarbeiter für die Waldarbeit an.«

»Sie selbst schaffen aber das ganze Jahr dort?«, vergewisserte sich Clara.

Er bejahte. »Im Frühling und Sommer beaufsichtige ich die Frauen, die junge Bäume pflanzen. Im Winter wird das Holz eingeschlagen, das arbeite ich dann nach Weisung vom Forstamt auf – zusammen mit den Saisonarbeitern.«

»Die Waldenbucher dürfen ihr Holz schon seit Ende des letzten Jahrhunderts nicht mehr selbst im Wald einschlagen, das wird vom Forstamt durch die Holzhauer erledigt«, wusste Gastwirt Wagner.

»Stimmt«, bestätigte Müller. »Der Großteil von dem, was gekauft wird, ist Brennholz und muss selbst abgeholt werden. Dafür rücken wir das Holz an einen befahrbaren Weg; das erledigen die Holzschleifer mit ihren schweren Arbeitspferden und entsprechenden Wägen.«

»Und wie sieht es mit der Jagd aus?«, fragte Alfred schließlich. »Meinen Sie, man könnte dafür eine Pacht bekommen? Es soll hier viele Hirsche und Wildsauen geben, hab ich gehört.«

Der Holzhacker machte eine vage Handbewegung. »Jagdpachten sind natürlich heiß begehrt. Am besten fragen Sie da direkt unseren Schultheiß Fischer, der hat den größten Einfluss.«

An einem Tisch in einer Ecke weiter hinten im Lokal prosteten sich lautstark drei junge Männer mit identischen Mützen zu.

»Sen die Brüllaffa do drüba Verbindungsstudenta?«, mutmaßte Louise Göttle mit gefurchter Stirn.

»Ja, die sind aus Tübingen«, bestätigte Gastwirt Jakob Wagner. »Aber die gebärden sich heute noch vergleichsweise harmlos. Seit 1921 findet hier in Waldenbuch das Jahrestreffen der drei Wingolf-Verbindungen statt. Die Mitglieder kommen aus Tübingen, Stuttgart oder Hohenheim. Wenn die Studenten hier einfallen, wird unser Städtle regelrecht besetzt. Zuerst stehen sie stramm auf dem Marktplatz, mir Waldenbucher gucken zu – ein Spektakel ist das! Dann wird ihr Verbindungswappen hier an der Fassade der Krone angebracht. Drinnen in der Gaststube werden danach Reden gehalten auf die Reichsgründung und so was alles. Anfangs tun sie noch ganz gestreng, aber wenn das Fass erst angestochen ist, geht es hoch her! Es wird gekneipt, wie es im Verbindungsjargon heißt. Die Studenten singen, trinken, tragen Witze vor. Je länger der Abend, desto besser die Stimmung. Tagsüber werden Bonbons an Kinder verteilt, aber nachts ziehen die Studenten bierfröhlich durchs Städtle und stellen Streiche an.«

Fredi freute sich insgeheim schon darauf, dieses Jahrestreffen einmal mitzuerleben. Anfangs war er alles andere als begeistert gewesen, mit der Familie und Fabrik aufs Land hinauszuziehen, aber nach dem heutigen Besuch glaubte er, dass es vielleicht doch gar nicht so langweilig werden würde.

Waldenbuch, Mittwoch, den 22. April 1931

Meine liebe Beata,
bitte entschuldige, dass Du außer der Weihnachtskarte kein längeres Lebenszeichen von mir bekommen hast, aber Du weißt ja, dass wir letztes Jahr am 1. Juli vom Neckar an die Aich umgezogen sind, und deshalb war einfach immer etwas los, es gab kaum eine freie Minute.

Wir hatten das Grundstück zunächst gemietet, um Herrn Kreuziger hinzuhalten und das nötige Geld auftreiben zu können. Schließlich haben wir ihn auf 156 000 Reichsmark runtergehandelt und die Fabrik und das Gelände für diese Summe gekauft. Jetzt steigt den Waldenbuchern bei schönem Wetter also wieder der Duft von Schokolade in die Nase. Unsere eingearbeitete Belegschaft karriolen wir jeden Werktag mit einem eigenen Omnibus nach Waldenbuch und wieder zurück nach Cannstatt, ohne sie ginge es nicht. Gleich bei der ersten Besichtigungsfahrt im Frühling letzten Jahres gab es auf der kurvenreichen Strecke durch das Siebenmühlental einen Unfall mit dem Bus, glücklicherweise ging alles glimpflich ab.

Um Deine Frage aus dem letzten Brief zu beantworten, meine liebe große Schwester: Es stimmt, um die Wirtschaft steht es nicht zum Besten, es gibt immer mehr Arbeitslose, die steigenden Kosten haben uns zum ersten Mal in die roten Zahlen gebracht – das Geschäft ausgerechnet während so einer Wirtschaftskrise auszuweiten, war wirklich ein Risiko. Im vergangenen Winter war es dann auch ganz schlimm, uns ging das Geld aus, die Herstellung lag darnieder, sonst wären wir bankrottgegangen. Mir taten unsere Arbeiter furchtbar leid. Wir haben es auch nicht übers Herz gebracht, unseren Chauffeur zu entlassen, der Gustav Belge, von dem ich dir damals geschrieben hatte. Er konnte uns ja schon bei der ersten Besichtigung der Fabrik mit dem störrischen Automobil helfen, da lag es nahe, ihn anzustellen. Weil Waldenbuch hauptsächlich evangelisch ist, fährt Herr Belge uns jeden Sonntag zum Gottesdienst nach Böblingen. Na ja, unsere Gebete wurden erhört: Inzwischen geht es finanziell ja wieder bergauf.

Wir haben es also nicht bereut, die größere Fabrik ausgerechnet in der Wirtschaftskrise zu kaufen.

Meine beste Freundin Sofie und ihr Hermann haben übrigens ebenfalls erweitert, allerdings ist Sofie als Frau eines Juden zunehmend beunruhigt durch die NSDAP und ihre Anhänger. Die lagen bei der Wahl Ende Mai reichsweit ja schon bei über achtzehn Prozent. In Stuttgart sind sie zwar nur halb so erfolgreich, aber als Sofie am 18. Oktober dort das Stück SCHATTEN ÜBER HARLEM zweier jüdischer Autoren im Württembergischen Landestheater angeschaut hat, wurde die Vorstellung von Nazis gestört. Die haben auch sie übel bedrängt und belästigt. Anfang November gab es dann bei einer Massenschlägerei in Zuffenhausen das erste Todesopfer. Der SA-Mann Oskar Bröll hat den Arbeiter Hermann Weißhaupt erstochen, in der Neujahrsnacht war es dann umgekehrt, und es hat den SA-Mann Ernst Weinstein erwischt.

Ich habe den Eindruck, je schlimmer die wirtschaftliche Lage ist, desto mehr Zulauf haben diese Deutschlandfanatiker.

Während es uns finanziell so schlecht ging, habe ich gemerkt, dass die Situation unseren Sohn sehr beunruhigt. Deshalb habe ich ihn ordentlich mit eingespannt, um ihn mit Arbeit von seinen Sorgen abzulenken. Fredi hat mir geholfen, auf dem Grundstück verschiedene Arten von Beeren anzubauen und zu ernten. Die sollen der Herstellung von unseren Cremefüllungen mit Fruchtgeschmack dienen, sobald die Produktion wieder anrollt. Und das ist sie ja jetzt zum Glück!

Unser Fredi hat jetzt die Mittlere Reife und will alles von der Pike auf lernen. Er ist seit Anfang der Woche ganz offiziell Lehrbub in unserer Fabrik. Wir sind sehr stolz.

Ich soll Dich auch von beiden Alfreds herzlich grüßen. Ich bete für Dich und Deine Schützlinge, meine liebe große Schwester.

Tu Du dasselbe für uns!

Alles Liebe

Clara

Der Brief an Beata war also endlich erledigt, nun galt es für Clara Ritter, die Garderobe für den Abend auszuwählen, an dem sie mit Gatte Alfred und dem mittlerweile sechzehnjährigen Filius bei Schultheiß Fischer eingeladen war.

Ihr Magen knurrte vernehmlich. Der Tag war mal wieder so arbeitsreich gewesen, dass sie noch gar nicht zum Essen gekommen war. Clara selbst stand auch hier in Waldenbuch weiterhin jeden Tag in ihrem Lädle neben der Fabrik, und ihr Sohn unterstützte sie tatkräftiger denn je. Auch ihr Mann Alfred kam um sieben Uhr, mit dem Pfeifton zum Beginn der Frühschicht, ins Werk – als Vorbild für die Arbeiter. Er kannte weiterhin jeden einzelnen persönlich, und er kümmerte sich auch um Kleinigkeiten, was ihm großen Respekt bei der Belegschaft einbrachte.

Clara beschloss, sich als kleine Zwischenmahlzeit eine Banane zu gönnen. Nach einer Zwangspause durch die Weltwirtschaftskrise waren die Südfrüchte seit Kurzem wieder erhältlich, auch beim Waldenbucher Kolonialwarenladen von Emil und Mathilde Decker im Neuen Weg. Doch obwohl Clara das dortige Angebot sehr schätzte und sie öfter bei den Deckers einkaufte, stammte die Banane, die sie nun aß, nicht von dort. Sie war vielmehr ein Geschenk ihrer besten Freundin Sofie Mannheimer. Nach dem Umzug der Ritters hatten sie beschlossen, einander sonntags im Wechsel in Cannstatt oder Waldenbuch zu besuchen. Und weil für Sofie die Südfrüchte ein untrüglicher Hinweis auf das Ende der Krise waren, hatte sie Clara »als Mutmacher« einen Korb voll exotischer Leckereien mitgebracht.

Sie musste sich eingestehen, dass sie die Zeiten vermisste, in denen Sofie und sie sich spontan besuchen konnten, um sich gegenseitig ihre Sorgen anzuvertrauen oder ganz einfach nur zu schwätzen. Durch den Neubeginn in der Waldenbucher Fabrik waren die Ritters so eingespannt gewesen, dass kaum Zeit für anderes geblieben war. Aber vielleicht war ja der bevorstehende Besuch beim Bürgermeister ein erster Schritt, etwas mehr in der Gemeinde Fuß zu fassen. Durch die Erzählungen seiner Gattin, die bereits Stammkundin im Ritter-Lädle war, hatte Clara vorab den Eindruck eines etwas schrulligen Mannes bekommen. »Mein Gottlob ist immer auf der Suche nach Neuem«, hatte Emma Fischer berichtet. »Jetzt pflanzt er im Garten Maulbeerbäume an, um Seidenraupen anzusiedeln.«

Herr Kreuziger, der Vorbesitzer der Schokoladenfabrik,

hatte mehrfach über den »großkopferten« Bürgermeister geflucht. Clara war deshalb sehr gespannt auf Herrn Fischer.

Schultheiß Gottlob Fischer wohnte mit seiner Frau Emma und den vier Kindern in der Uhlandshöhe, einem burgähnlichen Gebäude mit Turm. Von dem Anwesen aus hatte man einen guten Blick auf seine Wirkungsstätte, das Waldenbucher Rathaus.

Wie es sich für Besucher schickte, lobten die Ritters zunächst ausführlich das Zuhause des Gastgebers.

»Ich habe es seinerzeit vom alten Apotheker Rudolf Uhland erworben. Der gute Mann gehört zu den ehrenwerten Honoratioren unseres beschaulichen Städtles«, erzählte der Gemeindevorsteher. »Er ist ein Urgroßneffe des großen Dichters Ludwig Uhland, deshalb versteht er sich auch als Heimatdichter. Ursprünglich war das Gebäude sehr klein und sah eher aus wie ein längliches Kirchenschiff. Vor gut zwanzig Jahren habe ich es dann zu einem Wohnhaus verbreitern lassen.«

Beim Abendessen waren neben seiner Gattin Emma auch die vier Kinder anwesend. Zwischen erstem und zweitem Gang referierte Fischer senior ausführlich, wie »sein« Städtle trotz Krise wachse und gedeihe. »Sie haben ja bestimmt mitbekommen, dass gerade die Ortschaft Glashütte eingemeindet wird.«

»Natürlich, die Kundschaft freut sich über die Vergrößerung«, berichtete Clara.

»Und über Ihre Süßwaren«, ergänzte Fischer lächelnd. »Ich sage Ihnen, wir sind alle heilfroh, dass Sie jetzt die Schokoladenfabrik leiten. Der alte Kreuziger war ein rechtes Ekelpaket. Der hat im Wirtshaus derart unflätig über den Gemeinderat und mich hergezogen, dass ich ihn anzeigen musste.«

Fredi bemerkte, wie nahe die Sache Fischer immer noch ging. Seine Mutter wollte das Thema offensichtlich nicht vertiefen und schlug ein anderes an. »Können Sie mir sagen, warum das Neubaugebiet Liebenau auch Beamtensiedlung genannt wird?«

»Natürlich«, antwortete der Schultheiß mit gönnerhaftem Lächeln. »Es liegt daran, dass dort unter anderem Pfarrer, Studienräte, ein Musikdirektor, ein Ingenieur sowie der Journalist und Schriftsteller Hans Heinrich Ehrler wohnen. Er …«

Plötzlich schrie eine seiner Töchter beim Blick in den Garten auf. »Papa, da ist wieder eine Biberratte ausgebüxt.«

Nun bemerkte auch Fredi das Tier. Es hatte ein rötlich braunes Fell, erinnerte an einen Biber und war über einen halben Meter lang – wobei die Hälfte davon sein runder, schuppenbedeckter, kaum behaarter Schwanz einnahm.

»Ihr korrekter Name ist Nutria oder *Myocastor coypus*«, stellte Fischer richtig. »Ich züchte sie wegen des schönen Fells. Außerdem ist ihr Fleisch äußerst schmackhaft.«

Fredi sah auf seinen Teller mit Putenbrust und Kartoffeln. Das Mahl hatte die Haushälterin der Fischers recht lecker zubereitet, doch die Vorstellung, das Fleisch einer Biberratte zu essen, ekelte ihn.

»Leider brechen die Tiere immer wieder aus und sind dann hier überall an den Bachufern zu finden«, warf Fischers Frau ein und klang dabei recht leidgeprüft. »Dadurch hatten wir oft Ärger mit den Grundstücksbesitzern. Die Nutria unterhöhlt nämlich Deichanlagen und Uferbereiche. Das kann zu Erdrutschen führen, die gefährden dann manchmal sogar den Straßenverkehr.«

»Dafür drängen die Nutria die eingeschleppten Bisamratten zurück, die verursachen doch noch erheblichere Schäden an den Wasserwegen«, erwiderte Gottlob Fischer trotzig. »Die Nutria-Bestände sind außerdem wesentlich leichter im Zaum zu halten als die der Bisamratte. Apropos Bestandskontrolle: Hat es mit Ihrer gewünschten Jagdpacht geklappt, Herr Ritter?«

»Oh ja, herzlichen Dank für den guten Rat«, antwortete Fredis Vater. »Ich habe mich mit dem Gruß von Ihnen an Forstmeister Heider gewandt – und er hat mir die Jagd sofort genehmigt.«

»Wunderbar. Ich habe mich im Gegenzug auch an Ihre Empfehlung gehalten und René Bourgeois als Baumeister für unsere Ortserweiterung angefragt«, berichtete Gottlob Fischer und fügte stolz hinzu: »Es war sicher hilfreich, dass ich die Verhandlungen in seiner Landessprache führen konnte. Ich habe ja seinerzeit die Verwaltungsfachschule in Stuttgart besucht, aber die französische Sprache lernte man dort nicht. Die musste ich mir in Privatunterricht aneignen.«

»Dann hat es geklappt? René hat den Auftrag angenommen?«, mischte sich Fredi erstmals ins Gespräch. Er gönnte seinem sehr beschäftigten Freund Victor die Freude, dessen leiblichen Vater wieder öfter sehen zu können.

»Selbstverständlich«, antwortete der Bürgermeister hochgemut. »Monsieur Bourgeois wird Anfang Mai aus Zürich anreisen.«

30. Kapitel

Es war ein heißer Samstag im Juli 1932, an dem der mittlerweile siebzehnjährige Fredi Ritter mit René Bourgeois und dessen Sohn Victor auf Handtüchern auf der Wiese im Waldenbucher Freibad lag, das idyllisch am Waldrand an der Einmündung des Siebenmühlentals lag.

»Jetzt schaffe ich schon über ein Jahr lang in Waldenbuch und kannte dieses schöne Bädle bisher gar nicht«, sagte René.

Wie immer amüsierte sich Fredi, dass der inzwischen zweiundsechzigjährige Bauleiter trotz seines deutlichen französischen Akzents versuchte, hier und da ein schwäbisches Wort in seine Sätze einzustreuen.

»Ja, Fredi, es war wirklich eine gute Idee, herzukommen«, bestätigte Victor. »Das kann sich sogar mit dem Mineralbad Leuze messen.«

Die Mineralbäder Leuze und Berg, die beide zwischen Stuttgart und Cannstatt lagen, hatte Fredi vor dem Umzug nach Waldenbuch leidenschaftlich gern genutzt. Als Wasserratte war er froh gewesen, dass man auch hier im Städtle an der Aich baden gehen konnte.

»Das erinnert mich ans Badi Schanzengraben in Zürich«, wandte sich Victor an seinen Vater.

René nickte und erklärte Fredi: »Das ist ein Flussbad aus

Holz. So schöne Liegewiesen wie hier gibt es da allerdings nicht. Dort muss man sich auf Holzplanken sonnen.«

»He, du da«, wandte sich einer von vier Männern in Badehosen, die plötzlich vor ihnen standen, unvermittelt an René. Er war um die dreißig, semmelblond und recht feist. Bei seinen drei Kumpanen handelte es sich um Mittzwanziger, etwas hochgewachsener und sportlicher aussehend als er. Fredi glaubte, sie schon in den Braunhemden der SA gesehen zu haben. Der Schwammige, den er jetzt als einen NSDAP-Funktionär erkannte, fragte René: »Bist du Franzose?«

»Warum wollen Sie das wissen?«, versetzte der Bauleiter und erhob sich ein wenig von seinem Handtuch, indem er sich auf die Ellenbogen aufstützte.

»Weil deinesgleichen hier nichts zu suchen hat«, meinte der Redeführer. »Dreiundzwanzig seid ihr in unser Ruhrgebiet einmarschiert, und eure Reparationsforderungen haben ein Heer von deutschen Arbeitslosen erschaffen.«

»Für die Weltwirtschaftskrise können wir nichts«, widersprach René unbeeindruckt. »Und mit dem Dawes-Plan haben wir ja längst eine friedliche Lösung für den Reparationsstreit gefunden.«

»Uns fällt aber eine bessere Lösung für einen wie dich ein, alter Mann«, meinte der größte der vier jungen Männer und schlug drohend mit der Faust in seine Handfläche. »Die ist dann zwar nicht friedlich, aber genau das Richtige für einen Froschfresser wie dich.«

»Sag mal, bist du nicht der Oskar Blessing?«, wandte sich Fredi unvermittelt an den Feisten. Der war 1922 im Alter von dreiundzwanzig Jahren nach Waldenbuch gekommen, das hatte der Fahrer Gustel Belge erzählt. »Du wohnst doch in der Villa von Uniformschneider Herre im Alten Weg. Wenn ich mich recht entsinne, bist du Notariatsgehilfe. Weiß dein Chef, dass du mit deinen Kumpanen von den Braunhemden friedliebende Leute belästigst?«

Blessing schien sich gar nicht wohl damit zu fühlen, dass Fredi seinen Arbeitgeber zu kennen schien. »Kommt, Jungs, ich will noch mal ins Wasser«, behauptete er denn auch flugs und machte sich dann mit seinen Kameraden davon.

»Was für Idioten«, kommentierte Victor.

»Ja, die sind harmlose Großmäuler«, bestätigte Fredi. »Aber in Stuttgart unten gibt es gefährlichere Exemplare von denen, hat mir Tante Sofie erzählt.«

»Die Arbeitslosenzahl ist durch die Krise auf über sechs Millionen gestiegen. Vorher waren es noch zwei«, wusste René. »Kein Wunder, dass immer mehr Menschen auf diesen grässlichen Hitler reinfallen, der liefert ihnen einfache Feindbilder und verspricht seinen Wählern das Blaue vom Himmel.«

»Die Kommunisten sind manchmal leider auch nicht besser«, meinte Fredi. »Unser alter Hausmeister in der Cannstatter Oberrealschule hat sich denen am 7. Dezember in den Weg gestellt, als sie da Plakate aufhängen wollten. Dann haben sie ihn totgeschlagen.«

»Zum Glück hat Reichspräsident Hindenburg gegen Thälmann und Hitler bei der Wahl im April gewonnen«, sagte Victor.

»Dafür ist die NSDAP bei der Landtagswahl zweitstärkste Kraft nach der SPD geworden«, gab sein Vater zu bedenken. »Fast fünfundzwanzig Prozent. Das heißt, beinah ein Viertel der Wähler ist für Hitlers Schläger. Ich befürchte, bei der Reichstagswahl nächste Woche wird das Ergebnis noch schlimmer aussehen.«

Als Fredi schließlich aus dem Freibad zu seiner Mutter ins Fabriklädchen ging, um sich mit einer Tafel Alrika zu stärken, traf er dort auf »Tante« Sofie, die zu einem Überraschungsbesuch gekommen war.

Er umarmte sie herzlich. »Wie schön, dich zu sehen!«, rief er erfreut.

Weniger erfreulich fand er, dass die Schrott- und Eisenhändlerin nun wie so oft verkündete: »Ich hab dir Bananen mitgebracht, Fredile.«

»Die esse ich heute Abend, Tantchen«, kündigte er an. »Das Schwimmen hat an den Kräften gezehrt, jetzt brauch ich erst mal eine Alrika.«

»Ich auch«, ertönte da an der Tür die Stimme von Gustel Belge. Der Fahrer der Ritters trug sein Fußballtrikot und war sehr verschwitzt. »Eine Stärkung, bevor die zweite Halbzeit anfängt.«

Clara gab den beiden jungen Männern lächelnd eine Tafel.

»Egal, welche Art von Leibesertüchtigung die Sportler betreiben, alle wollen sie Ritter Schokolade«, stellte Sofie grinsend fest.

»Das klingt ja fast wie ein Reklame-Spruch, Tantchen«, feixte Fredi und biss genüsslich von seiner Tafel ab.

Gustel kramte in den kurzen Sporthosen nach Geld, doch seine Arbeitgeberin winkte ab.

»Lass stecken, die geht aufs Haus. Ich will ja schließlich, dass unser Chauffeur beim Fußballspiel gut gestärkt die Firmenehre verteidigt.«

»Danke, Frau Ritter«, sagte Belge und schob sich die Alrika-Tafel in die Tasche seines Fußballtrikots. Doch kaum hatte er einen Schritt in Richtung Ladentür getan, zerbrach die Schokolade. Man konnte sogar hören, wie es knackte.

»Sie müssen mal kürzere Tafeln machen, Frau Ritter«, schlug

Gustel im Gehen scherzhaft vor, »welche, die in die Tasche passen, ohne zu zerbrechen.«

Sofie sah dem sportlichen jungen Mann entzückt nach. »Der war aber in Cannstatt noch nicht euer Chauffeur, an den tät ich mich erinnern.«

»Der ist von hier«, bestätigte Fredi. »Inzwischen sind die meisten in der Fabrik aus der Gegend. Für die wenigen treuen Arbeiter aus Cannstatt reicht jetzt ein alter sechssitziger Mercedes. Aber das Stammhaus wird nach wie vor als Ladengeschäft und Lager genutzt.«

»Außerdem hab ich auch eine neue Cannstatter Filiale von euch in der Seelbergstraße entdeckt«, berichtete Sofie. »Stimmt's, Clara?«

Die Angesprochene schien sehr abgelenkt zu sein, sie sah auf und fragte wie erwachend: »Was stimmt?«

»Mama, wo bist du denn mit deinen Gedanken?«, hakte Fredi nach.

»Machen wir doch eine Schokolade, die in jede Tasche passt, ohne dass sie bricht – und dabei aber das gleiche Gewicht hat wie die übliche Langtafel«, sprach Clara Ritter nun laut aus, was ihr gerade im Kopf herumging. »Etwas Quadratisches, Praktisches.«

Fredi war sofort Feuer und Flamme. »Eine quadratische Tafel, das hat was.«

»Quadratische Ritter Schokolade für Sportler«, begeisterte sich auch Sofie. »Ritters Sport-Schokolade.«

»Ritter und Sport zusammen – das klingt gut«, befand Fredi. »Dann kommt zu unserem eher altgedienten Namen ein modernes Wort dazu.«

»Ja, es muss das internationale Wort Sport sein«, bekräftigte Sofie. »Ritter für Leibesübungen klingt eher grässlich.«

Clara war ganz angetan von den vielen Ideen. »In der Quadratform kann man Schokolade in Zukunft viel leichter auch draußen und unterwegs naschen. Das könnte ein echter Verkaufsschlager werden!«

Die drei waren gleichermaßen begeistert. Hatten sie etwa endlich das ganz Besondere gefunden, das es nur bei Ritter gab?

»Sie glauben mir einfach nicht, dass es hundert Gramm sind!«

Hermann Dussling, der Handelsvertreter für Stuttgart und Umgebung, stand am Morgen des 6. März 1933 in Claras Büro und hielt eine quadratische Tafel in Händen. Sie war in durchsichtiges Zellophan verpackt, auf dem ein weißer Schriftzug zu lesen war: »Ritter's Sport-Schokolade«.

»Na ja, kürzer aussehen tut sie ja wirklich«, räumte Alfred senior ein.

Dussling nickte eifrig. »Unsere Abnehmer haben eben Angst, dass ihre Kunden sich weigern werden, fünfundzwanzig Pfennige zu bezahlen – für auf den ersten Blick weniger Schokolade als in einer Langtafel.«

Nach kurzem Überlegen war es mal wieder Clara, die mit einem Vorschlag aufwartete: »Dann nehmen in Zukunft eben alle Vertreter eine Waage mit. So kann man immer gleich vor Ort direkt das Gewicht unseres Quadrats mit dem von Langtafeln vergleichen – und alle Zweifel sind aus dem Weg geräumt.«

»Das ist eine wunderbare Lösung«, fand Herr Dussling. »Die Sache mit dem Wiegen wird alle neugierig machen und im Gedächtnis bleiben. Der Kollege Walker hat gesagt, Sie wollen auch Reklame im Kino schalten?«

Clara bejahte. »Da hat mich meine Freundin Sofie Mannheimer draufgebracht. Sie meint, dass Werbung dort besonders wirksam sei – weil Filmvorführungen immer auch von großen Gefühlen begleitet sind.«

»Das sind sie in der Tat«, entgegnete der Vertreter mit seinem charmanten Lächeln. »Wann waren *Sie* denn das letzte Mal im Lichtspielhaus, liebe Frau Ritter?«

»Oh, das ist lange her«, entgegnete sie. »Es gibt einfach immer zu viel zu tun.«

Clara nahm sich so gut wie nie frei, ohne ihre Arbeit hielt sie es eh nicht lange aus. Und auch jetzt gab es noch viel mit Dussling zu besprechen, denn Ritter hatte ja nicht nur die quadratische Schokolade im Sortiment, sondern Dutzende anderer Artikel: Pralinen, Oster- und Weihnachtsartikel sowie weiterhin Langtafeln. Clara selbst mochte jedoch die quadratische Halbbitter-Milch-Traubennuss am liebsten – »kräftig im Geschmack«, wie ihre Reklame propagierte.

Kaum hatte das Ehepaar Ritter seinen Stuttgarter Vertreter verabschiedet, betrat eine Stammkundin das Geschäft. Margarete Uhland, die Witwe des Dorfapothekers. Da ihr Mann Rudolf erst am 1. Februar im Alter von sechzig Jahren gestorben war, trug sie Schwarz. Umso mehr freute sich Clara, dass die Dame nun erstmals seit dem Trauerfall wieder zu ihnen in das Lädchen kam.

»Frau Uhland, wie schön, dass Sie uns wieder einmal beehren«, rief Clara und war erleichtert, die Witwe so gefasst und sogar mit einem tapferen Lächeln im Gesicht wiederzusehen. Das war natürlich noch ganz anders gewesen, als ihr Mann Anfang vorigen Monats unter großer Beteiligung der Waldenbucher Bevölkerung zu Grabe getragen worden war. Auch die Ritters waren seinerzeit gekommen, um ihm die letzte Ehre zu erweisen. In Gedenken an ihn sollte an der Linde vor der Apotheke an der Weilerbergstraße eine Tafel mit der Aufschrift »Uhland-Linde« angebracht werden. Von den bei der Beerdigung anwesenden Nationalsozialisten war natürlich versucht worden, den Verstorbenen als einen der Ihren darzustellen, aber Pfarrer Essig hatte Rudolf Uhlands weltoffenes Herz und seine Gastfreundlichkeit betont.

Bei der Trauerrede war erwähnt worden, dass er die Apotheke schon 1909 von seinem Vater übernommen hatte. Margarete, geborene Frey, die aus Haßloch in der Pfalz stammte, hatte Uhland 1927 geheiratet – zwei Jahre nach dem Tod seiner ersten Frau.

»Womit kann ich Ihnen heute dienen, Frau Uhland? Ein Marzipanbrot wie immer?«

»Heute gönne ich mir gleich zwei«, entgegnete die Witwe.

»Wie gefällt es denn Ihrem Sohn als neuem Apothekenbesitzer?«, fragte Clara, während sie das Gewünschte aus dem Regal nahm.

»Der Walter macht sich sehr gut«, lobte Margarete ihren Sohn.

In diesem Augenblick betrat zu ihrem Erstaunen Schrotthändler Mannheimer das Geschäft. Dessen bloßes Hiersein und sein ernster Gesichtsausdruck versetzten Clara sogleich in Sorge.

Sie nickte Alfred zu, und der verstand sie wie so oft ohne Worte. »Liebe Frau Uhland, Ihre Marzipanbrote verpackt heute der Hersteller persönlich«, erklärte er mit einem gewinnenden Lächeln.

»Alles Gute für Sie«, verabschiedete sich Clara von der Apothekerwitwe und geleitete den Schrotthändler ins Hinterzimmer.

»Ja, Hermann, was führt dich denn zu uns?«, fragte sie beunruhigt.

Tatsächlich waren sie hier in Waldenbuch bisher lediglich von seiner Frau besucht worden.

»Ich mache mir Sorgen um Sofie«, erklärte Mannheimer. »Das gestrige Wahlergebnis hat sie derart mitgenommen, dass sie nur noch apathisch im Bett liegt. Sie will nicht aufstehen und auch nichts essen und trinken. Sie denkt, die Nazis werden uns jetzt alles nehmen.«

Ein solcher Pessimismus klang so gar nicht nach ihrer besten Freundin, doch im Grunde konnte Clara sie verstehen. Die gestrige Reichstagswahl war von Präsident Paul von Hindenburg angesetzt worden, um der Regierung Adolf Hitler eine parlamentarische Mehrheit zu ermöglichen. Fünf Wochen zuvor war dieser zum Kanzler ernannt worden, und da am 1. Februar der Reichstag aufgelöst worden war, hatte erneut eine Wahl stattfinden müssen. Begründet wurde dies damit, dass es nicht gelungen war, eine Koalition aus NSDAP und Zentrumspartei zu bilden. Bei der gestrigen Wahl hatte die NSDAP dann zwar stark zulegen können, aber immerhin nicht die von ihr angestrebte absolute Mehrheit erreicht. Zusammen mit der Kampffront Schwarz-Weiß-Rot, einem von der DNVP dominierten Wahlbündnis, hatte Hitlers Regierung allerdings trotzdem eine Mehrheit im Parlament errungen.

Hermann sah Clara flehend und mit einer Verzweiflung an, die sie von ihm nicht gewohnt war. »Sofie sagt immer: ›Mei Clärle isch mein Sonnenschein.‹ Vielleicht kannst du nach Cannstatt mitkommen und sie ein wenig trösten?«

»Das will ich gern versuchen«, versprach Clara, doch insgeheim dachte auch sie, dass Hitler nun andere Saiten aufziehen würde, ganz besonders gegenüber den Juden. Das war auch der Grund, warum ihr Alfred nicht der NSDAP beitreten wollte, obwohl es ihm einige Waldenbucher dringend anrieten. Dem weltoffenen Süßwarenfabrikanten war die Gesinnung dieser Partei zuwider.

31. Kapitel

Fredi liebte es, wenn das Fabrikantenhaus voller Gäste war, alle zusammen Karten spielten und danach noch schwatzten. Am Samstag, dem 1. Juli 1933, hatten Clara und Alfred Ritter abends nicht nur einmal mehr Besuch von »Tante Sofie« aus Cannstatt, diesmal waren auch Alfred seniors Brüder Paul und Adolf gekommen. Letzterer war mit seinen achtundzwanzig nur zehn Jahre älter als Fredi, mit ihm verstand er sich von seinen Onkeln am besten. Postbote Paul mochte er zwar auch, aber der redete nach seinem Geschmack etwas zu häufig von Bibelstellen und dem »Heilsplan des Herrn«. Im Augenblick erklärte er ausführlich, dass es auch heute noch Wunder gab.

»Unseren Bruder Otto haben sie bei einer Schlacht in den Vogesen ja nach einer Explosion als Einzigen lebend aus der Erde geschaufelt«, erinnerte Paul seine Familie und Sofie Mannheimer. »Aber ein noch größeres Mysterium gab es nach dem Krieg mit seiner Frau Márie.«

»Na, auf *das* Wunder bin ich gespannt«, meinte Clara abfällig, die ihrer Schwägerin noch den Versuch nachtrug, ihren Alfred mit Waltraud verkuppeln zu wollen.

»Es war am 4. Oktober 1919. Da hat Márie nach jahrelangem Hin und Her endlich Ottos Wunsch nachgegeben und ist vom evangelischen zum katholischen Glauben übergetreten.

Bei der Feier kniete sie in der Kapelle. Da glaubte Márie plötzlich, unsere liebe Mama Mathilde hinter sich zu sehen. Sie hat sie angesprochen, da war sie auch schon wieder verschwunden. Es war so seltsam, dass Márie ihrem Mann und dem Pastor davon erzählt hat. Was zu dem Zeitpunkt keiner von ihnen wusste: Mama war da schon gestorben. Das Telegramm mit der Todesnachricht kam wegen der Zensur verzögert erst anderntags. Ihre Erscheinung auf der Feier der Schwiegertochter war nichts anderes als ein Wunder!«

Fredi erinnerte sich daran, dass drei Jahre nach besagtem Tod der Großmutter väterlicherseits – er selbst war damals sieben Jahre alt gewesen – auch sein Großvater Karl Ritter verstorben war. Dieser hatte unter der Zuckerkrankheit gelitten, und bereits gegen Ende des Krieges war ihm in der Tübinger Klinik das rechte Bein amputiert worden. Trotz der Betäubung hatte er dabei laut eigener Erzählung schlimmste Schmerzen erlitten. Da er wegen seiner fachlichen Kompetenz als Tierarzt sehr beliebt gewesen war, hatte man Großvater Karl auch danach mit dem Pferdewägele zu mancher Vierbeiner-Visite geholt – solange es eben möglich war. Als der Brand 1921 dann auch am verbliebenen linken Fuß einsetzte, ließ er zwar noch einen Zeh entfernen, wollte die erlebten Torturen der Amputation des gesamten Beins aber nicht noch einmal mitmachen – wohl wissend, dass damit seine Lebensuhr abgelaufen war.

»Wie geht es dir denn bei Otto und Márie?«, wandte Fredi sich an seinen Onkel Adolf, von dem er wusste, dass er bei seinem Bruder auf dem von ihm gepachteten Bauernhof in Remmesweiler im Saarland aushalf.

»Da ist viel Knochenarbeit und Geduld gefragt, schwer geht es auf alle Arten«, berichtete Adolf seufzend.

»Wie ist denn die Ehe der beiden?«, erkundigte sich Clara.

»Vorbildlich, sie sind glücklich miteinander – auch wenn sie die Hosen anhat«, antwortete er.

Clara schmunzelte. »Warum wundert mich das nicht?«

In diesem Augenblick klingelte es. »Ich gehe«, bot Fredi an und sprang von seinem Stuhl auf.

Er eilte auf die Diele hinaus und riss die Haustür auf, vor der ein Mittfünfziger mit grauem Schnäuzer stand.

»Guten Abend, Herr Fischer«, erkannte er. »Da werden sich meine Eltern aber freuen, dass Sie mal wieder vorbeischauen.«

Fredi hatte nicht zu viel versprochen. Das Ehepaar Ritter hieß den Überraschungsgast auf das Herzlichste willkommen.

Überschwänglich stellte Alfred dem Freund dann seine beiden Brüder und Claras beste Freundin vor. »Paul, Adolf, Sofie, das ist unser lieber Bürgermeister Gottlob Fischer.«

»*Ex*-Bürgermeister«, verbesserte ihn Fischer resigniert und setzte sich mit an den Tisch. »Gleich nach dem Wahlsieg am 28. März hat die hiesige NSDAP mich gezwungen, den SPD-Gemeinderäten mitzuteilen, dass deren Fraktion ausgeschaltet und ihre Tätigkeit damit beendet sei. Am 3. Mai haben sie die Anzahl der Gemeinderatssitze von bisher vierzehn auf nur noch acht verringert – sieben davon gehören der vermaledeiten NSDAP-Fraktion. Auch hier in Waldenbuch ist die SPD seitdem verboten. Mich haben sie dann zum Rücktritt gezwungen – nach achtundzwanzigjähriger Dienstzeit.«

»Lebe wohl, Demokratie!«, kommentierte Sofie.

»Den Lämmerwirt Karl Müller haben die Braunen auch auf dem Kieker«, wusste Fredi. »Der war ja elf Jahre lang im Gemeinderat gewesen. In seiner Wirtschaft finden viele Treffen statt, er weiß, wo die Leute der Schuh drückt. Sein Sohn ist wegen einer Bagatelle im Konzentrationslager auf dem Heuberg gelandet.«

»Das liegt bei Stetten am kalten Markt, meinem Geburtsort«, erboste sich sein Vater Alfred. »Ich schäme mich, dass die Nationalsozialisten ausgerechnet da ihre politischen Gegner einsperren.«

Gottlob Fischer nickte ernst. »Tausendfünfhundert Sozialisten, Kommunisten und andere unliebsame Personen sollen dort schon inhaftiert sein. Geleitet wird das Lager von der Politischen Polizei, es heißt, die drangsalieren die Gefangenen ganz schlimm.«

»So viele machen inzwischen mit bei der Unterdrückung«, sagte Clara, während sie Gottlob ein Bier einschenkte. »Der Futtermittelhersteller Nafzer hat mir neulich ganz stolz erzählt, dass er jetzt der NSDAP-Ortsgruppenleiter von Waldenbuch ist.«

»Der ist auch Fraktionsführer im neuen Gemeinderat. Er hat gleich in der zweiten Sitzung beantragt, diesen grässlichen Adolf Hitler zum Ehrenbürger von Waldenbuch zu erklären«, berichtete Gottlob Fischer voll Bitterkeit. »An meiner Stelle haben sie am 19. Juni Oskar Blessing als kommissarischen Bürgermeister eingesetzt, einen Notariatspraktikanten, gerade mal vierunddreißig Jahre alt! Erfahrung in der Gemeinde? Fehlanzeige! In seiner Antrittsrede meinte er: Im Dritten Reich müssen die Rathäuser mit Kämpfernaturen besetzt werden. Derjenige, der bereit ist, am Aufbau Waldenbuchs im nationalen Sinne mitzuarbeiten, soll vollste Unterstützung finden. Dagegen müsse derjenige, der gegen Waldenbuch und die Partei arbeite, mit schärfstem Gegenwind rechnen. Als erste Amtshandlung hat Blessing alle Beamten und Angestellten der Stadt schriftlich angewiesen, ihn mit ›Heil Hitler!‹ zu grüßen.«

»Die Braunen mischen sich mit ihrer widerwärtigen Ideologie überall ein«, ergänzte Sofie. »Unser Württembergischer Malerinnen-Verein wurde ebenfalls gleichgeschaltet. Und das Württembergische Landestheater ist genauso betroffen: Bisher war ja der wunderbare Albert Klehm der Generalintendant, aber den haben sie durch Otto Krauß ersetzt – ein NSDAP-Mann durch und durch. Jetzt gibt es nur noch vaterländische Schauspiele und Wagneropern! Unerwünschte Schriften landen im Giftschrank oder werden verbrannt. Letzte Woche haben sie in Stuttgart auch die christlichen Gewerkschaften aufgelöst.«

»Das sind ganz gottlose Kerle, die von der NSDAP«, empörte sich Paul, und ausnahmsweise konnte Fredi seinem frommen Onkel rundweg zustimmen.

Clara saß in ihrem Schokoladenlädchen, das wegen der Hitze heute wenig Kunden aufsuchten, und schrieb ihrer Schwester Beata in einem Brief von den bitteren Erkenntnissen des gestrigen Kartenspielabends. Sie fragte sich, wie lange sie es noch wagen konnte, sich derart offen über die politische Situation zu beklagen. Vielleicht würden die Nationalsozialisten, die ja überall Feinde witterten, demnächst auch die Post kontrollieren?

Sie zuckte vor Schreck zusammen, da plötzlich – als hätte er ihre Gedanken gelesen – der kommissarische Bürgermeister Blessing mit zwei uniformierten SA-Männern das Fabrikgeschäft betrat.

»Guten Tag, Frau Ritter«, sagte er mit einem Lächeln, das ihr falsch vorkam. »Ich wollte Sie schon längst einmal in meiner neuen Funktion begrüßen. Aber es kam immer etwas dazwischen.«

Mit schwitzenden Händen ließ Sie den Brief in ihrer Schürzentasche verschwinden. »Ach, das verstehe ich doch, Herr Bürgermeister. Sie haben ja gewiss viel zu tun«, sagte Clara und fügte im Geiste bitter hinzu: Es macht ja viel Arbeit, jede andere Meinung auszumerzen.

»Ja, mein Kassensturz kam zu einem verheerenden Ergebnis. Dank meines Vorgängers ist unser Städtle überschuldet und zahlungsunfähig«, erläuterte Blessing. »418 000 Reichsmark Schulden hat uns der saubere Fischer hinterlassen, die Zahlungsrückstände belaufen sich auf 125 000 Reichsmark. Sein Finanzgebaren war absolut unverantwortlich – habe ein Disziplinarverfahren gegen den Kerl eingeleitet.«

Clara bekam Mitleid mit Gottlob Fischer. Was konnte er für die Folgen der Weltwirtschaftskrise?

»Es muss jetzt ganz fanatisch an allen Ecken und Enden gespart werden. Sämtliche Gemeindeausgaben werden gedrosselt«, beharrte Oskar Blessing.

»Na, jetzt können Sie beweisen, dass Sie ein besserer Bürgermeister sind als unser Herr Fischer«, sagte Clara vage.

»Noch bin ich nur kommissarischer Gemeindevorstand«, stellte Blessing richtig. »Aber just heute wurde die dauerhafte Besetzung der Bürgermeisterstelle ausgeschrieben – und ich wage zu hoffen, dass ich in jedem Fall den Vorzug vor etwaigen anderen Kandidaten erhalte.«

»Das sollte man meinen«, antwortete Clara und versuchte sich an einem Lächeln.

»Eigentlich bin ich wegen der beiden Männer in Ihrem Haus gekommen«, offenbarte Blessing nun, und Clara fuhr es vor Angst in den Magen. »Sind die beiden Alfreds denn wohl zu sprechen?«

»Oh, da haben Sie Pech, die zwei sind heute in unserem Warenlager in Cannstatt«, entgegnete sie und war in Wirklichkeit heilfroh über diese Tatsache. Denn gewiss bedeutete der Besuch des kommissarischen Bürgermeisters nichts Angenehmes.

»Dann versuche ich es an einem anderen Tag noch einmal«, entgegnete er schulterzuckend. »Allerdings könnten Sie mir einen Gefallen tun und den beiden etwas von mir ausrichten: Es stünde Vater und Sohn gleichermaßen gut zu Gesicht, endlich Mitglied bei uns zu werden. Es geht ja nicht an, dass der größte Fabrikant unserer Gemeinde politisch noch immer keine Farbe bekannt hat. Und Ihr Sohn … na, dessen Zukunft sieht wesentlich rosiger aus, wenn er unter dem guten Einfluss von Parteikameraden steht, als wenn er sich mit Franzosengesocks und ihrem Bastard abgibt.«

Als die Männer endlich gegangen waren, war sie zutiefst beunruhigt, wie viel Blessing über ihre Familie wusste. Sie ahnte, dass die Partei keine Ruhe geben würde, bis Alfred Mitglied bei ihnen wurde. Bei dauerhafter Weigerung würden diese Kerle gewiss andere Saiten aufziehen!

Clara Ritter und ihre beste Freundin Sofie Mannheimer liefen durch Cannstatt, das seit 1933 auf Veranlassung der nationalsozialistischen Regierung *Bad* Cannstatt hieß. Viele Einheimische weigerten sich jedoch, den neuen Namen zu verwenden.

Der strahlende Sonnenschein an diesem Freitag, dem 20. September 1935, spottete dem ernsten Gesichtsausdruck der beiden Geschäftsfrauen. Als die Wahl-Waldenbucherin die Cannstatterin heute zu ihrem üblichen gemeinsamen Kaffeekränzchen aufgesucht hatte, war sie geradezu erschrocken gewesen, als Sofie ein Stück von Alfreds gebackenem Kuchen ablehnte. »Auf den bist du doch sonst ganz wild.«

Doch Sofie hatte keinen Appetit, sah müde und abgemagert aus.

»Mir wird das langsam unheimlich«, hatte Clara schließlich erklärt. »Wir gehen jetzt zu Victor rüber – sofort!«

Der Mediziner, so der Wunsch der Schokoladenfabrikantin, sollte Sofie auf eventuelle Krankheiten untersuchen. Claras übliche Sorge um ihre Lieben war seit der Machtübernahme der Nationalsozialisten immer extremer geworden. Zu allem Übel war am 1. Dezember 1934 ihr ältester Bruder Marcus ein halbes Jahr nach seinem sechzigsten Geburtstag überraschend bei seiner Familie in Schramberg gestorben. Sein Tod hatte Clara auf drastische Weise verdeutlicht, dass jederzeit ohne Vorwarnung etwas Schreckliches passieren konnte. Auch bezüglich der Zukunft ihrer Schokoladenfabrik gab es Anlass zur Beunruhigung. Wie damals vor einem Vierteljahrhundert im Großen Krieg wuchsen die Probleme bei der Beschaffung von Kakao und anderen Rohstoffen. Die Regierung hatte 1934 eine Einfuhrbeschränkung von fünfundsiebzigtausend Tonnen festgelegt, das entsprach einer Einbuße von etwa fünfundzwanzig Prozent.

Immerhin war Oskar Blessing nicht wie von ihm erhofft dauerhaft Bürgermeister von Waldenbuch geworden. Im September 1933 war die Wahl des Amtsoberamtes Stuttgart auf den einundvierzigjährigen Verwaltungsfachmann, Parteigenossen und bisherigen Gomaringer Bürgermeister Wilhelm Elsäßer gefallen. Der Protest der Stadträte, die lieber den Jung-Nazi Blessing behalten hätten, war vergeblich gewesen. Die unrühmliche Zeit des feisten Notariatspraktikanten auf dem Bürgermeisterstuhl hatte also nur drei Monate gewährt. Wilhelm Elsäßer hatte im März 1934 das Amt des Ortsvorstehers der Gemeinde Waldenbuch übernommen und hielt es seither inne. Anders als Blessing hatte er bisher nicht versucht, Alfred und Fredi zum Parteieintritt zu bewegen.

Ihr Sohn hatte im Frühling letzten Jahres seine dreijährige

Lehre bei ihnen beendet und schaffte derzeit beim Schokoladenhersteller Hachez in Bremen, der für seine gute Qualität bekannt war. Zum Glück war Fredi unterwegs nichts passiert, die SA randalierte ja im ganzen Land, vor allem gegen junge Männer, die ihre Ansichten nicht teilten. Laut seinen Postkarten und Briefen gefiel es Fredi sehr gut bei dem seit fünfundvierzig Jahren bestehenden Unternehmen. Doch eine vage Sorge blieb.

Schließlich erreichten Clara und Sofie Victor Markerts Praxis. Der mittlerweile achtunddreißigjährige Mediziner strahlte die beiden zunächst vor Wiedersehensfreude an, erkannte dann aber an ihren düsteren Mienen, dass es sich um keinen Freundschaftsbesuch handelte.

»Sie hat keinen Appetit mehr und wird immer dünner«, kam Clara gleich zur Sache.

»Setzt euch doch erst mal auf die Liege!«, forderte Victor die beiden auf. »Ich untersuche dich gleich noch in Ruhe, Sofie, aber jetzt erzähl mir bitte erst einmal, wie es dir geht. Bedrückt dich etwas?«

Clara musste sanft lächeln. Wie sehr sie Victor an ihren seligen Onkel Franz erinnerte – er hätte es genau so gemacht! Dessen Photographie hing an der Wand des Behandlungszimmers, zusammen mit seinem Eisernen Kreuz und einem Trauerflor.

»Wie laufen denn die Geschäfte?«, hakte Franzens einstiger Ziehsohn nach, da Sofie mit einer Antwort auf seine Frage zögerte.

»Alles gut. Wir haben bei Falk Adler endlich alle Pferde komplett durch Motorfahrzeuge ersetzt«, berichtete die Schrotthändlerin, und ihre Stimme war viel leiser als sonst. »Das spart enorm …«

»Und mit Hermann ist alles in Ordnung?«, hakte Victor nach.

»Er denkt, wir sollten uns im Notfall scheiden lassen«, entgegnete Sofie tonlos. »Ohne seinen Namen würde mir viel erspart bleiben, sagt er.«

Clara war schockiert darüber, dass ihre Freunde zu solchen Erwägungen gezwungen waren. Aber angesichts der auf dem 7. Reichsparteitag der NSDAP vor fünf Tagen einstimmig angenommenen Ariergesetze war das kein Wunder! Die antisemitischen und rassistischen Bestimmungen umfassten das sogenannte »Gesetz zum Schutze des deutschen Blutes und der deutschen Ehre«, kurz Blutschutzgesetz genannt, und das Reichsbürgergesetz. Das Blutschutzgesetz verbot die Eheschließung und den außerehelichen Geschlechtsverkehr zwischen Juden und Nichtjuden und sollte der »Reinhaltung des deutschen Blutes« dienen. Das Reichsbürgergesetz entzog Juden ihre Staatsbürgerschaft und beraubte sie ihrer politischen Rechte.

»Was denkst du darüber?«, fragte Victor.

»Ich will mich nicht scheiden lassen, aber ich weiß, dass wir beide in Gefahr sind«, antwortete Sofie. »Mischehen sind ja schon *vor* den Nürnberger Gesetzen immer öfter sanktioniert worden. Im August haben sie in Stuttgart einen jüdischen Kaufmann mit einem Plakat durch die Innenstadt getrieben – wegen sogenannter Rassenschande. Hermann und ich kennen ein Paar, dem hat man die Eheschließung aus demselben Grund verweigert. Als die dann weiterhin zusammengelebt haben, hat man sie denunziert. Sie wurden zu einer Woche Gefängnis verurteilt.«

»Ich kann verstehen, dass einem da der Appetit vergeht«, sagte Victor. »Just heute hat der Stuttgarter NS-Kurier eine Liste mit allen arischen Läden auf der Stuttgarter Königstraße veröffentlicht – mit der Aufforderung: Wir kaufen nur im deutschen Geschäft.«

»Ja, die Sorge nimmt mir die Luft zum Atmen«, gab Sofie zu. »Sie könnten Hermann jetzt das Haus und die Firma wegnehmen, ihn ausweisen oder … Schlimmeres!«

»Papa deichselt in so einem Fall bestimmt etwas in der Schweiz für euch«, versuchte Victor, ihr ein wenig Hoffnung zu vermitteln.

Tatsächlich hatten nach Hitlers Machtergreifung bereits viele Juden oder politisch Unerwünschte das Land verlassen. Waldenbuchs ehemaliger Bürgermeister Gottlob Fischer war am 9. Juni 1934 mit seinem Sohn Eberhard und dessen Frau Wilhelmine von Deutschland nach São Paulo in Brasilien ausgewandert. Zu seinem Leidwesen hatte er, um überhaupt ausreisen und Geld mitnehmen zu dürfen, ausgerechnet in die NSDAP eintreten müssen.

Sofie Mannheimer schüttelte auf Victors Vorschlag hin jedoch den Kopf. »Hermann will unbedingt hierbleiben. Sein Bruder Heinrich bereitet schon alles für seine eigene Reise nach Amerika vor. Er hat angeboten, das auch für uns zu erledigen. Aber Hermann sagt, er sei es unseren Firmenmitarbeitern schuldig, hierzubleiben. Außerdem liebt er Deutschland. Er habe nicht umsonst sein Bein verloren für sein Heimatland, sagt er.«

Bei diesem Satz kam Clara Ritter wieder eine ihrer Eingebungen. Mit gefurchter Stirn blickte sie zur Photographie ihres Onkels Franz und dessen Eisernem Kreuz.

»Ich glaube, ich habe eine Idee, wie wir Hermann schützen können«, verkündete sie, woraufhin Victor und Sofie sie gespannt ansahen. »Reichspräsident Paul von Hindenburg hat doch letztes Jahr noch kurz vor seinem Tod das Ehrenkreuz für den Großen Krieg gestiftet. Hermann hat als Versehrter ein Anrecht auf diese Auszeichnung. Er sollte sie beantragen.«

»Das ist eine großartige Idee, Clara«, befand Victor beeindruckt. »Ein Patient von mir hat das Kreuz zum 20. Jahrestag des Kriegsbeginns 1914 schon bekommen, da ist eine Urkunde mit Unterschrift von Adolf Hitler dabei!«

Zum ersten Mal seit vielen Monaten schien ein Funke ihrer alten Energie in Sofie zu glimmen. »Du hast völlig recht, Clara. Die rüsten doch gerade militärisch auf ohne Ende. Man kann aber keine Bevölkerung für einen möglichen Waffengang begeistern, wenn man die Kriegsversehrten mit Füßen tritt«, rief sie aufgeregt. »Die brauchen jetzt ihre deutschen Helden. Und genau das ist mein Hermann! Wir müssen ihm das sofort vorschlagen, komm, Clara!«

»Wenn ich dich vorher noch untersuchen dürfte?«, brachte sich Victor in Erinnerung.

»Ach, geh mir doch fort mit deiner Untersuchung!«, scherzte Sofie, die zu ihrer lakonischen Art zurückgefunden hatte. »'s Clärle und ich stellen jetzt den Antrag auf das Ehrenkreuz, und dann lad ich sie zu einem opulenten Essen ein. Ich nehm' schon wieder zu, keine Angst!«

32. Kapitel

»Ihr hättet eine Ritter Sport mit dem Namen ›Olympia‹ rausbringen sollen.«

Dieser Meinung war Sofie Mannheimer, die am Nachmittag des 7. August 1936 auf dem Rückweg von Tübingen nach Cannstatt war und spontan in der Schokoladenfabrik ihrer Freundin in Waldenbuch vorbeigeschaut hatte. Dort waren Clara Ritter und ihre Assistentin Elise Markert in mühevoller Kleinarbeit damit beschäftigt, jeweils fünf Marzipanringe so miteinander zu verbinden, dass sie das bekannte Symbol der Olympischen Spiele ergaben. Diese waren vor einer Woche, am 1. August 1936, in Berlin eröffnet worden und sollten noch bis zum 16. des Monats gehen.

»Für die quadratischen Tafeln habt ihr ja Maschinen, dann müsstet ihr euch nicht von Hand mit dem Ringen quälen«, meinte Sofie.

»Eine neue Sorte lohnt sich doch für zwei Wochen nicht«, widersprach Clara. »Wir haben ja auch so das Glück, die einzige Schokolade mit Sport im Namen zu sein.«

»Womit würde man eine Olympia-Tafel auch füllen?«, gab Elise zu bedenken.

Für das Fest der Völker hatte das Hitler-Regime Kreide gefressen: Man gab sich zwar stark, aber auch freundlich gegenüber Gästen. Es hatte durchaus auch Momente gegeben, in denen die Nazis umgänglicher erschienen als sonst, wie zum Beispiel bei der Eröffnungsfeier, als Hitler die Athleten begrüßte und sich mit ihnen photographieren ließ.

Aber die Wirklichkeit sah anders aus, und vor allem der Judenhass schwelte wie gewohnt weiter. Immerhin: Im Frühjahr hatte Hermann sein Eisernes Kreuz für den Einsatz im Weltkrieg erhalten, und in der Tat hatte die Verleihungsurkunde die Unterschrift Adolf Hitlers getragen. Die Auszeichnung hatte Sofie und ihren Mann hoffen lassen, als Frontkämpfer und Träger weiterer Orden werde Hermann unbehelligt bleiben. Schließlich hatte er ja auch die Verantwortung für das Familienunternehmen Falk Adler inne und war mit einer »arischen« Frau verheiratet. Das musste doch gut gehen! Außerdem hatten die meisten Juden ja – genau wie viele Christen – mit Religion eigentlich gar nicht so viel am Hut. Sofies Chef Sigmund Lindauer war am 12. Oktober 1935 gestorben und auf dem Stuttgarter Pragfriedhof feuerbestattet worden, was darauf hindeutete, dass auch er eine sehr liberale Einstellung zur jüdischen Religion gehabt hatte.

In diesem Augenblick betrat der Briefträger das Fabriklädchen. Außer der Geschäftspost hatte er auch eine Postkarte dabei.

»Aus dem Staat Parana in Brasilien«, stellte Clara fest, nachdem sie den Postboten wie immer mit einem Stückchen Sportschokolade verabschiedet hatte. »Von unserem früheren Bürgermeister Fischer. Oh, er will zurückkommen! Er und sein Sohn Eberhard haben viele Bäume gerodet, um Land zu gewinnen und Kaffee zu pflanzen. Sie sind Mitbegründer der Stadt Rolândia, dahin zieht es gerade wohl immer mehr Juden auf der Flucht vor den Nationalsozialisten. Fischer ist enttäuscht: Sein Sohn Eberhard kann endlich gute Ernten vorweisen, aber jetzt weigert sich wohl die restliche Familie, aus Waldenbuch nach Brasilien nachzukommen. Deshalb wird er demnächst zurückkehren.« Sie seufzte. »Das ist schön, aber ich hatte eigentlich auf eine Nachricht von meiner Schwester Beata gehofft. In ihrem Kloster gab es letzte Woche ein Großfeuer, es stand in der Zeitung. Zum Glück wurde niemand verletzt, aber die Wirtschaftsräume und die Angestelltenwohnungen sind wohl völlig zerstört.«

»Das tut mir leid«, sagte Sofie.

Clara seufzte. Sie hatte einen Geschäftsbrief geöffnet.

»Was ist?«, fragte ihre Freundin.

»Das Schreiben ist von Alfreds jüngstem Bruder. Adolf hat doch vor acht Jahren eine Ritter-Vertretung in Frankfurt eröffnet«, sagte Clara. »Seine Verkaufszahlen sind für so eine große Stadt aber einfach viel zu niedrig. Alfred hat ihm öfter mal ins Gewissen reden müssen.«

Adolf hatte seinen Bruder um ein Automobil für seine Kundenbesuche gebeten, schließlich sei Frankfurt viel größer als Stuttgart, doch Alfred hatte abgelehnt.

»Bei seinem letzten Besuch meinte Adolf wütend: ›Zu euch kommt man so gern wie zum Zahnarzt.‹ Seine Frau Berta hat ihm am 29. Juni einen Sohn geschenkt. Sie haben ihn Ernst genannt. Wir freuen uns kolossal für die beiden. Aber in nächster Zeit stürzt sich Adolf sicher noch weniger auf die Arbeit.«

»Vielleicht strengt er sich aber auch mehr an, wenn es einen Esser mehr gibt in seiner kleinen Familie«, meinte Sofie. »Wie geht es denn unserem Fredi auf der Wanderschaft?«

»Bei Hachez in Bremen und Cosma in Danzig hat es ihm gut gefallen. Jetzt ist er bei der Firma Gartmann in Hamburg. Das Familienunternehmen gibt es schon seit über hundertzwanzig Jahren, ein echter Traditionsbetrieb. 1810 haben die als ganz kleine Konditorei angefangen, inzwischen sind sie die bedeutendste Schokoladenfabrik in Norddeutschland. Am beliebtesten sind ihre Tannenbaum-Schokoladenkränze.«

»Ach, die kenne ich sogar«, erinnerte sich Sofie. »Meine Mutter hat uns in der Adventszeit immer einen gekauft. Aber an so etwas Weihnachtliches mag man an einem schönen Sommertag wie heute gar nicht denken. Ich nehme Hermann lieber eine Ritter Sport Halbbitter mit.«

Eine gute Stunde später hielt Sofie mit dem Automobil ihres Mannes vor ihrem stattlichen Mehrfamilienhaus in der Kegelenstraße in Bad Cannstatt. Fröhlich pfeifend schloss sie das Gebäude auf, bestimmt würde Hermann sich über die Schokolade freuen. Ihre gute Laune war jedoch auf einen Schlag wie weggewischt, als sie ihren Ehemann erblickte, der mit düsterer Miene über einem Schreiben brütete, das vor ihm auf dem Esstisch lag.

»Was ist mit dir?«, fragte sie bang.

»Ich habe gerade erfahren, dass unser Haus in arischen Besitz übergehen wird«, sagte er mit Grabesstimme.

»Was?«, fauchte Sofie aufgebracht. »Dagegen müssen wir gerichtlich vorgehen.«

»Fälle wie unseren übernimmt keiner mehr, Schatz«, meinte Hermann Mannheimer mit einem freudlosen Lächeln. »Seit den Nürnberger Gesetzen können die mit uns im Grunde machen, was sie wollen.«

»Aber dein Ehrenkreuz und Hitlers Unterschrift«, warf seine verzweifelte Frau ein.

»Das nützt uns nicht allzu viel«, entgegnete er. »Dafür dürfen wir immerhin hierbleiben – als bescheidene Mieter in einem Rattenloch von Wohnung. Zumindest vorerst.«

Sofie wurde übel. Zwei Drittel ihrer Möbel würden sie aufgeben müssen. Sie hatte sich noch nie in ihrem Leben so ungerecht behandelt gefühlt. Und sie ahnte, dass es sogar noch ärger kommen konnte!

»Mist, ich muss zum Kommiss!«

Diesen Ausruf ihres mittlerweile zweiundzwanzigjährigen Sohnes Fredi hatte Clara lange befürchtet. Bereits 1935 hatten die Nationalsozialisten die Wehrpflicht wieder eingeführt. Ab dem achtzehnten Lebensjahr waren alle Männer zum Dienst an der Waffe verpflichtet, und jetzt nach dem offiziellen Ende seiner Lehr- und Wanderjahre hatte es auch Alfred Otto Ritter erwischt. Am heutigen 23. Mai 1937 kam er mit dem soeben zugestellten Musterungsbescheid ins Kontor, wo seine Mutter an der Buchhaltung arbeitete.

»Jetzt war ich gerade mal endlich gemütlich zu Hause zurück«, sagte Fredi mit freudlosem Lächeln, »und da muss ich vierundzwanzig Monate lang durch den Schlamm robben.«

Ehe er sich weiter über die Einberufung zum zweijährigen Wehrmachtsdienst ärgern konnte, betraten zu Claras Erstaunen Anna Markert und René Bourgeois das Geschäft. Beide strahlten wie die sprichwörtlichen Honigkuchenpferde, was besonders in Annas Fall erstaunlich war. Sofie und Hermann Mannheimer konnten ihr aufgrund ihrer eigenen Geldsorgen nämlich nur noch einen Bruchteil des Lohnes für ihre Haushälterinnentätigkeit bezahlen. Andererseits hätte Anna mit ihren mittlerweile fünfundsechzig Jahren eigentlich ja gar nicht mehr arbeiten sollen, und ihr Ziehsohn Victor hatte sich auch bereit erklärt, künftig für sie zu sorgen. Doch Anna weigerte sich hartnäckig, die Mannheimers gerade jetzt im Stich zu lassen.

»Na, ihr zwei, das ist ja eine Ewigkeit her. Ihr scheint ja bester Stimmung zu sein«, stellte Clara nach einer herzlichen Umarmung fest.

»Wir kommen gerade aus der Stuttgarter Innenstadt, das ist eigentlich eher ein Grund für ganz schlechte Laune«, berichtete René zerknirscht.

»Ja, im Städtle gibt es nämlich gerade einen Schaufensterwettbewerb«, erläuterte Anna.

Clara musste schmunzeln. Die Cannstatter bezeichneten nur ihre eigene Stadt als Stadt, das benachbarte – und wesentlich größere – Stuttgart war für sie hingegen nur das »Städtle«.

»Selbst beim Obst- und Gemüsehändler hängen Blut-und-Boden-Plakate hinter der Scheibe, zusammen mit Hakenkreuzen aus Bananen. Es ist grauenhaft.«

Clara sah ihre alte Freundin an und schüttelte verstimmt den Kopf. »Da hast du recht, überall nur noch der Nazi-Hirnkleister.«

Bei der Reichstagswahl im März hatten Juden wie Hermann Mannheimer kein Stimmrecht gehabt, doch selbst wenn: Die NSDAP war ja ohnehin die einzige Partei auf der Liste gewesen. Anschließend hatte Gerüchten zufolge der Sicherheitsdienst des Reichsführers SS Listen von Nein- und Nichtwählern angefordert, Gegen- oder unschlüssige Meinungen durfte es in all der aufgezwungenen Stromlinienförmigkeit nicht geben. Da Clara und ihr Mann Alfred ebenfalls nicht gewählt hatten, würde man ihnen vielleicht auch bald Schwierigkeiten machen.

»Und was hat eure Laune dann wieder angehoben?«, fragte Fredi.

Anna präsentierte stolz ihren Ringfinger, an dem es golden und weiß glänzte. »Wir waren beim Juwelier.«

»Ihr heiratet!«, rief Clara in unbändiger Freude.

Das Paar lächelte ein wenig verlegen.

»Mir wurde klar, dass es heißt: Drum prüfe, wer sich ewig bindet«, erklärte René. »Und nicht: Drum prüfe ewig, wer sich bindet. Immerhin bin ich gerade siebenundsechzig geworden, länger sollte ich wirklich nicht warten, meine Liebe zu Anna amtlich zu machen.«

»Das ist ja wunderbar«, freute sich Clara, nachdem sie und ihr Sohn beiden gratuliert hatten. »Wann soll die Hochzeit denn stattfinden?«

»Am 26. Juni, das ist ein Samstag«, antwortete Anna.

»Jetzt sind wir auf dem Weg nach Zürich. Dort liegen noch einige wichtige Papiere von mir«, erklärte René. »Da dachten wir uns, schauen wir doch vorher mal kurz bei den Ritters vorbei.«

»Das ist lieb«, entgegnete Clara.

»Habt ihr denn schon jemanden für eure Hochzeitstorte?«, erkundigte sich ihr Sohn.

»Wir dachten an dich«, gestand Anna lächelnd.

»Ich weiß noch nicht, ob ich das schaffe«, sagte Fredi betrübt. »Bis dahin bin ich vielleicht schon Soldat.«

Waldenbuch, Faschingsdienstag, den 1. März 1938

Meine liebe Beata,
ich muss Dir etwas sehr Trauriges mitteilen. Ich habe es so lange herausgezögert, wie es ging, um dich nicht unnötig zu beunruhigen, aber jetzt haben wir leider traurige Gewissheit. Vor neun Monaten wollten Anna Markert und René Bourgeois mit dessen Automobil nach Zürich fahren, um in seiner alten Woh-

nung einige Unterlagen für ihre geplante Hochzeit zu holen. Kurz vor der Grenze mussten sie noch tanken. Da haben ein paar Jung-Nazis die beiden für Juden gehalten, die das Land verlassen wollen. Sie wurden von der Brut bedrängt und beleidigt, was sich René nicht gefallen lassen hat. Es kam zu einer Schlägerei, bei der wurde versehentlich auch Anna von einer Faust getroffen, und sie verlor das Bewusstsein. Als sie wieder zu sich kam, war René spurlos verschwunden. Monatelang hat die arme Anna daraufhin zwischen Trauer und Hoffnung gelebt. Aber am Dreikönigstag fand man seine Leiche, in der Nähe des Rheinfalls. Kaltblütig ermordet haben sie ihn, diese niederträchtige Nazi-Brut! Es ist so schrecklich, Beata, er war doch ein herzensguter Mensch. Sein Sohn Victor und die arme Anna sind am Boden zerstört. Heute Nachmittag gehen sie mit Sofie zur Testamentsverlesung in Bad Cannstatt. Zu meiner Überraschung bin ich auch eingeladen.

Ich werde Dir im nächsten Brief berichten, was dabei herauskam. Bitte bete für Renés Seele, Beata.

Alles Liebe von Deiner
Clara

Während sie den Brief an ihre Schwester zusammenfaltete, hörte die Ritter-Chefin aus Richtung der Turnhalle die Geräusche einer Faschingsfeier. Ihr selbst war alles andere als festlich zumute, als nun Chauffeur Gustel Belge ihr Büro betrat, um sie wie verabredet für die Fahrt nach Cannstatt abzuholen. Er trug ein Piratenkostüm.

»Es tut mir leid, dass ich Sie an so einem Tag von Ihren Freunden trenne«, sagte Clara bedauernd.

»Und mir tut es leid, dass ich Sie in der Verkleidung fahre«, meinte er ein wenig verlegen. »Zumal Ihr Besuch in Cannstatt diesmal einen so traurigen Anlass hat.«

»Ich weiß gar nicht genau, warum ich zur Testamentsverlesung eingeladen wurde«, meinte Clara. »Es wird nicht allzu lange dauern, denke ich, dann können Sie wieder zu Ihrer Vereinsfasnet.«

Kurz darauf fuhr Belge sie durch die verschneiten Straßen Waldenbuchs, in denen verkleidete Verbindungsstudenten verkleideten Kindern Kamellen schenkten. Eigentlich war Ritter Schokolade in dieser fröhlichen Zeit in Waldenbuch seit 1930 auch stets ein wichtiger Bestandteil gewesen. Doch in diesem Jahr sah sich Clara einfach nicht dazu in der Lage, sich an den »tollen Tagen« zu beteiligen. Sohn Fredi hatte erst acht Monate seines zweijährigen Pflichtdienstes bei der Wehrmacht hinter sich gebracht. Es ging ihm laut eigenen Angaben gut. Zum Glück war er dort nicht in Lebensgefahr – noch nicht. Einige Offiziere waren laut Fredi überzeugt, dass Hitler einen Krieg vorbereiten ließ. Schon seit 1935 wurden Luftschutz- und Verdunkelungsübungen im Reich durchgeführt. Die Sichtbarkeit künstlichen Lichts sollte in einem bestimmten Gebiet eingeschränkt oder unterbunden werden, um so zu verhindern, dass sich die Besatzungen feindlicher Luftfahrzeuge an der Beleuchtung markanter Straßenzüge oder Gebäude orientieren konnten. Clara versuchte, diese Gedanken zu verdrängen. Doch vor allem nachts nagte sie an ihr – die schreckliche Sorge, in dem drohenden Krieg auch ihren zweiten Sohn zu verlieren.

33. Kapitel

»Ich war noch nie im Schwarzwald. Wunderschön ist es hier.«

Sofie Mannheimer sah sich in der hügeligen und baumreichen Landschaft um. Sie saß mit ihrer besten Freundin Clara im Fond des Firmenfahrzeugs, das Chauffeur Gustel Belge in Richtung Schramberg lenkte. Zwei Monate nachdem René Bourgeois' letzter Wille verlesen worden war, hatte sich Clara aufgemacht, ihre ältere Schwester Beata im Kloster Heiligenbronn zu besuchen. Sie hatte ihr ja eigentlich versprochen, schriftlich mitzuteilen, warum sie zur Testamentseröffnung eingeladen worden war. Es hatte sich herausgestellt, dass René Clara tatsächlich etwas vermacht hatte: eine seiner beiden Wohnungen in Zürich, verbunden mit der Bitte, dort im Notfall Sofie und Hermann Mannheimer wohnen zu lassen. Dem Paar die Bleibe direkt zu hinterlassen, hätte wenig Sinn gemacht, da die Nationalsozialisten derzeit immer mehr jüdischen Besitz »arisierten«, sprich stahlen. Seine zweite Züricher Wohnung hatte René, ebenso wie sein gesamtes restliches Vermögen, seinem Sohn Victor hinterlassen.

Bevor Clara dies ihrer Schwester Beata hatte schreiben können, war von dieser eine seltsame Postkarte in Waldenbuch eingetroffen:

Liebe Clara,
bitte schreibe mir keine Briefe und Karten mehr! Besuche mich stattdessen im Kloster, sobald es Deine Verpflichtungen zulassen.
Deine Beata.

Diese Nachricht war Clara unheimlich vorgekommen, zumal ihre Schwester im Januar auch nicht zur Feier des neunzigsten Geburtstags der Mutter ins heimatliche Tomerdingen gekommen war – als Begründung hatte sie verlautbaren lassen, dass es besondere Ereignisse im Kloster gegeben habe. Irgendetwas, so befürchtete Clara, stimmte da nicht. Da am heutigen 8. Mai 1938 Beatas fünfundsechzigstes Wiegenfest anstand, nutzte Clara den Anlass für einen Sonntagsausflug. Sie hatte Sofie gebeten mitzukommen – auch mit dem Hintergedanken, diese ein wenig von der Sorge um deren Mann abzulenken. Und die Begeisterung der Freundin für die Landschaft zeigte wohl, dass der Plan wohl aufgegangen war.

Das Erste, was die beiden Geschäftsfrauen sahen, als Chauffeur Belge nun vor der ausladenden Klosteranlage vorfuhr, war die prächtige Wallfahrtskirche, die von einem gepflegten Garten umgeben war, in dem bereits die Maiblumen und Sträucher blühten. Das Kloster bestand aus mehreren Gebäuden, die im Laufe des vorigen Jahrhunderts errichtet worden waren. Der Wald ringsumher sorgte für eine ruhige und friedliche Atmosphäre.

Von der Ankunft der großen schwarzen Limousine angelockt, kam Claras Schwester Beata aus dem Gebäude. Beim Anblick der Freundinnen strahlte die Nonne mit einem mädchenhaften Lächeln, das einen vergessen ließ, welchen Geburtstag sie heute feierte. An ihrer Seite befand sich eine drahtige Nonne mit spitzer Nase, die Clara schon von ihrem letzten Besuch kannte. »Grüß Gott, Mutter Oberin«, begrüßte sie die Vorsteherin und überreichte ihr eine stattliche Holzkiste voller Schokolade.

»Ach, Frau Ritter, was habe ich gebetet, dass es einmal zu einem Wiedersehen kommt«, sagte sie.

Clara musste bei dem begehrlichen Blick der Oberin, die ein Schleckermaul war, ein Schmunzeln unterdrücken. Wie schon bei ihrem letzten Besuch zeigte sie sich derart begeistert, dass man sich fragen musste, ob ihre geistigen Töchter diesmal etwas von den Leckereien abbekommen würden.

Nach der Begrüßung und der Überreichung des Geburtstagsgeschenks für Beata – eine gerahmte Familienphotographie, die letztes Weihnachten in Waldenbuch entstanden war – bot die Schwester den beiden Freundinnen eine Klosterführung an. »Du warst ja noch nie hier, Sofie.«

Zunächst zeigte die Nonne den beiden Geschäftsfrauen eine Quelle.

»In diesem Wasser hat im vierzehnten Jahrhundert ein müder Hirte angeblich das Gesicht der Mutter Gottes gesehen«, erzählte Schwester Beata. »Daraufhin hat er seine wunden Füße ins Wasser gesteckt – und die wurden dadurch wohl geheilt. Außerdem hat sich der Sage nach eine blinde Frau ihre Augen gewaschen – und die konnte danach dann sehen.« Beata lächelte. »Deshalb wurde die Quelle zum Wallfahrtsort, und man hat hier im fünfzehnten Jahrhundert eine kleine Marienkapelle errichtet. Die wurde aber um 1820 wieder geschlossen – im Zuge der Aufklärung. Der Generalvikar der Konstanzer Diözese war der Wortführer einer aufgeklärten Theologie, er lehnte Wunderglauben und Wallfahrten ab.«

»Aber wie konnte dann hier doch noch dieses riesige Kloster entstehen?«, wunderte sich Sofie.

»Mitte des vorigen Jahrhunderts haben sich die Heiligenbronner Bürger erfolgreich für einen eigenen Vikar in ihrem Ort eingesetzt. Er hieß David Fuchs und hat hier das Franziskanerinnenkloster gegründet. Der hatte wirklich ein unverschämtes Gottesvertrauen«, meinte Beata schmunzelnd. »Außer dem Kloster hat er auch für Schulen und Heime gekämpft – und den Neubau der Wallfahrtskirche 1873. Nahe der Quelle hat er ein Waisenhaus errichten lassen, das sollten die Schwestern des Dritten Ordens von uns Franziskanerinnen betreuen.«

Als sie den Klostergarten besichtigten, wurde Beata dort mit Handzeichen von einem etwa zwölfjährigen Mädchen begrüßt – in Gebärdensprache. In dieser grüßte die Nonne die gehörlose Gartenarbeiterin auch zurück.

»Schon im Jahr 1860 hat das Kloster erste taubstumme Mädchen aufgenommen«, erzählte Beata daraufhin ihren beiden Begleiterinnen. »Acht Jahre später wurde hier ein Blindenheim eröffnet. 1877 hat Königin Olga die Gottesstadt besucht.«

»Sie hat so viel Gutes gestiftet im Ländle«, pflichtete Sofie ihr bei.

»Inzwischen sind wir hier über dreihundert Professschwestern«, fuhr Beata fort. »Dazu kommen noch fast hundert Laien, die hier tätig sind. Insgesamt leben im Kloster bestimmt doppelt so viele Menschen wie im Dorf.«

Schließlich wagte Clara die Frage zu stellen, die ihr schon seit ihrer Ankunft auf den Nägeln brannte: »Warum hast du mich eigentlich gebeten, dir nicht mehr zu schreiben?«

Beata sah sich fast ängstlich um, dann zischte sie den beiden zu: »Kommt mit!«

Sie führte die zwei hinter eine Mauer, wo man sie vom Kloster aus weder hören noch sehen konnte.

»Ich wollte dich bitten, dass du nichts mehr Negatives über Hitler oder seine Parteigenossen schreibst«, flüsterte die

Nonne ihrer Schwester zu. »In deinem letzten Brief hast du den Führer Dreckskerl genannt und gesagt, dass er uns in düstere Zeiten führt.«

Sofie warf ihrer Freundin einen anerkennenden Blick zu. »Wo sie recht hat, hat sie recht, unsere Clara.«

Beata sah nun fast panisch aus, was gar nicht zu ihrem Wesen passte. »Schon, aber ich befürchte, dass demnächst die Post stichprobenweise gelesen wird – wenn es nicht schon längst passiert. Für solche Äußerungen könntest du im KZ enden.«

Clara nickte zerknirscht. »Du hast vollkommen recht. Das war leichtsinnig von mir.«

»Gerade bei der Post hierher wäre ich vorsichtig«, flüsterte Beata. »Bei uns stimmt nämlich etwas nicht.«

»Was meinst du?«, fragte Clara, die nun instinktiv ihrerseits die Stimme gesenkt hatte.

Schwester Beata hatte Tränen in den Augen, als sie nun verriet: »Seit letztem Jahr haben die Nazis gut zwei Dutzend von unseren Mädchen ins Bezirkskrankenhaus in Rottweil und nach Schramberg gebracht.«

»Wieso das denn?«, fragte Sofie kaum hörbar.

»Es wurden Eingriffe an ihnen vorgenommen, die lassen nur einen Schluss zu: Man hat sie zwangssterilisiert.«

»Was?«, riefen Sofie und Clara wie aus einem Mund – und nun doch etwas lauter.

»Die nennen das wohl Eugenikprogramm, blinde und taubstumme Mädchen sollen keine Kinder bekommen dürfen. Die Nazis befürchten einen Schaden für den Volkskörper«, zitierte die Nonne angewidert.

»Was ist denn an einem Blinden oder gehörlosen Mädchen schädigend?«, empörte sich Sofie. »Diese Ungeheuer schrecken wirklich vor nichts zurück.«

Clara kämpfte ihrerseits mit den Tränen. »Nicht mal in Klostermauern sind die Menschen noch sicher.«

»Die Schwester Oberin protestiert auch, Zwangssterilisation ist ja nicht vereinbar mit unserem Glauben. Leider bekommt sie von oben kaum Unterstützung dabei. Anfang 1934 hat der Rottenburger Bischof Sproll noch eine Anweisung gegen jede Sterilisierung erteilt – dabei hat er sich auf Papst Pius' Enzyklika über die Ehe von 1930 berufen. Aber schon ein Jahr später kam vom Bischöflichen Ordinariat die Anweisung, wir sollten keinen Widerstand leisten, wenn ein Urteil die Sterilisierung verfügt. Letztlich müssen wir uns also fügen.«

»Das ist bitter«, stieß Clara hervor.

Mit bebenden Lippen fügte Beata hinzu: »Vor allem, weil zwei von unseren Mädchen nicht mehr aus dem Krankenhaus zurückgekehrt sind. Wir haben Angst, dass bei dem Eingriff etwas schiefgegangen ist und jetzt ihr Tod vertuscht wird.«

In diesem Augenblick kam ein grimmig dreinblickender Gärtner in Hörweite, und die Nonne wechselte rasch zu einem weniger verfänglichen Thema: »Marcus' Witwe hat Probleme mit einem von ihren sechs Kindern: Klärle, die sie nach dir benannt haben. Sie kommt jetzt ins Backfischalter und hat wohl nur Flausen im Kopf. Zur Schule will sie nicht länger gehen, sie meint, es sei an der Zeit, etwas von der Welt zu sehen.«

»Hört sich an wie ich in dem Alter«, kommentierte Sofie.

Beata zwang sich zu einem Lächeln und wandte sich wieder an ihre Schwester: »Klärles Mutter hat sich bisher nicht getraut, dich und Alfred zu fragen. Aber vielleicht habt ihr ja eine Arbeit für die Kleine.«

Clara dachte sogleich darüber nach, wie sie ihrer Schwägerin helfen könnte. »Gibt es denn irgendetwas, was sie besonders gut kann?«

»Sie kocht sehr gern«, antwortete Beata. »Victor hat ihr den

Kochkunstführer vom berühmten französischen Meisterkoch Auguste Escoffier zu Weihnachten geschenkt. Nicht ohne Folgen.«

Nachdem ihre alte Haushälterin im April 1939 in den wohlverdienten Ruhestand gegangen war, beschlossen Alfred und Clara Ritter, deren vierzehnjähriger Nichte Klärle eine Chance als Nachfolgerin anzubieten.

»Was du kochst, ist wirklich köstlich«, lobte die Schokoladenfabrikantin die Vierzehnjährige, als sie ihr an deren zweitem Arbeitstag den Weg zur Metzgerei zeigte. »Aber am besten fragst du deinen Onkel Alfred nach seinen Lieblingsgerichten. Er gibt es nicht zu, aber er mag oft ganz einfache Sachen am liebsten.«

»Das mache ich gern«, antwortete Klärle und strich sich eine widerspenstige braune Locke aus dem Gesicht. »Es kommt auch nicht drauf an, wie kompliziert die Zubereitung ist, es muss einfach nur schmecken.«

Clara war erleichtert. Obwohl Klärle ähnlich modebewusst und weltgewandt wie Sofie Mannheimer war, scheute sie sich nicht, im Haushalt anzupacken.

Schließlich erreichten sie die Metzgerei. Dort wurde zu Claras Unmut gerade eine aufgetakelte Dame um die fünfzig bedient: Gudrun Schneckle, deren Gatte Rüdiger in hoher Position in der Zentrale der Geheimen Staatspolizei im Hotel Silber am Stuttgarter Karlsplatz arbeitete. Soeben erzählte sie – selbst ebenfalls eine glühende Anhängerin des Nationalsozialismus – der Metzgersfrau von der »brandneuen Regelung« der Mietverhältnisse mit Juden im Raum Stuttgart, und nicht nur Clara fand, dass Politik nichts zwischen Leberwurst und Kutteln zu suchen hatte.

»Bis zum 1. Dezember muss das Judenpack Wohnungen in arischem Besitz verlassen«, verkündete Frau Schneckle triumphierend, »und sich bei jüdischen Hausbesitzern einmieten. Jetzt wird das endlich mal anständig getrennt.«

Clara fragte sich entsetzt, ob es jetzt wirklich eine derart ungeheuerliche Regelung gab – und was diese für die Mannheimers bedeuten würde. Aus dem Augenwinkel bemerkte sie, wie empört und wütend ihre Nichte über Frau Schneckles Aussage war.

Die Metzgersfrau wechselte etwas hilflos das Thema: »Wie geht es denn Ihrem Rücken, Frau Schneckle? Ich hoffe, es war kein Hexenschuss.«

»Die schießen nicht auf ihre eigenen Leute«, kommentierte Klärle zynisch, woraufhin ihre Tante erschrocken zusammenzuckte. Es war gewiss keine gute Idee, sich mit der Gattin eines Gestapo-Chefs anzulegen.

Frau Schneckle drehte sich um und fixierte Clara und deren Nichte mit abschätzigem Blick. »Ah, die Frau Ritter. Hat es Ihr Mann endlich in die Partei geschafft?«

Ehe Clara antworten musste, rettete die Metzgersfrau sie aus der misslichen Lage, indem sie die Kundin fragte: »Frau Schneckle, wie schaffen Sie es nur, immer so jung und frisch auszusehen? Davon kann unsereins ja nur träumen.«

Die Gestapo-Gattin lächelte geschmeichelt und selbstzufrieden. »Ach, ich altere wie ein guter Wein.«

»Unangerührt im Keller? Na hoffentlich«, flüsterte Klärle ihrer Tante zu.

Oje, dachte Clara. Das konnte ja heiter werden. Klärles Mutter hatte zwar dafür gesorgt, dass die Zähne ihrer Tochter gerichtet worden waren, deren spitze Zunge aber offenbar vergessen.

»Endlich frei!«

Alfred Ritter junior stieg am Sonntag, dem 2. Juli 1939, am Stuttgarter Bahnhof aus dem Zug. Endlich hatte er seinen zweijährigen Pflichtdienst bei der Wehrmacht hinter sich! Endlich würde er sich wieder mit seinen geliebten Süßwaren beschäftigen können statt mit Waffen. Endlich wieder im heimischen Bett schlafen statt auf der Stube! Er sehnte sich sehr danach, wieder nach Hause zu kommen. In der hohen Bahnhofshalle suchte er nach dem Gleis, von dem aus der Zug nach Leinfelden fahren würde, von wo es eine Busverbindung nach Waldenbuch gab. Fredi war so sehr auf die Anzeigen an den Bahnsteigen konzentriert, dass er in jemanden hineinlief – dem erschrockenen Schrei nach zu urteilen eine Frau.

»Oh, entschuldigen Sie vielmals!«, sagte er hastig.

Als er sie nun genauer ansah, bemerkte er mehrere Dinge gleichzeitig: Erstens handelte es sich um eine Dame, die wie er Mitte zwanzig war, zweitens war ihr braunes Haar nach der neuesten Mode halblang und wellig frisiert, drittens machte ihr schönes Gesicht ihn ein wenig schwindelig, und viertens schmeichelte ihr das an der Taille sehr eng geschnittene geblümte Sommerkleid zwar, doch sie hatte wohl eine Bratwurst mit viel Senf in Händen gehalten – beim Zusammenprall mit ihm war alles gegen ihr Kleid gepresst worden. Das Blümchenmuster wurde deshalb am Bauch von einem hässlichen Fett- und Senffleck verunziert.

»O Gott, das tut mir wirklich unendlich leid!«, sagte er peinlich berührt.

Auch sie musterte ihn genauer – und zu seiner Erleichterung lächelte sie schließlich. Was für ein wunderbares Lächeln das war!

»Damit sollte ich wohl nicht mehr unter die Leute«, kommentierte sie den Fleck. »Vielleicht ist das eine Ausrede, um nachher nicht zum Boxkampf zu müssen. Meine Freundin will unbedingt den Max Schmeling sehen und hat mich überredet, sie zu begleiten.«

»Der Schmeling boxt heute hier?«, fragte Fredi überrascht.

»Ja, sein erster Kampf nach der Niederlage gegen Joe Louis vor einem Jahr«, bestätigte die schöne Fremde.

»Donnerwetter. Und das wollen Sie schwänzen?«, vergewisserte sich Fredi.

»Na ja, ich schaffe es jedenfalls nicht mehr rechtzeitig nach Hause, um mich umzuziehen«, entgegnete sie, auf den Fleck sehend.

»Wann geht es denn los?«, erkundigte sich Fredi.

»Ich soll meine Freundin in einer Stunde vor der Adolf-Hitler-Kampfbahn treffen.«

»Das ist ja wunderbar, meine Tante Sofie, also eigentlich ist sie gar keine Tante, nur die beste Freundin meiner Mutter, ach, was rede ich denn … Auf jeden Fall wohnt sie in Cannstatt, nicht weit von der Kampfbahn, und sie hat viele modische Kleider. Sie müsste in etwa Ihre Größe haben«, haspelte er. »Ich weiß, Sie kennen mich nicht, aber ich würde Sie gern begleiten und Ihnen ein geeignetes Kleid von Sofie leihen. Meine Tante, also, äh, meine Nicht-Tante wird zustimmen. Ach so, ja, ich heiße Alfred Ritter.«

Er wusste, dass so ein Angebot eines Fremden an eine Dame eigentlich unschicklich war – und vor Aufregung so viel und verworren geplappert hatte er seit seiner Schulzeit nicht mehr. Dieses anziehende Fräulein machte ihn wirklich extrem nervös!

»Warum nicht?«, sagte sie zu seinem Erstaunen. »Dann hasst mich meine Freundin jedenfalls nicht. Aber sind Sie sich sicher, dass wir Ihre Tante oder Nicht-Tante so einfach überrumpeln können? Das ist doch eher ungewöhnlich, oder?«

»Oh, glauben Sie mir, ›ungewöhnlich‹ ist Sofies zweiter Vorname«, versicherte er.

»Na gut, dann auf nach Bad Cannstatt!«, erwiderte sie schmunzelnd. »Ich heiße übrigens Martha Faißler.«

»Freut mich, Fräulein Faißler«, sagte er, und als sie ihn hinsichtlich der Anrede nicht korrigierte, erlaubte er sich endlich auch selbst ein Lächeln.

»Wohin waren Sie denn eigentlich unterwegs?«, erkundigte sie sich, als sie in der Straßenbahn nach Bad Cannstatt saßen.

»Nach Waldenbuch, meine Eltern haben dort eine Schokoladenfabrik.«

»Ritter!«, rief sie sich erkennend seinen Namen ins Gedächtnis zurück. »Oh, die Ritter Sport Tafeln sind so eine geniale Erfindung!«

»Das Kompliment gebe ich gern an meine Mutter weiter«, sagte er stolz.

»Wohnen Sie bei Ihren Eltern?«, erkundigte sich Martha.

»Ja, ab heute wieder«, bestätigte er. »Ich war die letzten zwei Jahre zum Pflichtdienst bei der Wehrmacht. Jetzt darf ich mich endlich wieder der Schokolade widmen.«

»Man kann sich kaum einen süßeren Beruf vorstellen«, schwärmte sie.

»Sind Sie auch in Anstellung?«

Martha nickte. »Aber es ist leider keine sonderlich schmackhafte Beschäftigung – ich arbeite als Kontoristin in Zuffenhausen.«

Sie passierten eine Schaufensterscheibe, auf die jemand »Judensau« geschmiert hatte.

»Warum muss man das diesen Menschen antun?«, platzte es aus Martha hervor – und er freute sich über diese Auffassung.

»Sofies Mann ist auch Jude«, erklärte er nun. »Das Haus hat

man ihnen weggenommen. Jetzt wohnen sie dort zur Miete – obwohl ihnen das Ganze eigentlich gehören würde.«

»Das alles ist so unfassbar ungerecht«, kommentierte sie mit gefurchter Stirn.

Schließlich kamen sie vorm Haus der Mannheimers in der Kegelenstraße an. Auf sein Klingeln hin öffnete ihnen Anna, die Haushälterin der Mannheimers, die seit dem Tod ihres Verlobten René Bourgeois ganz schmal und grau geworden war. Doch als sie jetzt den Sohn ihrer Freundin Clara erkannte, fiel sie ihm mit einem begeisterten Lachen um den Hals. »Fredi, Mensch, Fredi, da werden deine Mutter und Sofie aber Augen machen.«

»Das ist Fräulein Faißler«, erklärte er und wandte sich an seine Begleiterin. »Das ist Fräulein Markert, eine alte Freundin der Familie.«

»Freut mich«, sagte Anna und schüttelte der hübschen Kontoristin die Hand. An Fredi gewandt, fragte sie: »Wusstest du, dass deine Mutter heute hier zum Kaffeekränzchen ist?«

»Mama ist da?«, wunderte er sich. »Nein, das wusste ich nicht. Na, so ein Zufall.«

»Ja, die Frau Koch ist auch bei ihnen.«

Sowohl Clara als auch Sofie hatten Freudentränen in den Augen, als sie Fredi kurz darauf im Salon der Mannheimers in die Arme geschlossen hatten.

»Und du musst wirklich nicht mehr zurück?«, vergewisserte sich Clara hoffnungsvoll.

Fredi schüttelte eifrig den Kopf. »Versprochen. Endlich wieder Kakaoduft statt Pulverdampf. Wenn's nach mir geht, für immer.« Dann stellte er auch ihr seine Begleiterin vor. »Sie hat da einen Fleck auf ihrem Kleid, der geht auf mein Konto, bin am Bahnhof in sie reingelaufen. Fräulein Faißler, das sind meine Mutter Clara, Sofie Mannheimer mit den modischen

Kleidern und die Frau Johanna Koch vom Württembergischen Malerinnen-Verein.«

»Seit diesem Jahr sind wir bloß noch ein allgemeiner Kunstverein, ohne besondere Ausrichtung für Frauen«, klärte ihn die inzwischen zweiundsiebzigjährige Künstlerin voller Bitterkeit auf. »Das haben uns die Behörden verboten. Laut Auffassung der Nazis gibt es für Frauen nur drei Ks: Kinder, Küche, Kirche. Das K von Kunst gehört nicht dazu.«

»Tut mir leid, das zu hören«, sagte Fredi und wandte sich an Sofie. »Könntest du Fräulein Faißler vielleicht eines von deinen Kleidern leihen? Sie ist nachher zum Boxkampf eingeladen.«

»Aber natürlich«, stimmte die Schrotthändlerin sogleich zu. »Ich musste leider einiges weggeben, wir haben jetzt ja viel weniger Platz. Aber es ist sicher etwas dabei, das Ihnen passt, Fräulein Faißler. Kommen Sie gerne mit!«

Eine Viertelstunde lang blieb Martha mit Sofie in deren Schlafzimmer, dann endlich trat die Gastgeberin wieder in den Salon und verkündete Beifall heischend: »Ladys and Gentlemen, Mesdames et Monsieurs, ich präsentiere Ihnen: die unglaubliche Mademoiselle Faißler!«

Etwas verlegen lächelnd, kam Martha nun durch die Tür – in einem taillierten mintgrünen Kleid, das ihr, wie Fredi fand, fast noch besser stand als ihr eigenes Blumenkleid.

Auch seine Mutter und Johanna Koch zeigten sich begeistert.

»Ich würde Sie jetzt gern zum Stadion begleiten, Fräulein Faißler«, bat Fredi. »Das Publikum bei so einem Boxkampf besteht zum Teil aus recht groben Klötzen, da kann man nie wissen.«

»Sehr gern«, stimmte Martha lächelnd zu.

34. Kapitel

»Ihre Mutter ist wirklich sehr liebenswert, und die beiden Freundinnen und die Haushälterin auch«, sagte Martha Faißler, während sie mit Fredi Ritter zu Fuß die knapp zwei Kilometer bis zur Adolf-Hitler-Rennbahn ging. »Ich kann verstehen, dass Sie sich freuen, wieder in der Schokoladenfabrik zu arbeiten.«

Da er ihr instinktiv vertraute, verriet Fredi: »Leider ist der Betrieb gerade ziemlich eingeschränkt. Mein Vater weigert sich immer noch, in die Partei einzutreten. Deshalb haben die Behörden uns jetzt komplett aus der Zuteilung für Kakao gestrichen.«

Fredi erinnerte sich, wie sehr ihn diese Nachricht bei seinem letzten Heimatwochenende beunruhigt hatte. Das war ein herber Schlag, der den Ruin für ihr Geschäft bedeuten könnte!

»Was verkaufen Sie denn jetzt?«, erkundigte sich Martha, und es klang besorgt.

»Geleeartikel und unkandierten Fondant ohne Überzug, weiche Zuckerware in Pralinenform – und Erfrischungsstangen«, zählte er auf und verzog das Gesicht. »In besseren Zeiten würden wir solche Artikel wohl nicht absetzen können. Wie ist Ihre Arbeit denn so?«

»Solide, würde ich sagen«, meinte Martha schmunzelnd.

»Büro- und Verwaltungsarbeiten wie Registratur, Karteiführung oder das Schreiben von Adressen. Nichts Weltbewegendes.«

»Ja, aber gerade die Büroarbeit ist auch wichtig für ein Unternehmen«, war Fredi überzeugt. »Mein Vater ist meiner Mutter sehr dankbar, dass sie das bei uns übernimmt. Er selbst findet es furchtbar langweilig. Aber im Kontor stellt sie eben auch viele Weichen für eine erfolgreiche Zukunft. Und öfter stößt sie dabei auch auf eine interessante Ablenkung. Mal ist es eine exotische Briefmarke von einem fernen Geschäftspartner, mal findet sie etwas in den Kakaosäcken, was da hineingeraten ist. Die Fundstücke sammelt sie in ihrem Schreibtisch. Meist sind es ganz unspektakuläre Dinge wie Schrauben oder Zeitungsfetzen in fremder Sprache, sie hat aber auch schon eine Kette mit einem kleinen Kreuz gefunden. Als kleiner Junge habe ich oft davon geträumt, die fremden Länder zu bereisen, wo unser Rohstoff herkommt. Zu sehen, wie die Menschen dort leben.«

»Man fragt sich, ob die Kakaobauern ahnen, für wie viel Freude ihre Bohnen bei uns sorgen«, meinte Martha.

Inzwischen waren sie vor dem Stadion angekommen, und wie erwartet herrschte dort ein großes Gedränge. Nach kurzem Umschauen winkte sie einer molligen Frau zu, die bei einem Kassenhäuschen wartete.

»Da drüben ist meine Freundin Cora«, wandte sie sich an Fredi. »Vielen Dank, dass Sie mich begleitet haben.«

Er hätte die Hand, die sie ihm zum Abschied reichte, am liebsten gar nicht mehr losgelassen und deutete mit dem Kinn auf ihre Handtasche, in der sie das verschmutzte Kleid verstaut hatte. »Soll ich es nicht doch zur Reinigung bringen?«

»Wirklich nicht nötig, den Fleck bekomme ich heraus«, sagte Fräulein Faißler lächelnd. »Aber ich würde Sie davon unabhängig gern wiedersehen. Vielleicht kann ich es ja so legen, dass Sie Zeit haben, wenn ich Frau Mannheimer das Kleid zurückbringe?«

»Au ja«, platzte er erleichtert hervor und freute sich, dass sie seinen Wunsch nach einem Wiedersehen zu teilen schien. »Danach würde ich Sie, wenn möglich, auf einen Kaffee oder ein Abendessen einladen – als Wiedergutmachung.«

»Sehr gern. Wie wäre Freitag um vier Uhr nachmittags im Café in der Markthalle?«, schlug sie vor. »Ich kenne die Besitzerin Maria Jeutter recht gut. Sie macht auch kleine Leckereien.«

»Das wäre ganz und gar wunderbar«, sagte er, und endlich schaffte er es, Marthas Hand loszulassen, damit sie zu ihrer Freundin gehen konnte. »Ich freue mich drauf und wünsche Ihnen einen spannenden Boxkampf.«

»Hoffentlich wird es nicht allzu blutig«, meinte sie und winkte ihm im Gehen noch kurz zu. »Auf Wiedersehen, Herr Ritter.«

Er wartete noch ab, bis Fräulein Faißler mit ihrer Freundin in der Arena verschwand, dann machte er sich auf den Rückweg zu den Mannheimers. Dabei pfiff er voller Hochstimmung die Melodie eines Schlagers vor sich hin: *Du hast Glück bei den Frau'n, Bel Ami.*

Clara Ritter nahm ihren Sohn nach dem Besuch bei Freundin Sofie im Automobil mit, das Chauffeur Gustel Belge von Bad Cannstatt in Richtung Waldenbuch lenkte. Fredi machte sich ein wenig Sorgen um seine »Tante Sofie«, da sie noch genauso müde und dünn aussah wie bei seiner letzten Begegnung mit ihr.

»Die Behörden drohen, den Mannheimers nach dem Haus jetzt auch ihr Unternehmen wegzunehmen«, erklärte ihm seine Mutter. »Arisieren nennen die das – was für ein dummes Wort.«

»Das ist wirklich ein Verbrechen«, erboste sich Fredi.

Der Staat setzte skrupellos alles daran, jüdische Unternehmer aus dem Wirtschaftsleben zu verdrängen. Und dass sich für Falk Adler begehrliche Ariseure fanden, war kein Wunder. Seit Hermann und Heinrich Mannheimer sie ihrer Schwester Rosa abgekauft hatten, war die Firma ein nicht wegzudenkender Begriff in Cannstatt geworden. Durch den Unternehmergeist der beiden Brüder hatte sich die Schrott- und Eisenhandlung erheblich vergrößert, insbesondere das Nutzeisengeschäft war von Sofies Mann und ihrem Schwager durch Aussortierung brauchbarer Altmetalle erheblich ausgebaut worden. Aus diesem reichhaltigen Lager deckte mittlerweile ein großer Kundenkreis seinen Bedarf.

»Hermann und sein Bruder versuchen, die Firma an ihren bewährten Mitarbeiter Gustav Gottschick zu verkaufen«, berichtete Clara ihrem Sohn, während sie durch Waldenbuch auf die Schokoladenfabrik zufuhren. »Der ist arisch, aber absolut loyal gegenüber Sofies Familie. Seine Frau arbeitet auch in der Firma.«

»Hoffentlich klappt das so«, sagte Fredi.

»Hermann will den Plan am Dienstag in der Vermittlungsstelle vorschlagen, Sofie und ich werden ihn als moralische Unterstützung dorthin begleiten.«

Als sie kurz darauf das Wohnhaus der Ritters neben der Fabrik betraten, wurden sie von einer sehr jungen, braun gelockten Frau mit Schürze begrüßt.

»Fredi!«, rief sie begeistert. »Wie schön, dass du zurück bist.«

Er sah sie überfordert an. Wer war dieses Mädchen?

»Das ist deine Cousine Klärle«, half ihm seine Mutter auf die Sprünge. »Sie arbeitet seit April als Haushälterin bei uns.«

»Gott, du bist ja eine richtige Frau geworden«, stellte Fredi fest.

»Dein Lieblingsessen sind Spätzle und Linsen mit Saitenwürschtle, stimmt's?«, vergewisserte sich seine Cousine.

»Ja, woher weißt du das?«, wunderte sich Fredi.

»Tante Clara hat mir die Leibgerichte von dir und Onkel Alfred verraten«, erläuterte die junge Haushälterin. »Die hab ich mir gemerkt. Soll ich dir Spätzle und Linsen kochen, oder möchtest du was von dem Rehbraten von heute Nachmittag?«

»Ich denke, für heute reicht der Rehbraten«, meinte Fredi lächelnd.

So oft hatte er von seiner Heimkehr geträumt; und nun war sie noch schöner als erwartet. Das lag allerdings weniger an seiner fleißigen Cousine oder dem Rehbraten, sondern vielmehr an der Begegnung mit der charmanten Kontoristin Martha Faißler.

Die Vermittlungszentrale, bei der Hermann Mannheimer am Dienstagmorgen seinen loyalen Mitarbeiter Gustav als neuen, arischen Geschäftsführer von Falk Adler vorschlagen wollte, hatte ihren Sitz im selben Gebäude wie die Gauwirtschaftsberatung, in der Kriegsbergstraße 13 in der Nähe des Stuttgarter Bahnhofs. Nach außen hin seriöses und neutrales Wirtschaftsunternehmen, war die Zentrale in Wirklichkeit das wirkungsmächtige Instrument bei Zwangsverkäufen und half dabei, flächendeckend jüdischen Geschäftsleuten deren Firmen abzupressen. Das hatte Clara, die mit ihrer besten Freundin Sofie deren Mann als moralische Unterstützung begleitete, von Victor Markert erfahren. Der Arzt war ja dank seiner Patienten bestens vernetzt.

»Ich habe wirklich Angst vor diesem stellvertretenden Gauwirtschaftsberater Friedrich Bernlöhr, auch wenn er gerade mal dreißig Jahre alt ist«, gab Hermann Mannheimer zu, als sie das Gebäude erreicht hatten. »Unser Freund Hugo Jacobi hatte im Städtle drüben mit seinem Bruder eine Weinbrennerei, die wurde letztes Jahr zwangsenteignet.«

»Zwei Nationalsozialisten im Vorstand haben schon gleich nach der Machtübernahme dafür gesorgt, dass die beiden jüdischen Brüder ihre Führungsposition in ihrer Brennerei verloren haben«, ergänzte Sofie bitter.

Ihr Mann nickte. »Hugos Bruder ist deshalb Ende 1935 gleich ausgewandert. Die Aktienmehrheit konnten sie aber vorerst noch behalten. Zusammen mit der Devisenstelle hat dieser Gauwirtschaftsberater Bernlöhr den armen Hugo Jacobi im Frühjahr 1938 massiv bedroht. Zollfahndungsbeamte haben ihn grundlos verhaftet und auf die Devisenstelle gebracht. Bernlöhr hat rumgebrüllt und sogar mit einer Pistole herumgefuchtelt, um Hugo zum Verkauf seines Aktienpakets zu zwingen.«

Nun konnte Clara wirklich verstehen, dass Hermann vor dem Gespräch mit Friedrich Bernlöhr mulmig zumute war.

»Devisenstellenleiter Niemann und dieser Bernlöhr wollten die Aktienmehrheit einem Parteigenossen zuschanzen – dem Stuttgarter NS-Spitzenfunktionär Franz Deyle«, ergänzte Sofie. »Auf Bernlöhrs Eingreifen hin hat das Reichswirtschaftsministerium unseren Freund Jacobi diesen Mai angewiesen, sein Aktienpaket unter Wert an Deyle zu verkaufen. Um das durchzusetzen, haben sie Hugo in Berlin verhaften lassen. Dann hat er aufgegeben. Tja, und in der neuen Weinbrennerei Franz Deyle soll ein gewisser Friedrich Bernlöhr Aufsichtsratsvorsitzender werden, na so ein Zufall!«

»Diese Kerle von den Behörden bereichern sich also ganz unverfroren selbst an den Arisierungen«, ärgerte sich Clara.

Wenig später saßen sie und Sofie auf dem Gang vor Bernlöhrs Büro. Hermann hatte bereits bei dessen Vorzimmerdame seine Ankunft gemeldet, da hörten sie den Gauwirtschaftsberater brüllen: »Diese jüdische Drecksau empfange ich nicht.«

Die Freundinnen sahen sich entsetzt an. Der Mistkerl machte seinem Ruf ja wirklich alle Ehre! Kurioserweise ließ er Hermann schließlich doch vor.

»Hoffentlich macht dieser Bernlöhr keinen Unfug mit der Waffe«, flüsterte Sofie voller Angst.

Sie lauschten und konnten hören, dass der Gauwirtschaftsberater weiter mit erhobener Stimme auf den Schrott- und Eisenhändler einredete, vom Inhalt aber verstanden sie nichts.

Schließlich nahm neben ihnen eine edel gekleidete Dame Platz, die weit jenseits der sechzig sein musste.

»Guten Tag«, grüßte Sofie leise und stutzte. Irgendwo hatte sie die Frau schon mal gesehen, doch das musste sehr lange her sein.

Die Dame grüßte knapp zurück, dann musterte auch sie Clara und Sofie genauer, sie schien beide wiederzuerkennen.

Da kam mit zornesrotem Kopf und feuchten Augen Hermann aus dem Büro des Gauwirtschaftsberaters gestürmt.

»Und in einem Konzentrationslager ist schon manch einer bescheidener geworden!«, rief ihm von der Tür aus Fritz Bernlöhr hinterher.

Nun konnte Clara einen Blick auf den etwa Dreißigjährigen erhaschen. Er trug Anzug und Krawatte, hatte einen kleinen Mund und eine große Nase, die sie an einen Raubvogel erinnerte. Sein dunkles Haar war streng mit Pomade gekämmt.

Als er nach donnerndem Türschlagen wieder in seinem Büro verschwunden war, sprang Sofie auf und hielt ihren Mann am Arm fest. »Was hat er gesagt?«

»Dass ich mir nicht einbilden sollte, dass wir das Unternehmen einem Judenfreund übergeben dürfen. Er weigert sich, Gustav Gottschick zu akzeptieren. Bernlöhr hat schon einen Parteifreund im Auge, der unsere Firma leiten soll. Schäfer heißt der und hat wohl Erfahrung mit Metallen.«

»Aber wenn die Firma ein NSDAP-Mann leitet, werden wir alles verlieren«, wisperte Sofie verzweifelt.

Clara erhob sich und legte tröstend den Arm um sie.

»Gehen wir, das hat hier keinen Zweck mehr!«, meinte Hermann resigniert.

»Bitte warten Sie noch!«, mischte sich da plötzlich die Dame vom Platz neben ihnen ins Gespräch.

»Jetzt erkenne ich dich«, sagte Sofie. »Du hast mir mal ein blaues Auge verpasst.«

Nun fiel es auch Clara wie Schuppen von den Augen. »Frau Schwab!«

»Genau«, gab die einstige Kleptomanin zu. »Ich habe in der Tat viel wiedergutzumachen – bei Ihnen beiden.« Sie wandte sich Clara zu. »Ohne Ihren lieben Onkel hätte es vielleicht ein böses Ende mit mir genommen. Doktor Merkle verdanke ich es, dass ich meine Krankheit erkannt habe und sie mithilfe eines Seelenarztes überwinden konnte. Nach seinem Tod habe ich öfter sein Grab besucht und Blumen niedergelegt. Ich verdanke ihm mein wunderbares Leben.«

Clara sah Hildegard Schwab erkennend an. Von ihr stammten damals also die Blumen!

»Jetzt würde ich gerne Ihnen helfen«, sagte sie und wandte sich an Hermann. »Ich gehe recht in der Annahme, dass Ihre Firma arisiert werden soll?«

»Genau«, sagte er vorsichtig und musterte sie argwöhnisch.

»Wie heißt Ihr Unternehmen denn?«

»Falk Adler«, verriet Sofie. »Wir handeln mit Schrott und Eisen.«

»Und dieser Herr Gottschick ist ein loyaler Mitarbeiter, den Sie nach der Arisierung gern im Vorstand wüssten?«, vergewisserte sich Hildegard Schwab.

»Ja, das würde uns weiterhin Einfluss ermöglichen«, erklärte Hermann. »Ich soll ja zum ganz gewöhnlichen Mitarbeiter degradiert werden. So habe ich nichts zu sagen, die künftigen Besitzer wollen nur meine Erfahrung ausnützen.«

»Bitte warten Sie hier auf mich!«, sagte die Dame und erhob sich. »Ich werde mein Bestes tun.«

Mit diesen Worten begab sie sich in Bernlöhrs Büro. Clara, Sofie und Hermann sahen sich fragend an. Was war davon zu halten?

35. Kapitel

Nach einer knappen halben Stunde kehrte Hildegard Schwab aus dem Zimmer des Gauwirtschaftsberaters zurück.

»Ich habe einen Kompromiss ausgehandelt«, raunte sie Clara und den Mannheimers zu. »Ihr Herr Gottschick darf neben Bernlöhrs Parteifreund Schäfer Minderheitsgesellschafter sein. Sie bekommen ein entsprechendes Schreiben.«

»Ich weiß nicht, wie ich Ihnen danken soll«, sagte Hermann erleichtert. »Wie haben Sie den Kerl dazu überreden können?«

Hildegard sah sich vorsichtig um und schlug vor, sich lieber draußen zu unterhalten; hier auf den Fluren hätten die Wände Ohren. Erst auf der Kriegsbergstraße begann die Bonbonfabrikantentochter freier zu sprechen. »Der werte Herr Gauwirtschaftsberater verquickt allzu gern persönliche und politische Interessen. Kennen Sie die SAPT AG?«

»Das ist doch ein Textilkonzern in Untertürkheim drüben«, erinnerte sich Sofie.

»Genau, er agiert aber europaweit, sehr erfolgreich. Im Auftrag von Gauleiter Murr hat Fritz Bernlöhr letztes Jahr auf die Übernahme der Firma gedrängt«, verriet Hildegard.

»Ich erinnere mich. Hauptaktionär war die jüdische Familie Wolf, die ist 1937 ins Ausland geflohen«, sagte Hermann.

Hildegard bejahte. »Bernlöhr hat einen neuen Aufsichtsrat

und Vorstand eingesetzt – natürlich aus Nichtjuden, er selbst wurde auch Mitglied. Zusammen mit meiner Nichte Els Voelter will Fritz Bernlöhr die Aktienmehrheit der SAPT erwerben.«

»Mit Ihrer Nichte?«, hakte Clara nach.

»Ja, Els Voelter, geborene Schwab. Tochter meines Bruders«, erklärte Hildegard.

»Und die macht gemeinsame Sache mit diesem Bernlöhr?«, hakte Sofie nach.

Hildegard Schwab seufzte. »Eine lange Geschichte.«

»Wir haben Zeit«, sagte Hermann rasch. »Erzählen Sie doch bitte!«

»Mein Bruder war ein General alter Schule im Elsass. In der Gegend spricht man beim Vornamen Else das zweite e nicht aus, deshalb nennt seine Tochter sich Els. Er hat sie national erzogen. Als sie zwanzig war, hat Els den drei Jahre älteren Rittmeister Richard Voelter geheiratet, Sohn eines Stuttgarter Oberstaatsanwalts. Damals interessierte sich meine Nichte nur für schöne Wohnungseinrichtung, Kleidung, Kochen, Einmachen und Leibesertüchtigung. Aber nach der Niederlage und dem Verlust des Elsass ist das Familienvermögen meines Bruders verloren gegangen, die Versorgungsansprüche hat die Inflation aufgezehrt.

Elses Mann Richard hat eine Stelle als Reklamechef bei Daimler-Benz angetreten, die war aber leider schlecht dotiert. Els hat dann in der Wohnung in der Silberburgstraße ein kleines Aussteuer- und Wäschegeschäft eröffnet – als Versandhandel. Sie wollte von ihrem Mann unabhängig sein, weil er geizig war und Affären hatte.«

»Und warum hat sich Ihre Nichte so extrem von der NSDAP angezogen gefühlt?«, wollte Hermann wissen. »Weil sowohl ihr Vater als auch ihr Mann nationalistisch eingestellt waren?«

Hildegard schüttelte den Kopf. »Das könnte man meinen, aber ich befürchte, in der Ehe war meine Nichte der überzeugtere Nazi. Richard ist erst nach ihr in die Partei eingetreten. Und als die Ehe 1931 durch sein Verschulden geschieden wurde, hat er sogar eine Kommunistin geheiratet. Aber Els hat das Goldene Parteiabzeichen.«

»Das besitzen wirklich nur sehr wenige Frauen«, wusste Hermann.

Hildegard nickte. »1926 hat der Hitler sogar bei ihnen logiert, das war auch Els' Idee gewesen. Nach der Trennung von Richard wurde sie selbstständige Händlerin der Daimler-Benz-Niederlassung in Stuttgart, vor allem an Parteikader hat sie Automobile vermittelt. Sie besitzt im Grunde keine kaufmännische Prägung, ist aber sehr, sehr fleißig. Ihr haben die Nazis statt Kinder, Kirche, Küche ein anderes K gegönnt: Es steht für den Kommerz.« Hildegard Schwab seufzte. »Diese enge Verbindung zu den Deutschtümlern passt eigentlich gar nicht zu Els, ihr großer Bekanntenkreis ist nämlich bunt gemischt. Auch jüdische Kunden haben gern bei ihr eingekauft. Els verkehrt bei Schönheitswettbewerben und ähnlichen geselligen Veranstaltungen. Sie ist selbst begeisterte Automobilsportlerin und sitzt gern am Steuer von eleganten Fahrzeugen. Seit 1933 kennt Els irgendwie alle Parteigrößen, sie nimmt sogar bei den Ämtern, SS und Gestapo kein Blatt vor den Mund. Freunden und sogar Fremden hat meine Nichte mit ihren Beziehungen geholfen. Rassisch Verfolgte, Kommunisten, Logenbrüder und inzwischen verpönte Künstler hat sie aus bedrängter Lage gerettet.«

»Und doch hilft sie Bernlöhr bei der Übernahme eines jüdischen Unternehmens«, gab Sofie zu bedenken.

»Bis zur Machtübernahme war sie selbstständig, couragiert und von keinem Mann abhängig«, berichtete Hildegard wehmütig. »Wegen ihr bin ich heute hergekommen. Ich habe nämlich etwas herausgefunden: Meine Nichte geht hier ein und aus, sie gibt zu, dass bei ihr kein wichtiger Brief oder Fragebogen herausgeht, ohne dass sie alles von Bernlöhr prüfen lässt – oft spätabends in seinem Partei-Büro. Für Els ist der zwölf Jahre jüngere Kerl jetzt leider nicht mehr nur ihr parteiamtlicher Wirtschaftsberater, sondern auch ein privater Ratgeber. Sehr privat, wenn Sie verstehen …«

»Oh«, kam es erstaunt von Clara.

»Ich habe sie vergeblich gebeten, sich das noch mal genau zu überlegen, Bernlöhr passt doch gar nicht zu ihr. Außerdem ist der Kerl verheiratet«, enthüllte Hildegard. »Ich habe ihn vorhin daran erinnert, dass seine Ehefrau besser niemals von der Affäre mit Els erfahren sollte. Daher stand der Kerl meinen Vorschlägen durchaus offen gegenüber.«

»Da haben Sie ja einiges riskiert«, resümierte Hermann. »Wir sind Ihnen wirklich sehr zu Dank verpflichtet, Fräulein Schwab.«

»Ich wünsche Ihnen viel Glück mit Ihrem Unternehmen«, sagte Hildegard.

Clara war froh, dass ihr Onkel Franz damals für eine Behandlung der seelischen Erkrankung dieser Frau gesorgt hatte. Heutzutage wäre so etwas wohl nur noch sehr schwer möglich. »Und für Sie hoffe ich, dass Ihre Nichte bald aufwacht und Bernlöhr verlässt.«

Fredi Ritter strahlte bis über beide Ohren, als Martha Faißler am Freitag um die verabredete Zeit vor der Stuttgarter Markthalle ankam. Auch sie lächelte und reichte ihm ihre feingliedrige Hand. Er schenkte ihr zur Begrüßung eine Tüte Ritter

Eiskonfekt. »Ich dachte, die wären ganz gut bei der Hitze. An solchen Tagen sind die kleinen Würfel recht beliebt.«

Fräulein Faißler probierte gleich einen. »Hm, die kühlen ja wirklich«, staunte sie. »Wie kriegt man das hin?«

»Das kommt durch das Kokosfett, es schmilzt im Mund so schnell ab, dass ein Kühleffekt entsteht.«

»Köstlich, vielen Dank. Dann schauen wir doch mal, ob auch die gute Maria Jeutter heute etwas Schönes im Angebot für uns hat.«

»Sehr gern.«

Die Stuttgarter Markthalle war noch zu Zeiten des Königs in Fredis Geburtsjahr 1914 im Stadtzentrum eröffnet worden. In dem Jugendstilgebäude befand sich eine selbsttragende, riesige Halle, die sechzig Meter in der Länge und fünfundzwanzig Meter in der Breite maß. Die zahlreichen Marktstände lockten mit einem vielfältigen Angebot, seit drei Jahren allerdings ausschließlich aus dem Inland. Die nationalsozialistische Regierung hatte 1936 einen Vierjahresplan eingeführt, um die Autarkie Deutschlands zu fördern, dazu gehörte auch die Unabhängigkeit von ausländischen Nahrungslieferanten.

»Wie war es beim Boxkampf?«, erkundigte sich Fredi, nachdem er Martha zu einem Glas Kessler-Sekt eingeladen und sie sich zugeprostet hatten.

»Aufregend«, antwortete sie.

Er schmunzelte. »Ich hab schon davon gehört. Fünfundsechzigtausend Zuschauer in der Adolf-Hitler-Kampfbahn! Schmeling soll dem Europameister einen solchen Schlag verpasst haben, dass der erst nach künstlicher Beatmung wieder zu Bewusstsein gekommen ist?«

»Das stimmt, aber der arme Adolf Heuser war nicht der Einzige, der an dem Abend zu Boden ging«, entgegnete Martha. »Meine Freundin Cora hat der Kampf so mitgenommen, dass sie in Ohnmacht gefallen ist.«

»Oje, was haben Sie getan?«

»Zum Glück hatte jemand Riechsalz dabei. Wir mussten die Bahn allerdings vor der Siegerehrung fluchtartig verlassen. Beim Gedränge nach dem offiziellen Ende wäre sie mir gleich wieder umgekippt.«

»Aber es war doch Coras Idee, dorthin zu gehen?«, vergewisserte sich Fredi.

»Richtig, die Gute fand es aufregend, und das war es ja auch, nur etwas *zu* aufregend für sie«, erklärte die Kontoristin, und beide mussten lachen. Dann gab sie ihm die Tüte mit dem Kleid. »Es ist schon gewaschen«, erklärte sie.

»Das hätten Sie nicht tun müssen. Ich bringe es Tante Sofie nachher noch vorbei. Die wird sich freuen, ansonsten hat sie gerade nicht so viel zu lachen.«

»Was ist passiert?«, erkundigte sich Martha, und er erzählte es ihr bereitwillig.

»Die haben Sofies Mann und seinen Bruder gezwungen, ihr Eisenunternehmen zu verkaufen. Dafür hat man ihnen einen Spottpreis diktiert, weit unter dem wirklichen Wert. Zynischerweise müssen die Mannheimers aus dem winzigen Verkaufserlös auch noch die Arisierungskosten tragen – und dreitausend Reichsmark an die Deutsche Arbeitsfront abführen«, schloss Fredi empört. »Sofies Mann darf nach dem Verkauf vorläufig als Mitarbeiter in der Firma bleiben.«

»Mit anderen Worten profitieren die neuen Eigentümer von seinen Verbindungen und seinem Fachwissen«, ärgerte sich Martha.

Fredi nickte verstimmt. »Sie bezahlen ihm fünfhundert Reichsmark im Monat – ein Viertel von dem, was er vorher als Unternehmer erwirtschaftet hat.«

»Wollen die Mannheimers denn jetzt auswandern?«, fragte Martha mit gesenkter Stimme.

»Hermanns Bruder Heinrich ist schon in New Jersey«, berichtete Fredi. »Aber Sofies Mann will bleiben. Er hat im Ersten Weltkrieg ein Bein verloren und muss seither eine Prothese tragen. Deshalb wurde ihm das Ehrenkreuz für Frontkämpfer verliehen, die Urkunde ist vom Führer persönlich unterschrieben. Hermann denkt, damit wird ihm nichts Schlimmes passieren.«

Aus Marthas skeptischem Blick schloss er, dass sie dasselbe dachte wie er: Wenn Mannheimer sich da mal nicht täuschte!

»Jetzt war der arme Fredi gerade mal vom Wehrdienst zurück, und schon im August haben sie ihn zu einer Übung eingezogen.«

Das Ehepaar Ritter war am 23. September übers Wochenende aus Anlass von Anton Göttles sechzigstem Geburtstag nach Tomerdingen gekommen. Da Claras Bruder hier erst Sonntagnacht hereinfeiern würde, half Clara ihrer Mutter am heutigen Samstag bei der Apfelernte. Sie fand es erstaunlich, dass die inzwischen Einundneunzigjährige noch immer selbst auf die Leiter stieg.

Voller Sorge und Bitterkeit hatte Clara ihre Mutter Louise darüber informiert, dass Fredi erneut eingezogen worden war, dieses Mal von der Wehrmacht. Und aus den Übungen war mittlerweile bitterer Ernst geworden. Nach Annexion von Rheinland, Österreich und der Tschechoslowakei in den vorangegangenen drei Jahren war Hitler am 1. September auch noch in Polen einmarschiert. Zwei Tage später hatten Großbritannien und Frankreich dem Deutschen Reich den Krieg erklärt.

»Wer woiß, wann der arme Bub z'rückkommt«, meinte Louise.

»Dabei hatte Fredi gerade mit einer ganz zauberhaften Kontoristin angebandelt«, seufzte Clara. »Da meint er es endlich mal ernst mit einer Frau, und dann so was.«

»Merket ihr dr Krieg noh au im Unternehma?«, fragte Louise.

Ihre Tochter warf einen fauligen Apfel fort und bejahte. »Die Rohstoffe werden knapp, und viele männliche Mitarbeiter müssen zum Kriegsdienst. Wir können bald nur noch ganz wenig produzieren.« Sie sah sich seufzend in der friedlichen Idylle des sonnigen Septembertags mit den üppig behangenen Obstbäumen um. Alles schien wie eh und je. »Hier oben bekommt man vom Krieg zum Glück nichts mit.«

»Von wega.« Louise lachte freudlos auf, während sie ihre Leiter am nächsten Baum abstellte. »Scho seid 1933 schdohd in Temmenhausa driaba a Hidlerdenkmol. Und dahana in Tomerdenga mischd sich die Bardei au ieberall kräfdich mid oi.« Clara erfuhr nun von ihrer Mutter, dass hier jetzt jeder ab sechzehn Jahren zu Erntediensten gezwungen war – Anordnung von ganz oben, das sei sowieso die Begründung für Maßnahmen aller Art. Gleich im Mai 33 habe der neue Bürgermeister ein Hitler-Konterfei bestellt, um den Sitzungssaal vom Gemeinderat zu schmücken. Auch für die Schule gäbe es eins. Sie hätten aber eins zu viel geordert, das dritte hätten sie dann dem Fußballverein aufgedrängt, die aber gar nicht begeistert über die Zwangsbeglückung gewesen seien. »Wer sieht scho gern freiwillig ständich dui hässlich Fratz?«

Beide mussten lachen. Und beiden war klar, dass an den meisten anderen Orten ein solches Lachen über den Führer tödlich sein konnte.

Die große Glocke wurde von einem Lastwagen fortgefahren. Clara, die am Donnerstag, dem 21. März 1940 im Garten neben der Schokoladenfabrik Gemüse anpflanzte, sah dem Fahrzeug wehmütig nach. Wie in so vielen anderen Orten sollten nun also auch die Glocken der evangelischen Kirche Waldenbuchs zu Kriegszwecken eingeschmolzen werden.

Als ihr Blick in Richtung der Bushaltestelle fiel, sah Clara ihre beste Freundin Sofie Mannheimer auf das Ritter-Areal zukommen und wurde sofort von schlechtem Gewissen gepackt.

»Gott, ich hab völlig vergessen, dass heute unser Treffen ist. Seit die Produktion in der Fabrik stillsteht, hab ich gar kein Zeitgefühl mehr«, gab sie nach der Begrüßungsumarmung zu. »Ich sage Klärle rasch Bescheid, dass sie uns einen Tee kocht.«

Kaffee und Kakao gab es inzwischen ja nicht mehr.

»Das macht doch nichts«, meinte Sofie bedrückt. »Hermann und ich werden auch bald zu viel Zeit haben. Acht Monate lang haben sie ihn als Arbeiter in seiner eigenen Firma ackern lassen, und gestern hat die Gestapo ihm mitgeteilt, dass er gehen muss. Die Belegschaft weigere sich, mit einem Juden zusammenzuarbeiten. Haben die Schweine zumindest behauptet.«

»Das ist ja wirklich das Allerletzte!«, platzte Clara wütend hervor. »Jetzt haben die sein Fachwissen aufgesaugt, da ist er plötzlich nicht mehr gut genug.«

»Mir haben sie auch nahegelegt zu gehen. Schließlich bin ich ja ein Judenflitscherl«, sagte Sofie bitter. »Es kommt kein Heller mehr rein, Hermann lassen sie nicht an sein Geld. Zum Glück haben wir noch etwas Schwarzgeld versteckt, aus dem Wohnungsverkauf.«

Clara erinnerte sich, dass Ende September des vorigen Jahres zwischen französischen und schweizerischen Militärs Kontaktgespräche über eine Unterstützung der Schweiz im Fall eines deutschen Angriffs stattgefunden hatten. Als dies Victor zu Ohren gekommen war, hatte er die von seinem Vater René geerbte Wohnung in Zürich verkauft – im Fall einer deutschen Invasion würde sie für Sofie und ihren Mann ja keinen sicheren Fluchtort mehr bieten. Hermann hatte Clara gebeten, es Victor gleichzutun. Sie war dem Wunsch nachgekommen und hatte den Mannheimers auf deren Idee hin einen Teil der Verkaufssumme in bar übergeben.

»Lange reichen wird das aber auch nicht«, stellte Sofie resigniert fest.

»Ich lasse dich nicht im Stich«, versprach Clara.

»Aber ihr musstet doch selbst dichtmachen«, gab Sofie zu bedenken.

»Wir haben trotzdem ein paar Einnahmen. Das Gebäude vermieten wir an andere Unternehmen«, berichtete Clara. »Die benutzen das Fabrikgelände als Lager. Verhungern werden wir sowieso nicht, ich baue ganz viel selbst an. Wir haben jetzt Hühner – und sogar eine Kuh.«

»Habt ihr etwas von Fredi gehört?«, erkundigte sich Sofie, nachdem die beiden Freundinnen sich auf den Weg zum Wohnhaus der Ritters gemacht hatten.

»Die letzte Postkarte kam Anfang des Monats. Da ging es ihm noch gut«, berichtete Clara. »Aber wer weiß, wann das je endet? Er ist bei den Panzerjägern in Frankreich, und so schnell werden die Franzosen wohl nicht aufgeben.«

Zwar war die Regierung Daladier zurückgetreten, doch der bisherige Finanzminister Paul Reynard wollte mit seinem neuen Kabinett die französischen Kriegsanstrengungen noch intensivieren.

»Ja, und der Hitler holt sich Verbündete, damit sein Krieg schön weitergehen kann«, ergänzte Sofie bitter. »Am Montag hat er sich mit Mussolini zu einer Unterredung am Brenner getroffen.«

Als sie kurz darauf in der Wohnstube der Ritters bei einer Tasse Früchtetee und Schwarzbrot mit Käse zusammensaßen, fiel Sofies Blick auf ein Buch, das auf dem Sofa lag: *Der verlorene Sohn*. »Wer liest denn bei euch Karl May?«, wunderte sie sich.

»Ich«, entgegnete Clara. »Als ich im September bei meiner Mutter war, habe ich mitbekommen, dass sie gern die Bücher meiner Brüder liest. ›Des erinnert mich an unser seliges Marcusle‹, hat sie gesagt. Und jetzt, wo ich oft nicht weiß, was ich mit der Zeit anfangen soll, lese ich selbst darin. Dieses handelt von einem jungen Mann, der in Amerika sein Glück sucht. Es ist spannend und entführt einen in eine ganz andere Welt.«

Sofie nickte und fügte traurig hinzu: »Und genau danach sehnen wir uns ja zurzeit: eine ganz andere Welt.«

36. Kapitel

»Alles ist Krieg«, seufzte Clara, als sie am Morgen des 30. November 1943 mit ihrer Assistentin im Kontor saß und Zeitung las. »Ab jetzt dürfen keine Uhren mehr für Türme oder Automobile hergestellt werden. Die Firmen sollen bei der Waffenproduktion helfen.«

»Wie bei uns«, seufzte Elise.

Tatsächlich waren die Ritters aus Geldmangel gezwungen, ihre Fabrik ab dem kommenden Februar an die AEG zu vermieten, die hier Ersatzteile für Kriegswaffen herstellen wollte. Doch natürlich wurde nicht nur *Material* in diesem Krieg verheizt.

»Hitler befiehlt, kampfunwichtige Arbeiten abzuschaffen und den Papierkrieg einzuschränken«, las Clara vor. »So will er mindestens noch eine Million Mann für die Front gewinnen.«

»Hoffentlich betrachtet er einen Arzt an der Heimatfront nicht als kampfunwichtig«, kommentierte Elise bitter, die natürlich an ihren Victor dachte.

»Sie werden es nicht wagen, ihrem eigenen Volk die medizinische Versorgung zu nehmen«, sagte Clara und klang dabei überzeugter, als sie war. »Immerhin wird jetzt ein postalischer Eilnachrichtendienst eingeführt, damit können nach den Luftangriffen die Überlebenden ihren Angehörigen in Zukunft ein

Lebenszeichen zukommen lassen.« Die Fabrikantin fand diesen Plan sehr gut, war sie doch nach jedem gemeldeten Bombenangriff auf Stuttgart in großer Sorge um Sofie, Hermann, Victor und Elise. Letztere würde im kommenden Monat ihr zweiunddreißigstes Firmenjubiläum bei Ritter feiern. Mit sechzehn war sie in Claras erstes Lädchen in Cannstatt gekommen, und heute, mit achtundvierzig, war sie noch immer eine wertvolle Stütze.

In diesem Augenblick klopfte es an der Bürotür, und der Postbote trat ein. »Heil Hitler!«, grüßte der dunkelhaarige junge Mann zackig. Es handelte sich um Horst Schneckle, den Sohn eines Gestapo-Beamten. Der hohlwangige Schönling war für untauglich erklärt worden, weshalb man ihn nun in der Briefzustellung beschäftigt hatte. Offenbar schätzten es die Behörden, wenn diese Aufgabe von linientreuen Männern erledigt wurde. Alfred Ritters Lieblingsbruder, Postmeister Paul, war schon Ende 1937 in den Innendienst versetzt worden, für die Zustellung mit viel Menschenkontakt war er den Nazis zu religiös. Außerdem hatte es oft Ärger gegeben, weil er hartnäckig den Deutschen Gruß verweigerte. Solche Probleme gab es mit dem strammen Horst hier in Waldenbuch freilich nicht.

»Ein Telegramm. Es ist von der Militärverwaltung«, verkündete er und sah Clara erwartungsvoll an. Doch obwohl sie es selbst vor Angst kaum erwarten konnte, zu erfahren, was in der Depesche stand, wollte sie seine Neugier keinesfalls stillen.

»Danke«, hauchte sie, dann versagte ihre Stimme.

»Adieu, Herr Schneckle«, bellte ihn Elise an, woraufhin er erschrocken zusammenzuckte – und wofür ihre Chefin ihr äußerst dankbar war.

»Heil Hitler«, bruddelte Horst und verließ das Kontor.

Clara hatte danach zunächst Schwierigkeiten, das Telegramm zu öffnen, so sehr zitterten ihre Finger.

»Was steht drin?«, fragte Elise, als es ihrer Chefin doch gelungen war und sie es überflogen hatte.

Clara erklärte heiser: »Fredi wurde verwundet. Granatsplitter in Lunge und Bauch. Sie haben ihn mit einer Ju 52 von der Front nach Oberschlesien gebracht. Die Operation war wohl erfolgreich. Eventuell kommt er nach Tübingen ins Lazarett.«

Elise schlug sich die Hand vor den Mund, versuchte aber gleich darauf, wieder Zuversicht zu vermitteln. »Vielleicht darf er dann an Weihnachten sogar nach Hause. Es ist ja ein Katzensprung.«

Clara ging nicht darauf ein, sie fühlte sich mit einem Mal wie in einem Albtraum, reagierte nur noch mechanisch. »Ich muss Alfred Bescheid geben«, erklärte sie im Gehen. »Sag du bitte allen für die Feier ab!«

Eigentlich hatte sie am kommenden Donnerstag ihren sechsundsechzigsten Geburtstag begehen wollen, doch dazu war sie nun nicht mehr in der Stimmung.

Im Schneetreiben ging Clara am Sonntag, dem 12. Dezember 1943, aus Richtung der Straßenbahnhaltestelle auf das Judenhaus in der Stuttgarter Hospitalstraße 36 zu. Trotz der ärmlichen Verhältnisse, in denen die Mannheimers mittlerweile lebten, hatten Sofie und ihre Freundin an ihren regelmäßigen Treffen festgehalten.

Bis Mai 1941 hatte das Ehepaar noch in der Kegelenstraße 1 leben können, ihrem letzten frei gewählten Wohnsitz. Dann war ihnen mitgeteilt worden, dass sich die anderen Mieter im Hause schämten, mit Juden unter einem Dach zu leben, und man hatte die beiden zum Umzug in die Gustav-Siegle-Straße 36 gezwungen, einem der wenigen Häuser, das sich zu jener

Zeit noch in jüdischem Besitz befand. Doch auch dort waren sie schließlich durch Arisierung der Immobilie hinausgedrängt worden, und nach kurzer Zeit im Judenhaus Waldstraße 4 hatte es sie schließlich hierher in die Hospitalstraße verschlagen. Es war furchtbar beengt, und nur durch akribische Ordnung gelang es Sofie, den wenigen Platz bestmöglich zu nutzen. Wie bei jedem Besuch hatte Clara einen großen Korb mit Essen für die Mannheimers dabei. Dadurch brachte sie sich in Gefahr, denn natürlich waren Lebensmittel streng rationiert – und ausgerechnet Juden Vorräte zu überlassen, würde harte Strafen nach sich ziehen, wenn man sich dabei erwischen ließ.

Zu Claras Erstaunen hatten Sofie und Hermann einen weiteren Gast, als sie in dem winzigen Kämmerchen der Mannheimers eintraf. Das war eine Seltenheit, Juden wurden sonst allenfalls von ihresgleichen besucht. Doch der treueste Mitarbeiter der Mannheimers, Gustav Gottschick, hielt ebenfalls zu seinen ehemaligen Arbeitgebern. Auch er hatte ihnen etwas mitgebracht: zwei Gläser Marmelade – und zur Freude aller zudem eine Photographie seines Söhnchens Günter, der am 19. April des vorigen Jahres zur Welt gekommen war.

»Ist der süß«, riefen Sofie und Clara wie aus einem Mund.

Der abgemagerte Hermann lächelte nur schwach. Der einst so imposante Schrott- und Eisenhändler wirkte besorgniserregend dürr. Im Gegensatz zu früher fiel es nun viel mehr auf, dass ihm ein Bein fehlte. Zwar war ihm dank Hildegard Schwab das Konzentrationslager bisher erspart geblieben, doch der von ihr erpresste Gauwirtschaftsberater Fritz Bernlöhr war im Herbst zur Wehrmacht eingezogen worden. Man konnte nur hoffen, seinem Nachfolger würde nicht auffallen, dass da jemand verschont worden war.

Erneut betrachtete Clara die Photographie des Gottschick-Sprösslings. Kaum zu glauben, dass Fredi auch einmal so klein gewesen war! Und jetzt? Seinen neunundzwanzigsten Geburtstag am 4. Dezember hatte er im Lazarett verbracht. Trotz seiner Verwundung hatte man ihm den erhofften Heimaturlaub laut seiner letzten Postkarte nicht genehmigt. Clara wusste, dass ihr Sohn heute zu gern in der Wohnung der Mannheimers dabei sein würde. Dort wurde es nun richtig eng, nachdem es erneut geklingelt hatte und sich auch noch die einstige Haushälterin Anna Markert zu ihnen gesellte.

»Oje, jetzt haben wir keine Stühle mehr«, stellte Sofie fest, doch Clara spürte, wie glücklich die Freundin darüber war, dass die kleine Wohn- und Schlafstube vor lauter Besuch aus allen Nähten platzte. Die gesellige Dame vermisste ihren großen jüdischen Bekanntenkreis, dessen Mitglieder nun fast alle ausgewandert oder »evakuiert« worden waren, wie es offiziell hieß. Doch von Sofie wusste sie, dass sich hinter dem Begriff nichts anderes als die Verschleppung in Konzentrationslager verbarg.

»Kein Problem, ich setz mich zu Clara aufs Bett«, winkte Anna ab, die inzwischen bei ihrem Ziehsohn Victor über dessen Cannstatter Wohnung lebte. »Ich habe Tee mitgebracht.«

»Ach, du bist ein Schatz«, freute sich Sofie. »Mein Annale lässt mich halt auch nicht im Stich.«

Claras Blick fiel auf ein Landschaftsgemälde an der Wand, das an sonnigere Zeiten und bessere Jahre erinnerte. »Was ist eigentlich aus unser Maler-Freundin Johanna Koch geworden?«

Sofie seufzte. »Ihre Wohnung und ihr Atelier sind beim letzten Bombenangriff auf Cannstatt zerstört worden, sie ist nach Feuerbach gezogen.«

»Werdet ihr im Aichtal eigentlich auch bombardiert?«, erkundigte sich Gustav Gottschick.

»Waldenbuch ist glimpflich davongekommen«, erzählte Clara. »Aber in der Nacht vom 7. auf den 8. Oktober hat es

Böblingen schwer erwischt, um Mitternacht ging es los. Spreng- und Brandbomben, Welle auf Welle, eine Stunde lang. Neunzig Prozent der Stadt wurden beschädigt, kurz nach Beginn des Luftangriffs ist die Wasserversorgung ausgefallen. Noch am nächsten Tag haben Brände gelodert, und ganze Bezirke lagen in Trümmern. Die halbe Altstadt ist zerstört. Es gab viele Tote.«

»Man fragt sich, was von Deutschland noch übrig ist, wenn der Krieg vorüber ist«, sagte Sofie.

»Wie geht es denn deinem Victor?«, wandte sich Hermann an Anna. Clara wusste, dass er dem Doktor sehr dankbar war. Jüdische Ärzte durften nicht mehr praktizieren, und von anderen Medizinern war dem kränklichen Mann die Behandlung verweigert worden. Victor Markert ließ sich hingegen von seinem Gewissen leiten und half auch den Mannheimers und deren verbliebenen jüdischen Freunden.

Der Gesichtsausdruck der einstigen Haushälterin verdunkelte sich, als sie auf ihren Ziehsohn angesprochen wurde. »Er hat Angst, dass er eingezogen wird, obwohl er als Arzt viele Cannstatter versorgt.«

»Da wünscht man sich ja fast, dass wir schnell den Krieg verlieren – damit niemand mehr an die Front muss«, sagte Clara leise.

Dass er zu gewinnen war, glaubten immer weniger Menschen im Reich. Vom stets verblüffend gut informierten einstigen Bürgermeister Waldenbuchs, Gottlob Fischer, wusste sie, dass der Außenminister der Vereinigten Staaten gestern auch noch Ungarn, Rumänien und Bulgarien zum Kriegseintritt gegen Deutschland aufgefordert hatte.

Hermann sah ängstlich in Richtung Fenster. »Lasst uns nicht über Politik sprechen!«, bat er mit schwacher Stimme.

Früher wäre er der Erste gewesen, der über die Nazis gewettert und ihnen das Schlechteste gewünscht hätte. Doch dieser Mann war gebrochen worden.

Am Montag bekam Clara zu ihrer großen Überraschung und Freude Besuch von ihrer ältesten Schwester, der Nonne Beata. Da sie angesichts der allgemeinen Briefzensur beschlossen hatten, sich nur noch Harmlosigkeiten zu schreiben, waren sie für wahrhaftigen Austausch auf persönliche Treffen angewiesen.

»Wie geht es euch denn im Kloster?«, fragte Clara, während sie in der Küche des Fabrikantenhauses das von ihrer Nichte Klärle zubereitete Mittagessen – Bratkartoffeln mit Spiegelei – aßen.

»Ach, die Nazis mögen das Kirchliche immer weniger«, meinte Beata. »Seit letztem Jahr findet bei uns keine Einkleidung neuer Schwestern mehr statt. Wer weiß, wie lange es uns Nonnen überhaupt noch geben wird. Den wirklich Bedürftigen lassen sie uns ja eh kaum noch helfen.«

Aus früheren Besuchen Beatas wusste Clara bereits, dass die Braunhemden dem Kloster die Arbeit mit behinderten Kindern verboten hatten. Seit Beginn des Krieges war das Exerzitienhaus zur Unterbringung von sogenannten »Arbeitsmaiden« genutzt worden, die bei dem Uhrenhersteller Junghans im benachbarten Schramberg dienstverpflichtet waren, der wie viele andere deutsche Betriebe in die Kriegswirtschaft gezwungen worden war. Junghans stellte jetzt unter anderem Flugzeugteile, Zünder und andere Rüstungsgegenstände her.

»Im Grunde beherbergen wir jetzt fleißige Kriegsbienchen wider Willen«, hatte Beata damals zynisch kommentiert, doch heute konnte sie vermelden: »Die Junghans-Mädels sind vor

Kurzem abberufen worden. Wahrscheinlich gibt es keine Rohstoffe mehr, alle Lieferwege sind ja abgeschnitten. Die Stadt Schramberg will jetzt ein Altersheim bei uns einrichten. Und das Wehrertüchtigungslager ist auch Geschichte.«

Das Knabenheim St. Antonius war zuvor zu diesem Zweck beschlagnahmt worden, wie Clara bereits wusste. Und auch das Mutterhaus hatte vierzig Jungen, die in ein Lager der Hitlerjugend auf dem Heuberg verbracht werden sollten, in Heiligenbronn aufgenommen.

»Kein Wunder, dass man das alles nicht mehr braucht, die meisten HJ-Mitglieder haben sie ja inzwischen an die Front geschickt«, meinte Clara. »Noch halb Kind und auf dem Schlachtfeld, man darf gar nicht daran denken.«

Beata nickte beklommen. »Nachdem das Wehrertüchtigungslager aufgelöst war, hat St. Antonius Kinder aus der Paulinenpflege Stuttgart aufgenommen. Die Schützlinge waren ganz verstört von den ständigen Bombenalarmen dort. Und wir im Mutterhaus dürfen auch endlich wieder wirklich helfen. Bei uns werden Ausgebombte untergebracht – aus Pirmasens, Essen und Düsseldorf.«

»Das freut mich für euch«, sagte Clara.

Da betrat ihr Mann in Jagdkleidung die Küche. Er umarmte seine Schwägerin herzlich.

»Warst du auf der Suche nach Wild fürs Weihnachtsessen?«, erkundigte sich die Nonne.

Alfred schüttelte den Kopf. »Mein Jagdrecht hab ich doch verloren, weil ich immer noch nicht in der Partei bin. Hitler selbst verabscheut die Jagd angeblich. Aber sein Reichsjägermeister Hermann Göring ist regelrecht besessen davon. Er hat vor neun Jahren das Reichsjagdgesetz eingeführt. Seither gibt es verpflichtende, regelmäßige Trophäenschauen. Göring hat im letzten Winter befohlen, kapitale Hirsche in den Staatsjagdrevieren mit Getreide zu füttern – das eigentlich für die Ernährung von Kleinkindern vorgesehen war.«

Beata schüttelte empört den Kopf. »Wie schrecklich.«

»Ich habe heute bloß dem Forstmeister Dieterle ein bisschen unter die Arme gegriffen«, berichtete Alfred und wandte sich an seine Frau. »Meinst du, unser Klärle hat noch genug für ein paar Wurst- oder Käsebrote? Die sechs Kriegsgefangenen, die im Forst arbeiten, sind nur noch Haut und Knochen. Die tun mir so leid.«

»Ich glaub, das kriegen wir noch zusammen«, sagte Clara und erhob sich. »Mach ich schnell selbst, Klärle guckt grad nach der Wäsche.«

»Die Gefangenen werden ja zurzeit überall eingesetzt, kein Wunder, wenn unsere Männer alle im Feld sind«, kommentierte Beata, während ihre Schwester in der Vorratskammer wühlte. »Mutter hat erzählt, dass in Bollingen droben französische und polnische Kriegsgefangene bei den Arbeiten an der Kanalisation helfen.«

»Insgesamt haben wir sogar dreißig Kriegsgefangene hier in Waldenbuch«, berichtete Alfred, »die sind allesamt im Saal vom Gasthaus Linde untergebracht – wie die Ölsardinen.«

Seine Frau hatte gerade begonnen, die Brote mit wertvoller selbst gemachter Butter zu bestreichen, als Klärle einen weiteren Besucher hereinbrachte.

»Victor!«, erkannte Clara erfreut den Ziehsohn ihrer Freundin Anna. Es war verblüffend, wie ähnlich dieser dunkel gelockte Arzt jetzt mit sechsundvierzig Jahren seinem verstorbenen Vater René sah.

Seinen ernsten Gesichtsausdruck bei der Begrüßung fand sie allerdings alarmierend. »Ist etwas mit Anna – oder Elise?«, fragte sie ängstlich.

Victor schüttelte den Kopf. »Nein, mit mir. Ich bin hier, um mich zu verabschieden. Der Einberufungsbescheid ist gekommen – hatte es ja schon befürchtet. Sie schicken mich an die Ostfront.«

»Oh nein«, hauchte Clara mit brüchiger Stimme. »Lieb, dass du persönlich vorbeigekommen bist. Setz dich doch bitte!«

Jetzt musste sie zusätzlich zur Sorge um Fredi also auch um das einstige Findelkind bangen. Jener Sonntagmorgen vor sechsundvierzig Jahren kam ihr wieder in den Sinn, an dem sie Victor als hilflosen Säugling in dem Korb auf der Kirchentreppe in Tomerdingen gefunden hatte. Es war so sinnlos! Wie viele Mütter hatten ihre Söhne voller Liebe aufgezogen – um sie jetzt in diesem schrecklichen Krieg zu verlieren.

»Wie hat es denn Anna aufgenommen?«, fragte Clara voller Sorge um die alte Schulfreundin. »Und Elise?«

»Die ist tapfer und lässt sich nichts anmerken«, sagte Victor, während es an der Haustür klingelte. »Aber Anna steht unter Schock. Vielleicht kannst du auch bei ihr mal vorbeischauen, wenn du Sofie wieder besuchst?«

»Das mache ich in jedem Fall«, versprach Clara.

In diesem Augenblick war aus dem Hausflur ein unterdrückter Schrei zu hören.

»Was hat denn das Klärle?«, wunderte sich Alfred.

Da betrat die junge Frau auch bereits die Küche – kreidebleich und mit Tränen in den Augen. »Ein Telegramm …«

»Wegen Fredi?«, fragte Clara, der augenblicklich schwindelig wurde vor panischer Angst um ihren Sohn.

»Nein, es ist vom Onkel Anton aus Tomerdingen. Die Omi Louise ist gestern gestorben«, verkündete Klärle traurig.

Betretenes Schweigen nahm den Raum ein. Keiner konnte dem anderen herzliches Beileid wünschen, denn alle hatten die Patriarchin gleichermaßen geliebt. Jeder der Anwesenden trauerte.

»Sechsundneunzig ist ja ein wahrhaft biblisches Alter«, murmelte schließlich Beata, die ihre Hände zum Gebet gefaltet hatte. »Aber in Wirklichkeit gibt es doch keine gute Zeit, seine Mutter zu verlieren.«

Clara Ritter fehlten die Worte. Sie nickte nur unter Tränen. Nie mehr würde sie bei der geliebten Mutter Trost und gute Ratschläge bekommen.

Zwischen den Jahren kam zur Erleichterung aller endlich ein Brief von Fredi. Klärle hatte ihn in Empfang genommen und brachte ihn zu Alfred und Clara in die Küche.

»Dieser Schneckle ist echt klebrig mit seinen ständigen Komplimenten, der zieht mich regelrecht aus mit seinen Blicken«, berichtete die junge Haushälterin über das Gebaren des Postboten und schüttelte sich dabei. Dann wandte sie sich an Clara: »Liest du uns Fredis Brief vor, Tante?«

»Das wäre lieb«, fand auch Alfred.

22.12.43

Liebe Eltern,
verzeiht, dass ich so wenig schreibe. Ich weiß wirklich nichts, auch nicht, wann ich von hier wegkomme, wohin u. wie lange die Sache ungefähr dauern kann.

Bis 26. ist Quarantäne, dann besteht Hoffnung, wegzukommen. Es geht mir nicht schlecht u. ich muss schon Turnübungen machen. Wir haben nur kein Licht, Läuse u. tolle Strohsäcke. Luftpostmarken habe ich bekommen u. schicke sie mit. Verwendet sie aber nur, wenn ihr eine neue Adresse von mir habt, denn für diese ist's doch zu spät. Es ist nicht schön, wenn so gar keine Post kommt. Ich weiß ja gar nimmer, ob Ihr lebt oder was da los ist. Wenn ich Pech habe geht's mir im nächsten Dez. wieder so.

Herzliche Grüße Euer Fred

Nachdem sie fertig vorgelesen hatte, befand Clara mit traurigem Blick: »Das klingt ja so, als habe er unsere letzten Briefe und Karten gar nicht bekommen. Was für schreckliche Weihnachten müssen das für ihn gewesen sein.«

»Der arme Fredi«, pflichtete Klärle mitleidsvoll bei.

»Ich werde bei den Behörden sofort seine jetzige Anschrift anfordern«, kündigte Clara entschlossen an. »Er braucht doch endlich Nachricht von uns.«

Alfred nickte ernst. »Auch wenn das wohl heißt, dass wir ihm dann von Louises Tod schreiben müssen. Das wird ihn sehr traurig machen, er hat seine Omi ja wirklich ganz besonders gemocht.«

»Mein Mann hat hohes Fieber, bitte kommen Sie mit zu uns! Ich habe Angst, dass er stirbt. Er ist auch völlig unterernährt.« Verzweifelt stand Sofie in der Tür des Arztes, den sie am Sonntag, dem 2. April 1944, herausgeklingelt hatte.

Doch auch Dr. Folkwein weigerte sich, ihren Mann zu behandeln. Drei weitere Ärzte hatte sie bereits vergeblich um Hilfe angefleht. Seit Victor Markert an der Ostfront war, fand Sofie niemanden mehr, der ihren kränklichen Mann untersuchen wollte.

»Sie müssen das verstehen, Frau Mannheimer«, sagte der grauhaarige Mediziner. »Ich mache mich strafbar – und es würde auch meine Familie treffen.« Er warf ihr noch einen mitleidsvollen Blick zu, bevor er anfügte: »Warten Sie kurz!«

Er ging ins Haus zurück und kam kurz darauf mit einer Schachtel Tabletten und einer Flasche zurück.

»Die sollten das Fieber senken«, murmelte er, sich ängstlich umsehend. »Und fragen Sie mich nicht, wo ich die Zitronen für den Saft herhabe in diesen Tagen.«

Vitamin C! Das würde Hermann gut brauchen können. »Vielen Dank, Herr Doktor«, sagte Sofie und machte sich auf den Rückweg in die Hospitalstraße.

»Hermännle, du wirst nicht glauben, was mir der Doktor mitgegeben hat«, rief sie ihrem Mann schon von der Wohnungstür aus entgegen.

Als sie die winzige Wohn- und Schlafstube betrat, wurde ihr auf Anhieb klar, dass etwas nicht stimmte. Hermann Mannheimer saß regungslos im Sessel und starrte sie merkwürdig ausdruckslos an. Er konnte nur ganz undeutlich sprechen, seine rechte Gesichtshälfte wirkte schlaff.

Sofie wähnte ihren Mann in akuter Lebensgefahr und geriet in Panik. Was auch immer diese unheimliche plötzliche Lähmung war – er brauchte einen Krankenwagen! Sie eilte zu ihrem Nachbarn im Nebenhaus, Herrn Pfeiffle, dem Friseur. Dessen Telefon funktionierte laut seiner Aussage zurzeit.

Er öffnete etwas konsterniert seine Tür, nachdem Sofie Sturm geklingelt hatte.

»Herr Pfeiffle, mein Mann kann nicht mehr richtig sprechen und sich nicht bewegen«, rief sie außer sich. »Können Sie bitte einen Krankenwagen rufen?«

Sie war zutiefst dankbar, dass er sich dazu sofort bereit erklärte. Hermann musste einfach wieder gesund werden! Betend wartete sie nun auf das Eintreffen der Sanitäter. Bei den zahlreichen Zerstörungen würde dies gewiss eine ganze Weile dauern.

Nach einer gefühlten Ewigkeit traf der Krankenwagen ein. Als die beiden Sanitäter Hermanns abgemagerten Körper auf die Trage bugsierten, schossen Sofie die Tränen in die Augen. Wie hilflos ihr einst so starker Mann ohne Beinprothese und mit der erschlafften Gesichtshälfte aussah! Das Schlimmste war die hilflose Angst, die in seinem Blick lag.

»Wo bringen Sie ihn hin?«, fragte Sofie verzweifelt.

»Bürgerhospital«, erklärte der Sanitäter. »Wollen Sie mitfahren?«

»Oh ja, tausend Dank!«

»Frau Mannheimer!«

Sofie zuckte zusammen. Sie hatte die ganze Nacht im Stuttgarter Bürgerhospital auf dem Korridor verbracht, nachdem der diensthabende Arzt bei Hermann einen schweren Schlaganfall diagnostiziert hatte. Irgendwann in den Morgenstunden musste sie eingenickt sein. Sie sah den ernst dreinblickenden Arzt vor ihr erschrocken an. »Oh, entschuldigen Sie, ich war so müde …«

»Ich muss Ihnen leider mitteilen, dass Ihr Mann um 11.45 Uhr an den Folgen seiner Apoplexie gestorben ist. Mein Beileid.«

Nein! Das musste doch eine Verwechslung sein.

»Das darfst du nicht, Hermann«, wimmerte sie. »Das darfst du doch nicht.« Schließlich wandte sie sich mit tränenverschleiertem Blick an den Arzt. »Kann ich ihn sehen?«

»Aber nur kurz, leider brauchen wir das Bett gleich wieder, er wird demnächst abgeholt.«

In diesem Augenblick kam mit besorgter Miene Anna Markert über den Korridor auf sie zu. Ach, ihre gute alte Perle Anna! Und ihr folgte die treue Clara Ritter. Sofie wollte aufstehen, um den beiden entgegenzugehen, doch ihre Knie gaben nach. Sofort waren die beiden Freundinnen bei ihr, um sie abzustützen.

»Woher wisst ihr …?«, fragte sie unter Tränen, nachdem sie wieder auf dem Stuhl saß.

»Ich wollte euch heute Morgen Eier vorbeibringen«, erläuterte Anna. »Euer Nachbar Herr Pfeiffle hat mir von Hermanns Schlaganfall erzählt.«

»Und mich hat sie dann gleich angerufen«, ergänzte Clara.

»Er ist gerade gestorben«, berichtete Sofie unter Tränen. »Was soll ich denn jetzt bloß machen?«

»Du Ärmste«, antwortete Clara und umarmte ihre Freundin. »Du kommst zu uns nach Waldenbuch, wir haben genug zu essen und genug Platz.«

»Aber du kriegst Ärger, wenn jemand mit Namen Mannheimer bei dir wohnt«, gab Sofie zu bedenken.

»Das geht niemanden etwas an«, erwiderte Clara entschlossen. »Hier in der Innenstadt ist die Gefahr viel zu groß, dass du von einer Bombe getroffen wirst. Und das würde dein Hermann nicht wollen.«

In der Tat war man im Raum Stuttgart nirgendwo mehr sicher, es gab immer häufiger Bombardierungen, die mit jedem Mal schlimmer wurden. Auch die erste Fabrik der Ritters in Cannstatt war durch zwei englische Brandbomben zerstört worden. Und am 22. Februar hatte es bei einem weiteren Fliegerangriff auch das frühere Wohnhaus erwischt.

Sofie war froh, aus der schäbigen Wohnung fortzukommen, wo sie in ständiger Angst gelebt hatten, da Hermann mit seinem Judenstern der Zutritt zu den Schutzbunkern verwehrt gewesen war. Außerdem würde sie dort dauernd daran erinnert werden, wie ihr geliebter Mann immer weniger geworden war.

»Ich darf ihn noch einmal sehen, dann muss das Bett frei gemacht werden«, erklärte sie ihren Freundinnen. »Kommt ihr mit?«

»Natürlich«, sagten Clara und Anna gleichzeitig.

37. Kapitel

Mitte Oktober 1944 hatte sich Sofie so gut bei den Ritters eingelebt, dass sie sogar bei der Ernte der Spätkartoffeln half.

»Zwei Geschäftsfrauen auf dem Acker«, meinte Clara zynisch. »Das hat der feine Herr Hitler gut hinbekommen.«

In diesem Augenblick bemerkte sie einen groß gewachsenen, hageren Mittvierziger, der sich dem Garten näherte. Aus seinem Rucksack ragte eine Staffelei. »Guten Tag, sind Sie Clara Ritter?«

»Ja?« Sie musterte ihn genauer. Nein, das war keiner ihrer früheren Kunden.

»Mein Name ist Walter Romberg«, stellte er sich vor.

»Ach ja, ich habe gehört, dass Sie und Ihre Frau in Stuttgart ausgebombt wurden und jetzt hier im Schloss eine Notwohnung bezogen haben«, erinnerte sich Clara.

»Genau, ich soll Sie von Frau Koch grüßen«, sagte Romberg.

»Johanna?«, freute sich Sofie.

»Ja, sie ist eine alte Freundin«, erklärte er.

»Herr Romberg ist Maler und Radierer«, ergänzte Clara, was ihr der einstige Bürgermeister Gottlob Fischer über ihn erzählt hatte. Der 1898 in Ulm geborene Künstler hatte bisher in Stuttgart gelebt und gearbeitet. »Einige Waldenbucher haben mir schon von Ihren Aquarellen und Radierungen vorgeschwärmt: heimische Landschaftsansichten und Bilder vom Städtle hier.«

»Ja, ich tausche sie gern gegen etwas Essbares für meine Frau und mich ein«, gestand er mit einem verlegenen Lächeln.

»Oh, könnten Sie ein kleines Bild unserer Fabrik zeichnen? Wie viele Spätkartoffeln würde das kosten?«, erkundigte sich Clara, die dem verschüchtert wirkenden Mann gern helfen wollte.

»Wären sechs zu viel?«, fragte er verschämt.

»Auf keinen Fall«, entgegnete Clara. »Dafür bekommen Sie noch ein paar Pilze dazu, falls Sie die mögen. Und Milch für ein Sößle.«

»Oh, danke schön. Wenn Sie möchten, fange ich gleich an«, schlug er vor.

»Gern.«

»Sieht bestimmt schlimm aus in Stuttgart?«, fragte Sofie, die seit der Bestattung ihres Mannes auf dem jüdischen Teil des Stuttgarter Pragfriedhofs nicht mehr in der Schwabenmetropole gewesen war. Hermanns winziger Nachlass war an das Deutsche Reich gefallen, nur dank Clara hatte seine arbeitslose Witwe genug zum Überleben, und nur hier im malerischen Aichtal konnte sie die schlimmen Bilder seiner letzten Lebensphase verdrängen.

Romberg antwortete, während er seine Staffelei aufstellte. »Vom 25. Juli an haben sie den Talkessel vier Tage lang bombardiert. Viereinhalbtausend Menschen sind gestorben. Aber im Frühjahr soll es hier oben ja auch gekracht haben?«

»Am 15. März«, bestätigte Clara, »sind hier auch Bomben gefallen, richtig erwischt hat es aber nur den Nachbarort Steinenbronn. Glücklicherweise wurde aber auch da niemand ernstlich verletzt, obwohl es überall lichterloh gebrannt hat. Nur ein abgeschossener britischer Pilot kam ums Leben.

Am 19. Juli wurde noch mal Böblingen angegriffen, da gab es zahlreiche Todesopfer. Zum Glück hatte man da nach den Angriffen letztes Jahr ein ganzes System von Luftschutzstollen gebaut – das hat vielen Menschen das Leben gerettet.«

Wenig später saß Romberg still vor der Staffelei, schaute konzentriert auf das Betriebsgebäude und die umgebende Landschaft, skizzierte, schaute erneut, führte den Zeichenstift über das Papier, korrigierte, und langsam entstand unter seinen Händen das Bild der Ritter Schokoladenfabrik. Die beiden Frauen waren ins Haus gegangen, um ihm ein Bier und eine Zwischenmahlzeit zu holen, und Sofie beobachtete den Maler durch das Küchenfenster.

»Es tut so gut, wieder ein bisschen Kunst erleben zu dürfen«, schwärmte sie.

Clara wusste, wie sehr die einstige Theater- und Opernabonnentin das kulturelle Leben vermisste. Einzig mit der weltgewandten Klärle konnte Sofie sich hier über Mode und Kultur austauschen.

In diesem Moment betrat zu ihrer großen Überraschung Fredis Verlobte Martha Faißler die Küche. Sie lächelte hoffnungsvoll, das bedeutete gewiss gute Nachrichten. Und die konnte Clara wirklich gebrauchen, nachdem am 8. Oktober in Tomerdingen kurz nach der Feier seines fünfundsechzigsten Geburtstags überraschend ihr jüngster Bruder Anton gestorben war.

»Fredi bekommt Ende des Monats Fronturlaub«, verkündete Martha glücklich. »Er will, dass wir am 28. heiraten!«

Clara und Sofie gratulierten ihr gerührt. Nun hieß es, dafür zu beten, dass ihm nicht vorher noch etwas zustoßen würde.

Am frühen Morgen des 24. Oktober, dem Dienstag vor Fredi Ritters Hochzeit, jammerte Haushälterin Klärle Göttle bei Dauergast Sofie Mannheimer über ihren karg bestückten Schrank. »Ich habe einfach kein schönes Kleid.«

»Ich kann dir eins so umschneidern, dass es allen den Atem verschlägt«, versprach Sofie. »In der Fabrik gibt es ein Stofflager, da können wir uns gleich mal umschauen. Bis zum Frühstück haben wir ja noch etwas Zeit.«

»Das wäre so lieb«, freute sich die Neunzehnjährige.

Am Stofflager, das sich in einem kleinen Nebengebäude der Fabrik befand, stellten Sofie und Klärle erstaunt fest, dass die Tür aufgebrochen war. Gewiss war im Krieg alles recht knapp, aber wer würde einen Einbruch wegen Stoffresten begehen wollen? Vorsichtig öffnete Sofie die Tür und schaltete das Licht ein. Zu ihrer Verblüffung fanden die beiden Frauen in dem Raum nicht nur Stoffreste, es blinzelte sie auch ein erschrockener Mittzwanziger mit braunem Haar an. Offenbar hatte er im Anzug auf einem Textilberg geschlafen. Neben ihm lagen ein kleiner Koffer und eine Reiseschreibmaschine mit Griff.

»Was tun Sie hier?«, verlangte Sofie in barschem Ton zu wissen.

»Ich bin nur ein armer Wandersmann und hab ein warmes Nachtlager gesucht«, behauptete der Fremde, der sich peinlich berührt den Seitenscheitel glatt strich. »Bitte verzeihen Sie mir, ich bin sofort wieder weg.«

Sofie wusste jedoch, dass seine Kleidung etwas zu modisch und hochwertig für einen »armen Wandersmann« waren. »Sie können ehrlich zu uns sein. Ich heiße Sofie Mannheimer und bin hier bei meiner Freundin untergekommen, weil man meinen jüdischen Mann hat hungern lassen, bis ihn der Schlag getroffen hat. Ich verrate gewiss niemand.«

»Ich bin Clara Göttle«, ergänzte die Jüngere. »Für mich gilt dasselbe.«

»Also gut. Mein Name ist Andreas Volz«. Er stand auf und reichte beiden die Hand. »Eigentlich habe ich studiert, um bei der Zeitung zu arbeiten. Aber es gibt in unserem Land ja keine kritischen Stimmen mehr in der Presse, nur noch Propaganda. Jetzt bin ich auf der Flucht in die Schweiz.«

»Wieso das?«, fragte Klärle neugierig.

»Ich habe heimlich Flugblätter von Sophie Scholl in Stuttgart verteilt«, gestand er. »Jetzt sind sie mir auf die Schliche gekommen, zum Glück hat mich ein Freund rechtzeitig warnen können.«

»Wer ist Sophie Scholl?«, fragte die junge Haushälterin arglos.

»Eine Münchenerin, die zusammen mit ihrem Bruder Hans Mitglied in einer Widerstandsgruppe war, Weiße Rose hieß die«, erläuterte Volz. »Man hat sie zum Tode verurteilt. Im Februar vorigen Jahres wurde Sophie dann in München hingerichtet.«

»Wie schrecklich. Dann müssen Sie wirklich unbedingt fliehen. Aber der Weg in die Schweiz ist nicht ungefährlich«, gab Klärle zu bedenken. »Ein Freund der Familie Ritter ist an der Grenze dort erschlagen worden.«

»Mein Cousin hat eine Molkerei in Konstanz. Er liefert auch in die Schweiz. Der könnte mich unauffällig rüberbringen. Da er täglich fährt, wird er kaum kontrolliert«, erzählte Volz.

»Aber erst mal müssen Sie es bis nach Konstanz schaffen! Und dahin brauchen Sie zu Fuß viel zu lang, da können Sie jederzeit aufgegriffen werden«, meinte Sofie. »Ich werde meine Freundin bitten, dass ihr junger Fahrer Sie auf dem schnellsten Weg zum Bodensee bringen darf.«

»Ich will unbedingt mitfahren«, stieß Klärle aufgeregt hervor. »Herr Volz wird sich ja hinten verstecken müssen, und ein Chauffeur ohne Fahrgast ist doch verdächtig, oder etwa nicht?«

Raffiniertes Ding, dachte Sofie schmunzelnd. Ihr war nicht entgangen, wie begeistert die junge Frau den Widerständler angehimmelt hatte.

Obwohl er am Montag zurück an die russische Front musste, versuchte Fredi bei seiner Hochzeit am Samstag, dem 28. Oktober 1944, seinen typischen Humor zu verbreiten. Aber etwas in seinem Gesicht ließ seine Mutter erahnen, dass er Schreckliches gesehen hatte.

»Der Trauspruch ›Wo du hingehst, da will auch ich hingehen‹ wäre in unserem Fall nicht so angebracht«, erklärte er bei der Feier, die nach der Trauungszeremonie im Waldenbucher Gasthaus Lamm stattfand.

Seine lächelnde Braut sah zauberhaft aus in ihrem Traum aus weißer Spitze, fand Clara, und Fredi selbst stand sein Hochzeitsanzug ebenfalls ganz hervorragend. Einige seiner Kameraden hatten wohl in Uniform geheiratet. Er hatte sich bewusst dagegen entschieden, heute sollte der Krieg nach Möglichkeit außen vor bleiben. Aber natürlich ließ es sich nicht vermeiden, dass er bei den Gesprächen während des Festmahls doch hier und da zum Thema wurde.

Waldenbuchs ehemaliger Bürgermeister, der mittlerweile fünfundsechzigjährige Gottlob Fischer, saß beim Festmahl an Sofies, Claras und Alfred seniors Tisch und ließ sie an seinem Wissen über die aktuelle Situation des Deutschen Reichs teilhaben. Gestern, so erzählte er, habe Reichspropagandaminister Joseph Goebbels über Rundfunk eine Rede zur militärischen Lage gehalten. »Er hat erklärt, dass es zu den Grundsätzen des deutschen Volkes gehöre, dem Vaterland das Blut, die Ruhe und das ganze Sein zu opfern. Dies seien die Tugenden derer, die den letzten Sieg davontragen würden. Gleichzeitig hat der englische Premierminister Winston Churchill die Einigkeit von USA, Sowjetrussland und Großbritannien gefordert – damit das Deutsche Reich endgültig besiegt werden kann.«

»Hoffentlich geht es schnell«, murmelte Sofie bitter. »Sonst sterben noch mehr von den bewaffneten Kindern. Am Sonntag vor drei Wochen haben die Nazis bei diesem sogenannten Wehrertüchtigungstag ja bei den Halbstarken wieder fleißig Werbung im ganzen Reich gemacht.«

»Ja, und leider mit Erfolg«, bestätigte Gottlob Fischer.

»Unser Chauffeur Gustel Belge ist ja schon länger an der Front, aber jetzt hat auch sein achtzehnjähriger Ersatzmann den Einberufungsbescheid erhalten«, erzählte Clara.

»Damit ist er zurzeit sogar ein recht alter Neuzugang«, meinte Fischer. »Mittlerweile hat sich wohl jeder Siebte aus dem Jahrgang 1928 als Kriegsfreiwilliger gemeldet. Sechzehnjährige! Alle Kanonenfutter.«

Als Bräutigam Fredi vor das Wirtshaus trat, um ein wenig frische Luft zu schnappen, erwischte er dort Cousine Klärle mit einer Zigarette. Heute sah man ihr wirklich nicht an, dass sie als Haushälterin arbeitete. In dem eleganten, von Tante Sofie umgeschnittenen Kleid wirkte sie vielmehr wie eine Dame von Welt.

»Du weißt schon, dass das ungesund ist?«, kommentierte Fredi schmunzelnd den Glimmstängel in ihrer Hand.

»Die Reklame sagt was anderes«, meinte Klärle. »Und Reklame hat immer recht. Schließlich sagt die, dass Ritter

Schokolade gut schmeckt. Und das stimmt ja wohl zu hundert Prozent.«

Fredi schüttelte grinsend den Kopf über seine nie um eine Antwort verlegene Base. »Wie war es denn eigentlich bei eurer Fahrt zum Bodensee am Mittwoch?«

»Es ging alles gut. Mit Herrn Volz kann man sich wunderbar unterhalten, ein wirklich kluger Mann«, schwärmte Klärle. »Als wir uns in Konstanz verabschiedet haben, hat er mir und unserem Ersatzchauffeur geschworen, dass er es wieder gutmacht, wenn es mit Hitler vorbei ist.«

»Dann glaubt er daran?«

»Das muss man doch«, meinte Klärle.

Da kam ein dunkelhaariger, erfreut strahlender Jüngling mit einem Strauß weißer Chrysanthemen auf sie zu.

»Oh nein«, seufzte Fredis Cousine.

»Wer ist das?«, erkundigte er sich.

»Der Postbote Horst Schneckle, er lauert mir immer beim Einkaufen auf. Ich kann gar nichts mit ihm anfangen. Er sagt, sein größter Verlust im Leben sei, dass er nicht zur Wehrmacht darf, weil er Asthma hat. Der ist brauner als braun, unerträglich. Normalerweise weiß ich ja, wie man unliebsame Männer loswird, aber zu ihm darf ich leider nicht allzu unhöflich sein. Sein Vater ist ein hohes Tier bei der Gestapo. Ich will nicht, dass Onkel Alfred Ärger wegen …«

Sie hielt inne, da Horst nun in Hörweite gekommen war und sie lüstern anglotzte.

»Guten Abend, Klärle. Ich habe von der Hochzeit gehört und gehofft, dass ich dich hier finde.« Er reichte ihr das Blumenbündel. »Ich dachte, dein Brautjungfernstrauß hat den Tag über vielleicht gelitten. Deshalb wollte ich dir Nachschub schenken.«

»Das ist sehr aufmerksam von dir«, presste Klärle hervor,

und Fredi spürte, wie unwohl sie sich in Gegenwart des offensichtlich verliebten jungen Mannes fühlte. »Leider muss ich gleich wieder rein«, fügte sie schnell an.

»Ja, unbedingt«, unterstrich Fredi. »Dein Verlobter wird bestimmt schon ungeduldig.«

Horst Schneckle starrte ihn zutiefst enttäuscht an, drehte sich um und verschwand ohne ein weiteres Wort.

»Danke noch mal und adele, Horst«, rief Klärle ihm hinterher und ging mit ihrem Cousin ins Wirtshaus zurück. »Danke«, flüsterte sie ihm zu. »Ich hoffe, er glaubt dir und gibt jetzt auf.«

Plötzlich griff sich Fredi mit schmerzverzerrtem Gesicht an den Bauch.

»Was ist mit dir?«, fragte Klärle besorgt.

»Ach, den Granatsplitter in der Lunge haben sie letzten Winter sauber herausbekommen«, antwortete er mit tapferem Lächeln. »Aber im Bauchraum sind auch noch einige kleinere Teilchen, einige davon gefährlich nah an der Bauchschlagader und deshalb inoperabel. Die mussten sie drinlassen, und die tun manchmal kurz weh. Geht aber immer schnell wieder vorbei.«

»Aber die sind doch bestimmt gefährlich«, gab Klärle aufgewühlt zu bedenken.

Fredi zuckte mit den Schultern. »Eine OP wäre wohl gefährlicher.« Dann sah er sie ernst an. »Martha weiß über die Splitter Bescheid, aber bitte sag den Eltern nichts, die haben schon genug Sorgen.«

Am Sonntag, dem 28. Januar 1945, fand Clara Ritter aus Angst um Sohn Fredi und Victor einmal mehr keinen Schlaf.

Seit Monaten fehlte von beiden jedes Lebenszeichen – und

die Lage der Wehrmacht war inzwischen hoffnungslos. Gegen halb acht hatten die Engländer wieder einen Angriff auf den Raum Stuttgart geflogen, und zusammen mit Klärle, Sofie und Alfred hatte Clara einmal mehr Schutz im Gewölbekeller ihres Wohnhauses gesucht. Dann endlich war die Entwarnung gekommen, die innere Unruhe war jedoch geblieben.

Zumindest ihr stark erkälteter Ehemann neben ihr war jetzt trotz seines Hustens endlich ins Reich der Träume entschwunden. Inzwischen hatte er wegen des Männermangels sein Jagdrecht zurückbekommen. Am Nachmittag war er jedoch mit starkem Fieber aus dem Wald zurückgekehrt, scheinbar war seine Erkältung doch noch nicht besiegt.

Als Clara nun unten im Haus Schäferhund Rex winseln hörte, beschloss sie, aufzustehen und mit ihm Gassi zu gehen.

Um kurz vor Mitternacht verließ sie mit dem schwanzwedelnden Tier und einem Regenschirm das Haus. Die Wolken hingen tief, und es war etwas zu warm für die Jahreszeit. Plötzlich sah sie aus östlicher Richtung ein Flugzeug herankommen. Eine zweite Angriffswelle? Die deutsche Flak beschoss die Maschine, es musste sich also tatsächlich um einen alliierten Bomber oder Jäger handeln! Clara wusste, dass die Flak in Leinfelden drüben am Rand des dortigen Flughafens stand. Während sie voller Panik in Richtung Haus zurückrannte, dachte sie, dass der Flieger nicht mehr weit kommen würde. Man sah, dass er zu kämpfen hatte, er war wohl bereits getroffen worden und sank immer tiefer über dem Waldgebiet. Clara war gerade ins Haus gestürzt, da hörte sie einen lauten Knall aus Richtung des Waldes. Die Maschine war abgestürzt!

Als Clara am nächsten Morgen Klärle bei der Zubereitung des Frühstücks half, kam Sofie aus der Gästekammer.

»Habt ihr das Flugzeug heute Nacht auch gehört?«, erkundigte sie sich.

»Sogar gesehen«, präzisierte Clara. »ich war mit Rex draußen, da hat die Flak eine alliierte Maschine runtergeholt, die muss über dem Wald abgestürzt sein.«

In diesem Augenblick vernahmen sie von oben aus dem Schlafzimmer Alfreds Fluchen, der war beim Aufwachen noch immer fiebrig gewesen, wie seine Frau festgestellt hatte.

»Was ist denn los, Schätzle?«, fragte sie, als sie zu ihm gegangen war.

»Ich hab gestern im Delirium mein Fernglas auf dem Hochsitz liegen lassen«, war ihm eingefallen.

»Ich hol's dir gschwind«, schlug sie vor. »Auf welchem Stand war es denn genau?«

»Auf dem im Waldgebiet Lindenhalle«, stieß er hervor, da musste er auch schon wieder husten.

Kurz darauf nahm Clara erneut Rex an die Leine und machte sich mit dem Hund auf dem Weg zu dem genannten Forstareal.

Sie bekam eine leichte Gänsehaut, als ihr klar wurde, dass die Lindenhalle genau dort lag, wo sie in der Nacht den Flieger hatte verschwinden sehen. Wo war noch mal dieser Hochsitz? Genau jetzt hätte ihr das Fernglas geholfen, nach dem sie suchen sollte. Und tatsächlich, das Flugzeug hatte eine Schneise umgekippter Bäume hinterlassen.

Sie erschrak, als ihr plötzlich die vierzehnjährige Waldenbucherin Ursula Niebel entgegenkam.

»Er ist ganz weiß und lila«, wisperte sie verängstigt und rannte dann weiter in Richtung Ort. Ihr folgte ein knapp Zehnjähriger, der ebenfalls sehr aufgewühlt wirkte.

»Wer denn?«, rief Clara der jungen Ursula hinterher.

»Der tote Pilot«, hörte sie das Mädchen noch aus der Ferne.

Ein Schauer jagte der Fabrikantin über den Rücken, aber wie von unsichtbarer Hand geführt, ging sie weiter in jene Richtung, aus der die Kinder geflohen waren.

Und dann sah sie den toten Piloten. Er war mit dem Fallschirm zugedeckt. Nach kurzem Zögern hob Clara das Nylon etwas an und blickte in das Gesicht eines sehr jungen Mannes, das in der Tat weiß mit lila Tönen war. Beklommen deckte sie ihn wieder zu. Irgendwo würde bald jemand um ihn trauern, so wie sie um Fredi trauern würde, falls ihn ein solches Schicksal ereilte. Sie hörte Männerstimmen und ging in der Richtung weiter. Das Wrack lag mit der Schnauze zur Straße nach Weil im Schönbuch. Die Tragflächen schienen noch intakt zu sein, ansonsten waren nur noch Bruchstücke vorhanden, einer der Motoren und andere, kleinere Teile.

Überall waren Soldaten. Mitten unter ihnen entdeckte Clara eine bekannte Person in Zivil: Gottlob Fischer.

»Was machst du denn hier?«, fragte er.

»Ich wollte Alfreds Fernglas holen«, antwortete sie. »Das hat er gestern auf dem Hochsitz liegen lassen. War es nur ein Pilot?«

»Nein, das Ding war ein viermotoriger Lancaster-Bomber KB 770 NA-D der Royal Air Force, die Besatzung besteht aus insgesamt sieben Insassen aus England und Kanada«, berichtigte der ehemalige Bürgermeister. »Fünf haben wir tot geborgen.«

»Und die anderen beiden?«

»Sind schwer verletzt, leben aber«, sagte Gottlob Fischer. »Den Funker hat wohl ein Luftstrom aus dem Flugzeug gerissen, der ist mit dem Fallschirm auf einem Feld gelandet. Ein älteres Ehepaar hat ihn gefunden und erstversorgt. Er hat

Schrapnellwunden an Knie, Hand und Gesäß. Der zweite Überlebende ist ein Heckschütze namens Ossington. Der ist bei Nellingen in der Nähe vom dortigen Militärflughafen runtergekommen und hat sich am Knöchel verletzt. Beide werden jetzt im Reservelazarett in Esslingen behandelt.«

Schließlich ging Clara zum Hochsitz, wo sie der Versuchung widerstand, durch das Fernglas, das sich tatsächlich noch dort befand, zur Absturzstelle zu schauen. Sie hatte genug gesehen, sagte sie sich. So nah war der Luftkrieg ihrem idyllischen Waldenbuch bisher nicht gekommen!

Am Montag, dem 5. März 1945, bemalten Clara, ihre Schwiegertochter Martha und Sofie ausgeblasene Eier für den Osterschmuck. Immer mehr Menschen hofften heimlich darauf, dass man das Auferstehungsfest Anfang April bereits im Frieden feiern konnte, wenngleich natürlich als von den Gegnern besetzte Nation. Mit Ausnahme eines deutschen Brückenkopfes war mittlerweile das gesamte linksrheinische Staatsgebiet von Truppen der Westalliierten besetzt, und die Rote Armee stieß im Osten immer weiter vor.

Vor dem Wohnhaus ertönte ein Motorengeräusch. Zu Claras Überraschung kam das Automobil des vermissten Victor Markert vorgefahren, am Steuer saß seine Ziehmutter. Ihr Alter – Anna war mittlerweile neunundsechzig – war für sie offenbar kein Hindernis.

Clara öffnete ihr, und nach der herzlichen Begrüßung wollten die drei Bastlerinnen wissen, was Sofies einstige Haushälterin herführte.

»Ich bin auf dem Weg zu meiner Base in Tomerdingen, bei ihr werde ich erst mal einziehen müssen. Gestern haben sie um halb elf Cannstatt bombardiert, es gab fünfzig Tote und mehr als hundert Verletzte«, berichtete Anna. »Unser Haus liegt in Schutt und Asche, mein Victor hat keine Wohnung mehr, wenn er zurückkommt.«

»Oh nein«, sagte Clara mitleidsvoll.

»Und er hatte recht, dass die Wohnungen in der Schweiz auch nicht sicher waren«, ergänzte Sofie. »Am Samstag sind US-amerikanische Flugzeuge vom Kurs abgekommen und haben Zürich und Basel bombardiert – aus Versehen.«

»Ulm ist auch wieder angegriffen worden«, wusste Clara von einem Anruf einer früheren Gaissmaier-Kollegin.

In Waldenbuch hingegen war man nach dem Absturz Ende Januar wieder zur Tagesordnung übergegangen. Die Tanks des Bombers, die unversehrt geblieben waren, hatten mittlerweile Bauern aus dem Ort an sich genommen und zu Güllefässern umfunktioniert. Die fünf toten Piloten waren in Waldenbuch in einem Gemeinschaftsgrab bestattet worden. Über die Bergung des Flugzeugwracks durch die Wehrmacht hatte man wenig erfahren. In den lokalen Zeitungen wurde der Absturz totgeschwiegen.

Es klingelte erneut, diesmal rief Alfred Ritter den Frauen zu, dass er öffnen werde.

Schließlich kam er mit schockierter Miene in die Küche.

»Sie haben Fredi nach Wien gebracht. Er muss noch mal operiert werden – die übrigen Granatsplitter machen Ärger, der ganze Bauchraum ist schwer entzündet.«

Mit einem entsetzten Aufstöhnen ließ Clara ein Ei fallen, das sie gerade hatte ausblasen wollen, und es zerbrach auf den Küchenfliesen.

38. Kapitel

Immer wieder erhob sich Clara Ritter nervös vom Sofa und ging unruhig in der Wohnstube auf und ab wie ein Raubtier im Käfig. Vor vier Tagen war ein Telegramm aus Wien gekommen. Darin hatte gestanden, dass Fredi nach der Operation wieder so weit genesen sei, dass man ihn abholen könne. Der Lazarettarzt hatte zur Eile gedrängt, da die Rote Armee sich Österreichs ehemaliger Hauptstadt mittlerweile bedrohlich näherte.

Weil inzwischen auch der jüngere Ersatzmann für Chauffeur Gustel Belge eingezogen worden war und Alfred senior an einer schmerzhaften Nierenbeckenentzündung litt, hatte sich dessen jüngster Bruder Adolf Ritter freiwillig zur Verfügung gestellt, die gewiss nicht ungefährliche Reise ins über sechshundert Kilometer entfernte Wien mit dem Automobil der Familie zurückzulegen. Fredis Ehefrau Martha hatte darauf bestanden, den Onkel ihres Mannes zu begleiten. Und so waren sie am Donnerstag nach Ostern losgefahren. Inzwischen war es Sonntag, und Clara beunruhigte es zutiefst, dass noch kein Lebenszeichen der drei zu ihnen nach Waldenbuch durchgedrungen war.

Dann endlich hörte sie das ersehnte Motorengeräusch, eilte zum Wohnzimmerfenster und sah das Automobil heranfahren. Ja, wirklich, das war *ihr* Volkswagen!

Sie hielt den Atem an, und ihre Knie drohten nachzugeben, als sie gebannt hinausstarrte, um zu sehen, wer dem Fahrzeug entstieg.

Ihr Schwager Adolf Ritter schälte sich aus dem Auto, gefolgt von Beifahrerin Martha – und Fredi!

Clara wollte den Namen ihres Sohnes rufen, brachte aber wie in einem Traum keinen Ton heraus. Sie rannte aus dem Haus, um Fredi entgegenzustürzen. Tränen rannen ihr übers Gesicht, als sie fassungslos vor Glück vor ihm stand. Wegen seiner noch frischen Bauchschnitte wagte sie nicht, ihn zu umarmen. Daher beugte er sich langsam vor, um seine Mutter liebevoll auf die Wange zu küssen. Schnelle Bewegungen schienen ihm in der Tat noch Schmerzen zu bereiten.

»Tut es noch sehr weh?«

»Nur, wenn ich lache«, antwortete er und bewies, dass die neuerliche Operation seinem Humor nichts anhaben konnte.

Nun kam im Morgenmantel auch Alfred Ritter senior aus dem Haus – seiner Erkrankung zum Trotz. Vater und Sohn war anzumerken, dass sie beide noch Schmerzen plagten. Aber auch, wie erleichtert sie waren, einander wiedersehen zu dürfen.

»Des isch gut, Bub«, sagte Alfred und legte Fredi die Hand auf die Schulter.

Dessen Appetit schien trotz der Schnitte am Bauch sehr gesund zu sein. Als er kurz darauf mit Ehefrau Martha und seinem Onkel Adolf am Esstisch saß und es sich bei Kartoffelsalat mit Würstchen gut gehen ließ, nahm er dreimal Nachschlag.

»Das war ganz schön knapp!«, erzählte Martha. »Wir waren gerade aus Wien raus, da stand der Russe schon vor der Stadtgrenze.«

»Ich bin froh, dass ich das Kriegsende zu Hause erleben darf«, resümierte Fredi.

»Ich auch«, sagten Clara, Alfred, Adolf, Klärle und Sofie wie aus einem Mund.

»Sind denn jetzt alle Splitter draußen?«, hakte Klärle nach.

Fredi lächelte freudlos. »Einige sind noch drin, die werden mir wohl ein Leben lang als Souvenir bleiben.«

In den folgenden Wochen »mästeten« Clara, Martha und Klärle Fredi regelrecht. Sie hatten es sich zur Aufgabe gemacht, dass er trotz der allgemeinen Mangellage sein früheres Gewicht zurückbekam, und er wurde entsprechend aufgepäppelt. Fredi, der das Ganze sehr genoss, hatte ziemlich viel Glück gehabt: Am 13. April war Wien vollständig von den sowjetischen Truppen eingenommen worden.

Als Clara am Mittwoch, dem 2. Mai 1945, das Geschäft des Kolonialwarenhändlers Wilhelm Binder betrat, erhaschte sie einen Blick in das Hinterzimmer. Dort erhob sich der grauhaarige Händler soeben von einem Tisch mit Spielkarten und zwei Weingläsern, an dem ein dunkelhäutiger französischer Offizier saß. Dieser nickte ihr freundlich lächelnd zu.

»*Je reviens tout de suite, mon ami*«, erklärte ihm Binder. »*Maintenant, je m'occupe brièvement d'une chère cliente régulière.*«

In mehreren Waldenbucher Häusern waren französische Offiziere einquartiert worden. Aber der Kolonialwarenhändler war wohl am besten geeignet als Gastgeber, da er zeitweise in der Fremdenlegion in Sidi Bel Abbès in Algerien gedient hatte und seither fließend Französisch sprach.

»Das ist Hauptmann de Leyris vom Dritten Tabor Marocain«, erklärte er. »Ein verdammt höflicher und angenehmer Mensch.«

»Das merkt man gleich«, meinte Clara.

»Leider ist das heute schon sein letzter Tag bei mir, er wird versetzt. Was kann ich denn für dich tun?«, fragte Binder Clara, der wie sie Mitte sechzig war. »Isst dein Bub weiter anständig?«

»Oh ja, dafür sorgen wir Frauen schon. Hast denn heute was Schönes neikriegt?«

Er lächelte verheißungsvoll. »Rhabarber, Erdbeeren und Spargel sind schon da. Und vorhin hab ich einen Schinken bekommen.«

Clara strahlte. Da würde Fredi aber begeistert sein!

Zu Hause gab es eine weitere freudige Überraschung.

»Der Postbote hat einen Brief von Tante Beata gebracht«, verkündete Klärle gleich, als Clara die Haustür öffnete.

»Oh, das ist der erste seit Kriegsausbruch«, staunte sie.

Ihre Schwester schien also davon auszugehen, dass die Nazis für Zensur nicht mehr die Muße hatten. Angesichts der vielen Zerstörungen und Besetzungen durch die Alliierten fand Clara es umso erstaunlicher, dass Beatas Schreiben durchgekommen war.

Heiligenbronn, den 26. April 1945

Liebes Schwesterchen,
mein erster Brief seit fast sechs Jahren! Die Welt ist nun eine andere. Ich bin mir sicher, dass die Wahrheit nicht länger unterdrückt werden wird. Bis gestern war ich bei unserer Amalie in Tomerdingen. Es ist schön, zu sehen, dass sie unseren alten Hof aufrechterhält – ohne Mann und ohne unsere Mutter. Ausgerechnet Amalie, die als Backfisch nur ihre Tagebücher

im Kopf hatte und von Empfängen und der großen weiten Welt geträumt hat.

Als ich auf dem Rückweg zum Kloster durch Dornstadt gekommen bin, habe ich etwas sehr Trauriges gesehen. Ein Trupp von etwa vierzig Männern in Sträflingskleidung ging zu Fuß durch den Ort, das müssen KZ-Häftlinge gewesen sein. Die Gruppe kam aus Richtung Bollingen und schob auf einem Handkarren zwei Häftlinge, denen ging es so schlecht … Du kannst es Dir nicht vorstellen: Sie waren derart ausgehungert, dass sie fast wie wandelnde Skelette aussahen, und in ihren Gesichtern konnte man ablesen, was sie Schreckliches durchgemacht haben mussten. Der Trupp hat dann in einer Feldscheune an der Reichsstraße 10 übernachtet. Am nächsten Morgen haben sie zwei leblose Körper auf einem Handwagen in den Oberen Forst gebracht, wo man sie beerdigt hat. Die armen Männer sind dann in östlicher Richtung weitergezogen. Ich musste noch viel über sie nachdenken. Wahrscheinlich waren sie zu schwach für die Arbeit und sind deshalb aus dem Lager weggeschickt worden. Oder es war schon aufgelöst, die amerikanischen Truppen rückten ja schon von Bermaringen und Bollingen an. Vorgestern sind sie dann in Dornstadt einmarschiert. Zum Glück behandeln sie die Bevölkerung gut, das lässt hoffen!

Meine liebe Clara, ich hoffe, es geht euch allen gut, ich bete für euch.

Deine Beata

Clara wusste von Bürgermeister a. D. Fischer, dass es bei der Räumung der im Osten gelegenen Lager häufig zu Massakern gekommen war, an denen sich auch Zivilisten wie Ortsansässige und der Volkssturm beteiligt hatten. Im Westen seien diese Gräueltaten weitgehend ausgeblieben. Im Gegenteil, hier helfe die Bevölkerung teilweise bei der Verpflegung. Clara hoffte, dass dies der Wahrheit entsprach.

»Hier ist Radio Stuttgart, ein Sender der Militärregierung. Wir senden täglich von 11 Uhr 30 bis 14 Uhr und von 18 Uhr 30 bis 22 Uhr auf der Wellenlänge 523 Meter.«

Clara, Sofie, Martha und Alfred lauschten am Montag, dem 4. Juni 1945, gespannt dem Volksempfänger im Wohnzimmer des Fabrikantenhauses. Am 5. April war kurz vor Mitternacht die letzte Durchsage des Reichssenders Stuttgart aus Bad Mergentheim erfolgt, bevor die Übertragungen eingestellt und die Hörer auf andere Frequenzen verwiesen worden waren. Und nun ging unter der Ägide der Amerikaner also endlich wieder ein Programm aus Stuttgart über den Äther.

»Da unten im Stuttgarter Kessel ist alles so zerbombt, die senden erst mal noch aus einem Studiowagen der US-Armee in der Neckarstraße«, hatte Sofie erfahren. »Das haben sie mir gestern beim Roten Kreuz erzählt.«

»Warst du da denn erfolgreich?«, erkundigte sich Martha.

Sofie hatte furchtbare Sehnsucht nach ihrem großen jüdischen Mitarbeiter- und Freundeskreis gehabt, doch der war ja wegen der Nazis in alle Welt verstreut worden: USA, England, Südamerika, Palästina, Australien … Martha war von einer Freundin zugetragen worden, dass Juden ihre Verwandten im Ausland erfolgreich über das Rote Kreuz erreichten, und sie hatte der Mannheimer-Witwe geraten, es doch auch einmal auf diesem Weg zu versuchen.

»Die Leute beim Roten Kreuz haben mir Mut gemacht, deine Idee war ganz wunderbar«, antwortete Sofie lächelnd. »Von ihnen weiß ich genau, wie ich die Briefe adressieren soll. Ich war auch bei Falk Adler drüben. Herr Gottschick geht davon aus, dass ich die Firma eines Tages zurückbekommen könnte.«

»Das wäre nur gerecht«, meinte Martha.

In diesem Augenblick klingelte es an der Wohnungstür. »Ich geh!«, rief vom Flur aus Alfred senior.

Clara erkannte die Stimme von Gottlob Fischer, dem einstigen Gemeindevorsteher.

Sie erhob sich vom Sofa und ging in die Diele, um ihn ebenfalls zu begrüßen.

»Die Amis wollen, dass du kommissarischer Bürgermeister von Waldenbuch wirst!«, kam Fischer direkt zur Sache.

Alfred senior starrte seinen Freund verdutzt an. »Wieso denn ich? Du hasch doch viel mehr Erfahrung!«

»Schon, aber ich bin doch damals der NSDAP beigetreten, damit ich auswandern durfte«, erinnerte ihn Fischer zerknirscht. »Ging ja nicht anders. Die Besatzungsbehörden wollen logischerweise jemand, der nicht in der Saubande Mitglied war. Aber ich steh dir natürlich mit Rat und Tat zur Seite.«

»Das ist doch eine Ehre, Alfredle!«, rief Sofie, die als Einzige hellauf begeistert von der Ankündigung war.

Clara hingegen sorgte sich darum, dass eine solche Tätigkeit zu viel für ihren in letzter Zeit oft kränklichen Ehemann sein könnte.

Am Samstag, dem 1. September 1946, saß Clara am Küchentisch, um ihrer Schwester einen ausführlicheren Brief zu schreiben, in jüngerer Zeit hatte sie nur Postkarten verschickt. Sie freute sich für Beata, dass der Nazi-Spuk vorüber war und die Nonnen wieder helfen konnten. Nach 1945 waren in Heiligenbronn französische Kinder einquartiert worden.

Beim Rückzug der Wehrmacht aufgrund der vorrückenden alliierten Truppen hatten die deutschen Soldaten laut Beata im Klostervorhof einen mit Granaten vollgestopften, fahruntüchtig gemachten Panzer hinterlassen – als Provokation. Nach dem Krieg hatte der Deißlinger Schrotthändler Erwin Christian Schuler unter höchster Lebensgefahr die Granaten entfernt und den Panzer zerlegt und entsorgt.

Wir sind der Gnadenmutter dankbar, dass durch ihren mächtigen Schutz Heiligtum und Heimat die Kriegsjahre unbeschadet überstanden haben. Unsere Weihe an ihr unbeflecktes Herz vom 17. Oktober 1943 blieb also nicht ohne Antwort, hatte sie ihren zweiten Brief nach Kriegsende im Juli vor einem Jahr beendet.

Nun begann Clara zu schreiben:

Waldenbuch, Samstag, den 1. September 1946

Liebe Beata,
ich möchte Dir nun gern all das ausführlich mitteilen, was ich in den knappen Ostergrüßen und der Geburtstagskarte im Mai nur andeuten konnte.

Vorab: Dein Schwager ist nicht länger Bürgermeister! Wegen Unstimmigkeiten mit dem Landrat über die Mithilfe unseres Freundes Gottlob Fischer sowie aus gesundheitlichen Gründen hat Alfred sein Amt im Februar dieses Jahres wieder abgegeben. Wir wissen nun endlich, warum es ihm immer wieder so schlecht ging. Sein extremer Durst, unter dem er in letzter Zeit litt, hat eine traurige Ursache: Er hat

Zucker und muss täglich Insulin spritzen. Zum Glück gibt es jetzt so eine Behandlung, seinem Vater sind ja damals wegen dieser Krankheit beide Füße abgestorben ... Also ist Alfred zurückgetreten. Dabei war er mit der Unterbringung der vielen Zuwanderer schon gut vorangekommen. Durch seine Tätigkeit weiß er nun natürlich, wie viele Menschenleben dieser schlimme Krieg unser Waldenbuch gekostet hat: 166 Gefallene und Vermisste! Nach Alfreds Rücktritt hat der Gemeinderat zunächst Gottlob zum Amtsverweser bestimmt, diese Wahl hat die amerikanische Militärregierung aber abgelehnt. Das führte dazu, dass Herbert Stehli, ein ehemaliger Hauptmann der Wehrmacht, als neuer Bürgermeister gewählt wurde. Die Amerikaner hatten laut eigenen Angaben nichts gegen einen Offizier einzuwenden, als solcher sei er ja gewohnt, Befehle auszuführen! Auch Fredis guter Freund, der Lämmerwirt Karl Müller, hat sich nach zwölf Jahren verordneten Schweigens, Unterdrückung und Ausschluss aus der Gemeinde gleich wieder zur Verfügung gestellt. Sein Ruf ist so gut, dass er von den Amerikanern in den Entnazifizierungsausschuss bestellt wurde. Und sein Gasthof Lamm ist wieder zum Treffpunkt der Sozialdemokraten geworden.

Sofie hat viele ihrer jüdischen Freunde in aller Welt über das Rote Kreuz erreicht. In Zukunft werden solche Kontakte noch einfacher: Der Alliierte Kontrollrat in Berlin hat den privaten Briefverkehr zwischen den Zonen und mit dem Ausland freigegeben.

Nach dem Ende seiner Bürgermeisterzeit will Alfred den Süßwarenbetrieb wieder aufnehmen. Fredi und ich sind ganz aus dem Häuschen, aber einfach ist es natürlich nicht. Unsere Schokoladenfabrik und ihre Maschinen sind zwar von Kriegsschäden verschont geblieben, aber das Hauptproblem ist jetzt dasselbe wie vor dem Krieg: Rohstoffknappheit. Zucker wird rationiert, und Kakao ist zwar wieder erlaubt, aber schlichtweg nicht verfügbar. Tauschhandel zwischen Unternehmen ist an der Tagesordnung. Einige Großhändler, die unsere Kunden waren, tauschen jetzt Zucker gegen fertige Süßwaren. Wir haben erst mal sechs Personen als Belegschaft und stellen unkandierten Fondant, Mohnpackungen und Nährstangen her – das sind Riegel aus Sojamehl und Brösel von Knäckebrotbruch und Semmeln, hauptsächlich als Vesper für die Schule. Verpackungsmaterial ist nur über Papiergutscheine zu beziehen, es reicht hinten und vorn nicht. Deshalb muss die Kundschaft ihre eigenen Tüten und Taschen mitbringen, wenn sie bei uns einkaufen. Da die Geschäfte erst ganz langsam wieder losgehen und die AEG ja schon länger ausgezogen ist, vermieten wir ab heute einen Teil der Räumlichkeiten an die Zahnpastafirma Philipp Ries und Doktor von Berg.

Liebe Beata, bete doch bitte mit deinen Schwestern im Kloster für die Seele unserer Jósephe. Manchmal sind die Wege des Herrn so schwer zu verstehen. Warum musste er sie im März zu sich holen, mit gerade mal sechsundfünfzig Jahren? Ich vermisse sie so sehr, und wie leid müssen einem erst ihr Ludwig und die drei Kinder tun! Bei der Beerdigung in Stuttgart hat mir ihr trauriger Anblick das Herz gebrochen.

Die Besatzungsmacht hat den Verkauf von Kohle und anderem Heizmaterial untersagt, das wird sicher ein schwieriger Winter. Ich hoffe, Du und Deine Mitschwestern werdet nicht frieren müssen.

Die besten Wünsche von Deiner

Clara.

Sie hatte gerade die letzte Zeile geschrieben, da kamen Fredi und seine Frau Martha vom Spaziergang mit Schäferhund Rex zurück.

»Soll ich euch was zu essen ma…«, setzte Clara gerade an zu fragen, da sah sie draußen einen Kastenwagen des französischen Militärs vorfahren. »Was wollen die denn hier?«

Ein älterer Hauptmann entstieg mit grimmiger Miene dem Fahrzeug. Zwei Soldaten mit gezückten Maschinengewehren taten es ihm gleich, und da sie ihrerseits einen Schäferhund dabeihatten, begann Rex augenblicklich zu bellen.

»Ich frage, was die wollen«, kündigte Clara an. »Ruhig jetzt, Rex!«

»Ist der Unteroffizier Alfred Otto Ritter anwesend?«, schnauzte der Hauptmann in gestelztem Deutsch.

Ehe Clara antworten konnte, traten hinter ihr Martha und Fredi aus dem Haus.

»Der bin ich, womit kann ich Ihnen dienen?«

»Herr Ritter, wir verhaften Sie wegen Verbrechen besonderer Schwere gegen das französische Volk.«

Mutter und Ehefrau des Beschuldigten konnten nicht fassen, was der Capitaine gesagt hatte. Ungläubig, entsetzt und hilflos wurden sie nun Zeuge, wie Fredi in das Fahrzeug gezerrt wurde, das daraufhin davonfuhr.

Clara und Martha sahen ihm unter Tränen nach.

39. Kapitel

Seit Sofie Mannheimer das Haus und die eigene Wohnung in der Kegelenstraße zurückbekommen hatte, besuchte sie die Ritters in Waldenbuch nur noch ein- bis zweimal im Monat. Zu viele Behördengänge waren zu erledigen, zu viele Briefe zu beantworten, denn sie kämpfte unermüdlich darum, den Kontakt zu ihrem gesamten Freundeskreis aufrechtzuerhalten – und um die Zukunft der Firma Falk Adler.

Am 29. Juli 1946 war die erste Stuttgarter Spruchkammer zur Entnazifizierung eröffnet worden, deren Aufgabe darin bestand, Betroffene in fünf Kategorien zwischen »hauptschuldig« und »entlastet« einzustufen. Sofie hatte den jüdischen Notar Dr. Benno Ostertag in seinem Amtszimmer in der Charlottenstr. 15 A besucht, der sich auf Wiedergutmachungsfragen spezialisiert hatte. Er war nach eigenen Angaben zuversichtlich, dass der im Rahmen der Arisierung aufgezwungene Haupteigner ihrer Schrott- und Eisenfirma nach seiner Kategorisierung durch die Spruchkammer aus der Firma gedrängt werden konnte. Statt seiner würde dort gewiss bald wieder Sofie in der Geschäftsführung mitwirken, an der Seite des loyalen Gustav Gottschick. Sie fand, dass sie dies ihrem verstorbenen Hermann schuldig war. Mittlerweile hatte sie dessen gesamte Familie im Ausland erreicht, darunter auch seinen Bruder Heinrich, der inzwischen in New Jersey lebte und sich Henry nannte. Er hatte ihr versprochen, zur Klärung der wahren Besitzverhältnisse nach Stuttgart zu kommen, sobald es möglich war.

Es war Sofie eine enorme Stütze, dass Anna Markert sich bereit erklärt hatte, trotz ihres fortgeschrittenen Alters wieder als Haushälterin in die Kegelenstraße einzuziehen. Mittlerweile hatte sie erfahren, dass ihr Ziehsohn Victor sich wie weitere gut sechstausend Stuttgarter in russischer Gefangenschaft befand, daher kam ihr jede Ablenkung sehr gelegen. Sofie hatte gelesen: Von 7209 Kriegsgefangenen, die noch nicht in die Stadt zurückgekehrt waren, befanden sich fast die Hälfte in der Sowjetunion.

Am heutigen 10. Juli 1947 war Sofie mit dem Falk-Adler-Firmenwagen in der größtenteils zerstörten Stuttgarter Innenstadt unterwegs gewesen, um einige Behördengänge zu erledigen. Schließlich ging sie zu ihrem Automobil zurück, das sie am ehemaligen Hindenburgplatz geparkt hatte, der nun wieder schlicht Bahnhofsplatz hieß – wie vor der Machtübernahme Hitlers. Vor einem Jahr waren auf Beschluss des Gemeinderats alle Straßennamen, die an Krieg, Militär oder koloniale Bestrebungen erinnerten, umbenannt worden.

Als sie eine Männerstimme plötzlich »Tante Sofie« rufen hörte, erstarrte sie. Das war doch …

»Fredi!« Sie schrie seinen Namen vor Freude, als sie sich umgedreht hatte und den in abgetragener Kleidung aus Richtung Bahnhof kommenden Sohn ihrer besten Freundin Clara erblickte. »Bub, weiß deine Mutter, dass du zurück bist?«, fragte sie den mittlerweile Zweiunddreißigjährigen, nachdem sie ihm um den Hals gefallen war.

»Nein, der Milchwagen hat mich gerade erst hier abgesetzt«, berichtete er. »Er hatte mich von Karlsruhe mitgenommen.«

»Wie ist es dir ergangen, um Gottes willen? Gottlob Fischer hat herausbekommen, dass man dich in ein Gefangenlager in die Normandie gebracht hat?«

»Das ist richtig. Ich war in Erquy in der Region Bretagne im Nordwesten von Frankreich.«

»Dünn bist du geworden, haben dir die Franzosen genug zu essen gegeben?«, fragte Sofie.

Er schüttelte den Kopf. »Anfangs nicht. Einige Kameraden sind verhungert, vor allem Raucher, die haben ihre kargen Essensrationen nämlich zu oft gegen Zigaretten eingetauscht.«

»Wie furchtbar. Soll ich dich heimfahren? Dann kannst du mir alles in Ruhe erzählen«, schlug sie ihm vor.

Dieses Angebot nahm Fredi gern an, und unterwegs berichtete er von den zehn Monaten in Erquy.

»Du weißt ja noch, wie gern ich früher im Cannstatter Mineralbad Leuze und Berg schwimmen war«, begann er.

»Aber natürlich«, entgegnete Sofie wehmütig. Damals hatte ihr Hermann noch gelebt.

»Erquy liegt an der Atlantikküste. Es war echt eine Qual, das Meeresrauschen zu hören und in den Baracken eingesperrt zu sein, anstatt schwimmen zu gehen. Am schlimmsten war es bei Nacht. Meine Mitgefangenen und ich haben anfangs keine Kerzen bekommen, deshalb haben wir im Dunkeln Schach gespielt, uns die Züge zugeflüstert. Erst nach einer Weile hat das Rote Kreuz dafür gesorgt, dass wir mehr zu essen bekommen haben – außerdem Papier, Schreibmaterial und Kerzen. Wir durften uns gegenseitig unterrichten. Es gab einen Musiklehrer, und ich selbst habe meinen Leidensgenossen Betriebswirtschaftslehre beigebracht. Dafür habe ich von einem anderen Gefangenen den Obstbaumschnitt gelernt.« Er holte zwei Holzfiguren aus seiner Tasche – eine Madonna und einen Ziehharmonikaspieler. »Die hab ich aus Bettfüßen geschnitzt.

Irgendwo in der Tasche sind noch zwei. Wie geht es denn den Eltern?«

»Dein Vater kämpft weiter tapfer gegen seinen Zucker, ansonsten geht es allen gut«, antwortete Sofie. »Eure Firma arbeitet erst mal mit nur sechs Arbeitskräften. Es ist also kein reines Vergnügen. Es gibt noch keine neue Währung, deshalb ist kaum jemand zum Arbeiten zu bewegen, jedenfalls nicht für Geld. Und Kakao gibt es immer noch nicht.«

»Was hast du denn in Stuttgart unten gemacht?«, erkundigte Fredi sich nun.

»Ich war beim Notar. Unser Haus in Cannstatt habe ich wieder, zum Glück ist es nicht den Bomben zum Opfer gefallen. Jetzt kämpfe ich um die Firma. Meine alte treue Anna ist auch wieder bei mir. So schön es bei deiner Familie war, so sehr freue ich mich jetzt nach der langen Zeit doch über meine eigenen vier Wände«, gab Sofie zu.

Der letzte schwere Winter unter dem nicht beheizbaren Dach war hart gewesen. Der Rat der Ministerpräsidenten der Länder hatte zwar schon im September von der Militärregierung die zusätzliche Bereitstellung von Brennstoff gefordert – um schwere wirtschaftliche und gesundheitliche Schäden für die deutsche Bevölkerung zu vermeiden. Aber es hatte trotzdem nicht genug gegeben, viele Menschen waren erfroren.

Schließlich hatten sie das malerische Siebenmühlental passiert und erreichten Waldenbuch. Fredi war sichtlich bewegt, nach der neuerlichen zehnmonatigen Abwesenheit seine Heimatstadt endlich wiederzusehen.

»Hoffentlich ist es diesmal für immer«, hörte Sofie ihn murmeln.

»Die Alliierten werden keinen neuen Hitler zulassen«, gab sie sich überzeugt.

»Habt ihr was von Victor gehört?«, fragte Fredi.

Sofie schüttelte den Kopf. »Er ist in Gefangenschaft geraten, Anna und Elise konnten nicht in Erfahrung bringen, wo genau. Das Rote Kreuz sucht aber weiter.«

Plötzlich erblickte er auf dem Gehsteig Martha mit Rex an der Leine. »Halt an, Tante Sofie!«, rief er aufgeregt.

Sie kam seiner Bitte nach und beobachtete dann mit einem zufriedenen Lächeln, wie der Sohn ihrer besten Freundin ausstieg, seiner Frau in die Arme fiel und sie leidenschaftlich küsste, während Rex schwanzwedelnd an ihnen hinaufsprang. Daraufhin bemerkte Sofie ein wenig beunruhigt Klärles einstigen Verehrer Horst Schneckle, der das Paar von der Tür der Metzgerei aus beobachtete. Dem dunkelhaarigen Kerl war deutlich anzumerken, dass er wenig begeistert über Fredis glückliche Heimkehr schien.

»Und ich bleibe dabei: Das Boot ist voll!«

Klärle, Claras mittlerweile zweiundzwanzigjährige Nichte, machte ihrem Unmut darüber Luft, dass ihr Onkel Alfred sich bereit erklärt hatte, fünf Erwachsene und zwei Kinder in den zweieinhalb Zimmern unterm Dach des ritterschen Fabrikantenhauses aufzunehmen, in denen im Krieg Sofie Mannheimer Unterschlupf gefunden hatte.

Seit einem Jahr kamen in stetem Strom zahlreiche Aussiedler nach Waldenbuch, die aus ihren Heimatorten in der Tschechoslowakei, in Rumänien, Jugoslawien sowie den deutschen Ostgebieten vertrieben worden waren. Durch sie war die Wohnungsnot in der Gemeinde im Aichtal immer größer geworden. Die Aufnahme der Geflohenen und Vertriebenen war für eine Stadt mit nur etwas über eintausend Haushalten eine schier unlösbare Aufgabe. Neuankömmlinge waren im Schloss, in der alten Turnhalle sowie in den Gasthäusern Post, Linde, Krone und auch Lamm untergekommen.

»Ich habe diesen Herrn Ernst Wolf schon kennengelernt. Er zieht seine zwei Kinder allein groß, ist früh Witwer geworden«, setzte Clara ihrer Nichte auseinander. »Er war in seiner Heimat Geschäftsführer, er hat gleich angeboten, mir bei der Buchhaltung zu helfen. Er sei auch ein Steuerfachmann, sagt er.«

»Und Herrn Wolfs Schwager Nikolaus Stolterfoth war früher sogar selbst Schokoladenfabrikant. Mit ihm konnte ich mich gleich blendend unterhalten«, stimmte Alfred seiner Frau zu.

»Na ja, nett sind die Flüchtlinge ja zum Teil wirklich«, räumte Klärle schließlich ein. »Ich hab neulich beim Metzger die Mitzi Wagner kennengelernt, ein siebzehnjähriges Mädle aus Neudorf in Südböhmen. Ihre Familie ist in dem Fachwerkhaus über dem Eiskeller vom Gasthaus Lamm zwangseinquartiert. Die wohnen zu zehnt in dem einen großen Raum mit einer Küchenecke. Die Toilette ist außerhalb. Aber sie sind froh, dass sie davongekommen sind.«

»Was riecht denn hier so komisch?«, fragte Clara plötzlich schnuppernd. »Hast du was auf dem Herd vergessen?«

»Nein, das kommt von draußen«, meinte Klärle. Sie stürzte zum Fenster. »Da kommt Rauch aus dem Lagerhaus. Ich glaube, es brennt!«

Durch seine Diabetes- und Nierenerkrankung waren Alfred seniors Beine oft wund und er schlecht zu Fuß. Seine junge Nichte eilte jedoch nach draußen, gefolgt von ihrer noch rüstigen Tante.

Techniker Keiluweit kam hustend aus dem brennenden Lagergebäude.

»Ist da noch jemand drin?«, schrie Clara aufgebracht.

»Nur noch die kleine Hündin«, rief der Tüftler. »Ich konnte sie nicht finden, vielleicht ist sie auch schon rausgeschlüpft. Jetzt ist es aber zu heiß und stickig dadrin, ich muss die Feuerwehr rufen.« Mit diesen Worten rannte er in Richtung des großen Fabrikgebäudes.

»Man kann die kleine Gina doch nicht verbrennen lassen«, schrie Klärle außer sich. Trotz der Flammen, die aus den geplatzten Fenstern schlugen, stürzte sich die junge Frau in das Inferno, um die Hündin zu retten.

»Bleib hier, um Himmels willen!«, schrie Clara vergeblich.

Was sollte sie nur tun? Bis zum Eintreffen der Feuerwehr würde es viel zu lange dauern. Durch die jahrelangen Warnungen ihrer Mutter wegen des einstigen Dorfbrandes von Tomerdingen hatte Clara panische Angst vor Feuer. Dennoch nahm sie schließlich all ihren Mut zusammen und folgte ihrer Nichte in das Flammenmeer.

Als sie in das Lager eindrang, konnte sie kaum etwas sehen, da der Rauch so dicht war und in den Augen brannte.

»Klärle!«, schrie sie, so laut sie konnte.

Statt einer Antwort ihrer Nichte hörte die Fabrikantin das Kläffen des Hundes und folgte dem Geräusch. Schließlich fand sie die kleine Hündin, die sich unter einem Regal versteckt hatte. Clara packte das Tier. Da krachte es über ihr – und sie nahm im letzten Augenblick wahr, dass die brennende Decke auf sie zustürzte.

40. Kapitel

Sofie Mannheimer zog sich ihren wärmsten Wintermantel an.

»Gehst du in die Firma?«, erkundigte sich ihre Haushälterin Anna Markert, die ihr heute ein wenig melancholisch vorkam.

»Nein, ich treffe mich mit Claras Schwester Beata auf dem Waldenbucher Friedhof«, erklärte Sofie. »Sie hat es ja damals nicht auf die Beerdigung geschafft, deshalb wollte sie jetzt ans Grab. Und ich möchte sie unbedingt mal unter vier Augen sprechen. Aber sag mal, Annale, du wirkst heute sehr, sehr traurig. Ist was passiert?«

Die Haushälterin nickte. »Meine Schwiegertochter Elise war gestern bei mir. Sie hat mir gestanden, dass sich ein sechs Jahre jüngerer Landrat aus Waldenbuch in sie verliebt hat.«

»Oh«, kam es von Sofie. Elise konnte sie sich gar nicht an der Seite eines anderen Mannes als an der von Victor Markert vorstellen.

»Sie möchte diesem Herrn eine Chance geben und hat sich sozusagen meine Absolution geholt. Ich gönne ihr ein neues Glück wirklich von Herzen. Wir haben jetzt ja fast zehn Jahre lang kein Lebenszeichen von Victor bekommen«, sagte Anna traurig. »Die Hoffnung, ihn lebend wiederzusehen, liegt wohl bei null.«

»Die Ungewissheit macht alles noch schlimmer«, meinte Sofie ernst.

»Ja, deswegen bin ich auch fast froh, dass sich zumindest Elise daraus befreit und noch mal ein neues Glück wagt«, räumte Anna ein. »Sie geht ja auch schon stramm auf die sechzig zu.«

»Das stimmt, die Zeit fliegt«, bestätigte Sofie. »Wann wolltest du denn heute einkaufen?«

»Ich denke, so gegen fünfe«, meinte Anna. »Ich bin wohl noch eine Weile mit den Gardinen beschäftigt.«

»Bis dahin könnte ich wieder da sein. Dann begleite ich dich, zu zweit macht es doch mehr Spaß, da kann man schwätzen.«

»Ich tät mich freuen«, sagte Anna lächelnd. »Und grüß mir die Beata ganz herzlich.«

»Schade, dass wir uns erst durch so einen ernsten Anlass näher kennenlernen«, meinte Beata, als sie mit Sofie Mannheimer über den verschneiten Friedhof Waldenbuchs spazierte.

Die Schrotthändlerin nickte. »Stimmt, es musste wohl erst etwas Schlimmes bei unserer Clara passieren. Das schweißt zusammen. Im Arbeitsalltag nimmt man sich oft viel zu wenig Zeit für liebe Menschen.«

»Du hast deine Firma inzwischen wieder ganz zurück?«, vergewisserte sich Beata.

»Ja, im März neunundvierzig haben Hermanns Bruder Heinrich und ich den Betrieb neu gegründet, er heißt jetzt Falk Adler Nutzeisen- und Schrottgesellschaft mbH«, bestätigte Sofie. »Heinrich ist damals extra aus New Jersey angereist. In den letzten drei Jahren ist das Unternehmen wieder richtig aufgeblüht, auch dank meines treuen Gottschicks.«

»Gott sei Dank wird jetzt zumindest ein wenig der Gerechtigkeit Genüge getan«, meinte Beata.

»Ja, das ist gut«, stimmte Sofie zu.

Zum Glück war im Juni 1948 in den drei westlichen Sektoren die D-Mark eingeführt worden. Nur mit der neuen Währung hatten Sofie und ihr Schwager ernsthaft und mit Erfolg neu anfangen können.

»Ich bin auch froh, dass es jetzt das neue Grundgesetz gibt und damit solche Enteignungen künftig unmöglich sind.«

»Das bin ich auch«, erklärte Beata. »Nie wieder darf irgendwer Behinderten oder anderen Minderheiten wehtun.«

»Unser schwäbischer Landsmann Theodor Heuss hat die neue Verfassung ja wesentlich mitgeprägt. Den Herrn Präsident kenn ich persönlich«, sagte Sofie stolz. »Er hat auch ein Theaterabonnement in Schduergerd und sitzt oft hinter mir.«

Schließlich waren die beiden Frauen am Grab der Ritters angekommen. Die Beerdigung lag nun bereits zwei Jahre und acht Monate zurück, die Ruhestätte war völlig von Schnee bedeckt.

Beata legte einen Strauß weißer Christrosen ab, den sie mitgebracht hatte. »Verzeih mir, dass ich es nicht zu deinem Begräbnis geschafft habe.«

»Clara war damals schon vor der Katastrophe so nervös – als ob sie gespürt hat, dass es bald mit ihm zu Ende geht«, erinnerte sich Sofie traurig. »Vor zwei Jahren ist in der Woche vor Ostern Alfreds Taschenuhr plötzlich stehen geblieben, und man konnte sie auch nicht mehr aufziehen. Clara war damals etwas abergläubisch und wollte sie möglichst schnell reparieren lassen. Vor 1950 gab es in Waldenbuch keinen Uhrmacher, man musste entweder nach Tübingen oder Stuttgart fahren, um eine Uhr zu kaufen oder reparieren zu lassen. Dann hat ein Heimatvertriebener aus Vaskút in Ungarn in der Tübinger

Straße 5 einen Uhrenladen eröffnet, Georg Dobler hieß der. Aber als Clara ihn im April 1952 aufsuchen wollte, hatte er sein Geschäft schon wieder aufgegeben und war in die USA ausgewandert. Tja, und vier Tage vor Ostern ist dann wirklich auch Alfreds Lebensuhr stehen geblieben, am 8. April 1952 ist er um fünf Uhr nachmittags für immer eingeschlafen. Seine Zuckerkrankheit hat ihn zuletzt das Leben gekostet. Mit nur sechsundsechzig Jahren. Zur Trauerfeier war auch Alfreds jüngster Bruder Adolf aus Frankfurt angereist. Clara hat ihn mit den Worten begrüßt: Jetzt brauchst du nicht mehr zum Zahnarzt zu gehen, er ist tot. Das war wohl eine Anspielung darauf, dass Adolf früher mal gesagt hatte: ›Zu euch kommt man so gern wie zum Zahnarzt.‹«

Beata schmunzelte trotz ihrer feuchten Augen. »Ja, das hat mir Clara mal erzählt.«

In ganz Waldenbuch und weit darüber hinaus war um den Seniorchef und Firmengründer getrauert worden, der kurz zuvor für seine Verdienste während der schwierigen Umbruchphase nach dem Zweiten Weltkrieg noch die Ehrenbürgerwürde der Stadt erhalten hatte.

In der Schokoladenfabrik hatte sich durch den Tod des Seniorchefs allerdings nicht viel geändert. Fredi war bereits am 1. Januar 1950 als Gesellschafter in die Firma eingetreten und hatte die Leitung des Betriebes anstelle seines kranken Vaters übernommen. Seinerzeit war die Firma Alfred Ritter in eine Offene Handelsgesellschaft umgewandelt worden.

Beim Ableben ihres Mannes war Clara bereits vierundsiebzig Jahre alt gewesen. Dennoch arbeitete sie seither noch mehr als je zuvor. Statt sich jetzt im Alter Ruhe zu gönnen, war sie täglich von früh bis spät in der Schokoladenfabrik, um den Wohlstand ihrer Lieben auf ein immer sichereres Fundament zu stellen. Manchmal saß sie bis zum Morgengrauen in ihrem

Büro, schrieb an Kunden und prüfte anhand der Schufa-Einträge akribisch die Solvenz neuer Geschäftspartner.

Neun Monate nach Fredis Rückkehr aus der Kriegsgefangenschaft in der Bretagne hatte dessen Frau Martha im April 1948 die Tochter Marli zur Welt gebracht – Claras und Alfreds erstes Enkelkind! Doch auch in jenem Jahr lagen Leben und Tod dicht beieinander: Am 14. Juni hatte Alfreds guter Freund, Ex-Bürgermeister Gottlob Fischer, in Waldenbuch sein Leben ausgehaucht.

Die Geburt seines zweiten Enkelkindes hatte Alfred Ritter senior dann nicht mehr erleben dürfen: Schwiegertochter Martha brachte Alfred Theodor erst ein Jahr nach dem Tod des Firmengründers zur Welt, am 1. April 1953.

»Meine Enkel werden niemals hungern«, hatte Clara damals geschworen. Einen neuen Zusammenbruch dürfe es nicht geben, das sei sie auch ihren Mitarbeitern schuldig.

Und tatsächlich ging es inzwischen aufwärts mit ihrer Firma. Der Lagerbrand vor gut einem halben Jahrzehnt war ein kleiner Rückschlag gewesen, doch zum Glück war niemand verletzt worden. Gott sei Dank hatte auch Clara mit dem kleinen Hund unversehrt aus der Feuerhölle entkommen können, obwohl ein Teil der Decke eingestürzt war. Sofie war seinerzeit überzeugt gewesen, dass Klärles rachsüchtiger Verehrer Horst Schneckle nicht nur Fredi bei den Franzosen angeschwärzt hatte, sondern nach dessen Heimkehr aus der Gefangenschaft auch den Brand bei den Ritters gelegt hatte. Ihre beste Freundin Clara war hinsichtlich dieses Verdachts eher skeptisch gewesen, aber Sofie witterte nach ihren Erlebnissen mit dem Naziregime eben überall Verrat. Krieg und Diktatur veränderten die Menschen nun mal. Clara selbst stürzte sich seither mehr denn je in die Arbeit, das war auch ihrem Arzt Dr. von Berg aus Steinenbronn nicht verborgen geblieben. Einen von ihm auferlegten Kuraufenthalt in Bad Wörishofen hatte sie zum Unmut ihrer Lieben nach nur drei Tagen abgebrochen – es sei ihr schlichtweg zu langweilig dort und sie werde ja schließlich in der Fabrik gebraucht. Neben Angelegenheiten der Geschäftsführung pflegte Clara mit Hingabe ihr Lädle, den Direktverkauf vor allem an Mitarbeiter und Waldenbucher Bürger. Pralinenmischungen für bestimmte Kunden verpackte sie gern persönlich in kleinen Papiertütchen. Einmal war sogar der Herzog von Hohenzollern bei ihr zu Besuch gewesen. Sehr viel Zeit verwendete sie auch darauf, Päckchen für die Kirche, viele Verwandte und Bekannte zusammenzustellen – und für Menschen in der Ostzone. Im Gegenzug erhielt sie von dort Geschenke wie beispielsweise Topflappen, eben das, was »drüben« in ausreichender Menge verfügbar war. Von ihrer Mutter hatte Clara Ritter ja schon in frühester Kindheit gelernt, Verantwortung für die Geschwister zu übernehmen. Nach der Erfahrung von Krieg und dem Tod ihres Mannes hätte die Fabrikantin am liebsten die gesamte Welt versorgt! Dass sich ihre jüngere Schwester immer weniger Ruhe gönnte, hatte Beata veranlasst, sich mit der ebenso besorgten Sofie Mannheimer zu verbünden.

»Wir müssen dafür sorgen, dass Clara sich endlich Trauer um Alfred gönnt – und danach ihr Leben genießt«, fasste die Schrotthändlerin jetzt ihre gemeinsame Mission mit der Nonne zusammen. »Dazu muss sie aber erst mal wieder lernen, sich Freizeit zu gönnen. Zu ihrem Siebenundsiebzigsten am Dienstag habe ich ihr einen Kinogutschein geschenkt, der nur bis morgen gültig ist. Mal sehen, ob sie den heute noch nutzt – als sparsame Schwäbin dürfte sie ihn ja eigentlich nicht verfallen lassen. Wir müssen sie daran erinnern, wie schön es ist, neue Dinge zu erleben – statt dauernd nur zu schaffen.«

»Ich denke, wir sollten Fredi einweihen«, schlug Beata vor.

»Gute Idee«, fand Sofie. »Und ich werde auch mit Anna Markert sprechen.«

»Lass mich raten, die Banane hat dir Tante Sofie mitgebracht?«

Fredi Ritter deutete grinsend auf die Frucht in der Hand seiner sechsjährigen Tochter Marli, die ihn wie so oft nach der Schule in seinem Labor besuchte.

»Ja, sie ist glücklich, weil viele Länder jetzt wieder Handel machen. Da kriegen wir Ware von ganz weit weg«, antwortete das Mädle.

»Bananen hat sie mir auch schon geschenkt, als ich so alt war wie du«, erinnerte sich Fredi. »Mir sind die ehrlich gesagt damals zum Hals herausgehangen. Ich hätte mir auch mal ein anderes Präsent von ihr gewünscht.«

»Mir hat sie schon was anderes geschenkt«, betonte Marli, »ein rosarotes Tüllkleidchen – von ihren Verwandten aus Amerika.«

»Ich glaube, das hätte mir aber nicht so gut gestanden wie dir«, meinte Fredi, und seine Tochter musste einmal mehr über den Papa kichern. Wie lustig er doch manchmal war!

»Du, Papi, die Lehrerin sagt, es gibt nächste Woche ein Kindertheater – Schneewittchen. Meinst du, die Mami geht mit mir dahin?«

»Warum fragst du nicht mal die Omi?«

»Die muss doch immer so viel arbeiten«, gab das Mädchen aus leidiger Erfahrung zu bedenken.

»Das versuchen deine Tanten gerade zu ändern, haben sie mir vorhin erzählt«, erklärte der Fabrikerbe. »Komm, wir gehen mal zu ihr, fragen kostet ja nichts.«

Auf dem Weg zur Großmutter trafen Vater und Tochter Ritter den Leiter der Buchhaltung, Ernst Wolf. Der Mann hatte einen kruden Sinn für Humor und behauptete Claras kleiner Enkelin gegenüber mit gespielt tiefer Stimme: »Ich bin der böse Wolf.«

Er lachte schallend über seinen eigenen Scherz und ging weiter.

»Du magst seine Witze nicht so?«, interpretierte Fredi das Erschaudern seiner kleinen Tochter.

Marli schüttelte den Kopf. »Ich bin froh, dass er jetzt eine eigene Wohnung hat.«

Tatsächlich konnten sich die aus dem Sudetenland vertriebenen Wolfs, die nach ihrer Ankunft zu siebt in den zwei Dachkammern des ritterschen Fabrikantenhauses logiert hatten, inzwischen sogar ein Haus im Waldenbucher Ortsteil Liebenau leisten. Seit es 1948 wieder möglich geworden war, zu bauen, hatte sich die Stadt Waldenbuch ausgedehnt. Da im Talkessel kein Platz mehr war, musste die Stadt auf die Berge steigen. 1947 hatte man mit der Errichtung einer Siedlung auf dem Weilerberg begonnen, seit 1952 lief die Bebauung des Steinenbergs. Es entstanden völlig neue Wohngebiete. Die Aufgaben, die der Gemeinde dabei durch den Bau von Wasserleitungen, Straßen und Straßenbeleuchtung entstanden, waren durchaus herausfordernd.

Als Nächstes liefen Vater und Tochter Ritter der Direktrice Fräulein Reinhard über den Weg, die im Packsaal über Omi Claras Büro das Regiment führte. Sie nickte dem Vater nur kurz zu, für das Kind hatte sie nur einen pikierten Blick übrig.

»Das Fräulein Reinhard ist dir auch nicht so sympathisch«, mutmaßte Fredi.

»Die guckt immer so streng«, erklärte Marli ihre Abneigung.

Schließlich hatten sie das etwas düstere Vorzimmer zu Omi

Claras Büro erreicht, wo unter anderem deren Bleistiftspitzmaschinen standen.

Beim Betreten des Kontors sahen sie, dass Clara Besuch von Tante Beata hatte.

»Hallo, ihr zwei, die Omi hat gerade festgestellt, dass 1954 ein gutes Geschäftsjahr war«, berichtete die Nonne fröhlich.

»Stimmt, Schokolade wird immer beliebter«, freute sich Fredi. »Die amerikanischen Soldaten haben nach dem Krieg ja Schokoriegel an deutsche Zivilisten verteilt, damit haben sie zu dieser Mode beigetragen. Überall wird wiederaufgebaut, und die Leute gönnen sich wieder was. Schokolade ist längst kein Luxusartikel mehr, die wird jetzt auch von Lieschen Müller genossen.«

»Na, zum Glück habt ihr inzwischen wieder genug Rohstoffe«, kommentierte Beata.

»Ja, die ersten 18 000 Tonnen Kakao für die Westzonen sind Ende 1949 im Hamburger Hafen eingetroffen«, erzählte Fredi. »Einen Monat später stand das kostbare Pulver dann auch uns wieder uneingeschränkt zur Verfügung – zum ersten Mal nach dem Krieg.«

»Alle hier waren sehr gerührt, als endlich die ersehnten Kakaosäcke angeliefert worden sind«, erinnerte sich seine Mutter. »Wir haben sofort angefangen, unsere beliebte quadratische Sportschokolade zu produzieren. Die gibt es seither wieder in den Sorten Trauben-Nuss, Vollmilch, Nougat, Marzipan, Halbbitter und Mocca.«

»Aber wir verkaufen ja noch viel mehr Süßigkeiten«, stellte die kleine Marli klar. »Jetzt Weihnachtsmänner und im Sommer die Osterhasen.«

»Die Saisonartikel rentieren sich allerdings nicht wirklich«, ärgerte sich Fredi. »Selbst für die kompliziertesten Hohlkörperprodukte steht uns nur je ein Gießkopf für Schokolade und einer für Füllungen zur Verfügung. Unsere Vertreter im Außendienst verlangen aber immer noch mehr Kleinkram von der Produktion hier. Mal will angeblich ein Kunde in Stuttgart einen schlittschuhlaufenden Nikolaus, ein anderer in einem Hundert-Seelen-Ort bei Ravensburg einen Osterhasen mit einem weinenden und einem lachenden Auge. Betriebswirtschaftlich ist das natürlich Unfug. All unsere Wirtschaftsberater sind sich einig: Wir brauchen eine rigorose Produktbereinigung.«

Clara reagierte ungewohnt aufgewühlt. »Die Saisonartikel gehören aber einfach ins Sortiment! Schon in Cannstatt damals waren die Nachbarskinder ganz aufgeregt, wenn dein Vater die Osterhasen aus der Gussform genommen hat.«

Erschrocken bemerkte Fredi, dass seine Mutter feuchte Augen hatte. Sie ließ sich ihre Trauer um ihren Mann selten anmerken, doch natürlich vermissten sie alle Alfred noch sehr. »Das weiß ich doch auch noch, Mama«, betonte er. »Vor allem, weil es bei der Hasengeburt manchmal Schokoladenbruch gab und Papa mich hat naschen lassen.«

Clara lächelte versöhnt, und Fredi erklärte: »Ich wollte bloß sagen, dass sich die quadratische Tafel am besten verkauft. Wenn das so weitergeht, gibt es Ritter Sport bald bundesweit, oder vielleicht irgendwann mal sogar international.«

»Na ja, so einen Erfolg traue ich mir nicht zu. Leute aus Tomerdingen haben so was noch nie geschafft«, widersprach Clara skeptisch. »Bloß nicht abheben!«

»Aber Ritter ist doch schon abgehoben«, erinnerte sie da arglos ihre Enkeltochter Marli. »Die fliegende Dessertstange!«

In der Tat hatten Fredi und Clara 1952 als originelle Reklameaktion ein Ritter-Flugzeug starten lassen.

»Da hast du natürlich recht«, gab Clara lächelnd zu. Sie griff in ihre Schreibtischschublade, in der unter anderem Nägel,

Steine und Schrauben lagen. Fredi wusste, woher sie stammten. Wie schon vor dem Krieg sammelte Clara in ihrem Büro – teils sehr skurrile – Fundstücke aus den importierten Kakaosäcken von der Elfenbeinküste und Ghana.

Sie reichte der erfreuten Marli einen Briefumschlag. »Apropos abheben: Es ist mal wieder ein Luftpostbrief gekommen, diesmal aus Afrika. Die Marke hast du noch nicht, glaube ich.«

Wie viele Kinder der Nachkriegszeit sammelte auch Marli Briefmarken – Ritters Kontakte in alle Welt sorgten für exotische Posteingänge, unter anderem aus Nepal.

»Marli wollte dich etwas fragen«, verkündete Fredi schließlich.

»Ja, Omi, kannst du mit mir nächsten Dienstag ins Kindertheater kommen? Sie spielen da Schneewittchen.«

Clara setzte bereits an abzusagen: »Hm, Dienstag, da muss ich eigentlich den Jahres…« Aber Beata und Fredi warfen ihr einen derart strengen Blick zu, dass sie rasch zurückruderte. »Also gut, ich komme gern mit, Schätzle.«

Das Mädchen freute sich merklich, dann wurde sein Blick plötzlich etwas ernster. »Kann der Gustel Belge uns dann mit dem VW Käfer fahren?«

»Magst du unseren schönen neuen Opel nicht?«, wunderte sich Clara. Inzwischen gab es zwei Automobile in der Familie. Die Ritters besaßen einen beigen VW Käfer mit geteiltem Rückfenster, außerdem nannten sie einen schwarzen Opel Kapitän ihr Eigen.

Marli schüttelte den Kopf. »Der ist so groß, es wackelt immer wie auf einem Schiff, davon werde ich seekrank und muss spucken.«

In diesem Augenblick brachte Frau Reinhard einen Herrn in Anzug um die dreißig mit akkuratem Seitenscheitel herein. »Hier will Sie ein Herr Volz sprechen. Er sei Journalist«, sagte die Direktrice gewohnt streng, und die kleine Marli trat einen Schritt hinter den schützenden Schreibtisch.

Clara erinnerte sich sofort an den Pressemann, dem sie auf Sofies Bitte hin im Oktober 1944 zur Flucht in die Schweiz verholfen hatten. Sie war zutiefst gerührt, ihn nach all der Zeit wohlauf wiederzusehen. »Ja, Herr Volz, Sie haben es geschafft«, rief sie gerührt. »Wie ist es Ihnen denn ergangen in den letzten zehn Jahren?«

»Sehr gut, Frau Ritter, ich konnte in Zürich bei der Zeitung arbeiten und habe den Rest des Krieges dort gut überstanden«, berichtete der Journalist. »Seit diesem Monat bin ich zurück in Stuttgart.«

»Da wird sich besonders unser Klärle freuen«, meinte Fredi.

»Oh, arbeitet das Fräulein Göttle noch bei Ihnen?«, hakte Volz erfreut nach.

»Aber ja doch«, grinste Fredi. »Fleißig – und ledig.«

»Wie schön, dass Sie uns besuchen«, sagte Clara, der die Kuppelei ihres Sohnes ein wenig peinlich war.

»Dafür gibt es einen Grund«, sagte der Journalist. »Ich arbeite jetzt bei der Stuttgarter Zeitung. Und da dachte ich mir, ich mache zumindest ein wenig wieder gut, was Sie für mich getan haben. Ich möchte Ihnen einen Vorschlag unterbreiten.«

Alle sahen ihn fragend an.

41. Kapitel

»Dann zieht ihr alle drei an einem Strang, um Clara auf ihre alten Tage den Müßiggang schmackhaft zu machen?«, fragte Anna Markert.

Sofie Mannheimer hatte nach dem Tag in Waldenbuch mit ihrer Haushälterin wie verabredet noch ein paar Einkäufe in Cannstatt erledigt und lief nun im Dunkel durch den verharschten Schnee mit ihr in Richtung ihres Hauses in der Kegelenstraße. »Ja, morgen möchte Claras Schwester Beata mit ihr zur Wallfahrtskirche Ave Maria in Deggingen fahren, um ihr zu zeigen, wie schön Ausflüge sein können. Ködern musste sie unsere gute Clara mit deren Hilfsbereitschaft. Sie hat behauptet, sie habe von der Mutter Oberin den Auftrag bekommen, den Kapuzinermönchen dort Ritterschokolade mitzubringen – als süßen Adventsgruß von den Heiligenbronner Nonnen. Die Reise mit dem Zug, Omnibus und zu Fuß sei Beata mit ihren einundachtzig Jahren zu anstrengend. Deshalb hat sie Clara gebeten, sie möge sie mit Chauffeur Belge im neuen Opel Kapitän dorthin begleiten.«

»Und sie hat zugestimmt?«, vergewisserte sich Anna.

»Na, was denkst du denn? Wenn unsere Clara irgendwo helfen kann, ist die doch sofort dabei«, rief Sofie ihrer Haushälterin ins Gedächtnis zurück.

»Das stimmt. Sie hat dich nach Hermanns Tod ja auch ohne Zögern bei sich aufgenommen«, erinnerte sich Anna.

»Das werde ich ihr auch nie vergessen«, betonte Sofie. »Außerdem hat sie mich finanziell beraten, als wir vor zwei Jahren bei Falk Adler neue Büros, Sozialräume und Fuhrparkunterkünfte gebaut haben. Nächstes Jahr können wir dank unserer Gewinne das Nutzeisenlager vom Bellingweg in größere Hallen in der Heinrich-Ebner-Straße verlegen.« Sie hielt inne, weil sie bemerkt hatte, dass Anna sich nervös umdrehte. »Was ist denn?«

»Ich glaube, da folgt uns schon eine ganze Weile ein großer Mann.«

Sofie drehte sich um und sah tatsächlich eine Gestalt mit einem abgetragenen Mantel und Fellmütze.

Beunruhigt beschleunigten die beiden Frauen ihren Schritt.

»Vielleicht ist das dein Ex-Mann?«, mutmaßte Sofie.

»Nein, Schorsch Brökel sitzt seit Jahren im Rollstuhl«, wisperte Anna.

Nun beschleunigte der Fremde seinen Schritt so sehr, dass er sie einzuholen drohte. Die beiden Frauen gerieten in Panik, da außer ihnen und ihrem Verfolger weit und breit niemand zu sehen war. Schließlich hatte er sie eingeholt. Und kurz darauf gellte ein spitzer Frauenschrei durch die verschneiten Cannstatter Gassen.

»Das gibt es ja gar nicht, da vorne sitzt deine Mutter«, flüsterte Martha Ritter erstaunt.

Sie saß mit ihrem Mann Fredi im Kino Bären Lichtspiele in Böblingen, um den amerikanischen Film *Vom Winde verweht* anzuschauen, der zwar aus dem Jahr 1939 stammte, kriegsbedingt jedoch erst jetzt in Deutschland angelaufen war.

»Ich dachte, für Clara gibt es nur das Geschäft.«

»Meine Tantchen Sofie und Beata haben einen Plan, um das zu ändern«, raunte Fredi seiner Frau mit wissendem Lächeln zu.

»*Gott ist mein Zeuge. Ich lass mich nicht unterkriegen. Ich will es überstehen*«, sagte in diesem Augenblick auf der Leinwand die von Vivien Leigh gespielte Hauptfigur Scarlett O'Hara. Angesichts ihrer vom amerikanischen Bürgerkrieg zerstörten Plantage namens Tara musste die junge Frau von fauligen Wurzeln leben. Der Film verzichtete darauf, Schlachten zu zeigen, stattdessen erzählte er aus Scarletts Blickwinkel die Schicksale der Opfer. Fredi sah am nass geweinten Gesicht seiner Mutter, wie sehr sie der Monolog der Frau bewegte, die um ihr Lebenswerk und ihre Lieben kämpfen wollte. »*Und wenn es vorüber ist, dann will ich nie wieder hungern. Weder ich noch die Meinen. Ich schwöre bei Gott, ich will nie wieder hungern!*«

Nach diesem Gelöbnis gab es eine Pause.

Als Clara sich auf dem Weg zum Süßigkeitenverkauf machte und sich plötzlich ihrem Sohn und ihrer Schwiegertochter gegenübersah, erschrak sie ein wenig. Peinlich berührt wischte sie sich die feuchten Augen.

»Schön, dass du dir mal einen Abend ganz ohne Arbeit gönnst«, meinte Fredi.

»Ist mal was anderes«, entgegnete Clara verlegen. »Sofie hat mich überredet.«

»Gut von ihr«, fand Fredi.

»Diesmal ist es jedenfalls nicht peinlich geworden. Letzte Woche hat sie mich schon überredet, mit ihr ins Theater zu gehen. Da saß zwei Reihen hinter uns der Theodor Heuss.«

Clara hatte große Ehrfurcht vor dem im Württembergischen Brackenheim gebürtigen Bundespräsidenten, der für eine schonungslose Auseinandersetzung mit dem Nationalsozialismus eintrat und vor Selbstgerechtigkeit, Selbstmitleid und allzu schnellem Vergessen warnte.

»Da hat Sofie den Herrn doch glatt geduzt«, fuhr Clara mit ihrer Erzählung fort und zitierte ihre beste Freundin: »›So, bisch au wieder do, I wünsch Dir ein schönen Abend.‹«

Fredi und Martha lachten. »Und wie hat der Herr Bundespräsident reagiert?«

Clara schmunzelte. »Er hat bloß gelächelt und gesagt: ›Ich danke schön, Frau Sofie.‹«

»Gefällt dir der Film denn bisher?«, fragte Martha.

Die Schokoladenfabrikantin nickte. »Es ist wirklich so aufregend, wie Sofie versprochen hat. Ich musste dabei auch öfter an die Bauernfamilien auf unseren fernen Kakaoplantagen denken.«

Fredi lächelte. Den Traum, einmal jene Menschen kennenzulernen, denen sie ihren Rohstoff verdankten, hatten Mutter und Sohn von jeher geteilt.

»Komm, Mama, wir laden dich auf eine Ritter Sport ein«, schlug er vor. »Die gibt es hier nämlich.«

»Das weiß ich doch«, sagte Clara. »Und ich hab mir vorhin auch schon die Reklame angeschaut.« Sie deutete auf die beiden Plakate. Eines zeigte als Scherenschnitt eine Sekretärin, die vor ihrer Schreibmaschine saß. Darunter stand: *Sie ist eine Lebenskünstlerin, unsere entzückende Sekretärin. Sie gönnt sich ab und zu einen belebenden Bissen von ihrer Ritter-Sport-Nougat – immer wieder ein köstlicher Genuß, wie eine feine Praline und dazu nahrhaft und stärkend.* Der zweite Aushang zielte auf die Herren der Schöpfung ab. Er zeigte einen Mann mit Hut beim Pferderennen und präsentierte folgenden Reklametext: *Ob Nougat, Vollmilch, Mocca, Bitter, wenn Schokolade – dann von*

Ritter. Ritter Sportschokolade. Und welch köstlicher Genuß – ist die Ritter Trauben-Nuß.

»Es ist schon beruhigend, dass es überall Reklame von uns gibt. Unsere beiden Kinder werden auch in Zukunft gut versorgt sein«, gab sich Fredi absichtlich euphorisch und zuversichtlich. Da er in Beatas und Sofies Plan eingeweiht war, wollte auch er Clara Ritter verdeutlichen, dass es um ihre Schokoladenfirma mittlerweile wieder bestens bestellt war – und die Matriarchin sich getrost zurücklehnen, ausruhen und ganz neue Dinge erleben durfte. Er wusste, dass dies bei einem Arbeitstier wie seiner Mutter nicht ganz einfach werden würde.

»Victor, mein kleines Victorle.«

Anna Markert konnte es nicht fassen, dass ihr Adoptivsohn nach einem ganzen Jahrzehnt in Gefangenschaft doch noch heimgekehrt war. Nach dem überraschenden Wiedersehen auf der Straße waren sie gemeinsam zu Sofie gegangen. Seither hatte Anna seine Hand nicht losgelassen. Dass sein Haus den Bomben zum Opfer gefallen war, hatte er schon mit eigenen Augen gesehen. Siebenundfünfzig Jahre war er mittlerweile alt, sein Gesicht wirkte ausgemergelt, und die einst dunklen Locken durchzogen jetzt graue Strähnen. Noch immer war er das Abbild seines Vaters, allerdings eine abgemagerte Version. Sein Gesicht zeugte von großem Leid, doch daran mochte Sofie jetzt nicht denken. Er war zurück, nur das zählte.

Auf Annas Drängen begann Victor nun zu berichten, wie es ihm ergangen war in den neun Jahren seit Ende des Krieges. »Nach meiner Gefangennahme haben sie mich ins Arbeitslager Woikowo gebracht, das liegt etwa dreihundert Kilometer nordöstlich von Moskau. Mit mir sind einige prominente Gefangene dorthin gekommen. Unter anderem war Hans Baur dabei, der war General der Luftwaffe und Hitlers persönlicher Pilot. Ohne Krücken konnte Baur nicht laufen, die Sowjets hatten ihm ein Bein knapp über dem Knie amputiert. Ohne Betäubung, wie er immer wieder betont hat. Trotz seines Zustands war er recht arrogant und fand, dass man einen so wichtigen Offizier wie ihn besser behandeln müsse. Mir ist aber schon auf der Zugfahrt klar geworden, dass wir auf nichts als Hass treffen würden. Einmal kamen wir nämlich durch ein kleines russisches Dorf. Durch einen Spalt im Holz konnte ich aus dem Transportwaggon schauen. Da hab ich das gesehen, was die Deutschen nach ihrem Rückzug hinterlassen haben: zerstörte militärische und zivile Fahrzeuge, verbrannte Gebäude, halb verweste Kadaver – und ein Massengrab, das haben die Sowjetsoldaten da gerade geöffnet.«

Sofie erschauderte, die Gräueltaten mancher Wehrmachtsbefehlshaber und deren Schergen waren auch in Deutschland kein Geheimnis mehr. Mörderisch war es jedoch nicht nur an der Front zugegangen. Auch der in Waldenbuch lebende Gestapo-Beamte Schneckle hatte ordentlich Dreck am Stecken. Sein Vorgesetzter, »Kommunistenjäger« Friedrich Mußgay, hatte sich bereits 1946 in seiner Zelle erhängt, als ihn der Prozess wegen seiner zahlreichen Gräueltaten erwartete, Schneckle selbst war mittlerweile zu lebenslanger Haft verurteilt worden. Gewiss spielte sich seine Gattin jetzt nicht mehr so auf wie früher.

Fredi setzte seine Erzählung fort. »Eine alte Frau hat geweint, ich hatte das Gefühl, sie schaut mich vorwurfsvoll an. ›Die werden uns alle umbringen‹, hab ich zu Baur gesagt, aber der Herr General hat mich nur ausgelacht. ›Wir sind Kriegsgefangene, keine Kriegsverbrecher‹, meinte er. ›Es gibt Regeln, die weltweit gelten. Daran müssen sich auch die Russen halten.‹

Ziemlich naive Vorstellung, wenn ihr mich fragt. Die wussten ja auch, wie es den russischen Kriegsgefangenen in unseren Lagern ergangen ist. Stalin war zu der Zeit besessen von der Idee, Hitler könnte seinen Tod vorgetäuscht haben. Man hat Baur schlimm gefoltert. Er sollte zugeben, dass er Hitler und Eva Braun aus Berlin herausgeflogen habe.«

»Das ist ja verrückt«, sagte Anna bestürzt.

»Und ich habe recht behalten. Die Russkis haben uns ein Jahrzehnt lang leiden lassen, für das, was unsere Wehrmacht dort angerichtet hatte«, kam Victor zum Ende seines Berichts. »Das Arbeitslager soll wohl demnächst geschlossen werden, aber der neue Leiter hat mich schon jetzt entlassen. Er hatte eine Blutvergiftung, und ich habe ihm das Leben gerettet. Sein Vorgänger hat mich gehasst. Deutsche Ärzte müssen ihm während des Krieges Schlimmes angetan haben, Teile seines Gesichts waren verätzt. Ab 1948 konnten wir Gefangenen Briefe in die Heimat schreiben – nur meine kamen seltsamerweise nie an.«

»Ja, deshalb hatten wir kaum noch Hoffnung, dich jemals wiederzusehen«, murmelte seine Adoptivmutter mit belegter Stimme.

»Und Elise? Hat sie auch nicht mehr geglaubt, dass ich noch lebe?«, fragte Victor schließlich mit ernstem Blick.

Sofie und Anna sahen sich beklommen an.

»Nach zehn Jahren wird sie wahrscheinlich ein neues Glück gefunden haben«, schloss er aus dem Zögern der Frauen. »Ich habe es ja mit jeder Woche, die vergangen ist, mehr und mehr befürchtet. Und trotzdem war die Erinnerung an ihr Gesicht immer ein Trost und Ansporn, nie aufzugeben.«

Victor tat Sofie unendlich leid. Sie ahnte, dass er nur einen Bruchteil dessen erzählt hatte, was er in russischer Kriegsgefangenschaft erlebt haben musste. Er hätte den Trost, seine

Frau endlich wieder in die Arme zu schließen, so sehr verdient. Und jetzt war er knapp zu spät gekommen – seine Elise hatte ja wirklich noch bis vor Kurzem auf ihn gewartet. Der Krieg war ein Ungeheuer, das mit Vorliebe das Glück der Menschen fraß.

Die Wallfahrtskirche Ave Maria in Deggingen war eine spätbarocke Anlage, die laut Beata im Jahr 1718 fertiggestellt worden war. Sie lag idyllisch auf halber Höhe eines baumbestandenen Berges, der heute voller Schnee war. Chauffeur Gustel Belge hatte den Opel Kapitän der Familie Ritter auf dem Parkplatz im Tal abgestellt, von wo aus der von den vierzehn Leidensstationen Jesu gesäumte Kreuzweg zur Barockkirche hinaufführte. Der Fahrer wartete im Auto auf die beiden alten Damen, wo er die aktuelle Tageszeitung las.

Beim Blick hinauf zu dem Gotteshaus stellte Clara beeindruckt fest: »Da kann unsere St. Meinrad nicht ganz mithalten.«

Die Ritters hatten die erst 1950 eingeweihte, schlichte Hallenkirche am Waldenbucher Weilerberg mitfinanziert. Da die katholische Kirchengemeinde Waldenbuchs von etwa zwanzig Gläubigen vor dem Krieg auf über eintausend danach angestiegen war, hatte man an den Bau einer Kirche für sie denken müssen.

Auch die Ritters waren von dem Plan begeistert gewesen, so mussten sie für die Sonntagsmesse nicht mehr bis nach Böblingen fahren. Nach der Genehmigung von der dortigen Muttergemeinde St. Bonifatius hatte man mit dem Bau einer einfachen Kirche am Waldrand begonnen, der erste Spatenstich war im Mai 1948 erfolgt. Vom 13. bis 15. Januar 1950 hatten freiwillige Helfer bei bis zu minus fünfzehn Grad das Dach gedeckt. Das Richtfest war in aller Stille gefeiert worden.

»Auch wenn St. Meinrad in Waldenbuch bescheidener ist als Ave Maria hier, die Kirchweihe im Oktober vor zwei Jahren war doch bestimmt sehr bewegend«, vermutete Beata.

»Oh ja, sehr«, gab Clara zu. »Bischof Leiprecht aus Rottenburg hat die Einsegnungszeremonien durchgeführt. In seiner Predigt ging es auch um den Kirchenpatron St. Meinrad, der wurde in Sülchen bei Rottenburg geboren.«

Nach dem wegen des Schnees etwas beschwerlichen Aufstieg betraten die Göttle-Schwestern schließlich die Degginger Wallfahrtskirche. Clara stockte darin ob all der Schönheit und Pracht der Atem. Die Wintersonne war draußen durch die Wolken getreten und schickte ihre Strahlen auf unfassbar schöne Deckenmalereien, die den Eindruck erweckten, das Dach sei offen und man könne Wolken und zahlreiche Engel sehen.

»Ist das schön«, hauchte Clara ergriffen.

»Das sind alles Szenen aus dem Leben der Jungfrau Maria«, erläuterte ihre Schwester und deutete mit dem Finger auf bestimmte Stellen. »Die Unbefleckte Empfängnis, die Verkündigung – und Mariens Aufnahme in den Himmel.«

Ob das Gottesreich wohl wirklich so prächtig war? Wenn es tatsächlich existierte, dachte Clara Ritter, dann war es gewiss sogar noch viel schöner als auf diesen Malereien. Dann wäre ihr kleiner Paul dort, und Alfred, er hatte es ja wirklich verdient. Sie bemerkte, dass ihr Tränen der Erleichterung über die Wangen liefen.

»Der Maler dieser Fresken war Josef Wannenmacher, und weißt du, wo der geboren wurde?«, fragte ihre Schwester Beata lächelnd.

Clara sah die Nonne ratlos an. »In Rom?«

»Nein. Er kam am 18. September 1722 in unserem Tomerdingen zur Welt.«

»Oh«, staunte Clara.

»Als er 1754 im Alter von zweiunddreißig Jahren diese Fresken erstellt hat, hatte er schon eine Ausbildung in Rom und Arbeiten in zahlreichen Kirchen und Klöstern im südwestdeutschen Raum und der Schweiz gemeistert. Von wegen: Jemand aus Tomerdingen schafft es nicht in alle Welt.«

»Du meinst also, Fredi hat recht?«, hakte Clara versonnen nach.

»Ja, ich bin mir sicher. Der Bub bekommt alles hin. Ihm vertraue ich blind – und das kannst du auch. Denk an unsere Mutter! Sie hat dich und Marie damals euren Weg allein gehen lassen – und es nie bereut.«

Was für eine schöne Vorstellung, dachte Clara. Ihre Schokolade in aller Welt.

Wenn Alfred Ritter junior tagtäglich mit dem Pfeifton um sieben Uhr ins Werk kam, zollten ihm die Mitarbeiter Respekt – wie früher seinem Vater. Da Fredi sich auch um Kleinigkeiten selbst kümmerte und alle Mitarbeiter persönlich kannte, war er bei der Belegschaft recht beliebt, wie Clara am heutigen Dezembermorgen mit einem zufriedenen Lächeln feststellte. Der Juniorchef handelte stets entschlossen, aber auch gerecht und mit Bedacht, das sorgte für ein gutes Betriebsklima. Im Vergleich zu ihm fand Clara sich selbst bisweilen ein bisschen zu laut.

Theodor Heuss hatte 1945 in seiner Bosch-Biografie festgehalten: *Das Schwäbische lebt aus einer Spannung aus spekulativer Fantasie und einer leicht pedantischen, rechenhaften Genauigkeit.*

Und diese Aussage, so fand Clara, traf auch auf die Ritters zu, auch sie waren präzise und gleichzeitig fantasievoll.

In dem Moment hatte Fredi sie erblickt. »Guten Morgen, Mutter, schon wach?«

»Natürlich«, entgegnete Clara. »Ich hab doch noch mit dem Jahresabschluss zu tun.«

»Das kriegen der Wolf und der Stolterfoth doch allein hin«, erinnerte sie Fredi. »Hilf heute lieber mir! Klärles Schwarm Andreas Volz von der Stuttgarter Zeitung kommt vorbei, um das Interview zu führen.«

Die Ritters waren sehr erfreut über den Geschenkvorschlag des dankbaren Journalisten gewesen: Er wollte ausführlich über sie berichten.

»So ein Artikel über uns wird unsere Bekanntheit bestimmt noch einmal steigern«, meinte Fredi.

Noch gestern hatte ihre Schwester Beata Clara geraten, ihrem Sohn voll und ganz zu vertrauen und sich aus der Firma zurückzuziehen. Aber bei so einem wichtigen Termin konnte sie ihn doch nicht im Stich lassen. Sie hörte im Geiste förmlich die Stimme ihrer Schwester: »Du bist unbelehrbar!«

Ihr Blick fiel aus dem Fenster, und sie sah ihre beste Freundin aus deren Automobil steigen. »Da ist Sofie ja schon. Wieso hat sie denn Anna dabei?«

Nun schälte sich ein hochgewachsener Mann mit Fellmütze aus dem Fond.

»Das muss der Journalist sein«, meinte Clara.

»Volz?« Fredi furchte die Stirn. »Den hab ich irgendwie schmächtiger in Erinnerung.«

Ohne anzuklopfen, riss Sofie Mannheimer kurz darauf die Bürotür auf und deutete Beifall heischend auf den erschreckend abgemagerten Endfünfziger an ihrer und Annas Seite.

»Victor!«, hauchte Clara, und augenblicklich schossen ihr

Tränen in die Augen. Aber wie konnte das sein? Neun Jahre lang war der Krieg jetzt vorbei. Wie war es möglich, dass sie so lange keine Nachricht von dem Arzt bekommen hatten und er doch noch lebte?

Die beiden fielen einander in die Arme, und auch er hatte feuchte Augen. Clara konnte es kaum erwarten, ihrer Schwester Beata zu erzählen, dass ihre Gebete erhört worden waren.

Auch Fredi drückte seinen väterlichen Freund bewegt an sich.

»Was haben sie nur so lange mit dir gemacht?«, fragte er.

»Darf ich euch all eure Fragen beantworten, nachdem ich mit Elise gesprochen habe?«, bat Victor.

»Selbstverständlich. Sie ist im Archiv, ich zeige dir den Weg«, sagte Clara zögerlich. Dieses Wiedersehen würde gewiss nicht einfach werden, schließlich war ihre älteste Angestellte neu liiert.

Wie aufs Stichwort betrat just in diesem Augenblick Elise Markert den Raum. »Ach hier sind Sie, Frau Ritter. Ich …« Sie hielt inne, als sie zu ihrem Erstaunen ihre Schwiegermutter Anna bemerkte. Und dann entdeckte sie Victor. Sie wollte etwas sagen, doch ihre Stimme versagte – ebenso ihre Knie. Im letzten Moment waren Clara und Fredi bei ihr. Sie konnten sie so gerade noch auffangen und stützen.

Sofort trat Victor zu ihr. »Mach dir keine Sorgen«, raunte er ihr mit feuchten Augen zu.

»Victor …«, stammelte Elise ungläubig. »Ich dachte …« Zögerlich berührte sie ihn an der Wange, als wollte sie sichergehen, dass er leibhaftig vor ihr stand.

»Ich weiß von deinem neuen Glück«, beeilte er sich zu sagen, »ich werde euch nicht im Weg stehen. Du hast es verdient, Lisle.«

»Ich will aber …«, stieß sie mit Mühe hervor. »Können wir bitte allein sprechen, im Archiv?«

»Natürlich«, sagte Victor sofort.

Sie war offenbar noch so geschockt, dass er sie beim Hinausgehen stützen musste. Clara sah ihnen mit tiefer Anteilnahme nach.

42. Kapitel

Kurz nachdem Victor mit Elise gegangen war, klopfte es erneut an der Bürotür, und Klärle brachte freudestrahlend ihren Schwarm Andreas Volz herein.

»Wir werden dem Herrn von der Stuttgarter Zeitung jetzt eine Führung durch die Fabrik geben«, erklärte Fredi Sofie und Anna entschuldigend, nachdem der Journalist begrüßt worden war.

»Oh, darf ich da mitkommen?«, bat Anna. »Dann bin ich gleich auf dem neuesten Stand.«

»Und ich will auch dabei sein«, bestimmte Sofie. »Als ich hier gewohnt habe, gab's ja keinen Kakao.«

»Aber gerne doch«, meinte Fredi lächelnd. Dann bemerkte er, wie sehnsüchtig die Haushälterin den Journalisten anschmachtete. »Und du, Klärle, möchtest du vielleicht auch mit? Du kommst ja vor lauter Arbeit im Haus selten dazu, die Fabrik zu besichtigen.«

»Au ja, danke sehr, Fredi«, freute sie sich.

Zunächst besuchten sie mit dem Pressemann die Technikerwerkstatt. »Hier drin war im Krieg der Kuhstall, jetzt ist es Herrn Keiluweits Reich. Er sorgt dafür, dass alles funktioniert, nach 45 musste er noch ziemlich improvisieren.«

Der Herr mittleren Alters mit wirrem Haar, der einen

Arbeitskittel trug, begrüßte sie in breitestem Schwäbisch, ohne allerdings die Reparatur von einigen Gerätschaften zu unterbrechen. »Manchmal muss i 's Zeug au wegschmeißa. Mei Motto isch: ›'s goht odr 's verreckt.‹«

Bei dem Wort »verreckt« zuckte Fredi, der seine Tochter gern zu einer feineren Ausdrucksweise erziehen wollte, kurz zusammen. Dann kommentierte er leicht zerknirscht: »Für unsere Firma gilt offenbar ›'s goht‹, inzwischen bietet Ritter schließlich wieder die gesamte Vorkriegsproduktpalette an.«

Beata, Anna, Sofie, Klärle und Andreas Volz lachten, Clara war stolz, wie gut ihr Sohn mit seinem Humor bei den Gästen ankam.

»Dürfen wir denn nachher auch was *probieren*?«, fragte Sofie gut gelaunt. »Ich meine – sonst kann der Herr Volz seinen Artikel ja gar nicht mit voller Überzeugung schreiben.«

»Na klar, womit können wir dienen?« Fredi schmunzelte. »Sport- oder Langtafeln, Creme- oder Vollschokolade, Schokowürfel, Creme-Eier, Reliefpralinen?«

»Öhm …«, kam es überfordert von der Schrotthändlerin, doch der Ritter-Erbe fuhr unbeirrt mit seiner Auflistung fort:

»Schokobohnen, Likör-Fläschchen, Miniwürfel in Milch, Mocca oder Bitter, kleine Zartbitterstäbchen, hauchdünne Täfelchen oder Napolitains? Oder etwas aus unserem Reliefpralinenprogramm höchster Qualitätsstufe? Da hätten wir die klassische Weinbrandkirsche, Erdbeer- und Himbeercreme, oder die in Sektkorkenform – gefüllt mit Eierlikör, Knickebein, Cherrybrandy und Ananas mit Arrakcreme.«

»Was ist denn Arrak?«, erkundigte sich Journalist Volz.

»Alkohol aus reinem Palmsaft oder Zuckerrohr und Reismaische«, antwortete Clara für ihren Sohn.

Ein junger Mitarbeiter kam ihnen aus Richtung der Fabrik entgegen und grüßte fröhlich.

»Das war Herr Barm, einer von vielen Heimatvertriebenen in Waldenbuch«, erläuterte Fredi. »Vier Jahre war er hier im Forst beschäftigt, 1950 hat er sich dann bei mir beworben. Auch zwei unserer wichtigsten Mitarbeiter sind ehemalige Flüchtlinge. Unser Buchhalter Ernst Wolf und der Chocolatier Nikolaus Stolterfoth haben sogar zeitweise mit ihren Familien in unserem Haus unterm Dach gelebt. Wir haben es nie bereut, sie aufgenommen zu haben. Dass wir es wieder auf Vorkriegsniveau geschafft haben, verdanken wir auch ihrer Hilfe.« Er deutete auf den Garten mit seinen jetzt verschneiten Beeten. »Hier wachsen im Sommer unsere Erdbeeren.«

»Ah, für eure leckeren Erdbeer-Sahne-Würfel!«, kombinierte Sofie. »Die liebe ich fast so sehr wie eure Sportschokolade mit Marzipan.«

»Die Qualität der Erdbeeren ist für die Cremefüllung von entscheidender Bedeutung. Meine Mama kontrolliert die Mädchen beim Pflücken allerstrengstens«, behauptete Fredi grinsend. »Sie müssen die ganze Zeit Lieder pfeifen, damit sie keine Beeren naschen können.«

Erneut wurde gelacht.

»Das stimmt doch gar nicht«, protestierte Clara, wenn auch mit einem Schmunzeln.

Schließlich betraten sie die Fabrik. Der Boden im Schokoladensaal war blitzblank sauber geplättelt, und durch die Fenster drang Tageslicht in den Raum.

»Hier hat Herr Berger das Regiment«, erläuterte Fredi der Besuchergruppe. »Er ist schon seit 1930 bei uns und hat beim Einkauf der Kakaobohnen das entscheidende Wort. Der gute Mann beurteilt vorab die Muster.«

Was sie dem Journalisten jetzt natürlich nicht verrieten: Der Arbeitsaufwand, um die Zutaten dorthin zu bringen, wo sie weiterverarbeitet werden sollten, war derzeit noch die reinste

Tortur! Angefangen bei der Rohstoffanlieferung. Kakao- und Zuckersäcke, Haselnüsse, Milchpulver, Kakaobutterblöcke – das musste ja alles von Hand abgeladen, gestapelt und transportiert werden. Fredi hatte seine Mutter bereits überreden wollen, einen dieser modernen Gabelstapler anzuschaffen. Clara war das bisher jedoch zu teuer gewesen. Vielleicht lag er aber mit seiner Meinung doch richtig – vielleicht würde sich die Investition auf längere Sicht durch die Arbeitszeiteinsparung lohnen?

Als Nächstes wurde der Röster besichtigt.

»Die Kakaobohnen sollen ihr Aroma und den Geschmack voll entfalten«, erläuterte Fredi. »Dafür werden sie nach Sorten getrennt und bei verschiedenen Temperaturen im Kugelröster gedorrt. Auch die Haselnüsse werden dadrin goldbraun gebacken. Danach schmecken die nicht bloß besser, davon geht auch das Samenhäutchen ab.«

Clara wandte sich an den grauhaarigen Arbeiter, der den Röster bediente. »Guten Morgen, Herr Ruckh, geht's gut?«

»Goht scho, Chefin, goht scho.«

»Herr Ruckh hat vom Krieg einen steifen Ellenbogen, trotzdem wuchtet er die ein Zentner schweren Kakaosäcke ohne fremde Hilfe in den Röster«, lobte Fredi. »Zum Glück haben wir einen geschickten Fachmann mit so viel Erfahrung. Die exakte Wärmesteuerung ist nämlich eine kniffelige Sache. Bei ein und derselben Kakaobohnenmischung kann man je nach Rösttemperatur zwei komplett unterschiedliche Schokoladenmassen erhalten.«

Clara deutete auf den mit Koks beheizten Ofen. »Und wenn man nicht aufpasst, kann so ein Schalenzyklon leicht in Brand geraten.«

»Dann hat dieser Herr Ruckh ja eine große Verantwortung«, resümierte Sofie. »Echter schwäbischer Fleiß!«

Sie sahen zu, wie ein jüngerer Arbeiter das geröstete Kerngut, das bereits abgekühlt war, wieder in Säcke füllte und es zur nächsten Arbeitsstation schleppte.

»Das ist die Brechmaschine«, erklärte Fredi. »Sie bricht die Bohnen, fraktioniert den Kernbruch, entfernt gleichzeitig die Kakaoschalen und die harten Keimlinge. Der Kernbruch wird dann vom gleichen Mann in der Kakaomühle gemahlen. Der flüssige Kakao wird danach im Wärmeraum zur Schokoladenmasseherstellung bereitgestellt.«

»Und die Schalen werfen Sie weg?«, erkundigte sich Journalist Volz.

»Nein, die kommen in einen Schuppen im Hof«, antwortete Fredi. »Man kann die für Teemixturen und Baustoffbeimischungen nutzen. Der größte Anteil wird aber zur Bodenauflockerung auf Feldern und im Garten verwendet.«

Als Nächstes führte Fredi die Besucher in den Walzen- und Conchensaal.

»Gott, ist das heiß«, stellte Sofie fest.

»Ja, hier ist es selten unter dreißig Grad«, bestätigte Fredi. »Die Arbeiter schwitzen den Most schneller raus, als sie ihn trinken können.«

Auch hier wurden die Seniorchefin und deren Sohn freundlich und respektvoll von den Arbeitern begrüßt – Haab, Reichstaler, Wallner und Ottmüller hießen sie.

»Wie hoch ist denn der Stundenlohn bei euch?«, erkundigte sich Sofie, die als Geschäftsführerin ihres eigenen Betriebs ein besonderes Interesse an dem Thema hatte.

»Zwischen einer Mark vier und eins zwölf«, antwortete Clara.

»Ordentlich!«, fand Sofie.

Fredi deutete auf Herrn Reichstaler, der eine breite Spachtel in der Hand hielt. »Es ist aber auch eine arge Schinderei, die plastifizierte Masse für die Walzen aus dem rotierenden Kollergang herauszuschaffen.«

Das Walzgut wurde in großen Blechkästen, die auf einem kleinen Wagen standen, aufgefangen. Als Arbeiter Haab einen der Kästen anfasste, regnete es plötzlich zentimeterlange Funken auf seine Finger – Anna, Sofie, Klärle und Volz schrien auf vor Schreck!

Clara, Fredi und ihre drei Mitarbeiter lachten.

»Das passiert öfter«, beruhigte sie die Gäste. »Beim Abrieseln vom Walzenpulver wird der Blechkasten stark elektrostatisch aufgeladen.«

»Mir ist ein bisschen schwindelig von der Hitze«, erklärte Sofie schließlich. »Ich würde gern etwas Luft schnappen.«

»Ich begleite dich«, sagte Anna rasch. »Ich möchte nach Victor sehen, er ist jetzt schon so lange bei Elise.«

Sofie trat mit ihrer Haushälterin vor das Fabrikgebäude, und nach der Hitze im Walzen- und Conchensaal tat ihr die kühle Dezemberluft ausnahmsweise sogar gut.

»Kennst du den Weg zum Archiv?«, erkundigte sich Anna.

»Ja, aber den muss ich dir nicht mehr zeigen. Schau mal!«, sagte Sofie lächelnd und deutete auf Victor, der aus einer Seitentür kam. Er strahlte vor Freude, und das machte Sofie Hoffnung.

»Wo ist Elise?«, fragte Anna.

»Im Büro, sie telefoniert mit ihrem Landrat«, antwortete Victor.

Sofie sah ihn fragend an. »Weshalb?«

»Sie wird ihm erklären, dass sie mit ihrem Ehemann zusammenbleiben will«, antwortete er mit einem glücklichen Lächeln.

»Oh Victor, dass freut mich so für euch«, sprach seine Adoptivmutter das aus, was Sofie dachte.

Plötzlich bemerkte sie im verschneiten Gebüsch hinter Victor einen jungen Mann mit dunkelbraunem Haar. »Das gibt's ja wohl nicht«, flüsterte sie Anna und Victor zu. »Dreht euch nicht um, da hinten im Busch steht Horst Schneckle, der Sohn von dem Gestapo-Schwein. Ich glaube, er hat damals das Feuer bei euch gelegt. Weiß der Henker, was der hier will, er scheint nicht zu ahnen, dass ich ihn gesehen habe.«

Unvermittelt reagierte Victor, in verblüffender Geschwindigkeit stürzte er auf den überrumpelten Schneckle zu und packte ihn mit derart eiserner Kraft am Arm, dass dieser aufjaulte. Man merkte Annas Ziehsohn deutlich an, dass er in russischer Kriegsgefangenschaft wohl öfter mal gezwungen gewesen war, um sein Leben zu kämpfen.

»Was lungerst du hier herum?«, fuhr Sofie den eingeschüchterten Schneckle an. »Willst du noch mal das Lager anzünden wie vor fünf Jahren?«

»Das war ich nicht, ich bin kein Brandstifter«, rief er aufgebracht.

»Leugnest du auch, dass du was gegen Fred Ritter hast?«, fauchte Sofie.

»Ich hab nichts gegen Fred Ritter, ich hasse ihn!«, räumte Horst ein. »Er hat behauptet, das Klärle wär verlobt, aber damals hat das noch gar nicht gestimmt. Und jetzt gibt es da diesen Zeitungsmann, und es ist wirklich zu spät.«

»Dann sind Sie hier, um ihr neues Glück zu sabotieren?«, hakte Anna verständnislos nach.

»Nein, ich wollte diesem Fred Ritter seinen schönen Opel zerkratzen«, gab Schneckle junior zu.

Sofie näherte sich ihm voller Zorn im Gesicht. »Hast du ihn damals bei den Franzosen angeschwärzt?«

»Ja, aber da war ich nicht der Einzige. Die kamen auf mich zu, weil andere schon schlecht über ihn gesprochen haben«, gestand er, und Sofie stellte zu ihrer Überraschung fest, dass sie ihm glaubte, obwohl sie alles an dem Kerl abstoßend fand.

»Warum soll er davonkommen, wenn mein Vater lebenslang kriegt?«, fuhr der junge Mann fort und bekam feuchte Augen. »Immer die Angst, dass er sich was antut – wie sein Vorgesetzter. Meine Mutter erträgt den Gedanken auch nicht, sie trinkt viel zu viel.«

»Wenn du noch einmal dieses Gelände betrittst, leistest bald du deinem Vater Gesellschaft, das verspreche ich dir«, drohte ihm Victor.

»Der Fred Ritter kann nichts dafür, was dein feiner Herr Vater mit seinen Chefs im Hotel Silber getan hat – und dass deine Mutter deshalb Alkoholikerin geworden ist«, bekräftigte Sofie.

Sie glaubte Horst Schneckle zwar, dass er nicht schuld am Feuer im Lagerhaus der Ritters war, sie war jedoch weiterhin überzeugt, dass es sich um Brandstiftung gehandelt hatte. Bei dem Gedanken, dass es da draußen im Verborgenen noch viel mehr ewig Gestrige gab, als man ahnte, musste sie frösteln.

Als Nächstes zeigten Fredi und Clara dem Besucher die Conche aus der Nähe.

»Darin wird die flüssige Schokolade gemischt, gemahlen, bewegt und belüftet. Dadurch wird sie schön glatt und seidig«, erzählte Fredi.

»Und warum heißt die Maschine Conche?«, fragte Andreas Volz.

»Die traditionelle Conche war muschelförmig«, wusste Clara. »Und auf Lateinisch heißt Muschel wohl Concha.«

Vor die Conche stellten Arbeiter ein etwa anderthalb Meter hohes Podest, auf dieses hoben zwei Mann den mit Walzgut befüllten Blechkasten.

»Der wiegt mindestens sechzig Kilo«, erläuterte Fredi.

Die beiden Arbeiter wuchteten den Inhalt des Kastens vom Podest aus in die laufende Conche.

»Und hier kommt dann die fertige Schokolade heraus?«, fragte Klärle.

Fredi lächelte. »Eile mit Weile. Die Conchierzeit der Normalschokolade und Kuvertüre beträgt zwischen achtzehn und fünfundzwanzig Stunden. Kommt, wir schauen uns die Eintafelanlage an!«

Vor dem letzten Produktionsschritt schlossen sich ihnen Sofie, Anna und sogar der erstaunlich gut gelaunte Victor wieder an.

War es Sofie im Walzen- und Conchensaal zu heiß gewesen, beschwerte sie sich nun über die Lautstärke: »Aua, meine Ohra.«

Tatsächlich herrschte in dem Raum ein entsetzlicher Lärm, und Fredi nickte. »Wir bieten den Arbeitern Ohrstöpsel an, die bedienen sich aber nicht immer.«

Sofie sah sich um. »Hier entstehen also meine geliebten süßen Quadrate.«

»Nicht nur«, rief Clara in ihr Ohr. »Es ist halbe-halbe. Die Sporttafeln – und genauso viele klassische Langtafeln, die nennen wir Wappenklasse. Noch ein echtes Relikt aus der Cannstatter Zeit.«

»Die Sporttafel hat aber wegen ihrem kompakten Format schon bei der Herstellung große Vorteile, bei ihr fallen viel weniger Ausschuss und Abfall an als bei der langen«, berichtete

Fredi, der schon länger dafür plädierte, sich voll und ganz auf die Sportschokolade zu konzentrieren. »Noch günstiger ist die Quadratische für die Packmaschinen. Fertigungstechnisch hat die Sporttafel also nur Vorteile gegenüber der Wappenklasse.«

Die Formen waren lose und enthielten je zwei Tafeln, die von Hand einzeln zum Vollgießen unter den Gießkopf zentriert werden mussten. Anschließend klapperten die Formen über einen vierwendigen Klopftisch, um dann von Hand in den breiten, langsam laufenden Kühlkanal bugsiert zu werden. An dessen Ende wurden die Tafeln auf zum Teil schwer zerschundene Pappetabletts ausgeschlagen und in Holzkarrees gestapelt.

»Das ist unsere Maschinenführerin Fräulein Else Kayser«, stellte Fredi eine Mittvierzigerin vor, die wie alle Arbeiterinnen eine weiße Schutzhaube trug. »Sie hat hier einen Produktionsrekord aufgestellt. An einem Arbeitstag von halb sechs bis abends fünf Uhr hat sie mit ihrer Mannschaft vierzigtausend Tafeln geschafft, das sind vier Tonnen!«

Bei der Besichtigung der Anlage für Schokoladenhohlkörper zeigte sich Fredi recht kritisch.

»Das Saisongeschäft behindert immer öfter die Auslieferung der Ganzjahresartikel. Für die Osterhasen und Weihnachtsmänner haben wir zwar gerade erst eine Hohlkörperanlage von der Firma Lösch angeschafft, vieles muss da aber trotzdem noch durch Handarbeit ergänzt und überbrückt werden. Die Anlage ist auch so laut und heiß, dass wir einen Glaskasten als Dämmung um sie herum gebaut haben. Die Mitarbeiter scherzen schon, dass man die Leute aus der Hohlkörperanlage an der lauten Stimme erkennt. Außerdem ist die Maschine extrem störungsanfällig.«

»Unser armer Maschinenführer Herr Schmid verzweifelt schier«, bestätigte Clara. »Zum Glück ist unser zweiter Haustechniker Karl Schmied ein Tausendsassa. Die Belegschaft nennt ihn nur den Schraubenkarle. Finanziell rentiert sich das Weihnachts- und Ostersortiment auf lange Sicht wohl nicht wirklich. Mein Sohn meint, wir sollten es deshalb irgendwann einschränken oder abschaffen«, erklärte Clara dem Journalisten. »Und ich vertraue seinem Urteil voll und ganz.«

Fredi sah sie verblüfft an. Das waren ja ganz neue Töne! Doch er fasste sich schnell und erläuterte: »Na ja, sagen wir so: Osterhasen und Weihnachtsmänner bieten viele an, quadratische Sportschokolade nur wir. Die sollten wir in der ganzen Republik bekannt machen. Ich will in Werbung und eine hochmoderne Produktionsinfrastruktur investieren.«

Nach der Betriebsbesichtigung saßen die Ritters mit ihren Gästen noch bei warmen Getränken und Schokolade im Speisesaal. Elise gesellte sich nach ihrem Telefonat, das eine ganze Weile gedauert hatte, mit erfreulich heiterem Gesichtsausdruck zu ihrem Mann. Selig bemerkte Clara, dass die beiden verstohlen Händchen hielten. Das hieß wohl, dass Elise bei Victor bleiben wollte und dem anderen einen Laufpass gegeben hatte. Adoptivmutter Anna schien die liebevollen Gesten des Paares ebenfalls bemerkt zu haben und strahlte überglücklich.

Clara dachte einmal mehr an jenen schicksalhaften Morgen im Jahr 1897 zurück, an dem sie Victor als Säugling in dem Korb gefunden hatte. Wie bei so vielem in ihrem Leben schien damals Hilfe von oben im Spiel gewesen zu sein.

»Ich muss sagen, Ihre Fabrik gefällt mir sehr gut, Frau Ritter«, lobte Journalist Volz und lächelte Klärle zu, die sich mit Erlaubnis ihrer Tante Clara zu ihnen gesellt hatte. »Die Räume sind hoch und weit. Der Maschinenpark wirkt durchweg modern, und für eine weitere Ausdehnung steht viel unbebauter Grund zur Verfügung.«

»Es ist nicht mehr meine Fabrik«, verkündete Clara zur Überraschung aller. »Hier hat jetzt mein Sohn das Sagen. Er verliert die Zukunft nie aus den Augen.«

Volz nickte anerkennend. »Die Firma hat unter seiner Führung in der Tat einen beachtlichen Aufschwung erfahren – durch technische Verbesserungen und Umstellung des Betriebes.«

»So sehe ich das auch«, bestätigte Clara. »Mein Sohn spielt auch mit dem Gedanken, einen von diesen modernen Gabelstaplern zu kaufen. Und bisher war jede seiner Entscheidungen von Erfolg gekrönt.«

Fredi sah seine Mutter fassungslos vor Rührung an. Sie schien wirklich vorzuhaben, ihm den Fackelstab gänzlich zu überreichen. Doch noch ehe er ihr danken konnte, wurde er von Journalist Volz in ein Gespräch über Flurförderzeuge verwickelt. Clara sah sich zufrieden lächelnd zwischen ihren Lieben um. Sofie unterhielt sich angeregt mit Nonne Beata, die immer noch auf Besuch bei den Ritters weilte, und Fredi küsste seine Frau Martha, die nicht nur Tochter Marli, sondern auch deren einjährigen Bruder Alfred Theodor mitgebracht hatte.

Journalist Volz, Sofie und Beata hatten recht, dachte Clara: Ihr Sohn würde alles bestens hinbekommen und sich um die Familie kümmern! Sie selbst durfte das Leben ab jetzt in vollen Zügen genießen.

Sofie bemerkte das dankbare Strahlen der Freundin und erkundigte sich: »Wie fühlst du dich, Clara?«

»Jung«, meinte die Schokoladenhändlerin, »ich fühle mich jung.« Gut gelaunt fragte sie: »Was unternehmen wir als Nächstes?«

»Ich weiß es nicht«, entgegnete Sofie lächelnd. »Wir dürfen ja wieder alles.«

»Solange ihr überlegt, müsst ihr meine neueste Kreation ausprobieren«, meinte Fredi und verteilte mit Orangencreme gefüllte Schokoladenquadrate.

Schwester Beata sprach allen aus dem Herzen, als sie nach dem ersten Stückchen schwärmte: »Ritter Sport ist wirklich ein Traum von Schokolade.«

ENDE

Nachwort

Clara Ritter konnte auf ein erfülltes Lebenswerk zurückschauen und das Alter noch genießen. Sie verstarb am 15. März 1959 mit zweiundachtzig Jahren. Wie von ihr gewünscht, führte ihr Sohn Alfred Otto Ritter das Unternehmen mit richtungsweisenden Entscheidungen in eine erfolgreiche bundesweite – und schließlich internationale – Zukunft. Bis dahin war es ein weiter Weg, auf dem ihm viele treue Helferinnen und Helfer zur Seite standen.

Im Jahre 1959 wurden die Mitarbeiter Nikolaus Stolterfoth und Ernst Wolf zu Prokuristen ernannt. Damals verkaufte das Waldenbucher Unternehmen achtundneunzig Prozent der Produktion noch südlich der Mainlinie, einschließlich des Großraums Frankfurt.

Die Aussöhnung mit dem Land seiner Gefangenschaft wurde von Alfred Otto Ritter bewusst vorangetrieben, so hatte seine Tochter Marli eine Austauschschülerin aus der Bretagne zu Gast. Der Vater jener Brieffreundin war seinerseits Kriegsgefangener gewesen – und zwar in Preußen. Auch Marlis jüngerer Bruder Alfred Theodor nahm später am Schüleraustausch mit Frankreich teil.

1962, als die Produktionserweiterung die Firma Ritter wieder einmal zur Expansion zwang, erwarb sie das benachbarte

Sportplatzgelände. Firmenchef Alfred Otto Ritter verhandelte mit dem TSV Waldenbuch so, dass ein Neubau möglich wurde. Alsbald konnten sich die Spieler, die außerhalb häufig »die Schokoladenstädter« genannt wurden, über ihr nagelneues »Ritter-Sport-Stadion« freuen.

1964 ernannte die Stadt Waldenbuch auch Alfred seniors Sohn zum Ehrenbürger. Sie würdigte damit nicht nur seinen Beitrag zum Wiederaufbau mit der Schokoladenfabrik, sondern zugleich auch das soziale Engagement als Förderer von Vereinen und der Kirchengemeinde.

Im selben Jahr sah sich die Firma jedoch eine Zeit lang von unerwarteter Seite bedroht: Bis dahin hatte eine 100-Gramm-Tafel Schokolade mindestens eine D-Mark gekostet. Im Sommer 1964 unterbot der Konkurrenzbetrieb Tobler diese inoffizielle Preisbarriere jedoch. Der Schritt erwies sich nicht nur als fatal für Tobler selbst – das Unternehmen wurde schließlich von einem Konkurrenten übernommen –, sondern er löste auch einen Preisverfall aus, der für viele kleinere Hersteller finanzielle Schwierigkeiten und eine daraus resultierende Konsolidierungswelle verursachte.

Doch Ritter Sport überstand auch diese Krise, und 1972 erreichte die Firma erstmals einen Umsatz von über hundert Millionen Mark. Zwei Jahre danach stellte Ritter die »Bunte Palette« vor. Jede Sorte wird seither mit einer bestimmten Verpackungsfarbe assoziiert. Auf den Werbeplakaten hieß es: *Alles wird bunter, fröhlicher, moderner, aktiver – auch die dazugehörige Schokolade.*

Im Jahr dieser Einführung starb unerwartet Alfred Otto Ritter an einem Herzinfarkt. Da dessen Nachkommen Marli und Alfred Theodor seinerzeit noch studierten, übernahm zunächst seine Witwe Martha mit einem Beirat die Leitung der Firma.

1976 gab es eine neuerliche Innovation bei der Verpackung,

den »Trick mit dem Knick, und die Masche mit der Tasche«, wie es in der Werbung hieß: Die Schlauchbeutelverpackung mit der revolutionären Knick-Pack-Mechanik entwickelte sich schnell zu einem unverwechselbaren Markenbestandteil. Nach dem Naschen lässt sich diese Verpackung wieder verschließen – zumindest theoretisch. Oft bleibt ja aber nach dem ersten Probieren ohnehin nichts übrig, wie das Schreibduo des vorliegenden Romans aus eigener Erfahrung bestätigen kann …

1978 stieg die dritte Generation ins Unternehmen ein: Marli Hoppe-Ritter und ihr Bruder Alfred Theodor Ritter kamen in den Beirat, dessen Vorsitz Letzterer ein halbes Jahrzehnt später übernahm.

Das bekannte Firmenlogo hat einen großen Wiedererkennungswert und wurde bereits 1969 kreiert, 1971 gab es dann den entsprechenden Markeneintrag, seit den 1980er-Jahren wird es unverändert verwendet. Es besteht aus dem geschwungenen »Ritter«-Schriftzug und darunter »Sport« in großen Druckbuchstaben, gemeinsam von einem Quadrat umrandet. In der Regel ist die Schriftfarbe Blau, der Hintergrund des Quadrats weiß und der Rahmen golden.

1990 initiierte Ritter das Projekt CACAONICA in Nicaragua, das lokale Kleinbauern beim nachhaltigen Kakaoanbau unterstützt. Dieses Projekt sollte die Situation der von der Landwirtschaft lebenden Familien verbessern und gleichzeitig die rücksichtslose Abholzung des Regenwaldes bremsen.

Doch auch vor Ort in Waldenbuch wirkte die im vorliegenden Roman deutlich werdende rittersche Familientradition der Naturverbundenheit: Es wird in Generationen gedacht und die Arbeit darauf ausgerichtet, ein lebenswertes Umfeld zu hinterlassen. 1991 wurde von Ritter deshalb die erste Ökobilanz für Verkaufsverpackungen erstellt und von Verbundmaterial auf vollrecyclingfähige Ein-Stoff-Verpackungen aus Polypropylen umgestellt. Fünf Jahre später nahm Ritter als erstes Unternehmen der deutschen Süßwarenindustrie erfolgreich an der Öko-Audit-Verordnung teil. Der betriebliche Umweltschutz wurde dafür als Teil eines umfassenden Managementsystems implementiert.

Ab 2002 stellt Ritter auf den Bezug von Ökostrom um und setzt in Waldenbuch zur Energieproduktion der Schokoladenherstellung ein Blockheizkraftwerk ein. Weitere zwanzig Jahre später geht das Unternehmen noch einen Schritt weiter und erzeugt rund fünfzig Prozent des benötigten Stroms über eigene regenerative Energiequellen in Form von Fotovoltaik und zwei eigenen Windrädern.

Im September 2005 wurde von Marli Hoppe-Ritter das Museum Ritter für ihre umfangreiche Sammlung geometrisch-abstrakter Kunst gegründet und eröffnet. Das Gebäude hat das Berliner Architekturbüro Max Dudler entworfen, es befindet sich in Waldenbuch direkt neben der Schokoladenfabrik Ritter Sport. Flächige Fassaden aus hellem, warm getöntem Kalkstein und große Fenster verleihen der Architektur einen ruhigen, monolithischen Charakter. Eine großzügige Passage, die sich ins Aichtal hin weitet, verbindet die beiden Flügel des Gebäudes. Im Inneren ist ein spannungsvolles Raumgefüge entstanden, das mit siebenhundert Quadratmetern Ausstellungsfläche der Kunst auf zwei Etagen Entfaltungsmöglichkeiten bietet. Ausladende Fensteröffnungen geben den Blick nach draußen frei und erzeugen willkommene Kontraste zur geometrisch-abstrakten Kunst. Mit jährlich drei bis vier Ausstellungen präsentiert das Museum Werke aus der Sammlung zum Thema Quadrat. Daneben werden Einzelausstellungen zu herausragenden Künstlerinnen und Künstlern sowie Sonderausstellungen zu sammlungsspezifischen Themen gezeigt. Als private Institution widmet sich das Museum Ritter der Präsentation, Förderung und Vermittlung vorwiegend konstruktiv-konkreter Kunst. Getragen wird es von der Marli-Hoppe-Ritter-Stiftung zur Förderung der Kunst. Somit handelt es sich nicht um ein Firmenmuseum im klassischen Sinn, das private Museum ist zudem gänzlich unabhängig von der öffentlichen Hand. Ziel ist es, die Sammlung Marli Hoppe-Ritter einem breiten Publikum zugänglich zu machen und die geometrisch-abstrakte Kunst zu fördern. Mit vielfältigen Angeboten für unterschiedliche Besuchergruppen lädt das Museum zur Begegnung mit der Kunst des zwanzigsten und einundzwanzigsten Jahrhunderts ein. Menschen werden für Kunst begeistert, offene und kreative Dialoge gefördert sowie nachhaltige Impulse gesetzt. Besonderes Augenmerk liegt auf der Förderung von Kindern und Jugendlichen.

Zum Museum gehört natürlich auch eine Reise durch die Geschichte von Ritter Sport. Hier können Sie viele Stationen, die im vorliegenden Roman erwähnt werden, mit eigenen Augen betrachten. In einem Teil des Museumsgebäudes befindet sich die bunte Schokowelt von Ritter Sport: In der sogenannten Schokoausstellung erfährt man Wissenswertes und Kurioses zum Thema Schokolade. Im Shop ist ein umfangreiches Sortiment erhältlich, während in der Schokowerkstatt süße Träume wahr werden: Chocolatiers ab vier Jahren kreieren ihre eigene Schokolade. Für die Teilnahme daran ist eine Anmeldung über das Online-Buchungssystem von Ritter Sport erforderlich (wwww.ritter-sport.com).

Das zugehörige Museums-Café bietet mit seiner großzügigen Verglasung einen herrlichen Blick ins Aichtal. Hier saß das Autorenteam des Romans zu Besprechungen beisammen. In den warmen Monaten des Jahres ist die Terrasse geöffnet und lädt zum Verweilen ein. Das Serviceteam erwartet die Besucherinnen und Besucher mit Schokoladenspezialitäten, Kuchen und kleinen Gerichten.

2010 eröffnete Ritter Sport auch in Berlin eine Bunte Schokowelt. Ob aus China, Grönland oder Südafrika: Rund sechs Millionen Besucher aus allen Ecken der Welt haben sich in der Französischen Straße seither von der Faszination Schokolade inspirieren und begeistern lassen. Einige Besuche sind den Betreibern des über eintausend Quadratmeter großen »Schlaraffen-Schoko-Landes«, wie die Presse den weltweit ersten Flagship-Store des Familienunternehmens taufte, besonders im Gedächtnis geblieben: Etwa der eines Brautpaares, das, frisch von der Trauung kommend, mit der Limousine haltmachte, um sich noch schnell Nervennahrung für die anstehende Hochzeitsnacht zu besorgen. Und auch Prominente geben sich in der Bunten Schokowelt Berlin die Klinke in die Hand. Von Johannes B. Kerner über Tim Bendzko bis hin zu Hollywood-Größe Ron Perlman und der thailändischen Prinzessin Maha Chakri Sirindhorn: Der Versuchung, sich aus verschiedensten Zutaten eine eigene Tafel nach Wunsch mit ganz persönlicher Verpackung fertigen zu lassen, können eben nur wenige widerstehen.

2012 wurde fast die Hälfte des Umsatzes von Ritter Sport außerhalb Deutschlands generiert. Im selben Jahr erwarb das Unternehmen in Nicaragua 2500 Hektar landwirtschaftliche Fläche, um darauf eine Kakaoplantage mit dem Namen »El Cacao« anzulegen. Zum Kakaoanbau wurde aber nur die Hälfte der Fläche genutzt, die andere blieb bewusst unberührte Natur. Eines der größten zusammenhängenden Kakaoanbaugebiete der Welt entstand. Insgesamt wurden gut eine Million Kakaobäume gepflanzt und über 30 000 Schattenbäume – so ist ein Agroforstsystem entstanden, dass im Gegensatz zu Monokulturen über eine reiche Fauna und Flora verfügt. Wenn die Plantage einmal im vollen Ertrag steht, soll sie rund zwanzig bis fünfundzwanzig Prozent des Kakaomassebedarfes für Ritter Sport Schokoladen liefern.

Bereits im Jahr 2011 wurde in Waldenbuch das firmeneigene Kraftwerk durch eine neue Anlage ersetzt, dadurch konnten die Kohlendioxid-Emissionen im selben Jahr um fast dreitausend Tonnen reduziert werden. Durch die Nutzung der Abwärme des BHKW erzeugt das Werk rund siebzig Prozent des Wärmebedarfs und siebenunddreißig Prozent des Stroms selbst.

Seit 2018 wird für Ritter Sport ausschließlich zertifiziert nachhaltiger Kakao bezogen.

Daheim im malerischen – aber engen – Aichtal reicht das Landschaftsschutzgebiet bis vor die Werktore. Deshalb erwarb das Unternehmen 2020 die ehemalige Mars-Produktionsstätte in Breitenbrunn im österreichischen Burgenland – inklusive der Marken Amicelli, Banjo und Fanfare –, womit die erste Ritter-Fabrik außerhalb Deutschlands aus der Taufe gehoben wurde.

Das Unternehmen verfügt mittlerweile über verschiedene Auslandsniederlassungen und Tochtergesellschaften.

2020 hat Ritter die bilanzielle Klimaneutralität als Unternehmen erreicht und ist seither entsprechend zertifiziert.

Bis 2022 war Claras Enkelin Marli Hoppe-Ritter zweiundvierzig Jahre lang im Unternehmensbeirat tätig, dem ihr Bruder Alfred Theodor Ritter noch bis heute vorsteht. Als Vertreter der vierten Generation ist sein Sohn Moritz Ritter inzwischen ebenfalls Mitglied des Beirats, genau wie Marli Hoppe-Ritters Sohn Tim Hoppe. Noch heute ist das Unternehmen zu hundert Prozent in Familienhand.

Es war ein weiter Weg von Clara Göttles erstem kleinen Lädle im beschaulichen Cannstatt zu Beginn des vorigen Jahrhunderts bis zum heutigen Weltkonzern. Mittlerweile sind die von Clara 1932 erfundenen quadratischen Tafeln in mehr als hundert Ländern erhältlich, pro Jahr werden weltweit etwa siebzigtausend Tonnen Ritter Sport Schokolade verkauft.

Danksagung

Dieser Roman wäre nicht möglich gewesen ohne die Unterstützung von Marli Hoppe-Ritter, der Enkelin unserer Protagonistin Clara Ritter. Sie hat unser ursprüngliches Konzept mit ihrem Wissen über die reale Vergangenheit enorm bereichert und in eine wahrheitsgetreuere und spannendere Richtung gelenkt. Herzlichen Dank für die konstruktiven und inspirierenden Telefonate und Treffen an der Hochschule der Medien! Wir danken auch den Mitarbeiterinnen und Mitarbeitern der Alfred Ritter GmbH & Co. KG in Waldenbuch, insbesondere Frau Elke Dietrich von der Abteilung Public Relations, Herrn Thomas Seeger sowie Jürgen Först vom Unternehmensarchiv.

Zu erwähnen sei an dieser Stelle auch der Waldenbucher Geschichtsexperte Wolfgang Härtel. Seine Website www.altwaldenbuch.de ist ein unerschöpflicher Fundus von historischen Fakten, Interviews mit Zeitzeugen und Anekdoten aus der Historie vom »Städtle« im malerischen Schönbuch. Tausend Dank für diese akribische Arbeit gegen das Vergessen!

Bezüglich der zweiten Hauptfigur unserer Geschichte, Sofie Mannheimer, war uns die Geschäftsführerin der noch heute aktiven Firma Falk Adler, Stefanie Gottschick-Rieger, eine unschätzbare Hilfe. Sie ist die Enkelin von Gustav Gottschick, der im Roman auftaucht, und hat uns einen Ordner mit Dutzenden von Originalbriefen der jüdischen Freunde Sofie Mannheimers aus der unmittelbaren Nachkriegszeit zur Verfügung gestellt, die unter anderem nach Palästina, England, Australien, Südamerika und in die USA geflohen waren. Wir danken Frau Gottschick-Rieger von Herzen für jene bewegenden und unfassbar informativen Zeitdokumente, durch die wir erfahren durften, was tatsächlich aus Clara Ritters bester Freundin Sofie Mannheimer wurde. Kurz nach dem Tod der Schokoladenfabrikantin erfüllte sich Sofie im Alter von 75 Jahren ihren lang gehegten Wunsch und flog am 12. April 1959 von Zürich aus für zwei Monate in die USA, um dort ihre ausgewanderten jüdischen Freunde zu treffen.

Sofies Entscheidung, die Firma Falk Adler in die Hände des loyalen Mitarbeiters Gustav Gottschick zu legen, erwies sich als sehr nachhaltig. Im Jahr 2025 feiert das Unternehmen dank seiner Familie sein 120-jähriges Bestehen! Der einzige Sohn von Gustav und Hedwig Gottschick, Günter Gottschick, trat zum 1. Januar 1964 im Alter von 21 Jahren in die Firma Falk Adler ein.

Sofie Mannheimer starb 1968 und wurde neben ihrem Mann auf dem jüdischen Teil des Stuttgarter Pragfriedhofs bestattet. Hedwig Gottschick starb am 27. Dezember 1979 eine Woche nach ihrem 74. Geburtstag, ihr Mann folgte ihr am 4. April 1984 – drei Tage nach dessen 79. Geburtstag. Günter Gottschick blieb bis zu seinem Tod am 7. November 2020 in der Firma, die seit 2002 von seiner Tochter Stefanie Gottschick-Rieger geführt wird.

Für weitere Erkenntnisse zur Stadtgeschichte von Cannstatt und Stuttgart danken wir ganz besonders Herrn Dr. Rainer Redies. Ihm ist nicht nur der Text zum Stolperstein des Hermann Mannheimer zu verdanken, zusammen mit seiner Kollegin Annegret Kotzurek hat er auch das wunderbar recherchierte und absolut empfehlenswerte Buch *Stuttgart von Tag zu Tag. 1900–1949. Eine Chronik* verfasst.

Ferner gelang es unserem treuen Freund, Ahnenforscher Daniel Riecke, die Lebensdaten der meisten Mitglieder der Familien Göttle, Merkle, Veith und Mannheimer zu ermitteln. Merci! Bezüglich Informationen zu Alfred Eugen Ritters Familie half ihm Manfred Tammel vom Stadtarchiv Gammertingen, dem wir an dieser Stelle ebenfalls von Herzen danken.

Obwohl wir bei den realhistorischen Figuren die Daten korrekt verwendet haben, sind natürlich Einblicke in Charakter oder Gefühlswelt nach zum Teil über hundert Jahren nur sehr bruchstückhaft überliefert, entsprechende Wissenslücken haben wir im vorliegenden Roman mithilfe unserer Fantasie gefüllt. Selbiges gilt auch für Sofie Mannheimers treue Haushälterin Anna Markert und deren Familie, über die leider keine exakten Lebensdaten auffindbar waren.

Feedback und viele wertvolle Anregungen zur Geschichte gab es von Dr. Dorit Kupka, Martina Resch und Jana Scheunert.

Zudem danken wir einmal mehr von ganzem Herzen unserer Agentin Anna Mechler, Lektorin Diana Keller vom Blanvalet Verlag sowie ganz besonders unserem Redakteur René Stein.

Auch die Bedeutung von Johannes Wiebel möchten wir nicht unerwähnt lassen. Er hat bei jedem unserer gemeinsamen Romane das Cover gestaltet – und sich diesmal selbst übertroffen!

Ein solches Buch ließe sich nicht ohne den Rückhalt unserer Freunde und Familien schreiben. Für Eva-Maria Bast waren die größte Hilfe und Freude auch diesmal wieder ihre fünf wunderbaren Kinder sowie ihr Mann Thomas.

Jørn Precht konnte sich erneut auf Erika Precht, Elias und Marlis Konradi, Karin Friesch, Martina Sturm, die Precht-Aicheles, Jasmin Gurewitz, Lars Rabeneck und Mia Day, Familie Karpe, Tara Claußen sowie Hilde, Albert und Andreas Bühler verlassen.

Liebe Leserin, lieber Leser, wir hoffen, Sie hatten so viel Vergnügen bei der Reise in die Welt der süßen Quadrate wie wir beim Schreiben.

Herzlichst,
Ihre Romy Herold
alias
Eva-Maria Bast (Lieblingssorte »Alpenmilch«, hellblaue Verpackung) und
Jørn Precht (Lieblingssorte »Olympia«, goldene Verpackung)

Figurenübersicht

In Tomerdingen

Michael Göttle (* 5. April 1838 in Tomerdingen), Söldner – so der offizielle Eintrag im Standesamt – in der Landwirtschaft, Wirt des Tomerdinger Gasthofs Lamm, Sohn von Johann Adam Göttle und Viktoria, geborene Keller. Seit 10. Juni 1872 in Tomerdingen verheiratet mit:

Maria Louise Göttle, geborene Merkle (* 10. Januar 1848 in Tomerdingen), Tochter des Tomerdinger Wundarztes *Johann Nepomuk Merkle* (* 1807, † 22. Juni 1878 in Tomerdingen) und der Theresia, geb. Gaus (* 1809, † 20. Dezember 1893)

Franz Wilhelm Merkle (* 1841, getauft am 29. September 1841 in Oeffingen), einer von Louises sieben Geschwistern.

Louise ist die Mutter von:

Balbine Mathilde Göttle (* 8. Mai 1873 in Tomerdingen), erstes Kind, später als Schwester Beata im Kloster Heiligenbronn im Schwarzwald

Marcus Göttle (* 30. Mai 1874 in Tomerdingen), zweites Kind

Alexander Göttle (* 20. Juli 1876 in Tomerdingen, † 29. Juli 1876 ebendort, lebte nur neun Tage)

Maria Theresia »Marie« Göttle (* 6. Juni 1875 in Tomerdingen)

Anna Klara »Clara« Göttle (* 2. Dezember 1877 in Tomerdingen)

Anton Göttle (* 25. September 1879 in Tomerdingen), ab 30. Januar 1911 in Tomerdingen mit Zizilie Glöggler verheiratet

Anton ist der Zwillingsbruder von:

Franz Göttle (* 25. September 1879 in Tomerdingen, † 31. März 1880 in Tomerdingen), wurde nur ein halbes Jahr alt

Amalie Göttle (* 28. Februar 1882 in Tomerdingen)

Josephine »Jósephe« Göttle (* 27. Oktober 1889 in Tomerdingen)

In Ulm

Karl Gaissmaier (* 1848 in Ulm?), Kaufmann

Hermann Magirus (* 14. Juli 1863 in Ulm), Industrieller

In Cannstatt

Sofie Veith (* 21. Dezember 1883 in Ober-Wöllstadt), Sekretärin

Hermann Mannheimer (*8. November 1885 in Oedheim bei Heilbronn), Eltern: *Raphael Mannheimer* 1844–1914 und *Adelheid geb. Oppenheimer 1853–1910*, Hermanns Geschwister: *Anna* (1875–1942), *Flora Rosenstein* (1878–1943) *Heinrich* (1881–1949), *Sara* (1896–1897), Sohn unbekannten Namens, *Ferdinand Falk* (1876–1879), *Rosa Adler* (1881–?), *Albert* (1888–1917), Tochter unbekannten Namens

Johanna Koch (*11. November 1866 in Cannstatt), Malerin und Bildhauerin

Sigmund Lindauer (*23. November 1862 in Cannstatt), Korsettfabrikant

Ernst Heinrich Heinkel (*24. Januar 1888 in Grunbach, Oberamt Schorndorf), Flugzeugkonstrukteur

Gustav Gottschick (*1. April 1905 vermutlich in Stuttgart), treuester Mitarbeiter der Firma Falk Adler seit 1929

Hedwig Gottschick (*20. Dezember 1904 vermutlich in Stuttgart), seine Frau

Alfred Eugen Ritter (*2. August 1885 in Stetten am kalten Markt), Konditormeister

In Gammertingen

Karl Ritter, Tierarzt (*1856 in Krauchenwies, Kreis Sigmaringen), Alfred Eugen Ritters Vater, in Gammertingen für die medizinal- und Veterinärpolizei im Hohenzollerischen Oberamtsbezirk tätig

Mathilde Ritter, geb. Heinrich (*1863 in Hettingen Kreis Sigmaringen), Alfred Eugen Ritters Mutter

Otto Karl Ritter (*13.11.1886 in Sigmaringen), zweiter Sohn von Karl und Mathilde Ritter

Paul Ritter (*13.01.1888 in Sigmaringen), dritter Sohn von Karl und Mathilde Ritter, Postbote

Maria Emma Ritter (*11.12.1889 in Sigmaringen), viertes Kind von Karl und Mathilde Ritter

Carl Ritter jun. (*13.07.1892 in Gammertingen), sechstes Kind von Karl und Mathilde Ritter

Emilie »Emmy« Ritter (*23.02.1895 in Langenenslingen), siebtes Kind von Karl und Mathilde Ritter

Mechthilde Karoline Ritter (*06.10.1898 in Gammertingen, †06.02.1901 ebendort), fünftes Kind von Karl und Mathilde Ritter, im Alter von zwei Jahren verstorben

Mathilde »Hilde« Ritter jun. (*25.11.1902 in Gammertingen), achtes Kind von Karl und Mathilde Ritter

Adolf Bruno Ritter (*04.10.1904 in Gammertingen), neuntes Kind von Karl und Mathilde Ritter

In Waldenbuch

Gustav Belge (*14. Januar 1905), Fahrer der Familie Ritter

Christian Gottlob Fischer (*16. Mai 1879 in Hildrizhausen) Sohn des Bauern David Fischer, Schultheiß von Waldenbuch seit 1905

Karl Müller (*1877 in Teinach), Lämmerwirt, Brauer, Gemeinderat, Sozialdemokrat

Oskar Blessing (*1899 in Stuttgart), Notargehilfe, NSDAP-Mitglied

Wilhelm Friedrich Elsäßer (*1892 in Ehingen), Waldenbucher Amtsverweser ab 1933 und Bürgermeister ab 1934

Martha Karolina Faißler (*13. Mai 1913 in Deckenpfronn, Landkreis Böblingen), Kontoristin

Klara »Klärle« Göttle (*wahrscheinlich 1925), eines von sechs Kindern des Marcus Göttle und seiner zweiten Frau

Literaturempfehlungen und Quellen

Alfred Ritter GmbH & Co. KG: www.ritter-sport.com/de

Arnold, Hans i. e. von Bülow, Babette: »Das Tagebuch«. In: *Die Gartenlaube*, Heft 14, 15, Leipzig 1897, S. 228–234, 256–259.

Beier, Rosmarie; Biedermann, Bettina (Hrsg.): »Deutschland um 1900. Geburt und Taufe«, in: *Lebensstationen in Deutschland: 1903–1993*; Katalog und Aufsatzband zur Ausstellung des Deutschen Historischen Museums 26. März bis 15. Juni 1993 im Zeughaus Berlin. Berlin 1993. www.dhm.de/archiv/ausstellungen/lebensstationen/1900_1.html

de la Roi-Frey, Karin: *»Clara Ritter (1877–1959)«*. In: Dieselbe: *Mutig, erfolgreich und gut. Vier schwäbische Unternehmerinnen.* Mühlacker 2012. S. 67–93

Diözese Rottenburg-Stuttgart, Stabsstelle Mediale Kommunikation: *Sankt Meinrad, Waldenbuch.* Auf: st-martinus-waldenbuch-steinenbronn.drs.de. Rottenburg 2023. https://st-martinus-waldenbuch-steinenbronn.drs.de/wo-sind-wir/kirchen/st-meinrad.html

Fleming, Victor: *Vom Winde verweht* (Originaltitel: *Gone with the Wind*), Selznick International Pictures, Metro-Goldwyn-Mayer, USA 1939.

Gaissmaier, Karl (Hrsg.): *60 Jahre Karl Gaissmaier Ulm-Stuttgart*, Düsseldorf 1934.

Häger, Udo: »Der Wertewandel der deutschen Jäger in den letzten 115 Jahren im Spiegel der Jagdpresse«. In: Verein zum Schutz der Bergwelt (Hrsg.): Jahrbuch des Vereins zum Schutz der Bergwelt. Band 61. München 1996, S. 119.

Härtel, Wolfgang: *Geschichte des »Gasthof zum Lamm« und der »Lamm-Brauerei«*. Auf: alt-waldenbuch.de. Waldenbuch 2020.
www.alt-waldenbuch.de/lamm-2/

Härtel, Wolfgang: *Gottlob Fischer (1905–1933)*. Auf: alt-waldenbuch.de. Waldenbuch 2020.
www.alt-waldenbuch.de/fischer/

Härtel, Wolfgang; Felger, Ulrike: *Die Reihe Archivbilder WALDENBUCH*, Waldenbuch 2010.

Hamburgisches Welt-Wirtschafts-Archiv (HWWA) – Firmen/Institutionen-Mappen: *Riquet & Co. AG (1745-)*, Kiel o.J.
https://pm20.zbw.eu/mirador/?manifestId=https://pm20.zbw.eu/iiif/folder/co/044979/manifest.json

Heitker, Meike: *Clara Ritter und die Entdeckung des Quadrats*, auf: www.blog.ritter-sport.de. Waldenbuch 2023.
https://blog.ritter-sport.de/2023/03/08/clara-ritter/

Hilsebein, Angelica: *Der Dritte Orden. 800 Jahre franziskanische Geschichte in Deutschland – Teil 12*. Auf: www.franziskaner.net. München 2024. https://franziskaner.net/der-dritte-orden/

Homborg, Kirsten u. Arne: *Schokolade in Deutschland im 19. Jahrhundert*. Auf: www.theobroma-cacao.de. Minden 2021. www.theobroma-cacao.de/wissen/geschichte/1492-nchr-bis-1918/deutschland-im-19-jhdt

Hoppe-Ritter, Marli: *75 Jahre Ritter. Festschrift zum 75. Firmenjubiläum der Firma Alfred Ritter GmbH & Co. KG Schokoladefabrik Waldenbuch*, Heidelberg 1987.

Janisch, Anna-Lena: *Auf den Spuren des Ritter-Sport-Gründers.* Auf: www.schwaebische.de. Ravensburg, 09.08.2016. www.schwaebische.de/regional/sigmaringen/gammertingen/auf-den-spuren-des-ritter-sport-gruenders-559739

Jordan, Harald: *Geschichte des Ortsvereins.* Auf: www.spd-waldenbuch.de. Waldenbuch 2014. www.spd-waldenbuch.de/14786-geschichte-des-ortsvereins/

Kindl, Manfred: »Verwaltung. Sicherheitskräfte: vom Nachtwächter zum *Polizeivollzugsdienst*«, in: Gemeinde Dornstadt (Hrsg.): *Dornstadt und seine Ortsteile – Archivschätze aus zwei Jahrhunderten,* Dornstadt 2014, S. 77–106.

Kindl, Manfred: »Der Nationalsozialismus in ländlich strukturierten *Gebieten*«, in: Gemeinde Dornstadt (Hrsg.): *Dornstadt und seine Ortsteile – Archivschätze aus zwei Jahrhunderten,* Dornstadt 2014, S. 289–322.

Kotzurek, Annegret; Redies, Rainer: *Stuttgart von Tag zu Tag. 1900–1949. Eine Chronik.* Tübingen 2009.

Kotzurek, Annegret; Redies, Rainer: *Stuttgart von Tag zu Tag. 1950–1999. Eine Chronik.* Tübingen 2009.

Landesarchiv Baden-Württemberg: *Akteure und Profiteure der Verfolgung im Überblick.* Auf: www.landesarchiv-bw.de. Stuttgart o.J. www.landesarchiv-bw.de/sixcms/media.php/120/67594/Tafeln_C_1-9_Akteure.pdf

Lieckfeld, Claus-Peter: *Tatort Wald: von einem, der auszog, den Forst zu retten.* Frankfurt/Main 2006, S. 43.

Lipp, Anne; Schmauder, Andreas: *Ein Jahrhundert Leben in Waldenbuch*, Stuttgart 1996.

Müller, Helga: *Clara Ritter – Die süße Cannstatterin Clara Ritter*, auf: www.cannstatt-blog.de. Bad Cannstatt 2017. www.cannstatt-blog.de/2017/11/clara-ritter.html

Mundt, Christoph: »Kleptomanie«. In: Müller, Christian: *Lexikon der Psychiatrie.* Springer, Berlin 1986.

Nimmerrichter, Walter: *Bad Cannstatt – ein Streifzug durch Geschichte und mittelalterliche Gassen*. Fellbach 1983.

Osburg, Susanne: *Psychisch kranke Ladendiebe. Eine Analyse einschlägig erstatteter Gutachten zur Schuldfähigkeit*. Heidelberg 1992.

Precht, Jørn; Rascoe, Judith; Spottiswoode, Roger: *A Very Ordinary Man*, Screenplay, London 2013.

Rauh, Cornelia: *»Herzlichst – Heil Hitler«. Eine Nationalsozialistin als Unternehmerin*. Auf: www.hist.uni-hannover.de. Hamburg 2019.
www.hist.uni-hannover.de/fileadmin/hist/PDF/Rauh_-_Els_Voelter.pdf

Redies, Rainer: *Cannstatter Stolperstein-Initiative. Hermann Mannheimer: Im »Judenhaus« gestorben*. Auf: www.stolpersteine-cannstatt.de. Bad Cannstatt 2023.
www.stolpersteine-cannstatt.de/biografien/hermann-mannheimer-im-judenhaus-gestorben

Reichert, Richard: *Die Chronik der Stadt Waldenbuch*. Waldenbuch 1962.

Riquet & Co.: *150 Jahre des Bestehens der Firma Riquet & Co. Gegründet am 15. Nov. 1745*. Leipzig 1890.

Ritter, Paul: »Der Krauchwieser (Gammertinger) Stamm der Familie Ritter. Eine Zusammenstellung aus Aufzeichnungen der Chronik von Paul Ritter, mit ergänzenden Beiträgen von Emilie Ritter, Adolf Ritter, Ernst Ritter und Andreas *Ritter*«. In: Stadtarchiv Gammertingen (Hrsg.): *Aus der Geschichte der Familie Ritter*. Gammertingen 2000, S. 118–146.

Sannwald, Wolfgang: *Die Geschichte von Gomaringen, 2. Band des Gomaringer Heimatbuches*, Gomaringen 1988.

Schmitt, Günter: »Bollingen (Schloßberg)«. In: Ders.: *Burgenführer Schwäbische Alb*, Band 2: *Alb Mitte-Süd – Wandern und* *entdecken zwischen Ulm und Sigmaringen.* Biberacher Verlagsdruckerei, Biberach an der Riß 1989, S. 41–44.

Seeger, Hermann: *Galgen.* Auf: www.alt-waldenbuch.de. Waldenbuch o. J.
www.alt-waldenbuch.de/vergangene-zeiten-baeckereien-in-waldenbuch/

Skrzypek, Elisabeth: »›Eine der selbständigsten Künstlerinnen, die wir kennen‹ – die Cannstatter Malerin Johanna Koch«. In: *Cannstatter Frauengeschichten.* Bad Cannstatt 2022.
https://cannstatterfrauengeschichten.wordpress.com/2022/05/06/eine-der-selbstandigsten-kunstlerinnen-die-wir-kennen-die-cannstatter-malerin-johanna-koch/

Stroheker, Hans Otto; Kurz, Horst Jörg: *Cannstatter. Aus den Fotoalben Cannstatter Familien 1900–1945.* Leinfelden-Echterdingen 1994.

Sweets-Online Team: *Schokolade in Geschichte und Literatur.* Auf: www.sweets-online-blog.de, Giesen 2013.
www.sweets-online-blog.de/schokolade-in-geschichte-und-literatur

SWR: *Wiederaufbau des Rundfunks in den Besatzungszonen. Die Jahre 1941–1950.* Auf: www.swr.de. Stuttgart 2023.
www.swr.de/unternehmen/organisation/artikel-ereignisse-der-jahre-1941-1950-100.html

Syrer, Eugen: »150 Jahre Jagdpolitik«. In: Verein zum Schutz der Bergwelt (Hrsg.): *Jahrbuch des Vereins zum Schutz der Bergwelt.* Band 55. München 1990, S. 24, 25, 27.

von Berg, Eberhard: *Dr. med. Dietrich v. Berg – praktischer Arzt und Geburtshelfer.* Auf: www.alt-waldenbuch.de. Waldenbuch o. J.
www.alt-waldenbuch.de/dr-med-dietrich-v-berg-praktischer-arzt-und-geburtshelfer-der-rasante-doktor/

von Memminger, Johann Daniel Georg (Hrsg.): »Bollingen

mit Böttingen«. In: Ders.: *Beschreibung des Oberamts Blaubeuren* (= *Die Württembergischen Oberamtsbeschreibungen 1824–1886.* Band 7). Stuttgart / Tübingen 1830, S. 147–149. https://de.wikisource.org/wiki/Beschreibung_des_Oberamts_Blaubeuren/B_8

Ziegler, Hans-Joachim: *600 Jahre Schule in der Stadt Waldenbuch*, Waldenbuch 1992.